1941:
Fünf Frauen kämpfen ums Überleben

Deutsch-Jüdisch-Ukrainisches Kriegsdrama
(Nur die Toten wissen, wie es wirklich war …)

von

MICHAEL HÄUSLER

Januar 2016

Herstellung und Verlag:
BoD - Books on Demand
Norderstedt
ISBN 9-783-739-226-958

Ein zutiefst verstörender Roman, der den Leser im wahrsten Sinne des Wortes in den Abgrund führt. Direkt hinein in den Massentod in unzugänglichen, ukrainischen Schluchten. Die totale Judenvernichtung wird schonungslos in beklemmender Unmittelbarkeit geschildert, so drastisch und furchtbar anschaulich wie wohl noch nie zuvor.

Ukraine 1941: Es ist Krieg und Hitlers SS deportiert viele Juden erst einmal in behelfsmäßige Lager. Man redet ihnen ein, es wären nur Durchgangslager, bald dürften die Juden, nach Registrierung, Passausstellung und medizinischer Untersuchung, nach Palästina ausreisen. Zunächst dürfen sie tatsächlich ihre Baracken beziehen, doch schon bald beginnen heimlich die ersten Massenerschießungen, angeblich nur von nichtjüdischen Staatsfeinden, Partisanen und Saboteuren. Auch die beiden jüdischen Schwestern Judith und Miriam aus Berlin, und Judiths drei Töchter sind mittendrin im Strudel der albtraumhaften Vernichtung des jüdischen Volkes, die langsam, aber unaufhaltsam beginnt, doch vorerst überleben sie, weil sie als Dolmetscherinnen gebraucht werden. Doch um welchen Preis, fragen sie sich. Denn die Fünf verlieren nach und nach alles: Zuerst ihre Würde, dann ihren Stolz und zuletzt die Selbstachtung, den Anstand und die Ehrlichkeit. Denn damit ihre drei Töchter überleben dürfen, sieht sich Judith gezwungen, sogar selber mittöten zu müssen, und wirkt so an der Ermordung ihres eigenen Volkes mit. Mit großem Unbehagen beobachten die Schwestern, wie jeden Tag größere Menschentransporte in das angebliche Durchgangslager getrieben werden. Bald ist alles heillos überfüllt, die Lebensmittel werden knapp und es mangelt an Hygiene. Was soll mit all den Menschen geschehen? Schikanen und zügellose Gewalt sind in dem Lager, das immer mehr ausgebaut und von der Umwelt abgeschottet wird, bald an der Tagesordnung. Miriam und Judith erleben wahre apokalyptische Weltuntergangsszenarien im ersten, geheimen, getarnten Vernichtungslager, an denen sie psychisch und physisch bald zu zerbrechen drohen.

Hilfe! Nein! Was geschieht hier nur mit uns?

!!!!!!!!!!!!!!!!!!!!!!!!!!!!!!!!!!!!!! ???

Ich kann es einfach noch nicht glauben, dass mein größter Albtraum wahr geworden ist: Seit Stunden schlurfen wir mit leichtem Handgepäck zu Fuß durch die weiten Ebenen, durch liebliche Eichenwäldchen mit unbekanntem Ziel. Denn wir Frauen und Mädchen werden alle deportiert. Angeblich, weil wir an unserem Wohnort nicht mehr sicher sind. Unsere Männer seien schon in einem anderen Versorgungs-Lager untergebracht, in Sicherheit. Hier ganz in der Nähe, versichert man uns jedenfalls. Bald würden wir sie sehen können. Begleitet werden wir von Militär und SS-Soldaten, Krankenschwestern, Hilfspersonal, die uns zwar freundlich behandeln, aber: Nun wird also auch an uns eine der berüchtigten „Umsiedlungsaktionen" vollzogen, von denen wir seit Wochen schon so viel gehört haben in unserer bisher relativ sicheren Zufluchtsstätte bei Verwandten in Kiew, die am Ende aber wohl doch nur in Tod und Vernichtung enden kann!
Doch ich klammere mich verzweifelt an mein Wunschdenken, das wären alles nur Gerüchte.
„Mama, ich habe solchen Durst", quengelt meine Tochter Sarah. Ich sehe traurig auf sie herab und sage ihr: „Es gibt nichts mehr zu trinken Schatz; aber wir sind ja gleich da, hat uns der Soldat gesagt!", tröste ich sie.
Es ist sehr heiß, und unser Trinkwasser ist aufgebraucht.

Warum sind wir eigentlich so bereitwillig mitgegangen, als uns die deutschen Offiziere, zwar wohl keine Nazis, die heute früh plötzlich vor unserer Tür standen, zum überstürzten Packen anhielten und zum Mitkommen aufforderten?
Hätten sie uns was getan, wenn wir „Nein" gesagt hätten?, überlege ich gerade fieberhaft und voller Reue über unseren übereilten Kadavergehorsam. „Wir bleiben lieber hier bei unseren deutschen Verwandten, wenn Sie nichts dagegen haben", hätten wir einen Einwand erheben können. „Denn hier fühlen wir uns sicherer!" Hätten wir wirklich? Diese nämlich waren schon zwei Jahre vor uns aus

Deutschland hierher nach Russland geflohen, und haben uns gerade erst vor drei Monaten selber aufgenommen, unsere kommunistischen Verwandten…

Werden wir vielleicht nur deshalb deportiert, weil die SS uns Flüchtlinge auch für Kommunisten hält? Obwohl wir es gar nicht sind …

Als es unserer jüdischen Familie im Mai 1941 endlich auch gelang, uns unter Lebensgefahr aus Nazi- und Kriegstreiber-Deutschland herauszuschmuggeln…

Wir marschieren jetzt durch einen kleinen Wald, atmen die Frische der Luft ein.

Wir haben jetzt wenigstens unser Ziel erreicht, wie es scheint.

Endlich kommen wir an einer kleinen Baracke an, wo eine medizinische Behelfsstation eingerichtet worden ist: Ja, die ersten Frauen werden schon von Ärzten untersucht. Nackt stehen sie alle in einer endlosen Schlange an, die bis weit hinaus in die freie Natur reicht.

Meinem verwunderten und fragenden Blick erwidert eine Krankenschwester freundlich: „Wir haben hier leider in der großen Eile, in der wir das hier alles aufbauen mussten, noch keine weiteren Lazarette und Krankenstationen errichten und einrichten können, daher müssen wir auch Sie Neuankömmlinge leider fast alle hier draußen einer medizinischen Untersuchung unterziehen, denn es grassiert hier vielerorts das Fleckfieber, die Cholera und der Typhus. Das ist immer eine unvermeidliche, unerfreuliche Begleiterscheinung bei großen Menschenkonzentrationen auf engem Raum. Die Untersuchungen dulden also keinen Aufschub. Daher muss ich Sie alle bitten: Legen Sie bitte Ihre Koffer ab und ziehen Sie sich bitte ganz aus. Die Kleidung können Sie im Gras ablegen, die wird auch untersucht. Wenn alles in Ordnung ist, bekommen Sie sie nachher sofort wieder", versichert mir eine Ärztin, die aus der Baracke herausgetreten ist.

Wir sind stur und bleiben erstmal angezogen. .

Die vielen Hundert Frauen, die mit uns marschiert sind, scheinen zu meinem Erstaunen so abgestumpft zu sein, dass sie es als ganz natürlich empfinden, sich vor allen Frauen, aber auch Männern, die im Hintergrund mit umgehängten Maschinenpistolen Wache halten, im Freien splitternackt auszuziehen!

Als wären sie im wohligen FKK-Urlaub in einer Nudistenkolonie! Oder wie sagt man heute schon so schön neumodisch dazu: Naturistencamp? Oder so ähnlich?

Keiner murrt, meine Familie ist die einzige, die lautstark protestiert.

Unglaublich! Und die anderen Frauen lassen sich das einfach so gefallen?, frage ich meine Schwester.

Ich wende mich an die Lagerleiterin: „Aber Sie können uns doch nicht so einfach dazu zwingen, uns hier draußen in aller Öffentlichkeit diesem entehrenden Ritual der kollektiven Nacktheit zu unterziehen, wie in einem Frauen-Zuchthaus? Wir sind doch keine Verbrecherinnen! Und es sind ja auch junge Mädchen und Kinder dabei, die sich alle splitterfasernackt entblättern müssen! Wo bleibt da Ihr Anstand? Respektieren Sie gar nicht den Intimbereich dieser … nackten Frauenbrigade?", frage ich aufgebracht.

„Was sollen wir sonst tun? Wir können Sie ja nicht angezogen untersuchen, und wir müssen Sie ja auch alle wiegen, das geht leider nicht mit soviel Kleidung, das würde das Messergebnis verfälschen, das müssen Sie doch einsehen", sagt eine freundliche Ärztin zu mir.

Wir Fünf, meine drei Töchter und meine Schwester, wir sind die einzigen, die noch völlig angezogen in unserer Reihe dastehen.

„Also ziehen Sie sich jetzt endlich aus?", fragt die Lagerleiterin schon etwas strenger.

„Sie halten den ganzen Betrieb auf, und wenn Sie sich nicht Ihrer Kleidung entledigen, darf ich Ihnen auch nichts zu essen geben, auch kein Trinkwasser; ich muss erst feststellen lassen, ob Sie alle gesund sind", sagt sie mit Bedauern in der Stimme.

Stichwort Durst! Da bemerken wir Fünf auf einmal unseren großen Durst, denn unser Trinkwasser aus unseren Feldflaschen vom langen Herkunftsmarsch ist ja schon lange aufgebraucht.

Wir betteln würdelos um Wasser, denn auf einmal haben wir alle noch größeren Durst als jemals zuvor.

„Bitte erst alle Kleider ablegen, dann bekommen Sie zu trinken", wiederholt die Lagerleiterin monoton.

Währenddessen marschieren schon viele neue Kolonnen von nackten Frauen an uns vorbei, die erst viel später als wir eingetroffen sind, die aber alle schon zu trinken bekommen.

Und keine einzige protestiert, denke ich wehmütig.

Durst macht charakterlos, so ist das nun mal!

Wird das auch uns gleich so ergehen?
„Bitte! Endlich Ihre Kleidung, ich warte!", sagt eine Art Kapo-Frau in gebrochenem Deutsch.
„Weg mit den Röcken und Schuhen! Ziehen Sie bitte alles aus!"
Und in diesem Augenblick beginnt auch unser Wille zu brechen, der Stolz bröckelt wie morscher Fels.
Mit großem Unbehagen beginnen wir, aus unseren Kleidern zu schlüpfen, legen sie wie befohlen auf einem Haufen ab, der immer größer wird. Meine drei Töchter zieren sich natürlich besonders und zögern ihre zukünftige Nacktheit quengelig und gleichzeitig apathisch hinaus. Sie zittern und bekommen es mit der Angst zu tun.
„Mama, was werden sie jetzt mit uns tun?", fragt mich meine Tochter Petruschka weinend und wehklagend.
„Mama, ich will nicht nackt vor all den Leuten stehen!", quengelt auch meine Jüngste.
Schließlich sind wir doch alle nackt, auch meine Schwester Miriam.
„Na also, die letzte Bastion der hartnäckigen Bekleideten-Fraktion ist endlich gefallen!", sagt die Lagerleiterin etwas zynisch, aber erleichtert, weil sie offensichtlich doch keine Gewalt anwenden wollte.
So viel Lautmalerei in ihrer Bildungssprache hätte ich ihr nicht zugetraut.
„Na, ist doch gar nicht so schlimm, nicht wahr? Ihr seht ja alle fabelhaft aus!", sagt ein hinzugetretener, junger SS-Mann schlüpfrig. „He, gehen Sie weg von uns!", schreie ich ihn empört an.
Meine Kinder greinen und verlangen auch, den Mann von uns wegzuschaffen.
Umgehend erteilt ihm da die Lagerleiterin tatsächlich einen Rüffel.

Wahrscheinlich werden sie uns jetzt doch alle töten, oh, mein Gott!, denke ich mir. Denn warum haben sie uns sonst hierher gebracht? Aber auch uns Frauen, die vielen Frauen und die vielen Kinder? Das können sie doch nicht tun! Uns würde nichts geschehen, wir sollten uns keine Sorgen machen, versichern uns dauernd die Ärzte von der SS von neuem und lachen heiter und unbeschwert über unsere kindische Furcht. Sie schütteln ihre Köpfe und beruhigen uns mit freundlichen Gesten. Sie sind wirklich nett und hilfsbereit. Aber warum haben sie uns alle dann denn wirklich splitternackt antreten lassen, hier draußen vor dieser lieblichen Schlucht? Angeblich ja, um uns medizinisch zu untersuchen,

einfach lächerlich! Und weil in der kleinen behelfsmäßigen Baracke, die sie „Lazarett" nennen, nicht genug Platz ist für alle Jüdinnen, und weil wir so viele sind, die hier eine neue Unterkunft finden sollen, müssen die meisten die medizinische Untersuchung leider im Freien über sich ergehen lassen. Erklären uns jetzt jedenfalls auch die deutschen Soldaten, die uns zu Fuß hierher begleitet hatten, alle paar Minuten.
Immer wieder memoriere ich zwanghaft diese schizophrene Begründung für die Massennacktheit vor mich hin, um nicht verrückt zu werden aus Angst vor einer möglichen Misshandlung oder sogar Erschießung!
Bisher haben sie ja immer nur einzelne Menschen, oder kleine Gruppen von unserem jüdischen Volk getötet, seit der furchtbaren Reichskristallnacht, denke ich gerade.
Aber was haben sie dann erst in dieser Einöde mit uns vor?
Warum diese Heimlichkeit der Ausgrenzung, die mir spanisch vorkommt?
Verräterische Spuren einer baldigen Massentragödie für uns, denke ich.
Jetzt erst bekomme ich richtig Angst.
Denn vielleicht ist ihr perfider Plan, uns hier einfach alle verhungern zu lassen? Zur Entlastung der Kriegswirtschaft, wie es im brutalen Amtsdeutsch der Braunhemden so schön heißt! Denn das wäre noch billiger für die Nazis als unsere teure Erschießung! Denn Patronen sind ja teuer. Und rar. So wie ja alles im Krieg rar wird.

Denn Ärzte gebe es genug, doch leider eben nur eine einzige medizinische Baracke, erklärt mir eine Krankenschwester vom Roten Kreuz von neuem, und schiebt mich und meinen naturbelassenen Anhang weiter in eine andere nackte Frauenreihe, nach vorne, bis wieder genau zehn Frauen beisammen stehen.
Die Krankenschwestern nicken uns freundlich zu und reichen uns Thermosflaschen mit Wasser und Kaffee.
Aber immerhin haben sie eines ihrer Versprechen gehalten, und sie geben auch uns FKK-Verächtern wirklich zu trinken!
Gierig saugen wir uns mit Flüssigkeit voll, wie ausgetrocknete Schwämme.
Dauernd entschuldigen sie sich für die Unannehmlichkeiten, die uns zu bereiten sie leider notgedrungen gezwungen sind.

Meine drei Töchter, meine elf Jahre jüngere Schwester und ich zittern fürchterlich, dabei ist es Mitte August und die Sonne brennt unbarmherzig heiß auf unsere nackten Körper. Aber wir zittern ja auch vor Angst, nicht vor Kälte.
Aber auf unsere Bitte hin dürfen wir uns dann doch unter eine dürftige Baumgruppe stellen, als wir mit der ersten Untersuchung fertig sind, die zum Glück ganz in unserer Nähe ist, die uns dennoch sehr behaglich vor der größten Hitze abschirmt.
Während wir zehn Frauen uns inzwischen im Kreis aufgestellt haben, zu einem schützenden Innenkreis gruppiert haben, und dabei notdürftig unsere ärgsten Blößen mit den Händen verdecken, bekommen wir von weiteren Rotkreuzschwestern jetzt Nahrungsmittel gereicht, denn getrunken haben wir inzwischen genug Liter Wasser und Kaffee bei dieser Affenhitze.
Ich seufze erleichtert, während mein Herz immer schneller schlägt.
Denn das ist doch ein gutes Zeichen, denke ich mir, dass man uns jetzt sogar belegte Brote und reichlich Obst zu essen gibt.
Das bedeutet doch eindeutig, dass man uns nicht umbringen will, oder nicht?
Warum schließlich sollte man uns so viel zu essen geben, nur um uns danach zu erschießen, wie ein Gerücht seit Stunden im Umlauf ist?
Angeblich gab es im besetzten Polen ja auch schon seit 1940 vereinzelte Judenerschießungen in Wäldern und Schluchten.
Das alles sage ich jetzt auch zu meiner Schwester.
Und natürlich meinen drei Töchtern.
Natürlich mit Ausnahme meiner Überlegung mit den Erschießungen in Polen, die lasse ich lieber weg!
„Ja ... Du hast recht ... Das hätte doch keinen Sinn, das wäre doch absurd, nicht wahr, Judith?", fragt mich meine 33jährige Schwester Miriam nun zurück, die ähnlich wie ich denkt, ängstlich und gierig kauend an ihrem Brötchen.
Sie nimmt dazu nun beide Hände von ihrem Schamdreieck, um besser essen zu können, denn das ist ja in unserem inneren nackten Kreis gut vor den Blicken der Ärztinnen und Schwestern verborgen.
Und vor allen vor den Männern, denn: Es sind ja auch einige Männer dabei, die uns bewachen, bei unserer unfreiwilligen, kollektiven Nacktheit!

Doch die beachten uns im Augenblick gar nicht, wuseln einfach nur eilfertig in der Gegend rum, organisieren die Untersuchungen, die jetzt tatsächlich bei einigen Zehnergruppen von Frauen beginnen, wie ich verstohlen zu einer nackten Frauengruppe herüberspähe.

„Ja, du hast ganz recht, liebe Miriam", sage ich mechanisch wie in Trance, „das mit unserer Verpflegung ist wirklich ein gutes Zeichen", wiederhole ich. „Und man hört ja auch gar keine Schüsse, oder Gewehrsalven, alles war ruhig, während unseres gesamten Fußmarsches ins Lager hat man keinen einzigen Schuss gehört, noch einen Mädchenschrei – es wird also niemand hier drinnen erschossen", beruhige ich Miriam und streiche mit meiner freien Hand über ihr langes, schwarzes Haar. Dann kaue ich weiter mein Brot.

„Auch aus den Verwaltungsgebäuden ist kein Schuss zu hören, alles ist ruhig, nur die Vögel zwitschern, noch ist kein einziger Schuss gefallen, seit wir hier sind – außer der permanente ferne Kanonendonner bei der Umkämpfung von Kiew - und keiner der Offiziere und Soldaten trägt eine Hakenkreuzbinde – immerhin!", gebe ich meinem Anhang stakkatoartig plappernd Entwarnung durch.

Miriam lächelt zaghaft zu mir hoch, denn sie ist kleiner als ich, doch zu zittern hört sie immer noch nicht auf.

„Stimmt!", kreischt sie förmlich, fröhlich, spitz, fast etwas zu hysterisch; kein Wunder bei dieser Anspannung und Hitze, und der großen Ungewissheit unserer Lage!

„Und selbst hier, an unserem Zielort, hört man immer noch keinen Schuss aus unmittelbarer Nähe im Lager!", wiederholt Miriam weinend.

„Warum sollten sie uns also töten, wenn sie uns doch so gründlich untersuchen?", fragt Miriam erneut, wimmernd, und ich tröste sie mit sanft geflüsterten Worten in ihr Ohr.

Ein Knacken im Gebüsch lässt Miriam aufschrecken. Panikartig verdreht sie ihren schönen schwarzhaarigen Kopf in Richtung des Geräusches und schreit laut auf.

Alle Frauen blicken in ihre Richtung.

„Judy! Da! Hinter den Büschen! Da wird ein Maschinengewehr aufgebaut! Sieh doch mal: Wir sollen ... also doch erschossen werden!", wimmert Miriam in Panik und bricht aus unserer Zehnerreihe aus. Ich schaue und erstarre vor Schreck: Sie hat recht!!! Ich sehe die MG-Stellung auch, klar und deutlich, trotz des grünen, tarnenden

Buschwerks drum herum. Nackt, mit wehenden Korkenzieherlocken läuft sie auf den Soldaten zu, der das MG in Stellung bringt.
Doch sogleich wird sie von den Schwestern wieder eingefangen.
„Langsam, langsam, aber nein, beruhigen Sie sich", redet die eine Rotkreuzschwester lachend auf meine total verstörte Schwester ein. Sie wird bei den Armen gegriffen und beruhigt.
„Das Gewehr ist doch nur zu Ihrem und unserem Schutz da aufgestellt, denn Sie wissen doch wahrscheinlich: Hier in der Ukraine verstecken sich Partisanengruppen, deutsche Kommunisten und Russen, und auch vereinzelte Deserteure und Verbrecher, die uns allen an den Kragen wollen, Juden wie Deutschen', behauptet die Schwester eindringlich, und dreht Miriam sanft zu sich herum.
„Und glauben Sie mir bitte: Die Ukrainer hassen euch deutsche Flüchtlings-Juden und ihre eigenen Juden noch mehr als uns deutsche Besatzer! Die würden Sie alle umbringen, wenn wir Sie nicht schützten, hier in diesem Lager! Und uns deutsche Nichtjuden würden sie auch alle töten, das ist sicher! Nicht nur uns Funktionäre, nein, auch alle anderen nichtjüdischen Frauen hier würden sie töten! Daher müssen wir Vorkehrungen treffen, daher das Gewehr! Wir müssen schließlich mit einer Attacke aus dem Hinterhalt rechnen!
Denn das Lager hier wird doch gerade erst aufgebaut, ist noch nicht sicher abgeschirmt und eingezäunt.
Und nun gehen Sie bitte zurück zu Ihren Verwandten", drängt sie Miriam.
„Denn eine Ärztin kommt gleich, um Sie weiter eingehend zu untersuchen. Daher: Gehen Sie alle bitte zurück in Ihre Zehnerreihe", mahnt die Schwester die sich auflösenden, fliehenden Jüdinnen-Scharen, die von Miriams Panikausbruch angesteckt worden sind, „denn wir wollen doch nicht, dass eine von Ihnen durch das wilde Chaos am Ende nicht untersucht wird, nicht?", fragt sie, scheinbar sachlich, scheinbar engagiert.
„Und eine andere dafür zweimal".
„Bitte", sagt sie noch einmal engelssanft mit milder Fürsorge, dass wir ihr einfach glauben müssen.
Zitternd fügt sich meine Schwester und bildet mit mir und ihren drei Nichten bald schon wieder einen festen Zehnerverband, als sich dann noch fünf weitere Frauen zu uns gesellen, diesmal sind andere dabei.

Splitternackt dreht sich Miriam trotzdem wieder von mir, ihrer Schwester weg, bricht aus der Reihe aus, und hält ihren üppigen, schwarzen Schamhügel fassungslos mit beiden Händen bedeckt: „Aber ich sehe doch schon so viele Soldaten mit umgehängten Maschinengewehren umherlaufen … Warum brauchen Sie dann noch solch ein gewaltiges MG-Nest dort hinter dem Busch?", fragt sie weiterhin misstrauisch die Ärztin, die gerade bei uns mit ihrem Stethoskop eingetroffen ist.
„Geben Sie es doch zu: Gleich werden wir erschossen, nicht wahr?", fragt Miriam und weint leise.
„Diese Geschützstellung ist für uns bestimmt, nicht wahr?"
„Unsinn, was reden Sie sich da ein? Glauben Sie wirklich, wir würden uns solche Mühe machen mit Ihnen allen, Ihnen zu essen geben und Sie zeitraubend auf Ihren Gesundheitszustand untersuchen, wenn wir Sie umbringen wollten?", fragt sie lachend und untersucht meine Brust.

„Mama, wann werden wir denn erschossen?", plappert meine Jüngste, die fünfzehnjährige Sarah, abgeklärt dazwischen und dreht sich zu mir um. Sie ist als einziges Kind so blond wie ich, sieht genau wie ich gar nicht wie eine Jüdin aus mit ihrer hellen, „germanischen" Haut, die auch ich habe, samt meiner weizenblonden, allerdings schon etwas schütteren Mähne! Aber ich habe immer schon, auch als Kind, sehr dünne, ganz glatte blonde Haare gehabt. Mein Gott! Sarah ist der totale Gegensatz zu meiner Schwester und Sarahs eigenen, älteren beiden Schwestern, die wirklich die typischen rabenschwarzen, üppigen „Judenmähnen" auf ihren hübschen Köpfen spazieren tragen! Wie unsere Rasse laufend von den Nazis diffamiert wird!
Gerade schaut meine Älteste, die schlanke Rebecca, tränenäugig zu mir auf, die ihren natürlich ebenfalls völlig aller schützenden Kleidung entblößten, schlanken Mädchenkörper fast gänzlich mit ihrer dichten, lockigen Haarmähne einhüllen kann, die ihr glücklicherweise in fantastischer Überlänge kohlpechrabenschwarz bis weit über ihre entzückende Poritze wallt, wie ein beinahe bis zum Knie reichender, schützender Mantel fungiert sie, der sie vor den allzu begehrlichen Blicken einiger Soldaten schützt.
Ihre restlichen Blößen bedeckt meine 21jährige Tochter gerade mit einigen, für die bereits geschützte Hinteransicht – oder Hinternansicht - entbehrlichen Strähnen ihrer üppigst wuchernden Haargardine, die sie

mit beiden Händen vor ihre eher kleinen Brüste führt, wobei Rebecca mechanisch so geschickt agiert, dass auch ihr Venushügel mit der ungewöhnlich starken, flauschigen Schambehaarung komplett abgedeckt ist, allen lüsternen Blicken entzogen! Ausgenommen ihre erzwungene Barfüßigkeit, ist sie also eigentlich in gewissem Sinne völlig bekleidet.

Allein durch ihre langen Haare! Trotzdem: Was für eine lächerliche, entwürdigende Zirkusnummer!

Meine „Mittlere", meine 17jährige Tochter Petruschka, verfügt über ebensolche, kohleschwarzen Haarmassen wie ihre ältere Schwester Rebecca; doch reichen ihr diese völlig ungewellt, ungelockt, im Gegensatz zu Rebecca gerade bis zum Ende ihrer ausladenden Brüste, die sie jetzt eigentlich auch ganz gerne mit ihrem Kopfhaar würde verdecken wollen. Denn sie schämt sich schon seit drei Jahren wegen ihres gewaltigen Glockenbusens (den übrigens auch meine Schwester Miriam hat), da dieser prächtige, erotische Vorbau mit den beiden „Magdeburger Halbkugeln", wie sie oft verspottet wird, ihr viel zu zeitig allzu viele aufdringliche Verehrer eingetragen hatte, für die mein schüchternes Mädchen sich noch längst nicht reif fühlt…

Stattdessen entscheidet sich mein armes, verschüchtertes Kind, lieber doch ihre beiden Halbkugeln weiterhin heftig wippen zu lassen im Takt ihrer zitternden Aufgeregtheit und Verzweiflung, und bedeckt stattdessen mit den Händen hastig doch lieber ihren rabenschwarzen Schamberg, der genauso üppig ausgefallen ist wie bei uns allen drei schwarzhaarigen Frauen.

Vor allem das riesige, schwarze Dreieck „da unten zwischen den Beinen" war ihr immer schon hochnotpeinlich, vor allem. wenn sie und ihre Mitschülerinnen nach dem Schulsport hurtig nackt unter die Duschen gescheucht wurden von der nationalsozialistisch ungeheuer angehauchten Sportlehrerin.

Als einzige Jüdin in der Klasse war Petruschka permanent dem rassistischen Terror ihrer Sportlehrerin ausgesetzt. So verhöhnte sie Petruschka unter anderem einmal, als sich meine Tochter nackt unter die Brause stellte, mit einem rassistischen Seitenhieb: „Was hast du da für einen ekligen, verfilzten Urwald dort unten zwischen den Beinen! Kein anständiges, deutsches Mädchen würde so verwahrlost herumlaufen. Dieses verlauste Dreieck rasierst du dir das nächste Mal gefälligst weg,

verstanden, du Judenschlampe?", donnerte die Sportlehrerin los, als sie entsetzt zufällig den Intimbereich von Petruschka erspähte.
„Andernfalls kommst du mir so nicht mehr unter die Dusche!"

Meiner armen Petruschka ist es daher sichtlich am unangenehmsten, sich völlig nackt allen Blicken preisgeben zu müssen, und in ihrer Verzweiflung nimmt sie ihre eine Hand nun her, um ihren nackten Po damit zu bedecken.
Nackt vor anderen stehen zu müssen, hat sie schon immer mit Peinlichkeit erfüllt. Auch in unverfänglichen, harmlosen Situationen. Zum Beispiel bei den obligatorischen ärztlichen Untersuchungen in der Schule.
„Mama, warum müssen wir hier so nackt stehen, ich hab Angst", wimmert sie mir leise zu.
„Und wann sehen wir endlich Papa wieder?"
Petruschka hat ein rundlicheres, volleres Gesicht als Rebeccas schönes ovales.
Ein stummer Aufschrei geht durch meine vom peinigenden Schmerz meiner Tochter gequälten Eingeweide, Tränen fließen über meine Wangen: Ich kann diese ungerechte, perverse Erniedrigung meiner Mädchen nicht mehr ertragen, und will mich schon auf die Krankenschwestern stürzen, und die gleichgültigen SS-Offiziere, die uns eher gelangweilt aus dem Hintergrund beobachten.
Aber unsere entwürdigende Nacktheit ist dabei noch nicht das Schlimmste für mich! Viel mehr beunruhigt mich, was danach kommt!
Was sie dann wirklich mit uns vorhaben!
Da tritt meine Schwester Miriam hurtig vor ihre schluchzende Nichte Petruschka, stellt sich hinter sie und legt ihr mitfühlend ihre Hände vor die riesigen Brüste, die ihr heftiges Wippen im Takt ihrer Nervosität abrupt einstellen.
„Danke, Tante Miriam", röhrt Petruschka dankbar.
„Gott im Himmel, was tut man uns hier an!!!", schreit es atemlos vor Wut aus mir heraus.
Und ich balle zitternd die Fäuste und fletsche die Zähne.

Denn ich denke mir plötzlich: Das will noch gar nichts heißen, dass man uns füttert und zu trinken gibt! Das ist doch bloß ein geschicktes Ablenkungsmanöver der Nazis, ein perfider Trick, um uns in Sicherheit

zu wiegen! Gleich werden sie uns doch alle erschießen! Aber mein fieberhaft arbeitendes Hirn weigert sich, diesen schrecklichen Gedanken weiterzudenken.
Ich will leben, leben, leben!
Und weiterleben sollen auch meine Töchter!
Unser Überleben nehme ich mir fest vor!
Wir hätten gleich einen Fluchtversuch unternehmen sollen, sofort, als wir hier ankamen und noch nicht nackt waren wie jetzt, noch alle unsere Kleidung auf dem Leib hatten. Denn dann hätten sich die Nazis vielleicht noch nicht getraut, auf uns zu schießen, denn dann wären sie unvorbereitet gewesen, und weil sie bisher hier in diesem Lager offensichtlich noch niemanden ermordet haben, denke ich. Da hätten sie wohl noch eine Hemmschwelle gehabt. Doch nackt und ohne Wasser können wir jetzt natürlich erst recht nicht mehr fliehen!
Eine Krankenschwester und die Ärztin umringen mich und beruhigen mich. Noch sind sie sehr höflich und reden zivilisiert auf mich ein. Aber – mein Gott: Wie lange noch, bis auch sie ihr wahres Gesicht zeigen?, denke ich verheult in sie verklammert.
Denn man hört ja seit einigen Wochen so einiges über immer umfassendere Judendeportationen und sogar angebliche Massenerschießungen! Entkleidungen vor Massengräbern! Allerdings nur im besetzten Polen!
Sind das alles wirklich nur Gerüchte? Hoffentlich!, denke ich, nein, bete ich innerlich inbrünstig!
„Oh, Gott, ja, das ist es, das blüht hier jetzt auch uns!", heule ich leise in die Arme meiner Trösterinnen hinein.
„Ruhig, keine Angst, alles wird wieder gut, nichts blüht Ihnen hier, Sie können gleich in Ihre Quartiere einziehen und morgen dann eine warme Dusche genießen, wenn die Brauseanlagen fertig montiert sind!", versichert mir die Ärztin wieder so glaubwürdig, dass ich mich etwas beruhige.

Mit üppiger weizenblonder, kurzer ungewellter Pagenfrisur starrt Sarah mich in geduldiger Erwartung auf Antwort auf ihre Frage, mehr wissbegierig und neugierig denn ängstlich an. Aber die kommt noch später, die Angst, wenn es ernst wird!, denke ich gerade, als ich von einer neuen Schauderwelle erschüttert werde.

Die Angst meiner 17jährigen Petruschka wirkt sich wieder ungeheuer ansteckend auf mich aus!
„Aber was redest du denn, mein Kind, keiner wird erschossen – wir sind doch Ärzte und keine Mörder!", versicherte die Ärztin schon vor geraumer Zeit eindringlich und zutraulich meiner Jüngsten Sarah.
Doch meine Fünfzehnjährige schaute dabei immer nur stumm auf mich, während ihr weiterhin von verschiedenen Personen versichert wurde, keiner werde erschossen.
Ich war da bereits derartig in völliger Katatonie erstarrt, dass ich ihre gutwilligen Versicherungen unserer Unversehrtheit nur noch mit halbem Ohr im Unterbewusstsein des Schreckens vernommen habe.

Und die medizinische Untersuchung kommt mir plötzlich auch so fadenscheinig vor.
Außer uns abzuhorchen haben die Ärzte eigentlich nichts getan!
Sind das überhaupt richtige Ärzte?
Alles nur Tarnung, um uns irrezuführen, denke ich mir mit klopfendem Herzen.
Um ihre wahren Absichten vor uns zu verbergen.
„Ja, die ganze Untersuchung ist ein einziges Täuschungsmanöver! Ich sehe auch nirgendwo irgendwelche echte Kranke", sage ich alarmiert, aber flüsternd zu meiner Schwester.
„Schwerkranke, meine ich!", ergänze ich, mich ängstlich umblickend.
„Davon müssen doch auch einige dabei sein, bei unserem Transport", stottere ich diese realistische Überlegung heraus.
Sie schaut erschrocken zu mir hin.
„Du meinst: Die wirklich Kranken und Siechen haben sie schon alle aussortiert und heimlich umgebracht?", fragt sie, die meine weiteren Gedankengänge erraten hat und schaudernd vorwegnimmt.
„Genau das meine ich, Miriam", sage ich mit elend krächziger Stimme.
„Du hattest übrigens wohl recht mit dem Maschinengewehr", sage ich leise zu Miriam, „da, schau: Da drüben wird gerade noch eins in Stellung gebracht!"
Sie schaut herüber und zittert, senkt stumm den Kopf, bedeckt entrüstet mit den Händen wieder mal ihr riesiges Schamdreieck, als ein Soldat mit geschultertem Gewehr zu unserer Zehnerreihe tritt, die in Auflösung begriffen ist; aus Angst vor sofortigen Repressalien protestiert meine Schwester aber nicht gegen die Verletzung ihrer Intimität.

„Bitte bleiben Sie in Ihrer Reihe, meine Damen, wir müssen noch weitere Untersuchungen bei Ihnen anstellen!", bittet der Soldat, fast unterwürfig. Er wischt sich keuchend den Schweiß von der Stirn. Denn er schwitzt natürlich sehr in seiner schweren Uniform.
„O weh! Ich glaube nicht, Judy, dass wir uns jemals wieder anziehen dürfen!", wispert meine Schwester mir zu, als der Soldat sich entfernt hat.
„Ich hätte diesen Soldaten nur zu gerne gefragt, wann wir unsere Kleidung endlich wiederbekommen, doch ich habe Angst davor, es zu tun", gestehe ich Miriam, „weil ich fürchte, dass unsere Zehnergruppe dann die erste ist, die wegen dieser unbotmäßigen Frage eventuell sofort erschossen wird", gebe ich meine Befürchtungen preis.
Miriam nickt schaudernd, meine drei Töchter drängen sich dicht zusammen zu einem inneren Dreierkreis und umfassen ihre Körper schützend mit den Händen.

„Wo sind eigentlich unsere Wohnstätten, wo wir angeblich untergebracht werden sollen, und die angeblich noch nicht fertigen Duschen?", fragt Miriam plötzlich finster, wütender als ängstlicher.
„Ich kann nämlich nichts davor entdecken, du?"
Ich verneine mit trister Miene.
„Du hast recht, liebe Miri", sage ich entnervt.
„Wenn sie wenigstens das typische KZ-Dekor samt Zubehör aufbauen würden, mit Wachttürmen, Stacheldraht und Verwaltungsgebäuden, ein richtiges Arbeitslager wenigstens, mit alldem würde ich mir ja noch eine größere Überlebenschance für uns alle ausrechnen, als mit dieser kargen Einöde hier, wo man eigentlich nur gleich erschossen werden kann", stimme ich Miri zu.
„Genau, Judy: Die tiefe Schlucht da unten zum Beispiel vor dem gewaltigen Bergrücken im Hintergrund lädt doch geradezu dazu ein, unser gesamtes Frauenbataillon hier irgendwie für immer verschwinden zu lassen", bestätigt sie mir düster, immer zittriger, trotz der großen Hitze.
„Das Ende unserer Existenz muss ja nicht unbedingt durch Erschießen eingeläutet werden, vielleicht verabreichen sie uns ja auch ein langsam wirkendes, tödliches Gift, das wir mit den Getränken einnehmen?", schlägt Miriam makaber vor.

„Oder schon längst eingenommen haben!", bestätige ich mit einem peinigenden, plötzlichen, neuen Gedanken.
„Oh ja … Und dann schmeißen sie unsere Leichen ganz bequem, in aller Seelenruhe, in die Schlucht!", rührt meine kleine Schwester Miriam ihre gedankliche Giftsuppe apathisch weiter an.
„Meine Güte, ja, du hast recht … Wir dürfen hier nichts mehr trinken", sagt Miriam hysterisch.
„Aber nein! Das halten wir eh´ nicht durch, Miri", flüstere ich ihr zu.
„Und wenn wir das Gift schon eingenommen haben sollten, dann ist es für uns eh´ schon zu spät", schlussfolgere ich logisch zu Ende.
Damit überzeuge ich schließlich auch Miriam, und wir werden wieder etwas ruhiger.

Ein Rundblick bringt uns die Erkenntnis, dass wenigstens keine neuen Frauenscharen hier vor der Schlucht eingetroffen sind. Wir sind wahrscheinlich doch nur wenige hundert Frauen, verzweifelte, verschreckte Geschöpfe, die Angst vor der Zukunft haben.
„Wieso wenigstens?", fragt mich Miriam.
„Na, ich meine halt, dass es auch ein gutes Zeichen ist, dass hier nicht unendlich viele Frauentransporte eintreffen, die hier zusammengepfercht werden sollen; denn das bedeutet doch, dass man uns tatsächlich unterbringen will, in wenigen Baracken, die vielleicht doch irgendwo hinter dem Wäldchen da drüben versteckt liegen", meine ich hoffnungsfroh.
„Das ist doch wahrscheinlich ein weiteres Zeichen dafür, dass man uns nicht umbringen will, sondern weiter verpflegen wird, denn überall werden schon wieder Lebensmittel und Wasser an die Zehnergruppen ausgegeben, wie ich gerade sehe", sage ich hysterisch freudig mit einem Hoffnungsschimmer.
Und dann kommen tatsächlich die Ärzte und Ärztinnen zurück, die weitere Untersuchungen mit uns durchführen, wenn auch weiterhin im Freien.
Danach werden wir tatsächlich zu unseren Kleiderhaufen zurückgeführt, die inzwischen sogar gut sortiert und gebügelt auf Tischen liegen. Ich muss gestehen: Ich hätte es nicht mehr geglaubt!
Die Rotkreuzschwestern helfen uns sogar beim Ankleiden, und auch meine Lackschuhe sind tadellos gebürstet.

Auch meine drei Töchter haben alle ihre richtigen Sachen zum Anziehen wiederbekommen, nichts fehlt.
Unseren teuren Schmuck hat man uns allen Fünfen sowieso von Anfang an gelassen, schon bei der ärztlichen Untersuchung.
Miriam und ich behielten unsere teuren Ketten um den Hals, als wir abgehorcht wurden, und auch meine Mädchen haben alle ihre Ohrringe und Uhren an ihren gewohnten Körperteilen.
Wir bekommen auch alle unsere Kleiderkoffer wieder, vollständig, samt allen Geldes und Wertsachen!
Nichts deutet also darauf hin, dass die Lagerkommandanten und SS-Offiziere vorhaben, uns auszuplündern.
Dann führt man uns weg von der Schlucht, in eine schmucke Holzbarackensiedlung, die also tatsächlich existiert, wo wir zehn Frauen eine saubere Unterkunft mit Stockbetten bekommen. Allerdings sind wir so müde, dass wir gleich in unseren Kleidern einschlafen. Wir haben sogar Kissen und Bettzeug zur Verfügung, und reichlich Behälter mit Selterwasser und sogar Orangensaft.
Ein Soldat mit Gewehr tritt vor uns hin und sagt uns, er halte die ganze Nacht über Wache vor unserer Baracke.
Die Schwestern wünschen uns eine gute Nacht.
Doch sind wir keineswegs beruhigt.
„Was meinst du, liebe Judith: Ob wir morgen tatsächlich alle zehn wieder lebend erwachen werden?", fragt mich Miriam mit mulmigem Gefühl in der Bauchgegend, noch kurz vor dem Eindösen.
„Was bleibt uns anderes übrig, als es einfach auszuprobieren?", sage ich sarkastisch zu meiner Schwester, die wohl befürchtet, in tiefer Nacht von SS-Truppen heimlich niedergemetzelt zu werden.

Aber nein!
Auch am nächsten Morgen gibt es uns noch. Wir wachen zwar verschlafen und orientierungslos auf, hören die Soldaten von drinnen beim Exerzieren, aber: Weiterhin sind keinerlei Schüsse zu hören! Nur der nie nachlassende, ferne Kanonendonner im umkämpften Kiew.
Alles ganz harmlos. Oder etwa nicht?
Miriam jauchzt mich vor Freude an, dass wir noch leben und umarmt mich in voller Montur!
„Jetzt könnte ich eine frische Dusche vertragen", sagt sie fröhlich, doch wenig später tritt eine Aufseherin in unsere Baracke und teilt uns

verdruckst und entschuldigend mit: Die Duschanlagen seien leider doch noch nicht einsatzbereit, morgen werde aber bestimmt geduscht werden können. Da sei dann alles fertig. Sie bietet uns sogar an, uns von der Wahrhaftigkeit ihrer Worte zu überzeugen, indem sie uns sofort zu den unfertigen Duschen führen will. Wir danken ihr freudig und lehnen ab. Wir glauben ihr aufs Wort.
Sie nickt und verlässt die Baracke.
Wir bekommen ein schönes Frühstück serviert und können uns an Brot, Butter, Kuchen, Hörnchen und Marmelade satt essen.
Dann dürfen wir hinaustreten ins Freie und uns überall frei hin und her bewegen.
Wir bleiben tatsächlich den ganzen Tag schicklich angezogen und helfen der Lagerleitung, wo wir können.
Denn es gibt viel zu tun.

Von überall her sehen wir neue Frauenschwärme eintreffen, mit Koffern und Kindern. Viele der Neuankömmlinge sehen wir gerade nackt in Zehnerreihen im Freien antreten zur medizinischen Untersuchung, genau wie wir gestern. Doch nur die Neuen sind ebenso splitterfasernackt und verängstigt wie wir gestern; alle anderen Frauen, die ich schon oberflächlich von gestern wiedererkenne, bleiben tatsächlich in ihren Kleidern, genau wie wir, wie versprochen. Und wir Gestrigen werden von der Lagerleitung gebeten, die neuen Frauen und Kinder zu beruhigen, sie sanft über ihre Lage aufzuklären, sie in die neuen Lebensverhältnisse einzuführen. Dazu sollen wir ihnen ruhig genau schildern, dass es uns gestern genau wie ihnen erging, und dass sie nichts zu befürchten hätten. Ihr Leben wäre nicht in Gefahr, man wolle uns allen nur helfen, uns vor rachsüchtigen russischen Partisanen und Kommunisten und der Roten Armee in Sicherheit zu bringen, bis man uns Visa besorgen würde, damit wir nach Palästina auswandern können.
Und vor allem vor den echten Nazis wolle man uns deutsche Juden schützen, den unbelehrbaren Judenhassern, denen hier wirklich keiner von der Lagerleitung nacheifern wolle, in punkto Grausamkeit.
Später würden wir alle weiterreisen können, auch in neutrale Länder, wenn das unser Wunsch sei, sobald sich die Kriegslage etwas beruhigt hätte, sagt uns die Lagerleitung. Und das sollen wir auch den neu angekommenen Frauen sagen.

Das alles tun wir, denn meine Schwester und ich sind zudem sehr bewandert in Fremdsprachen, da wir dem jüdischen, deutschen Bildungsbürgertum entstammen.
Miriam spricht gut Russisch und Polnisch, da sie ausgebildete Dolmetscherin für diese Sprachen ist, was uns jetzt sehr gut zupasskommt, da auch viele polnisch- und russischsprachige Jüdinnen mitsamt ihren weiblichen Familienmitgliedern heute zu uns gestoßen sind. Miriam ist den slawischen Sprachen zugeneigt, hatte auch diverse Liebschaften mit Polen und Russen.
Ich selber werde eingesetzt, die französischsprachigen Neuankömmlinge zu betreuen, denn ich beherrsche diese Sprache perfekt, da ich als junges Mädchen die gesamten Kriegsjahre von 1914-1918 in Paris verbracht habe, wo ich Architektur studiert habe. Und dann blieb ich noch zwei Jahre, bis ich mein Studium abgeschlossen hatte. Erst 1920 kehrte ich nach Berlin zurück. Doch davon später.
Wir erklären den neuen Frauen ihre vorübergehende Nacktheit, und schon gehen sie die peinliche Situation wesentlich gelassener an, und suchen immer wieder Trost bei uns.
Meine drei Töchter, Miriams Nichten, helfen eifrig beim Essenausteilen und der Versorgung mit Trinkwasser, denn es wird immer heißer.
Vor allem sind sie glücklich, dass sie wieder völlig bekleidet herumlaufen dürfen.
Obwohl sie nun immer mehr entbehrliche Kleidungsstücke freiwillig wieder ausziehen, wegen der Hitze.

Alle neuen Frauen wundern sich, wo sie eigentlich sind und fragen dauernd danach.
Diese Ungewissheit kommt nun auch uns erst so richtig zu Bewusstsein, wie wir uns schlagartig darüber klar werden, Miriam und ich.
Galt es vorher, gestern noch, den ganzen Tag über, allein unser nacktes Überleben zu sichern, wie wir uns in unserer krankhaften Angst einredeten, so merken wir plötzlich, dass heute alles ganz anders ist: Heute sind wir ruhiger geworden, denn die permanente Angst vor unserem angeblich unmittelbar bevorstehendem Tod ist verflogen.
Weil uns die Vorgesetzten im Lager bisher nicht belogen haben, uns keine falschen Versprechungen gemacht haben.
Daher werden wir mutiger und neugieriger. Daher fragen nun auch wir unsere Lagerleiterin, wo genau wir uns eigentlich befinden.

Denn gestern war diese Frage für uns völlig bedeutungslos. Heute ist sie sehr wichtig für uns. Wie wir immer deutlicher erkennen.
Und dann wollen wir natürlich auch noch wissen, was man in Wirklichkeit weiter mit uns vorhat.
Aber erst einmal unser genauer Standort.
„Wir sind hier in der Nähe von Kiew. In den Wäldern außerhalb von Kiew", antwortet die Lagerleiterin uns freundlich. „Und das da unten ist ein Steinbruch, da kommen bald Häftlinge zum Arbeiten runter".
„Aber wo genau sind wir? Und wie heißt dieser Ort hier eigentlich, wo gerade unser Lager entsteht?", fragt nun auch Miriam begierig nach.
„Und diese weitläufige Schlucht dort vor uns? Wozu gehört die? Die Schlucht muss doch auch einen Namen haben?", fragt meine Schwester aufgeregt.
„Die ist namenlos, die hat keinen Namen", antwortet die Lagerleiterin lapidar.
„Warum sollte diese Schlucht auch einen Namen haben? Die ist bedeutungslos, so sehen hier in der Ukraine viele Schluchten und Bergmassive aus, es gibt Hunderte davon, die kann man doch nicht alle benennen", behauptet sie doch tatsächlich.
„Deswegen haben wir ja hier auch in aller Eile ein provisorisches Lager eingerichtet, in aller Stille, in dieser Einöde, wo noch kein bekannter Anlaufpunkt für Spione und Saboteure erreichbar ist, für Partisanen und übergeschnappte Marxisten. Und durchgedrehte Nationalisten, die uns alle gefährlich werden könnten in den großen Städten", erklärt mir die Lagerleiterin.
Bilde ich mir das nur ein, oder schaut die große, blonde Frau Miriam tatsächlich lüstern an?
„Aber in einer Einöde wie dieser hier sind wir doch noch weitaus gefährdeter als in einer befestigten Stadt", plärrt es aus meiner Schwester geradezu heraus, die diesen vernünftigen Einwand meiner Meinung nach mit vollem Recht und einer gehörigen Portion von gesundem Menschenverstand hervorbringt.
„Nein", meint ein sich in unser Gespräch einmischender Offizier nun zu Miriam, „denn die großen Städte werden natürlich von unserer deutschen Wehrmacht angegriffen, wie das schon fast besiegte und niedergeworfene Kiew, wo wir die kommunistische Führung verhaftet und schon zum größten Teil unschädlich gemacht haben. Die Schlacht um Kiew ist schon so gut wie zu unserem Gunsten entschieden. Man

hört manchmal nur noch einzelne, entfernte Schüsse von kleinen Rest-Scharmützeln. Da würden wir nur die neue, deutsche Verwaltung bei ihrer Arbeit stören, wenn wir die ukrainische jüdische Zivilbevölkerung dort ließen, und auch die deutschen Juden, die in der Ukraine Zuflucht gefunden haben ... Sie alle würden allein durch Ihre jüdische Existenz die ukrainischen Behörden gegen sich aufbringen, mit denen unsere deutsche Verwaltung schon fest zusammenarbeitet, sofern es sich um Nicht-Kommunisten handelt, glauben Sie mir! Und den meisten Ukrainern sind ja zum Glück auch die stalinistischen Kommunisten verhasst, denn die Ukrainer wollen die brutalen Besatzer der stalinistischen Unterdrückungsmaschinerie mit Freuden loswerden, sie sind froh, dass der Führer sie von den Russen befreit hat. Denn durch unsere Hilfe, durch uns Deutsche wird die Ukraine in Kürze wieder ein freies, demokratisches Land werden", behauptet der Offizier kühn.

„Aber euch deutsche Juden konnten wir ja dadurch natürlich keinesfalls in der Ukraine belassen, denn Sie wissen doch: Die Ukrainer hassen seit Jahrhunderten schon genug ihre eigenen ukrainischen Juden. Sie hassen sie, und natürlich erst recht eingewanderte deutsche Juden, wie Sie Fünf zum Beispiel; alle Juden hassen sie fast so sehr wie die ungeliebten Russen, die so lange ukrainisches Territorium okkupiert hatten. Von der Zarenzeit bis jetzt!

Doch das ist jetzt zum Glück vorbei. Ukrainer und Deutsche lieben sich, haben sich verbündet mit uns Deutschen und gemeinsam werden wir in wenigen Wochen nach Moskau vorstoßen, deutsche und ukrainische Truppen, und dort das Hauptnest von Stalins Welt-Kommunismus ausheben, und bald ist auch die Hauptstadt frei von Russen und unter deutscher Verwaltung. Und dann noch einige Monate, und die ganze Sowjetunion wird unter dem Hakenkreuz des Führers stehen und sich unserer deutschen Weltherrschaft beugen", gelobt der Offizier feierlich.

„Und wir Juden?", frage ich konsterniert.

„Was wird aus uns Juden?" - „Wenn wir den Ukrainern im Weg stehen, warum setzt man uns dann hier in diesem merkwürdigen Lager in der Ukraine fest?", frage ich anklagend, jetzt völlig ohne Angst und Zittern.

„Aber das hier ist doch nur ein Durchgangslager – Sie bleiben natürlich nicht für lange Zeit hier!", sagt mir der Offizier schmunzelnd.

„Wenn Sie pro Person tausend Reichsmark in unsere Kriegskasse zahlen, dann schleusen wir Sie sicher ins Ausland, wo Sie sicher mit Ihren Familien leben können: Zum Beispiel nach England, oder Amerika, nach Kanada oder Südamerika oder Australien, Brasilien; - na, das ist doch ein Angebot?", fragt er etwas frivol.
Wir schweigen.
„Und nach dem finalen Endsieg des Führers über Sowjetkommunisten und die amerikanischen Finanzjudentum-Kapitalisten, helfen wir Ihrem in der Diaspora verstreuten, jüdischen Volk dann gerne bei der Gründung eines eigenen, jüdischen Staates in der Gegend von Palästina, dem Gebiet zwischen Mittelmeer und Jordan", fährt der Offizier eifrig und fanatisch fort.

Ich aber schüttele missbilligend den Kopf.
„Mein Anhang und ich zum Beispiel, das sind meine drei Töchter und meine Schwester, verfügen aber über keine 5000 Reichsmark um uns loszukaufen aus deutscher Gefangenschaft", sage ich nach einer Weile müde zu dem Offizier.
„Na und? Dann verdienen Sie sich die Summe eben, indem Sie für uns arbeiten!", sagt der Offizier leichthin, aber ohne Häme.
„Sie und Ihre Schwester hatte ich ja heute schon reichlich Gelegenheit, zu beobachten; Sie beide gefallen mir, Sie sind tüchtig, haben uns sehr geholfen bei der Eingewöhnung der neuen Frauen", sagt er anerkennend.
„Psychologisch gewand haben Sie den Neuen die Angst genommen, und sehr gut gedolmetscht. Dafür bekommen Sie auch auf der Stelle von mir eine gerechte Entlohnung: Sagen wir – 100 Reichsmark für Sie und Ihre Schwester", sagt er burschikos, öffnet tatsächlich seine Brieftasche, und reicht uns die Scheine.
Kein Zweifel, der Mann meint wirklich, was er sagt.
„Bewahren Sie das Geld gut auf, bald schon werden Sie es brauchen können", sagt der Offizier lachend.
Es gefällt mir immerhin, dass er, sollte er auch ein überzeugter Nazi sein, der an die meisten Ideen seines Führers glaubt, wenigstens kein verblendeter Judenhasser ist. Der will uns Jüdinnen bestimmt nicht vernichten, so wie er mit seinem leichten, blutvollen Berliner Akzent munter auf uns los spricht.

„Aber was würde uns das Geld schon nützen, selbst wenn wir die 5000 Reichsmark beisammen hätten?", fragt Miriam jetzt resigniert den Offizier.
„Denn bedenken Sie: Keines dieser von Ihnen erwähnten Länder würde uns aufnehmen; ganz Europa und die beiden Amerikas und auch alle anderen außereuropäischen Länder haben ihre Grenzen für die Aufnahme weiterer Juden gesperrt", wirft meine arme Schwester dem Manne verbittert vor.
Ich nicke zustimmend.
„Das stimmt nicht ganz, mein schönes Judenfräulein", sagt er lässig dahin.
Aber er meint es nicht gehässig, was er sagt. Ich erkenne es an seinem legeren Tonfall.
„Wir stehen in Verbindung mit den Pass-Stellen, Ämtern und Konsulaten der besagten, von mir erwähnten Länder. Viele lehnen Bestechung ab, das stimmt, aber nicht alle Sachbearbeiter sagen nein zu einem kleinen Bakschisch, glauben Sie mir. Und ich bin da ganz zufällig an einer kleinen Nebenstelle meines eigentlichen Betätigungsfeldes eingesetzt: Ich könnte da bestimmt einiges für Sie deichseln", sagt er mit einem ganz unverstellten, natürlichen Charme, ganz ohne Bosheit.
Doch ich fahre ihm trotzdem wieder in die Parade, ganz aufgehetzt von meinen widerstreitenden Gefühlen.

„Ich glaube Ihnen kein Wort: Nach einiger Zeit nehmen Sie uns das Geld ja doch wieder ab, und dazu noch alle unsere Koffer mit den Wertsachen, und lassen uns alle erschießen, vielleicht noch in diesem Lager", höre ich mich brutal, eigentlich ganz gegen meinen inneren Willen herauspressen zu dem Mann, der es doch eigentlich gut mit uns meint.
Doch zu meinem Erstaunen bleibt er ganz höflich und erklärt mir, ganz ohne auszurasten über meine Kratzbürstigkeit: „Aber meine Dame, was halten Sie denn von mir? Ich gebe ja zu, dass wir die Juden loswerden wollen aus dem deutschen Machtbereich, natürlich, aber doch ohne Gewalt – ganz friedlich. Und ohne Sie etwa so hundsgemein auszuplündern, wie das ja leider tatsächlich so oft geschieht! Und ich gebe ja durchaus zu: Natürlich kam es bei den Juden auch schon mal zu Übergriffen, zu tödlicher Gewalt. Sicherlich wurden einzelne

Judengruppen von unseren Einsatzgruppen erschossen, auch hier in der Ukraine. Aber das waren alles einzelne Partisanen, Gewalttäter oder Marxisten, ja auch schon mal Frauen, die unsere tapfere Wehrmacht aus dem Hinterhalt beschossen haben, aber das sind doch nur noch Einzelfälle". Behauptet der behäbige Offizier jedenfalls treuherzig.
„Dann und wann wurden auch schon mal ein Dutzend jüdischer Frauen erschossen, die in den Wäldern und auf den Heeresstraßen Sprengfallen für unsere deutschen Panzerverbände mitgebaut haben. Das stimmt schon Aber die mussten wir doch töten, das konnten wir doch nicht zulassen, dass uns jemand so feige und hinterhältig in den Rücken fällt, das müssen Sie doch einsehen…"
Wir hören ganz erschrocken zu.
„Und diese jüdischen Widerstandskämpfer und Kämpferinnen haben ja vielfach auch dann noch aus vollen Rohren auf uns geschossen, als wir sie aufforderten, sich zu ergeben".
„Das mussten wir doch ahnden!"
„Aber im Allgemeinen haben wir uns jetzt neuerdings, seit einigen Wochen schon, mit unseren Kriegsgegnern, den Alliierten daraufhin verständigt, die Judenfrage human zu handhaben, durch friedliche Auswanderung der Juden, unter Belassung all ihrer beweglichen Habe und Wertsachen. Und dafür sind die Auswandererländer da, wo Sie hinsollen. Wir haben extra für die Juden einen Auswandererrat eingerichtet, der sich um alle Formalitäten kümmert. Wir verkaufen Sie an unsere Feinde, denn die Auswandererländer bekommen ja auch von uns Geld für Ihre Abschiebung – und die andere Hälfte natürlich von Ihnen", versichert der Offizier uns eigentlich recht glaubwürdig. Doch man muss immer vorsichtig und skeptisch bleiben.
„Denn die andere Hälfte des Geldbetrages für Ihre Aufnahme in einem anderen Land müssen allerdings Sie selber zahlen – das kann schon schwieriger für Sie werden, das gebe ich zu…"

„Aber die Auswandererländer für Juden haben doch gerade erst in der internationalen Presse verlauten lassen - zum Beispiel hat Roosevelt in Amerika gesagt, und auch der australische Kontinent: - „Bei uns im Land gibt es keinen Antisemitismus, aber nur, weil wir die Einwanderung von Juden aus Europa zu uns gestoppt haben.

N o c h herrscht daher nämlich kein Antisemitismus bei uns, und damit es so bleibt, schließen wir schweren Herzens ab sofort die Grenzen für neue jüdische Einwanderer, ehe bei uns auch antisemitische Hetzparteien entstehen und wüten, randalieren und töten wie in Europa, und unser Land durch neue Judeneinwanderung gesellschaftlich zerreißen und verheerend spalten"", schließt Miriam ihre Zitatenflut.
„Sie sehen also: Wir Juden können nirgends mehr hin!", zieht Miriam vor dem wohlmeinenden Mann ihr düsteres politisches Fazit heraus.

„Dann bleibt doch immerhin noch Palästina für euch Juden als Auswanderungsland. Also gut: Wenn Sie mir nicht mehr vertrauen, meine Damen, dann gebe ich Ihnen zumindest sofort auch das restliche Geld für Ihren Loskauf", sagt der gutmütige, aufrichtige Kerl, und holt aus seinen Taschen doch tatsächlich den fehlenden Riesen-Batzen Scheine hervor, und händigt Miriam und mir die vollen 5000 Reichsmark einfach so aus! Meine drei Töchter stoßen gerade zu uns und staunen nicht schlecht, als sie Zeuginnen der Großzügigkeit dieses Offiziers werden, der eigentlich kein richtiger Nazi ist, und ungläubig die Geldübergabe beäugen.
„Ihr fünf Mädchen seid mir wirklich spontan ans Herz jewachsen", sagt der berlinerische Offizier lachend zu unserer Fünferbande.
„Und mit dem janzen Jeld is et jetzt och viel leichta für euch, hier vielleicht janz schnell wieder rauszukommen aus dem Lager".
Dann scheint er zu überlegen, denn noch fehlen uns die Worte, um dem Offizier für seine Großzügigkeit zu danken. Allein unser dankbares Lächeln scheint ihm bereits Belohnung genug zu sein.
„Aber nee – warten Sie mal! Am besten, Sie behalten das Geld gleich für sich. Dann bringe ik euch fünf doch lieber gleich heute Nacht ganz aus dem Lagerbereich in die Wälder, dann könnt ihr euch auch alleine durchschlagen; und das Geld dafür könnt ihr auf eurer Flucht in ein neutrales Land gut gebrauchen", schließt er seine hastige Argumentation.
„Ihr müsst nur lernen, die richtigen Leute zu bestechen", sagt er gleichzeitig humorvoll, aber durchaus auch deutlich hörbar mit ernstem Unterton. „Und es ist wirklich nicht einfach, das zu lernen, aber ihr werdet bald damit anfangen müssen…" Sagt er ganz resigniert und nachdenklich.

„Aber das geht doch nicht, das ist viel zu gefährlich für meine Mädchen – und das Geld kann ich einfach nicht annehmen", protestiere ich zaghaft, halte es aber zu meiner Schande bereits fest gedrückt in der Hand. Wie meinen Privatbesitz.
„Aber natürlich können Sie das – verwahren Sie es gut, passen Sie gut auf das Geld auf. Lassen Sie es niemanden sehen, nur im Notfall dürfen Sie davon jemandem Kenntnis geben. Aber auch nur einer Person, der Sie hundertprozentig vertrauen können, verstanden?", schärft er mir ein.
Alle Fünf von uns nicken ernst.
„Oh – wir versuchen, heute Abend weiter zu reden, da kommt die Lagerkommandantin", sagt der Offizier erschrocken und verlässt uns hastig.
Vorher wiederholt er noch einmal hastig, sie dürfe das Geld keinesfalls sehen.
Wir haben nicht vor, diesen Fehler zu machen.
Am meisten beunruhigt uns fünf Frauen dann aber doch der Umstand, dass es für uns hier im Lager offensichtlich doch noch gefährlich werden könnte; dass wir hier doch nicht so sicher sind, wie man uns weismachen will: Denn warum sonst sollte es der Offizier so eilig haben, uns hier in einer Nacht-und-Nebel-Aktion herauszuschmuggeln?, frage ich Miriam.
Unser großherziger Retter kann uns dazu leider nichts mehr mitteilen.
Denn plötzlich steht die Lagerkommandantin vor uns.

Doch sie mustert uns freundlich, erwähnt nichts von dem Geld, hat es wahrscheinlich nicht gemerkt.
Stattdessen heftet sie Miriam und mir ein Abzeichen an die Kleidung. Aber ihr, der Jüngeren zuerst. Wie sehnsüchtig sie meiner Schwester in die Augen starrt!
„Ja, was ist denn das? Sagen Sie bloß: Sie wollen wohl so eine Art Lager-Kapo aus uns machen, was?", frage ich misstrauisch und schwer verstimmt.
„Aber nein, was denken Sie sich nur wieder Schlimmes!", sagt die Lagerleiterin und schüttelt lächelnd den Kopf.
„Wir sind doch hier in keinem Konzentrationslager – noch in einem Straflager", korrigiert sie mit heiterer Miene.
„Das Abzeichen besagt lediglich, dass Sie beide ab heute meine Chefdolmetscherinnen sind. Und Sie sollen durch die Aufschrift auch

leichter erkannt und respektiert werden. Gratuliere, Sie haben gute Arbeit geleistet", lobt sie uns.

„Kommen Sie nun bitte mit mir: Ich brauche Sie zum Übersetzen für neu angekommene, polnische und belgische Frauen, die nur Französisch und Polnisch sprechen können", sagt sie forsch, aber nicht mal befehlerisch.

Wir wagen nicht zu widersprechen und gehen zitternd vor Aufregung mit.

„Und meine Töchter?", frage ich zweifelnd.

„Die können machen, was sie wollen. Sie können sich das Lager ansehen, mit Freundinnen spielen oder sich einfach nur mal ausruhen. Unten an dem kleinen See zum Beispiel", sagt die Leiterin leichthin beschwingt.

„Denn die Mädchen waren wirklich den ganzen Tag fleißig. Sie haben alle Frauen unentwegt mit Speisen und Wasser versorgt. Und sie haben geholfen, wo sie konnten. Sie haben es sich verdient!", sagt die Lagerleiterin mit honigsüßem Lächeln.

„Au ja, gerne, wir kommen schon klar, Mama, bis später", ruft mir meine Jüngste heiter zu.

„Aber…", protestiere ich schwach.

Doch schon sind meine drei Mädchen davongestoben.

Ich bin ganz und gar nicht erfreut, schon gar nicht bin ich auch nur ansatzweise beruhigt. Ich werde im Herzen nicht froh über die ganze merkwürdige Situation hier.

Werde ich meine drei ahnungslosen Mädchen nachher überhaupt noch mal lebend wiedersehen?, frage ich mich mit klopfendem Herzen.

Doch schon haben Miriam und ich uns zusammen mit der Lagerleitung in Marsch gesetzt.

Noch eine Frage treibt mich rastlos um: Wo sollen wir bloß demnächst das viele Geld sicher verstecken?

Wenigstens ging das jetzt für den unmittelbaren Augenblick viel leichter vonstatten, weil wir ja glücklicherweise nicht mehr nackt herumstehen müssen, denke ich mit Galgenhumor.

Wieder ein schrecklich ungewisser Tag später!

Immerhin hat man meine drei Töchter nicht heimlich während unserer Abwesenheit erschossen! Oder sonst irgendwie verschwinden lassen.

Das ist für mich die größte Erleichterung. Noch gab es keinen gewaltsamen Tod in diesem Lager.

Wir Fünferbande wachen wieder wie gerädert auf, kriegen noch karger zu essen und haben immer noch keine Duschen, unter die wir uns erlösend vom Schmutz und Schweiß der letzten Tage stellen können.

Auch haben wir keine Latrinen mehr, müssen unsere Notdurft im Freien verrichten, drunten in der breiten Schlucht! Wo soll das bloß enden?, frage ich mich verzweifelt.

„Nicht mehr lange, und die erste Seuche bricht hier aus – und dann gute Nacht!", sagt meine Schwester mit Recht.

Immerhin haben wir noch reichlich zu trinken: Sie rollen ganze Wasserbottiche bis nahe an unsere Baracken, die auch schon nicht mehr so reinlich sind.

„Oh, Mann, wenn ich jetzt endlich mal unter eine frische Brause dürfte, dann würde ich glatt meine ganzen Grundsätze vergessen, und sogar zusammen mit allen Männern hier im Lager gemeinsam splitternackt duschen!", sagt sogar meine prüde Petruschka und kratzt sich und schüttelt dann ihre schon leicht angefettete Haarmähne.

Miriam und ich lachen kurz auf, doch das Lachen bleibt uns natürlich gleich wieder im Halse stecken.

Ein Glück für uns ist ja: Keiner hat bisher unser Geld entdeckt. Es fand noch keine Durchsuchung unserer Kleidung im Lager statt.

„Aber was passiert, wenn die Lagerleitung doch mal eine unerwartete, unangekündigte Leibesvisitation an uns fünf bedauernswerten staatenlosen Frauen vornimmt?", fragt mich Miriam verschreckt.

Ich wage gar nicht daran zu denken, was dann passiert! Werden wir dann bestraft, wenn das Geld bei uns gefunden wird, oder wird es uns nur weggenommen?

Wir haben die 5000 Reichsmark alle Fünf gleichmäßig in unserer weiträumigen Kleidung verteilt, denn wir erwarten jeden Moment, dass wir uns baldmöglichst in die Büsche schlagen. Will heißen, wir wollen das Lager so schnell wie möglich auf eigene Faust verlassen. Noch heute Abend!

Denn es hat doch wohl noch keine Grenzen? Oder ist es doch schon ringsherum von Stacheldraht eingezäunt?, fragen wir uns. Wie ein Konzentrationslager in Deutschland, Buchenwald oder Mauthausen?

Wir wollen das gleich herausfinden, Miriam und ich, denn heute haben wir sozusagen wohl frei. Daher streifen wir hungrig kreuz und quer durch das Lager.

„Horch mal, Judith? Waren das nicht eben Schüsse?", fragt mich Miriam und klammert sich an meinem Arm fest.

„Du hast recht", antworte ich angstvoll. „Und diesmal so nah, so, als kämen Gewehrsalven direkt hier aus dem Lager", analysiere ich blitzartig meine Beobachtungen.

„Erschießungen? Was meinst du?", fragt meine Schwester panikartig.

„Du glaubst, sie fangen jetzt doch an, die ersten gefangenen Frauen zu exekutieren?", frage ich Miriam und sehe direkt in ihre starren Augen.

„Vielleicht nur Verbrecherinnen, Partisaninnen, oder kriminelle Frauen, Mörderinnen, Saboteurinnen?", fragt mich Miriam mit einem Hoffnungsschimmer.

Harsch reiße ich mich von ihrem Arm los, der mich immer fester umklammert, und herrsche sie an: „Jetzt red doch keinen Stuss! Los, komm lieber mit mir mit: Wir müssen herausfinden, aus welcher Richtung die Schüsse kommen!", sage ich gebieterisch zu meiner Schwester und ziehe sie mit mir fort.

„Ich kann nicht!", sagt sie heulend, deren seelische Verfassung zu sehr aufgewühlt ist, und Miriam bleibt wieder stehen, und weigert sich, mir zu folgen.

Schon wieder hören wir einzelne Schüsse. Diesmal noch näher.

Da laufen wir dann doch beide los, in Richtung der Schüsse. Statt die Grenzen des Lagers zu erkunden, wie wir es ursprünglich vorhatten, laufen wir doch lieber wieder zur Schlucht zurück.

Ja, denn von dort kommen die Schüsse, wie es uns jetzt dämmert.

Unsere drei Mädchen haben uns gefunden und sind schnell zu uns gestoßen, denn die Schießerei hat auch sie aufgeschreckt und beunruhigt.

Der Schießlärm wird immer lauter, kommt immer näher, wir laufen also in die richtige Richtung!

„Oje, welche von uns Frauen sie wohl gerade erschießen?", fragt Petruschka heulend und laufend.

Da werden wir von Soldaten aufgegriffen und mit Gewehrkolben zurückgedrängt.

Petruschka, die Ängstlichste, schreit auf.

„Bleiben Sie zurück! Zu diesem Bereich haben Sie heute keinen Zutritt. Es finden Schießübungen der Truppe statt", belehrt mich ein Soldat.
„Weg von hier, bitte, meine Damen! Das kann gefährlich werden, denken Sie an mögliche Querschläger!"
„Sie erschießen also keine Gefangenen?", fragt Miriam keuchend, angespannt.
„Aber nein, was reden Sie denn da; keine Sorge, sehen Sie selber: Da!", sagt der Soldat zu mir.
Und ich erhasche einen flüchtigen Blick auf einen Trupp Soldaten, die tatsächlich auf Zielscheiben und Strohpuppen schießen. Also kein Grund zur Beunruhigung. Oder?
Spontan atmen wir erst mal erleichtert auf und lachen hysterisch, herzen und küssen uns.
„Sie sehen selbst, alles nur zur Übung". Sagt der Soldat jedenfalls selbstsicher.
„Gehen Sie jetzt bitte zurück. Hier haben Sie heute nichts verloren".
Und wir gehorchen ihm gern.

Unter einer schützenden Baumgruppe, nachdem sie festgestellt hat, dass niemand uns belauscht, sagt Miriam flüsternd zu mir: „Aber eins dürfte dir doch klar sein, Judy: Wenn heute Schießübungen auf Strohpuppen durchgeführt werden, dann heißt das doch im Klartext: Morgen werden sie dann Menschen erschießen! Also doch noch! Und heute schießen die Soldaten sich dazu ein", sagt meine Schwester mir schroff ins Gesicht.
Die Mädchen schreien entsetzt auf.
„Meine Güte! Ich glaube, diesmal ist deine Schlussfolgerung tatsächlich richtig, Miri", überkommt mich blitzartig dieselbe Überzeugung wie meine Schwester.
„Also los, wir müssen hier raus", sage ich flüsternd, „und zwar sofort! Ehe erst wieder der neue Morgen graut! Denn dann stehen morgen wir an der Stelle, wo bis jetzt nur die Strohpuppen von den Kugeln zerfetzt werden!" Und gehetzt folgen mir alle zustimmend ins Dickicht, dann hasten wir zum Ende des Lagers. Wo auch immer das sein mag!
Stundenlang irren wir durch unwegsames Gelände und Unterholz, ohne Plan - bis die Dunkelheit hereinbricht. Wir sind tatsächlich aus dem Lager herausgekommen. Aber was nützt uns das? Und es war ja eigentlich auch noch gar kein richtiges Lager.
„Hier draußen sind wir noch gefährdeter, als in der augenblicklichen

Sicherheit des Lagers", bemerkt Miriam plötzlich deprimiert, als sie feststellt, dass wir ziellos herumstaksen.
Sie hat ja so recht.
Schüsse und Kanonendonner aus dem fernen Kiew sind weiterhin leise vernehmbar. Tiere schreien und es raschelt im Gebüsch.
„Mama, was ist, wenn wir auf Wölfe stoßen?", fragt mich Sarah verschreckt.
„Die gibt es hier nicht, doch noch nicht so nah am Lager", vertröste ich meine Jüngste. „Höchstens im tiefen Winter, wenn alles dicht verschneit ist, und die Wölfe ausgehungert sind, dann kommen sie den Lagern auch ganz nah", sagt Miriam.
„Woher willst du eigentlich wissen, Mama, wie weit wir schon vom Lager entfernt sind?", fragt mich Rebecca.
„Gute Frage", antwortet an meiner Stelle ihre Tante Miriam trocken.
„Wenigstens scheinen sie keine Wachen aufgestellt zu haben", bemerke ich, um von unserer Misere der Desorientiertheit abzulenken.
„Wenigstens hat jetzt in der Nacht die gröbste Hitze nachgelassen", sage ich tröstend zu allen.
„Mama, ich habe solchen Hunger", sagt Sarah bereits jetzt.
Und wenig später erkenne ich: So planlos und kopflos kommen wir hier nie durch!
Wir hätten die ganze Flucht besser planen sollen, nicht so überstürzt aufbrechen sollen. Das sage ich auch zu allen. Sie stimmen zu.
„Was nützt uns jetzt das viele Geld, wenn wir doch nichts dafür kaufen können – Essen zum Beispiel", lamentiert Miriam keuchend und lässt sich erschöpft auf einem Felsbrocken nieder.
„Ja, das ist wahr, teure Miri", gestehe ich müde, und zerschunden mache auch ich Rast und lehne mich an einen Fels, der im Dämmerschein rot leuchtet.
„Wo ja auch wirklich weit und breit kein Mensch zu sein scheint, den man mit dem Geld bestechen könnte", stimme ich meiner Schwester zu.
„Oder der uns dafür Wasser oder Essware gibt", schließe ich müde den Kreis meiner Argumentation.
„Doch, einer ist schon hier, um Ihnen zu helfen, meine Damen", hören wir plötzlich eine vertraute Männerstimme auf uns einreden, und wir schrecken zusammen.

Es ist der gutmütige Offizier, der uns die 5000 Reichsmark geschenkt hat, erkennen wir erleichtert. Und nun reicht er uns seine Feldflasche. Wir stehen auf und trinken dankbar reihum.
„Sie hier? Was für eine Freude, aber was tun Sie denn hier?", fragt Miriam voller Freude.
„Ich will Sie von Ihrem unsinnigen Vorhaben abbringen", sagt der Berliner.
„Fliehen ist ja ganz schön, aber wo wollen Sie denn hin? Hier draußen ist nur öde Wildnis. Und das über eine verflucht lange Strecke! Sie haben recht gehabt, als Sie sagten, das müsse man planen, da können doch nicht fünf Frauen so einfach losziehen ins Ungewisse, ohne Männer, Proviant, Soldaten oder Kundschafter mit Waffen und Ortskenntnis. Was habt ihr Mädchen euch dabei eigentlich gedacht?", fragt der Mann fassungslos.
„Ich hätte euch doch gerne weitergeholfen, wir hätten doch gemeinsam türmen können, aber dann mit fachkundigen Gleichgesinnten ... Als ich euer Fehlen bemerkt habe, bin ich euch sofort nachgesetzt, habe eure Fährte verfolgt. Denn hier draußen lauern tausend Gefahren, wilde Tiere, Partisanen, Räuber, Deserteure, die Rote Armee, Deutsche, und so weiter, und so weiter..."
„Es grenzt an ein Wunder, dass ihr noch nicht in Kämpfe hineingeraten seid..."
„Wissen Sie eigentlich, wo wir sind?", fragt nun meine älteste Tochter Rebecca gespannt.
„Ja, kaum einen Kilometer vom Lagereingang entfernt", sagt der Offizier lachend.
„Ihr seid die ganze Zeit im Kreis gelaufen. Erst habt ihr allerdings einen ordentlichen Marsch weg von hier hingelegt, aber dann habe ich bald mit meinem Feldstecher erspäht, dass ihr an einer Biegung plötzlich wieder den Rückweg zum Lager eingeschlagen habt, ohne das natürlich zu merken", bemerkt der gedrungene Offizier mit dem Quadratschädel grunzend.
„Dann brauchte ich euch nur noch entgegenzulaufen, um euch quasi wieder einzusammeln", sagt der Mann leutselig zu uns.

„Kommt jetzt, ich bringe euch zurück ins provisorische Lager. Wenn wir jetzt alle heimlich und schnell zurückkehren, dann haben wir den Vorteil auf unserer Seite, dass keiner merken wird, dass ihr überhaupt je

weg wart. Ich sehe ja, ihr seid jetzt schon am Ende eurer Kräfte. Und eurer Lebensmittel. Morgen sehen wir weiter, was zu tun ist, um von hier wegzukommen, bevor es hier so richtig brenzlig wird", sagt der wohlwollende Mann und führt uns zurück.
Erschrocken protestieren wir wild durcheinander, denn wir erzählen dem Offizier von unseren Folgerungen aus der Szene mit den Strohpuppen. Dass vermutlich wir morgen als menschliche Ziele an genau derselben Stelle durchlöchert werden, aus und vorbei!
Er lacht. „Unsinn! Die Soldaten machen doch keine Schießübungen, um morgen euch aufs Korn zu nehmen, glaubt mir! Wenn länger nicht gekämpft wird, müssen Soldaten immer zwischendurch Schießübungen durchführen, um in Form zu bleiben. Und die laute Ballerei dient doch gleichzeitig auch dazu, um etwaige Angreifer unseres Lagers besser abschrecken zu können, daher die Schießübungen! Um uns gegen Russen und Partisanen verteidigen zu können, die uns bald auflauern werden! Und überlegt doch mal logisch", stellt er uns lachend anheim: „Warum sollten Soldaten eigentlich Schießübungen nötig haben, nur um wehrlose jüdische Frauen zu erschießen, na? Die laufen doch nicht weg wie kämpfende Soldaten! Wenn Frauen in einer Reihe aufgestellt werden, und sich zur Exekution ängstlich zusammendrängen, und still auf einem Haufen stehen, dann wird doch selbst der schlechteste Schütze der Welt kaum solch ein unbewegliches Ziel wie eine große Frau verfehlen, wo er ihr doch den Revolverlauf direkt ins Genick drücken kann, und dann gezielt abdrückt - oder was meint ihr?", fragt der Offizier munter und lacht uns aus.
Wir überlegen kurz, lassen uns diese Argumentation durch den Kopf gehen und erschaudern. „So also richten Sie uns Juden hin! Sie wissen ja schon verdammt gut Bescheid über die Methode!", sagt Rebecca heulend.
„Schluss jetzt mit dem Gequatsche!", sagt der Mann erregt und treibt uns vorwärts. Zurück ins Lager, das vielleicht doch gefährlicher für uns wird, als die Wildnis hier draußen. Denn jetzt geht es zurück, in den Tod, glaube ich furchtsam. Ob der Berliner uns das Geld gleich wieder abnimmt, wenn wir wieder im Lager sind?

Es gibt also wirklich keinen Grund, in unserer Wachsamkeit nachzulassen. Es wird nun doch ernst!

Denn wieder einen Tag später werden wir in unserer Baracke unsanft aus dem Schlaf geweckt. Die Lagerleiterin persönlich ist erschienen wie ein Gespenst und fordert vor allem meine Dolmetscher-Schwester Miriam auf, mitzukommen, direkt vor die Schlucht.
„Warum, was ist denn los?", fragt meine Schwester verschlafen.
Wir alle fahren müde und zerknittert hoch. Kein Zweifel: Es tut sich offensichtlich was, die Dinge sind bei uns plötzlich in Bewegung geraten.
„Folgendes, Miriam", sagt die Leiterin freundlich, aber bestimmt: „Wir haben in der Nacht einige sogenannte russische „Flintenweiber" aufgegriffen, das sind Frauen, die von der Roten Armee hastig in Uniformen gesteckt wurden, und lediglich eine militärische Blitzausbildung genossen haben. Dieses feige Weibergesindel soll die militärischen, regulären russischen Truppenverbände in der Nachhut stärken, und uns Deutschen in den Rücken fallen und uns aus dem Hinterhalt bekämpfen; die sind schlimmer als die Partisanen, glauben Sie mir", versichert mir die Lagerleiterin.
„Und wir haben nun einen ganzen Pulk dieser elenden Flintenweiber bereits ganz früh bei der großen Schlucht zusammengetrieben, und nun wollen wir sie verhören. Dazu brauche ich Ihre fantastischen Russischkenntnisse, meine liebe Miriam, also kommen Sie bitte umgehend mit", fordert sie meine Schwester auf.
„Und nehmen Sie zur Sicherheit dazu auch Ihr großes Militär-Wörterbuch mit, das ich Ihnen gestern gegeben habe", schiebt sie noch gehetzt nach.
„Gern. Aber gleich, ohne jegliches Frühstück?", fragt meine Schwester verschlafen und zieht sich schon an.
„Das können Sie später gerne ausgiebig nachholen. Später haben Sie alle ausreichend Zeit, um fürstlich zu speisen", versichert sie eindringlich.
„Hier haben Sie wenigstens erstmal Milch zu trinken, und frischen Kaffee; gut, auch einen kleinen Imbiss können Sie wenigstens schnell noch einnehmen, aber bitte nur fünf Minuten, dann kommen Sie aber bitte gleich, es eilt!", befiehlt sie kategorisch.
Zwei Krankenschwestern verteilen die Getränke an uns, aber zumindest bekommen wir tatsächlich sogar Obst gereicht, Bananen und Orangen! Wo mögen sie die herhaben? Mitten im Kriegsgetümmel? Wir aber

fragen nicht lange, und beißen hungrig zu fünft in alles hinein, was man uns so reicht.

„Ich will diese Russinnen unbedingt sofort verhören, ich will wissen, wo ihre Vorgesetzten sind, und ob etwa schon bald eine Division hier anrückt", erläutert uns die Lagerleitung, während wir hastig Obst in uns hineinstopfen.
„Nur Frauen haben Sie gefangen?", fragt Miriam neugierig.
„Nein, natürlich auch russische Partisanen, doch die haben wir bereits ins Männerlager zum Verhör transportiert", erklärt uns ein Offizier.
„Das befindet sich ganz in der Nähe von hier, nur ein paar Kilometer weg", sagt mir die Lagerleiterin.
„Sind auch unsere Männer dort, zum Beispiel mein Ehemann, der Vater meiner Töchter? Antworten Sie doch!", frage ich verzweifelt. „Das kann ich Ihnen im Augenblick leider nicht sagen", sagt sie streng und ungeduldig. „Gedulden Sie sich noch einige Tage, dann werden wir Gewissheit haben", schnarrt die Lagerleiterin.
Wir sind wieder skeptisch, was die Glaubwürdigkeit dieser Aussage angeht, fragen aber lieber nicht weiter nach in dieser angespannten Situation mit dem bevorstehenden Verhör der „Flintenweiber".
Aber alles hier kommt uns ja sowieso schon seit Tagen absolut unwirklich vor in dieser albtraumhaften Umgebung, wo eine ungesunde Atmosphäre der Verheimlichung beständig schwelt, denke ich mir.
Wir dürfen doch bestimmt nie nach Palästina, denke ich verbittert. Aber wenigstens leben wir noch, der Berliner Nazi hat uns bei unserer Wiederankunft im Lager, nach unserem Fluchtversuch wenigstens doch nicht gleich erschießen lassen; und das Geld hat uns unser hilfreicher Nazi auch nicht wieder abgenommen!
Wir essen noch rasch zu Ende, dann müssen wir aufbrechen, auch ich, obwohl ich nur Französisch und Niederländisch beherrsche.
Ob es auch Französinnen und Niederländerinnen gibt, die sich als Kämpferinnen den russischen Partisanen angedient haben?, überlege ich im Laufen. Davon habe ich doch auch schon mal gehört...
Das werde ich schon herausfinden, befinde ich gespannt und furchtsam zugleich.
Meine drei Töchter sind neugierig, möchten mit zum angeblichen Verhör der Russinnen, doch zum Glück verbietet es die Lagerleitung kategorisch. Sie werden wieder zur Verpflegung und Tröstung der

Neuankömmlinge eingeteilt. Und ich mache mir natürlich wieder Sorgen um sie, weil ich von ihnen getrennt bin.

Unten an der wohlbekannten Schlucht sehe ich schon ein buntes Tohuwabohu mit starrer Militärpräsenz, Frauengeschrei in russischer Sprache, umtriebige Offiziere mit gezückten Maschinengewehren und Pistolen, die die Frauen an die Kandare nehmen. Tatsächlich Frauen in Uniform, in richtiger Militärkluft. Sie haben Mützen auf, auf denen der rote Sowjetstern prangt. Und sie schlagen ab und an nach den Offizieren, keifen und fletschen die Zähne. Sie können aber nicht mehr gefährlich werden, denn sie sind schon entwaffnet worden, wie ich erkenne. Sie werden in Schach gehalten von vielen Soldaten, die etwas auf Deutsch brüllen.
„Verhören Sie mir diese hier zuerst", befiehlt ein Offizier meiner Schwester Miriam, der eine stämmige, tobende Russin am Kragen hat. Ihre Mütze ist auf den Boden gefallen bei der Rangelei. Sie hat kurzgeschnittene Haare, einen richtigen Militärschnitt, das ganze Haar ist raspelkurz geschoren, wie auch bei allen ihren Mitstreiterinnen. Ihre ganzen Ohren sind frei und der Nacken ausrasiert.
Sie tobt wie eine Wilde, plärrt auf Russisch. Miriam will sie beruhigen, tut das auch sanft in fließendem Russisch, stürzt zu ihr hin und streichelt ihre Haare, als die Russin zu ihr hinuntergebeugt wird, doch die Megäre stürzt sich sofort auf meine Schwester und greift sie an, beißt ihr sogleich in den Finger.
Ein Offizier schlägt sie mit einer Peitsche. Miriam schreit auf. Lauter als die gepeitschte Gefangene.
Eine Rotkreuzschwester hastet zu Miriam hin und kümmert sich um ihren Finger.
Jetzt erst bemerke ich eine große Geschützstellung, mit drei aufgepflanzten Maschinengewehren darauf, die etwas abseits von den russischen Frauen aufgestellt ist. Noch ist sie unbesetzt, kein Soldat bedient sie.
Ich mache meine Schwester diskret auf die MG-Stellung auf dem großen Stativ aufmerksam, während die Russin durch Schläge mit dem Gewehrkolben wieder gefügig gemacht wird. Miriam schaut das Schießzeug verdrossen an.

„Wollen die damit etwa all die Russinnen hier erschießen, wenn das Verhör beendet ist?", fragt mich Miriam flüsternd, der die Hand verbunden wird.
„Siehst so aus. Und uns dann wahrscheinlich gleich mit, als Zugabe, falls wir keine brauchbaren Informationen aus diesen keifenden Weibern herausbekommen!", sage ich bange mit klopfendem Herzen.

Währenddessen versuchen die Soldaten, die anderen aggressiven Frauen zu bändigen, schlagen auf sie ein, bedrohen sie, halten sie zurück und treiben sie mit Schlägen wieder zusammen zu einem kleinen Pulk.
Ein Offizier schimpft auf die Beißerin, zwei Soldaten ohrfeigen und treten sie.
Nichts scheint ihr was auszumachen, derart widerstandsfähig ist sie!
Dann wird Miriam wieder zu ihr befohlen, und sie übersetzt für die Lagerleiterin und den Kommandanten alle ihre Fragen auf Russisch, die sie an die Soldatenfrau haben, die jetzt von mehreren Helfern festgehalten wird, und in unsere Richtung gedreht wird.
Doch sie weigert sich offenbar, was Brauchbares preiszugeben, flucht nur und beleidigt unentwegt sowohl Miriam als auch die Befrager.
Miriam erklärt uns allen diese Misere auf Deutsch.
„Sie will keine Fragen beantworten", sagt Miriam resigniert und seufzt.
Die Russinnen werden vorläufig gefesselt und allesamt vor Miriam geführt, um endlich auszupacken.
Alle befragt sie freundlich und einfühlsam auf Russisch, doch die meisten bleiben stumm, oder schütteln einfach nur den Kopf, wenn es ums Antworten geht.
„Sagen Sie doch bitte mal", frage ich: „Sind diese Russinnen eigentlich auch allesamt Jüdinnen wie wir?"
„Was spielt das für eine Rolle?", zischt die Lagerleiterin mir unwirsch zu.
„Das ist doch völlig egal. Natürlich werden unter diesen rund 50 Flintenweibern auch einige russische Jüdinnen dabei sein, aber darum geht es uns doch gar nicht. Wir wollen doch nicht die Jüdinnen unter ihnen herausfiltern. Wir wollen nur die nötigen Informationen aus ihnen rausquetschen. Und wenn sich diese Flintenweiber weiterhin weigern, uns zu sagen, was wir wissen wollen, dann werden sie alle erschossen, ob Jüdinnen oder nicht", sagt die Lagerleiterin scharf zu Miriam und mir.

„Denn Jüdischsein ist kein relevantes Kriterium für uns!"
„Los: Sagen Sie ihnen das jetzt!", befiehlt sie Miriam, die sie scharf ins Visier nimmt.
„Jawohl!", sagt meine Schwester zitternd und hält einen flammenden Appell an die Russinnen.
Doch sie keifen wieder und schimpfen.
„Unnötig, nichts zu machen, Wahnsinn. Alle Frauen sagen, sie ziehen es vor, erschossen zu werden, als auch nur irgendetwas preiszugeben!", berichtet Miriam mit ungläubigem Staunen.
„Das werden wir ja sehen! Bitte sehr, das können sie haben", sagt die Lageleiterin wütend.
Miriam zuckt ganz erschrocken zusammen.
„Was? Sie können doch nicht wirklich …?", sagt sie zaghaft.
Wortlos befiehlt die Leiterin den Soldaten, das Geschütz näher heranzufahren.
„Natürlich kann ich. Oder glauben Sie etwa, das hier ist nur zur Dekoration da? Für unser großes Welttheater unter freiem Himmel?", sagt Frau Lagerleiterin drohend
Da donnert schon das Geschütz auf seiner Lafette heran: Von mehreren Männern zügig herangeschleppt. Die Lafette dient dem MG beim Schießen und Fahren als Auflage, wie bei einem Kanonenrohr. Die Soldaten betätigen nun geschwind die Höhen- und Seitenrichtmaschine der Lafette, die ihnen jetzt ein leichtes Richten des Hauptmaschinengewehres gestattet. Schon ist die Geschützstellung in der richtigen Richtung und Stellung positioniert.
Miriam und ich bekommen es tüchtig mit der Angst zu tun, viel mehr: Wir bekommen einen richtigen Flattermann!
Die Lagerleiterin wählt zehn Russinnen aus dem Pulk aus und lässt diese von den Soldaten gesondert vortreten. Sie lässt ihre Fesseln lösen.
Ah, gutes Zeichen, denke ich erleichtert. Das bedeutet doch, dass sie die Frauen in Wirklichkeit gar nicht erschießen lassen will … Sie bluttt nur. Denn wozu würde sie sich sonst extra die Mühe machen, ihnen die Fesseln jetzt wieder so mühsam abnehmen zu lassen? Und zwei Frauen befreit sie sogar umständlich selber davon, mit großer Mühe! ...
Dann befiehlt die Leiterin Miriam kurz angebunden: „Sagen Sie diesen zehn Nebelkrähen jetzt erstmal, sie sollen sich nackt ausziehen, los, Bewegung!"
„Ganz nackt?", fragt Miriam blöde, mit ihren Kuhaugen.

„Jawohl! Ich will keinen Fetzen Kleidung mehr auf ihrem Leib sehen", donnert sie los.

Miriam übersetzt gehorsam mit herrischer Stimme, wie die Leiterin ihr eingetrichtert hat, doch die Frauen weigern sich, sich auszuziehen. Da helfen die Kapos mit Peitscher und Knüppeln nach.

Die russischen Uniformen landen auf einem unordentlichen, formlosen Haufen.

Auch die schweren Stiefel streifen sie unter den heftigen Schlägen ab.

Schließlich haben sie alle zehn Frauen nackt beisammen bekommen. Die Russinnen wehklagen und umklammern sich gegenseitig, mit der Vorderansicht zu uns stehen sie und starren uns teilweise in die Augen. Sie blicken dabei direkt in den MG-Lauf hinein. Ihre Brüste zittern.

Miriam warnt sie noch einmal zur Umsicht, sie sollten doch vernünftig sein, und endlich reden. Doch vergebens. Die Russinnen stimmen einen leisen Klagegesang an, um sich Mut zu machen. Die russische Weise klingt melancholisch durch die Schlucht mit leichtem Echo als Begleitmusik.

Die Soldaten haben die Geschützstellung bezogen und richten als Drohung das Maschinengewehr direkt auf die Frauen im Zehnerpack. Warten auf den Feuerbefehl der Lagerleiterin.

„Worauf wartet sie?", frage ich flüsternd Miriam.

Die übrigen Russinnen warten angezogen etwas abseits und sehen dem Trauerspiel zitternd zu. Einige bekreuzigen sich. Die Brüste der einen Nackten aus der Zehnergruppe zappeln wild hin und her vor Aufregung. Eine senkt schicksalhaft den Kopf. Eine andere Russin bedeckt heulend mit beiden Händen ihren Schamberg. „Guck mal: Unten hat sie mehr Haare als auf dem Kopf!", sagt ein SS-Soldat feixend zu seinem Kameraden.

Aber mindestens fünf Nackte überziehen uns weiterhin drohend mit Schimpfkanonaden, die sie mit heftigem Schlenkern ihrer Arme und Beine unterstreichen.

Allerdings kann man beim besten Willen nicht sagen, die Lagerleiterin hätte nicht alles unternommen, um den Frauen die Hinrichtung zu ersparen. Denn jetzt lässt sie extra noch einmal barsch nachfragen, ob die Frauen es nicht doch vorzögen, endlich zu reden. Andernfalls würde man unwiderruflich feuern.

Doch vergebens. Das Geschimpfe und die Sturheit der Russinnen gehen weiter.

„Aber vielleicht wissen sie einfach nur, dass sie auf jeden Fall erschossen werden, egal, ob sie reden oder nicht?", fragt mich nun Miriam düster. Und nun dämmert auch mir die Erkenntnis: Miriam hat den Kern der Sache getroffen. Deswegen bittet auch keine Russin, auch nicht die ängstlichste unter ihnen, die Nazis um ihr Leben: Weil sie weiß, und es natürlich auch von ihrer Parteiführung indoktriniert bekommen hat, dass die Nazis ein gnadenloses, verlogenes Gesindel sind, die alle ihre Versprechungen brechen, auch entgegenkommenden Kriegsgefangenen gegenüber! Die Russinnen wissen: Sie leben wahrscheinlich länger, wenn sie nicht reden. Mir wird ganz schlecht bei dem Gedanken einer Erschießung.

Aber ist es wirklich so, wie wir denken?

Hätte die Lagerleitung die Frauen auch dann erschießen lassen, wenn sie sich einsichtig und kooperativ gezeigt hätten?, überlege ich mir jetzt.

Ob die Lagerleiterin überhaupt je den Feuerbefehl erteilen wird? Sie ist ja so geduldig und nachsichtig! Vielleicht ist alles nur eine Drohung? Eine Scheinhinrichtung? Könnte das riesige Geschütz nur eine Drohkulisse sein, eventuell tatsächlich nur Platzpatronen enthalten? Aber nein!, nehme ich mir die Illusionen, denke ich jetzt mit klopfendem Herzen – dann macht die Lagerleitung sich ja unmöglich!

Aber bald werden wir ja die Wahrheit erfahren … Denn die trotz der Sommerhitze zitternden Russinnen können ja nicht ewig nackt vor uns stehen: Einmal muss doch endlich eine Entscheidung fallen.

Entweder die Lagerkommandantin gibt endlich den Feuerbefehl, oder sie lässt Gnade walten, und die Frauen wieder abtreten.

Aber dann wohin mit ihnen? Denn ich sehe außerdem immer mehr Bewegung ins Lager kommen; immer mehr Frauen treffen hier ein. Einmal muss doch Schluss sein, einmal muss die Kapazität des Lagers doch ausgelastet sein, überlege ich mir fieberhaft.

Endlos lange dehnt sich die Zeit für mich bis ins Unendliche. Alle Vorgänge sehe ich nur noch ganz verlangsamt ablaufen: Das Zittern der Russinnen, die Bewegungen der Soldaten, selbst das Zittern des Laubes im warmen Sommerwind.

Soll das denn ewig so weitergehen? Bleibt die Zeit jetzt ewig eingefroren?

Dann schließlich wird der Feuerbefehl doch erteilt. Das Maschinengewehr rattert los, feuert aus allen Rohren.
Ich bin gespannt: Ist das Gewehr nur blind geladen? Kommen aus dem Lauf nur Platzpatronen? Bleiben die Russinnen also stehen?
Oh, nein, was für ein Horror!
Sie fallen! Sie werden überall getroffen, in der Brustgegend, eine Kleinere am Kopf, ich sehe Blut aufspritzen, das Brustfettgewebe, oder wie das heißt, der einen Nackten spritzt mir bis ins Gesicht, durch die mit Luftdruck beförderten Patronen; die Hinrichtung ist echt!
Die widerspenstigste Chef-Russin, die lauteste Wortführerin, die ganz vorne als erste steht, breitet ihre Arme horizontal und parallel nach vorne aus wie ein Vogel, der sich zum Flug erheben will. Die Führerin der Partisanenclique scheint tatsächlich abzuheben. Ja, für einen Moment ist sie ein starrendes Flugzeug. Eine Spitfire. Eine Messerschmitt. Denn sie fällt nach vorn, mit ausgebreiteten Armen, aber gleichzeitig trifft sie eine harte Kugelsalve auch in den Kopf, sodass sie wieder nach hinten zurückgerissen wird, schwankt und heftig mit den Armen rudert. Sie richtet sich für einen kurzen Moment wieder zu ihrer vollen Größe auf, fliegt nach hinten, dabei knicken ihr die Beine ein.
Dann purzelt sie die kleine Böschung hinunter und wird unsichtbar.
Miriam und ich weichen entsetzt weiter in den Hintergrund zurück.
Denn das Geknatter des MGs ist unerwartet laut; wir sind so etwas nicht gewöhnt.
Den anderen Frauen ergeht es ähnlich: Sie fallen nach vorn, zur Seite, purzeln verrenkt hin und her, bis auch sie die Böschung hinunterfallen. Der Schütze ist sehr präzise, versteht sein tödliches Handwerk. Nicht eine Frau bleibt unverletzt stehen. Doch! Acht Frauen sind schon gefallen, da stockt das Maschinengewehr des Schützen plötzlich kurz. Für ein paar Sekunden setzt es aus. Das Feuer erstirbt. Die zwei letzten Frauen in der Zehnerreihe stehen noch. Sie sind die Kleinsten aus der Gruppe. Oh, mein Gott! Auch die Jüngsten! Leicht gebückt sind sie und halten sich, mächtig am ganzen Körper zitternd, bei den Armen. Eine hebt den Kopf, wagt verheult einen ganz leichten Seitenblick zu uns hin: Der Schütze richtet das Gewehr währenddessen wieder her, dreht es in die richtige Stellung, eine tiefere Stellung, denn die beiden letzten Frauen sind wirklich ungewöhnlich klein – der Kugelhagel ist doch tatsächlich über ihre Köpfe hinweggefegt, ohne sie zu treffen, oder zu verletzen!, stelle ich erstaunt fest! Jetzt verklammern beide sich zitternd

ineinander, stecken die Köpfe zusammen, bis sie sich aneinander reiben, murmeln hastig etwas auf Russisch, und streichen, jetzt mit dem Profil zu uns, ein letztes Mal über ihre fast kahlen Köpfe…
Sie streicheln weinend ihre Glatzen. Herzen und liebkosen sich zärtlich. Trösten sich klagend. Gegenseitig sprechen sie sich Mut zu. „Oh, Natasha!", verstehe ich immerhin. Aber welche von ihnen ist Natasha? Nicht mal das kann ich mehr klären. Sie drehen sich wieder, zeigen uns ihren Rücken. Wollen das Gewehr nicht ansehen müssen! Sie wenden uns wieder ihre mächtigen Gesäße zu, die mir merkwürdigerweise erst jetzt auffallen. Die viel zu groß für die übrige Körperstruktur ausgefallen sind. Während die Oberkörper, und der Rücken der ansonsten zart gebauten Mädchen kurioserweise wirklich fragil sind. Und wie kurz ihre Beine sind. Der MG-Schütze flucht, es klickt etwas in der Mechanik, ah! Alles wieder in Ordnung, die Exekution kann weitergehen, erkenne ich… Mein Gott, die beiden jungen Frauen mit den wieder kurz zu uns gedrehten Mädchengesichtern sind doch verletzt worden! Bluten aus vielen klaffenden Rückenwunden, und auch Halswunden, Brustwunden … Fallen aber nicht von alleine die Böschung hinunter. Die Verletzungen können also noch nicht tödlich sein. Wahrscheinlich sind es doch nur Schürfwunden, die sie abbekommen haben … Die Mädchen wurden offensichtlich durch das plötzliche Versagen des MGs lediglich leicht durch die ersterbende, letzte blubbernde Salve gestreift. Sie haben eine makellose schöne rosige Haut, weiß wie bei mir und Sarah. Auf den Köpfen der Mädchen flattert dichte, kurze, flockige und lockige schwarze Wolle, der Rest ihrer vermutlich einstigen, langen dichten Haarpracht. Die sich jetzt nur noch aus den üppig belaubten Venushügeln der Noch-Beinahe-Kinder erahnen lässt: Denn diese sind mit einer dichten Flut sich schwarz kräuselnder Schamhaarpracht gesegnet - die Schamdreiecke wachsen rabenschwarz bis weit in die dicklichen Oberschenkel der Mädchen hinein. Grausam! Solche schockierenden Intimeinblicke in den Privatbereich eines Menschen sollten unsereinem erspart bleiben. Keiner sollte so etwas sehen dürfen! Die intime Haarmasse im Schambereich der Mädchen übersteigt zehnfach den Umfang ihrer kurzen Kopfhaare. Die Mädchen heulen heftig, schluchzen. Kurz bedecken sie ihren unteren Haarteppich mit den Händen, als sie merken, dass wir peinlich berührt darauf voller Mitleid starren. Sie lösen wieder ihre Hände vom Intimbereich.

Umarmen sich. Jetzt umarmen sie sich am Hals und starren frontal direkt klagend und bittend um Gnade in die Gewehrmündung. Ihre kleinen Brüste zappeln hin und her. Sie lassen sich los und breiten die kleinen, zarten Ärmchen zitternd in Richtung ihres Vernichters aus: Kein Zweifel: Sie bitten ihn und uns um Gnade! „Worauf warten Sie denn noch? Jetzt schießen Sie doch endlich!", befiehlt die Lagerleiterin schreiend, wie in Trance, außer sich vor Zorn. Denn das MG ist einfach nicht mehr einsatzbereit zu kriegen. Warum zieht die SS die Leiden der Mädchen durch endloses Wartenlassen so grausam in die Länge? Sie hat doch noch zahllose andere Gewehre! Sie können doch ihre Pistolen oder andere Waffen einsetzen und es kurz machen. Die Russinnen endlich erlösen von der Qual. Jetzt machen die beiden russischen Mädchen sogar zaghaft trippelnd und im Akkord zitternd einen Schritt vorwärts, sie verlassen ihren Platz, wollen zu uns vorstürmen, ihr mächtiges Becken mit den dicken, kurzen, stark schwarz behaarten Unterschenkeln und Beinen schaukelt dabei schlackernd hin und her.

Wahnsinn, je länger ich auf die beiden Mädchen starre, desto jünger kommen sie mir vor, desto jünger sehen sie aus!
Die Lagerleiterin lässt endlich andere Soldaten zum Einsatz kommen, die die Mädchen mit angelegten Gewehren auf ihren alten Platz zurückdrängen.
„Halt!", schreien Miriam und ich auf Deutsch, fast gleichzeitig. „Nicht die beiden erschießen, bitte!", flehen wir schaurig.
„Sehen Sie denn nicht, dass die beiden Mädchen reden wollen?", fragt Miriam verständnislos die Lagerleitung.
Denn offensichtlich hat sie die Russinnen verstanden, meine Schwester … Ich natürlich nicht.
Doch vergebens!
„Die wollen nicht reden, diese jungen Dinger wissen doch nichts Brauchbares zu erzählen. Das sind doch noch Kinder; als ob man denen Militärgeheimnisse anvertrauen würde!", schnaubt die Lagerleiterin verächtlich zu Miriam hin. „Sehen Sie beide denn nicht, dass die beiden nur ihr Leben retten wollen?"
Da rattert das MG unerwartet doch wieder los. Die beiden 16- bis höchstens 18jährigen Mädchen drehen sich bei ihrer endgültigen Erschießung durch die dumpf einschlagenden Kugeln um fast 180 Grad um sich selbst, ihre Körper werden brutal herumgeworfen, wenden uns

dadurch wieder die Kehrseite mit dem Rücken und den Gesäßen zu, und werden dann nur noch in den Rücken getroffen. Ihr zarter Rücken wird böse zerspellt; man hört die Knochen ihrer Wirbelsäule knacken und dann sieht man sie zersplittern: Blutfontänen treten aus den zarten Rücken aus, spritzen bis zu uns hin. Einzelne Knochensplitter lösen sich von der nackten Wirbelsäule, fliegen und sausen knacksend in unsere Richtung. Wie scharfe Rasiermesser! Ihre Körper brechen dabei fast entzwei … Wir ducken uns panisch kurz weg. Schauen aber weiter wie im Schock zu: Die russischen Mädchen heben gleichzeitig mit dem Einschlag der Geschosse ihre kurzen Arme gen Himmel und knicken dann im Fallen auch in den dicklichen Beinchen ein. Eine von beiden, die zweite, die Letzte aus der ursprünglichen Reihe, hat wirklich ein besonders ausladendes, mächtiges, voluminöses Gesäß, das beim pochenden Kugeleinschlag in ihren Rücken mächtig zittert, wobei ihre riesigen Hinterbacken alle beide auseinanderflattern und sich wabbelnd wieder zusammenfügen, dann noch einmal für Sekundenbruchteile auseinanderdriften und wieder flatternd zusammenfließen, grotesk hin und her schlackern wie Geleepudding, wobei man auch die riesige Poritze auseinanderklaffen sieht, die dann kurz eine dunkle Öffnung freigibt.
Beide sind nun schließlich auch die Böschung hinuntergekugelt. Nichts mehr zu sehen von ihnen.
Eine dichte, blaue Rauchwolke hängt zum Abschluss für lange Zeit in der Luft und breitet sich stinkend in der Mulde aus. Endlich ist das Geknatter vorbei.

„Wahnsinn, Judy! Adieu Harmlosigkeit! Ab heute haben wir es hier tatsächlich mit einem Todeslager zu tun", sagt Miriam schlotternd zu mir. Sie sieht nur noch wie ein Häuflein Elend aus.
„Todeslager?", frage ich erschrocken zurück.
„Gibt es so etwas tatsächlich auch? Den Begriff jedenfalls habe ich so noch nie zuvor gehört!", flüstere ich ihr zu.
Wahrscheinlich ist meine Schwester die erste, die diesen Begriff geprägt hat.
„Oh, Gott, Judy! Und was passiert jetzt mit den restlichen Russinnen? Werden die auch alle abgeknallt wie die Hasen?", fragt Miriam apathisch.
Wir sollen es gleich erfahren.

Denn unverzüglich gibt die Lagerleiterin den Befehl, auch die anderen Frauen vortreten zu lassen, dicht an dieselbe Stelle, wo die ersten Opfer unsichtbar in ihrer Grube liegen.
Etwa vierzig restliche Frauen werden ebenfalls mithilfe der Verdolmetschung meiner Schwester zum Ausziehen gezwungen, diesmal schon hämischer. Denn die Lagerleiterin befiehlt meiner Miriam: „So, du sagst jetzt sofort zu diesem heimtückischen Weiberhaufen, sie sollen jetzt auch alle mal einen netten, kleinen Striptease machen, aber ein bisschen plötzlich, los, mach schon, Miriam!", giftet sie wild meine Schwester an.
Oh weh!
Die Lage verschärft sich allmählich. Es wird immer bedrohlicher; nicht nur für die Russinnen, sondern auch für uns, die beiden Schwestern. Denn die Lagerleiterin ist vom einstigen „Sie" bei Miriam bereits zum „Du" übergegangen; der Respekt vor unserer Würde fängt an, sich schon ein klein wenig weiter aufzulösen.
Wir sind für die kalte Frau nicht mehr ganz ebenbürtig.
Würde bröckelt hier im Lager wohl auf Raten...
Aber immerhin hat sie meine Schwester noch beim Vornamen genannt, sagt zumindest noch nicht zu ihr: „Los, übersetz' gefälligst, du Judenschlampe!". Aber wann wird es soweit sein?, denke ich bange.
Als Miriam sie anstarrt und stumm bleibt, bellt die Lagerleiterin sie an: „Na, los, Miriam, nun übersetzen Sie schon, was ich Ihnen gesagt habe! Metschen Sie jetzt endlich doll?"
Oh, oh, immerhin: Frau Lagerführerin verfügt noch über Humor, grimmigen und sarkastischen zwar, in dieser fürchterlichen Lage; und sie beherrscht ihre schlechte Laune wieder, hat ihre Autorität erneut im Griff – spielt nicht gleich kaltschnäuzig ihre ganze Machtposition an uns aus: Immerhin wird meine Miriam von ihr wieder gesiezt ... Aber hat das was zu bedeuten, für die Zukunft, die wir hier bestimmt nicht mehr haben?

Die ruhiger gewordenen Russinnen ziehen es nun vor, sich freiwillig auszuziehen, ohne dass man gezwungen wäre, mit Kolbenhieben nachzuhelfen, auf sie einzuschlagen. Mit stoischer Ruhe lassen die meisten von ihnen nunmehr klaglos alle Hüllen fallen, entblättern sich völlig, aber ziemlich langsam.

Während sie das tun, singen sie im Klagechor, stimmen darin ein Loblied auf ihren geliebten Führer Stalin an, und die Lagerleiterin schreit zu Miriam: „Sagen Sie den bolschewistischen Hyänen, sie sollen sich schneller ausziehen und mit dem Gejaule aufhören!"
Miriam gehorcht, und ihre Stimme nimmt zu meinem Unwillen eine drastischere Tonfärbung an, wie ich überrascht feststelle. Sie schreit fast so brutal wie die Lagerleiterin. Gewalt steckt an.
Die grüne Kampfmontur der Partisaninnen, ihre grünen Waffenröcke, ihre Stiefel, die Unterwäsche, ihre grünen Mützen – alles landet auf einem Haufen am Schluchtenrand und wird schon von Hilfskräften weggetragen. Als alle ausgezogen sind, ein jammervolles Bild der Nacktheit abgeben, lässt die Lagerleiterin die Frauen wieder in Zehnergruppen antreten und hintereinander aufstellen. Es sind fünf Gruppen, bei der letzten bleiben allerdings nur noch sieben Frauen übrig, wie ich feststelle. 47 Frauen also.
Dann geht unsere Lagerleiterin, Doris Waldmann, um die Kämpferinnen herum, bis sie vor ihnen zum Stehen kommt.
„Hört auf zu singen, ihr Kanaillen!", brüllt sie. „Singen sollt ihr zwar, doch keine kommunistischen Lieder, verstanden? Also: Hat eine von euch, oder gerne auch mehrere, noch etwas Brauchbares zu sagen? Wenn ja, dann ist es gut, dann bin ich gerne bereit, euch in ein Umerziehungslager zu schicken. Wollen doch mal sehen, ob wir aus euch nicht doch noch schmucke Nationalsozialistinnen machen können, oder wenigstens „Hilfssozialistinnen"; - wäre ja schade um das Material, hahaha!", feixt die Waldmann dunkel und schwingt ihren Knüppel vor der nackten Brigade.
Miriam natürlich ist mit der genauen Übertragung ins Russische ganz an vorderster Linie dabei.
„Ich will vor allem wissen, wo ihr herkommt, also?", wendet sich Doris Waldmann jetzt im Besonderen an eine großgewachsene, gedrungene, kräftige Russin vor ihr. Ihr ganz kurz geschorenes, blondes Haar kann nicht mal mehr im Wind flattern. Nur eine starke, gelbe Bürste hat man ihr vorne auf der Stirn gelassen, die bis in den Hinterkopf hinein reicht. Das ist fast ihre einzige Frisur. Sonst nur kräftige, blonde Haarstoppeln überall auf der Birne. Doch es sieht irgendwie nett aus, finde ich blöderweise. Die etwa Fünfunddreißigjährige schaut intelligent drein und lächelt der Waldmann unverschämt ins Gesicht. Sie hat ein hübsches, slawisches Gesicht mit breiten Wangenknochen und

tatsächlich blaue Augen. Das kann keine Jüdin sein, denke ich unvernünftigerweise, ganz am Thema vorbei.
Alle anderen Kämpferinnen haben völlig glatt geschorene Mädchen- beziehungsweise, Frauenköpfe. Viele sind sehr junge Frauen. Einige ältere sind auch dabei, aber wenige. Man kann gerade noch erkennen, bei welcher Frau es sich um eine Blonde, eine Rothaarige, oder eine Brünette handelt. Durch einen zarten, flaumigen Schimmer auf der fast nackten Kopfhaut.
Die Große, die noch am meisten Haare hat, misst etwa ein Meter achtzig, und ihr lächelnder Mund verzieht sich jetzt wieder zu einer kalten, verächtlichen Grimasse.
Dass die sich das traut, in dieser Situation, vor der rigiden Lagerleitung so aufzutreten, einfach unglaublich! Die spielt mit ihrem Leben, denke ich innerlich und ich bewundere die schöne, stämmige Russin ungemein.

„Du hast ja eine schöne Frisur, Schätzchen, ist das jetzt der neueste Moskauer Schick?", fragt die Waldmann hämisch, und lacht dunkel in sich hinein.
„Da du von allen Flintenweibern hier ja noch die meisten Haare hast, dann heißt das wohl, du bist die Anführerin von diesem verlorenen Haufen hier, ja?"
„Diese knallgelbe Bürste da oben ist bei euch wohl so eine Art Rangabzeichen, wie? Los, antworte endlich, mach den Mund auf, du russisches Hurenstück!", fällt Doris Waldmann schimpfend über sie her.
Die jedoch verzieht keine Miene, zieht sich meditierend in sich selbst zurück, schließt die blauen Augen und schweigt sich aus.
„Und Sie übersetzen bitte alles wortgetreu, so wörtlich wie möglich, so frei wie nötig, wie es ja immer so schön in der Lateinstunde in der Schule heißt - ist das klar, meine kleine Miriam?", sagt die Waldmann jetzt vor meiner Schwester, während ich ganz nutzlos herumstehe und mir zum ersten Mal seit unserem tristen Lagerdasein hier völlig überflüssig vorkomme.
„Auch meine verunglückten Pointen und weniger geistreichen Bemerkungen, klar?", schärft Waldmann meiner Miriam ein.
Immerhin, der Engel des Todes hat Humor und sogar Selbstironie, unsere Doris Waldmann!

Im ersten Anflug lacht Miriam sogar über die letzten Kommentare der poetischen Lagerleiterin, nimmt das dann aber sofort wieder zurück und entschuldigt sich zerknirscht.

„Natürlich, Frau Waldmann, doch ich muss gestehen: Mit einigen Ihrer blumigen Worte bin ich beim Übersetzen etwas überfordert, zum Beispiel mit dem „Hurenstück"", sagt Miriam ganz bleich.

Die umstehenden Soldaten und Rotkreuzschwestern lachen fröhlich.

Da lacht zu meinem inneren, bebenden Zorn auch Miriam! Jetzt sogar heiter! Sie macht das schmutzige Spiel mit – unfassbar! Ich möchte heulen.

Unglaublich! Ihnen allen scheint es nicht das Geringste auszumachen, dass hier vor kaum zehn Minuten zehn junge, gesunde Frauen kaltblütig erschossen worden sind! Die nur ihre Heimat vor der deutschen Invasion verteidigen wollten!, denke ich mir verbittert.

Das scheint für alle das Normalste der Welt zu sein! Selbst die Rotkreuzschwestern lassen in ihren skandalös entspannten Gesichtern nicht das geringste Anzeichen von Bedauern und Mitleid mit den zehn Toten erkennen! Für alle scheint der Tod durch Erschießen hier ein ganz natürliches, gängiges Phänomen zu sein, erkenne ich mit Schrecken. Wie zum Beispiel das Gähnen.

Haben sie das etwa alle schon mehrfach durchgemacht, in anderen Lagern vielleicht, sodass sie alle schon ganz abgestumpft sind von dieser Zeremonie des Todes, zu keiner menschlichen Regung mehr fähig?

Auch wir beiden Schwestern gehören schon zu den Ungerührten, stelle ich jetzt mit innerlich aufwühlendem Bedauern fest! Wie schnell das geht, wie schnell wir verrohen!

Auch wir haben das Massaker von vor zehn Minuten schon vergessen! Denn Miriam übersetzt gerade ungerührt weiter, als wäre nichts geschehen. Als wäre sie auf einem internationalen Kongress der Genfer Konvention! Als Dolmetscherin angestellt - für Stalin und Molotow vielleicht sogar? Würde sie auch für die beiden übersetzen?

Oh Schreck! Was denke ich da nur wieder?

Und gleich werden ja wohl auch noch neue Erschießungen erfolgen?, denke ich gehetzt. Oder etwa nicht? 47 neue tote Frauen, und keiner tut was!

Denn diese mutigen Russinnen sehen auch nicht gerade danach aus, mit der Lagerleitung kooperieren zu wollen.
Nehmen auch diese den Tod ohne Weiteres auf sich? Ich kann es einfach nicht fassen!
Aber dann sind diese hochnäsigen russischen Weiber doch eigentlich selber schuld an ihrem Los, oder? Mein Gott, darf ich überhaupt so kaltblütig argumentieren und folgern?
Und dann sind wohl wir Jüdinnen an der Reihe! Das scheint jetzt Miriam zu denken, die mit stummem Klageblick verstohlen zu mir späht. Denn sie wird wieder unsicherer und ängstlicher in ihrem Habitus. Ich stehe dicht neben meiner Schwester. Und die Waldmann starrt auf die riesigen, nackten Brüste der großen Russin.
Oh, oh! Hoffentlich sehen meine drei Töchter nicht heimlich von irgendwoher gerade unserem schaurigen Todesreigen zu? Die kleine Sarah, Petruschka und Rebecca!
Ob sie etwa die Erschießungen heimlich beobachtet haben, oder zumindest mitbekamen?
Das wäre ja ein entsetzlicher Gedanke, überlege ich.
Wo, bei wem soll ich nun zuerst meine Gedanken haben?
Bei den Russinnen natürlich, denn ihr Leben ist unmittelbar bedroht!
Aber was kann ich für sie schon tun, eine deutsche Jüdin, die nicht einmal Russisch sprechen kann. Die hier nur noch kurz geduldet ist. Die vermutlich gleich selber vom Tod bedroht ist!
Soll ich was sagen zu der jetzt fast sadistisch agierenden Doris Waldmann, oder halte ich lieber meinen Mund?
Ich habe mich schließlich entschieden! Ich greife ein. Auch wenn es mich das Leben kosten sollte.

Doch dann zögere ich wieder: Soll ich mich für Russinnen einsetzen, Feinde des Reiches, die uns vernichten wollen? Aber was denke ich da wieder nur für verquere Gedanken! Dann mache ich ja das Spiel der Waldmann, der Nazis mit! Betrachte ich jetzt auch schon russische Mädchen als Feinde? Von uns Juden? Sind die Russen nicht eher unsere Verbündeten? Das große Vernichtungspanorama der Nazis läuft an, das vermutlich hier als Stapellauf beginnen soll …
Doch dann fasse ich mir ein Herz: Ich greife jetzt doch ein in das makabre Geschehen; ich trete vor die Waldmann hin und sage: „Frau Lagerleiterin, verzeihen Sie meine Verwegenheit, Sie zu unterbrechen

… Sollten wir nicht doch mit diesen verblendeten russischen Weibern anders verfahren – ihnen zum Beispiel erst mal Zeit zum Überlegen geben und sie provisorisch einsperren, in einen ungemütlich heißen Wellblech-Verschlag zum Beispiel, in dem wir sie aushungern könnten? So könnten wir sie doch viel eher zum Reden bringen, was meinen Sie?", frage ich verwegen.
Da sieht mir die Waldmann kalt ins verschwitzte Antlitz und schlägt mir mit ihrem Knüppel aufs Schlüsselbein. Ich breche lautlos zusammen und trete einen rasanten Sturzflug zur Erde an, wie die Stukas.
„Schnauze: Wenn ich einen Ratschlag von Ihresgleichen brauche, dann melde ich mich bei Ihnen, klar?", schnauzt sie mich an wie eine russische Kriegsgefangene und ich sage weinerlich greinend: „Jawohl, ich bitte um Verzeihung, Frau Hauptsturmführerin", wie ja offensichtlich ihre genuine Rangbezeichnung lautet, „es soll nicht wieder vorkommen!", bringe ich gerade noch hervor, reibe meine schmerzende Schulter.
„Stehen Sie auf, aber dalli!", brüllt sie mir entgegen, und schon bin ich zu meiner eigenen Überraschung wieder auf den wackeligen Beinen.
Und Miriam?
Sie blickt zu meiner großen Verstörung nicht einmal auf zu mir, steht starr und zitternd mit gesenktem Kopf da und starrt auf den Erdboden! Kein Zeichen der Solidarität mit mir ist von ihr zu erkennen; auch nicht, als ich getroffen zu Boden fiel, stürzte sie zu meiner Verteidigung – nichts! Kein Laut der Klage kam über ihre Lippen, als ich so jäh in den Staub fiel … Sie hat natürlich Angst, meine kleine Schwester, dass ihr dasselbe widerfährt wie mir, nun gut … Aber so ganz ohne Reaktion habe ich sie mir dann doch nicht vorgestellt. Aber was erwarte ich eigentlich von meiner Schwester? Ich bin doch schon genauso abgestumpft wie sie, resistent gegen alles Mitleid mit geschundenen menschlichen Kreaturen, welcher Art auch immer, stelle ich ernüchtert fest.

„Können wir jetzt endlich weitermachen?", fragt mich Doris Waldmann schneidend.
„Oder haben Sie noch einen anderen gescheiten Vorschlag zu unterbreiten, wie man widerspenstige Russinnen gefügig macht?", fügt sie sarkastisch hinzu und schwingt ihren Knüppel.
Ich verneine.

Die 47köpfige Gruppe der russischen Flintenweiber stöhnt nervös und zappelt hin und her. Denn inzwischen hat auch die Sommerhitze wieder mächtig zugelegt. Miriam und ich schwitzen schon in unserer leichten Sommerkleidung wie die Affen. Nervös lege ich die Jacke ab, ins Gras.
Die Lagerleiterin löst die vordere, unvollständige Frauenreihe mit den sieben Nackten auf und lässt die Russinnen einzeln, gesondert vortreten.
Sie holt eine Pistole hervor und bedroht damit die gedrungene Anführerin, legt auf sie an.
„Wenn du nicht endlich deinen Mund aufmachst, Bürstenfrau, und mir sagst, was ich wissen will, dann erschieße ich deine sechs Kameradinnen hier vor dir: Für jede deiner Flintenweiber habe ich eine Kugel", droht die Waldmann.
„Los, übersetzen Sie das den Weibern!", sagt sie zu Miriam. Sie tut es.
Aha, jetzt geht es also los, das nächste Massaker, stöhne ich und vergrabe den Kopf in den Händen.
Sechs Soldaten packen die anderen sechs Russinnen und schleppen sie direkt vor Doris Waldmann.
Doch die stämmige, hünenhafte Frau schüttelt stumm den Kopf. Schweißperlen tropfen von ihrer beinahe nackten Stirn.
Da lässt die Waldmann den einen Soldaten eine der Kämpferinnen ganz nahe an sich heranbringen. Sie lässt eine kleine pummelige Russin mit dem Gesäß zu uns an der Schlucht aufstellen. Dann drückt sie ab, schießt zweimal, einmal in den Rücken, einmal in den Nacken. Das Opfer verschwindet in der Mulde, wo bereits die anderen zehn Frauen liegen. Die anderen, fünf wehklagenden Frauen lässt sie vorsichtshalber schon einmal genau in derselben Stellung aufstellen. Hintereinander.
Miriam und ich blicken auf fünf nackte Gesäße. Die Frauen halten sich bei den Händen, bilden einen treuen Verbund des Todes. Sie wimmern leise. Aber sie unternehmen keinen Versuch, sich zu retten. Sie wissen vermutlich, dass das sinnlos wäre. Sie halten treu zu ihrer Anführerin. Vielleicht wissen sie aber auch tatsächlich nichts über ihre Vorgesetzten, über Nachschubkolonnen, oder mögliche, nachfolgende Verbände. Über all das, was sie gefragt worden sind. Denn die einfachen Soldaten-Hilfs-Frauen werden doch bestimmt nicht von ihren Vorgesetzten in deren wahre Ziele eingeweiht. Oder in die tatsächliche Kämpfstärke und den Standort der russischen Truppen. Die sie dann ja unter der Folter verraten könnten.

Ein MG-Schütze tritt vor und eröffnet forsch und sicher das Sperrfeuer auf die Frauen. Es ertönt ein lautes Stakkato von den uns schon bekannten Tack-Tack-Tack-Geräuschen. Die Frauen werden alle in den Rücken getroffen, bäumen sich kurz auf und breiten seitlich die Arme aus. Die Letzte fällt mit ihrem pummeligen Oberkörper schließlich gleich nach vorn, ich sehe, wie eine Salve des MGs ihre Wirbelsäule zerfetzt. Blut spritzt auf. Sie klappt dann wie ein Taschenmesser zusammen, dreht sich dabei geschwind noch einmal um die eigene Achse, ihr nach vorne auf die Brust gesunkener Kopf mit den rötlichen Haarstoppeln wird kurz für mich sichtbar. Dann fällt sie mit schlaffen Armen zusammengefaltet nach hinten. Ihre großen Brüste wackeln hin und her, zucken von oben nach unten, werden für uns noch einmal kurz zur Ansicht freigegeben, als ein weiterer MG-Stoß erzittert und ihr zusätzlich und gleichzeitig noch frontal die Stirn zerschmettert, wodurch der Kopf der eben schon zusammengeklappten Frau wieder nach hinten zurückgeworfen und noch mal brutal hochgerissen wird. Auch ihre kurzen, stämmigen Arme entfaltet sie dabei wieder und breitet sie ganz kurz noch einmal wie Vogelschwingen von sich, doch schon fallen sie wieder schlaff in sich zusammen, wie eingeholte Segel. Beim letzten Zurückfallen in den Graben hat die junge, höchstens dreißigjährige Russin durch die Wucht einer erneuten Gewehrsalve in den Bauch bereits mit ihren hochgeschnellten Füßen jeglichen Bodenkontakt verloren und schwebt nun zum Abschluss ihrer Tötung scheinbar frei in der Luft und fällt dann endgültig, wieder zusammengeklappt, nach einem letzten Bauchtreffer, wodurch ihr Kopf nun bis auf die Knie gesunken ist, mit dem Gesäß und dem Rücken voran ins Unsichtbare. Wobei sie mit den wieder schlaff herabhängenden Armen aufgrund der eingeknickten Beine beinahe seitlich ihre Füße berührt. Die fünf Russinnen landen schließlich alle im Graben, fallen in sich zusammen wie einstürzende Gebäude. All das geschah natürlich in Wirklichkeit ganz
schnell, im Bruchteil von Sekunden! Jede Russin fiel auf eine andere, kuriose Art, doch die letzte war die einzige, die ich gebannt im Blickfeld hatte, und detailliert beobachten konnte. Sie hatte durch ihr dauerndes Vor- und Zurückschnellen aufgrund des MG-Dauerfeuers den längsten Bodenkontakt, wurde immer wieder hin- und hergerissen, und stand viel länger aufrecht als alle anderen. Trotz der unzähligen Treffer in ihren

Körper, der vielen Kugeln in Arme, Beine, Rücken, Bauch, Brust – unglaublich!

„So, das wäre erledigt, schön. Dann bleibst also nur noch du von der zweiten Exekutions-Gruppe übrig", sagt Doris Waldmann befriedigt zu der großen Nackten, die sie sich für weitere Erniedrigungen aufgespart hat. Diese schließt die Augen und starrt weiterhin unbewegt ins Leere.
Doch sie ist jetzt ganz bleich und zittert.
Miriam neben mir fängt leise an zu schluchzen.
Verbiestert dreht sich die stämmige Waldmann mit dem blonden Haarknoten zu meiner Schwester hin. „Was ist denn? Ich höre ja gar nichts? Meinen letzten Satz haben Sie ja noch gar nicht ins Russische übersetzt", tadelt sie aufsässig meine verheulte Miriam. Dennoch sieht die Waldmann Miriam zärtlich in die Augen. Sie scheint eine besondere Zuneigung zu meiner Schwester entwickelt zu haben. Das ist mir vorhin schon aufgefallen.
„Ich bitte um sofortige Nachholung!", wiederholt sie wieder streng. Plötzlich ist sie wieder ganz dienstlich. „Und bitte möglichst genau den Wortlaut, ja?"
Miriam nickt, starrt in Richtung der Todesschlucht.
Wenigstens kann man die toten Frauen von unserem jetzigen Standort nicht sehen. Miriam spricht den Satz über die letzte Frau aus der Exekutionsgruppe schniefend zu ebendieser, auf Russisch.
„Was machen wir denn jetzt mit dir?", fragt die Waldmann die Riesin.
Miriam wiederholt die Frage auf Russisch.
Die große unverhüllte Russin schweigt und kreuzt lässig die Arme über den breiten Brüsten. Dazu senkt sie betrübt den Kopf.
Was wird nun bloß geschehen?, frage ich mich. Die Waldmann versteht es verdammt noch mal wirklich perfekt, die Spannung ins Unerträgliche zu steigern, denke ich mir verkniffen und seufze zitternd.
Die Mittagssonne steht jetzt im Zenit und scheint direkt, unbarmherzig brennend auf die sich umklammernde Frauengruppe herab. Die nackten Russinnen haben unbemerkt ihre geordneten Formationen aufgelöst, und ihre vier Zehnergruppen zu einem dichtgedrängten Pulk umgewandelt, sodass sie nun fast einen runden Kreis bilden, und sich gegenseitig in ihre Körper verklammern und leise wispernd ihre Lage besprechen.

Man lässt sie gewähren, auch die Waldmann, die nur einen lockeren, verächtlichen, aber auch gleichzeitig irgendwie bewundernden Blick auf den Frauenpulk wirft.
Sie will nur sichergestellt haben, dass die Frauen nicht zu unruhig werden, oder einen Fluchtversuch unternehmen, stelle ich mit einem schrägen Seitenblick zu ihr hin fest.

Viel hat sie ja nicht von ihren Opfern zu befürchten, denn was sollen schon vierzig kahle, völlig nackte, unbewaffnete Frauen, die ohnehin schon geschwächt sind vom stundenlangen Hunger und Durst, ohne Waffen gegen diese waffenstarrende Soldateska unternehmen können, selbst wenn sie die Reihen sprengen und sich auf ihre Peiniger stürzen?, analysiere ich apathisch unsere Lage.
Da reichen uns die Soldaten, Miriam und mir, zwei Feldflaschen mit Wasser. Endlich! Wir haben in der Aufregung der letzten Stunde gar nicht mitbekommen, wie groß unser Durst ist. Gierig greifen wir die lederartigen Flaschen und trinken in großen Schlucken.
Als Miriam nach einigen Minuten auch der isolierten Groß-Russin davon zu trinken geben will, verbietet es die Waldmann kategorisch und bedroht meine Schwester sogar mit ihrem Revolver, als sie insistiert!
Ob sie schon nachgeladen hat?, denke ich zynisch, und mache im Geiste eine kaltblütige Überlebens-Statistik für meine Schwester auf; so weit bin ich schon! So tief bin ich schon gesunken!
Aber nein! Sie muss ja noch mehrere Patronen haben!
Was für eine zynische Rechnung wird hier nur von mir aufgemacht?

Ängstlich und verschreckt spähen die vierzig Frauen verstohlen aus ihrem Beraterkreis zu uns zwei angezogenen Frauen hinüber, die reichlich mit Flüssigkeit gesegnet sind. Sehnsüchtig möchten sie auch etwas davon abhaben, ganz klar erkennbar. Doch sie trauen sich nicht, darum zu bitten. Noch ist ihr Stolz nicht ganz gebrochen, die Selbstachtung und das Pflichtgefühl sind noch intakt. Auch die Solidaritätsgemeinschaft der Vierzig bricht noch nicht entzwei wie morsche Zweige im Wind.
Doris Waldmann will es wohl darauf ankommen lassen, die Vierziger-Bande so lange wie möglich in der Hitze schmoren zu lassen, bis sie gar sind, die Frauen? Genau dieser Plan scheint gerade jetzt in ihrem Oberstübchen zu reifen, genau zur selben Zeit wie ich ist sie wohl

darauf gekommen, wie sich unsere beiden Blicke verraten, die sich gerade in einem Fixpunkt der Erkenntnis kreuzen. Doris, die kalte Germanin, und ich, Judith die Jüdin schauen uns jetzt über eine gar nicht so kurze Entfernung direkt in die Augen.
Dabei sehe ich eigentlich genauso aus wie sie, wie Doris; mit meinen blonden Haaren und den blauen Augen! Ja, für einen Moment sind wir uns ebenbürtig, in einem Schicksal vereint, auf der gleichen Wellenlänge liegen wir und schwimmen im Geiste aufeinander zu. Fast kann ich es plätschern hören.
Allerdings bin ich klein und stämmig und Doris groß und schlank, aber kräftig.

Aber darf das überhaupt sein? Habe ich das Recht, mich mit dieser Nazi-Frau gemein zu machen? Dürfen unsere Herzen im gleichen Vernichtungs-Takt schlagen? Wenn auch nur für einen Augenblick als absurdes Gedankenspiel? Als grausame Posse einer Pseudo-Vereinigung von Germanentum und Judentum?
Das bizarre Ritual der ineinandergeklammerten russischen Schicksalsgemeinschaft fängt an, sich weiter zu lockern, ja, fast löst es sich auf. Denn nunmehr stöhnen und klagen die Russinnen laut, lassen voneinander los und schnarren in dumpfen, grunzenden russischen Beschwerdelauten.
Ich natürlich verstehe nichts, daher frage ich Miriam: „Was sagen sie? Los, sag' es mir doch, Miri!", bitte ich inständig.
„Proben die Russinnen schon den Aufstand? Ist das der Prolog zu einer kommenden Revolte? Los, übersetz' schon – worauf wartest du?", dringe ich in meine apathische Schwester wie eine Pfeilspitze. Dabei stimme ich ein hysterisches Gelächter an, denn ich fühle mich wieder fortgerissen in einem heftigen Strudel der Angst, der die Oberhand gewinnt, der mich fortschwemmt ... Wer weiß, wo ich dann lande? Hahaha ... Oh, ich werde ganz hysterisch, muss mich zusammenreißen! Sonst werde ich am Ende noch zu diesen aufbegehrenden Russinnen gestellt, bereit zur Exekution, wenn ich nicht spure...?
Miriam schaut alarmiert in meine Richtung, denn mein Untergang wäre auch ihrer, das war ihr immer schon klar, oder? Oder? Denn ich bin so blond und blauäugig, und wirke so perfekt arisch und germanisch in meinem Äußeren, dass ich mir bei der SS einige Unbotmäßigkeiten

mehr als meine Schwester leisten kann. Denn die ist und sieht einfach zu jüdisch aus.

Der Waldmann werden die vierzig randalierenden Russinnen nun doch zu unheimlich: Denn die verlorenen Frauen sind über den Zeitpunkt hinaus gelangt, wo sie noch von Angst und Unterwürfigkeit beherrscht wurden.
Jetzt drohen sie wirklich, uns gefährlich zu werden. Trotz ihrer Nacktheit und Erschöpfung.
„Ihr braucht bloß zu reden, ihr blöden Gänse, dann bekommt ihr zu trinken!", lässt Doris Waldmann durch Miriam übersetzen. Doch die Frauen werden noch lauter und aufsässiger, als sie das vernehmen. Drohen uns noch mehr als je zuvor.
Daher beschließt Doris Waldmann kurzerhand, den Russinnen-Pulk noch einmal zu reduzieren: „Los, bringt mir noch einmal zehn von diesen Klageweibern hierher, direkt zu mir, vor mich, hierher, dalli, sofort!"
Die Soldaten gehorchen.
Direkt vor die abschüssige Böschung kann die Waldmann die zehn Frauen nämlich nicht mehr gefahrlos zusammentreiben lassen, um sie dann ungehindert erschießen zu lassen, denn die vierzig aufsässigen Nackten stehen schon als massives Drohpotenzial davor. So lässt sie die zehn neuen Opfer kurzerhand einfallsreich von der Massenzusammenrottung wegholen, und schon stehen sie in einem lockeren Kreis vor uns und wehklagen wieder. Sie singen leise in sich hinein und umschlingen sich alle zehn in ihrem kleinen Kreis mit den Armen, bis er geschlossen ist, versenken dazu ihre kahlen Köpfe nahezu völlig darin, beugen sie möglichst weit hinunter, um die gleich erfolgende, schreckliche Erschießung nicht so bewusst wahrnehmen zu müssen.
Die dreißig übriggebliebenen, protestierenden, mit Fäusten drohenden Russinnen werden währenddessen von den Soldaten mit gezückten MGs in Schach gehalten und dicht an die Böschung zurückgedrängt.
Der Todeskreis der Zehn wird inzwischen von zehn Soldaten mit gezückten Waffen umkreist. Jeder SS-Mann nimmt sich eine Russin vor. Die Männer richten ihre Revolver und Gewehre nach einem passenden Ziel aus, wobei sie langsam den Frauenkreis umschreiten. Sie schießen nicht alle gleichzeitig, sondern jeder sucht sich eine Nackte

aus, die er erst einmal anvisiert. Da schießt der erste sein Opfer ins Genick. Die fallende, große Russin will in sich zusammensinken, aber ihre neun Kameradinnen halten die Tote weiterhin brüderlich fest in ihren Armen verschlungen, sodass der Verbund nicht gesprengt wird. Der Kreis bleibt also intakt.
Die Schützen verstehen und spielen das Spiel der Russinnen mit.
Damit der Frauenkreis offenbar noch länger das Gleichgewicht behalten kann, schießt ein anderer Soldat erst auf die Frau, die der Toten in dem Kreis genau gegenübersteht. Er trifft sie in den Rücken, der Schuss geht durchs Herz, tritt vorne wieder aus und trifft eine weitere Frau aus dem Kreis frontal, die auch zusammensackt, durch dieselbe Kugel getötet wird, von dem Verband aber auch noch gehalten wird. Schon hängen drei tote Frauen schlaff herab von dem Kreis. Dann geht alles ganz schnell: Als zwei weitere Frauen aus dem Kreis fast zur gleichen Zeit ins Genick geschossen werden, ist es aus: Der Kreis löst sich auf, bricht zusammen, die fünf Toten können von den Überlebenden nicht mehr gehalten werden, ihr Gewicht zieht zu stark nach unten, und sie sacken schlaff zu Boden, plumpsen in sich zusammen. Die fünf überlebenden Frauen stolpern über die Toten und werden mitgerissen zu Boden, oder lassen sich ängstlich automatisch schützend fallen über ihre gefallenen Kameradinnen, bedecken die Toten schützend mit ihren Armen, und ihren fünf zitternden Leibern, mit denen sie die Gefallenen einhüllen, die jetzt beinahe flächendeckend auf den fünf toten Frauen ruhen. Die fünf noch lebenden Russinnen liegen dabei jetzt alle mit ihren Bäuchen auf ihren toten Mitstreiterinnen. Sie weinen und stöhnen, beten, singen und klagen dabei unisono. Alle Frauen, tote wie lebende, verschmelzen zu einem einzigen Körper. Zwei Frauen kriechen bäuchlings noch weiter auf den Toten herum, um auch ihre Köpfe besser mit ihren Leibern zu bedecken. Bis jede Frau mit ihrem Bauch ganz auf dem Rücken einer Toten liegt. Sie völlig der Länge nach mit ihrem Körper bedeckt.

Ich fasse es nicht, dieses makabre Schauspiel!

Der Rest ist dann nur noch eine Formalität: Fünf Soldaten, von der Waldmann instruiert, ziehen ihre Pistolen und erledigen die restliche Arbeit. Viele Schüsse peitschen gleichzeitig auf. Sie schießen den fünf überlebenden Russinnen in den Nacken und in den Rücken. Die kahlen

Köpfe zucken im Liegen noch einmal durch die Wucht der Schüsse auf, dann bleiben die restlichen fünf Opfer tot auf ihren Kameradinnen liegen. Alles ist still.

Die zehn toten Frauen liegen ausgestreckt in einem fast symmetrischen Fünfeck, sehen aus wie ein überdimensionaler Seestern.

Ich bekomme einen heftigen Weinkrampf, zucke fürchterlich.

Die dreißig zuschauenden Frauen von der Böschung toben und protestieren heftig auf Russisch, in schreienden, galoppierenden und sich vielfach überlappenden Wortkaskaden machen sie sich Luft über die Ermordung ihrer Kameradinnen und drohen noch stärker in unsere Richtung als je zuvor.

Ein Soldat gibt als Warnung einen Schuss in die Luft ab, doch dadurch legt sich das wilde Hassgebrüll keineswegs.

Die Russinnen schreien jetzt heftig immer denselben Wortschwall zu der SS hinüber.

„Was sagen sie?", frage ich schreiend Miriam, die mir vor lauter Entsetzen nicht antworten kann, stumm und apathisch ins Leere starrt.

Immer wieder schreie ich auf meine Schwester ein, fordere vergeblich eine deutsche Übersetzung von ihr.

Jetzt schüttele ich sie heftig durch, ohrfeige sie deftig, doch sie reagiert nicht, steht starr dort auf ihrem Punkt wie eine Salzsäule.

Ich reiße meiner Schwester die Bluse auf, so hysterisch bin ich schon – voller Wut über ihren Kadavergehorsam diesem verdammten Naziweib gegenüber! Über ihr reibungsloses Funktionieren in diesem Todeslager ... Sie trägt die Todesmaschinerie mit, hält sie am Laufen, meine Mitläufer-Schwester!

Auch wenn sie nur ein kleines Rädchen davon ist...

„Übersetz´ schon, du Miststück, du Luder! Was murmeln die Russinnen da in ihre kollektive Nacktheit des Todes hinein?", schreie ich meine Schwester an, voller Unbeherrschtheit...

Da trifft mich ein Schlag schräg am Kopf. Nein, es ist nur eine Ohrfeige von der Waldmeisterin, nein, der Waldmann natürlich, hahaha ... Jetzt erkenne ich das ... deutlicher und klarer.

Was geschieht hier nur mit mir?

Drehe ich jetzt völlig durch?

„Schluss jetzt mit dieser Hysterie!", befiehlt mir Doris Waldmann und zerrt mich weg von meiner Schwester und gibt mir weitere Ohrfeigen, bis ich mich endlich beruhige.
Zwei Soldaten halten mich fest in ihren Armen, auch die Rotkreuzschwestern eilen herbei.
„Gebt ihr Wasser, die Arme braucht nur dringend mehr Wasser - mehr Wasser für Judith!", befiehlt Doris ihnen. Meine Doris! Meine fantastische Doris! Wahnsinn, sie scheint es wirklich gut mit mir zu meinen, mit ihrer Erzfeindin.
Einer Jüdin!
Aber was rede ich da nur wieder für einen unsäglichen Schwachsinn? Nein! Was d e n k e ich da nur wieder für einen unsäglichen Schwachsinn?, muss meine unausgesprochene, innerliche Frage natürlich logischerweise heißen...
Denn ich habe diese Gedanken ja nicht offen ausgesprochen.
Von meiner Unruhe angesteckt, brechen auch die Russinnen fahrig und panisch aus ihrem Höllenkreis aus und verlangen plötzlich auch nach Wasser, das kann ich jetzt auch mit meinen minimalsten Russischkenntnissen aus dem aufgelösten Verbund heraushören ...
Wasser! Wasser! Wasser!
Miriam, die durch meine Attacke auf sie zu Boden gestürzt ist, rappelt sich auf, wird gleichzeitig auch von den Rotkreuzschwestern gestützt. Sie reißt sich unwillig los. Sie läuft geradewegs auf die heranstürmende Russenschar zu, oh Gott, wenn das kein Unglück gibt!, denke ich entsetzt.
Ich will ihr nachlaufen, doch da werde ich gewaltsam zurückgehalten. Von wem? Ich kann es unmöglich ausmachen.
Miriam schreit wie von Sinnen, was hat sie nur? Was will sie nur bei diesen entfesselten Weibern von Russinnen?, frage ich mich. Die werden sie doch über den Haufen rennen und sie dabei töten! Wenn meine Schwester nicht schon vorher von der SS mit Schüssen niedergestreckt wird!, denke ich mit großer Bangigkeit. Dabei ist die Lösung doch ganz einfach, stecke ich mir selber: Miriam ist durch meinen Nervenzusammenbruch einfach genauso hysterisch geworden wie ich – ich habe sie angesteckt, das ist alles!
Oh, ich ahne voraus, was jetzt gleich folgt: Durch mein Durchdrehen habe ich die Weichklopfung der 30 überlebenden Russinnen in der sengenden Sonne unmöglich gemacht. Ihre wahrscheinlich kurz

bevorstehende Kapitulation ist dahin. Der ganze Gewaltakt war sinnlos. Nun werden sie nicht mehr reden!
„Miriam, bleib hier!", schreie ich viel zu spät in Richtung meiner Schwester.
Doch sie hört mich gar nicht in dem Tumult.
Nun erkenne ich, worauf es die Russinnen abgesehen haben: Ganz in unserer Nähe steht nämlich ein großes Wasserfass, das mir bisher gar nicht aufgefallen war. Das haben die 30 Nackten gerade entdeckt. Darauf haben sie es abgesehen! Alle stürmen gleichzeitig darauf los. Rasend vor Durst. Die Nackten wollen nicht reden, sie wollen sich trotzdem das Wasser erzwingen.
Miriam kollidiert heftig mit einer ihr entgegenstürmenden Russin und wird zu Boden geschleudert. Zum Glück war es eine ganz zierliche Frau. Bevor die anderen Russinnen wie eine wilde Elefantenherde über Miriam hinwegtrampeln, mäht ein SS-Mann mindestens fünf von den 30 mit einer MG-Salve nieder. Sie fallen getroffen zu Boden und regen sich nicht mehr. Die anderen 25 ändern daraufhin zum Glück die Richtung, stieben Gott sei Dank an der bewusstlosen Miriam vorbei, reißen rennend nach links und nach rechts aus, sodass sie nicht tot getrampelt wird. Daher kann ich relativ gefahrlos zu meiner Schwester eilen, sie aufheben, wobei mir sofort ein Soldat hilft. Gemeinsam bringen wir sie in Sicherheit.

Die ungefähr 25 restlichen Russinnen laufen kreuz und quer durcheinander, schreien und brüllen dabei, werden hier und da beschossen, weggedrängt und durch Gewehrsalven und Pistolenschüsse getötet. Nicht eine erreicht das Wasserfass. Zwei junge Nackte stehen schon einen Meter entfernt davor, rennen wie besessen, strecken gierig die Hände nach dem Wasser aus, mit weit geöffneten Mündern, und sie stöhnen unmenschlich; da werden sie von einer MG-Salve niedergestreckt. Noch im Tode bleiben ihre nackten Arme am Erdboden der Länge nach in Richtung des Wasserfasses ausgestreckt. Zucken noch einige verzweifelte Augenblicke lang. Die SS versucht die Überlebenden zusammenzutreiben, doch es kommt immer mehr ein Massaker dabei heraus.
Denn die Frauen verstehen ohne ihre Dolmetscherin Miriam nicht die deutsch gebrüllten Kommandos der SS-Männer, die da lauten: „Ergebt euch, dann geschieht euch nichts!"

Ich renne zurück ins Getümmel und dabei rennt mir eine kleine Russin direkt in die Arme. Ich stoppe sie ab und versuche sie zu beruhigen. Sie verkrallt sich in mich, schlägt auf mich ein. Ich strecke sie mit meiner starken Faust nieder und befördere sie dann noch mit einem gleichzeitigen Judogriff zu Boden. Sie hat ganz kurze, flauschige Haare, die brünett schimmern. Ich hebe sie auf, ein Soldat hilft mir dabei, und zu zweit schleifen wir sie vor die Böschung, wie mir Doris Waldmann befiehlt.

Dort bleibt sie zusammengekauert, verkrümmt im Gras sitzen. Weitere eingefangene Frauen werden ihr beigesellt. Auch diese zwingt man durch Gewehrkolbenhiebe in die Sitzhaltung.

Eine große, stämmige, blonde Russin springt mit schwingenden Fäusten auf mich zu, ich weiche aus, stelle ihr ein Bein, sie schlägt lang hin auf die Wiese. Die SS eilt mir zu Hilfe und dreht der Fluchenden die Arme auf den Rücken, will auch sie zu der gefangenen Frauengruppe schleifen, doch da reißt sich das blonde, kurzhaarige Biest wieder los, schüttelt zwei Soldaten ab und flieht mit mächtigen Sprüngen nackt in Richtung Wald.

Ein Soldat trifft sie mit seinem Gewehr am Rücken, zerschmettert ihr das Schulterblatt, doch sie rennt munter weiter. Da wird ihr von einem SS-Mann seitlich die Brustwarze weggeschossen, doch auch das kann ihre Flucht kaum aufhalten. Sie blutet aus vielen Wunden, strauchelt kurz, rappelt sich wieder auf, indem sie sich mit ihrem langen Arm vom Boden abstemmt, dadurch wieder einen neuen Anlauf nimmt und hinkend flieht. Denn gerade

wird sie von einem Schuss ins Bein getroffen. Oder nur gestreift, denn sie läuft fast unbehindert weiter.

Überall stoße ich auf tote Frauen, die verkrümmt im Gras liegen. Blutverschmiert.

Das Gemetzel ist aber fast vorbei. Die große, schwer verletzte Nackte ist die Letzte, auf die noch von allen Seiten gefeuert wird – aus allen Rohren. Alle anderen Frauen sind tot, eine ganz kleine Zahl sitzt gefangen und ruhiggestellt auf einem Haufen, eben dort drüben an der Böschung. Ich schätze sie auf ungefähr nur Sieben.

Unglaublich, wie oft die stämmige Fliehende mit den gewaltigen Muskeln schon getroffen worden ist! Und rennt trotzdem immer weiter. Jetzt wieder zurück, weg vom Wald, in meine Richtung. Aber sie hat natürlich nicht die geringste Chance, zu entkommen. Denn jetzt wird sie

von den Soldaten systematisch eingekreist, von allen Seiten gehetzt und wieder beschossen.
Da wird sie schon wieder am Arm getroffen, von einem weiteren Schuss. Sie steckt auch das weg. Rennt keuchend an mir vorbei. Ich bewundere sie.
Doch ist sie jetzt wirklich am Ende ihrer phänomenalen Kraft angelangt und fällt auf die Knie, schreit und stöhnt. Die Verfolger bilden einen Kreis um sie, wie bei einem verwundeten Tier.
Sie hält sich die auslaufende Brust, und die heftig blutende Schulter, dann gibt ihr ein SS-Mann den Gnadenschuss: Glaubt er jedenfalls! Er schießt der Kauernden direkt in die Stirn, doch die Frau hat einen derart harten Schädel, dass die Kugel einfach abprallt. Er stutzt und starrt staunend. Es gibt ein seltsames, kratzendes Geräusch, als der Mann der Frau noch mal in die Stirn feuert. Wieder nichts. Fünfmal prallen die Patronen einfach ab.
Doch da versucht es ein Soldat anders: Er schießt in das linke Auge, und schon sackt die Stämmige endgültig zusammen. Seitlich kommt sie zur ewigen Ruhe, mit angezogenen Beinen in Schlafstellung.
Die Männer lösen den Kreis auf und die Waldmann verfügt, erstmal sauberzumachen: Die verstreut herumliegenden, toten Frauen lässt sie einsammeln und die Böschung hinunterwerfen, wo schon so viele Frauen liegen. Da unten bildet sich ja allmählich ein Massengrab, denke ich schaudernd.

Dann endlich suche ich hastend das Lazarett auf, wo man meine Schwester untergebracht hat. Es steht ganz in der Nähe der Todesschlucht. Sie ist schon wieder auf den Beinen, beklagt sich über zwei große Beulen am Hinterkopf. Ich nehme sie tröstend in die Arme. Ansonsten hat sie nur Hautabschürfungen und leichte Blutergüsse, nichts Ernstes, sagt der Arzt. Keine Brüche. Nicht mal eine Rippe ist entzwei.
Also kann sie sofort wieder zum Einsatz – zurück zur Schlucht!, befiehlt uns die ins Lazarett stürzende Doris Waldmann.
„Schon wieder?", frage ich empört. „Meine Schwester braucht Ruhe, Frau Waldmann!", fordere ich energisch. „Sehen Sie nicht, dass sie verletzt ist?"

„Wozu brauchen Sie mich denn noch? Sind doch alle tot, die Russinnen", sagt Miriam störrisch und beklagt sich über ihren Brummschädel.
„Nein, acht von ihnen leben noch, kommen Sie", sagt die Waldmann und zerrt Miriam schon mit sich fort.
Ich folge beiden hastig nach.
Ja, richtig. Augenblicklich erinnere ich mich an die zusammengetriebenen Russinnen vor der Böschung.
Als wir ankommen, stehen alle acht nackten Frauen schon wieder, hintereinander in einer Reihe aufgestellt. Mit dem Rücken zu uns. Bereit zur Exekution.
Ich bemerke, dass sie der Größe nach aufgestellt wurden, die Kleinste zuerst, die Größte zuletzt.
Schon wieder eine neue, infame Schikane der tötungslustigen SS! Sie machen aus der Tötung der Frauen ein munteres Gesellschaftsspiel, zu ihrer mordgierigen Belustigungsshow. Manche der Männer sind vom dem Anblick der sterbenden Frauen geradezu sexuell erregt, schauderhaft! Das erkenne ich, als ich jetzt in ihre gierigen Augen schaue.
Und das bekannte Zittern der Glieder ist auch wieder da, und das heftige Armewackeln hat bei den Ärmsten auch schon wieder eingesetzt.

Miriam lässt einen ersterbenden Schrei entfahren. „Wollen Sie die restlichen Frauen etwa auch gleich erschießen lassen?", fragt sie wütend die Waldmann.
„Was sonst!", erwidert diese lakonisch.
„Wollen Sie die Russinnen denn nicht noch vorher verhören?", fragt Miriam ungläubig.
„Wozu? Wir haben ja noch die große Anführerin. Sie lebt. Die werden wir dann später tüchtig ausquetschen, bis sie endlich den Mund aufmacht. Wenn es sein muss, durch Folter", verrät uns die Waldmann listig.
„Warum haben Sie mich dann wieder hierhergebracht, wenn ich doch nicht mehr dolmetschen soll?", fragt Miriam verwundert.
„Nicht zum Dolmetschen", sagt Doris Waldmann knapp und schneidend. „Sie sollen bloß nicht schlappmachen. Sie sollen nur der letzten Exekution beiwohnen. Denn je öfter Sie das tun, desto eher gewöhnen Sie sich an die Prozedur!", erklärt die Waldmann grausam.

„Gibt es etwa morgen weitere Exekutionen?", frage ich alarmiert.
„Wer weiß?", sagt die Lagerleiterin glucksend. „Es gibt so viele Staatsfeinde. Gefährliche deutsche Kommunistinnen, polnische Flintenweiber, intellektuelle polnische Studentinnen, oder russische, die uns gefährlich werden können, wenn sie die polnische oder ukrainische Zivilbevölkerung gegen uns aufhetzen mit ihrer intelligenten Rhetorik …Wir müssen wachsam sein, können nicht alle bewachen und ewig durchfüttern…"
Oje! Das saß! Die Situation spitzt sich immer bedrohlicher zu. Jetzt leben wir wirklich in einem Todeslager. Ob es noch schlimmer kommen kann?
Es kann, es wird, wie wir bald feststellen sollen. Aber wir ahnten es ja von Anfang an, Miriam und ich; gleich bei unserer Ankunft hier im Lager.

Doch erstmal warten die acht Frauen auf ihren finalen Abgang von dieser Welt.
Nichts kann sie mehr retten, schon gar nicht ich!
Diesmal werden die acht verbliebenen Mädchen in ihrer Reihe in langem Abstand voneinander aufgestellt.
„Warum stehen die Mädchen neuerdings so weit auseinander?", frage ich.
„Ich will halt mal was Neues ausprobieren", sagt die Waldmann mit zynischem Humor. „Ein bisschen Abwechslung muss sein!"
„Was Neues! Ich fasse es einfach nicht", rufe ich empört. „Diese Frauen zittern um ihr Leben, und Sie wollen mal zur Abwechslung was Neues in Bezug auf ihre Tötungsmethode ausprobieren!", trompete ich mit schriller Proteststimme. „So als würden Sie lediglich mal ein paar neue Schuhe anprobieren wollen", tadele ich weiter. „Oh, Sie beide können sich gerne an den Schuhen der Russenweiber bedienen; da drüben im Gras liegen sie auf einem Haufen – bitte bedienen Sie sich! Die Mädchen brauchen sie ja nicht mehr! Sind auch schöne Militärstiefel dabei", feixt die Waldmann.
„Ist Ihnen ein Leben so wenig wert?", dringt nun Miriam in die Waldmann, in der Hoffnung, ihr versteinertes Herz etwas zu erweichen.
Oh, und weiter herrscht diese schwüle Sommerhitze, unter der wir beinahe noch mehr leiden als unter Doris Waldmanns Terrorkommando.

„Meinen Sie, mir macht dieser ganze Zirkus Spaß?", fragt Doris jetzt allen Ernstes zurück.
„Ich bin schließlich für unser aller Leben verantwortlich, auch für Ihres, meine beiden Damen", sagt sie schneidend und piekst mir ihren Zeigefinger in die Brust, dass ich leicht aufschreie.
„Und da kann ich nicht Rücksicht nehmen auf diese Flintenweiber, die uns ja auch alle töten würden, wenn sie nur könnten. Die wurden nicht mal zum Kriegsdienst gezwungen von Stalin; die haben sich freiwillig gemeldet, vergessen Sie das nicht!"
„Dann behandeln Sie sie gefälligst auch anständig, wie Kriegsgefangene!", donnert Miriam mit ihrer Schimpftirade auf die Waldmann los. „Ja. Internieren Sie die Frauen, lassen Sie sie bewachen, dann können sie uns nicht mehr gefährlich werden!", füge ich laut hinzu.
„Und können Sie mir mal verraten, wo ich die Männer dazu hernehmen soll? Und die Verpflegung? Sie beide sind vielleicht naiv", greint die Waldmann auf uns los. „Und Sie sehen ja, dass immer mehr Frauentransporte hier eintreffen – den ganzen Tag geht das schon so", rechtfertigt sie sich resigniert. Sie seufzt tief.
„Außerdem sind diese Frauen keine Soldatinnen, nicht mal Partisaninnen; wie oft soll ich das noch wiederholen? Das sind Heckenschützinnen, die auch bedenkenlos aus dem Hinterhalt auf unsere Kinder feuern würden", behauptet sie. „Wenn diese Russenweiber einige von uns gefangen nehmen, dann verfahren sie mit uns genauso. Sogar gefangene, unschuldige deutsche Kinder wurden von diesen russischen Flintenweibern schon niedergemäht durch Gewehrsalven, das ist bewiesen!", schreit mich die Waldmann an.
„Der kleinen Tochter meiner Schwester erging es beispielsweise so", sagt sie versteinert, deprimiert. „Meine zehnjährige Nichte und meine Schwester Anna wurden von Russinnen getötet", behauptet sie.
Wir erbleichen.
„Niemals würde ich so etwas anordnen, russische Kinder zu töten", sagt sie verklärt.
„Doch genug jetzt mit der Schwafelei, bringen wir es hinter uns", befiehlt die Waldmann den Fortgang der Exekution.
Acht Männer treten vor, und jeder nimmt hinter einer Todeskandidatin Aufstellung.

„Und die Frauen habe ich so weit voneinander aufstellen lassen, damit sie bei der Erschießung nicht mehr so oft aneinanderprallen und sich gegenseitig schief zu Fall bringen – man muss dann lästigerweise öfter nachschießen lassen", erklärt sie mir. „Weil einige Frauen dann zusammenbrechen, ohne von Gewehrkugeln getroffen worden zu sein".

Fünf Russinnen sterben durch die Schüsse fast gleichzeitig, aber nur die fünf kollern auch sogleich mit ausgebreiteten Armen den Abhang hinunter. Drei Frauen, zwei junge, etwa 25jährig, und eine ältere, so um die Fünfzig, drehen sich wieder durch den Aufprall der Kugeln in den Rücken um 180 Grad, sodass sie jetzt mit schmerzverzerrten Gesichtern für uns von vorne sichtbar werden. Und sie bleiben doch tatsächlich noch wackelig auf ihren Beinen stehen, denn es sind äußerst kräftig gebaute Frauen, wie wir jetzt feststellen: Groß und massig, mit bäuerischen Gesichtern. Sie stützen sich nun gegenseitig stöhnend. Dann schwankt die eine junge Breitschultrige mit ihrem kurzhaarigen Lockenkopf, und macht einen torkelnden Schritt vorwärts, hält sich schmerzverzerrt den Rücken mit beiden Armen, der Schuss ging nicht mal durch sie hindurch. Sie bleibt wieder stehen, wirft den Kopf nach hinten, ihre großen Milcheuterbrüste zappeln wild, sie dreht sich ins Profil, und bekommt noch zwei Schüsse von ihrem Schützen ab. Dann erst fällt sie mit dem Gesicht nach vorn ins Gras. Bleibt vor uns ausgestreckt liegen.
Die Grauköpfige, Fünfzigjährige, und die andere halb so alte Russin stehen noch wackelig auf ihren Knien, und drehen sich langsam um sich selbst.
„Ins Genick hätten Sie schießen sollen, noch einmal!", tadelt die Waldmann.
Die unsicheren Schützen warten, bis die zwei Frauen uns jetzt gerade wieder ihre Kehrseite mit den zwei wuchtigen Bäuerinnenhintern zudrehen, dann gehen sie näher heran, zielen, aber die jungen Schützen zittern zu sehr, sodass, als sie erneut schießen, wieder in den Rücken feuern. Doch diesmal fällt die Ältere sofort zu Boden, kommt seitlich vor uns zum Liegen. Die junge, Kräftige, die wirklich sehr wie eine Bäuerin aussieht, verkraftet auch den erneuten Schuss in den Rücken und dreht dabei sogar wieder ihren Kopf zu uns hin, ihre Augenlider flackern wild, Blut quillt aus ihrem Mund, sie sieht uns mit aufgerissenem Mund an. Wahnsinn, sie steht als einzige immer noch!

Als lebendes Mahnmal. Sie ist wirklich sehr massig, nicht nur kräftig gebaut und sehr hochgewachsen, sondern auch unglaublich fett. Die Wülste quellen nur so aus ihrem Körper hervor.
Dann feuern mehrere Soldaten ihr noch vielfach in den Bauch, dann fällt auch sie mit einem gewaltigen Plumps
in sich zusammen, mit dem Gesicht nach vorn ins Gras.
Meine Güte, was für ein Koloss liegt da vor uns! Welch ein Fleischberg. Miriam schaut weg.
Wir dürfen auch gehen, damit ist dieser grauenvolle Hinrichtungstag endlich auch für uns beendet. Unser Bedarf an menschlichem Fleisch ist heute auch wirklich reichlich gedeckt.
Himmel und Hölle! Unsere Kleidung ist ganz und gar, über und über von Blut und Knochensplittern besudelt.
Hoffentlich kommen wir zu Hause, in unseren Baracken, endlich mal irgendwie und irgendwo unter eine vernünftige Dusche.
Wenn wir überhaupt den morgigen Tag überleben! Schnell eile ich daher zu meinen Töchtern, und ebenso Miriam zu ihren Nichten. Weilen die drei Mädchen überhaupt noch lebend unter uns?
Wir hasten daher voller Bangigkeit zu unseren Behausungen zurück, um uns zu vergewissern.

Oh, Wunder! Wir erleben ihn doch noch, wieder einmal, den neuen Tag, und zwar alle Fünf von uns, denn Sarah, Petruschka und Rebecca sind tatsächlich putzmunter! So wachsen wir erleichtert und sogar fröhlich in den neuen Tag hinein, denn wir erleben ihn sogar unter erfrischenden Vorzeichen; das soll heißen: Wir stehen tatsächlich alle Fünf lachend unter den wohlig brausenden Wassern einer sauberen Duschanlage, alle nebeneinander, präsentieren uns mal wieder ganz nackt ausgezogen, aber diesmal sind wir froh darüber, denn wir seifen uns ein, denn man hat uns alles gegeben: Sogar Haarwaschmittel für die langen Mähnen der drei Schwarzhaarigen unter uns, für Miriam, Petruschka und Rebecca, hat die Waldmann uns zur Verfügung gestellt! Dazu stehen wir in ihrer eigenen, privaten Duschanlage und lassen sogar warmes Wasser behaglich auf uns herunterrieseln, um uns endlich den Schweiß, Staub und Dreck der letzten Tage wegzuschrubben. Zuzüglich einiger makabren Überreste der toten Russinnen, Blut und Fettgewebe, oh, Gott. Aber wir sind ja schon so abgestumpft, dass wir das

Unaussprechliche aus Furcht vor neuen Horrorszenarien mit Gewalt verdrängen.

Doris Waldmann hat uns gegenüber ausdrücklich verlauten lassen, sie lege großen Wert auf unsere Körperpflege und vortreffliche Sauberkeit, da sie uns für weitere Unternehmungen benötige.

Im Augenblick der intensiven Glücksversunkenheit inmitten unseres reinigenden Körperaktes wollen wir uns gar keine peinigenden Gedanken machen, in was für Zumutungen diese „weiteren Unternehmungen" wieder mal ausufern könnten, die Doris Waldmann mit uns vorhat.

Wir waschen uns gründlich im Intimbereich, die drei Schwarzhaarigen von uns besonders ihre dichte schwarze Wolle auf ihrem stark behaarten Schamberg, da das Haar dort schon arg verfilzt ist.

Als wir fertig sind, kümmern wir uns alle um Rebeccas Kopfhaar, da meine älteste Tochter ja die längste Mähne hat, mit der sie nicht allein fertig wird, da sie sich das überlange Haar unmöglich alleine waschen kann. Lächelnd beugt sie sich vor, gibt uns den endlosen Haarteppich frei, den wir lachend zu viert ergreifen und shampoonieren, wie man wohl neuerdings zu dieser Prozedur sagt. Denn unsere deutsche Sprache wird immer mehr mit englischen Brocken durchsetzt, die zu uns unaufhörlich von Amerika herüber dringen. Auch wenn es der „Führer" nicht wahrhaben will…

Wir rollen Rebeccas fettiges Haar ein wie eine endlose Teigmasse, kneten es auch tüchtig mit den Händen durch wie eine solche, wringen es aus – meine Güte, wie lange das dauert!

Meine jüngste Tochter Sarah, die auch die Kurzhaarigste von uns allen ist, sagt jetzt beklommen zu ihrer ältesten Schwester: „O weh, ich glaube kaum, Rebecca, dass man dir in Zukunft weiterhin gestatten wird, mit dieser Haarlänge herumzulaufen, die Pflege dauert einfach zu lange."

„Du meinst, man wird mir den Kopf kahl scheren, wie den Russinnen?", fragt sie erschrocken zurück.

„Ja, wer weiß? Die nächste an der Reihe bin dann wohl ich?" raunt Petruschka, die die zweitlängsten Haare hat, ihrer Schwester Rebecca zu. Rebecca zuckt zusammen.

„Ja, und dann dürfen wir beide nackt und kahl mal eben einen hübschen, kleinen Spaziergang zur Schlucht machen, und dann probiert man dort gleich die neuesten Waffen an uns aus; denn am lebenden Objekt schießt man sich doch immer noch am besten ein - peng!, peng!, peng!", sagt Rebecca düster in ihren Wasserstrahl hinein.

„Nana, was sind das denn für düstere Gedanken, meine Damen?", fragt Miriam ihre Nichten und stupst Sarah und Petruschka neckisch in den Nacken. „Die Russinnen wurden ja von ihren eigenen Leuten geschoren, weil sie Soldatinnen werden wollten", korrigiert Miriam Petruschkas Argumentationsfehler.

Miriams schwarze Mähne ist noch um einiges kürzer als Petruschkas. Sie ist daher mit der Haarpflege auch schon fertig, als wir nicht mal die Hälfte von Rebeccas Haaren shampooniert, geschweige denn, ausgewaschen haben. Und tatsächlich tritt jetzt wie zur Bestätigung von Sarahs Befürchtung eine SS-Frau in Uniform in unseren Duschraum ein und schaut in der Tat etwas missbilligend auf die letzte Waschprozedur mit Rebeccas Haaren. „Bitte beeilen Sie sich mit dem Duschen, die Hauptsturmführerin möchte Sie baldmöglichst sehen", sagt sie uns ungeduldig.

„Ach? Was für Frauen werden denn heute erschossen?", frage ich flapsig zurück. „Polnische Saboteurinnen vielleicht? Oder Belgierinnen? Dann darf ich wohl heute dolmetschen?", frage ich hämisch.

„Reden Sie keinen Unsinn, niemand wird heute erschossen", schnarrt die SS-lerin kalt zurück.

„Beeilen Sie sich lieber etwas, strapazieren Sie nicht unsere Geduld. Meine Güte, das Mädchen besteht ja fast nur aus Haaren!", zischt sie zum Abschluss noch leise zwischen den Zähnen hervor, dann macht sie kehrt und schließt die Tür.

Wir beeilen uns jetzt wirklich, trocknen uns ab und trocknen auch möglichst schnell die Haare.

Dann treten wir in den Umkleideraum und wollen wieder unsere Kleidung anziehen. Doch daran werden wir zu unserer Überraschung von zwei SS-Frauen gehindert, die sich in einer Ecke des Raumes verborgen gehalten haben und jetzt forsch auf uns zutreten.

„Nein, bitte noch nicht anziehen, meine Damen", sagt die eine lachend zu uns. „Warum denn nicht?", frage ich forsch zurück. Die drei Mädchen bedecken sich ängstlich ihre Blößen.

„Weil die Frau Hauptsturmführerin Sie alle erst einmal barfuß bis zum Hals begutachten will, um festzustellen, ob bei euch auch alles in Ordnung ist", keift die eine SS-Megäre.

„Kommen Sie mit!", befiehlt sie uns allen. Beklommen sehen wir Fünf uns an. „Na, das fängt ja wieder mal gut an", sagt Miriam verärgert. „Was für eine Gemeinheit sie jetzt wohl wieder mit uns vorhaben – was meint ihr?" Und wir setzen uns in Bewegung, bis unser nackter Zug in einem Schlafzimmer landet. „Was sollen wir denn hier? Warum bringen Sie uns hierher?"
Da tritt die Waldmann zu uns hin, und die Wärterinnen gehen.
„Weil ich mit euch fünf Hübschen vor dem Anziehen noch eine kurze Nacktparade veranstalten will, um euch zu visitieren". Sie setzt sich dazu extra eine Brille auf, um die Revue abzuhalten.
Eine nach der anderen visitiert sie uns.
„Wozu denn? Wir sind sauber, auch unsere Gesinnung - das sehen Sie doch, garantiert!", mault Miriam.
„Das sehe ich, und ich bin hochzufrieden mit dem Ergebnis der Säuberung", grinst Doris Waldmann zufrieden gestellt, und streichelt Petruschkas Haare.
„Wieder seidig glänzend, sehr gut", lobt sie, wobei sie mit der Hand die ganze Mähne meiner Tochter entlangfährt, sie hat nicht die längste, aber die dichteste.
„Auch dein herrlich schwarzer Vollbart da unten glänzt wieder äußerst verführerisch", sagt die Waldmann mit bebender Stimme, und berührt mit ihrer Kralle Petruschkas Schamdreieck, streichelt es voller sexueller Erregung mit zitternder Hand. Petruschka wirft den Kopf hoch und stöhnt wimmernd auf. Wagt aber nicht, sich auch nur einen Millimeter von der Stelle zu rühren.
„Aha, darauf haben Sie es also abgesehen!", schreie ich wütend, und laufe zur Waldmann hin.
„Finger weg!", befehle ich ihr. „Meine Töchter sind tabu, verstanden?"
Entschlossen schlage ich der Lagerleiterin die Hand von Petruschkas intimster Stelle weg.
„Nanu, warum denn so bockig, Judith?", fragt Doris Waldmann feixend.

Die ganze Sache mit der großzügig gewährten Duscherei musste ja natürlich am Ende einen Haken haben!, denke ich mir jetzt verbittert. Hier in diesem munteren Feriencamp geschieht nichts ohne Hintergedanken! Jede Vergünstigung muss zehnfach zurückgezahlt werden, jeder Gefallen ist extra zu begleichen. Hier gleich mit Sex am

lebenden Objekt. Am minderjährigen Objekt! Das also hat die Waldmann vor; unsere peinliche Nacktparade dient lediglich dazu, um ihre lesbischen Neigungen ungezügelt und ungestraft an meinen unschuldigen Mädchen auszuüben und auszuleben!
Damit die Situation nicht in einem wilden Gemetzel eskaliert, springt Miriam aufopferungsvoll an Petruschkas Stelle, schiebt ihre Nichte mit erstaunlicher Energie beiseite und bleibt auf ihrem Platz stehen.
„Nehmen Sie mich! Ich springe für Petruschka in die Bresche", sagt Miriam entschlossen, und ihr mächtiger Glockenbusen zittert.
„Sie haben es doch sowieso von Anfang an nur auf mich abgesehen, Frau Waldmann, nicht wahr? Das ist mir nämlich nicht verborgen geblieben, so lüstern, wie Sie mich immer angesehen haben", packt Miriam ihre ganze Weisheit aus.
Ich protestiere, doch die Waldmann schiebt mich wie ein störendes Möbelstück beiseite.
„Warum eigentlich nicht?", gurrt die Waldmann lüstern und starrt die nackte Miriam von oben bis unten an. „Denn du siehst ja fast genauso aus wie deine Nichte, bist genauso hübsch und gut gebaut, wie sie; hast die gleichen Haare und auch dieselben saftigen, hervorspringenden Brüste von genau der gleichen Form wie Petruschka ... Die hat deine kleine schüchterne Nichte wohl von dir geerbt, nicht wahr, hahaha ... Ja, das sieht man gleich, der gleiche Menschentyp: Dunkle Haut, riesige Haarberge, jüdische Nase und dunkle Mandelaugen, die abstehenden Ohren – nur, dass du natürlich etwas älter bist als Petruschka, aber du siehst fast noch genauso jung aus wie sie ...", sagt die Waldmann entzückt und streichelt sich jetzt mit ihrer Kralle von Miriams Haaren langsam zu ihrer Brust durch, lässt dabei ihren Zeigefinger beständig um Miriams Brustwarze kreisen, wodurch sie deren mächtigen Busen heftig in Wallung bringt und ein Dauerzittern erzeugt.
„Wie alt bist du, Miriam?", fragt sie mit brutalem Grinsen.
„33 Jahre!", antwortet meine Schwester wahrheitsgemäß.
Petruschka, Rebecca und Sarah stecken ängstlich ihre Köpfe zusammen und tuscheln miteinander. Sie verbergen ihre Nacktheit mit den Händen.
„Wahnsinn, du siehst aus wie 23", sagt sie mit ehrlicher Bewunderung.
Ich protestiere wieder laut, doch eine andere, bisher verborgene SS-Frau erscheint im Licht und gibt mir eine saftige Ohrfeige. Ich schwanke kaum einen Zoll. Meine drei Mädchen schreien auf, eilen zu mir hin.

„Lass ruhig, Judy ... Wenn es ihr Spaß macht", erwidert Miriam selbstsicher und erstaunlich kaltblütig in meine Richtung. Ich fasse es einfach nicht!
„Ja, du hast recht, genau darum geht es, meine liebe Miriam, es macht mir Spaß, sehr sogar", feixt die Waldmann leise, in gefährlich langgezogenem Tonfall. „Und wenn du noch zweimal 33 Jahre alt werden willst, dann tust du besser von jetzt ab, was ich dir sage, verstanden, mein Schätzchen?", fragt die Waldmann neckisch und tätschelt Miriams Wange. Dann küsst sie meine Schwester leidenschaftlich auf den Mund.

„Ja, du bist sogar noch wesentlich erotischer aufgeladen als die kleine Petruschka", lobt die Waldmann vor lauter sexueller Begierde, und zieht an Miriams teurem Halskettchen mit dem silbernen Davidstern, welches im Augenblick ihre einzige Kleidung ausmacht.
Miriam schaut versöhnlich drein, lächelt sogar zaghaft, ergeben in ihr peinliches Schicksal. Sie hat jedenfalls alle Angst verloren. Ich liebe sie dafür, dass sie sich so selbstlos für Petruschka opfert.
Die SS-Frau, die mich geschlagen hat, befiehlt jetzt meinen Töchtern, sich wieder anzukleiden, denn das weitere Schauspiel hier in dem Schlafzimmer sollte ihnen erspart bleiben, meint sogar die Aufseherin ... Und daher führe sie nun die drei Schwestern in die Kleiderkammer; und sie beschwichtigt meinen angstvollen Blick mit der Erklärung, die Mädchen bekämen frische, neue Kleidung, jedenfalls neue Unterwäsche. Ich bange wieder mal um meine Töchter und um das viele Geld in den alten Mänteln. Hoffentlich geht es nicht verloren! Doch meine Töchter sind jetzt wichtiger. Die SS-Frau sagt mir, ich solle mir keine Sorgen um die Mädchen machen. Nachher würde ich sie frisch gekleidet wiedersehen. In der Zwischenzeit sollten sie sich wieder bei der Versorgung der Neuankömmlinge nützlich machen. Und schon zieht sie mit meinen Töchtern los.
Die Waldmann knetet nun Miriams Busen durch.
„Mann, Mädchen, dein herrlich hervordrängender Dreiviertelkugelbusen bebt und wogt hin und her wie eine Sturmglocke bei Gefahr! Eine Glocke! Ja, genau; das ist es! Das muss es sein, ja ... Deswegen sagt man wohl dazu auch „Glockenbusen", nicht wahr?", fragt sie obszön um sich kichernd, weil sie die Bezeichnung für die Brust meiner Schwester jetzt erkannt hatte.

„Willst du deine Glocken nicht mal tüchtig für mich läuten lassen?", fragt die Waldmann obszön. „Bitte, tu es doch einmal, mir zuliebe, ja?" „Würde ich ja gerne, aber der Klöppel ist leider abgebrochen", sagt Miriam frotzelnd, und die Waldmann lacht vor Entzücken über den Humor meiner Schwester. Na, ist denn das zu fassen!, denke ich ungläubig. All diese Erniedrigungen und Beleidigungen lässt Miriam klaglos über sich ergehen. Steckt sie einfach so weg, lacht noch ganz abgeklärt dazu, nur um meine Töchter zu schützen.

Aber was mir keine Ruhe lässt, ist Folgendes: Wird Miriam auch gleich mit der Waldmann ins Bett steigen, ihrer neuen, erzwungenen Freundin?, frage ich mich beunruhigt. Hat sie denn überhaupt keine Angst vor diesem unvermeidlich nächsten Schritt? Scheinbar nicht, wie ich sie jetzt so überlegen alles weglächeln sehe. Aber wird Miriam auch diese drastische, folgende Konsequenz so einfach weglächeln können? Lesbischer Sex mit einer KZ-Kommandantin? Mein Gott! Ist das hier etwa doch schon ein KZ? Wird Miriam auch bis zur letzten Konsequenz gehen? Gehen müssen?
Im Augenblick jedenfalls begnügt sich die Waldmann noch damit, Miriams Geschlechtsteile zu prüfen. Auf ihre Brauchbarkeit?
„Dein riesiges Buschwerk da unten zwischen deinen Beinen, dieses schwarze Tor zur Hölle fasziniert mich ungemein, Miriam-Schatz", sagt die Waldmann zitternd. „Dein wild wuchernder Dschungel der vollendeten jüdischen Weiblichkeit verheißt mit seinen schwarzen, verschlungenen Pfaden eine Reise in urwüchsige, unerforschte Erotik-Abgründe", ergötzt sich die Waldmann poetisch über den äußerst dicht behaarten Schamberg. Und sie wühlt hastig in dem Wildwuchs von Haaren.
Wie kommt Miriam bloß zu diesen gewaltigen Haarmassen?, rätsele ich wieder einmal staunend. An allen Körperteilen! Während ich am ganzen Körper, vor allem auch am Kopf, nur sehr spärlich behaart bin? Und dann überall ganz blond. Bin ich nicht vielleicht doch eine verunglückte Germanin? Eine Arierin? – Und das da neben mir soll wirklich meine Schwester sein?, denke ich mir wieder einmal zweifelnd. Wie schon so oft, immer wenn wir mal ganz nackt waren, und nach Herzenslust in aller Früh, noch vor der Schule, im herrlich ungenierten Evakostüm im sommerlichen Wannsee gebadet haben und uns beim Herauskommen aus dem Wasser von oben bis unten betrachteten … Schon als

Jugendliche, als Backfische waren wir erstaunt über die Grundverschiedenheit unserer zwei Rassen ... Dabei sind wir doch beide echte Jüdinnen, zu hundert Prozent ... Beide von denselben Eltern geboren, die beide sehr jüdisch aussehen, wie Miriam ... Seltsam.
Jetzt fummelt die Waldmann an Miriams Schamspalte herum, der Vulva. Sie zieht mit beiden Händen die großen Schamlippen auseinander, sucht wohl die Klitoris? Hofft wohl, dass sie sich bei Miriams sexueller Erregung schnellstens aufrichtet, steif wird? Wenn sie nur tüchtig lange genug daran mit dem Finger reibt? Jawohl, jetzt reibt die Waldmann tatsächlich schon wie eine Wilde an der Eichel meiner Schwester' Klitoris – sie hat sie glücklich gefunden. Wie ein Mechaniker prüft sie gewissenhaft nach, ob alle Teile an meiner Schwester intakt sind.
Ja, lächelnd untersucht die Waldmann weiterhin Miriams Klitoris, die inzwischen steif geworden ist. Sie drängt Miriam zu ihrem Bett hin, bis diese sich darauf niederlegt.
Miriam macht das Spiel mit, schließt die Augen und stöhnt sogar wollüstig. Genießt sie etwa auch noch dieses perverse Schmierenspiel? Himmel! Ist meine Schwester am Ende etwa auch lesbisch veranlagt? Hatte sie überhaupt jemals einen Mann geliebt?
Die Waldmann legt sich mit ihrem ganzen Gewicht über Miriam, saugt jetzt mit den Lippen gierig an ihren Brustwarzen. Und das alles in meiner Gegenwart!
Als ich um die Erlaubnis bitte, mich entfernen zu dürfen, lehnt sie apodiktisch ab! „Du bleibst hier!", sagt sie mit überlegener Triumphmiene. „Hier kannst du noch was lernen!", sagt sie dreist.

Meine Güte, das alles sollte eigentlich mir zufallen, dieser ganze Part der lesbischen Gespielin einer geilen KZ-Kommandantin!, denke ich verbittert. Denn das sind ja schließlich m e i n e Töchter, die geschützt werden sollen vor der Waldmann, nicht Miriams!
Da beschließe auch ich, meine Taktik zu ändern.
Ich spiele die Beleidigte, die Zurückgewiesene, und frage unverblümt die Waldmann: „Warum verschmähen Sie mich, Frau Kommandantin?", schimpfe ich scheinbar entrüstet. „Wo ich doch wie eine echte Arierin aussehe! Warum geben Sie plötzlich der jüdischen Physiognomie meiner Schwester den Vorzug, wo Sie doch eigentlich die jüdische

Rasse hassen, und mit allen Mitteln bekämpfen?", frage ich jetzt tatsächlich aufgebracht.

„Wie verträgt sich das eigentlich mit Ihrer Ethik der Himmlerischen Lehre von der Rassenreinheit?", fauche ich wie eine Tigerin. „Die Sie doch bestimmt täglich pausenlos von neuem eingetrichtert bekommen in Ihren Lebensborn-Seminaren?"

„Oh, privat, sozusagen außerdienstlich, für den eigenen Bedarf bevorzuge ich eigentlich doch rassigere Mädchen als die faden blonden Frauen deiner Sorte ... und meiner eigenen!", sagt sie kichernd. Und immerhin selbstironisch, denn die Waldmann ist ja wirklich genauso blond wie ich, weißhäutig und kräftig gebaut wie ich ... Nur viel größer als ich ist sie halt ...

„Aber das hat strikt unter uns zu bleiben, klar, Judith?", schärft sie mir ein. „Aber natürlich, das bleibt unser privates Geheimnis! Ehrenwort", schnattere ich sarkastisch hinaus.

Da richtet sie sich auf dem Bett auf, hört kurz auf, meine Schwester zu bearbeiten, und streift sich die sperrige Uniformjacke von den breiten Schultern.

Zieht die Waldmann sich jetzt etwa auch ganz nackt aus, um die totale sexuelle Vereinigung mit Miriam zu genießen? Ich kann nicht begreifen, wie meine Schwester den ganzen ekligen Zirkus so willig mitmachen kann.

Aber eigentlich sollte ich ihr ja dankbar sein. Denn hätte Miriam den Liebesdienst verweigert, dann hätte die Waldmann sich doch wieder unwiderruflich an Petruschka vergriffen und sich in ihrer Intimität festgekrallt und eingenistet, denke ich mit mulmigem Gefühl in der Bauchgegend.

Aber kann sie das nicht immer noch tun? Später vielleicht, morgen schon holt sie sich dann doch Petruschka als neuen, unverbrauchten Leckerbissen ins geräumige Himmelbett; da kann ich toben, soviel ich will, nutzlos protestieren ... Was kann ich schon groß ausrichten gegen die Schergen, die die Megäre auf jeden Fall jederzeit griffbereit zu ihrer Unterstützung hat? Irgendwo im Hintergrund.

„Wenn Sie mich nicht mehr brauchen sollten, Frau Hauptsturmführerin, dann kann ich mich doch jetzt eigentlich zur Abwechslung mal wieder anziehen, oder – und dann gehen, damit Sie ... ungestört sind?", frage ich drucksend.

Oder will sie mich nachher doch noch vernaschen?

„Meinetwegen", sagt die Waldmann lakonisch und winkt mich fort.

„Danke, Frau Hauptdarstellerin", wage ich blöderweise eine ironische Bemerkung, die ich sogleich wieder furchtbar bereue, doch die Waldmann hat zum Glück meine vorwitzige Bemerkung offenbar gar nicht mitbekommen, wie ich sie nun so lustvoll stöhnen höre.

Im Augenblick reitet sie auf meiner Schwester herum, beißt ihr sanft in den Nacken, massiert die kräftigen Schenkel der ansonsten zierlichen Miriam. Greift ihr wieder in die Schamspalte und reibt und reibt. Dann dreht sie Miriam in die Bauchlage, legt ihren schönen braunen Rücken frei und massiert ihre Pobacken, die sie bald darauf wollüstig küsst. Dann zieht sie ihre kurzen Beine an den Fesseln auseinander und begutachtet genüsslich die Haare in Miriams Poritze, die üppig heraus sprießen. Der Wildwuchs dort in der verlockenden Öffnung scheint ihr besonders zu gefallen, der Waldmann ... Auch der an ihren Fesseln ... Sie steht auf Miriams allumfassende Haarigkeit. Jetzt leckt sie ihr den Bauchnabel.

Und ich? Wie lange soll ich hier noch stehen?

Ich frage noch einmal vorsichtig bei der Waldmann nach. Doch da kommt seitlich aus einer Tür eine andere SS-Angehörige auf mich zu, führt mich nackt am Arm zur Kleiderkammer und gibt mir frische Unterwäsche. Dann bekomme ich auch meine eigene Kleidung zurück, die mir extra gebracht wird. Von Doris Waldmann bin ich erst einmal erlöst.

Ich darf in mein Quartier zurück, kann mich ausruhen. Doch voller Unruhe drängt es mich gleich wieder ins Freie, wo ich jetzt gerade wieder bin und wo eine kolossale Hitze herrscht. Denn ich darf mich weiterhin frei bewegen. Ich sehe immer mehr Frauen im Lager eintreffen, doch diesmal sind die Hände des neuen Trupps gefesselt! Also weitere Gefangene! Und die Frauen werden auch alle schwer bewacht von Soldaten eskortiert. Tragen aber keine Judensterne, soweit ich sehe. Sind ja auch große blonde dabei ... Da fällt mir plötzlich was ein: Hastig untersuche ich meine Taschen im Innenfutter des Mantels; Ergebnis: Das Geld ist noch da – tausend Reichsmark! Ich atme ganz erleichtert auf. Die Bonzen haben es nicht gefunden! Jedenfalls mein Anteil an dem Geld ist intakt. Ich schwanke plötzlich hin und her, wie auf einem Schiff. Schwindelig taumele ich in meine Behausung zurück. Es ist mir ganz recht so, denn ich will gar nicht so genau wissen, was

mit den gefesselten Frauen geschieht, die wahrscheinlich wieder Saboteurinnen und Partisaninnen sind.
In meiner Baracke lege ich mich erschöpft zum Schlafen nieder, denn ich habe wenigstens kurz zuvor die Gewissheit erhalten, dass meine drei Mädchen am Leben sind, als ich sie beim Saubermachen der Nachbarbaracke gesehen habe.

Am nächsten Morgen dürfen wir alle lange ausschlafen. Noch sind alle meine Lieben da, auch Miriam, die kein Wort mit mir spricht. Verdrossen reibt sie sich der Schlaf aus den Augen und stiert mich an mit ihren müden, gelangweilten Kuhaugen und ihrem zusammengekniffenen Mund. Sie hat wohl Bammel, dass ich sie über ihre Liebesabenteuer mit der Waldmann ausquetsche, und daher kommt sie mir mit ihrem warnenden Mienenspiel des sauertöpfischen Schmollens zuvor. Daher streichle ich ihr auch nur kurz übers Haar, und sage nur: „Danke, Miri, danke für alles; ich weiß, was du für mich getan hast, nein, nicht für mich – für meine Kinder! Für deine Nichten! Das werde ich dir nie vergessen…"
Doch sie weist mich zurück und steht wortlos auf.
Auch das Frühstück nehmen wir Fünferbande wortlos miteinander ein. Betretenes Schweigen, auch von Sarah, Petruschka und Rebecca. Sie müssen erst das gestern Erlebte und neu Erlernte verarbeiten. Wir fangen an, einander zu entfremden. Kein Wunder. Das hier ist ja schließlich kein Abenteuerurlaub.

Später machen wir wieder unseren privaten Gang durchs Lager. Alle Fünf. Das Lager wächst, stelle ich fest. Also wächst auch die Bedrohung! Jetzt stellen die Arbeiter sogar Wachtürme auf, Zäune und Drahtsperren entstehen. Immer mehr Militärfahrzeuge fahren ins Innere des Lagers hinein, es tut sich was. Wir werden eingezäunt! Wie wilde Tiere … Überall wird angebaut, gehämmert und geklopft. Was ist hier plötzlich los?
„Sie brauchen wahrscheinlich neue Unterkünfte für die neu angekommenen Frauen", sagt Miriam tonlos.
„Ja, kann sein. Ich habe gestern schon neue, gefesselte Frauen ankommen sehen", berichte ich unbehaglich Miriam, die zu mir wie zu einer Fremden spricht.

„Aha, siehst du?", fragt sie lapidar.
„Aber wo sind dann diese neuen Gefangenen von gestern?", frage ich alarmiert. „Ob sie wohl schon tot in der Schlucht liegen?", frage ich zitternd.
„Ach was, dann hätte man ja Schüsse gehört", widerspricht Miriam. „Seit gestern Abend ist aber alles ruhig. Wahrscheinlich verhören sie sie gerade..."
„Na, diese Art von Verhör kommt mir irgendwie bekannt vor", sage ich mit bitterem Lachen. Miriam schaut nicht zu mir auf. Auf einmal wirft sie sich in meine Arme und weint sich bitterlich bei mir, ihrer großen Schwester aus. Ich tröste, so gut ich kann. Kurz darauf ist alles wieder gut zwischen uns.

„Weißt du Judy: Ich glaube, das hier wird so etwas wie ein umgekehrtes Konzentrationslager", teilt sie mir ihre Überlegungen mit. „Wieso, was meinst du denn mit dieser abgedrehten Bemerkung?", frage ich verdutzt.
„Ich erkläre es dir mal: Normalerweise bauen die Nazis doch zuerst vollständig ein KZ auf, wie damals Dachau, das erste Lager in Deutschland ... Dann erst, wenn alles fertig ist, liefern sie auch ihre Gefangenen hinein, eben wie in Dachau", erklärt mir Miriam. „Damals wussten die Insassen in Dachau also auch gleich, was ihnen in diesem Lager blüht: Verhör, Folter, Tod durch Erhängen, Misshandlungen, Zwangsarbeit, als sie gleich die Wachen sahen, die brutalen Männer mit den Hunden, die sie sofort bei der Ankunft mit Knüppeln und Maschinengewehren empfingen. Dazu die Wachtürme, die Galgen, die Schwarze Wand für Erschießungen, der Stacheldraht, und die Maschinengewehrstellungen, die gleich eine deutliche Sprache für die eintreffenden Häftlinge sprachen", sagt Miriam düster.
„Und hier in der Ukraine, in unserem Lager, machen die Nazis es umgekehrt; hier im Ausland, im Feindesland probieren sie mal was anderes aus: Erst bringen sie die Gefangenen, dann erst bauen sie plötzlich und unverständlicherweise das Lager dazu – heimlich drum herum um sie! Um uns Frauen! Statt grimmiger, abweisender Lagerbrutalität stellen sie erst einmal eine kleine, unscheinbare Untersuchungsbaracke auf, inmitten lieblicher Wälder und Schluchten, ganz ohne erkennbares KZ-Inventar- und Instrumentarium, um bei den ersten eintreffenden Frauen keine Panikstimmung aufkommen zu lassen. Es soll nicht gleich nach Lager aussehen, eher nach einem Zufluchtsort

für uns arme Frauen, einer Oase der Rettung für die verfolgten Juden, die angeblich bald ausgelöst werden sollen … Und dann nach Palästina ausreisen dürfen! … Erst nach und nach, nach ein paar Tagen, Wochen, nachdem die Nazis durch vorgetäuschte Harmlosigkeit die Gemüter der Frauen beschwichtigt haben, Tausende von ihnen durch Freundlichkeit und zuvorkommende Hilfsbereitschaft quasi ins Lager gelockt haben, da verschärfen sie die Tonart! Erst heißt es, es würden ja nur Partisaninnen erschossen, russische Flintenweiber und Kriminelle, oder politische Kommissarinnen, als die erste Erschießungswelle dann doch über uns wie ein Orkan hereinbricht … Aber wir doch nicht, wir anständigen Jüdinnen und Nichtjüdinnen würden doch nicht umgebracht, versichert man uns scheinheilig lächelnd. Nur ausländische Kriminelle! Erst wenn das Lager dann einmal ganz voll wird, wenn alles hermetisch abgeriegelt ist, keiner mehr heraus kann, dann ziehen die Nazis die Zügel an, zeigen ihre wahren Absichten, töten wahrscheinlich uns alle … Nachdem sie immer neue Ausreden, Lügen erfunden haben, um eine neue Erschießungswelle zu rechtfertigen: Heute sind es wahrscheinlich Reichsfeinde, gefährliche Kommunistinnen oder asoziale Frauen, Lesbierinnen oder vorgebliche Mörderinnen, oder Zeugen Jehovas, die dran glauben müssen, du wirst schon sehen, Judy", sagt Miriam immer düsterer.

„Eben alles Randgruppen, die von den Nazis schon seit 1933 verfolgt werden. Und jetzt allmählich beginnt ihr letztes Stündlein zu schlagen", fürchtet Miriam verdattert.

„Wir werden hereingelegt, Judy, sauber aufs Kreuz gelegt!", sagt sie eindringlich und schaut verstört zu mir auf.

„Man erfindet immer neue Gründe, um immer mehr Menschen zu erschießen, da bin ich mir nun ziemlich sicher", klagt sie sich aus. „Und bald haben die Nazis auch genug Gewehre und Munition dafür hier hinein verlagert, um uns zu halten, damit wir nicht mehr panikartig von hier fliehen können, wenn alles erstmal hier dicht ist", schließt Miriam ihre Argumentation.

„Dann brauchen sie auch keine Rücksicht mehr darauf zu nehmen, uns zu beschwichtigen, einzulullen in schöne Erzählungen über unsere baldige, glückliche Auslösung; dann geht es nur noch

„PENG! PENG! PENG!""

Schlagartig dämmert nun auch mir diese Erkenntnis: „Meine Güte, wenn du recht hättest, Miri ...", sage ich nun ganz bleich, dämpfe aber weiterhin meinen Tonfall, weil ich sicher sein will, dass meine Mädchen, die hinter uns zurückgeblieben sind und seit einiger Zeit schon etwas abseits von uns marschieren und schwatzen, nichts mitbekommen von dem verstörenden Gespräch.

„Du bist ein As, Miri, deine Beobachtungen habe ich so ja noch gar nicht richtig durchdacht, meine Güte, was für psychologische Fähigkeiten du hast, das ist ja einfach unfassbar", gestehe ich meiner Schwester, die ganz ruhig bleibt.

„Dann müssen wir ja wirklich so schnell wie möglich weg von hier, am besten noch heute Nacht von hier fliehen, solange das Lager noch nicht ganz abgeriegelt ist, und auf den Wachtürmen noch keine Maschinengewehre verankert sind", sage ich gehetzt zu Miriam.

„Da schau, schon zu spät!", sagt Miriam mit verdrehten Augen und zeigt auf ein MG, das tatsächlich gerade auf einem Turm in Stellung gebracht wird.

„Oje, vielleicht haben die Nazis dann auch schon hier ganz in der Nähe Kampfpanzer stationiert, vielleicht sogar in der Todesschlucht, durch die dann auch kein Entkommen mehr möglich ist", sage ich voller Angst.

„Wenn das dein Plan war, dann vergiss ihn ganz schnell", rät Miriam mir dringend. „Mit oder ohne Panzer – dieses öde, unwegsame Gelände können wir doch niemals allein, ohne fremde Hilfe durchqueren; und dann: Wohin sollten wir dann überhaupt gelangen?"

Ich seufze tief.

„Und überhaupt: Vergiss nicht die Partisanen und die Russen, die diese Schlucht und auch alle ihre anderen Schluchten und Wälder, die wir auf unserer Flucht durchstreifen müssten, wie ihre Westentasche kennen, da haben wir also keine Chance, für einen Fluchtweg da durch", ruft mir Miriam in Erinnerung.

Ich stimme ihr voll und ganz zu.

„Oje, es ist schon zu spät, wir haben mit der Flucht zu lange gewartet, hier kommen wir nicht mehr heraus", stimme ich meiner Schwester zu.

„Hinaus nicht mehr, aber vielleicht können wir hier drin einen Aufstand schüren", schlägt Miriam versonnen vor. „Denn wir werden immer

mehr, wir gefangenen Frauen, während die Soldatenzahl gleich bleibt …"
„Spinnst du? Die SS hat MGs und unzählige Waffen, um uns alle sofort abzuknallen, wie es ihr beliebt, wir sind völlig wehrlos!", werfe ich meiner Schwester vor.
„Vor ein paar Tagen hätten sie uns alle noch leicht töten können, am ersten Tag, als wir hier mit dem ersten Frauentransport eintrafen … Das ist wahr … Da waren wir ganz wenige. Aber jetzt ist das schon schwieriger, bei Tausenden von Frauen …", sagt Miriam versonnen.
„Und wir beiden Frauen haben hier doch schon einmal, gleich am ersten Tag, so eine Art Mini-Aufstand angezettelt, als wir nackt zur Untersuchung anstanden, erinnerst du dich, Judy?"
Verständnislos blicke ich Miriam ins Gesicht.
„Worauf willst du hinaus, Miri?", frage ich verblüfft.
Da nimmt sie mich beim Arm und erklärt eindringlich: „Ich erzähle dir jetzt mal was – pass auf! Ich habe mir da nämlich so eine Theorie zurechtgelegt: Ich glaube nämlich, dass die Lagerverwaltung und die SS eigentlich ursprünglich vorhatten, schon unseren ersten jüdischen Schub Frauen hier im Lager gleich bei unserer Ankunft zu liquidieren, sofort zu erschießen", behauptet Miriam.
„Wie kannst du das wissen?", frage ich erschrocken.
„Du erinnerst dich doch an die Geschützstellung mit den aufgepflanzten Maschinengewehren, die ich bei unserer angeblichen ärztlichen Untersuchung draußen im Freien vor der Baracke bemerkt habe? Die erstmal gut getarnt hinter einem Baum versteckt war?", fragt Miriam listig. Ich nicke hastig.
„Komm, sprich schon weiter, ich bin neugierig, was du zu sagen hast!", dränge ich sie plötzlich interessiert.
„Bestimmt sollten wir ersten hundert Frauen damit gleich exekutiert werden, mit den MGs, und zwar hauptsächlich wir Jüdinnen! Denn warum sonst hätten sie uns gleich nackt ausziehen sollen? Ich denke, die Nazis wollten uns auch ausplündern, gleich unsere Wertsachen, Schmuck und teuren Kleider wegnehmen, denn die kann man ja noch brauchen", sagt Miriam mit bitterem Grunzen.
„Du meinst …?"

„Genau. Und nun komme ich zu unserem Mini-Aufstand: Weil wir beiden Schwestern es als einzige wagten, den Mund aufzumachen, und gleich lautstark nach allen Seiten vernehmlich Protest zu erheben gegen unsere verdächtige, kollektive Entkleidung, und du auch sofort der SS ins Gesicht geschleudert hast, sie wolle uns ja doch nur erschießen, da haben wir die Pferde scheu gemacht, da haben wir den SS-Apparat irgendwie verunsichert, und alle Offiziere haben plötzlich Muffensausen bekommen. Weil wir Sand ins Getriebe ihrer reibungslosen Tötungsmaschine gebracht haben! ... Wahrscheinlich hatte die SS auch noch keinen festen Plan, wie mit uns bei der Exekution zu verfahren sei, eben, weil dies das erste Lager seiner Art ist, ein Probelauf also, der bisher noch nie durchgeführt wurde ... Denn die üblichen, voll an ihrem Platz aufgerichteten Tötungsgeräte wie in Dachau waren ja hier noch nicht sicher am Platz. Sie konnten also noch kein vorher durchorganisiertes Massaker an uns durchführen. Hätten es vielleicht getan, wenn wir beide nicht so aufsässig ihre wahre Absicht gleich am ersten Tag durchschaut hätten, und so mutig für die Allgemeinheit hinausgeschrien hätten. So behauptete die Waldmann erst mal verlegen, das MG-Nest wäre nur zu unser aller Schutz da. Du siehst also, Judith, was schon so ein kleiner, verbaler Aufstand wie unserer bewirken kann, wie er die Planung bis an die Zähne bewaffneter SS über den Haufen werfen kann ... Denn so hat die Lagerleiterin erst einmal gekniffen, keiner traute sich mehr, uns Jüdinnen gleich, auf der Stelle zu ermorden, denn das hätte nun nach unserer hitzigen Diskussion mit den Nazis überhastet, planlos und äußerst brutal geschehen müssen. Und dann hätte sich wahrscheinlich doch eine Art von spontaner Panik und daraus abgeleiteter, spontaner Widerstand bei den anderen Jüdinnen geregt, auch wenn wir nur wenige waren. Unsere Ermordung hätte dann planlos und ziellos erfolgen müssen, die SS-Männer hätten in eine nach allen Seiten flüchtende Masse von Frauen hineinfeuern müssen, wie bei den 30 kopflosen, Amok laufenden Russinnen gestern. Und davor scheute die SS zurück, denn sie will alles auf Nummer sicher machen: Alles am Töten muss organisiert ablaufen, denn die SS ist feige, will bei einer Panik ihrer Opfer keine eigenen Opfer zu beklagen haben. Es könnte ja auch einer von ihnen dabei getötet werden! Es war eben auch noch alles unorganisiert: Das eine MG wäre bei einem spontanen Panikaufstand von uns Jüdinnen noch nicht einsatzbereit gewesen für unseren Massenmord, denn es hätte dazu ja erst mühsam von seiner Tarnstellung hinter den Bäumen hervorgewuchtet werden müssen, um es vor uns Nackten aufzustellen ..."

„Aber sie hätten uns doch trotzdem sofort abknallen können mit ihren vielen Gewehren und Pistolen, die sie jederzeit griffbereit an ihren Körpern geschultert tragen, die SS-Leute", wende ich ein.
„Da hätten sich aber auch einige von uns auf die SS stürzen, und ihnen einige Waffen abnehmen können, wir zwei Widerständlerinnen zum Beispiel, und viele andere wären uns vielleicht gefolgt! Das wollte die kriecherische SS-Truppe um die Waldmann nicht riskieren", wendet Miriam wiederum ein.

„Sie werden also unsicher, zögern bei unserem Protest, und verschieben unsere Exekution erst einmal auf den nächsten Tag. Versorgen uns stattdessen weiterhin mit Wasser und Proviant, der eigentlich gar nicht mehr für uns Jüdinnen zum Verzehr vorgesehen war, sondern nur für die Lagerleitung, denn wir waren ja in ihrer Planung bereits tot, aber sie müssen uns weiter ernähren, denn sonst schöpfen wir wieder Verdacht, und wir werden ja auch immer mehr Frauen: Schon am nächsten Tag treffen hier wieder Tausende ein, und die SS wird nervös, ist im Zugzwang; wie soll sie jetzt noch sicher, ohne eigene Verluste, diese Massen an Jüdinnen umbringen?
Und auch kräftige, russische Flintenweiber? Das war schon schwierig genug, doch sie waren schlau: Sie töteten die Russenweiber in Intervallen, einzeln, angeblich, weil sie sich nicht ausquetschen ließen …Ich sage dir: Die Lagerleitung legte in Wirklichkeit überhaupt keinen Wert darauf, etwas von den Russinnen zu erfahren; ihr einziges Ziel war ihre Vernichtung!
Aber ich bin mir sicher, Judy, dass wir Jüdinnen das Hauptvernichtungsziel sind; die Russinnen-Exekution war ein willkommenes Ablenkungsmittel für die SS, um uns einzureden, wir Juden seien sicher, nur Ausländerinnen, Russen und Polen und Kommunisten würden erschossen … Und die meisten toten Frauen sind ja bisher wirklich keine Jüdinnen gewesen. So werden zu unserer Beruhigung erst mal weiterhin andere Frauen als Jüdinnen erschossen, demnächst vielleicht tatsächlich einige Kommunistinnen, bis wir eben so brechendvoll sind in unserem Lager, dass wir alle nicht mehr heraus können, weil die Sperren immer dichter werden, wie ich dir schon erklärt habe. Und du siehst ja auch jetzt schon, dass alle Wachtürme inzwischen mit MGs bestückt werden - Flucht unmöglich!", sagt Miriam und zeigt auf einen weiteren Turm.

„Die SS schiebt also unsere längst fällige Exekution wegen steigender Verunsicherung von Tag zu Tag weiter auf. Was tun, wenn keine Nichtjuden mehr zum Erschießen übrig sind? Dann werden sie uns weiter täuschen, und echte Jüdinnen als Nichtjüdinnen ausgeben, um erst einmal eine kleine Gruppe von uns unverfänglich erschießen zu können: Indem man behauptet, und uns dreist einredet, das wären arische - und natürlich auch unvermeidlicherweise einige jüdische Frauen!- , die als Partisanen unsere Wehrkraft zersetzen. Die müsse man natürlich sofort liquidieren! Gefahr im Verzug! Und weitere Jüdinnen könnte die SS als überwiegend arische Kommunistinnen, oder eben hetzerische, landesverräterische Lehrerinnen, Studentinnen oder Professorinnen ausgeben, deren man sich natürlich auch sofort entledigen müsse, wenn unsere Sicherheit weiterhin gewährleistet werden soll. Immer weg mit dem Gesocks! Wen kümmert´s? Bis sie unsere jüdische Substanz durch verdecktes Ermorden auf ein Minimum heruntekorrigiert haben! Wer kann diese Lüge schon nachprüfen, bei immer mehr Frauen im Lager, die froh sind, wenn sie selbst noch nicht dran sind, noch einmal mit heiler Haut davonkommen bei einer neuen Exekutionswelle?", doziert Miriam erschöpft. „Denn jede Jüdin hier im Lager denkt doch erst einmal, sie sei in Sicherheit, wenn sie sich nichts zuschulden kommen lässt! Erschossen werden ja nur Kriminelle, Saboteurinnen, Aufwieglerinnen!"
Ich staune mit offenem Mund, was meine Schwester von sich gibt.

„Ja, du hat recht, du As!", sage ich. „So verfährt die SS also erst einmal weiter nach deiner Argumentation: Sie wollten ursprünglich wohl doch kein Lager hier in dieser Einöde aufbauen, uns Jüdinnen alle jeweils gleich bei der Ankunft erschießen, aber da kam ihre Unschlüssigkeit durch uns zwei tatkräftige Frauen am ersten Tag dazwischen. Und die Frauen werden immer mehr, also bauen sie nun doch zum Schein das Lager auf und aus. Und noch aus einem anderen Grund haben sie eine vielleicht panikartige, wilde Ermordung von uns Ankunftsfrauen vermieden: Denn bei den dann wild verstreut herumliegenden Leichenbergen von wehrlosen Frauen und Kindern hätte die SS bei den ständig neu hier eintreffenden, nicht abreißenden neuen Frauentransporten, diesen entsetzen Neuen nicht mehr glaubhaft plausibel machen können, das hier sei lediglich ein friedliches Sammellager für Jüdinnen, ein Durchgangslager, wo sie lediglich bis zur baldigen Auslösung untergebracht würden. Oder bis Kriegsende friedlich verbleiben und wohnen dürften. Dann wären die geschockten Neuankömmlinge gar nicht mehr ins Lager hineinzubekommen gewesen, bei den vielen Leichen, die man unmöglich rechtzeitig beseitigen und vertuschen könnte; die Panik unter dem neuen Frauentransport hätte noch vor dem Eingang des Lagers begonnen: Schreien, Erkenntnis, Flucht, Gewalt, Widerstand: Sie hätten sofort gewusst, dass ein neues Massaker an ihnen vollzogen werden sollte! Die SS hätte die Gewalt eskalieren lassen müssen, durch weitere, wilde Massenabschlachtungen schon vor den Toren …", sage ich hastig und wild aufgeregt wie bei einem Bombenangriff.

„Und die ganze Umgebung, bis bald hinein nach Kiew hätte von den Massenabschlachtungen der Juden erfahren, und schließlich hätte es sich vielleicht sogar bis zu den Alliierten herumgesprochen, wie man uns Juden behandelt, und sie wären uns zu Hilfe geeilt!", spinne ich Miriams Gedankenfaden weiter.

„Mensch, Judy, jetzt hast auch du einen guten, ausgezeichneten Gedankengang von dir gegeben!", sagt Miriam erregt. „An diese Möglichkeit wiederum habe ich noch nicht gedacht! Die SS verhätschelt uns, das eigentliche Vernichtungsziel, also notgedrungen weiter, arrangiert es sogar, dass ein vermeintlich gutmütiger, uns wohlgesinnter Offizier uns bei der Flucht aus dem Lager in die Arme läuft, der uns zurückbringt, weil er angeblich planvoller mit uns gemeinsam eine neue Flucht organisieren will … Er bringt uns aber lediglich aus dem Grund zurück ins Lager, damit wir draußen in der Welt nichts von den Massakern hier erzählen, den vermutlichen, baldigen Massenmorden an den Juden, falls wir es geschafft hätten, zum Beispiel nach Persien zu entkommen, oder in die Türkei, und von da nach Amerika … Dazu schenkt er uns sogar sehr viel Geld, damit wir uns selber im Notfall auslösen können – 5000 Reichsmark! Aber wer garantiert uns eigentlich, dass die Scheine wirklich echt sind, Judy? Es kann durchaus Falschgeld sein, ein neues Beschwichtigungsritual, denn was verstehen wir denn schon von Geld, Judy?", fragt meine Schwester höhnisch.

„Es können ja geschickt gefälschte Scheine sein, extra von SS-Experten für uns Naivlinge hergestellt …"

„Oder aber: Das Geld ist zwar echt, aber bei unserer endgültigen Vernichtung nimmt man es uns halt einfach wieder weg", präzisiert Miriam.

„Meine Güte, da könntest du wieder recht haben, Miri", sage ich erregt.
„Eben. Denn man will uns beide Aufwieglerinnen und ständige Zweifler unbedingt überzeugen, die meisten Nazis wären gut, wollten die Juden lediglich mit redlichen, legitimen Mitteln loswerden, ohne sie zu töten. Denn man kann uns nicht mehr gefahrlos verschwinden lassen, einfach im dunklen Wald abknallen, wie noch vor ein paar Tagen. Denn jeder kennt uns nun, wir sind schließlich Kapos und die Chefdolmetscherinnen der Waldmann, also muss man sich mit uns abfinden ... Alles hängt daher für das Überleben der SS davon ab, wie gut sie uns endlich von ihrer Harmlosigkeit in ihren Handlungen uns Jüdinnen gegenüber überzeugen kann. Denn überzeugen sie uns, überzeugen auch wir das übrige Heer von Frauen. Und dann hat die SS keinen blutigen Aufstand mehr gegen sich zu fürchten".

„Wir aber waren sofort Zweifler, schon als wir hier ankamen und uns zur angeblichen medizinischen Untersuchung ausziehen mussten", memoriere ich nachdenklich auf unserem Spaziergang, der uns durchs ganze Lager führt. „Ja, das scheint mir jetzt auch schlüssig zu sein ..."
„Eben, und noch mehr, Judy: Schon auf unserem Fußmarsch hierher haben wir doch gleich an das Schlimmste gedacht, was ja nun auch bald eintreffen wird, wenn wir nicht die Frauen hier zu einem Aufstand gegen die SS bewegen können", sagt Miriam bewegt. „Diesmal aber mit allem Karacho: Wir müssen uns Waffen organisieren, am besten mit dem Geld, das man uns gegeben hat; denn zur Flucht können wir es jetzt ja wohl nicht mehr verwenden", meint Miriam verträumt.
„Ja, wenn es doch echt sein sollte, dann könnten wir das Geld eher gebrauchen zur Bestechung von Partisanen, damit sie uns Gewehre dafür beschaffen", träume auch ich in den Tag hinein.
„Aber dazu müssten wir erstmal das Lager verlassen können, um überhaupt außerhalb irgendwo im Ungewissen auf Partisanen zu treffen, die uns aber eher was husten würden", sage ich realistisch.
„Ja, wir werden eher Soldaten hier drin bestechen müssen, oder ukrainische Zwangsarbeiter, damit sie uns Waffen besorgen", sagt Miriam naiv.
„Oder nachts genug SS-Personal im Schlaf erstechen, um an ihre Waffen zu kommen!", sage ich lachend.

Da wird Miriam böse und sie sieht mich schief an: „Jetzt machst du dich über mich lustig, Judy, das gefällt mir nicht", beklagt sie sich bei mir und sieht mich giftig an.
„Auch nicht blöder, mein Vorschlag, als deine naiven, illusorischen Tagträumereien", werfe ich ihr vorwurfsvoll vor.
Miriam seufzt. „Aber was sollen wir denn dann machen, Judy? - Irgendetwas müssen wir doch unternehmen, wenn wir auch künftig am Leben bleiben wollen", sagt sie klagend, schon arg resignativ.
Bevor ich antworten kann, sehe ich immer neue Mannschaftswagen in das Lager hereinrauschen. Miriam hat sich geirrt: Nicht nur die Zahl der gefangenen Frauen nimmt zu, auch die der Soldaten und Spezialeinsatzgruppen steigt rasant!
„Himmel, da hast du wieder recht", gesteht mir Miriam zu, als ich ihr diese Feststellung mitteile. „Mit so vielen neuen, frisch bewaffneten Soldaten und SS-Einheiten wird es nun doch bedeutend schwieriger für uns werden, unter den verängstigten Frauen einen Aufstand anzuzetteln", gibt Miriam zu
„Genau, da wird die SS, durch die frische Verstärkung wieder zu Mut gekommen, uns Jüdinnen eher bald auch planlos ausrotten und kreuz und quer erschießen, wo wir gerade stehen, auch wenn wir noch voll angekleidet sind; denn dann haben sie das Überraschungsmoment auf ihrer Seite", male ich mir in weiterem Schrecken aus.
„Richtig, richtig, sogar gerade dann, wenn wir noch unsere Klamotten anhaben, wird die SS eines Tages plötzlich, ganz unversehens mit Maschinengewehrsalven über uns herfallen, wenn wir völlig ahnungslos sind, guter Gedanke, Judy", lobt mich Miriam.

Da hören wir plötzlich fernes Maschinengewehrgeratter, und schwache Frauenschreie. Wir schrecken hoch. Es kommt von der Schlucht! Kein Zweifel: Irgendwelche Exekutionen sind gerade wieder in vollem Gange! Meine drei Mädchen schreien auf und stoßen rennend wieder zu uns Frauen.
„Komm, wir müssen sofort da hin und nachsehen, was da los ist!", sage ich energisch zu Miriam.
Diesmal kann ich meinen Töchtern den Anblick der Erschießungen wohl leider nicht mehr ersparen.
Denn sie lassen sich nicht überreden, zurückzubleiben.

Also laufen wir alle los, immer in Richtung der Schüsse. Wir stellen fest, dass wir einen längeren Marsch zurücklegen müssen, als wir gedacht haben. Schließlich erreichen wir mit gehetzter innerer Spannung die breite, wohlbekannte Todesschlucht mit dem breiten, langgezogenen Graben, der zu einem regelrechten Erschießungsgraben mutiert ist!

Was wir zu sehen bekommen, übersteigt alle unsere schrecklichsten Vorstellungen: Ein einziges Pandämonium! Überall stehen nackte Frauengruppen herum, die sich ängstlich und zitternd aneinanderklammern. Eine Frauenreihe, die ursprünglich ganz vorne an der Schlucht, schon direkt am Erschießungsgraben stand, sehen wir nun wild schreiend vor ihrer Erschießung türmen, von der kleinen Mulde weglaufen, wo schon die Ukrainer die Gewehre auf sie gerichtet hatten, und splitternackt in Richtung Waldeingang flüchten. Dort versperrt ihnen aber schon bald ein großes, vor dem Waldrand positioniertes MG-Geschütz den Weg. Schreiend vor Panik wollen die nackten Frauen wieder zurücklaufen, doch da rücken von hinten lauter ukrainische Hilfsschützen mit Sturmgewehren im Anschlag nach, und treiben die Frauenschar drohend damit wieder direkt in die Geschützstellung vor dem Waldeingang hinein. Schon rattert das Maschinengewehr los, Dutzende Frauen fallen um und bleiben regungslos und tot auf den Kieswegen liegen. Der von dem MG-Geschütz wieder wegstrebende, zurückstürmende, noch nicht getroffene Frauenanteil wird dann von den Sturmgewehren der eine Phalanx bildenden Ukrainer niedergemäht und von vorn in Brust und Kopf getroffen. Sie fallen alle um wie Kegel. Dann stürmen die frei beweglichen Ukrainer zurück zum Erschießungsgraben vor der Schlucht, wo inzwischen neue Opfer zusammengetrieben worden sind: An die fünfzig Frauen, Kinder mit langen, wallenden Haarmähnen im leichten Wind stehen dort inzwischen schon wieder, völlig ausgezogen, auch einige männliche Jugendliche sind diesmal dabei, und starren furchtsam zitternd direkt in die Gewehrmündungen der Schützen, die vor ihnen Aufstellung nehmen und sie anvisieren. Dann knallen die Gewehre, und alle Frauen und Kinder stürzen verrenkt in die Tiefe, bleiben im Graben liegen. Sie werfen verzweifelt die Arme in die Höhe, die Haare der Frauen fliegen durch die Kugeleinschläge seitlich weg.

Überall an der Schlucht stehen inzwischen Geschützstellungen herum, schneiden flüchtenden Frauen und Kindern den Fluchtweg nach allen

Seiten ab, sodass gleich an allen Orten auf sie losgeballert werden kann und auch wird. Auch vor mobilen Einsatzkräften, die gerade mit Maschinenpistolen eine neue splitterfasernackte Frauen- und Kinderschar vor sich hertreiben, direkt wieder vor den freigewordenen Erschießungsgraben. Alle Opfer sind ziemlich schwarzhaarig und sehen diesmal rein jüdisch aus. Schon steht wieder eine Nacktparade von annähernd fünfzig Opfern in einer endlosen Reihe frontal am Erschießungsgraben. Alle schreien, wimmern und klagen, bitten um Gnade.

Meine Mädchen schreien auf, wir halten sie zurück.

Diesmal tritt nur ein einzelner Schütze vor, bringt sein MG in Anschlag und beginnt mit der Stakkato-Erschießung: Ein einziges, ununterbrochenes Gewehrfeuer knattert los und bringt rasant die gesamte nackte Fünfziger-Reihe zu Fall. Wir sind so nahe am Geschehen angelangt, dass wir inzwischen die ungläubigen Gesichter junger Mädchen erkennen können, männlicher Jugendlicher, junger Mütter mit kleinen Kindern, die einfach nicht glauben können, dass dies wirklich mit ihnen geschieht: Die totale Ausrottung ihrer ganzen Familie durch Erschießung! Samt Großeltern! Das also passiert uns wirklich!!! Der Schütze fegt mit seinem MG allerdings so schnell über seine Opfer hinweg, dass eine halbe Familie nach Abschluss der Knallerei stehen bleibt und sich noch ängstlicher zusammendrängt. Viele sind dennoch getroffen worden, aber nur leicht verletzt. Eine schwarzhaarige Mutter mit hoch getürmtem Haarknoten wird schreiend von ihren beiden Töchtern von ungefähr 14 und 15 Jahren flankiert, die sich mit entsetzt aufgeklapptem Mund an ihre Mutter klammern. Sie haben Streifschüsse abgekriegt, aber durch die Schockstarre registrieren und fühlen sie ihre Verletzungen nicht. Blutige Rinnsale laufen an Armen und Beinen der Frauen herab. Die langen, dichten schwarzen Haarmähnen der Mädchen sausen im Wind hin und her. Mit Angstschweiß verklebte Haare hängen ihnen wirr in die Stirne. Zwei schwarz gelockte Knaben mit ebenfalls langem Haar stehen stöhnend und heulend neben dem linken Mädchen zusammen mit einer weiteren Frau, offenbar ihrer Mutter. Die Jungen sind um die 15 oder 16 Jahre alt und ihre langen Penisse zittern in der Aufregung hin und her; der eine Junge bekommt vor lauter Schrecken in der Erschießungspause eine peinliche Erektion – straff richtet sich sein Glied auf, schnellt entfesselt empor in die Waagerechte. Haare, Gesichter und Körper der überlebenden Frauen und Kinder sind vom Blut, Eiter, und Gehirnmasse der schon Erschossenen bespritzt, stelle ich betrübt fest.

„Wahnsinn – heute ist ja Massenexekutionstag!", schreit Miriam ungläubig auf und hält sich die Hände vor den Mund. Wir beobachten, wie weitere zagende, nackte Frauen und Kinder von Ukrainern wieder mit ihren Sturmgewehren direkt in die Geschützstellung vor dem Waldeingang hineingeführt werden, wo schon so viele Leichen vor ihnen aufgestapelt herum liegen. Sie machen gerade schreiend vor dem Leichenstapel halt, da rattert das MG wieder los und mäht alle nieder. Man weiß einfach nicht mehr, wohin mit den vielen Juden. Die seitlich ausbrechenden Frauen und Kinder werden dann von den Ukrainern erledigt.

Gerade als der MG-Schütze die Erschießung der überlebenden Familie am Erschießungsgraben vollenden will, nach stark verspäteter Richtung der Waffe, presche ich vorwärts und schreie empört zur von mir soeben erblickten Doris Waldmann: „Halt! Was geht hier vor, was tun Sie …" Miriam hindert den Schützen weiter zu schießen, indem sie sich todesmutig in seinen Gewehrlauf stellt.

Die Waldmann erkennt mich lächelnd und sagt feixend: „Na so was, meine beiden unermüdlichen Chefdolmetscherinnen! Und: Diesmal sogar die schmucken Töchter dabei! Respekt! Dabei wollte ich Sie ja heute eigentlich extra verschonen, Sie vor dem aufreibenden Spektakel hier bewahren, weil Sie beide ja wirklich viel durchmachen mussten an Scheußlichkeiten, in den letzten Tagen … Doch da kommen Sie alle plötzlich sogar schon wieder freiwillig zu meiner Unterstützung, zur Feier der Walpurgisnacht - ich fasse es ja nicht! ... Konnten es wohl doch nicht so lange aushalten, ohne einen kleinen Abstecher zu machen zu Ihrer Lieblingsschlucht, was, hahaha", scherzt die Waldmann mit äußerst roher Gefühllosigkeit, und stachelt unser Entsetzen noch weiter an.

„Wie können Sie nur solch eine zynische Rede schwingen, bei diesen vielen armen, getöteten Menschen, sind Sie wahnsinnig geworden?", werfe ich mich schreiend für die Ermordeten in die Bresche.

„Sie haben mich ja gar nicht informiert, dass Sie uns Jüdinnen jetzt also doch alle erschießen! Natürlich nicht, wir sollten ja nicht erfahren, dass Sie nun doch Juden erschießen!", schimpfe ich.

„Wo kommen die vielen Menschen überhaupt alle her?", frage ich keuchend und weinend vom Gestank der Ausdünstungen der Toten.

„Aber was denn für Juden?", wehrt da die Waldmann indigniert ab. „Das sind doch hauptsächlich Kommunistinnen, ukrainische und russische Widerständlerinnen, und die gesamte weibliche, polnische Intelligenz der Oberschicht, die heute alle hier eingetroffen sind ... Gut, zugegeben: Einige der Intelligenzler der jeweiligen Oberschicht sind natürlich auch Juden! ... Und die restliche, aufgegriffene polnische und ukrainische Aristokratie wird gerade mitsamt ihren viel zu klugen Kindern liquidiert, denn Sie wissen ja:
Diese Menschen wiegeln die einheimische Zivilbevölkerung immer wieder mit ihrer geschliffenen Rhetorik zu Attentaten auf unsere deutschen Soldaten und Führungsoffiziere auf."
„Ach? Und die vielen polnischen und ukrainischen Kinder, Mädchen und Knaben, die eben hier niedergemacht wurden? Waren das alles etwa auch lauter Widerständler, gefährliche Attentäter?", frage ich schreiend vor Zorn.
„Genau, denn wenn sie erst mal groß werden, dann sind die gebildeten Kinder genauso schädliche Elemente wie ihre Eltern, diese heutigen Kinder hier, die als Erwachsene ihr Vernichtungswerk an unserer deutschen Bevölkerung, die sich hier in der Ukraine ansiedelt, fortsetzen würden. Daher muss ich dafür sorgen, dass auch alle Kinder der slawischen Intelligenz sterben. Denn mit den Kindern wollen wir doch nicht die späteren Rächer für ihre toten Eltern groß werden lassen", doziert die Waldmann mit kalter Berechnung.
„Das kann doch nicht wahr sein, dass Sie aus diesem Grund hier einen Völkermord sondergleichen in Gang setzen!", schreie ich weiter.
„Doch, ich kann alles, liebe Judith", sagt die Waldmann abgeklärt.
„Und Sie, meine liebe Miriam, geben jetzt bitte die Gewehrmündung meines Meisterschützen frei, ja?", fragt sie frotzelnd.
Miriam weigert sich.
„Dann lasse ich eben auch Sie nackt ausziehen und gleich mit dem nächsten Schub weiblicher ukrainischer Intelligenz erschießen, die gerade um diese Restfamilie hier herum aufgestellt wird", droht Waldmann der armen Miriam. „Dann sterben Sie wenigstens unter gebildeten Menschen, hahaha!", höhnt Doris Waldmann und ihre SS-

Elite lacht anerkennend. „Na, noch interessiert, liebe Miriam?", fragt Doris unmenschlich. Die SS lacht wieder in sich hinein.
Tatsächlich treiben die ukrainischen Hilfsmörder gerade viele neue Nackte, darunter viele blonde, wirklich nur slawisch aussehende Frauen und Kinder mit fein geschnittenen, aristokratischen Gesichtszügen vor den langen Erschießungsgraben; die letzten im Hintergrund sind gerade erst aus ihren letzten Kleidern geschlüpft, oder sogar noch dabei. Sie müssen auch das letzte Hemd ausziehen, bis sich nur noch nackte Haut in Bewegung setzt. Mit kalter Verachtung in den Augen gegenüber ihren Vernichtern traben die splitterfasernackten Slawinnen stolz und aufrecht gehend mit ihren minderjährigen Söhnen und Töchtern an der Hand an der Waldmann und ihren Hilfsmördern vorbei. Manche Frauen lächeln ihre Mörder sogar herablassend an, hat man da noch Worte!, sage ich mir erschüttert. Denn die Freude, zu zittern, oder gar um Gnade für ihr Leben zu winseln, die gedenken sie ihren abgefeimten Henkern keinesfalls zu machen, wie sie da so feierlich an uns vorbei schreiten! In einer höchst würdigen, selbstdisziplinierten Prozession des Todes.
Miriam hat nicht soviel Charakter, selbstlos zusammen mit der Crème der ukrainischen Aristokratie zu sterben, und zieht es dann doch zu meiner großen Erleichterung vor, die Gewehrmündung freizugeben. Sie stellt sich neben mich, fängt an zu schluchzen. Sie schämt sich wegen ihrer Schwäche.
„Na also, da hätten wir die lichten Reihen ja praktischerweise gleich wieder aufgefüllt!", lacht die Waldmann zynisch.
„Schön, dass du wieder bei uns bist, Blondie", sagt die Waldmann ironisch zu Miriam und streicht ihrer Geliebten über das rabenschwarze Haar. „Heute Nacht wieder in meinem Schlafzimmer, klar?", schnarrt sie leise meiner Schwester zu.
„Natürlich, Doris, immer sehr gerne", antwortet ihr Miriam ironisch.
Und zu mir sagt die Waldmann, als alle neuen Opfer in Reih´ und Glied stehen: „Na, sieh sie dir mal genau an, Judith, mein Schätzchen! Sehen diese Damen und Kinder etwa jüdisch aus?" Sie zeigt dabei auf ein großes, blondes Mädchen mit Zöpfen, blauen Augen, schmalen Hüften, und vornehmen, kleinen Brüsten, dazu ausrasiertem Venushügel, und breitem, slawischen Gesicht, das uns mit furchtlosem Lächeln anschaut: „Ich garantiere dir, das sind keine Juden – ich habe doch gesagt, wir wollen keiner ehrlichen deutschen Jüdin, die nicht zu unserem Schaden gegen uns arbeitet, was antun, nun glaubt mir das gefälligst endlich! –

Das hier sind wieder nur einige ukrainische, intelligente Schlaumeier aus der Oberschicht, vielsprachig, redegewandt, gebildet – alles, was sie besonders gefährlich für uns Deutsche macht! ..." Das Mädchen mit den Zöpfen sieht wirklich wie eine Intellektuelle aus der Oberschicht aus. Lustigerweise haben ihr ihre Henker zur Wahrung und Kenntlichmachung dieses hehren Status ihre Nickelbrille auf der Nase belassen; abgesehen davon steht sie jetzt natürlich auch ganz splitternackt in der neuen Parade, wie alle Frauen, Mädchen und Knaben hier. Sie thront vor uns wie eine Statue aus Elfenbein! Denn sie ist stolz, zu vornehm, sich ihrer erzwungenen Nacktheit zu schämen; daher sieht sie auch milde lächelnd davon ab, durch peinliche Gesten der Verschämung ihren Venushügel mit den Händen abzudecken: Das hat sie nun wahrlich nicht nötig, sich so vor uns zu erniedrigen, ihren Henkern! So lässt sie die Arme lässig zu beiden Seiten der Hüften baumeln. Sie nimmt für uns die Attitüde eines professionellen, fröhlichen Aktmodells ein, so als würde sie nun gleich von uns gezeichnet werden. Ja!!! Das ist es: Die schon schussbereit auf sie gerichteten Gewehre, die ihre nackte Körperlichkeit bedrohen, sind unsere Malerpinsel und Zeichenstifte, mit denen wir gleich die finale, tödliche Tragik ihres Abganges in die Unendlichkeit abzeichnen! ... Das Mädchen will uns sagen: Selbst in der Verletzlichkeit des Nacktseins hat sie sich trotzdem noch, - nein, gerade besonders dadurch! – etwas Überlegenes bewahrt! Ich sehe zitternd, dass sie ihr todbringendes Nacktsein sogar genießt: Um uns gleich für unsere Rohheit und Brutalität ihrer Vernichtung zu beschämen! Wenn die Soldaten sie gleich durchlöchern, die schöne Götterstatue der Unschuld zersprengen ... Auch ihren vermutlichen Halsschmuck hat man ihr entrissen, auch die Armbanduhr, die sie getragen haben muss, denn man sieht auf den betreffenden Hautstellen der schon sehr weißen, aristokratischen Haut des vornehmen Mädchens noch hellere Streifen; am Hals und am Handgelenk. Doch wahrscheinlicher ist, dass die Henker die dicke, runde Brille des Backfisches einfach nur übersehen haben. Eins jedenfalls ist auch mir klar: Das hier kann einfach keine Jüdin sein, und erst recht ist das keinesfalls eine ukrainische Bäuerin! Auch die vermutlichen Eltern und Geschwister der vornehmen Brillenträgerin neben ihr sehen sehr adelig und würdig aus.
Mit Schaudern denke ich voraus: Welcher der brutalen Killer hier wird das wunderbare Mädchen gleich erschießen?

Ein SS-Mann schreitet grimmig die nackten Frauenreihen ab.
Eine ältere, vornehme nackte Dame um die Siebzig, sehr gepflegt, mit dichten, hochgesteckten grauen Haaren und mit schöner, fast noch faltenloser Haut trägt noch ihr teures Collier um den Hals, wie der junge SS-Bengel feststellt. „Her mit der Kette, du alte Krähe!", brüllt er unbeherrscht. Lächelnd reißt sich die Gräfin das Schmuckstück mit einem verächtlichen Ruck vom Hals und hält es ihm spöttisch hin. „Los, gib es mir schon, worauf wartest du noch?", fragt der junge SS-Rüpel. Da schleudert sie ihm das Collier grinsend vor die Stiefel.
„Holen Sie es sich doch, wenn Ihnen soviel daran liegt!", fordert die Gräfin kalt. Der SS-Junge bückt sich gierig und hebt das Collier auf. Ein anderer SS-Mann prügelt auf die Gräfin ein.

Die beiden überlebenden schwarzhaarigen Frauen mit den Mandelaugen und ihre Söhne und Töchter vom vorigen Exekutionsdurchgang werden nun von den vornehmen Ukrainern in ihre Mitte aufgenommen und auf Russisch leise getröstet. Miriam bestätigt mir nämlich, dass alle Frauen wirklich ukrainisches Russisch sprechen, zu der Mutter mit ihren Töchtern und der anderen Mutter mit ihren Söhnen. Die sechs „Rabenschwarzen" sind aber bestimmt Jüdinnen wie wir, denke ich mir, sie sehen genauso aus wie Miriam mit ihrem dunklen Teint.
Da höre ich die Waldmann schon allen zurufen: Also, dann: Alles fertigmachen zur nächsten Exekution, Achtung Männer! Und schon klicken die Gewehre im Gleichklang, werden präsentiert.
Da hören wir die zwei rabenschwarzen Frauen plötzlich das Sch´ma anstimmen, unser jüdisches Hauptgebet, das von den Juden als Sterbegebet gesprochen wird. Die zwei Knaben und auch die beiden Mädchen mit ihren Müttern falten die Hände und murmeln leise auf Hebräisch Klagelaute.
Also doch! Ich hatte recht!!
„He, und das sind dann wohl keine Juden, was?", faucht Miriam die Waldmann an.
„Na schön, die Sechsersippe dann wohl schon" schwäbelt die Waldmann leichthin los. „Aber doch ukrainische Juden, keine deutschen Juden! Vornehme Leute aus der Oberschicht! Genau wie die weißhäutigen Nichtjuden neben ihnen! Unsere Feinde also! Das hat also nichts mit totaler Judenvernichtung zu tun, wie Sie vorhin behauptet haben!"

„Aber wir sind doch auch Juden, und zudem stammen wir auch aus dem Bildungsbürgertum, also auch aus der gefährlich schlauen Oberschicht, wie diese Frauen hier!", werdet jetzt Miriam mit mutigem Protest ein.
„Aber ihr seid deutsche Juden, und unseren guten deutschen Juden tun wir doch nichts", beteuert die Waldmann wiederholt. „Ihr seid doch auch Deutsche! Deswegen haben wir ja auch euch deutsche Juden alle rechtzeitig hierher umgesiedelt, damit ihr vor der entfesselten, judenfeindlichen ukrainischen Oberschicht wie diesen Kanaillen hier geschützt werdet", behauptet die Waldmann weiterhin. „Und ich kann euch nur dringend raten: Lasst euch bloß nicht von der augenblicklichen, zur Schau gestellten Harmlosigkeit dieser scheinheiligen Heiligenfamilie hier täuschen, mit ihrer angeblichen Friedfertigkeit! Denn hätten wir zum Beispiel euch fünf deutsche Jüdinnen in Kiew bei euren ukrainischen Gönnern und vermischten Verwandten gelassen, dann hätten genau diese feinen Aristokraten hier, die übrigens auch allesamt aus Kiew stammen, euch vielleicht bald schon massakriert, denkt daran … Sie sind auch eure Todfeinde, genau wie unsere … Denn die ukrainische Intelligenz verbündete sich in harten Zeiten des Krieges immer schon gerne mal mit ihren ausländischen Besatzern, den Russen, jetzt mit uns Deutschen gegen ihre einheimischen Juden. Sogar mit einheimischen ukrainischen Juden wie diesen sechs Rabenschwarzen hier in der Todesreihe verbünden sich dann in der Stunde der Not die ukrainischen Aristokraten manchmal gegen ausländische Juden, wie gegen euch deutsche Juden! Ihr wärt also seit Kriegsausbruch in Kiew nie mehr eures Lebens sicher gewesen! Hier außerhalb Kiews dagegen, in diesem Schutzlager hier, könnt ihr deutschen Jüdinnen euch massenhaft in Frieden niederlassen, bis der Krieg vorbei ist. Wir schützen euer Leben, auch das von Sarah, Petruschka und Rebecca! Oder wir vermitteln euch auch gerne ins neutrale Ausland, wenn ihr es wünscht - vergesst das nie", schärft uns die Waldmann ein.
„Versteht ihr jetzt endlich, warum wir diese mörderische aristokratische Brut von Judenhassern und Deutschfeinden schnellstens auslöschen müssen?", fragt die Waldmann noch einmal innigst überzeugt.

Sie hat ja mitunter sogar recht, mit dem, was sie sagt, die Waldmann, denke ich mir, leise im Innern.

Seit dem 22. Juni 1941, dem Tag des Kriegsausbruchs mit Nazi-Deutschland, waren wir deutschen Juden in Kiew, wo wir natürlich ausländische Juden waren, die Schutz vor Hitlers Verfolgungen suchten, vom ersten Kriegstag an, heftigen Anfeindungen der einheimischen, ukrainischen Bevölkerung ausgesetzt, die uns plötzlich
wüst auf offener Straße beschimpfte und bedrohte. Und es waren fast nie die einfachen Leute, der sogenannte kleine Mann von der Straße, der uns diffamierte: Meist waren es tatsächlich die Honoratioren der besseren Gesellschaft der äußeren Gemeinden von Kiew, die in Zylinder und Gehrock, die uns zum Beispiel in der Oper heftig anfeindeten, und uns grundlos beleidigten. Manchmal sogar handgreiflich über uns herfielen! Auch meine Töchter wurden bedenkenlos in die Diffamierungen mit einbezogen. Die Juden waren natürlich mal wieder schuld, besonders am Ausbruch des Zweiten Weltkrieges!, bekamen wir zu hören. Auch von unseren eigenen, ukrainischen Verwandten selbst sind wir Juden sogleich als Sozialschädlinge erkannt und gebrandmarkt worden! Natürlich nicht von allen Verwandten, aber die Waldmann hat recht: Jetzt im vollen Kriegsgetümmel wäre es schlimmer geworden, wären wir jetzt noch in Kiew: Der Jude muss endlich bekommen, was er verdient!
Juda verrecke!
Zumindest erst mal der ausländische Jude, der mit dem jüdisch-bolschewistischen Finanzkapital aus der Wall Street gemeinsame Sache macht, und sich jetzt hier sogar schmarotzend in der Ukraine einnistet, um sein schädliches Treiben in der Fremde fortzusetzen, wo er das Gastrecht schändlich missbraucht, das man ihm in einem Anfall von katastrophaler Gutmütigkeit einst gewährt hat, damit er den Klauen von Hitlers Schergen entkommen konnte!

Und um sich vor Hitlers Invasionstruppen zu schützen, stellt sich das ukrainische, einheimische Judentum jetzt tatsächlich vielerorts gegen uns eingewanderte deutsche Juden, hetzt im Strom des allgemeinen Antisemitismus gegen uns mit, um von sich abzulenken. Viele ukrainische Juden hoffen dadurch wohl, Hitlers Verfolgungswahn zu entgehen, wenn sie nur brav viele ausländische Juden aufspüren, denunzieren, und ausliefern helfen an Hitlers Invasionstruppen …
Die Armen! Die Naiven! Wenn sie sich am Ende da nur nicht täuschen!

Allerdings vermag ich mir auch beim besten Willen nicht vorzustellen, dass dieses gütige Mädchen hier vor uns mir und meiner Familie je was antun könnte … Mich an Nazis verraten würde; und auch all die vielen anderen Opfer hier machen einen friedlichen, selbstlosen und gelassenen Eindruck. Viele der jungen Ukrainerinnen, auch die älteren, schauen jetzt nur traurig und resigniert drein, ohne Hass auf ihre Henker in den Gesichtern. Als die Gewehre wieder klicken und in Anschlag gebracht werden, fangen einige blonde Knaben und kleine Mädchen zu zittern und zu weinen an. Sie klammern sich ängstlich an ihre Mütter.
Da gebiete ich Einhalt und sage zu der Waldmann: „Bitte, Frau Waldmann, lassen Sie sie doch am Leben, diese Gruppe wenigstens, ausnahmsweise … Wäre das denn nicht zu machen?", bettele ich. „Das sind schließlich größtenteils keine Jüdinnen, und gefährlich werden sie uns kaum werden können …'
Und ohne auf Antwort zu warten, presche ich zu dem Mädchen mit der Brille hin. Schützend stelle ich mich mit meinem Körper vor die zarte Elfe der reinen Intellektualität.
„Nein, das kann ich nicht verantworten, geh´ da weg, Judith, sonst muss ich auch auf dich feuern lassen", warnt sie.
„Dieses Mädchen hier kann einfach niemandem etwas zuleide tun, sehen Sie nur ihre gütigen Augen", sage ich emphatisch und gebe die Sicht frei. Weil ich durch die Waldmann weiß, dass die Opfer polyglott sein sollen, spreche ich das Mädchen auf Französisch an, da ich ihr eher zutraue, diese Sprache zu verstehen, anstatt unsere deutsche: „Würden Sie mir bitte sagen, was für einen Beruf Sie haben?"
Sie lächelt wehmütig, schaut mich an, und wir drehen uns ins Profil: „Ich bin Erste Cellistin im Kiewer Sinfonie-Orchester", antwortet sie mir bereitwillig auf Deutsch, in gutem Deutsch, mit leicht slawischem Akzent. Ich bin sehr beeindruckt und freue mich über die Bildung des Mädchens.
„Können Sie das auch beweisen, Fräulein?", frage ich unüberlegt, albern.
Einige SS-Leute stimmen daraufhin sogar ein sardonisches Gelache an. Sie denken vermutlich, ich wolle das Mädchen erniedrigen, zur Unterhaltung der Schergen vor dem Todesschuss noch ein wenig piesacken. Als hätte ich so eine dreckige Gesinnung wie sie!
„Lassen Sie mir ein Cello bringen, dann spiele ich Ihnen sofort etwas von Brahms vor", schlägt das Mädchen bereitwillig vor und lächelt

mich an. Doch nun fängt auch sie an, leicht zu zittern. Ihr Körper gehorcht ihr nicht mehr. Kein Wunder bei der Anspannung!
„Das könnte dir so passen! Das kommt ja gar nicht in Frage!", schnauzt Doris Waldmann da die Cellistin an. „Du bringst meine Planung nicht mehr durcheinander, du kannst mich nicht täuschen mit deinem Engelsgesicht, so als könntest du kein Wässerchen trüben, du hinterlistige … slawische, bourgeoise Pute!", donnert die Hauptsturmführerin los. „Ich werde nicht zulassen, dass du dir hier eine Ausnahmestellung erschleichst, du Angeberin", fügt sie entrüstet zu.
Ich fasse mit meiner Hand unter das Kinn der bourgeoisen Gescholtenen und streichele es.
Spontan umschlinge ich sie mit meinen Armen, ich kann nicht anders. Sie lässt es willenlos mit sich geschehen.
„Bitte, nicht, Mama, bitte, komm da weg, komm wieder zu uns!", regt sich unversehens mit dieser jammernden Bitte meine Tochter Sarah. Ich schaue kurz zu ihr hin.
„Ja, Mama, bitte komm wieder zu uns, sonst wirst du auch erschossen", bettelt auch Petruschka.
„Ja, wir wollen dich nicht verlieren!", meldet sich nun auch Rebecca, meine Älteste.
„Bitte, komm zu uns zurück, Mama, bitte …!"
„Hörst du? Tu tätest besser daran, auf deine Mädchen zu hören, also, komm sofort hierher, Judith!", befiehlt mir Doris Waldmann barsch, denn sie kann es nicht länger dulden, dass ich derart ihre Autorität untergrabe, sie so vor ihren Soldaten bloßstelle.

Mein Gott – was soll ich jetzt bloß tun?, denke ich verzweifelt, tief in mir …
Alles ist plötzlich ganz still geworden um uns herum, seit ich dieses Theater hier veranstalte; die wilden Erschießungen vor den vielen, überall aufgestellten Maschinengewehren sind inzwischen alle eingestellt. Nur noch vereinzeltes Wimmern über die toten Angehörigen ist vom Waldrand zu hören.
Verzweifelte Kinder klettern auf die Leichenberge, um ihre toten Mütter zu beweinen.
Und umgekehrt.

„Also, wenn du weiterhin glaubst, das hier sei so eine Art von Privat-Bühne für deine Extravaganzen und Eitelkeiten, dann hast du dich getäuscht, Judith!", werde ich jetzt von der Waldmann gemaßregelt.
„Ich gebe dir jetzt eine letzte Chance …"
Da bricht ein paar Frauen weiter entfernt eine sehr beleibte, gepflegte Brünette um die Fünfunddreißig mit langem, wallendem Haar und riesigen, schon etwas hängenden Brüsten in leises Schluchzen aus.
Doris Waldmann ist jetzt abgelenkt und schaut interessiert in die Richtung, aus der die Störung kommt.
Die Frau senkt die Augen, und das dicke, fast fette Doppelkinn der Pummeligen gerät mächtig in Wallung und zuckt von oben nach unten.
Die Waldmann verlässt ihren Platz und schreitet geschwind auf die gepflegte Dame zu. Sie hat Beine, so dick wie ein Elefant, und ist klein. Frech schaut ihr Doris Waldmann direkt aufs ausufernde, üppige, schwarze Schamdreieck: „Ist ja ein Riesenpelz, dort unten!", feixt sie ungeniert. Und dann dämmert bei der Hauptsturmführerin ein Schimmer der Erkenntnis: „Sagen Sie mal: Ich kenne Sie doch von irgendwoher? Sind Sie nicht Alissa Kausowa, die berühmte russisch-ukrainische Opernsängerin?", fragt Doris Waldmann erstaunt.
Die Dicke dreht sich zu ihr hin, schiebt mit den Händen ihren dichten Haarvorhang aus dem Gesicht und antwortet mit tränenfeuchten Augen auf Deutsch: „Jawohl, das bin ich, Frau Kommandantin … Zu Ihren Diensten!"
Doris Waldmann lächelt ungläubig und sagt: „Ich habe Sie vor Kurzem erst als „Carmen" in der Oper von Kiew gehört, erst vor ein paar Monaten, kurz vor dem Kriegsausbruch mit der Sowjetunion … Sie waren großartig! Es war himmlisch", lobt sie überschwänglich.
„Danke, danke, ich bin säähr erfreut, Frau Kommandantin!", sagt die Diva mit breitem russischen Akzent und
schaut hoffnungsvoll zu der Sturmführerin auf.
„Ha, stellen Sie sich vor: Ich wollte mir sogar ein Autogramm von Ihnen auf meine extra mitgebrachte Schellack-Schallplatte geben lassen, da ist sie mir doch tatsächlich im Gedränge und Gestolpere des Theaterfoyers zu Boden gefallen und zerborsten", sagt die Waldmann lachend. „Und da habe ich Sie plötzlich in dem Gedränge aus den Augen verloren! – Ich habe Sie einfach nicht mehr wiedergefunden; den ganzen Abend habe ich noch aufgeregt nach Ihnen gesucht …"
Die umstehende SS lacht mit.

„Tut mirrr Leid, gnädige Frau, kann ich gääärne hier eine Arie für Sie singen", schlägt Alissa Kausowa vor. Was sofort in die Tat umgesetzt wird, denn Waldmann sagt entzückt: „Ich denke, das ist zur Auflockerung dieses angespannten, leider viel zu ernsten Tages hier eine gute Lösung."
Und sie lässt die Diva eine kurze Arie von Puccini trällern, die sie gut bewältigt. Sie ist Sopranistin, stelle ich fest, hat die typisch hohe Singstimme einer Sopranistin. Es klingt einfach himmlisch, sogar hier draußen überirdisch; die Waldmann hat recht gehabt. Und dennoch ist mir diese Sängerin kein Begriff. Habe nie zuvor von ihr gehört. Ich stehe unterdessen die ganze Zeit weiterhin neben der tapferen Cellistin, die ich unentwegt protegiere und tröste, bei der Hand fasse. Wir beiden Frauen, die Cellistin und ich, schauen jetzt natürlich schon seit Längerem herüber zu der Operndiva, wie alle anderen Nackten auch. Auch die SS horcht andächtig ihrer Sangeskunst zu. „Ach, wenn ich doch jetzt nur mein Cello bei mir hätte!", flüstert mir die Cellistin wehmütig ins Ohr.
Als Alissa Kausowa fertig ist, bekommt sie gehörigen Applaus, auch von Miriam und meinen Töchtern. Das tut ihr sichtlich gut. Sie verbeugt sich, und die dichten, ungebundenen Haarmassen fallen nach vorn, strömen dabei über ihren massigen Kopf, verdecken für einen Moment ihre grünen Augen und fast das ganze Gesicht.

Dann findet Doris Waldmann noch Zeit, mit der Diva ein wenig zu schäkern und entschuldigt sich scherzhaft bei ihr: „Es tut mir übrigens Leid, dass Sie hier bei Ihrem spontanen Freiluftauftritt so spärlich bekleidet herumstehen müssen, so ganz ohne Ihre gewohnte historische Garderobe auf der Opernbühne singen mussten…"
„Macht nichts, singe ich gewöhnlich ganz gääärne auch schon mal nackt unter Dusche", röhrt da die Diva genüsslich in ihr Publikum hinein.
Breites Gelächter und Klatschen brandet unter den Zuschauern auf.
„Obwohl: Ist es doch schon säähr wenig, was ich heute hab an, ich muss gestehen: So nackt wie heute war ich nicht einmal in meiner Hochzeitsnacht", sagt die unfreiwillig größtmöglich freizügig Gekleidete mit sarkastischem Humor, lacht aber dazu aus vollem Halse, um ihr Publikum zu unterhalten. Sie hofft dadurch natürlich auch, durch Bescheidenheit und Unterwürfigkeit ihr fatales Schicksal zum Guten zu wenden. Das Publikum quietscht vor Vergnügen.

Dieses nimmt die fröhliche Gaudistimmung dann auch wieder äußerst heiter auf und lacht ebenso anerkennend über den Galgenhumor der Diva.

Dann wird das Gesicht von Doris Waldmann plötzlich wieder ernst. Sie zieht jetzt sogar ihren langen Uniformmantel extra für die Diva aus und hängt ihn ihr über die breiten Schultern, bedeckt damit ihre Blößen bis über die Knie. Sie nickt ergeben.

„Warum sind Sie eigentlich nicht längst aus Europa geflohen? Sie könnten bereits seit geraumer Zeit in Sicherheit in Amerika leben, und heute Abend zum Beispiel schon in der Metropolitan Opera in New York singen", sagt Doris Waldmann bedauernd zu der Diva, und streichelt ihre Hände.

Da fängt sie wieder an zu zittern und sagt mit gequältem, demütigem Lächeln: „Das kann ich immer noch tun, wenn Sie mich gehen lassen; bitte, lassen Sie mich doch frei: Ich bin keine Jüdin, schade Ihnen nicht, ich bin internationale Künstlerin, ich kümmere mich überhaupt nicht um Politik … Ich habe zu Hause eine kleine Tochter, ich will nur singen, singen – immer nur singen zur Freude des Publikums…"

Die Diva schmiegt sich eng an Doris Waldmann, der Mantel fällt von ihren Schultern, wieder völlig nackt geht die üppige Brünette mit dem ungewellten Haar jetzt devot vor der Sturmführerin in die Knie, fleht um ihr Leben: „Was habe ich Ihnen denn getan, oder den Deutschen?", fragt sie weinend und faltet die Hände.

„Bitte, lassen Sie mich doch am Leben, was haben Sie von meinem Tod? Ich verschwinde aus Europa, wie Sie mir empfohlen haben, für immer, das verspreche ich … Ich reise sofort nach Amerika ab und erzähle nur Gutes über Sie und die Deutschen! Bitte, meine Tochter und mein Mann brauchen mich!" Da legt Doris Waldmann schweren Herzens eine Hand auf die lange Haarmähne der Diva, streichelt sie innig entlang und sagt traurig: „Dazu ist es leider zu spät, das hätten Sie sich früher überlegen müssen, es tut mir unendlich Leid, Alissa, mein Schatz, mein Goldkehlchen …

Ich kann Sie nicht mehr gehen lassen, vor allem nicht nach Amerika, nach allem, was Sie hier schon gesehen haben! Sie wissen leider schon zuviel! Sie würden es herumerzählen, überall ausposaunen, und das kann ich nicht zulassen, daher kann ich keinen von euch hier mehr gehen lassen. Wir von der Lagerleitung wären dann erledigt, geächtet! Vom FBI gesucht und gehetzt. Vor allem aber Sie kann ich nicht freilassen, denn Sie sind ja internationale Künstlerin, wie Sie selbst gesagt haben, kommen auf der ganzen Welt herum, und haben großen Einfluss, weil Sie überall sehr begehrt und gefragt sind! Man würde Ihnen alles glauben, was Sie erzählen; auch von den Massenexekutionen von Staatsfeinden hier in der Ukraine würden die Leute auf der ganzen Welt durch Sie erfahren, das ... das kann ich nicht dulden, Alissa, es tut mir Leid, ehrlich!", sagt Doris Waldmann tief betroffen und streichelt weiter die Haare der Knienden.

Heftig erschüttert, weint die Diva weiter, wird von einem echten Weinkrampf geschüttelt, umklammert mit letzter Verzweiflung Doris Waldmanns Knie, und sagt schluchzend: „Ich verspreche Ihnen hoch und heilig, ich schweige über alles hier, ehrlich! Aber bitte lassen Sie mich gehen!"
Sie steht auf und streckt ihre Hände nach der Waldmann aus: „Ich bezahle Sie auch fürstlich, ich habe viel Geld, ich gebe es Ihnen, wie viel wollen Sie?" Ihre großen Brüste wippen hin und her. Die lustige Stimmung von eben ist völlig verflogen. Betroffen starrt jeder auf das entwürdigende Schauspiel der üppigen Nackten.
„Nein, es ist nicht möglich, Alissa, begreif das doch", schmettert ihr Doris Waldmann laut entgegen, stemmt ihre langen Arme mit Wucht auf Alissa Kausowas Schultern, rüttelt ihre Fettmassen durch. Sie dreht sich um, ohne die Diva loszulassen, ruft nach ihrer Ordonnanz: „Ein Spezialschütze sofort her zu mir, für die hier! Denn die macht enorme Schwierigkeiten, sie wird mit ihrer Panik noch alle anderen Frauen hier anstecken; daher: Erschießen, sofort! Auf der Stelle! Legt mir diesen Fleischberg um!", donnert sie nunmehr angeekelt los und dreht der Nackten die pummeligen Arme auf den Rücken. Denn sie ist kräftig, unsere Doris.
Alissa schreit jetzt unmelodiös laut, dass es schaurig in der Schlucht widerhallt.
Der Schütze tritt sofort vor, salutiert: „Zu Befehl, Hauptsturmführerin!"
Doch da reißt sich die verzweifelte Diva aus dem Schwitzkasten von Doris noch mal los, und rennt fettschwabbelnd die Böschung hinunter, weg vom Erschießungsgraben, schreiend, und die Arme von sich werfend. Die spitzen Steine des Kiesweges, den sie mit atemberaubender Geschwindigkeit einschlägt, reißen ihr die nackten Füße auf, sie schreit, doch läuft sie beherzt weiter, immer schneller,

Richtung Wald. Ihre Brüste wogen heftig hin und her, und das lange Haar, das ihr bis weit über die Brüste reicht, flattert gespenstisch im leichten Wind wie eine entfesselte Pferdemähne.
Ihre mächtigen Hinterbacken öffnen und schließen sich, schlagen mit kräftigem Klatschen gegeneinander, so als würde ein Metzger Fleisch klopfen.
Ihre blutig aufgeschürften Füße an der Vorderseite und unter dem Spann sind ganz rot.
Doris Waldmann schreit nach unten, ihren überall positionierten Schützen zu: „Los, worauf wartet ihr noch? Macht mir endlich diesen Fleischklops platt, egal wie, egal wo! Meinetwegen, wo gerade einer von euch vor ihr steht!"
Ein Raunen geht durch die Schlucht, ein Aufstöhnen.
Die Schützen gehorchen. Bevor sie den Wald auch nur annähernd erreicht, wird Alissa Kausowa von Gewehrsalven empfangen und kalt und herzlos niedergemäht. Vielfach und von allen Seiten. Sie schießen ihr in die Brust, und Sturmgewehre zerfetzen gleichzeitig ihren Rücken. Auch ihr Kopf und die stämmigen Beine werden erbarmungslos durchlöchert. Sie knickt in die Knie, winkelt ein Bein an. Rudert wild mit den Armen. Sie stürzt vom Kiesweg, kollert mit zerschossenem, auslaufendem Auge wie ein mächtiges Fass weiter die Böschung hinunter und bleibt schließlich unten auf der Wiese liegen.
Blutige Rinnsale rinnen aus ihrem ganzen Körper, der in Schräglage zum Liegen gekommen ist.

Ich selber halte meine aufschreiende, neue Freundin, die junge ukrainische Cellistin fest, drücke sie fest in meine Arme, und sie versenkt weinend den Kopf in meine Brust.
Wir beide sind maßlos entsetzt, doch irgendeinem Teil aus unserem Publikum muss dieses gewaltige Mordspektakel dennoch sehr behagt haben, denn das feige Abschießen wird jetzt heftig beklatscht! Wenn auch nur von einem kleinen Teil der Mordschützen, die laszive Bemerkungen machen und mit proletarischem Gegröle die düstere Szene untermalen.
Doris Waldmann bleibt an ihrem Platz und stellt kaltblütig fest: „Na, diese Nachtigall wird so schnell nicht mehr singen! Pech für dich, mein fettes Täubchen, wirklich schade!"

Alle Menschen, auch die vornehmen Ukrainer in meiner Hinrichtungsreihe, senken die Köpfe und beten. Die Kinder weinen und suchen Trost in den Armen ihrer Mütter. Doris Waldmann setzt sich in Bewegung, und steht wieder vor der kurzsichtigen Cellistin und mir, die in meinen Armen weint.

„Ach du Schreck! Jetzt habe ich doch glatt vergessen, mir von unserem herrlichen Singvogel vor seinem überstürzten Abgang noch schnell ein Autogramm geben zu lassen", erinnert sich die Waldmann verlegen und lacht. „Aber dafür nehme ich mir halt ein Stück Haar als Souvenir von ihr", tröstet sie sich makaber und schickt tatsächlich einen jungen SS-Mann hinunter zur verblichenen Alissa Kausowa, der ihr ein Büschel Haare abschneidet und der Waldmann devot überreicht, wie einen grotesken Blumenstrauß. Doris Waldmann bedankt sich artig, und verwahrt die Haare der Toten befriedigt in einer kleinen Schachtel.
Ich habe mehrfach schon versucht, meine Töchter von dem Ort des Grauens fortbringen zu lassen, doch sie wollen unbedingt bei mir, ihrer Mutter bleiben und sind nicht von der Stelle zu rühren.
Nicht mal die kleine Sarah.
Da bemerkt die Waldmann plötzlich die vergessene Brille auf der Nase der unglücklichen Cellistin. „Na, was ist denn das? Du willst wohl mit Klarsicht ins Jenseits hinüberrauschen, was, mein Schätzchen?", stichelt sie gemein. „Glaubst du, dort brauchst du weiterhin deine Brille? In deinem neuen Leben in deiner neuen Schattenwelt?" Da löst sich die ukrainische Musikerin langsam von mir und nimmt die Brille ab. Sie reicht sie mir mit den Worten: „Ganz gleich, was mit mir auch passieren mag: Bitte nehmen Sie sie an sich. Bewahren Sie sie gut auf, und betrachten Sie meine Brille gelegentlich als Erinnerung an mich, an diese vermutlich einzige Begegnung zwischen uns beiden, die wir in unserem Leben haben werden", sagt sie traurig, aber voller Mut und Zuversicht. „Wollen Sie mir das versprechen?"
Gerührt nehme ich die Brille an mich, falte die Bügel zusammen und verspreche es ihr mit Tränen in den Augen. Die Waldmann kichert darüber lediglich unverschämt los. Hoffentlich macht sie mir keine Szene wegen der Brille!
Ich verwahre die Brille in meiner Manteltasche.
„Na, das wäre ja dann geklärt, meine beiden Turteltäubchen! – Aber jetzt komm endlich weg von deiner Cello-Freundin, Judith – sie möchte

sich doch sicherlich gerne schnell zu ihrer Musikerkollegin aus der Oper gesellen, nicht wahr?", feixt die Pissgurke von Waldmann böse.
Schnell rückt da die todgeweihte Cellistin noch einmal ganz nah zu mir und richtet noch eine hastige, letzte Bitte an mich, die sie mir zuflüstert: „Und wenn ich jetzt gleich den Abgrund da hinunterkugele, dann müssen Sie das alles hier eines Tages der Nachwelt erzählen, daher müssen Sie unbedingt überleben, versprechen Sie mir das? Versuchen Sie unter allen Umständen zu überleben, bitte, denn ich fühle, Sie sind ein guter Mensch!"
„Aber nein, ich werde unter allen Umständen versuchen, Sie zu retten, Sie dürfen einfach nicht sterben – nein, solch ein anständiges Mädchen wie Sie darf einfach nicht sterben, warten Sie, ich rede noch einmal mit der Waldmann, ich mache einen Handel mit ihr!", verspreche ich der Cellistin leichtfertig. Dabei bin ich wie von Sinnen vor Angst.
Da sieht sie mich über alle Maße gerührt an, und sagt traurig, mit freundlichen, reinen Kinderaugen: „Nein, bringen Sie sich nicht meinetwegen weiterhin in Gefahr, Sie haben schon genug für mich getan. Ich bin nicht mehr zu retten, keiner kann mir mehr helfen! Wir alle hier in dieser Todesreihe sind verdammt, diese Schlucht wird unser gemeinsames Grab. Es kann nur noch abwärts gehen, da unten in die Hölle!", sagt sie und zeigt nach unten.
„Und Sie gehen jetzt besser endlich weg von mir, sonst müssen Sie auch noch sterben, und das will ich auf keinen Fall!", flüstert mir das Mädchen noch hastig zu. „Das wäre ein sinnloses Opfer!".

Beunruhigt erblicke ich plötzlich einige Wehrmachtssoldaten in einigen Metern Entfernung; einer von ihnen hat einen kleinen, automatischen Fotoapparat gezückt; und: Er macht doch tatsächlich Aufnahmen von mir, wie ich neben der nackten Cellistin stehe, und sie tröste. Ist denn das überhaupt noch zulässig, denke ich. Kommen die Bilder am Ende gar noch in die Deutsche Wochenschau? Oder sogar in die der Alliierten? Das wäre ja furchtbar, einfach entsetzlich. Dann bin ich so gut wie verloren!
„Gehen Sie! Gehen Sie, bitte!", sagt die Cellistin verzweifelt und schiebt mich schon ein Stück vorwärts.

„Bitte: Geben Sie ihr doch noch eine Chance, ihre Kunst unter Beweis zu stellen, und lassen Sie sich von dem Mädchen etwas vorspielen; bei

der Sopranistin waren Sie doch auch gnädig", wende ich mich an Doris Waldmann.
„Lassen Sie ein Cello für sie holen, bitte!", dränge ich sie.
Die Waldmann lacht mir dreckig zu. Sie schweigt.
„Sind Sie denn gar nicht neugierig, wie sie spielt?", frage ich erwartungsvoll.
„Ich bin immer neugierig, aber wir haben keine Zeit mehr für solche Fisimatenten! Eine Cellistin ist schließlich keine Sängerin; bei solch einer wäre es tatsächlich einfach, noch kurz ihre Stimme zu testen, aber hier gibt es weit und breit kein Cello; da bin ich sicher! Schluss also mit den Sperenzchen, Judith, das wird dich jetzt übrigens einiges kosten, dass du es gewagt hast, derart meine Autorität zu unterminieren!", blafft mich die Waldmann an.
„Was denn kosten?", frage ich albern.
„Strafdienst!", konstatiert sie militärisch scharf.
Ach so – wenn es weiter nichts ist", denke ich erleichtert. Vermutlich muss ich nun für einige Zeit Kartoffeln schälen.
„Du wirst mir jetzt eine Art Strafdienst leisten, sonst ist auch für dich alles aus!", droht mir Waldmann.
Sie lässt mich von einigen SS-Männern mit Gewalt von der Cellistin wegreißen. Sie verdrehen mir die Arme, ich schreie auf, und schon stehe ich vor Doris Waldmann.
Sie sieht mit sadistischem Blick auf mich herab, denn ich bin ja fast einen Kopf kleiner als sie.
Ich zittere, aber nicht um mein Leben.
„Da!", sagt die Waldmann lapidar. Und reicht mir ihren Revolver! Nein, sie schmeißt ihn mir geradezu in die Hände! – Ich fange das Schießgerät verdutzt auf.
Meine drei Töchter schreien wieder von Panik ergriffen auf. Denn sie denken natürlich wie ich, dass ich mich nun selbst erschießen soll.
„Ich verstehe! Damit soll ich mir jetzt also eine Kugel durch den Kopf jagen, nicht wahr?", sage ich mit vibrierender Stimme.
„Nein, der da!", brüllt sie. „Der Cellistin! Erschieß sie!", brüllt sie mich an wie eine Löwin.
„Was?", sage ich mit verdrehten, wahnsinnigen Augen und verliere die letzte Fassung.
Da treten drei weitere SS-Männer rasch an meine Seite und setzen mir ihre Revolver in den Nacken.

„Du hast ganz richtig verstanden: Du wirst jetzt diese angebliche Cellistin erschießen, los, mach schon!", geifert die Waldmann.
„Nein, niemals, das … Das können Sie nicht von mir verlangen!", sage ich heulend, und der Revolver verkrampft sich in meinen zitternden Händen.
„Schießt du jetzt endlich, du Hure?", sagt die Waldmann erbost und ohrfeigt mich.
„Nein, nein, nein, das tue ich keinesfalls, was für eine rohe, sadistische Schandtat verlangen Sie da von mir! Das … Das ist unmenschlich! Sie elende Mörderin! Sie wollen auch mich zur Mörderin machen! Das ist also Ihr Plan! Damit Sie mich noch fester in der Hand haben, mich noch mehr erpressen und kujonieren können! Aber da mache ich nicht mit!", sage ich entschlossen, verheult und schleudere den Revolver ins Gras.
„Mama, Mama, nein! Lassen Sie unsere Mama in Ruhe!", kreischt da die kleine Sarah in meine Richtung und läuft auf mich zu, indem sie aus ihrer Reihe ausbricht, und in meine Arme stürzt, als ich durch Peitschenhiebe zweier Ukrainer fast zu Fall gebracht werde.
„Erschießen Sie mich statt ihrer!", schlage ich der Waldmann stattdessen verheult und in schizophrener Katatonie vor, mit Krampfzuständen meiner Muskulatur und wahnsinniger Angst.
Dabei umschließe ich meine kleine Sarah mit den Armen, schleudere sie dann aber entschlossen von mir weg, weil ich denke, meine letzte Stunde habe geschlagen, und da will ich nicht, dass mein Kind zusammen mit mir weggepustet wird.
„Geh weg, Schätzchen, lauf zurück zu Petruschka und Rebecca, geh zu deinen Schwestern, mit mir ist es aus!", schreie ich wahnhaft um mich, schlage um mich, und Sarah purzelt direkt in Waldmanns Arme, die meine kleine Blonde entschlossen am Schlafittchen packt. Sarah wird von ihr am Mantelkragen festgehalten, schreit und zappelt. Sie ruft nach mir und ihren Schwestern.
„Nun schießen Sie schon, machen Sie dieser Qual ein Ende, ich bin bereit, zu sterben, wenn Sie mir versprechen, die Cellistin zu schonen!", rufe ich krächzend. Meine Töchter Rebecca und Petruschka schreien wieder wie von Sinnen. Sie müssen von kräftigen SS-Männern festgehalten werden.
„Nein, das machen wir anders, ich weiß etwas viel Besseres!", sagt die Waldmann und hält mit ihrer freien Hand einen anderen Revolver an

Sarahs Schläfe. Mit der anderen Hand hält sie das verängstigte Kind weiter umklammert.

„Ich warne dich: Erschieß sofort die Cellistin, Judith, sonst springt erstmal deine kleine Sarah an ihrer Stelle über die Klinge! Und deine kurzsichtige Musikantin erschieße ich danach trotzdem auch noch höchstpersönlich dazu, wenn du dich weigerst, die Cellistin umzunieten! – Los, mach jetzt, ich gebe dir zehn Sekunden, steht nach zehn Sekunden die Musikantin noch, dann ist deine kleine Sarah in weiteren zehn Sekunden mausetot!", droht die Waldmann.

„Tun Sie es!", brüllt da auf einmal die Cellistin zu mir herüber! „Ich bin eh´ nicht zu retten! Ob ich von Ihnen erschossen werde, liebe Judith, oder von jemand anderem, ist dabei ohne Bedeutung! Das spielt doch keine Rolle! Tot werde ich in jedem Fall sein! Also, retten Sie sich und Ihre Tochter, schießen Sie, bitte tun Sie es!", schreit mir die Cellistin wiederholt zu.

Und unerbittlich heben die SS-Schergen meinen ins Gras gefeuerten Revolver wieder auf, zwingen ihn mir grob auf. Sie legen erneut grimmig auf meinen Nacken an. Auch von vorne blicken meine Augen jetzt direkt in mehrere Gewehrläufe hinein.

„Nein, nein, ich kann nicht, das wäre glatter Mord!", schreie ich zur Cellistin.

„Ausgerechnet Sie soll ich ermorden, ... Ich kann es einfach nicht!", schreie ich wieder.

„Nein, das ist kein Mord! Denken Sie an Sarah, tun Sie es! Ihre Kleine hat noch ihr ganzes Leben vor sich, bitte, die Zeit ist schon mehrfach um!", schreit die Cellistin. Das schlanke, unbekleidete Mädchen macht einen Satz auf mich zu, um mir das Anvisieren und Zielen zu erleichtern.

„Ich will nicht zur Mörderin werden!", brülle ich aus Leibeskräften.

„Das werden Sie auch nicht! Ich verzeihe Ihnen! Denn man lässt Ihnen keine andere Wahl. Ich betrachte Sie keinesfalls als Mörderin, wenn Sie jetzt abdrücken, bitte!"

Wahnsinn! Sie fleht mich geradezu an, sie zu erschießen!

Ich lasse den Revolver sinken. „Ist Ihnen Ihr Leben wirklich so wenig wert?", sage ich heulend zur Cellistin.

„Ich bin nicht zu retten!", wiederholt sie drängend. „Sterben werde ich auf jeden Fall!"

„Die Zeit ist nun wirklich um, meine Liebe! Deine erste Chance hast du vertan, Judith, du Judensau!", bellt die Waldmann und zielt auf Sarah.
„Neiiin!", schreie ich.
Da hält die Waldmann noch mal inne.
Ich muss die Waldmann erschießen! Sofort, denke ich fahrig.
Als hätte sie meinen Gedankengang erahnt, mahnt sie mich: „Und sollte dein Hirn jetzt gerade den verqueren Gedanken ausbrüten, mich mit diesem Revolver umzulegen, Judith, dann lass dir von mir versprechen: Im nächsten Augenblick werden meine Männer dann nicht nur Sarah, sondern auch Petruschka und Rebecca zusammenschießen. Habt ihr das verstanden, Männer?", fragt sie ihre SS. „Jawohl, Frau Hauptsturmführerin!", brüllen alle gehorsam im Chor und salutieren.
Dann schießt sie Sarah in den Fuß. Sie brüllt laut. Die Waldmann lässt meine Kleine los und sie fällt in sich zusammen, krümmt sich vor Schmerzen. Ich schreie wieder flehend zur Waldmann.
„Letzte Warnung, Judith: Wenn du jetzt nicht schießt, kommt Saras Händchen dran!", warnt die Megäre nachdrücklich. Und sie greift sich die schreiende Sarah wieder vom Boden auf und hält ihre Hand fest. Mit ihrer anderen Hand zielt die Waldmann mit ihrem Revolver schon auf Sarahs Hand.
„Du hast wieder zehn Sekunden, Judith!", läutet die Sturmführerin den dämonischen Countdown ein.

Konvulsivisch zuckend wirbele ich herum zu der Cellistin, hebe den Revolver, ziele mit beiden Händen heftig zitternd auf sie. „Es tut mir Leid, es tut mir so Leid, mein Kind, ich werde es doch tun müssen… Wie … Wie … heißt du eigentlich? Sag schon!", schreie ich. „Tatjana Volkova!", schmettert sie zitternd heraus, öffnet jetzt doch den Mund in Panik, ihre Augen rollen dazu entsetzt eilig und schnell hin und her in den Augäpfeln, wie unruhige Vogelaugen. Sie schreit zitternd, senkt den Kopf, schlägt schnell ihre Hände vor die Augen. „Oh, mein Gott!", schreit sie noch. Das sind ihre letzten Worte.
Da ballere ich mit aller Kraft los. Schieße unbeherrscht, voller Wut auf die Waldmann, einmal, zweimal, dreimal auf die arme Tatjana. Aber ich meine damit im Inneren natürlich Doris Waldmann. Sie verkrümmt sich, als ich ihre Brust treffe, richtet sich wieder auf, ihr Kopf wird getroffen, und durch die Wucht des Aufpralls der weiteren Kugeln nach oben, nach hinten gerissen, ihre dichten, weizenblonden Zöpfe wippen mit im

Takt des Kugelballetts, fliegen auseinander, werden mit Blutfontänen besudelt, die Arme hängen schlaff von ihr … Ich schieße in der mörderischen Anspannung, unter der ich stehe, viel mehr als nötig ist zum Sterben, leere das ganze Revolvermagazin auf die arme Tatjana. Schließlich dreht sie mir im Fallen das Hinterteil und den Rücken zu, und verschwindet, mit dem Kopf voran, gebückt, zusammengeklappt, indem sie die Böschung hinunterkugelt.
Oh, mein Gott, und dort am Rande des Geschehens, macht ein SS-Mann schon wieder Filmaufnahmen!, entdecke ich mit Schrecken. Hat er mich etwa bei meiner Mordaktion aufgenommen? Ich bin erledigt! Die Aufnahmen wird man bei meinem Prozess als erschwerendes Beweismaterial gegen mich vorlegen!
Offenbar die beiden Schwestern und die Eltern der toten Cellistin, und ihr kleiner Bruder, klammern sich inzwischen schreiend aneinander, trennen sich geschwind wieder, als sie Tatjana die Böschung hinunterpurzeln sehen. Dann rennt jeder einzeln an den Rand der Böschung, sie alle bleiben auf zitternden Beinen stehen und blicken weinend in die Tiefe. Schreien immerzu: „Oh, Tatjana, Tata!"
Die nackten Gesäße von Tatjanas Schwestern und ihren Eltern zittern wie Wackelpudding.
Da tritt ein SS-Mann vor und erschießt die Fünf, indem er eine MG-Salve auf sie erzittern lässt. Die Rücken von Eltern, Schwestern und Bruder werden durchlöchert, und alle fünf Körper fallen verkrümmt in die Schlucht. Schon liegen sie unsichtbar bei Tatjana.
Das Geschrei meiner Töchter ist nicht auszuhalten. Sarahs Fuß wird immerhin schon von einem Sanitäter verarztet, wie ich heulend mit einem Seitenblick feststelle.

Ich lasse den Revolver fallen, falle zusammengekrümmt ins Gras, weine auf der Erde meinen Heulkrampf aus, indem ich mich zusätzlich schreiend im Gras wälze und in meiner Wut einige Büschel ausreiße.
Sarah wird von den Sanitätern auf einer Trage weggeschafft, aber das nehme ich nur noch am Rande wahr.
„Sarah, Sarah, Sarah, mein Liebling!", weine ich ins Gras. Strecke eine Hand nach der Waldmann aus, die zu mir eilt.
„Keine Angst, das war nur ein ganz kleiner Streifschuss, deine Sarah wird gleich verarztet. In der Krankenstation. Morgen ist sie schon wieder wohlauf und bei dir", verspricht mir die Megäre sanft, lässt mich

aufheben vom Gras, und streichelt mir die verklebten, verschwitzten Haare.
„Oh, Tatjana, Tatjana...", murmele ich leise.
„Vergiss sie! Sie ist Vergangenheit!", murmelt die Waldmann zurück.
„Gut gemacht, du hast dich bewährt, Judith! Aber in Zukunft tust du gefälligst, was ich dir sage, klar?", fragt sie lächelnd und kneift mich neckisch in die Backe.
Dann überlässt sie mich den Sanitätern und trifft Anordnungen, die restlichen, stehenden, schon so lange wartenden Opfer am Rande der Böschung zu erledigen. MGs knattern wieder los, bis kein Opfer mehr steht. Auch die jüdische Familie fällt durch die Kugeln. Sowie die restliche ukrainische Oberschicht. Frauen und Kinder.
Als ein einziges Mädchen noch stehenbleibt, das nicht getroffen wurde, sagt ein Schütze morbide: „Oh, die Ärmste hier ist so hässlich, einarmig und mit Klumpfuß, faulen Zähnen; die wird nichts dagegen haben, erschossen zu werden!", behauptet er, doch das Mädchen hat doch etwas dagegen, denn es jault fürchterlich wie ein Hund und bittet um Gnade, doch der Schütze erledigt auch diese Aufgabe und schießt. Sie fällt lautlos und sinkt hinab in die Tiefe.
Dann hat die Waldmann auch noch die Stirn, die arme Miriam aus ihrer Katatonie herauszureißen, um sie in ihr Schlafzimmer zu befehlen!

Ich bin zur Mörderin geworden! Doris Waldmann hat mich dazu gemacht; sie hat es geschafft!

„Wir müssen unbedingt aus diesem Todeslager türmen, bevor Doris Waldmann auch dich noch irgendwie zur Mörderin macht!", sage ich am nächsten Morgen zu meiner Schwester Miriam, die verkatert aufwacht und mich verzweifelt ansieht. Es ist aber auch schon viel Apathie in ihren Zügen zu entdecken.
Auch Sarah schläft schon wieder in unserer Baracke. Als sie aufsteht, hinkt sie noch ein wenig: Ihr Fuß hat zum Glück wirklich nicht viel abbekommen, aber wie sieht es in ihrem Inneren aus? Ist sie im Geiste noch dieselbe, nach allem, was sie durchgemacht hat?
„Wir können nicht mehr aus dem Lager entkommen, das weißt du doch. Finde dich damit ab, Judy", sagt Miriam resigniert zu mir.
Heute regnet es den ganzen Tag, endlich ist die heißersehnte Abkühlung gekommen. Ein Teil unserer Todesschlucht füllt sich jetzt tatsächlich

mit Wasser, ein kleiner See entsteht, wo früher nur ein Rinnsal Wasser die Mitte der Schlucht durchfloss.

Keine neuen Frauentransporte sind heute eingetroffen, doch auch beim Regen finden noch vereinzelte Exekutionen von schon vor längerer Zeit eingelieferten Frauen statt, wie wir erfahren. Doch meine Familie und ich sind von der Teilnahme befreit, da man unsere Dolmetschkenntnisse heute nicht benötigt. Denn wortloses, schnelles Töten steht heute vordringlich auf der Tagesordnung, kein Verhör sei dazu nötig, erfahre ich von einer ukrainischen Melderin.
Als der Regen nachlässt, gehen Miriam und ich, schon ganz abgestumpft, trotzdem mal nachschauen. Es kann ja sein, dass Freunde oder Bekannte von uns bei den Opfern dabei sind. Dauernd knattern tatsächlich die Schüsse, schon von weitem hören wir sie. Wir schlurfen näher. Magisch angezogen vom Hauch des Todes! Doch kein MG-Stakkato ist diesmal mehr zu vernehmen; die Schüsse haben kurze Intervalle dazwischen.
Im leichten Nieselregen kommen wir an der Böschung der Schlucht an. Alle paar Sekunden ein Schuss. Dann kurz Stille. Dann wieder einer.
Eine lange nackte Frauenreihe steht hintereinander aufgestellt und streckt uns Dutzende blanker Hintern entgegen.
Aha. Heute werden die Frauen einzeln abgeknallt. Ein SS-Mann begrüßt uns als Chef-Dolmetscherinnen, salutiert sogar vor uns. „Meine Damen – seien Sie mir gegrüßt!"
Heute seien die Kommunistinnen dran, sagt mir der SS-Mann. Viele linke, unbelehrbare Politische Kommissarinnen und Funktionärinnen. Aus ganz Europa. Ich jedoch zweifle daran, dass es derart viele Kommunistinnen geben soll.

Ein einzelner Soldat greift sich der nackten Reihe nach alle paar Sekunden eine Frau im Evakostüm, mal zieht er sich eine an den langen Haaren in die richtige Position zurecht, mal am Arm, dann sagt er jeweils, indem er sie zur Kopfbeugung in Richtung des Abgrundes auffordert: „Bück dich!", dann drückt er den Frauenkopf mit der Hand nach unten, und mit der anderen feuert er mit einer Pistole in das Genick. Und schon plumpst sie im Regen den Abgrund hinunter.
Eine Art SS-Kontroll-Mann taucht gerade in unserem Blickfeld auf, paradiert neckisch an der Nacktparade der angeblichen

Kommunistinnen vorbei und bemerkt vorwitzig: „Jeder Schuss, eine dumme Kommunisten-Nuss!", eine Verballhornung des alten, sattsam bekannten Soldaten-Ausrufs aus dem Ersten Weltkrieg: „Jeder Schuss, ein Russ´!"
Seine Kameraden in der Nähe lachen.

Die nackten Frauen haben alle klatschnasse Haare von dem leichten Nieselregen.
„Pass auf, dass sich die armen Damen nicht erkälten, bei diesem Sauwetter!", sagt der SS-Kontroll-Mann zu seinem Kameraden und lacht schäbig.
Kaum eine jault oder jammert. Ein Soldat Gewehr bei Fuß treibt frischen Nachschub an Frauen von unten zum linken Rand des kleinen Hügelchens zum Abgrund hinauf, sobald die jeweils erste Frau in der neuen Exekutions-Reihe gerade wieder erschossen worden ist. „Die Nächste! Los, vorwärts, beweg dich!" Die beginnende, klaffende Lücke am linken Rand der Schlucht wird dadurch gleich wieder aufgefüllt mit den soeben frisch nachrückenden Frauen, die sich im Hinauflaufen auf den Hang mit den Händen die Brüste bedecken. Sodass immer, wenn gerade eine neue Frau irgendwo in der Reihe frisch erschossen worden ist, die Lücke von dem Antreiber sofort wieder mit einer neuen Frau aufgefüllt wird, die er vor dem Abgrund zum Stehen bringt. Der Schütze schießt von links nach rechts. Die splitternackten Frauen rücken weiter in endlosen Reihen zum Abgrund vor, zu ihrem Henker, in ihr Schicksal ergeben. Wieder ertönt ein: „Bück dich!"; das Kommando gilt gerade einer Superschlanken, einer bildschönen, circa 20-jährigen Blonden mit durchnässten, dünnen langen Haaren und entzückenden, kleinen Brüsten. Ihr ganzer Körper glitzert und glänzt vor Regenperlen. Sie heult heftig und bittet in leicht schwäbelndem Dialekt um Gnade. Doch der Schütze kennt kein Pardon: Er drückt den langen schlanken Schwanenhals der Deutschen herunter und drückt ab: Und wieder zerreißt ein Schuss die Luft. Die Lange fällt kopfüber in den Abgrund, wie bei einem Kopfsprung ins Schwimmbecken, breitet sie die Arme gestreckt nach vorne aus.

„Die Nächste, los, mach schon!", sagt der Antreiber mit dem Gewehr zu einer zitternden Schwarzhaarigen mit schöner, weißer Haut und üppiger Pferdemähne, die von einer Spange im Haar zusammengehalten wird.

Die heulende, etwa 30jährige will sich nicht bewegen, bleibt brüstehaltend an ihrer Stelle stehen und wird daher mit dem aufgepflanzten Gewehrbajonett von dem SS-Mann in den Rücken gepiekst. „Vorwärts, sonst durchbohre ich dich gleich hier!", droht der Antreiber. Sie schreit auf und läuft weinend mit hängendem Kopf nun doch in die sich gerade auftuende, neue Frauenlücke vor dem Abgrund und bleibt links von dem Schützen, direkt neben ihm stehen. Sie sieht ihn flehentlich an. „Bitte, erschießen Sie mich nicht, ich bin doch noch ziemlich jung, erst 28: Ich möchte noch Kinder haben! Bitte, ich habe Ihnen doch nichts getan! Außerdem bin ich gar keine Kommunistin, ehrlich, auch keine Jüdin! Ich bin wirklich weder Kommunistin, noch Jüdin, bitte glauben Sie mir! Ich war lediglich bei einer kommunistischen Funktionärin als Schneidermeisterin angestellt! Dann kam die SS und hat uns beide verhaftet! Ich bin nur eine kleine unbedeutende Schneidermeisterin aus Minden und habe ein Leben lang schwer geschuftet, und nun das: Verdiene ich dafür wirklich den Tod? Nur, weil eine kommunistische Funktionärin die Einzige war, die sich erbarmt hat und mir schließlich endlich Arbeit gegeben hat? Ich wäre sonst verhungert, wenn ich die Stelle nicht angenommen hätte!", fleht sie den Mordschützen an. „Und nun wurde ich völlig zu Unrecht als Kommunistin verhaftet!"

„Glauben Sie mir: Ich hasse doch die Kommunisten ebenso wie der Führer, und wie jede gute Nationalsozialistin es tun sollte. Ich liebe doch unseren Führer, habe doch selber NSDAP gewählt", stottert sie verzweifelt.

Der Todesschütze beachtet sie gar nicht, erledigt inzwischen die Nächststehende, rechts von ihr. Die Neueingereihte, die Schneidermeisterin, wartet inzwischen gerade, bis der Schütze die ganze rechte Seite an Opfern erledigt hat. Und dann kehrt der Mordschütze wieder ganz ruhig und gemächlich gelassen zum linken Anfang zurück, lädt während des kurzen Spazierganges seinen Revolver neu, und fängt mit der Liquidierung wieder bei der aufgefüllten Frauenreihe ganz links von neuem an, wenn er in wenigen Minuten wieder bei der ersten Frau angekommen ist. Solange hat die langhaarige, durchnässte Schneidermeisterin noch Zeit zu beten, über ihre erreichten 28 Lebensjahre noch einmal geschwind nachzudenken, ihr Leben noch einmal im Zeitraffertempo Revue passieren zu lassen - oder Abschied zu nehmen von ihren Leidensgenossinnen neben ihr. Denn sie steht jetzt genau in der Mitte der Reihe, wackelt vor Nervosität hin und her. In die inzwischen freigewordene, neue Lücke, jetzt schon fast am Ende ihrer Reihe, wird schon wieder eine neue Nackte geschoben, die ebenfalls wartet, bis sie an der Reihe ist, zu sterben. Und der Mordschütze tötet schon wieder die Frau neben dieser – Bück dich! – und so fort. Die Frauen fallen wie Schießbudenfiguren um.

Die arme Schneidermeisterin tut mir am meisten Leid, denn ich kenne nun ihr Schicksal, und höre sie bitterlich weinen und beten und bitten. Doch sie traut sich auch nicht, aus der Reihe zu fliehen, weil sie genau weiß, dass sie dann auf jeden Fall sofort mit Nachdruck getötet wird, durch hundertprozentig genau gezielte Schüsse. So hat sie vielleicht doch noch eine Chance, zu überleben, wenn der Schütze bei ihr ankommt, und sie zum Beispiel nur ungenau anschießt, und sie sich geistesgegenwärtig den Abgrund hinunterfallen lässt. Lebt sie dann noch, dann muss sie ganz still liegen bleiben, die Tote spielen. Warten, bis die Erschießungen vorbei sind. Dann kann sie sich in der Nacht heimlich aus dem Massengrab davonmachen, bei Bauern Unterschlupf finden und wäre gerettet. Solche Fälle gibt es alle paar Tage, sie sind selten, aber dennoch gibt es sie … „Habt doch Erbarmen mit mir!", höre ich die junge Schneidermeisterin jetzt von ihrem Platz aus der Mitte der Exekutionsreihe rufen. Dazu hat sie sich unerlaubterweise gerade mit ihrem ganzen Körper um 180 Grad zu uns herumgedreht, sodass sie uns wieder ins Gesicht blickt, ihre Peiniger nun von Angesicht zu Angesicht um Gnade anflehen kann. Doch keiner beachtet ihr Flehen. Sie hält die Hände gefaltet vor der Brust wie eine Gottesanbeterin, dann nimmt sie sie nervös wieder runter, ihre Brüste wippen dann hin und her. Ein SS-Soldat läuft zu ihr, bedroht sie mit dem Gewehr und zwingt sie, sich wieder umzudrehen. Sie gehorcht spontan, heftig weinend, und schon starren wir wieder auf ihren schönen Rücken und den noch hübscheren, verlängerten Rücken.
Seufzend starren Miriam und ich dem Abschießen inzwischen schon so gleichgültig hinterher, als ob wir wirklich am Schießstand auf der Kirmes stünden.

Die Vorletzte des Todesreigens, eine ganz kleine, circa nur 1 Meter 44 große, pummelige Rothaarige mit üppiger Lockenmähne fast bis zum Po zittert am meisten. Sie hat entzückende, rote Sommersprossen, die sich den ganzen Körper hinab verteilen, besonders den schneeweißen Po flächendeckend einhüllen. Sie wird von einem mächtigen, unkontrollierbarem Ganzkörperzittern befallen, hält die Spannung nicht mehr aus, bis erst der Mordschütze bei ihr angekommen ist: Sie bricht schreiend aus der Reihe aus, rennt zu einem wachenden SS-Mann, vor dem sie sich auf die Knie wirft und auf Russisch um ihr Leben fleht.

Der SS-Mann jedoch zieht sie an der langen Haarmähne brutal wieder in die Höhe und schießt ihr ungerührt in die Stirn. Lautlos sackt sie mit einem roten Loch in der Stirn ins Gras. Der Antreiber-SS-Mann reagiert prompt, und schiebt diesmal gleich zwei neue Nackte in die entstandenen Lücken. Das im Gras erschossene, rothaarige Mädchen wird von zwei SS-Männern aufgehoben und zum Abgrund der Schlucht getragen. Eine kurze Lücke in der Frauenreihe wird genutzt, um sie in die Schlucht hinunterzuschmeißen.

Der Todesschütze ist inzwischen wieder bei der Schneidermeisterin angekommen und setzt ihr seine Pistole kalt und planmäßig ins Genick. Miriam und ich sehen uns jetzt doch schaudernd an. Denn für die Schneidermeisterin empfinden wir inzwischen doch schon etwas! Wir fangen an, lautlos zu weinen, bittere Tränen rinnen über unsere Wangen, vermischen sich mit dem leichten Nieselregen. „Jetzt ist die Ärmste dran!", heult Miriam und senkt den Kopf. „Bitte, bitte!", fleht die junge Schneidermeisterin. Der Todesschütze drückt ab, wir starren wie erstarrt, und es macht nur „Klick". Verwundert untersucht er seine Waffe. „Nanu, was ist denn das! Scheiße!"

Er schüttelt die Waffe durch und probiert es noch einmal. Gerade hat die Schneidermeisterin schon wieder den Lauf im Genick. Sie weint nur noch leise, zittert immer heftiger. „Jetzt kommt es darauf an – vielleicht schießt er ja tatsächlich daneben", sagt Miriam leise zu mir. „Ja, hoffentlich versagt die Pistole wieder!", bete ich naiv. Atemlos, wie tot fühle ich mich!

Doch auf einmal brüllt jemand: „Halt! Stopp! Exekutionen einstellen! Weg mit der Pistole, Soldat!"

Der Mordschütze blickt in die Richtung, aus der die Stimme kam. Er erkennt offenbar seinen Vorgesetzen, einen Offizier, und nimmt Haltung an. „Halt! Nicht mehr schießen! Geben Sie mir diese Frau, lassen Sie sie vortreten, sofort!"

„Zu Befehl, Hauptsturmführer!", sagt der Schütze und packt die triefendnasse Nackte an der durchweichten Haarmähne: „Los, beweg dich, mein kleines Hüpf-Pferdchen - der Hauptsturmführer will mit dir sprechen!". Sie schreit auf und wird vor den gedrungenen Sturmführer platziert. Der redet sofort freundlich auf sie ein, fast unterwürfig. „Gut, dass Sie so laut gerufen haben, Sie seien gar keine Kommunistin, und vor allem: Sie seien Schneidermeisterin, so habe ich Sie gerade noch schwach aus der Entfernung gehört, von dort drüben, wo ich die Exekutionen beobachtet und beaufsichtigt habe: Stimmt das, sind Sie wirklich Schneidermeisterin?", fragt der feiste Dicke begierig. „Oh ja, Herr Hauptsturmführer, und das kann ich beweisen!", sagt sie mit hysterischem Gezittere. „Können Sie mich denn eventuell zu etwas brauchen?", fragt sie voller banger Hoffnung.

„Das kann man wohl sagen, wir haben so viel Zeug zu flicken in unserer Kleiderabteilung, allein für das weibliche Personal, für die Krankenschwestern, aber auch meine Ehefrau ist hier und möchte ein neues Kleid; kommen Sie erstmal rüber zum Lazarett, Sie können natürlich am Leben bleiben! Das Ganze hätte ja beinahe zu einer furchtbaren Verwechslung geführt, mein lieber Mann!", sagt der hohe Mann ganz gerührt. „Und wenn Sie gut und geschickt arbeiten, dann werde ich mich auch persönlich dafür einsetzen, dass Sie wieder in all Ihre bürgerlichen Ehrenrechte eingesetzt werden, dass Sie völlig rehabilitiert werden! Und wenn Sie wirklich keine Kommunistin sind und keine Jüdin, dann umso besser!", sagt er freudig. „Ich lasse das natürlich noch prüfen, ob Sie wirklich keine Kommunistin sind ... Aber das eine sehe ich ja wirklich auf den ersten Blick, dass Sie einfach keine Jüdin sein können", sagt er erleichtert, als er in ihre blauen Augen blickt, und ihren hohen Wuchs betrachtet. Auch mit ihrer hellen Haut ist er zufrieden.

Als sie das hört, ist sie so gerührt, dass sie dem Hauptsturmführer um den Hals fällt vor Dankbarkeit. „Oh, vielen Dank, Sie ... werden es nicht bereuen! Gerne nähe ich auch Ihrer Frau ein neues Kleid, ganz nach Wunsch!", sagt sie erregt und strahlt euphorisch. „Ich mache alles, was Sie wollen!"

„Und Sie werden auch feststellen, Herr Offizier, dass ich nie Mitglied in der kommunistischen Partei war, niemals auch nur eine ihrer abscheulichen Versammlungen besucht habe! Ich habe kein Parteibuch und stehe auf keiner KPD-Mitgliederliste, bitte lassen Sie es überprüfen:

Das kann man doch ganz leicht feststellen – Sie werden sehen, ich habe die Wahrheit gesagt! Heil Hitler!", sagt sie, steht stramm und entbietet den Führergruß.

„Wunderbar, aber jetzt kommen Sie erst mal mit; Sie brauchen was Frisches zum Anziehen, so ganz splitternackt erkälten Sie sich ja noch am Ende! Das ist ja eine Schande, wie diese Frau hier behandelt wird, eine unbescholtene, treue Volksgenossin!", schreit der Dicke plötzlich seine Untergebenen an. „Wer ist für diesen Schimpf verantwortlich?" Die SS zuckt nur die Schultern. „Ich bringe Sie sofort in die Kleiderkammer, da bekommen Sie alles, was Sie brauchen!". Und schon schleppt der feiste Dicke die schöne 28jährige am Arm mit sich fort.

Voller Freude läuft sie mit Anmut schnell mit.

„Hast … Hast du das gesehen, Judy? Ein Wunder ist geschehen, nicht zu fassen!", fragt mich Miriam elektrisiert. Ich nicke wehmütig. Wir strahlen uns glücklich an. „Hoffentlich überlebt sie", sage ich nur.

„Weitermachen!", schreit eine metallene Stimme martialisch.

Ein SS-Mann schiebt inzwischen eine neue Nackte in die durch die verschonte Schneidermeisterin entstandene Lücke, die Frau schreit laut auf und wehrt sich. Doch dann bleibt sie still darin stehen. Aber der Schütze erledigt erst mal die rechts neben ihr stehende Frau. Und so fort. Und so werden die Exekutionen fortgesetzt.

Abseits der ständig gefüllten Frauenreihe, etwas weiter unten im Gras, ballen sich im warmen Nieselregen viele Frauengruppen zusammen, die sich gerade erst nackt ausgezogen haben, und ihre Kleidung auf einem Haufen abgelegt haben, der sofort abtransportiert wird. Ein dritter SS-Mann greift sich alle paar Sekunden eine Frau aus dem heulenden Pulk der frisch Entkleideten am Arm oder am Haar heraus, sagt nur: „Du!" – „Du!" – „Du!"

Erschrocken werden die nackten Opfer von ihm dem Soldaten mit dem Bajonett zugeführt, der die Neuen zusammentreibt zum Wiederauffüllen der Todes-Reihe am Schluchtabgrund.

Weiter hinten, aus dem Wald, rücken die triefendnassen Frauenscharen nach, die noch in ihren durchnässten Klamotten stecken. Sie begleitende SS-Offiziere führen sie auf die Grasfläche unten vor der Schlucht, wo schon die nackten Frauenzusammenballungen warten. Die noch Angezogenen erhalten von einer anderen, bildschönen jungen

Dolmetscherin in SS-Uniform beständig den knappen Befehl, sich zu entkleiden, den sie in allen Sprachen beherrscht: „Zieht euch alle aus, Beeilung! Alles ausziehen, bitte! Weg mit den Klamotten, alles runter, ziert euch nicht!" Immer variiert sie die Befehle leicht: „Splitternackt ausziehen, aber dalli, ihr Scheiß-Kommunisten, macht schon, ihr linkes Gesindel!", brüllt die Dolmetscherin dann doch unbeherrscht los, wenn die Frauen die Entkleidung verweigern. Dann hilft sie auch schon mal mit der herabsausenden Peitsche nach.
Aber es scheint zu stimmen, dass es „nur" Kommunistinnen sind, denn keine protestiert gegen die Bezeichnung. Und es sind auch keine Kinder unter den Opfern.
„Deshabillez-vous, vite!"
Die Übersetzerin bleibt jedoch kalt und herzlos im militärischen Tonfall ihres Befehlsmodus, denn als Nazifrau hasst sie natürlich Kommunisten, muss sie hassen!
„Entblättert euch vollständig, runter mit der Kleidung, sonst setzt´s was!", droht sie jetzt einer eintreffenden Frauengruppe auf Deutsch.
Heulend kommen sie dem Befehl nach.

Wir halten es nicht mehr aus, Miriam und ich. Wir drehen uns um und wenden uns ab, gehen zu unseren Baracken zurück.
Unterwegs bleiben wir beide plötzlich gleichzeitig stehen. Wir sehen uns an, heulen gleichzeitig los und fallen uns weinend in die Arme.
„Wenn der Krieg vorbei ist, und die Nazis gewinnen ihn nicht, dann werde ich des Mordes angeklagt, für schuldig befunden und von den Siegern gehenkt!", sage ich heulend zu Miriam.
„Ach was, keiner wird von dem Tod der Cellistin erfahren, alle Mordzeugen sind schon selber umgebracht worden", tröstet mich Miri schauderhaft. „Und wenn doch noch einer gegen dich aussagt, dann werden die Richter deine Beweggründe verstehen!", tröstet meine Schwester weiter.
„Aber ich werde doch für die Waldmann weitermorden müssen, Miriam – morgen oder übermorgen! Sonst darf ich nicht weiterleben! Oh, ich hoffe so sehr, dass ich nicht noch einmal jemanden töten muss", sage ich weinend und hoffnungslos zu meiner Schwester.
„Dann werde auch ich mich eines Tages wegen Massenmordes vor einem Siegergericht zu verantworten haben", prophezeie ich Miriam.
„Denn das lässt mir keiner durchgehen!"

Da greift Miriam zu ihrem letzten, ultimativen Trostmittel: „Und wenn nun die Nazis den Krieg gewinnen?"
Ich löse mich von ihr und schaue weg.
„Schöner Trost, bravo! Doch du hast ja eigentlich recht: Was soll ich mir nun lieber wünschen? Die deutsche Niederlage und den Galgen für mich, oder den Sieg der Nazis und mein Davonkommen? Aber nein, im Falle seines Endsieges wird Adolf Hitler doch erst recht alle Juden umbringen lassen, egal, ob sie ihm geholfen haben oder nicht!", sinniere ich trübe in mich hinein. „So oder so, liebe Miri: Ich bin immer die Verliererin!"
Sie senkt den Kopf und seufzt. „Wenn man es so betrachtet, hast du recht…"
„Ach Miriam, so oder so: Wir sind verloren, alle Fünf! Wenn wir auch noch so sehr ums Überleben kämpfen!", sage ich verdattert.
„Abwarten!", sagt Miriam geheimnisvoll. „Das letzte Wort ist noch nicht gesprochen!"
Wir gehen weiter, Hand in Hand. Nach Hause, und einer ungewissen Zukunft entgegen.

Am selben Abend schleiche ich mich heimlich, nach Einbruch der Dunkelheit, mit einer Taschenlampe bewaffnet, zur Todesschlucht, um hinunterzublicken und festzustellen, wie viele Leichenberge in dem Massengrab inzwischen schon ruhen. Ich muss vorsichtig zu Werke gehen, denn überall sind Wachen aufgestellt, und eine unverhoffte Begegnung mit SS-Wachsoldaten kann mich teuer zu stehen kommen. Es ist Wahnsinn, was ich vorhabe, doch will ich ja eigentlich kein Verbrechen begehen, bloß gucken, was sie mit den vielen, nackten toten Frauen gemacht haben! Ich kann es vor Neugierde einfach nicht mehr aushalten. Durch den Wald gehe ich schnell gebückt und krieche die offene Steppe bis zum Schluchtenrand. Ich kralle mich mit einer Hand am Rand fest, mit der anderen leuchte ich mir mit dem zarten Funzelschein in die Tiefe. Ich erschrecke. Nichts liegt da, absolut nichts! Alles sauber abgeräumt, keine Leiche ist mehr zu sehen! Sie müssen die ermordeten Frauen und Kinder jeweils in der Nacht weggeschafft haben, wahrscheinlich auf Schubkarren und großen Lastwagen. Aber wohin denn dann eigentlich? Wahrscheinlich weiter in die Schlucht hinein, eventuell in großen Höhlen könnten die Leichen von der SS verscharrt worden sein! Wo sie nicht so leicht entdeckt werden. Ich habe nämlich in den mächtigen Felswänden, gegenüber, am Ende der Schlucht tagsüber solche Höhlen vage erkennen können, mit bloßen Augen …

Ich höre hinter mir ein Geräusch, zucke zusammen, mache geschwind die Taschenlampe aus, doch zu spät: Eine Wache, wahrscheinlich ein Angehöriger der SS, entdeckt mich, beugt sich zu mir herunter und packt mich am Kragen. „He, Sie, was machen Sie hier draußen um diese Zeit? Aufstehen, aber ein bisschen plötzlich! Wer sind Sie?" Ich werde in leidlich schwankende Stehlage gebracht, und der Wachtposten blickt mir im Mondschein ins

Gesicht. „Ach, schau mal an, eine unserer Chefdolmetscherinnen persönlich, das ist ja ein Ding! Was tun Sie denn hier, liebe Judith? Wollen Sie jetzt mit den Seelen der toten Frauen kommunizieren, hähähä?", fragt mich der schöne, große, blonde Lackaffe hämisch.

„Dazu fehlen mir leider die Sprachkenntnisse, Herr Offizier", antworte ich so harmlos und so witzig wie möglich, um den Mann irgendwie zu besänftigen.

„Spiritistische Jenseitskurse nämlich werden in Dolmetscherseminaren leider noch nicht angeboten", sage ich nassforsch. Er lacht zwar schallend los, und lässt von mir ab, wie eigentlich von mir vorgesehen, aber leider währt das befreiende Gelächter mir viel zu kurz, denn gleich wird er wieder fuchtig, blafft mich an: „Sie wollten wohl sehen, was wir mit den Toten angestellt haben, nicht wahr?" Er gibt mir eine saftige Ohrfeige. Seine kräftige Pranke erreicht es, dass ich gleich ins Gras purzele. „Reden Sie! Was wollten Sie wirklich hier?" Oh je. Jetzt zieht der kräftige, nicht mehr ganz junge Gorilla eine Pistole und bedroht mich damit.

„Nachsehen, wo die Toten sind, wie Sie schon richtig vermuteten, Herr Offizier, ehrlich", sage ich erschrocken und krieche von ihm weg. Ich wische mir mit der Hand über die Backe.

„Blödsinn! Türmen wollten Sie! Durch die Schlucht! Geben Sie es doch zu, na?", droht mir der blöde Kerl.

„So ein Unsinn! Bei Nacht? Und alleine, ohne Waffen und Proviant, bei hellem Mondschein?", frage ich den Hünen aufgebracht und aufgebraucht. „Da wäre ich ja schön blöd!"

„Das seid ihr Juden eh' schon, weil ihr euch alle freiwillig hierher verschleppen ließet, ohne vorher aus der Ukraine zu türmen, rechtzeitig vor Kriegsausbruch! Von wegen, die Juden wären alle so furchtbar gerissen!", bellt er verächtlich zu mir herunter. Hält mich weiter mit der Waffe in Schach.

„Ich wollte wirklich nur sehen, wo die ganzen Leichen abgeblieben sind", beteuere ich.

„Auch die vielen toten Kommunistinnen von heute sind ja schon nicht mehr da. Wie ist das möglich, Herr Offizier? Wie haben Sie das geschafft, die alle so schnell wegzubringen?", frage ich einfach neugierig darauf los, nur um den Mann abzulenken.

„Das hätten Sie mich ja heute Nachmittag ganz friedlich fragen können, ohne Heimlichtuerei, oder falschem Spiel, Sie Saboteurin", droht er mir.

„Hätten Sie es mir dann erzählt?", frage ich vorwitzig.

„Was für eine Frage, natürlich nicht, das geht Sie auch gar nichts an, das gehört nicht zu Ihrem Arbeitsbereich, so was zu wissen, klar, Sie Nulpe?"

Doch dann beruhigt er sich wieder, steckt die Pistole weg, packt mich am Handgelenk und zieht mich von der Wiese hoch.

„Na, vergessen wir's – Schwamm drüber", sagt er schon fast fröhlich und löst seinen Hosengürtel.

„Bekomme ich jetzt Prügel wie ein kleines, unartiges Schulmädchen?", frage ich neckisch.

„Jetzt pass mal auf, mein Mädchen, ich sag dir jetzt mal was, was auch dir Freude bereiten dürfte: Hier in meiner Hose drinnen, im Volksmund auch „Arschfutteral" genannt, habe ich nämlich einen schmucken, schönen langen Stachel, den führe ich jetzt an geeigneter Stelle bei dir ein ... Wie eine Biene. Dort steche ich dich dann damit, dann schwillt dein Bauch neun Monate lang an wie nach einem riesigen Bienenstich, und nach Ablauf der langen Wartezeit haben wir beide dann eine niedliche kleine Biene, die wir „Judithchen" nennen, oder „Güntherchen", na, wie hört sich das denn an, hahaha?", fragt er mich schlüpfrig. „Genial, nicht?"

„Nicht so doll, wie ich gestehen muss", sage ich mit dreckigem Lachen.

„Was machen wir zum Beispiel, sollte Ihr Stachel während seines Einsatzes unerwartet abbrechen?", frage ich derb und voller Spielfreude.

„Still, du jüdische Hure, sei froh, dass ich mich überhaupt noch so freundlich mit dir abgebe, ich kann auch anders! Los, und jetzt zieh dich aus!", befiehlt der grobschlächtige Schlägertyp mir finster. Dann lacht er aber doch über meinem schlüpfrigen Einwand.

Er selber hat sich inzwischen auch schon die Hose ausgezogen, und die Unterhosen … Und dann präsentiert er mir auch schon stolz seinen langen Pflock, den er in sein lebendes Fass rammen will, oooooh!

„Los, öffne endlich deinen lieblichen Garten Eden da unten für mich, am Ende deiner Vorfahrtsstraße, Ecke Beinkreuzung, damit ich mit meiner Harke darin rumwühlen kann! Muss doch endlich mal ein bisschen da drin sauber gemacht werden, hähähäh", röhrt er mich in leicht Hamburgschem Dialekt an.

Er hat immerhin rohen Humor, wenn auch ziemlich rotzigen … Ich lache gegen meinen Willen, bleibe aber angezogen.

„Na, was ist? Wenn mein kleiner Soldat erst mal entschlossen ist, loszumarschieren, dann hält ihn keine Armee der Welt mehr auf, wenn er in Fahrt kommt, und du schon gar nicht, du billige Amateurnutte: Denn so doll metscht du nun auch wieder nicht, hähähä…" Wo hat er bloß dieses dreckige Gewieher gelernt? Vermutlich hat er mal mit Pferden zu tun gehabt.

„Ihr kleiner Soldat macht aber schon wieder reichlich schlapp, er schaut schon wieder ganz geknickt drein - schauen Sie: Gerade kehrt er reichlich mutlos in seine Kaserne zurück!", wage ich es, sein wieder erschlafftes Glied zu verhöhnen.

„Also: Alles zurück ins Glied, zu den Waffen, ihr Schlaffen!", schnarre ich militärisch durch die Nacht.

Als er das hört, setzt mein kleiner Soldat eine solche Miene auf … Leider ist es keine gute zum bösen Spiel.

Er behilft sich wieder mit seiner Waffe. Ich meine damit diesmal natürlich seine eiserne Waffe. Damit glaubt er, alles lösen zu können.

„Los, du Mistbiene, öffne die Türe von deinem Bienenkorb, damit ich endlich mit meinem Stachel eindringen kann!"

„Lass mich mit meinem Becher in dein Ei!", sagt er patzig.

„Sag mir, wo die Leichen sind – wo sind sie geblieben?", singe ich trotzig.

„Sag mir, wo die Juden sind, - was ist gescheh´n?"

„Sag mir, wo die Juden sind? Nazis töten sie geschwind…"

„Wann wird man das versteh´n?"

„Wann wird man das ver…'

Da wird der kleine Soldat böse. „Halt´s Maul, du Mistbiene, und wenn du jetzt nicht endlich mein prall gefülltes, durchgeladenes

Maschinengewehr in deine verschlossene Festung eindringen lässt, dann lass ich dich morgen nackt vor ein echtes stellen! Drunten in der Schlucht, das ist ein Versprechen!", röhrt er unglaubwürdig und macht seinen kleinen Soldaten durch Reiben mit der Hand wieder kampftüchtig.
Das wirkt dennoch. Diese Drohung ist mir dann doch zu unheimlich. Ich ziehe meinen Rock aus, dann die Unterwäsche, doch er befiehlt mir, mich ganz zu entkleiden, was auch er tut, trotz der schon reichlich kalten Nacht.
Dann besorgt er es mir auf seine bevorzugte Weise, geht dabei überraschenderweise äußerst behutsam vor, als wir es auf der Uferböschung treiben; weil ich mich nicht wehre, geht die Sache glimpflich ab. Sein Gewehrlauf verschießt seine ganze, feuchte Munition unerbittlich in meine Schießscharte. Er küsst mich dann wild, schleckt mich ab. Ich darf mich dann sogar auf ihn legen, er geht überhaupt nicht brutal zu Werke, behandelt mich sanft wie ein Lamm. Als wir dann fertig sind, entschuldigt er sich sogar für die groben Beleidigungen, die er mir an den Kopf geworfen hat.
Günther verabschiedet sich von mir, er sagt, er wolle mich wiedersehen. Wenn ich nichts verriete, würde er mich protegieren, und mich und meine Familie vor seinen SS-Kameraden schützen.

Ich tue besser, was er sagt, denn ich kann einen Freund bei der SS verdammt gut gebrauchen. Heimlich nehmen wir Abschied voneinander und trollen uns. Offenbar hat keiner was gemerkt.

Am nächsten Tag erwartet uns eine große Überraschung: Ein umfangreicher Militärkonvoi ist schon ganz früh ins Lager gerollt. Hoher Besuch ist unangekündigt eingetroffen, denn der berühmte Judenauswanderungsexperte Arnold Deichmann ist persönlich vorstellig geworden, um das Lager zu inspizieren.
Miriam und ich werden schon ganz früh am Morgen in Marsch gesetzt, um mit Deichmann zusammenzukommen, denn er soll die beiden Chefdolmetscherinnen des Lagers kennenlernen. Als einer der obersten und eifrigsten Judenvertreiber ist Deichmann natürlich stets auf der Suche nach neuen Loswerdemethoden, um uns Juden möglichst schnell und unauffällig in möglichst großer Zahl loszuwerden.

Bisher funktionierte das ja noch größtenteils auf dem Wege durch beschleunigte Auswanderung. Aber heute hier bei uns? Was will der gefährliche Fanatiker hier bei uns beweisen? Was wird er mit uns Juden anstellen, wo uns doch in diesem Lager die Unversehrtheit versprochen worden ist? Ich ahne Böses.
Ich tröste mich aber mit dem Gedanken, dass Deichmann vielleicht nur die Erschießungen von Kommunisten, Saboteuren und Partisanen bei uns in Augenschein nehmen will. Denn diese sind ja noch wichtiger als das Töten von Juden. Noch wiege ich mich überdies in der Hoffnung, dass Deichmann heute lediglich hierher gekommen ist, um das Geld von uns Juden einzusammeln, das als Auslöseprämie für unsere Abschiebung ins Ausland gedacht war, und das wir fünf Frauen ja schon beisammen haben. Fürwahr – ich hoffe inständig, dass Deichmann erschienen ist, um uns endlich die erlösende Nachricht zu überbringen, dass wir Jüdinnen heute abgeholt werden, um in ein Land unserer Wahl weiterzureisen. Falls uns überhaupt noch ein Land aufnimmt!

„Sehr erfreut, meine Damen, Sie zu sehen", begrüßt uns der kleine, unscheinbare Mann mit der Militärmütze, als wir jetzt zum ersten Mal in unserem Leben vor ihm stehen, und in seine kleinen, boshaft blitzenden Augen schauen. „Sie beide sind auch Jüdinnen, nicht wahr?", fragt er lächelnd, als er meine Begrüßungshand loslässt. Miriam schreit auf. „Denn das erkenne ich natürlich auf den ersten Blick, als geschulter Judenexperte!" Ich erschrecke. „Ja, das sind sie, Hauptsturmführer, aber sehr treue, deutsche Jüdinnen", präzisiert Doris Waldmann, die neben uns steht. „Aber beide haben bestimmt auch irgendwie jede Menge arische Verwandte, der Fall dieser beiden ist rassentypologisch und rassenanthropologisch noch nicht eindeutig geklärt", sagt sie scharmant zu unserem Schutz. „Also wahrscheinlich Halbjuden; na dann haben die beiden ja nicht so viel zu befürchten", sagt Deichmann lächelnd und umfasst zur Begutachtung gleich schon mal mein Kinn. „Dieser hier sieht man es natürlich an, dass sie eindeutig arischer Abstammung sein muss, trotz ihrer jüdischen Backenknochenstruktur", sagt er zu mir und lässt mich los, „wohingegen die andere Dame eindeutig jüdisches Kraushaar hat, eine dunkle Haut aufweist, aber auch ganz klar eine arische Knochenstruktur", befindet der Rassenexperte auf einen Blick über meine erschrockene Miriam. „Unsere blonde Dolmetscherin hier ist aber völlig auf unserer Seite, sie ist total in unserer Sache

aufgegangen. So hat sie kürzlich sogar bei der Vernichtung der ukrainischen Oberschicht eigenhändig mitgeschossen", verteidigt mich Doris Waldmann zynisch und kalt. Ich erzittere, lasse mir aber nichts anmerken. „Na, das ist ja erfreulich, dafür bekommt sie sofort von mir eine arische Unbedenklichkeitsbescheinigung ausgestellt", verspricht er. „Aber dazu später", sagt der Judenexperte. „Ich bin ja hier, um mich nach Ihren Vernichtungsfortschritten bei Staatsfeinden aller Art zu erkundigen, und wie ich sehe, stehen dort am Hang zum Abgrund hin erfreulicherweise schon viele Juden zum Erschießen herum", schäkert er grausam. „ Die können es offenbar gar nicht erwarten, haha ... Dann kann ich mir doch gleich mal ein paar Erschießungen mit ansehen..." Das gibt mir gleich wieder einen gewaltigen Stich ins Herz: Schlagartig ausgeträumt ist mein unschuldiger Traum von unserer baldigen Auslösung und Verbringung ins sichere Ausland. Deichmann ist also tatsächlich nur wegen der Judenerschießungen hierher ins Lager gekommen, und sogar hauptsächlich wegen uns Juden! Dann werden wahrscheinlich auch wir Hilfsjuden vom Personal am Ende dieses Tages nicht mehr lebendig auf unseren Beinen stehen, so schnell geht das also! - Tatsächlich bemerke ich erst gerade jetzt zu meinem Schrecken: Heute stehen dem Hauptsturmführer ukrainische und russische Juden zum Begaffen zur Auswahl. Menschen jeglichen Alters und Geschlechts befinden sich darunter, und alle seien schon vorschriftsmäßig nackt, wie der Obervernichter zufrieden anmerkt. Oje, jetzt geht es also doch auch hier schon los mit der reinen Judenvernichtung! Ich habe es ja gleich von Anfang an geahnt! Doris Waldmann hat uns belogen, die Nazis haben ihr Wort gebrochen! Vielleicht sind Miriam und ich am heutigen Abend tatsächlich schon nicht mehr am Leben. Was sollen wir jetzt tun? Aber wenigstens sind offenbar noch keine deutschen Juden unter den heutigen Opfern dabei, tröste ich wieder mein aufgewühltes Gemüt. Vielleicht haben wir ja doch noch eine Überlebenschance!
Der unheimliche Gast schreitet die Reihen entlang und begutachtet die Menschenmassen.

In einiger Entfernung macht Doris Waldmann plötzlich außer den überall bereitstehenden SS-Schützen und SS-Offizieren eine Schar junger Mädchen aus. „Ach, sagen Sie bitte, Hauptsturmführer: Wieso treiben sich eigentlich heute bei uns im Lager so viele Mädchen vom BDM herum? Das sind doch BDM-Uniformen, von den Mädchen da

vorn, nicht wahr?" Miriam und ich schauen auch auf die kichernde Mädchenschar am Waldrand, deren Lachen ist nur ganz schwach von hier aus zu vernehmen. „Ach die?", antwortet der SS-Offizier zerstreut. „Ja, das sind tatsächlich BDM-Mädchen. Die habe ich extra kommen lassen, sie gehören zu meinem Konvoi. Die Mädchen sollen hier ein bisschen Fronterfahrung sammeln, ihren Körper und Geist ein bisschen stählen an der harten Wirklichkeit im Krieg, damit sie nicht zu sehr verweichlichen an der Heimatfront. Daher habe ich beschlossen, eventuell die härtesten von ihnen später bei einigen Judenerschießungen zuschauen zu lassen, das härtet ab."
„Das wollen Sie wirklich tun?", frage ich unvorsichtigerweise mit schlotternden Knien. „Das sind doch noch Kinder, das ist doch kein Spektakel für Kinder!", tadele ich mit weichen Knien.
„Aber nein, im Gegenteil, das ist wirklich eine ausgezeichnete Idee, Herr Sturmführer!", übertönt Doris Waldmann begeistert meinen Einwand. Unser diabolischer Gast dankt ihr ergeben für ihr Verständnis.
„Aber das ist übrigens wirklich erfreulich für mich zu hören, Frau Waldmann", wendet sich unser unheimlicher Gast an die Lagerleiterin, „dass die ukrainische Oberschicht schon so schnell von Ihnen liquidiert werden konnte, wie sie mir vorhin eingangs beschrieben haben", lobt er anerkennend. „Konnte sie schon vollständig vernichtet werden?", hakt er nun nach. Doris Waldmann zuckt. „Nicht ganz. Aber zu neunzig Prozent mindestens, Herr Hauptsturmführer!", meldet sie stolz.
„Wunderbar, bravo. Ich werde dafür sorgen, dass das positiv in Ihrer Personalakte vermerkt werden wird, Frau Waldmann, und Ihre weitere Beförderung beschleunigen wird!"
„Danke, Herr Hauptsturmführer!", antwortet die Waldmann enthusiastisch. „Aber heute habe ich wie befohlen erst mal zahlreiche nichtdeutsche Judenscharen aus der Umgebung hierherschaffen lassen, damit Sie ihre Exekution begutachten können, denn das sind und bleiben ja zeitlebens alles Staatsfeinde, die uns hassen, weil wir ihre Länder erobert haben", erklärt Doris Waldmann stolz. Arnold Deichmann nickt dankbar und erklärt, er möchte zum Anfang gerne erst einmal eine Einzel-Judenerschießung vorgeführt bekommen.
Doris Waldmann nickt verständnisvoll, und gibt einen entsprechenden Befehl an einen ihrer SS-Offiziere aus, der sich sogleich gehorsam in Bewegung setzt und aus dem nackten Pulk ein Opfer auswählt.

Da wird von den SS-Leuten schließlich eine splitternackte, wimmernde, ganz junge hochschwangere Jüdin mit langem, schwarzem Zopf, die aus den wartenden Menschengruppen am Abgrund stammt, dem Sturmführer zugeführt. Deichmann taxiert sie und sagt lachend: „Nanu, da kommen ja gleich zwei Juden in einer Person an, das wäre doch gleich die passende Gelegenheit, erst einmal mit einer Doppelerschießung anzufangen, die ich dann begutachten kann", feixt Deichmann, als das vorwärtsgetriebene Mädchen noch außer Hörweite des Sturmführers ist. „Ich bin gespannt, wie Sie das erledigen", sagt er niederträchtig. Er bittet die drei MG-Schützen, die das Mädchen vor sich hertreiben: „Bringen Sie die Jüdin doch bitte erst mal direkt zu mir". Die Schergen erkennen die hohe Persönlichkeit und begrüßen Arnold Deichmann freudig. „Gerne, Hauptsturmführer!" Das Mädchen macht große Augen, hält sich den dicken Bauch mit den Händen, während ein SS-Scherge sie an ihrem langen Zopf fest hält, und spricht Deichmann auf Russisch an, wie Miriam sofort erkennt, also eilt meine Schwester zu ihr hin und stellt sich so, dass sie mit ihrem Körper erst mal die wartenden jüdischen Opfer am Abgrund vor der Schwangeren verdeckt.

Deichmann lässt sich alles von Miriam übersetzen. Doch auf einmal spricht die Russin auch gut deutsch, als sie erkennt, dass sie es mit deutschen Offizieren zu tun hat. Miriam bricht ihren Dolmetschereinsatz ab und zieht sich in den Hintergrund zurück. „Nanu, Sie sprechen ja fabelhaft unsere Sprache, das ist ja sehr schön, so kann ich mich direkter mit Ihnen und Ihrer psychischen Verfassung befassen", sagt der Hauptsturmführer freundlich.

Das Mädchen lächelt erfreut und hebt den Kopf. Sie lässt sich von der falschen Freundlichkeit Deichmanns täuschen. „Meine Mutter ist deutsche Jüdin, daher meine Sprachkenntnisse, und mein Vater ukrainischer Jude", sagt sie.

„Aha, der Fall ist geklärt", sagt er. „Dann werde ich mich jetzt mal eingehend mit Ihnen befassen, junges Fräulein. Ihr Kind ist ja schon fast zu Ende ausgetragen..." Sie lächelt zutraulich. „Neunter Monat", sagt das Mädchen schnaufend. „So? Dann werden wir Ihre Schwangerschaft jetzt mal ganz schnell beenden", sagt Deichmann entschlossen.

„Was? Oh, ich sehe, Sie wollen mir helfen, alle erforderlichen, ärztlichen Geburtsmaßnahmen einzuleiten, ich danke Ihnen, Herr

Offizier, das ist sehr freundlich von Ihnen", bedankt sich das Mädchen freudig, „ich fühle das Kind ja auch schon fast kommen … Daher also haben Sie mich von Ihren Leuten schon mal vorausschauend nackt ausziehen lassen, jetzt verstehe ich das, jetzt bin ich beruhigt, bitte, machen Sie schnell, ich glaube, die Wehen haben gerade eingesetzt …"
Die anderen SS-Männer stützen die Schwangere, als Deichmann einen Mann vortreten lässt, der eine Pistole hinter dem Rücken versteckt hält. Da fällt der Blick der Schwangeren aber erst mal auf die nackten Juden am Abgrund und auf die Soldaten, die mit gezogenen Gewehren hinter ihnen stehen. „Aber diese ganzen Menschen da sind ja auch alle nackt, und … die Soldaten haben ja alle Gewehre … oh, Gott!", sagt sie schluchzend.
Allmählich scheint der jungen Frau der Zweck der heutigen Veranstaltung hier zu dämmern: Sie fängt an, schreiend das Gesicht zu verziehen.
„Was haben Sie vor mit uns? Ich dachte, Sie wollten uns nur alle umsiedeln? Damit wir hier draußen in der Ebene leben können", sagt sie panisch. Da richtet der Soldat seine Waffe auf die Schwangere. „Von Leben war nicht die Rede, ich dachte eher an Sterben, als ich Sie alle hierherbringen ließ", sagt Deichmann lächelnd. „Was? Umsiedlung … bedeutet also Tod? Durch Erschießen?", fragt das Mädchen weinend. „Soll ich … etwa auch erschossen werden?", fragt sie kreischend.
„Ja, Sie sind die Erste, die heute für mich das Vergnügen hat", sagt der Hauptsturmführer sadistisch, kalt die Situation auskostend. „Und als Sie eben sagten, Sie wollten dafür sorgen, dass meine Schwangerschaft schleunigst beendet wird, da meinten Sie also damit … Sie wollen auch mein Baby töten? --- Oh, Gott, das … kann doch nicht Ihr Ernst sein!"
Seine Mundwinkel sind grausam herabgezogen. „Aber das ist ja wirklich ein großes Pech für Sie, meine Liebe, dass Ihr Baby gerade heute kommen soll, aber für mich auch ein großer Glücksfall, denn dann kann ich endlich mal die Erschießungstechnik meiner Leute an einer Schwangeren begutachten", sagt er lachend. „Darauf war ich bisher noch gar nicht gekommen", höhnt er hemmungslos. „Aber warum? Es ist also wahr, dass …" Sie reißt sich los und fuhrwerkt fahrig herum. „Gnade! Lassen Sie wenigstens mein Baby leben! Oder warten Sie wenigstens, bis das Kind zur Welt kommt, bitte, ich möchte mein Baby noch kurz in den Armen halten, bevor ich sterbe, es betrachten können, wenn es da ist", heult das Mädchen. Da reagiert Deichmann richtig

wütend: „Oh, nein, kommt nicht in Frage, ich werde doch nicht warten, bis noch ein weiterer Judenbalg geboren wird, gerade jetzt, wo ich die einmalige Chance habe, mit Ihnen und Ihrem Kind im Bauch gleich zwei Juden in einer Person zu vernichten, zwei Saujuden mit einem Schuss erledigen zu lassen, das werde ich mir auf keinen Fall entgehen lassen!", sagt er hasserfüllt und gibt dem Schützen den Schussbefehl. Er legt an. „Nein, warten Sie, lassen Sie mich doch wenigstens noch kurz Mutter werden, bitte!!! Einen kurzen Moment nur, es dauert doch gar nicht mehr lange!", schreit die Verzweifelte und klammert sich bittend an Deichmann. „Nein, das werde ich mir doch nicht antun, gerade jetzt, wo ich ja so froh bin, dass ich noch rechtzeitig hier eingetroffen bin, um Sie zu erledigen, bevor Sie Schlampe ansonsten Ihren elenden Judenbastard ausgeschissen hätten!", sagt der diabolische SS-Offizier. Der Schütze schlägt ihr mit der Waffe an den Kopf, sie taumelt. „Nein, aber statt Mutter können Sie gerne eine tote Jüdin werden, Feuer!", sagt er, der SS-Mann schießt. In den Bauch! „Aber doch nicht in den Bauch schießen, Sie Trottel, wie kann man einer Schwangeren nur in den Bauch schießen, das bringt sie doch nicht um! Das trifft doch höchstens das Baby tödlich. Welch eine Verschwendung von Munition!", schreit Deichmann, „in den Kopf sollten Sie schießen, ja, so ist es richtig!". Die umstehende SS lacht dreckig.
Miriam und ich schauen weg.
„Na, das ging ja doch noch reichlich daneben", sagt Deichmann unzufrieden, als er die verkrümmte Tote seitlich am Boden liegen sieht, mit dem riesigen, sich wölbenden Bauch, „jetzt wollen wir uns doch mal die anderen Erschießungen ansehen", sagt er und geht zu den Juden am Abgrund. „Jawohl, Hauptsturmführer!", brüllt ein SS-Mann und geht voraus.

Deichmann greift sich eine Dreiergruppe von jungen Frauen heraus. Verwundert sieht er die Frauen an: Die erste ist noch fast ganz angezogen, nur ihre Jacke liegt vorerst am Boden. Obwohl ein Kapo sie ständig mit einem Stock schlägt, weigert sie sich trotzig und erfolgreich, sich weiter auszuziehen. Sie ist daher aber auch reichlich ramponiert, hat blutige Striemen im Gesicht, eine blutige, gerissene Lippe, und einen ausgeschlagenen Zahn. Die zweite Frau verdeckt mit den Händen verschämt ihre nackten Brüste, hat noch den langen Rock und Schuhe

an, während die dritte Frau gehorsam völlig nackt ausgezogen ist; sie ist auch die Verängstigste und Demütigste.
„Nanu, eine Angezogene, eine Halbnackte und eine völlig Entkleidete! Das wird ja immer nackter von rechts nach links", sagt Deichmann lachend und wendet sich an die Angezogene. „Bravo, Sie haben meine volle Bewunderung; denn Sie haben Ihre Entkleidung bisher am erfolgreichsten verhindert, bravo!", sagt er feixend. „Dafür kann ich mir auch nichts kaufen, verschonen Sie uns lieber, verzichten Sie auf unsere Erschießung, bitte, lassen Sie uns doch am Leben, vor allem meine jüngste Schwester, die Nackte. Sehen Sie, wie sie vor Angst schlottert?", fragt die Frau. „Macht Ihnen das Spaß, uns so zu verspotten?" Miriam und ich entdecken an ihrem Akzent, dass es sich um österreichische Jüdinnen handeln muss. „Alle drei von Ihnen sind doch offensichtlich Juden oder nicht?", fragt Deichmann abgeklärt. Alle drei bejahen. „Österreichische Jüdinnen", sagt die Halbnackte. „Dann kann ich leider nichts für Sie tun. Also fangen wir an mit der Erschießung. Wie machen wir es diesmal?", fragt er neugierig seine SS-Männer. Die Nackteste weint laut auf. „Wie Sie wollen, Sturmführer, alle drei mit einer Salve?", fragt der MG-Schütze schmutzig.

Da prescht die Angezogene vor. „Bitte, Herr Sturmführer, ich habe drei ganz kleine Kinder, die ganz am Rande der Schlucht dort hinten zurückbehalten wurden für eine gesonderte Erschießung. Sollen die alle so sinnlos sterben? Sie haben doch bestimmt selber Kinder, Herr Offizier, an denen Sie hängen?" Der hohe SS-Führer bejaht mit selbstsicherer Stimme. „Ja", bestätigt der 38jährige Nazi stolz: „Doch, aber zum Glück arische, deswegen dürfen meine Kinder ja auch am Leben bleiben, während Ihre leider alle jüdisch sind und demzufolge vernichtet werden müssen. So ist halt das Leben, so sagt es unser Gesetz, tragen Sie es mit Fassung. Es ist schnell vorbei, es tut gar nicht weh", sagt er feixend. Da gibt ihm die Angezogene eine schallende Ohrfeige. Ein junger SS-Scherge prescht mit gezogenem MG vor und schreit: „Dafür stirbst du zuerst, du jüdische Schlampe, aber vorher ziehst du dich noch aus, verstanden? Los, zieh dich ganz aus, sonst setzt es noch mal Prügel!", brüllt er. „Nein, das würde mir jetzt zu lange dauern, wissen Sie was? Erschießen Sie die Dame doch ruhig in voller Kleidung, sie hat es sich verdient. Ich bewundere nämlich ihre mutige Haltung, das gefällt mir, endlich mal kein Greinen und Schreien, wie sonst bei dem feigen Judengesindel, wenn es ans Sterben geht", sagt er infam.

Die Halbangezogene spuckt dem SS-Offizier ins Gesicht. „Sie Drecksau, ich hoffe, eines Tages werden Sie hängen für Ihre ungeheuerlichen Verbrechen! Schade, dass ich das nicht mehr miterleben kann!", schreit die etwas mollige Österreicherin. Sie bedeckt wieder ihre nackten Brüste. „Also gleich beide Damen auf einen Streich!", befiehlt Deichmann und tritt zurück. Die beiden Frauen umarmen sich und lassen sich nicht mehr los. Sie verabschieden sich hastig voneinander. Dann werden sie mit einer langen MP-Salve erschossen. Die Nackte schreit und macht hysterische Kreisbögen, als sie ihre älteren Schwestern fallen sieht, windet sich und windet sich. „Nein, warum haben Sie das getan? Meine Schwestern haben Ihnen nichts getan, Sie Ungeheuer, wir Jüdinnen sind genauso Menschen wie Sie, haben genauso rotes Blut wie die Arier, ich sehe genauso aus wie Sie, habe helles Haar wie Sie, warum also?", klagt sie den SS-Offizier an. „Weil Sie alle jüdisches Blut haben, das ist der Unterschied, das ist unrein!", doziert er unnachgiebig, und lässt auf die Nackte anlegen.

„Bitte, ich bin erst 17 Jahre alt, ich möchte so gerne noch weiterleben, will noch Kinder haben wie meine Schwester, bitte, lassen Sie wenigstens mich weiterleben!", klagt sie in einem Fort. „Das glaube ich Ihnen gerne, dass Sie noch weiterleben wollen; wer will das nicht?", fragt Deichmann hämisch und genießt sadistisch die von ihm angefachte Angst des Mädchens. „Aber ich garantiere Ihnen, dass heute Ihr letzter Tag im Leben ist, und jüdische Kinder werden Sie zum Glück ganz bestimmt nicht mehr haben, das wäre ja eine Katastrophe, seien Sie froh, dass Sie und Ihre fetten, schmarotzenden jüdischen Schwestern sich überhaupt so lange in unserem Land durchfressen durften!", sagt er gefährlich ruhig.

Das arme Mädchen bittet wieder weinend um seine Verschonung, heult und kreischt. „Schon wieder das elende, würdelose Gewinsel der jüdischen Rasse!", sagt Deichmann indigniert. „Nehmen Sie sich doch mal ein Beispiel an Ihren Schwestern, wie ehrenvoll diese beiden gestorben sind, mit stolzem Blick und hocherhobenem Haupt", mahnt der unheimliche Gast. „Das verachte ich so an vielen Juden, ihre Ehrlosigkeit und die würdelose Bettelei um ihr elendes, nutzloses

Schmarotzerleben", sagt er angeekelt und schüttelt die Klagende ab, die sich an seiner Uniform festgekrallt hat.

„Nie würde sich ein echtes, deutsches Mädchen so betragen, so peinlich würdelos um sein Leben winseln, wenn es zum Beispiel vor unseren Feinden, nehmen wir mal die Engländer, kurz vor der Hinrichtung stünde. Ein deutsches Mädchen reinen, germanischen Blutes weiß mit Ehre zu sterben, ohne zu klagen, in jeder Lebenslage: Im Bombenhagel unserer Feinde, im Lazarett auf dem Totenbett, im Luftschutzkeller oder angesichts einer unheilbaren Krankheit, oder wo es sonst auch sei, wenn das Jüngste Gericht über eine deutsche Frau gekommen ist: Sie wehrt sich bis zuletzt gegen den angreifenden Feind, lächelt dem angreifenden Russen mit Todesverachtung ins Gesicht, wenn er seine Waffen auf sie richtet."

„Was hat eine heulende Jüdin wie Sie dieser edlen deutschen BDM-Gesinnung schon entgegenzusetzen an Tapferkeitsidealen?", fragt unser teuflischer Gast verachtungsvoll auf die nackte 17jährige herab, die sich jetzt vor lauter Todesangst auch noch ihren gesamten Körper bekotzt hat. Sie fällt wimmernd zu Boden und weint ins Gras. „Ein deutsches arisches BDM-Mädchen hat vor nichts Angst, weder vor Nacktheit in der Öffentlichkeit beim gemeinsamen Baden im See oder vor Gewitter oder dem Tod", wiederholt Arnold Deichmann fanatisch.

„Ein deutsches Mädchen ist jederzeit bereit für den Tod! Hier und jetzt und überall!"

Als es das hört, erhebt sich das entehrte jüdische Mädchen und schreit Deichmann an: „Das behaupten Sie doch jetzt nur, weil Sie es nicht beweisen müssen, Sie Lügner! Mit Sicherheit würde keins von Ihren deutschen Nazi-Mädchen da hinten auf der Wiese heute hier freiwillig sterben wollen, Sie Heuchler!", schreit das Mädchen empört. Da lässt Deichmann ein verächtliches Gelächter vom Stapel. „Glauben Sie? Dort am Waldrand stehen in der Tat einige meiner mutigsten BDM-Mädchen für jedes Opfer bereit; ich habe sie eigens aus diesem Grund mitgeführt. Ich wette mit Ihnen, dass jedes dieser Mädchen sofort bereit wäre, sich für den Führer, Volk und Vaterland erschießen zu lassen, und sogar ganz nackt, wenn ich es von ihm verlangen würde", sagt er und Miriam und ich erschrecken gewaltig über die drohende Eskalation der Gewalt. Deichmann lässt durch einen MG-Schützen die BDM-Mädchen heranholen. Neugierig stehen sie in ein paar Minuten bei uns. „Ach, das möchte ich wirklich sehen, ob sich eins der Mädchen freiwillig vor mir

erschießen lässt!", sagt die junge Nackte siegessicher. „Wenn ich das mit eigenen Augen sehe, dann bin ich bereit, auch mich danach ohne Klagen erschießen zu lassen", behauptet die 17-jährige trotzig, und steht ruhig und gerade da, lässt die Arme baumeln.
Schon reden einige von Deichmanns Offizieren ruhig auf die Mädchen ein, und erklären ihnen den makabren Sachverhalt, worauf alle tüchtig erschrecken und miteinander tuscheln. „Das kann doch nicht sein Ernst sein!", sagt Miriam aufgeregt zu mir, und wir sehen uns ratlos an. „Sollte dieses Ungeheuer von Deichmann wirklich dazu imstande sein, ein Mädchen aus seiner Nazi-Elite-Jugend zu opfern, nur um seine verbrecherische Wahnidee unter Beweis zu stellen?", fragt sie mich. „Wie werden es ja sehen", sage ich zitternd.

Da tritt schließlich, nach Abschluss der Beratungen, eine große, knochige Blonde in BDM-Uniform vor und betrachtet sich verächtlich die 17-jährige Jüdin von oben bis unten. „Du feige, stinkende jüdische Kriecherin! Ich werde dir und deiner jüdischen Untermenschenrasse jetzt mal zeigen, wie ein deutsches Mädchen stirbt", sagt sie trotzig und stolz in fanatischer Manier und fängt schon an, sich auszuziehen. Deichmann ist stolz auf sie und geht zu ihr hin und lobt ihre Opferbereitschaft. Er lässt sie kurz darauf zu den anderen nackten Judenscharen zum Abgrund hinübergehen, die alle erstaunt gaffen. Auch die 17-jährige Jüdin dirigiert er dorthin. Als das BDM-Mädchen neben den anderen Juden ebenfalls ganz nackt dasteht und sich hochmütig in voller Schönheit der Meute präsentiert, ihre langen Beine und ihren hohen Wuchs allen Blicken in der heißen Sonne darbietet, ihre vollen Brüste mit den Händen umfasst, und lächelnd ihre lange, blonde Haarmähne schüttelt, stellt Deichmann die Jüdin neben die BDMlerin, zum Vergleich. „Na schön: Du bist jetzt zwar so nackt wie ich, aber dass du dich jetzt vor mir erschießen lassen wirst, glaub ich deshalb noch lange nicht", sagt die Jüdin trotzig.
„Nein, Hannelore, tu es nicht, das kannst du doch nicht tun!", bittet eine Kameradin entsetzt, und alle BDM-Mädchen kommen ängstlich nach vorne zum Abgrund gelaufen und starren. Die Kameradin der Opferbereiten fasst Hannelore fest am Arm, will sie wegzerren. „Bist du wahnsinnig geworden, hier solch eine irrsinnige Show abzuziehen? Du kannst dich doch nicht so verheizen lassen? Willst du etwa wirklich sterben, für nichts? Und was willst du damit beweisen?", fragt sie

entsetzt und weint. Hannelore wehrt ihre Kameradin mit einem Fausthieb ab, das besonnene BDM-Mädchen fällt ins Gras. „Hau ab, du Niete, hör auf, zu flennen, du Heulsuse, hör auf, zu lamentieren, du machst mich krank!", schreit ihr Hannelore ins Gesicht und schwingt die Faust nach ihr. „Du bist krank, krank im Kopf, du Fanatikerin, du hast sie ja nicht mehr alle!", tobt das gescholtene BDM-Mädchen, erhebt sich mit couragiertem Elan von der Wiese und reibt sich das schmerzende Kinn. Die SS ergreift das vernünftige Mädchen mit großer Brutalität und lässt es mit missbilligendem Blick wegführen. „Ihr werdet es alle sehen, und auch ihr Juden alle hier werdet es erleben: Seht her, wie ich meinen perfekten, gesunden, athletischen Körper gleich ohne viel Aufhebens den Kugeln der MG-Schützen darbiete", lacht sie fanatisch und grausam. „Ohne feige Angst, ohne Ausflüchte, oder sonst wie mit der Wimper zu zucken." Ihre kalten Augen blitzen wie wild. „Sie ist entweder wahnsinnig oder durch Beruhigungsmittel betäubt worden, da wette ich", flüstere ich Miriam zu.

„Hannelore, wir glauben dir ja deinen Mut, aber du brauchst nicht unsertwegen zu sterben", sagt ein anderes BDM-Mädchen zitternd. „Ruhe, ihr Weichlinge! Ich bin bereit, Herr Obersturmführer: Zum Sterben für den Führer, für mein Heimatland, für unseren Sieg! Heil Hitler und Tod allen Juden!", schreit Hannelore verklärt. „Lass mich an deiner Stelle sterben, Hannelore, ich tue es gerne für dich!", kreischt eine andere vom „Bund Deutscher Mädel" hysterisch, tritt vor, und zieht sich auch schon flugs den Rock aus. Deichmann hält sie zurück und lässt sie wieder unter die Zuschauerinnen des BDM einreihen, lobt aber sehr ihren Eifer und ihre Treue zum Führer.
Andere Mädchen bieten sich plötzlich ebenfalls zum Sterben an, werden jedoch abgewiesen. „Hier ist ja heute geradezu eine regelrechte Selbstmordepidemie ausgebrochen", sagt Miriam sarkastisch leise zu mir. „Ich bin gespannt, was jetzt passiert". Ich fuchtele nervös mit den Händen. „Ich auch", sage ich lebhaft. „Aber ich glaube keine Sekunde, dass die SS dieses Mädchen jetzt so einfach erschießt; das ist bestimmt eine raffinierte Masche, von den Nazis geschickt eingefädelt", sage ich zu meiner Schwester. Selbst einige der nackten jüdischen Todeskandidaten rufen jetzt zur SS herüber, und bitten sie lautstark, das deutsche Mädchen lieber zu verschonen, und ebenso den Juden ihr Leben zu lassen. Hannelore ignoriert alle und macht es kurz. „MG-

Schützen, vortreten, legt an und Feuer!", schreit sie kurz hintereinander, gibt selber den Todesbefehl; und die Schützen treten vor und legen an, zögern aber mit dem Schießen. Sie schauen erst auf Deichmann, dieser gibt seine Zustimmung. „Meine gute SS-Elite! Führt den Befehl dieses edlen, deutschen Mädchens aus; Feuer!" Ein Schütze zittert. „Aber Herr Hauptsturmführer ... Sollen wir ... wirklich? Das können wir doch nicht tun, denn ... Hannelore ist schließlich eine von uns, und überdies eine verdiente, treue Nationalsozialistin!", protestiert der Mann ungläubig und zitternd.

„Natürlich, das ist ein Befehl, Feuer, Mann!", brüllt er. Die blonde Nazi-Selbstmordsirene im totalen Eva-Kostüm steht jetzt frontal zu uns mit den Zehenspitzen direkt vor dem Abgrund und strahlt uns an. Ihre großen Brüste zittern nicht mehr, und das etwa gleichaltrige BDM-Mädchen wie die Jüdin wankt keinen Zoll. „Ich weiß nicht, was soll es bedeuten, dass ich so traurig bin ...", wird von Hannelore angestimmt, denn sie singt jetzt offenbar aus lauter Langeweile, weil keiner sich entschließen kann, mit ihrer Erschießung anzufangen. „Werdet ihr jetzt endlich schießen?", fragt Deichmann böse. Da lässt ein einzelner, beherzter MG-Schütze endlich sein Gewehr sprechen. Der Einzel-Schuss dringt dem Mädchen aber nur in den Arm. Jeder der Zuschauer spürt, dass der Schütze sie absichtlich nur leicht verletzt hat. Sie verzieht kaum das Gesicht, hält sich die Wunde, stapft vom Abgrund zurück und kommt auf den Soldaten zu.

„Nicht nur in den Arm, du Weichei, schießt richtig!", befiehlt sie. „Überall hin, in den Bauch, in den Kopf, los, macht schon! Ich bin nicht wehleidig, ich kann eine Menge vertragen!", schreit sie hysterisch und lacht geisterhaft. Ihr Blick ist der einer Verrückten. Ein anderer SS-Soldat schießt ihr ins Bein. „Na los, macht es richtig!", schreit sie. Die junge Jüdin neben ihr schreit auf, als sie Hannelore aus dem Arm und dem Bein bluten sieht. Dann endlich lässt die MG-Truppe von der SS einen wilden, zischenden Kugelhagel auf die Blonde hernieder fahren, dass sie zusammenbricht. Sie bleibt im Gras liegen und regt sich nicht mehr. „Na also, Männer: Mission erfüllt!", lobt Deichmann und das Erschießungskommando tritt zurück.

Die junge Jüdin trapst schwankend mit offenem Mund und ungläubigem Staunen auf die Leiche zu und kreischt: „Nein, das kann nicht sein! Das ... Das muss ein Trick sein! Sie kann nicht wirklich tot sein!", sagt sie

bestimmt und untersucht die Tote, fasst sie bei den Händen und dreht ihren Körper herum. Überall blutet das BDM-Mädchen aus unzähligen Wunden, der Hals ist gebrochen, aus leeren Augen glotzt die Tote die Jüdin wie zum Hohn an. „Oh, mein Gott, sie ist wirklich tot!", schreit sie und faltet die Hände. Die zuschauenden Kameradinnen der Toten weinen und klagen. „So stirbt ein deutsches Mädchen! Na, Jüdin, bist du jetzt überzeugt?" fragt Deichmann triumphierend. Die Jüdin starrt ihn fassungslos an. „Und nun zu deinem Versprechen, Jüdin!", sagt er streng und mustert sie mit seinen boshaft blitzenden Augen. „Nein, Sie wollen doch nicht wirklich ... ?", sagt sie voller Angst und weicht zurück, hebt die Hände. „Nein, heißt das, Sie wollen mich jetzt wirklich auch erschießen? Bitte, tun Sie es nicht! Oh, nein - bitte, ich will noch nicht sterben, warum soll auch ich sterben? Bitte, erschießen Sie mich nicht!", fleht sie, wirft sich vor dem SS-Offizier auf die Knie und faltet die Hände. „Ich habe es ja gewusst. Steh wenigstens auf und stirb würdevoll! Aber ich sehe: Du kannst nicht mit Würde sterben, so stirb also ehrlos und wie ein zertretener Wurm im Staub!", sagt Deichmann, merkwürdigerweise resigniert und keinesfalls triumphierend, wie ich geglaubt habe. Er lässt seine MG-Schützen wieder vortreten und das jüdische Mädchen kniend erschießen. Die tote Jüdin wird schmucklos in die Schlucht geworfen, die tote BDM-Heldin dagegen feierlich eingehüllt in ein Tuch, dann auf eine Bahre mit Hakenkreuzfahne gelegt und weggetragen.
Miriam und ich sehen uns konsterniert und düster an. Uns fehlen einfach die Worte, das makabre Schauspiel weiter zu kommentieren.
Doch das Schreckenskabirett kennt keine Pause, es geht gleich munter weiter: Neue Juden treffen von überall her ein. Eine gebeugte Parade verschämter und verschüchterter weiblicher Nacktheit mit vom seelischen Schmerz ausgehöhlten Augen trabt gerade köpfehängend vorwärts, an uns vorbei, zum Abgrund, denn Deichmann hat die Männer von den Frauen getrennt. Die meisten Frauen schluchzen leise und verschränken ihre Hände über ihrem Schamberg. Die Männer sind ganz still und fügen sich in ihr Schicksal. Weibliche und männliche Judengruppen werden von der SS zu großen Pulks zusammengetrieben und zum Stillstand gebracht. Die BDM-Mädchen sind geblieben und gucken jetzt vor Schreck erstarrt den ersten Massenerschießungen ihres Lebens zu. Schreckensbleich sehen sie zuerst die Männer von 16-100

reihenweise durch die MGs fallen, vor die sie getrieben werden. Alle verschwinden in der Schlucht.

Als keine Männer mehr übrig sind für den Moment, und die Schützen ihre Gewehre schon auf sie richten, kreischen die Frauen erst richtig vor Entsetzen auf. Eine junge Mutter zeigt auf ihr Kind und sagt: „Gnade, nicht meine Kleine töten, bitte! Sie ist doch erst drei Jahre alt!" Da lässt sich Deichmann von Miriam das Russische der Frau übersetzen. „Und sie wird auch nicht älter! Das sind schon drei Jahre zuviel!", lässt ihr der SS-Offizier kalt ausrichten und lässt Mutter und Kind erschießen. Und als er dann erst so richtig fulminant die ersten hundert ukrainischen und russischen Frauen mit einer endlosen, nicht abreißenden Gewehrfeuersalve niedermähen lässt, da machen auch die BDM-Mädchen gewaltig Lärm, kreischen ungläubig und verständnislos auf. Doch einige sind mit solch hartgesottener Rohheit ausgestattet, dass sie sogar klatschen. Nur drei sehe ich ohnmächtig umfallen.
Viele Jüdinnen laufen nackt weg und werden einzeln erschossen von verstreut herumstehenden SS-Männern.
Deichmann lässt die Erschießungen kurz unterbrechen und lugt in die Tiefen der Schlucht hinab. „Da unten kriechen mir aber noch zu viele Juden weg, und zwar solche, die nur angeschossen sind; übrigens auch eine junge Frau, wie ich gerade erspäht habe, und die ist auch noch schwanger, entsetzlich!", kritisiert der oberste Vernichter unzufrieden. „Die darf auf keinen Fall entkommen!", sagt Deichmann scharf. „Was geschieht eigentlich mit den Überlebenden, die werden doch hoffentlich nicht durch die Schlucht in die Steppe oder in die Wälder entkommen?", fragt er besorgt.
„Aber nein - Keine Sorge, Obersturmführer, wir haben vorgesorgt und für diesen Fall extra MG-Schützen dort unten postiert, die sie dann sofort endgültig abknallen", sagt sein Adjutant eiskalt lächelnd und zeigt nach unten. „Hören Sie?" Der Meister des Todes sieht nach unten und hört einen Schuss. Dann noch einen. Sowohl der wegkriechende Jude als auch die junge schwangere Frau bleiben langgestreckt liegen.
„Ah, gut, so gefällt mir die Sache schon besser", sagt Deichmann kalt und lächelt. Die restlichen, um die hundert Frauen klagen und klammern sich ängstlich aneinander. Die zuschauenden BDM-Mädchen werden teilweise von der Gewaltorgie angesteckt, und die anständigen fallen

über die rohen her und prügeln sie. Aber auch den umgekehrten Vorgang kann ich jetzt beobachten.
Die BDM-Führerin versucht, die wüste Mädchen-Keilerei zu unterbinden.
Da wird auch sie von einigen Mädchen angegriffen und verprügelt.
Die SS zählt jeweils zehn Frauen ab, und versucht diese wieder in geordneten Reihen zur Erschießung aufzustellen, aber das gelingt erst nach einigen Warnschüssen in die Luft. Und als die Frauen sehen, dass Ausbrechen keinen Sinn hat, weil man dann sofort erschossen wird, so fügen sie sich in endlose, geordnete Reihen, weil sie dann noch etwas länger leben können. Außerdem hoffen sie, dass für heute bald Feierabend mit den Erschießungen sein wird.

Reihenweise fallen aber auch jetzt noch neuankommende Frauen vor Deichmann auf die Knie, als sie erkennen, was man mit ihnen vorhat und falten die Hände. „Ausgezeichnet, diese Frauen können wir jetzt gleich ins Genick schießen, wo sie doch gerade so schön knien; auch eine praktische Exekutionsmethode"; frohlockt der oberste SS-Offizier, und die Pistolen werden hurtig angesetzt. Heute kann einer der obersten Judenvertilger seine sadistischen Triebe hier voll ausleben. Er selber schießt aber nicht mit, lässt andere, junge Mordschützen heran, die sich bewähren sollen.
Die toten Frauen, die durch die Schüsse zusammensacken, aber nicht in die Schlucht fallen, werden nachgeworfen nach unten und werden in der Sardinentechnik aufeinandergestapelt, erklärt man Deichmann.
Zwei nackte Frauen um die Fünfzig stürzen zu Deichmann vor und bieten ihm Brillanten und teure Ringe für ihr Überleben an. Diese haben sie offenbar bei ihrer Auskleidung unterschlagen und fest in den Händen verborgen gehalten. Jetzt strecken sie dem SS-Offizier die teuren Juwelen wie eine Opfergabe hin und bitten auf Russisch um einen Handel um ihr Leben. Miriam übersetzt. Deichmann aber tadelt: „Aber, aber: Was sind denn das für betrügerische Manieren? Das hätten Sie sowieso schon alles vorher abliefern müssen, meine Damen! Wie unehrlich von Ihnen, das gibt aber jetzt einen Strafschuss!", witzelt er. Er nimmt ihnen alles ab und lässt sie zügig erschießen, mit einer Salve in den Rücken, direkt vor dem Abgrund.

Da entdeckt Deichmann eine junge Jüdin ohne Arme; sie besitzt nur noch zwei Armstümpfe: Einen ganz kurzen, und einen längeren. Sie ist erst halb entkleidet, oberhalb nackt, und ihre weiblichen Verwandten ziehen sie mit einem ängstlichen Blick zu dem Nazi-Oberst untenherum schneller aus, wahrscheinlich in der Hoffnung, dass der Obernazi dann Mitleid mit der armen, geschundenen Kreatur habe, und alle überleben lässt, wenn sie alle gehorsam tun, was er sagt. „Oh, Sie Ärmste, Sie sehen ja aus wie die Venus von Milo; wie ist denn dass passiert? Ein Unfall?" Sie lächelt schwach. „Ein Bombenangriff auf unser Haus hat mich so zugerichtet". Da schaut der Herr Hauptsturmführer ganz geknickt drein und schüttelt den Kopf. „Nein, sowas, was für eine grausame Ironie des Schicksals: Jetzt werden sogar schon Juden Opfer der Terrorstrategie unserer Feinde, der Alliierten! Da haben wir Deutsche und ihr Juden ja jetzt praktisch einen gemeinsamen Feind, wie kurios ..." Die Verstümmelte steht jetzt ganz nackt vor dem SS-Offizier da und ihre Blößen werden von ihren Verwandten verdeckt. „Eben, da sollten wir doch jetzt eigentlich zusammenhalten gegen die Angloamerikaner, finden Sie nicht? Statt uns zu töten, sollten Sie uns Juden lieber Ihnen helfen lassen gegen die Bombenterrorangriffe unserer gemeinsamen Feinde! Als Flakhelferinnen, Melderinnen oder einfache Arbeiterinnen könnten meine Schwestern und Freundinnen Ihnen doch nützlich sein", sagt sie mit aufkeimender Hoffnung, von ihm erhört zu werden. „Nein, wir gewinnen den Krieg mit Leichtigkeit auch ohne Juden. Soweit lassen wir Nationalsozialisten uns nicht herab, dass wir dazu jüdische Hilfe in Anspruch nehmen. Außerdem helfen Juden nicht, bauen nicht auf, sie zerstören nur und schmarotzen. Sie saugen Deutschland nur aus. Und jetzt, wo Krieg herrscht, türmen die feigen jüdischen Herrschaften und schließen sich lieber den Partisanen an, oder den Kommunisten", doziert Deichmann. „Bitte, lassen Sie doch wenigstens meine ramponierte Schwester leben", sagt die neben ihr stehende Frau, „denn Aurelia hat doch schon durch den Verlust ihrer Arme ein hohes Kriegsopfer erbracht, sie ist für ein Leben lang entstellt, soll sie jetzt zu allem Unglück auch noch einfach erschossen werden?", klagt ihre schöne Schwester mit dem Bubikopf. Deichmann lacht dreckig. „Wieso sollte ich ausgerechnet die unbrauchbarste Jüdin von Ihnen verschonen vor der Erschießung? Ohne Arme ist sie wertlos. Was für eine Arbeit sollte sie dann noch vernünftig verrichten können?", fragt Deichmann brutal. „Nein, sie wäre nur noch eine unnütze Esserin und würde dem gesunden Volkskörper schaden. Ihre Erschießung ist längst schon überfällig. Bringt mir diesen Krüppel von hier fort und erschießt ihn mir zuerst, klar?", gibt er Befehl an seine Männer. Sie zerren die Jüdin zum Abgrund und töten sie durch Kopfschuss. Ihre jüdische Verwandtschaft klagt bitter und ballt und kittet sich aneinander zu einer menschlichen Klagemauer. „Beendet das Gezeter!", befiehlt Deichmann gelangweilt. Schon werden die Flinten auf die Frauen gerichtet. Da stürmen zwei Jüdinnen vor und flehen: „Aber wir anderen Frauen sind doch gesund, und kräftig, können gut arbeiten, wir machen alles, was Sie wollen", übersetzt uns Miriam. Doch Deichmann hält nichts von jüdischer Arbeit. „Ihr würdet uns doch nur in den Rücken fallen, falls wir euch für uns arbeiten ließen", behauptet Deichmann. „Und heimlich Sabotage gegen unsere militärischen Einrichtungen betreiben!" Er lässt alle Verwandten der toten Invaliden sang und klanglos erschießen. Die meisten fügen sich mit gesenktem Kopf. Nur die zwei vorgestürmten Frauen schreien vor Entsetzen bis zuletzt.

Manche Jüdinnen sind auch mutig und angriffslustig, greifen die SS-Männer mit ihren Fäusten an, beschimpfen sie als Mörder und verrohte Ungeheuer, doch diese werden sofort herausgegriffen, brutal zu Boden geschlagen und liegend erschossen.
Ich sehe ab und zu immer wieder Jüdinnen, die bei ihrer Erschießung fast ganz angezogen sterben. Das sind diejenigen, die auch am meisten geschlagen werden, weil sie sich dem Auskleidungsritual einfach nicht fügen, und sich daher schon ganz zerschunden zum Erschießungsgraben schleppen. Denn diese lassen sich lieber halb totschlagen, als sich auszuziehen. Sie ziehen es vor, unter allen Umständen wenigstens einigermaßen mit Würde zu sterben.
Am Ende der Erschießungen dankt Deichmann Miriam und mir für die famose Übersetzung. Kurz zittern wir noch mal, ob er uns nicht doch noch zur Feier des Tages als Zugabe erschießen lässt. Aber nein, er hält sogar sein Wort, und stellt uns Jüdinnen eine Art „Ariernachweis" aus, wie versprochen. Eine Bescheinigung, mit seiner Unterschrift, die besagt, dass wir bis zur Klärung unseres Stammbaums auf jeden Fall am Leben bleiben müssen. Das ist schön und gut, besagt am Ende jedoch nicht viel, weil es jederzeit widerrufen werden kann. Oder einfach ignoriert. Aber es ist am Ende doch wesentlich besser als gar nichts.

Dann bespricht Deichmann mit seiner SS noch kurz die Mordbilanz dieses gewalttätigen Tages. „Wie viele Juden haben wir denn heute erledigt?", fragt er wissbegierig. „Einige Tausend sicherlich!" – „Und wie viele Opfer auf unserer Seite?", fragt er. „Nur das BDM-Mädchen", antwortet sein Adjutant lachend. „Diese blöde Angeberin", ergänzt er feixend. „Geschieht ihr recht, der dummen Gans – wie kann man nur so fanatisch sein!", stimmt Deichmann zu. „Weiter nichts? Sonst alle heil und gesund von unseren Jungs?" Der Adjutant lacht. „Alles bestens, nur drei BDM-Mädchen mussten medizinisch behandelt werden, wegen der Keilerei von vorhin". Na, das wäre doch nicht so schlimm, das könnte den jungen Leuten nur gut tun, wenn sie sich ein bisschen abhärten, meint Arnold Deichmann zum Abschied. Er blickt sich noch einmal um und lauscht in die Stille des Todes hinein. „Und sind Sie sicher, dass alle Juden auch wirklich tot sind, die da unten im Abgrund der Schlucht liegen?", fragt Deichmann sicherheitshalber noch einmal nach. Ein SS-Mann schlurft zur Kontrolle noch einmal an den Rand zurück und beugt sich hinunter zu den Toten. „Also, zwei von ihnen behaupten doch tatsächlich, sie lebten noch", sagt er grinsend und schaut auf den Sturmführer. Ich höre jetzt tatsächlich ein leises Stöhnen und Wimmern von unten aus der Schlucht. „Aber Sie wissen ja selber am besten, wie das ist, Herr Sturmführer: Diese verschlagenen Juden lügen doch schon, wenn sie überhaupt nur den Mund aufmachen!", trompetet der junge SS-Mann schnarrend und lacht. Auch Deichmann lacht sich kaputt über den Witz. Ebenso die umstehenden Offiziere amüsieren sich köstlich. Dann brüllt der SS-Mann über den Rand des Abgrundes noch etwas nach unten. Sekunden später hören wir zwei Schüsse. Deichmann lauscht wieder. „Nun scheint ja endgültig alles still zu sein", sagt er befriedigt zu seiner SS.

Dann aber bemerkt einer seiner Schergen, der sein scharfes Auge weiterhin über die Berge von Toten schweifen lässt: „Still schon, Sturmführer; doch da unten liegt offensichtlich noch eine junge Dame, die gerade stumm eine Hand in die Höhe hebt und sich beschwert, dass sie noch nicht ganz tot ist. Ja, sie zeigt auf wie eine Schülerin, die sich bemerkbar machen will …" Deichmann, Miriam und ich gehen nahe an den Abgrund heran und blicken hinunter. Da sehen wir tatsächlich, wie eine junge Frau mit langen, braunen Haaren ihren Arm ausstreckt. Deichmann sagt lachend: „Tatsächlich, jetzt sehe ich sie auch, wie aufmerksam von der Kleinen, da müssen wir doch gleich jemanden

hinschicken, um ihr zu helfen, dem armen Kind", säuselt er scheinheilig und schickt einen Schützen zu ihr hinunter. „Sonst verklagt sie uns am Ende noch wegen Pfuscharbeit! – Das können wir uns auf keinen Fall leisten!", höhnt Deichmann. Der SS-Mann tritt zu dem Mädchen hinunter, das unter vielen toten Körpern verknäult, eingeklemmt daliegt und mit den Augen fleht. „Na, meine Schöne, hat man dich vergessen, aber keine Sorge, das haben wir gleich", sagt der Schütze grausam und streichelt dem jungen Mädchen erst einmal infam über das Haar. „Wirklich schöne Haare hast du, mein Mädchen, so dicht - daraus könnte man doch eigentlich noch was Brauchbares herstellen, einen Besen, oder einen Malerpinsel zum Beispiel, was meinst du?", fragt er laut feixend, dass alle es verstehen können, und seine Mannen oben lachen. „Wie wäre es? Willst du nicht auf diese Art nach deinem Ableben auf dieser Erde noch ein bisschen weiterexistieren? Man könnte doch deine Haare einer Stoffpuppe für Kinder aufsetzen? Als Perücke. Wäre doch eine gute Idee, nicht wahr?", fragt der Mann das Mädchen, bei dem er jetzt kniend kauert. Die Gedemütigte öffnet ihren Mund, will sprechen, doch es kommt nichts. Sie ist schon zu schwach dazu, beinahe tot. Ihre Augen rollt sie voller Angst. „Ach schade, dass du nicht mehr sprechen kannst, wirklich schade … Gerade jetzt, wo unsere kleine Unterredung anfängt, richtig interessant zu werden", quäkt er höhnisch. „Denn ein bisschen solltest du uns ja eigentlich schon noch nützlich sein nach deinem irdischen Leben, zumindest haarmäßig; warum nicht als Pferdeschwanz für ein hölzernes Kinder-Schaukelpferd, das wäre doch auch eine gute, kommerziell gewinnbringende Lösung, was, mein Kind?"
Da quillt ein Schwall Blut aus ihrem Mund, sie schließt die Augen und ihr Kopf rollt zur Seite. Dann bewegt sie sich nicht mehr. Es ist vorbei. Wenigstens hören wir jetzt keinen Schuss mehr ertönen, denke ich mir mit Tränen in den Augen. Und das arme Mädchen wird in seinem Tod nicht noch mehr entstellt … „Wie kann es nur solch ein Ungeheuer von einem Menschen geben?", werde ich leise von Miriam gefragt.
Deichmann ist endgültig zufrieden und tritt mit seinem Horror-Gefolge ab. Selbst die Lagerleiterin Doris Waldmann ist froh, dass der unheimliche Mann wieder verschwindet.

Am nächsten Morgen, gleich in der Früh, stehe ich schon wieder mit Miriam am Abhang zur Schlucht, zum Dolmetschen. Denn massenhaft jüdische Frauen und Kinder aus Belgien sind ganz früh schon mit Zügen hier eingetroffen. Die ersten stehen schon in der allbekannten nackten Reihe mit dem Gesäß zu uns, und trösten und tragen ihre heulenden Kinder im Arm.

Ich bin am Boden zerstört, dass nun alles in unserem immerwährenden Albtraum wieder von vorn beginnt!

„Sie sagten doch übrigens vor ein paar Tagen, bei unserer Ankunft hier im Lager, Sie würden uns Juden nichts tun!", stottere ich entgeistert zum leitenden SS-Offizier. „Heute geht es den Juden aber schon wieder an den Kragen! Diesmal den belgischen. Sie alle haben gestern schon Ihr Wort gebrochen, als der Judenexperte Arnold Deichmann hier war und doch massenhaft Juden töten ließ, und zwar nur Juden! Und wir mussten alles mit ansehen, meine Schwester und ich!"

„Euch d e u t s c h e n Juden werden wir nichts tun, haben wir gesagt", korrigiert mich da der Offizier. „Wie oft müssen wir das eigentlich noch wiederholen?", fragt er ärgerlich.

„Bei ausländischen Juden ist das natürlich anders. Das hier sind schon wieder Staatsfeinde, Juden aus dem besetzten Belgien. Die hassen uns als deutsche Besatzer noch mehr als uns die arischen Belgier hassen. Diese Juden müssen wir also auch liquidieren, um keinen Ärger mit ihnen zu haben! Denn wir wissen sonst auch nicht, wohin mit denen!"

„Warum lassen Sie die belgischen Juden nicht einfach laufen? Hier in die Steppe zum Beispiel?", fragt Miriam. „Dann verschwinden die von ganz alleine, in die angrenzenden Länder, oder schlagen sich in weiter entfernte, neutrale Länder durch, manche sicherlich kommen bis nach Amerika; dann sind Sie alle belgischen Juden ohne Probleme los", schlägt Miriam vor.

„Nein, wenn wir die belgischen Juden, und auch demnächst noch viele andere europäische Juden, hier einfach in der freien Wildnis der ukrainischen Steppe freiließen, dann würden sich Tausende von den Juden sofort der Roten Armee anschließen, wie auch viele einheimische, ukrainische und russische Juden das schon massenhaft getan haben, die zusammen mit Stalins zurückweichenden Heeren immer weiter nach Osten flüchten, um sich unserer stetig vorrückenden Wehrmacht zu entziehen. Und dann hätten wir immer mehr Feinde zu bekämpfen,

wenn wir bald nach Moskau vorrücken: Nicht nur die Rote Armee müssten wir dann angreifen, sondern auch die endlosen Judenheere bekämpfen, die Stalins Kampfverbände sowieso schon immer wieder neu auffüllen, immer zahlreicher unterstützen. Dann würden mit der Zeit auch alle belgischen und französischen Juden gemeinsam mit den Russen gegen unsere deutsche Wehrmacht kämpfen, wenn wir die französischen Juden zum Beispiel dieses Jahr aus dem besetzten Paris herausholen und hierher in die Weiten der Ukraine brächten und ihnen sagten, sie könnten sich jetzt selber durchschlagen. Natürlich würden einige Juden verhungern, aber die meisten würden doch sofort auf Partisanen und versprengte russische Verbände stoßen, denen sie Unterstützung anbieten … Wenn wir also nicht alle europäischen Juden ausmerzen, außer euch deutschen Juden, dann haben wir eines Tages auch noch die griechischen und ungarischen Juden auf dem Hals, die jugoslawischen, die bulgarischen, die finnischen, die englischen, und so weiter", erläutert mir der SS-Offizier. „Denn fast alle von denen würden dann natürliche Verbündete der Russen. Und das hätte unweigerlich zur Folge, dass Deutschland den Krieg gegen Russland dann tatsächlich nicht mehr gewinnen kann!', ruft der SS-Offizier erregt aus.
„Und von euch deutschen Juden werden wir nur die erschießen, die uns verraten und sich auch Stalins kommunistischen Verbänden anschließen, sollten wir sie danach dort aufgreifen!", verspricht uns der Offizier hoch und heilig. „Denn ihr deutschen Juden seid immerhin ein Teil Deutschlands, habt das Land mit aufgebaut, damit hat sich nun selbst der Führer abgefunden, er steht zu seinem Wort: Ihr werdet umgesiedelt, bleibt aber am Leben, könnt in Zukunft eine eigene Judenstadt bevölkern", verkündigt der Offizier vollmundig und freundlich. Ich bleibe skeptisch.
„Aber heute sind erstmal die belgischen Juden dran, morgen vielleicht schon die französischen!"
„Also los geht's – macht euch bereit, Männer!", gibt er das Kommando. Sie entsichern die Gewehre, nehmen Aufstellung. Auch die Frauen, Kinder und Jugendlichen haben Aufstellung genommen, wie die vorgestern erschossenen Kommunistinnen …
Die Opfer stehen wieder in größeren Abständen voneinander, jedes hält einen Meter Abstand von seinem Nebenmann.

Der leitende SS-Offizier macht den Anfang und erschießt mit einer Pistole die erste erwachsene Jüdin in der Reihe. Sie fällt aber nicht wie vorgesehen in die Tiefe des Abgrundes, sondern stößt wie ein Dominostein gegen die neben ihr stehende Frau, die wiederum eine Dritte mit sich reißt. Sodass gleich mehrere Jüdinnen ungetroffen, unerschossen im Abgrund der Schlucht landen. Einige Männer von der SS lachen über das Missgeschick. Unsere Todesschlucht ist etwa fünfzig Meter breit, und an die 30 Meter tief. Sie zieht sich mehrere Kilometer weit hin. Diese dreißig Meter purzeln nun an die fünf Frauen schreiend den schrägen Abhang hinunter, nur die erste ist tot, die Getroffene, die anderen rollen die Geröllmassen und den Kies entlang, bis sie am Grunde der Schlucht zum Liegen kommen, durch die ein kleiner Bach rieselt.

Die Frauen erheben sich, reiben klagend ihre schmerzenden Glieder und Schürfwunden, schauen ängstlich zum Rand der Schlucht hoch, wo die SS-Soldaten mit ihren Gewehren schon lauernd bereitstehen.

Vor Schreck löst sich plötzlich die restliche Nacktreihe auf, und Frauen und Kinder fliehen wild durcheinander. Einige springen schreiend freiwillig in die Schlucht hinunter, lassen sich und ihre Kinder den nicht sehr abschüssigen Abhang hinunterrollen, um hier oben vor den Gewehrkugeln der SS-Einheiten zu flüchten, klammern sich dann unten an die verletzten Frauen, und bilden einen neuen Pulk. Andere Frauen laufen schnell nach unten weg, flüchten in den Wald.

„Oh, du liebe Zeit, das ist der gefürchtete Domino-Effekt bei den Erschießungen; das passiert manchmal, wenn man die Frauen einzeln abknallt, denn dann fallen sie manchmal, wie heute, statt nach vorne in die Tiefe, wie Dominosteine um, prallen seitlich aneinander, reißen dabei andere Juden in ihrem Fall mit sich, noch bevor diese von den Kugeln der Schützen getroffen werden konnten … Dann muss man lästigerweise immer wieder nachschießen lassen, dazu muss man ja aber erst mal runter in die Schlucht, zu den Überlebenden, die ja nicht getroffen worden sind; aber dazu muss man sie auch erst wieder einmal einsammeln lassen und neu zusammentreiben wie jetzt, dumme Sache, das hält uns auf, - sehen Sie sich nur mal den Schlamassel an!", erklärt uns der SS-Offizier entnervt. „Und die anderen Frauen gehorchen auch nicht mehr, alle laufen jetzt hinunter, tut doch was, haltet sie auf!", schreit der Offizier ratlos. „OH, heute klappt das ja überhaupt nicht, alles rennt wild durcheinander, halt, stehenbleiben!", rufen die SS-

Männer den flüchtenden Frauen nach, scheuen sich aber, auf sie zu schießen.

Miriam und ich schreien auch auf, sind ratlos. Wir werden kurz angerempelt von den Fliehenden und fast umgerannt. Auch die anderen, nackten Judenreihen, die gerade neu zum Schluchtenrand hochgetrieben werden wie Vieh, sind in wilder Auflösung begriffen: Viele rennen ebenfalls bis zum Rand hoch, lassen sich dann freiwillig hinunterfallen, purzeln die 30 Meter in die Tiefe hinunter, bis sie bei den schon wieder stehenden, sich gegenseitig stützenden Jüdinnen landen, ebenfalls aufstehen, und sich ängstlich zu immer größeren Haufen aneinanderschmiegen.
Einige andere Frauen rennen kreuz und quer wieder den Abhang auf unserer Seite hinunter, flüchten in den Wald und zu den Baracken. Die SS-Leute trauen sich einfach nicht, auf sie zu schießen, weil man befürchtet, eigene Leute zu treffen, die überall zwischen den flüchtenden Jüdinnen herumstehen. Denn die Jüdinnen stoßen bei ihrer kopflosen Flucht auch immer wieder panisch gegen SS-Soldaten und Krankenschwestern, die sie mit den Händen abwehren müssen, doch die entsetzt kreischenden Jüdinnen im Evakostüm verklammern sich oft in die SS-Männer und Schwestern, und lassen sie nicht mehr los. SS-Einheiten zielen gerade auf solche Fälle, aber sie zögern, die gezogenen Waffen abzufeuern, da sie unweigerlich auch ihre Kameraden erschießen würden.
Immer mehr nachfolgende Jüdinnen, manche erst halb ausgezogen, schleppen panikartig tragend, oder hinter sich herschleifend, im Fliehen beherzt ihre Kinder zum Schluchtenrand, werfen sie kreischend das Geröll hinunter, manche Frauen rollen die Kleinen auch so sanft wie möglich hinunter, in der Hoffnung, sie lebend und einigermaßen heil hinunterzubekommen, weg von dem Sperrfeuer der hastig verstärkt aufgebauten Geschützstellungen. Die Kinder purzeln schreiend durcheinander, rollen die 30 Meter hinunter und werden unten aufgesammelt von den erwachsenen Helferinnen, die sich schützend vor sie stellen. Dann springen die Mütter hinterher.

Immer größer wird dort unten der Pulk der zusammengeballten Frauenmasse.

Die SS flucht, erteilt schreiend Befehle. Doch da kommt dem obersten SS-Mann ein Einfall; er sagt zu der gerade hastig im wuselnden Gewühle eintreffenden Doris Waldmann: „Die Jüdinnen sind runter in die Schlucht getürmt, da unten sind sie alle zusammengelaufen, um sich hier oben vor den Erschießungen in Sicherheit zu bringen!", schreit er der verständnislosen Lagerleiterin zu.
„Aber nicht mit mir, so entkommen sie mir nicht!", schreit die Waldmann vertiert auf.
„Aber das ist doch eigentlich eine ausgezeichnete Idee, künftig die Judenbrut lieber da unten zu liquidieren, wo viel mehr Platz ist als hier oben an dem schmalen Erschießungsgraben; sehen Sie: Wo sie alle gerade so schön auf einem riesigen Haufen zusammengepresst stehen, und es werden immer mehr! Was halten Sie davon, Frau Kommandantin, wenn wir statt hier oben, einige Geschützstellungen dort unten in die Schlucht verfrachten lassen? Und mobile SS-Einheiten zu Fuß nachrücken lassen? Dann könnten wir die Masse von nun an doch da unten erledigen, und ersparen uns das ewig gleiche, jammernde Juden-Trauerspiel hier oben am Rand, wo wir immer erst umständlich zehn neue Frauen von neuem auf das Grauen der Erschießung vorbereiten müssen, kurz vor dem Exitus…"
„Das ist auch sicherer für uns, denn da unten wird keiner von uns so leicht getroffen wie hier oben!"
„Wir brauchen dann nur noch zusätzlich von oben auf die Judenmassen aus tausend Rohren hinunterzupfeffern!"
„Aber dann werden doch wieder so viele Juden da unten in der Schlucht in alle Richtungen ausbrechen, wenn wir sie von oben beschießen?", sagt Doris Waldmann zweifelnd. „Sollen sie doch. Die Schlucht wird gerade hermetisch abgeriegelt. Keiner kommt da raus, und wenn sie es versuchen, dann werden die fliehenden Jüdinnen eben von unseren Schützen da unten erledigt, die wir da postiert haben", prahlt der SS-Mann. „Da unten ist raues Gelände, da können die Frauen nicht so schnell weglaufen, sie verletzen sich dann ihre Barfüße am spitzen und scharfen Gestein, da unten haben wir sie in der Falle".
„Eine ausgezeichnete Idee, dass ich daran noch nicht gedacht habe", wundert sich Doris Waldmann begeistert.

„Das probieren wir doch gleich mal!"
Und schon schickt sie die ersten SS-Einheiten zur Abriegelung der Fluchtwege in der Schlucht im Laufschritt nach unten.
Die nächste nachrückende, jüdische Nacktparade lässt sie schon freiwillig über den Abhang nach unten treiben.
„Los, runter mit euch allen! Übersetz das ins Französische und Niederländische, Judith", befiehlt sie mir.
Doch ausgerechnet da zögern viele nackte Frauen und Kinder plötzlich vor dem Sprung in die Tiefe. SS-Soldaten mit MG und Helm schubsen die Frauen und Kinder hinunter. Sie kugeln den leichten Hang hinab.
Die Lagerleiterin wendet sich mit einem barschen Befehl an mich:
„Jetzt pass mal auf, Judith: Sag den Frauen: Wenn sie freiwillig mit ihren Kindern nach unten zu den anderen gehen, werden sie verschont. Dann passiert ihnen nichts, sie können dann auf eigene Faust versuchen, sich irgendwo durchzuschlagen".
„Vorher aber sollen sie sich in dem kleinen Bächlein dort am Grunde der Schlucht tüchtig waschen, da sie sowieso gerade alle so praktisch nackt sind: Sag, wir lassen ihnen gleich Seife und Handtücher herunterbringen, und dann bekämen sie auch frische Wäsche und Nahrung. Plus Geld und Unterkunft, bis wir alles in die Wege geleitet haben, dass sie nach Palästina ausreisen können!"
„Wenn die Frauen es wollen, können sie auch nach Deutschland kommen, um zu arbeiten. Oder ins Ghetto, ganz nach Wunsch. Oder sie schlagen sich eben auf eigene Faust durch."
„Diesen Mumpitz soll ich übersetzen?", protestiere ich wütend. „Diesen Quatsch glauben die Frauen mir doch nie!", begehre ich voller Zorn auf.
„Tu es, oder ich lasse dich und deine Kinder auch da runter werfen!", droht mir die Waldmann streng.
Hastig übersetze ich die Lügen zweisprachig.
Die Reaktionen der Jüdinnen sind zwiespältig: Einige trauen meinen übersetzten Worten in der Tat nicht und bleiben ängstlich vor dem Abgrund stehen. Andere jubilieren auf einmal vor Freunde, und rennen mit ihren Kindern hastig nach unten, zu den anderen.
Doch die meisten stürmen dann schließlich doch mit ihrem Nachwuchs begeistert nach unten. Stundenlang stürmen sie los, bis dort unten Tausende Frauen und Kinder in endlosen Reihen verharren. Die Jüdinnen sind inzwischen so zahlreich, dass sie sich an die

Muldenwände anlehnen, also am Ende der Schlucht angekommen sind und sich dort in riesigen Gruppen aufstellen.
Heimlich beobachten Miriam und ich, dass SS-Einheiten unbemerkt Geschützstellungen in den Seitenwänden der Mulde angebracht haben. Auch in uneinsehbaren Vorsprüngen der Schlucht.

Noch immer treffen vom Waldweg her Kolonnen nackter Frauen ein, die an den Schluchtenrand dirigiert werden.
Die Waldmann sagt zu ihrer SS: „Das sind jetzt genug Judenmassen da unten, mehr kann man gar nicht mehr koordiniert erschießen. Die Übrigen, die neuen Frauen bleiben wieder hier oben, am Rand des Grabens, klar?", flüstert sie ihren Adjutanten zu. „Diese werden alle weiter nach der herkömmlichen Methode erledigt!"
Der nickt und lässt neue, nackte Frauenreihen in Zehnergruppen vor dem Abgrund antreten. Die Waldmann sortiert unklugerweise die Kinder aus den Gruppen aus und dirigiert die schreienden Blagen zu einem eigenen Haufen. Ihren Kindern würde nichts passieren, versichern wir den Müttern. Die ersten zehn Frauen der Exekutions-Gruppe halten sich zitternd bei den Händen. Denn die Waldmann hat sie diesmal dicht beieinander antreten lassen, sodass sie mit einer einzigen MG-Salve besser niederzumähen sind, damit der Domino-Effekt diesmal vermieden wird.
Die riesigen Menschenmengen drunten, entlang den Felswänden der Mulde sehen schaudernd nach oben zu den zitternden Opfern. Für sie muss es so aussehen, und soll es auch, dass diese Frauen freiwillig dort oben verharren, weil sie es vorziehen, zu sterben, oder weil sie den Versprechungen der Waldmann nicht glauben.
Inzwischen sind endlose Zehnerreihen von Frauen angetreten, die alle hintereinander aufgestellt warten auf die Exekution. Sie reichen bis zurück zum Wald.
Der MG-Schütze macht sich bereit. Die Frauen schreien auf und zittern.
Da rennt eine Frau aus der ersten Reihe, die Fünfte, weg, und stürzt direkt zu mir hin.
Vorwurfsvoll wendet sie sich an mich, spricht gebildet, in fehlerlosem, etwas holländisch gefärbten Deutsch zu mir: „Mussten Sie uns eigentlich vor unserem Tod auch noch unbedingt splitternackt ausziehen lassen? Wenn Sie uns schon umbringen, können Sie uns dann nicht wenigstens mit Würde sterben lassen?", fragt sie verbittert, die

bildschöne, kleine junge Schwarzhaarige mit dem niedlichen Vollmondgesicht. Sie ist um die 25. Wenigstens die hübsche, weiße Schleife in ihrem langen Lockenhaar hat man ihr zum Sterben gelassen. „Oh, wir können schon, aber wir wollen nicht, hähähä", wird die arme Kleine mit dem schönen Apfelpo und den grauen Augen da von dem Schützen verhöhnt.

„Und nun geh gefälligst weg von meiner Dolmetscherin, ab mit dir, zurück in deine Reihe, beweg deinen Judenarsch!", bellt die Waldmann.
Das Mädchen fällt auf meine Brust und heult mir in die Bluse.
Da löse ich sie sanft von mir und führe sie behutsam in die Reihe zurück, auf den ersten Platz, während ich freundlich auf sie einrede in ihrer Heimatsprache, dem Niederländischen. Mein Gott, was soll ich anderes tun? Ich kann ihr nicht mehr helfen, ich bin so machtlos!
Doch da erleidet die Arme eine plötzlich einsetzende Ohnmacht, bricht dicht vor dem Abgrund zusammen, fällt mir vor die Füße. Sie liegt reglos vor mir im Gras, hat die Augen geschlossen und umklammert mit der Hand meinen Schuh.
Ein SS-Mann stürmt vor, schippt ihren Kopf mit einem Stiefeltritt von mir weg und erledigt die Besinnungslose mit mehreren Schüssen. Die letzte Todesangst vor dem endgültigen Schuss ist dem Mädchen damit durch seine erlösende Ohnmacht erspart geblieben, denke ich mit einiger Erleichterung.
Die neun restlichen Frauen werden durch die einsetzende Maschinengewehrsalve niedergestreckt, alle fallen diesmal „sauber" in die Tiefe, fast ohne Krümmung oder Drehung.

Doch schon wird die nächste Zehnerreihe vorgetrieben, kaum dass die Schreie aus Tausend Frauen- und Kinderkehlen vom Grunde der Mulde verklungen sind.
Manchmal gehen die Erschießungen erstaunlicherweise nahezu geräuschlos ab, kaum einer klagt oder protestiert, solche Tage gibt es auch. Wo kaum ein Zwischenfall registriert wird. Der Schütze geht dann bei den Exekutionen zwar kaltblütig und planvoll vor, sagt aber kein Wort.
Aber heute ist es anders Diesmal haben wir einen Sadisten von Mordschützen vor uns, der das Töten genießt. Der die nackten Frauen

vor ihrer Ermordung verhöhnt. Derselbe, der schon das kleine Vollmondgesicht verhöhnt hat.

Gerade begrapscht er ein schönes Mädchen aus der zweiten Reihe an der Brust. Dann eine andere am Hintern.

Jetzt sagt er zur zögernden, schreienden zweiten Frauenreihe, die trotz Aufforderung nicht nachrücken will in die Hölle: „Aber meine Damen! Ein bisschen mehr Korpsgeist bitte! Etwas mehr Solidarität! Es ist schließlich Krieg, und da müssen alle ihren Beitrag leisten, auch die Damen. Also, hinein ins Gefecht, meine Damen, hinein mit Ihnen an die vorderste Front, mitten ins Stahlgewitter, wo der unvergängliche Ruhm auf Sie wartet, heißa-juchhee!", deklamiert er grausam sadistisch, und seine Kameraden grinsen anzüglich zu den schreienden Frauen, denen ich alles übersetzen muss, auch die gemeinsten Stellen.

„Und nicht so drängeln, meine Damen: Sie kommen alle dran, da unten ist Platz genug für euch alle. Also kämpfen auch Sie mit an vorderster Front…"

Und die SS treibt die nächste Zehnerschar, die um ihr Leben kreischt, an die Randschwelle zur Tiefe.

„Doch leider bekommt ihr keine Gewehre von uns für euren Kampfeinsatz ausgehändigt, denn die Knarren behalten wir lieber bei uns, das versteht ihr doch, ihr Hübschen, nicht? Hahaha!", feixt der Sadist vergnügt.

„Denn euer wichtigster Kriegsbeitrag ist die vornehme Tugend, klaglos zu sterben für das Vaterland, möglichst schnell! Und in möglichst großer Zahl! Ohne viel Aufhebens zu machen! Damit helft ihr dem Führer und dem deutschen Volk am meisten! Wunderbar, wie ihr das macht – man könnte meinen, ihr Juden habt die Fähigkeit zu sterben im Blut; ja, ja – es geht halt nichts über eine natürliche Begabung…"

Man hält mir sicherheitshalber einen Revolver an die Schläfe, damit ich auch alles richtig übersetze. Doch viele Jüdinnen haben auch so verstanden.

Sie verweigern dennoch den Gehorsam und springen aus der Reihe, laufen zu uns und zappeln kreischend vor uns hin und her, bitten, flehen und schimpfen. Sie werden mühsam in Schach gehalten.

Auch die anderen wartenden Zehnergruppen werden unruhig, drohen ihren nackten Pulk zu sprengen.

„Zurück mit euch in die Reihe, ihr Schlampen!", brüllt die Hauptsturmführerin außer sich.

Die isolierten Kinder auf ihrem wogenden Haufen reißen sich los, und rennen schreiend wieder zu ihren Müttern hin.
Durch den Radau herbeigelockt, eilt die hübsche, arische Ersatzdolmetscherin von gestern zu unserer Unterstützung herbei, die schon so „schön" die Kommunistinnen zu Tode gedolmetscht hat.
Ist an sich schon seltsam: Manchmal stehen die Frauen ruhig da bis zum Schuss, heute sind sie nicht zu bändigen.
Die Ersatzdolmetscherin macht ein verwundertes Gesicht über den Revolver an meiner Schläfe.
Miriam eilt zu ihr hin.
Die beiden unterhalten sich kurz miteinander.
Dann schaffen es die SS-Einheiten schließlich doch noch, die neuen Frauen vor den Abgrund zu drängen, aber diesmal sind es mehr als zehn, denn ihre Kinder drängen sich dazwischen und unter sie, rennen ihren Müttern nach in den Tod, als das MG losrattert und alle niedermäht.
Die dritte Zehnergruppe besteht aus vielen Nackten und noch halb angezogenen Frauen. Die Reihen werden immer aufgelöster. Einige Mütter tragen ihre Säuglinge im Arm. Der Sadist hält ein Mädchen zurück und greift der bildschönen Nackten zwischen die Beine, zieht an ihren dichten Schamhaaren. Sie schreit auf und schlägt nach ihm. Ein Kamerad schiebt seinen Pistolenlauf tief in ihren Scheideneingang hinein, während andere SS-Männer das kreischende Mädchen dazu festhalten. Die Nackte zappelt hin und her, sperrt die Augen auf, öffnet ihren breiten roten Mund zu einem Schrei, aber es kommt nichts heraus! Dann folgt ein Schuss, er zieht die Pistole heraus, und der Sadist schießt dem Mädchen zur abschließenden Freude noch schnell in den Mund. Was da alles aufspritzt an menschlichen Innereien, will ich gar nicht mehr so genau wissen, und ich wende mich angeekelt ab.
Die dritte, ungeordnete Frauenreihe fällt gerade noch schiefer, und unfachmännischer als je zuvor. Aber alle stürzen nach den Schüssen in die Tiefe, oder werden nachgeworfen.

Danach werden die Juden nur noch unorganisiert schikaniert, beschimpft und erschossen. Ein etwa 18jähriger, sadistischer MG-Schütze treibt eine nackte, etwa 16jährige mit seinem Gewehr vor sich her. „Los, vorwärts, immer schön zu den anderen, deinen toten

Schwestern, die da alle schon so schön unten in der Grube liegen und auf dich warten", sagt er mit sadistischem Hohn. Sein Kamerad, der neben ihm mit einer anderen, etwa 35jährigen Jüdin vor seinem Gewehrlauf hertrabt, tadelt dann doch entsetzt: „Muss das denn sein, was du da zu ihr sagst? Reicht es dir nicht, dass du das Mädchen gleich erschießen wirst?" Der Kamerad grinst dreckig und antwortet: „Oh, du bist doch bloß neidisch, weil du keine so schicke, junge Judenschnepfe wie ich abgekriegt hast, Alter, gib's doch zu: Glaub mir, eine nackte, bildschöne Judenmaid schön langsam zu erschießen, das ist so toll, wie selber Sex zu haben!", feixt der junge SS-Mann und geilt sich an der panischen Angst des Backfisches auf.
„Mann, ehrlich - ich spüre direkt, wie ich einen Ständer in der Hose kriege!", ächzt er vergnügt und präsentiert stolz seine Erektion dem Kameraden.
„Aber tröste dich: Deine Judenmaus ist doch auch ganz schick, schon ein bisserl älter, zugegeben, schon etwas angewelkt mit ihrem leichten Faltenwurf am Hintern, aber doch ganz passables, faltenloses Gesicht und schöner Haarteppich", sagt er schlüpfrig und lacht. „Bitte, Sie haben doch kein Recht, mich einfach ohne Grund zu erschießen!", klagt die Sechzehnjährige den Mordgesellen an und ringt schreiend die Hände. „Das ist schon möglich, aber ich mache es trotzdem gerne, und sogar umsonst, das versichere ich dir, meine kleine Judenmaus", sagt er, treibt sie zum Abgrund, legt an … Und fünf ganz langsame, in langen Intervallen abgegebene Schüsse aus seiner Pistole, die alle nicht gleich tödlich sind, beenden erst nach einigen Minuten das Leben der jungen, nackten Jüdin. Sein Kamerad zuckt zusammen und stöhnt. „Seine" etwa doppelt so alte Jüdin guckt zitternd auf den Boden und trabt weiter zum Abgrund, bleibt dann wartend davor stehen. Er zögert mit dem Schießen. „Na los, was ist denn jetzt? Ja, du musst halt schon was tun, von alleine stirbt so eine Jüdin leider nicht – außer, sie langweilt sich mit dir zu Tode, bei deiner Unentschlossenheit, hahaha", schnattert der etwa 18-jährige Mordgehilfe infam drauflos und lacht seinen ein paar Jahre älteren Kameraden aus. Der Ältere zögert noch mal, dann hebt er unsicher seine Maschinenpistole an, zittert wieder. In dem Augenblick greift sich sein jüngerer Kamerad wieder eine besonders schöne, junge Jüdin aus den Neuankommenden heraus, und stellt sie mit der Vorderansicht vor dem Abgrund auf. Sie ist ebenfalls splitterfasernackt und steht direkt neben der älteren Jüdin seines älteren Kameraden. Die

Ältere dreht sich um und fasst die junge Jüdin behutsam und mit beruhigenden Worten bei der Hand. „Also, du kannst dich gerne um meine kümmern", bietet der junge Sadist dem Kameraden an. „Tauschen wir halt unsere Jüdinnen, einverstanden?", schlägt er niederträchtig und bar jeglichen menschlichen Mitleids vor, und zielt schon ungefragt auf das ältere Opfer. Die junge Jüdin hat mitgehört und schreit ungehemmt los: „Nein, nein, bitte, Gnade, das könnt ihr doch nicht tun!". Vor Schreck leert sie ihre ganze Harnblase und ein dicker Pissstrahl zwischen ihren Beinen zischt wie ein plötzlich einsetzender Wasserfall zu Boden. Dann entleert sie vor lauter Todesangst auch ihren Darm und zwei breiige, braune Kackwürste zwängen sich durchfallartig zwischen ihren Pobacken durch. „Du Sau! Was fällt dir ein, du Judenhure? Meinen Freund so um sein erotisches Abknall-Vergnügen zu bringen?" Der junge Schütze ohrfeigt sie und sie steht zitternd ruhig da vor Schock, in starrer Katatonie. „Was seid ihr doch nur für Bestien, und das schon in eurem jungen Alter, Jungs!!! Wie kann man nur so werden?", fragt die ältere Jüdin kopfschüttelnd und wird daraufhin von dem ganz jungen SS-Mann erschossen. „Jetzt aber los, jetzt habe ich dir die schöne, junge Judenmieze doch schon gebraten in den Mund gelegt; soll ich sie dir etwa auch noch vorbeißen, hahaha?", fragt er feixend. „Mann, was für einen Gestank hat diese elende Stinkfotze von Judensau da aber auch noch im letzten Moment ihrer Existenz verbreitet!", schimpft der jüngere Mordschütze angewidert. Sein zartbesaiteterer Kamerad nimmt nach einigem Zögern die junge, ihm zur Exekutions-Première angebotene, weiterhin in katatonischer Angststarre verharrende Kindfrau ins Visier und schießt mit weinendem Gesicht jetzt tatsächlich sein Magazin auf sie leer. Schrecklich durchsiebt faltet sich die Jüdin zusammen. Ein Vogelschwarm fliegt erschrocken auf. Die Sonne brennt heiß herab.
„Na also, war doch gar nicht so schwer!", sagt der Jüngere, läuft auf seinen Kameraden zu, will ihm zur Gratulation die Hand geben – da wird er im allgemeinen Durcheinander unkontrollierter Knallerei von einer verirrten Kugel eines Unbekannten getötet und fällt zu Boden.
Sein älterer Kamerad erschrickt, lässt sein MG fallen und läuft weg.
Wie zum Hohn wird auch er kurz darauf das Opfer eines mittelalten Juden mit nacktem Oberkörper, der sich sein weggeworfenes MG greift und mehrfach auf den Morddebütanten schießt, bis er tot zusammenbricht.

So sind beide Schützen nun tot, gestorben als Opfer des Gemetzels, das sie selbst mit initiiert haben, weil sie sich als Zukurzgekommene des Ersten Weltkrieges betrachteten, den sie leider nicht mehr selbst mordend miterleben durften. Aber hier im Zweiten Weltkrieg haben sie eine dankbare, neue Rolle zugeschanzt bekommen, die sie nun mit vollem Herzen ausfüllten: Und sie akzeptierten die Rolle, die nun zu spielen war – „Härte" zu zeigen. Und in diesem Rollenspiel haben zwei Charakterzüge nichts zu suchen: Mitleid und Menschlichkeit.

Unsere arische Ersatzdolmetscherin hat sich inzwischen ein Bild von der chaotischen Lage gemacht und übernimmt sofort auch ihren Anteil am Anschreien der Opfer, in allen Sprachen.
Hier zerrt sie mal einer rebellischen Mutter kurz das Kind aus dem Arm, wirft es in die Tiefe der Schlucht, dann zieht sie einen Revolver und erschießt gerade eine fliehende Mutter mit weiblichen Zwillingen von ungefähr 10 Jahren. Sie hat mit ihrer Waffe alle drei Opfer erst dicht an den Schluchtenrand gedrängt, dann drückt sie ab. Die Mutter hält die dicht bezopften Mädchen schützend an ihrer Brust umklammert, als die Schüsse fallen, und alle drei wie ein Körper in die Tiefe sausen.
Meine Güte, denke ich verzweifelt: Gibt es denn keine alliierten Kampfflugzeuge, Tiefflieger, die hier eingreifen könnten, und diese ganze verdammte Nazi-Brut niedermähen? Oder Bomben auf sie schmeißen? Wo bleiben verdammt noch mal die Amerikaner und die Engländer? Schlafen die denn alle irgendwo? Oder lassen sie uns Juden hier alle absichtlich verrecken? Die lachen sich wohl heimlich ins Fäustchen, wenn wir hier so massenhaft abgeschlachtet werden? Dann gibt es wieder weniger jüdische Konkurrenten auf dem Weltmarkt! ...

Meine arische, blondbezopfte Dolmetscher-Kollegin hastet hin und her. Bekommt ein Maschinengewehr ausgehändigt, das sie auch gleich nutzbringend anwendet in dem Getümmel, denn sie kann mehr als nur übersetzen: Auch das Töten beherrscht die eiskalte „Killer-Lady SS von der Grausamweide" aus dem Effeff: Sie meint wohl, hier gäbe es längst schon nichts mehr zum Verdolmetschen, hier ist jetzt eher klassisches Töten angesagt ... Und sie hat ja recht, die Megäre, denn bei dieser wilden Stampferei der entfesselten Frauen hier hört längst keiner mehr auf ein gebrülltes Kommando, egal, in welcher Sprache es ausgegeben wird.

So schießt die Sprachkünstlerin sich jetzt weiter durch die flüchtenden Frauenmassen, trifft auch haargenau ihre Ziele: Zum Beispiel sehe ich sie gerade nackte Frauen mit Waffengewalt nötigen, zum Schluchtenrand hoch zu traben, wo sich dann die Frauen und Kinder wieder zu einer einzigen, formlosen Masse zusammenballen. Dann durchlöchert meine Ex-Kollegin die ungefähr zehn Frauen und Mädchen mit einem sagenhaft gut gezielten Feuerstoß von vorne, dass alle sogleich in die Tiefe fallen.
Sonst hört man eigentlich immer nur von Männern, die in ganzen Bataillonen massenhaft im Krieg sterben, doch auch die Frauen beherrschen das Metier des kollektiven Umkommens vortrefflich, wie ich heute bezeugen kann, denke ich melancholisch und zynisch.
Noch nie habe ich so viele Frauen auf einmal sterben sehen wie in den letzten Tagen.
Die blonde Dolmetscher-Killerin pflügt mit ihrem MG rücksichtslos eine Schneise des Todes durch das nackte Frauenfleisch, scheint es auch noch nach Herzenslust zu genießen!
Sie fletscht die Zähne und lebt ungehindert ihre Mordlust aus.
Warum kann ich nicht einer SS das Gewehr entreißen, um dieses blonde Biest zu töten?, frage ich mich fieberhaft. Warum habe ich nicht den Mut dazu?
Da kommt mir scheinbar der Zufall zur Hilfe, jedenfalls will ich mal sehen, was das wird: Eine halbnackte Jüdin mit kurzem, weißen Haaren stürmt auf die killende Dolmetscherin mit geschlossener Faust zu, statt weg von ihr. Die Killer-Lady legt sofort an auf die kräftige, etwa 50jährige Frau, doch die Dolmetscherin hat Pech: Ihre Knarre setzt plötzlich aus! Da dreht sie der Jüdin kurz den Rücken zu, bekommt von einem Kameraden eine Pistole zugesteckt, doch der kurze Moment reicht aus, um die stämmige Jüdin aktiv werden zu lassen: In ihrer Faust sehe ich etwas aufblitzen, erst denke ich an ein Messer, doch dann erkenne ich wohl eher so etwas wie eine Nagelfeile, die aufschimmert, die wohl beim Abgeben der Wertsachen vorhin bei der Jüdin übersehen worden ist, und die sie offenbar immer eisern in ihrer Faust umklammert hielt.

Bevor sich die Blonde wieder zu ihrem menschlichen Ziel umdrehen kann, hat sie bereits die Feile in den Rücken gerammt bekommen! Sie klappt den Mund auf, wie ein auf dem Trockenen nach Luft schnappender Fisch, verdreht die Augen, feuert reflexartig ihren Revolver ab, erschießt dabei ungezielt und unkontrolliert zwei an ihr vorbeifliehende junge nackte Mädchen, die getroffen zusammenbrechen. Ein SS-Mann erschießt daraufhin die Besitzerin der Nagelfeile. Die Dolmetscherin bäumt sich zuckend auf, ich sehe die Feile in ihrem Rücken stecken; die rechte Hand schnellt zum verletzten Rücken, während die linke weiterhin starr die Pistole umklammert, zitternd schießt sie weiter, das gibt sie jetzt nicht mal auf, dreht sich dabei um sich selbst, trifft ungewollt zwei SS-Männer, die beide sofort zusammenbrechen, wie eben die jüdischen Mädchen. Ich frohlocke darüber. „Stirbst du endlich, du Miststück?", hoffe ich innerlich.

Die Sterbende lässt die Pistole fallen, tastet sich tapsend mit den Händen vorwärts, wankt noch ein paar Schritte, zu meiner unaussprechlichen Freude direkt in Richtung Abgrund, bis sie dann hinunterfällt in die Tiefe, wo schon so viele ihrer Opfer liegen.

Ich kann es nicht glauben! Mein sehnlichster Wunsch ist erhört worden! Aber … Eigentlich Wahnsinn, dass man sich so über den Tod von drei Menschen freuen kann!

Menschen? Habe ich wirklich Menschen gesagt?

Da bemerke ich zwei noch völlig bekleidete, junge Jüdinnen, die in dem heillosen Chaos irgendwie an zwei Gewehre gekommen sind und damit wild herum schießen: Wieder fallen zwei grimmige MG-Schützen mit Schutzhelm getroffen zu Boden, werden von den Kugeln der Frauen durchsiebt. Denn die Frauen waren schneller in ihrer Reaktion! Eine von ihnen wird darauf allerdings sofort selber von einem anderen SS-Mann erschossen. Sie kriegt die Kugeln in den Rücken. Die andere dreht sich blitzschnell mit ihrer Knarre um, erledigt daraufhin wiederum diesen Schützen mit ihrem Gewehr. Oh, Gott! Jetzt steht sie direkt vor mir, die Überlebende, eine dunkelhaarige, jüdische Rachegöttin um die 30 mit irren, rachedurstig starrenden Mandelaugen in ihrem langen, weiten Mantel; mit dichtem, fliegendem Haarteppich fuchtelt sie mit dem Gewehr dicht vor meiner Nase herum, schreit auf Französisch, und legt auf mich an. „Nein, bitte nicht mich, bitte, ich gehöre nicht dazu, ich bin keine von diesen Schlächtern, ich bin selber Jüdin, eine Gefangene der Nazis!", brülle ich der sehr Langhaarigen auch auf Französisch entgegen, halte die Hände schützend vor mein Gesicht. „Die Nazis zwingen mich, als Dolmetscherin für sie zu arbeiten, bitte, glauben Sie

mir, erschießen Sie mich bitte nicht! Das ist keine Lüge, ehrlich! Sonst könnte ich doch nicht in solch einem tadellosen Französisch mit Ihnen reden! Bitte, verschonen Sie mich – ich habe selber Kinder, drei Töchter, hier in diesem Lager!", zetere ich panisch. Sie lacht dreckig, nennt mich eine feige Lügnerin, eine elende Nazisau, überhäuft mich mit obszönen Schimpftiraden, sie glaubt mir nicht! Natürlich nicht, so blond und weißhäutig wie ich aussehe! Hier werden mir ausgerechnet mein germanisches Aussehen und meine SS-Uniform zum Verhängnis, vor dieser echten Jüdin, meiner Stammesgenossin!, denke ich verbittert. „Halt, bitte, um Gottes willen! Ich verstehe Ihre Zweifel nur zu gut! Wie kann ich Ihnen nur beweisen, dass auch ich eine ständig vom Tod bedrohte Jüdin bin?", schreie ich ihr verzweifelt entgegen. Da wird auch sie auf einmal von einem MG-Schützen in den Rücken niedergemäht, der sich von hinten an die Langmähnige herangeschlichen hat, und sie fällt wie einen Baum. Ich bin gerettet. Meine Güte, denke ich jedoch verbittert: Diese mutige Frau hätte es verdient, zu überleben! Vielleicht wäre es doch besser gewesen, sie hätte mich erschossen? Dann wäre ich alles Leid und alle Pein los. Doch dann wäre die Jüdin auf jeden Fall gleich nach mir getötet worden, überlege ich. Denn meine Kameraden hätten mich dann gerächt. „Was tun Sie hier in diesem Chaos, los, kommen Sie weg von da, Judith", schreit mir mein Retter zu, ein SS-Mann, und zieht mich am Arm fort.
Ich fliehe und fliehe und fliehe. Weg von dem Geschrei und dem Kugelhagel! Wieder wird ein SS-Schütze von einer mutigen, starken Jüdin, die erst oberhalb völlig entkleidet ist, von hinten angegriffen, indem sie ihm ein Messer in den Hals rammt. Er schreit auf und fällt. Sie schnappt sich sein MG, entreißt es ihm förmlich und schießt eine anrückende SS-Einheit über den Haufen. Mein Retter wird auf die Amok-Schützin aufmerksam, lässt mich los und erschießt die Halbnackte mit seinem Revolver. Er trifft den Kopf und die nackte Brust.
Ich sehe nirgends Doris Waldmann in dem schreienden Chaos. Hurra! In meiner großen Vorfreude hoffe ich bereits mit klopfendem Herzen im Voraus, sie nie mehr unter den Lebenden anzutreffen, doch … Scheiße! Schon im nächsten Atemzug sehe ich mit großer Enttäuschung: Das dreckige Aas hat doch tatsächlich überlebt! Fahrig und blutbeschmutzt stürmt sie mit aufgelösten Haaren direkt auf mich und Miriam zu, die unerklärlicherweise plötzlich direkt neben mir steht. Sie erkennt uns und

läuft hastig auf meine Schwester zu. „Miriam, mein Liebling, du bist unversehrt! Was für eine große Freude!", kreischt sie voll des Glücks und umarmt meine Schwester stürmisch. Küsst sie wie wild auf den Mund.
Sie scheint wirklich wie wild verschossen in sie zu sein.

Ich höre die gestrandeten Menschen dort unten in der Schlucht in ihrem letzten Höllenkreis schreien und jammern. Immer noch werden Menschen am Erschießungsgraben aufgestellt und erschossen. Wie lange soll das noch weitergehen? Mittlerweile treten die meisten Opfer, ganze Familien, gezähmt vor die Pforte zur Hölle. Es kehrt immer mehr Ruhe ein in den Exekutionsalltag. Denn die kämpferischen Jüdinnen und Juden, diejenigen, die sich gewehrt haben gegen die Massenabschlachtung, sind offenbar alle tot. Wo bleibt nur mein erzwungener Freund, der SS-Mann Günther, der Mann, der mich vor Kurzem an ebendieser Stelle sanft vergewaltigt hat, wo die Menschen gerade wieder reihenweise in die Tiefe purzeln? Würde diese gerade hier stattfindende Massenabschlachtung seine Billigung finden? Ist er etwa eventuell gar selber hier in der Nähe? Womöglich sogar in eigener Person an den Erschießungen der Kinder beteiligt, die gerade am Abgrund zusammengetrieben werden? Gibt er vielleicht sogar die Befehle dazu? Mein Günther, der SS-Mann, von dem ich nur seinen Vornamen kenne? Oder geht mein erzwungener Galan eher nur minderbelastet in diesem Pandämonium hier auf? Ist er vielleicht nur indirekt an dem Mordwerk hier beteiligt, indem er zum Beispiel die am Waldrand eintrudelnden, neuen Frauengruppen sanft und höflichst dazu auffordert, sich zu entkleiden? Und dann weiterhin so sanft die Frauen anschnäbelt mit der scheinheiligen Versicherung, nach der Registrierung bekämen sie alles wieder: Kleidung, Wertsachen, Pässe und Beglaubigungen, und Empfehlungsschreiben der SS für ihre baldige Ausreise nach Palästina?
Ich blicke mich gehetzt um.

Miriam wird von der Waldmann jetzt energisch weggezerrt von mir, obwohl ich es dem Gesicht meiner Schwester ansehe, dass sie sehnlich wünscht, mich zu umarmen, aber das ist im Moment nicht meine größte Sorge, denn ich weiß: Als Hauptgespielin der verruchten Sturmführerin ist sie momentan an der Seite dieser Person noch am sichersten; so lasse ich die beiden Frauen ziehen, laufe unmotiviert zerzaust hoch zur Schlucht. Wieso tue ich solch einen Unsinn? Mische mich mitten unter die nachrückenden Nackten. Anders geht es gar nicht. Denn sonst ist für mich nirgendwo eine Lücke in dem Gedränge der Frauen und Kinder frei, da jetzt planlos von allen Seiten der ganze Erschießungsgraben hastig mit einer endlosen Kette von Menschen vollgestellt wird. Dränge mich an den Gruppen vorbei. Und blicke auf die nackten Frauenheere da unten, denen zu meinem Erstaunen von vieler Seite jetzt tatsächlich von Rotkreuzschwestern Handtuch und Seife gereicht werden, damit sie sich in dem Bächlein da unten waschen können. Was für eine absurde, sinnlose, verlogene Farce!

Die SS protestiert, schimpft, drängt mich von den nackten Frauen weg, denn ich behindere ihre Erschießungen, stehe jetzt schon wieder fahrig mitten unter den Opfern; verharre todesverachtend apathisch, traumverloren mitten in einer nackten Frauenreihe, auf die schon angelegt wird. Ich werde von der SS von einer Seite zur anderen geschubst, immer weg von den Gewehrläufen. Doch auf jedem meiner neuen Standorte blicke ich weiter in Gewehrläufe! Da stehe ich schon wieder direkt vor einer riesigen Geschützstellung, die ich vorher noch gar nicht registriert habe: Sie müssen sie in aller Eile dorthin gepflanzt haben, einige Meter von dem Erschießungsgraben entfernt. Ich werde unbeabsichtigt von einer SS-Frau mit Pistole, die mich retten will, direkt nach links in das letzte Gewehrfeuer einer Salve hineingeschoben; der MG-Schütze stellt hastig das Feuer ein, als er mich erkennt. Eine junge Frau in Unterwäsche fällt blutüberströmt direkt noch vor meine Füße. Trotzdem pfeifen noch die letzten Kugeln auch dicht um meine Ohren, mehr noch: Ich werde sogar getroffen, sie streifen mich leicht am Ohrläppchen und an meinem Arm. Ein stechender Schmerz durchzuckt mich. Mein Ärmel färbt sich blutrot. Mehrere Schützen sehen sich ratlos an, lassen kurz die Gewehre sinken, fordern mich scharf auf, den Platz zu räumen. Da nutzen einige zu Tode entsetzte nackte Mädchen im Backfischalter die günstige Situation, und krallen sich ängstlich an meinem Körper herum fest und schreien um Gnade. Denn ich bin voll angezogen, trage eine Uniform, muss also eine Respektperson sein, ein möglicher Zufluchtsort, denken die Mädchen bestimmt. Zwei haben noch das flatternde Unterhemd auf dem Leib, sind nur untenherum, zwischen den Beinen nackt.

Mit Pistolenknüffen schlägt die SS-Frau die Kinder von mir los und nötigt sie mit gezückter Waffe, sich flach auf den Boden zu legen. Dann treten andere SS-Leute vor und erschießen die liegenden Mädchen geschwind in den Rücken.
Ich will endlich wieder runter rennen, aber Dutzende anlegende Soldaten und unaufhörlich neu hochgetriebene Frauenscharen versperren mir den Weg. „Jetzt bringt doch zum Teufel endlich mal die Frau von da oben weg!", schreit ein SA-Mann irgendwem zu. Er meint mich. Ich aber komme nirgends mehr durch, also renne ich wieder zum Abgrund hoch und starre in die Tiefe.

Ich als einzige Angezogene in meiner verdreckten, verrußten, und zerschlissenen SS-Dolmetscher-Uniform starre in die Schlucht, wo viele SS-Offiziere die vielen Tausend Frauen grotesk da unten bemuttern, auch bewachen, aber unten schießt tatsächlich bisher keiner auf die Nackten. Immer mehr Frauen fallen darauf herein und waschen sich jetzt wirklich massenhaft nackt im Wasser des klaren Baches, der durch den Grund der Schlucht rauscht.
Und sie lachen fröhlich und singen dabei! Danken ihren Henkern für ein freundlich gereichtes Handtuch! Die Kinder jauchzen und plantschen im Wasser dazu!
Au! Mein rechtes Ohrläppchen brennt vor Schmerz, ebenso mein linker Arm. Ich halte mir beides kurz zu.
Wahnsinn! Stören die Frauen denn gar nicht die Massenexekutionen ihrer Landsleute oben am Abhang? Während sie sich ungerührt waschen? Das permanente Herunterpurzeln der Leichen scheint sie gar nicht zu beeindrucken, so abgestumpft sind sie schon! Es sind ja nur die anderen, denen das passiert! Staatsfeinde, jüdische Saboteure und Verbrecher! Da oben werden nur die schlechten und feigen Juden erschossen! Wir hier unten dagegen sind die Guten! Arbeitswillig, deutschfreundlich und dem Führer treu! Da oben trifft es nur die Miesen, die es nicht wert sind, zu überleben! Das rührt die „guten" Juden dort unten nicht, was da oben im himmlischen Strafgericht mit den anderen Juden, den Todgeweihten passiert - das Massaker ist gerecht …! So hingebungsvoll, wie sie sich im kühlen Wasser baden und einseifen! Und nebenan das Grauen – unglaublich!
Bei diesem Exekutionstempo werden bald keine ausländischen, nichtdeutschen Juden mehr übrig bleiben, dann sind wir dran, wir

deutschen Juden!, denke ich betrübt. Dann stehen wir auch da unten, und nehmen unsere letzte rituelle Waschung vor; vor unserem kollektiven, jüdischen Opfertod! Dazu stimmen wir dann auch das Schema Jisrael an, unseren Totengesang, Zeit für das letzte Gebet!
O weh!

Die SS-Offiziere bilden allerdings einen dichten Kordon mit gezückten MGs ringsum das Heer der Nackten, dort unten in der Mulde, schließen einen immer engeren Kreis um das Weiberheer, wobei aber keiner feuert. Noch nicht! Denn es ist der SS augenblicklich eher daran gelegen, die Frauen und Kinder durch Gesten zu beruhigen, zu beschwichtigen, die sie an die Muldenwände drängen, wie ich gerade beobachte. Sie wollen keine Panik der Frauen und Kinder, wollen sie wohl später in geordneten Gruppen erschießen … Werde ich auch gleich hinunterbeordert? Muss ich dann nur dolmetschen, oder mitschießen?
Vielleicht gehe ich besser freiwillig zu den Frauenmassen hinunter?, überlege ich. Dann passiert ihnen vielleicht
nichts, werden nicht erschossen, wenn die SS in mir die Chefdolmetscherin erkennt, denke ich naiv.

„HE, Sie Träumerin, Sie Transuse, gehen Sie da endlich weg! Sind Sie wahnsinnig? Wollen sie wirklich mit erschossen werden?", schimpft ein SS-Offizier wieder auf mich, packt mich am Arm. Reißt mich weg. Schon mitten in der gerade neu einsetzenden Feuersalve auf die Frauen und Kinder reißt er mich fort, wieder herunter, weg vom Abgrund. Getroffene Frauen fallen direkt neben mir und meinem Retter zu Boden. Ein kleines Mädchen von ungefähr 8 Jahren flüchtet mit flatternder Haarmähne und im langen Unterhemd, barfuß panisch in meine Arme. Instinktiv nehme ich es in meine Arme und schleppe es mit mir fort.
Wann höre ich endlich die ersten Schüsse da unten in der Schlucht? Wann macht die SS ernst?
Irgendwo müssen doch schon längst die Maschinengewehrnester einsatzbereit sein, die die SS bestimmt heimlich weiter aufgebaut hat! ...
Ich spähe noch ein letztes Mal danach, doch kann ich keins entdecken…
„He, lassen Sie das Kind los! Das können Sie nicht mitnehmen!", schreit mich mein Retter von der SS an.
„Und kommen Sie jetzt endlich fort von hier!"

Kreischend stürmt da plötzlich die halbnackte Mutter des Kindes herbei zu mir, das ich in meinen Armen trage; sie rennt in soliden schwarzen Stiefeln und mit langem, grünen Taftrock auf mich zu, nur ihr Oberkörper ist völlig entblößt. Mehr Kleidung hat sie bisher in dem Radau nicht abgelegt. Und mit drollig zuckenden, nackten, birnenförmigen Brüsten wackelt sie auf mich zu und brüllt: „Geben Sie mir sofort die Kleine zurück, bitte!"
„Oh ja, natürlich, hier bitte! Geh zu deiner Mutter, Schatz!", sage ich erfreut und reiche ihr das Mädchen. Sie hat es noch nicht ganz in ihre Arme geschlossen, da bekommt sie von einem SS-Schützen von hinten eine Kugel in den nackten Rücken geschossen, die auch durch die Brust der kleinen Tochter hindurchgeht, sogar mich noch streift, aber zum Glück ganz abgebremst in meiner Rippe stecken bleibt! Mutter und Tochter sacken vornüber weg, fallen tot zu Boden, und ich taste nach meiner Rippe. Die tote Mutter liegt auf dem Bauch, auf ihrem Kind, das sie unter sich begräbt. Doch bei mir hat die Kugel so gut wie keinen Schaden angerichtet.
Ich fliehe mit meinem Retter eifrig hinunter, der sich den Weg freischießt, anders geht es nicht, er muss dazu viele Jüdinnen wie Bäume fällen - nur weg von hier!, denke ich panisch, weg von dem Inferno!

Am späten Nachmittag liege ich wieder in meiner Baracke, ruhe mich erschöpft aus. Wir haben alle Fünf noch unser Geld, die 5000 Reichsmark. Neben mir döst Miriam im Halbschlaf. Als ich sie anspreche, erwacht sie ruckartig.
„Der glücklicherweise eingetretene Blitztod der arischen SS-Dolmetscherin hat unsere Überlebenschancen erst mal wieder beträchtlich erhöht", sage ich zuversichtlich zu ihr. „Denn nun sind wir meines Wissens nach wieder die einzigen Dolmetscherinnen im Lager – die SS braucht uns also dringender denn je! Das verschafft uns aber nur einen vorläufigen Aufschub, fürchte ich, Miriam."
„Wie meinst du das, Judy?", fragt Miriam erschrocken.
„Ganz einfach: Bald schon wird die SS den gesamten Bestand an nichtdeutschen Juden im Lager auf ein Minimum dezimiert haben, wenn sie sie nicht sogar ganz ausrotten. Und dann sind auch wir deutschen Juden an der Reihe! Denn bestimmt brechen die Nazis ihr Versprechen,

uns zu verschonen, denn ich weiß genau: Sie wollen alle Juden loswerden, und zwar durch Töten! Denn Heinrich Himmler will seine krude, menschenverachtende Rassenideologie auf jeden Fall blutig durchsetzen! Wonach wertvolle menschliche Elemente vermehrt werden sollen, wohingegen man minderwertige verkümmern lassen soll oder einfach ausrottet ... Am Ende würde dann eine neue, biologisch sinnvoll geordnete europäische Gesellschaft stehen. Für dieses wahnhafte Ziel schrecken die Rassenideologen der SS auch nicht vor den schrecklichsten Untaten zurück, Miriam", erörtere ich eindringlich. „Sie führen den jüdischen Völkermord durch! – Und hier in unserem kleinen Mikrokosmos der ethnischen Säuberung, also in unserem Lager, heißt das: Bald werden sich Himmlers Schergen vor allem zuerst auf meine nicht arisch aussehenden Töchter stürzen, auf Rebecca und Petruschka, und natürlich auch auf dich, meine arme Miriam! Denn ihr drei passt überhaupt nicht in den Zuchtplan der SS, wonach eine reine, arische Rasse gezüchtet werden soll; ihr drei seid leider die „minderwertigen Elemente" in diesem furchtbaren Nazi-Jargon: Ihr habt die typisch „pechschwarzen Judenmähnen" und die dunkle Haut – ach, du weißt doch, was das für ein grässliches Gewäsch ist, das die Nazis da verbreiten mit ihrer furchtbaren Rassenhetze! ... Sarah und ich werden vielleicht erst einmal zurückgestellt werden in ihrem furchtbaren Mordplan, weil wir so blond und weißhäutig sind. Aber auch wir tragen den Keim des jüdischen Erbgutes in uns, denn wir vererben unsere jüdischen Gene weiter an die nächsten Generationen! Und selbst Sarahs Kinder können eines Tages wieder ganz schwarzhaarig werden und jüdisch aussehen! Und das wissen die Nazis genau. Deswegen werden sie mich und Sarah am Ende doch nicht vergessen bei der letzten großen Säuberung."
Miriam seufzt und gähnt ausgiebig.
„Mein jüdisches Aussehen ist dir ja auch schon immer irgendwie verstörend aufgefallen, vielleicht sogar aufgestoßen - vor allem, wenn wir nackt waren", sagt jetzt Miriam ernst zu mir.
„In solchen Augenblicken glaubte ich manchmal aus dir herauszuhören, dass du dir eigentlich wünschtest, ich wäre nicht deine Schwester", sagt sie nun plötzlich grausam vorwurfsvoll zu mir, so als wäre auch ich rassistisch veranlagt.
Da kann ich nicht mehr an mich halten, als ich so etwas zu hören kriege! Ausgerechnet von meiner eigenen Schwester! „Was hast du da eben

gesagt?", fahre ich Miriam atemlos an und springe aus dem Bett. „Wie kannst du es wagen, so zu mir zu reden? So etwas von mir zu denken?" Im Nu bin ich bei ihr und zerre an ihren Haaren. Sie sieht mich erstaunt mit großen Augen an, wehrt mich mit Schlägen ab. „Habe ich dir etwa jemals dein angeblich jüdisches Aussehen zum Vorwurf gemacht? Bist du deswegen etwa je von mir diskriminiert worden? Das ist doch wohl der Gipfel, mir so etwas zu unterstellen!"
„Au, Judy, bitte, ich habe es doch nicht so gemeint!", wehrt sich Miriam verzweifelt, ich aber nehme ihre verstörerische Verzagtheit zum Anlass, um noch fester an ihren Haaren zu ziehen. Dabei ziehe ich mir ihre dichte Mähne passend für mich zurecht, drehe an den Haarsträhnen ihren Kopf in meine Richtung, bis sie mir geradewegs ins Gesicht schauen muss.

„Sieh mich gefälligst an, du undankbare Schlampe!", schreie ich sie an und fertige sie mit Ohrfeigen ab.
„Glaubst du etwa, ich liebe meine beiden Ältesten, Rebecca und Petruschka, die genauso „jüdisch" wie du aussehen, und dich weniger als meine angeblich arische Tochter Sarah? Meinst du wirklich, ich könnte je eine von euch dreien hassen, weil ihr mir plötzlich durch euer jüdisches Äußeres angeblich lästig fallt für unser Überleben? Wie kannst du nur glauben, ich könnte jemals dich, Rebecca und Petruschka verleugnen als meine engsten Verwandten, meine von Herzen geliebte Familie, nur um meine und Sarahs Überlebenschancen zu erhöhen? Meinst du wirklich, ich könnte den sogenannten „jüdischen Anteil" meiner Familie jemals verleugnen, oder ihn gar für das Überleben von Sarah und mir opfern?", schreie ich Miriam unbarmherzig ins Ohr.
„Aber nein, Judith, das behaupte ich ja gar nicht, bitte lass mich doch los, du bringst mich ja um!", fleht Miriam, auf deren zarter Gestalt ich gerade liege und sie dabei unnachgiebig mit meinen Schlägen traktiere.
„Oh, Miriam, was sind das für Reden, die du da schwingst? Wie kannst du nur so tief sinken, mich so zu demütigen in meiner tiefsten Seele, in unserer schwärzesten Stunde!", heule ich meiner Schwester ins Haar. Sie schlägt mir auf die Nase, ich schreie auf, wir verknäulen uns ineinander und wälzen uns schreiend, schlagend und schimpfend in Miriams Bett, zerwühlen die Laken.
„Bald werden wir wahrscheinlich sowieso alle Fünf sterben, hier in diesem Lager elendlich krepieren! Als degenerierter, menschlicher

Abschaum verrecken, wie es die Nazis sowieso mit uns vorhatten! Da macht es doch überhaupt keinen Unterschied mehr, was ich jetzt noch von dir denke!", schreit mir Miriam ins Gesicht.

Dieser Gedanke und die darauf fußende Selbsterniedrigung und Selbstaufgabe Miriams machen mich aber erst recht rasend wütend und unberechenbar in meinem heiligen Zorn auf sie und die Nazis!

„Das ist doch einfach nicht zu glauben! Merkst du nicht, wie du bereits mit Volldampf das Spiel der Nazis mitspielst, indem du dich maßlos gehenlässt, dich völlig aufgibst, und selbstverleugnerisch schon an all die perfiden, rassistischen Gedankenspielereien der SS glaubst, sie demütig verinnerlicht hast als unumstößliche, tödliche Konsequenzen für uns alle Fünf, und dich darin widerstandslos aufgehen lässt, indem du dein und unser aller Leben an die Nazischweine wegwirfst? So wie du dich jetzt gebärdest, kannst du dich gleich zu all den anderen Naziopfern dort unten in der Schlucht in die Grube werfen. Schluss, Punkt, Aus!, schmettere ich ihr rasend vor Wut ins Gesicht.

„Oh, Judy, bitte, was haben wir nur getan, um so zu werden, um uns so zu zerfleischen wie die Wolfshunde, wie die SS und die SA", heult sich Miriam unter mir liegend aus. Sie hat jetzt auch jeden körperlichen Widerstand gegen mich aufgegeben, wie ich merke; ihre Seele ist wie Butter zerflossen im Schein der kalten Unerbittlichkeit unseres grausamen Schicksals.

Von meinen Töchtern gar nicht erst zu reden, deren wildes Gebaren und Schreien ich gerade jetzt mal so eben nebenbei mitbekomme und physisch wahrnehme, als alle drei mit Kissen auf uns einschlagen, um uns zur Vernunft zu bringen.

Voller Trauer über meine Überreaktion gebe ich den wilden Zorn auf Miriam auf und steige von ihr herunter. Zerbläut und zerschunden an Gesicht und Seele umarmen wir uns und bitten uns gegenseitig um Verzeihung.

Rebecca, Petruschka und Sarah stehen weinend um unser Bett herum. Zum Glück sind wir allein in unserer Baracke, denn unsere fünf ehemaligen Mitbewohnerinnen sind seit gestern plötzlich über Nacht verschwunden. Ich kann mir schon denken, wo sie gelandet sind…

Dieser Tag mit den vielen Massenerschießungen von Frauen und Kindern hat uns den Rest gegeben.
Das konnte ja nicht gut gehen ... „Diese furchtbaren Massaker heute den ganzen Tag über haben mir einfach alle restlichen Fundamente meines Wesens und meines Denkens zerstäubt", gesteht mir Miriam weinend.
„Der sinnlose Wahnsinn des grausamen Massentodes hat sich in meinem Hirn eingenistet wie eine böse, unauslöschliche Krankheit, von der ich nie mehr genesen werde, an der ich zugrunde gehen werde", sagt mir Miriam fassungslos schluchzend. Sie weint sich an meiner Schulter aus, ich an ihrer. Unsere Kinder weinen tüchtig mit. „Ja, es ist leider wahr: Hat sich der Wahnsinn erst einmal in unser Hirn verirrt, ist er daraus nur sehr schwer wieder rauszukriegen", leiere ich apathisch meine Trostpredigt herunter, die an Miriam aber abprallt wie
leiser Nieselregen.
„Oh, wenn ich nur an die vielen armen Kinder denke, die heute so unmenschlich grausam zerschossen wurden – wie Strohpuppen, wie von grausamen Gassenjungen zerrissene Spielzeugpuppen lagen sie da zu Hunderten am Boden herum, verrenkt, blutdurchtränkt, manchmal halb entblößt, manchmal ganz nackt ... Die leeren Augen der Kinder so starr und ausdruckslos, dass die toten Kinder uns Lebende und Überlebende einfach nur zu fragen schienen: Warum? Warum nur habt ihr uns das angetan?", referiert Miriam noch einmal ihre heutige Chronik des Todes, des Massentodes.
„Noch als Tote haben die Kinder von Kiew heute zu uns allen gesprochen, zu allen Kindern auf der Welt, die eines Tages fassungslos als Erwachsene auf dieses unbegreifliche Massaker zurückblicken werden, und als Erwachsene werden die heutigen Kinder der Welt eines Tages fragen, welchen Sinn es haben kann, wehrlose, kleine Kinder umzubringen ... Was hat es überhaupt für einen Sinn, Kinder zu töten? Wer kann so etwas befehlen und dann verantworten, wo sitzen solche Menschen, und was empfinden sie dabei, wenn man ihnen die Leichenberge von den Kindern zeigt, die sie angeordnet haben? ... Und wie rechtfertigt sich solch ein Mensch, der Kindermorde angeordnet hat?", fragt mich Miriam, die Augen verklärt bis zum Rande des Wahnsinns, groß rollend wie das Unheil des alles verschlingenden Donnergrollens, das die große Sintflut ankündigt, das Ende der Welt...

Ich muss Miriam da rausholen, ich muss sie aus dem Strudel des Wahnsinns retten, der sie zu verschlingen droht. Ehe sie mir völlig entgleitet, meiner Kontrolle für immer entzogen ist, rüttele ich sie wach, schüttele ich sie ordentlich durch.

„Verstehst du jetzt endlich, warum wir daher unter allen Umständen dringend Waffen brauchen? Um diesem Wahnsinn ein Ende zu bereiten? Danach werden wir heute Nacht suchen! Wir müssen wenigstens uns deutsche Jüdinnen und Juden hier im Lager schnellstens bewaffnen und sie damit irgendwie zur Rebellion gegen die Nazis aufstacheln, Miriam, glaub' mir, sonst ist es in ein paar Tagen aus mit uns!", dringe ich in sie.

Erst starrt sie stumpfsinnig ins Leere, ich befürchte schon das Schlimmste, denke, ihre Psyche sei jetzt schon für immer zerbrochen, sie würde nie wieder vernünftig reden können; doch dann öffnet Miriam plötzlich wie geheilt die Augen, sieht mich aber verstört an.

„Was, bist du verrückt geworden? Hast du mal an die Gefahr gedacht? Und die vielen Wachen, die nachts überall draußen aufgestellt sind? Daher können wir hier nicht einfach nachts draußen so herumstreifen wie in einem Ferienlager des BDM!", mahnt mich Miriam und greift meinen Arm. Ich schreie auf, denn meine verbundenen Streifschussverletzungen schmerzen mich wieder. Auch mein halbes Ohrläppchen wurde übrigens weggeschossen. Aber die Kugel aus meiner Rippe konnte mir ganz leicht und fast schmerzlos entfernt werden.

„Oh, entschuldige, Liebling!", sagt Miriam zärtlich und streichelt mich.

„Versprich mir wenigstens, dass du mit mir heute Nacht raus gehst und locker und unverfänglich eine kleine Inspektion mit mir vornimmst; wenn uns jemand sieht, können wir ja immer noch behaupten, wir machten nur einen kleinen Spaziergang", bitte ich Miriam.

Sie seufzt tief.

„Also gut! Aber bei dem geringsten Anzeichen von Gefahr schleichen wir sofort wieder in unsere Baracke zurück, ist das klar?", macht mir Miriam ein fest umrissenes Angebot.

„Einverstanden", sage ich erleichtert.

„Was passiert jetzt eigentlich mit den vielen Frauen und Kindern an den Schluchtenwänden da unten?", fragt mich Miriam unvermittelt. „Die stehen doch noch alle splitternackt zu Tausenden da unten im Freien! Was hat sich die Lagerleitung nur dabei gedacht?" Ich schrecke auf.

„Werden die nun doch noch alle heute erschossen?", fragt sie mich. „In der Nacht vielleicht, wo es keine Zeugen gibt?", fragt sie bangig.
„Du hast recht! Die habe ich ganz vergessen!", sage ich nervös.
„Man hört aber noch keinerlei Maschinengewehrgeknatter, nicht mal schwaches Feuer aus der Ferne", sagt Miriam, die sich aufgesetzt hat im Bett und angestrengt lauscht.
„Stimmt. Nicht mal, wenn man ganz ruhig in die Ferne hineinhorcht", bestätige ich erleichtert.
„Aber die Frauen können doch nicht alle dort unten nackt übernachten? In der Kälte?", fragt Miriam, wieder zitternd.
„Das ist wahr. Dann hast du wohl doch recht mit deiner Vermutung, dass alle heute Nacht heimlich von SS-Einheiten niedergemäht werden", antworte ich mit mulmigem Gefühl.
„Wir werden es ja hören, es indirekt mitkriegen, wenn es heute Nacht losballert", sage ich traurig, und ziehe mir die Decke bis zum Kinn.
„Aber was können wir schon dagegen tun, wir zwei arme kleine Sünderlein", sage ich seufzend.
„Stimmt, Judy, wir könnten ja sowieso nichts daran ändern, das ist wahr. Ja, sterben werden die Frauen und Kinder auf jeden Fall, denke ich jetzt. Doch ich glaube eher, dass sie sie erst morgen früh umbringen, wenn die Jüdinnen ausgehungert und ganz wehrlos sind", vermutet meine Schwester, „denn dann sind sie so erledigt und mit den Nerven runter, dass sie den Maschinengewehren keinen Widerstand mehr entgegensetzen … Dann werden sich alle Kinder Israels wieder mal willenlos abknallen lassen, in endlosen, langen Reihen", prophezeit Miriam düster und zieht sich die Decke über den Kopf.
„Gute Nacht, Judy", sagt sie zu mir.
„Gute Nacht, Miriam!"
Dann legen wir uns auf Vorrat schlafen, denn heute Abend müssen wir für unser Vorhaben einigermaßen ausgeruht sein.

Spät in der Nacht bin ich tatsächlich mit Miriam unterwegs. Wir schleichen mit Taschenlampen
um die Baracken, denn unsere Suche nach Waffen beginnt. Im leichten Nieselregen pirschen wir uns heran, suchen die Gebäude ab. Stöbern da, wo wir eigentlich auf keinen Fall sein dürften.

Aus der Ferne, eindeutig von der Schlucht, hören wir plötzlich gerade massenhaft einsetzendes, leises Wehklagen aufsteigen; schwaches Frauenjammern schwirrt durch die Luft und erreicht unsere Ohren. Wir bleiben kurz stehen und lauschen, aber: Keinerlei Schüsse sind zu hören! „Die armen Frauen und Kinder!", sage ich lakonisch. Miriam nickt stumm. Wir gehen weiter.
„Irgendwo müssen sie hier doch eine Waffenkammer haben, ein Depot, ein Arsenal - da müssen wir rein!", sage ich erregt flüsternd zu meiner Schwester.
„Dazu müssten wir es erst mal finden, hier ist jedenfalls nichts, aber vielleicht lagern sie die Waffen ja auch unterirdisch, in einem Bunker, dessen Standort wir aber nicht mal erahnen könnten … Judith, das ist einfach Wahnsinn, was du da vorhast! Warum habe ich mich nur darauf eingelassen?", klagt sie zitternd. „Wenn wir erwischt werden, dann ist es aus!"
„Wenn wir es nicht tun, dann ist es bald noch mehr aus mit uns", sage ich herrisch zu ihr. „Also komm weiter! Achtung, ein SS-Soldat!", warne ich meine Schwester und zerre sie hinter einen großen, schützenden Busch.
Der Soldat unterbricht seinen Patrouillengang, bringt das Gewehr vor sich in Anschlag. Er hat unsere Schleicherei gehört, wir waren nicht vorsichtig genug. Wenn er uns nicht sogar gesehen hat!
Er nimmt zielstrebig Kurs auf unseren Busch. Miriam zittert. „Still, keinen Laut!", mahne ich.
„Halt, kommt da raus, aber sofort! Ich habe euch gesehen, und: Hände hoch!"
Verdammt, das hat uns noch gefehlt. Und immer noch haben wir keine scharfe Waffe erbeutet, denke ich verbittert. Ausgerechnet jetzt, wo sie uns so nützlich sein könnte!

Aber selbst, wenn wir eine Waffe hätten, könnten wir es uns doch selbst dann auf keinen Fall leisten, hier in der Gegend herumzuschießen, meint Miriam realistisch, dann wären wir in den nächsten Sekunden selber mausetot.
Wir weichen ängstlich von dem großen Busch weiter nach hinten zurück, doch da haben wir schon eine neue Patrouille im Rücken, und auch gleich ihre Gewehre

Ich hebe die Hände hoch, halte meine Taschenlampe dabei fest, Miriam schreit, bekommt einen Schlag ab. Das Lichtbündel der Funzel blendet einen SS-Soldaten, sein Kamerad schlägt auch mich.
„Was habt ihr beiden um diese Stunde hier verloren?", will eine SS wissen. Er reißt mir die Taschenlampe aus der klammen Hand, und benutzt sie zum Beleuchten unserer fahlen Gesichter. „Schau mal an, unsere beiden hübschen Dolmetscherinnen!", feixt der andere Scherge belustigt. „Das kommt euch teuer zu stehen! Ihr wolltet aus dem Lager fliehen, gebt es zu!", schreit der andere unbeherrscht. „Aber nein, wir wollten nur sehen, was die vielen Frauen und Kinder in der Schlucht da unten machen, wie es ihnen ergeht", protestiert Miriam energisch und macht sich los. „Denen ergeht es morgen wie euch zweien jetzt gleich schon", feixt eine Art Sturmführer mit satanischer Tücke im Blick, voller Vorfreude, uns gleich zu vernichten. „Jetzt geht mir ein Licht auf: Ihr zwei Judenschlampen wolltet doch in Wirklichkeit hier nach Waffen suchen, nicht wahr, so nahe am Depot? Das gibt ein schnelles Standgericht, die beiden sind sofort zu erschießen, verstanden? Baut mir alles auf für einen kurzen Prozess, denn die beiden Jüdinnen sind mir schon seit Langem suspekt und ein ständiger Dorn im Auge", befiehlt der Sturmführer.
„Jawohl, Hauptsturmführer! – Zu Befehl, wird sofort erledigt!", schnarrt der Subalterne vor ihm. Wir bekommen es mit der Angst zu tun, jetzt ist es aus. Wenn uns nicht schnell was einfällt! Wir werden ergriffen, hart angepackt wie widerstrebende Eselinnen, und weggezerrt.
„Au, lassen Sie uns sofort frei! Sie können uns keine Sabotage beweisen, denn wir führen nichts Verdächtiges bei uns, außer den Taschenlampen, und das sind keine Waffen!", schreie ich die Offiziere an. „Wir als Chefdolmetscherinnen sind direkt der Befehlsgewalt von Hauptsturmführerin Doris Waldmann unterstellt, und allein ihr; und keinem anderen haben wir Rechenschaft abzulegen, merken Sie sich das! Wir haben also wohl das Recht, uns unangemeldet jederzeit hier draußen die Beine zu vertreten, schließlich sind wir mitverantwortlich für den ordnungsgemäßen Ablauf der kriegsnotwendigen Erschießungen von Volksschädlingen", binde ich dem renitenten Obertrottel auf die Nase.
„Ach, haben jetzt zwei Judenschlampen wie ihr neuerdings was Kriegsentscheidendes mit zu entscheiden? Das wäre ja der allerneueste Gag!", blafft mich der Bluthund an und schüttelt mich durch. „Holen

Sie sofort Frau Waldmann hierher", befiehlt Miriam energisch, „sie wird es gar nicht gerne sehen, wenn ihre ... liebe Gespielin Miriam hier so heimlich hinterrücks niedergeballert wird", verteidigt sich meine Schwester mit letzter Kraft gegen die krude SS-Brutalität. „Ach so ist das also, na, das werden wir ja sehen!", raunzt der Bluthund. Miriam und ich blicken erleichtert und triumphierend zu ihm auf. Er bemerkt unseren Siegerblick und berichtigt: „Wir werden es sehen, habe ich gesagt, aber nicht i h r beiden! Ihr werdet nie wieder in eurem Leben etwas sehen, höchstens ein schwarzes Loch, in das ihr fallt, denn ihr seid schon so gut wie tot! Und die Waldmann kann sich aus dem Restjüdinnenbestand leicht eine neue Judenhure als Geliebte aussuchen, es sind ja noch genug von euch übrig! ... Los, abführen die beiden, vor den Erschießungsgraben, denn der Tatbestand der Sabotage ist ja wohl über alle Zweifel erwiesen!", sagt der Hauptbonze. Schon werden wir weggezerrt und abgeführt zur Schlucht, trotz unserer schrillen Proteste. Wir werden gestoßen und gepufft, dann kommen wir selber vor dem Abgrund an, vor dem wir schon so oft gedolmetscht haben.
„Ihr Verhalten ist gegen alle Vorschriften, Herr Hauptsturmführer; allein schon deshalb, weil wir dringender denn je gebraucht werden als Dolmetscherinnen, vor allem jetzt nach Fräulein Bernhardts plötzlicher Erdolchung", versuche ich noch einmal energisch, unsere vertrackte Situation zu retten.
„Frau Waldmann wird überhaupt nicht erbaut sein, wenn sie nach unserer Erschießung künftig ohne Dolmetscherin dastehen wird; sobald neue ausländische Gefangene verhört werden sollen, Saboteure, oder Spione und russische Soldaten zum Beispiel...", argumentiert Miriam nach meinem Beispiel.
„Das Problem hat sich längst erübrigt, es kommen keine Spione und Saboteure mehr, nur noch Juden, endlose Transporte mit greinendem Judengesindel sind das einzige, was hier künftig noch eintreffen wird", schnauzt uns der Sturmführer an. „Und für die brauchen wir eh´ keine Dolmetscherinnen mehr, wer will diese elende, jüdische Mischpoke denn noch verhören? Die werden sofort erledigt, dort unten in der Schlucht nackt in die Geschützstellungen hineingetrieben, das verstehen die Juden auch so...", kotzt sich der Proletenbonze verbal noch einmal so richtig aus.
„Aber ... Sie müssen ihnen, zum Beispiel den Russen und Polen, doch auch zu verstehen geben, dass sie ihre Wertsachen ablegen sollen, und

sich dann vollständig entkleiden müssen", wagt Miriam voller Panik noch einmal einen Einwand, um Zeit zu schinden, doch der Bonze winkt verächtlich ab.

„Pah, was diesen Aspekt betrifft: Da behelfen wir uns künftig mit Gesten, mit ein bisschen Zeichensprache und Knüppelschwingen erreichen wir auch so ganz leicht unser Ziel! – Wozu also eigentlich so viel quatschen mit den Juden; ist eh´ nur Zeitverschwendung, das dauernde Palaver in allen Sprachen…", fertigt uns die Nazigröße großtuerisch ab.

Wir verlieren auch die letzte Hoffnung.

„Also los, legen wir jetzt endlich unsere kleine Erschießungssonderschicht ein", empfiehlt der Bonze seinen Schergen. Die grinsen uns ungeniert und blutdürstig an, heben die Waffen, und wir heben auf Befehl die Arme über den Kopf.

Ein Kradfahrer erscheint rauschend vor uns, hält sein brummendes Fahrzeug an, und schwenkt den am Fahrzeug befestigten Scheinwerfer auf unsere Körper. Wir sind in helles Licht getaucht. „Aber vorher gilt auch für euch: Alles ausziehen, wie bei den anderen Judensäuen; runter mit den Klamotten, das kennt ihr ja schon zur Genüge!", brüllt der Hauptsturmführer.

Wir zögern. „Hört ihr schlecht? Zieht eure Dolmetscheruniformen und die darunterliegenden Jacken aus, und die Feldstiefel, das Zeug ist sauteuer; wird´s bald?", herrscht er uns an, und ein SS-Mann packt mich am Kragen der Uniform und schleudert mich zu Boden. Kriechend verharre ich in gebückter Stellung, blute aus dem Mund.

„Zieht euch endlich aus, ihr Judensäue, ausziehen, habe ich gesagt!", erneuert der Hauptbonze seine Drohung und schlägt Miriam mit einem Knüppel auf den Kopf.

Wir ducken uns weg, und fangen hastig an, uns zu entkleiden. „Das dürfen Sie nicht tun, Frau Waldmann wird Sie dafür gehörig zur Rechenschaft ziehen, wenn Sie uns ohne ihr Wissen umbringen lassen!", schreit Miriam panisch dazwischen und steht schon ohne Stiefel und Jacke da, hinkt barfuß über den steinigen Boden. Ich selber habe schon den Oberkörper frei und bekomme einen Schlag auf die nackte Brust, weil wir uns nicht schnell genug entkleiden. Als wir ganz nackt sind, wie unsere Opfer der letzten Tage, werden wir vor den Rand der Schlucht getrieben. Der Scheinwerfer leuchtet unbarmherzig unsere

Nacktheit aus. Wir schauen uns traurig ins Gesicht, Miriam und ich, umarmen uns noch einmal. Die SS entsichert die Gewehre, legt auf uns an.

„Es ist aus, mein Schatz, diesmal entkommen wir nicht", sage ich schluchzend zu Miriam. „Legt an ... !", brüllt einer. Da löse ich mich von Miriam und laufe nackt, mit wippenden Brüsten, von der Waffenphalanx weg und stelle mich vor dem Kommandanten auf. „Und meine Kinder, meine drei Mädchen sind ganz schutzlos ohne mich, das dürfen Sie nicht tun, bitte, Herr Offizier! Versprechen Sie mir wenigstens, bei Ihrer Offiziersehre, meine Töchter zu verschonen, sie schlafen gerade friedlich in unserer Baracke, wollen Sie mir das versprechen? Bitte, Herr Offizier", flehe ich panisch.

Doch er brüllt nur, lauter als je zuvor: „Zurück in die Reihe mit dir, Judenschlampe, nichts wird hier versprochen, außer eurem schnellen Ableben!" Und ich werde zu meiner Schwester zurückgezerrt, ausgeleuchtet, und wir halten uns an den Händen, senken leise klagend die Häupter zum Abgrund hinunter, haben die Gewehre im Rücken, spüren den kalten Lauf am Genick.

„Mach's gut, kleine Schwester Miriam!", sage ich verheult zum Abschied.

„Du auch, Judy, tut mir so leid um unsere Mädchen..."

„Seid ihr endlich fertig mit eurem Zirkus? Also noch einmal das Kommando: „Legt an ..."

Die Gewehre klicken schon wieder.

Da setzt ein noch ganz junger, zitternder SS-Mann, der große Bedenken bekommen hat, beherzt wieder sein Sturmgewehr ab, lässt es sinken und salutiert. „Verzeihung, Hauptsturmführer, melde gehorsamst..."

„Ja, was ist denn das? Sind Sie wahnsinnig geworden, Mann? Wenn Sie nicht vors Kriegsgericht wollen, dann schießen Sie, jetzt sofort - verstanden?", brüllt der Nazibonze ihm zu.

„Verzeihung, Herr Hauptsturmführer - ich dachte nur, es wäre doch besser, wir würden erst die Frau Kommandantin benachrichtigen, denn ... Es ist wirklich gegen alle Vorschriften, ohne ihren ausdrücklichen Befehl einfach so ihre beiden ... Unsere beiden Chef-Dolmetscherinnen zu erschießen, denn ... Sie sind schließlich Bestandteil unserer Sturmabteilung ... Und die Beweislage gegen die beiden ist sehr dünn

... Bitte gehorsamst um Entschuldigung, Ihr Standgericht unterbrochen zu haben..."

„Halt, was ist hier los?", hören wir in unserem Rücken. Diese Stimme! Diese Stimme ist mir wohlbekannt. Nackt wage ich einen Seitenblick: Es ist Günther, mein Günther!
„Sofort die Gewehre runter, verstanden! Aber plötzlich!", schreit Günther.
Hurra, er hat offenbar einen höheren Rang als alle anderen Mitglieder des Exekutionskommandos!, jubiliere ich innerlich, Miriam schon äußerlich.
Günther tritt näher, erkennt uns im hellen Scheinwerferlicht. „Ja, sagen Sie einmal, seid ihr alle wahnsinnig geworden? Was sollen die beiden Frauen da vor dem Abgrund – und auch noch völlig nackt?", ereifert er sich und tritt zu mir. „Judith, mein Liebling, komm´ her zu mir!", sagt Günther zärtlich, zieht rasch seine Uniformjacke aus und senkt sie über meinen Oberkörper.
„Günther, du hast uns gerettet, gerade noch rechtzeitig, vielen Dank, das vergesse ich dir nie!", verspreche ich ihm hastig, während ich heulend in seine Arme falle.
„Oh!!! ... Ja ... wohl, Obergruppenführer!", salutieren alle Angehörigen des Exekutionskommandos ehrerbietig und lassen gehorsam die Waffen sinken.
„Oh – höre ich da wirklich „Obergruppenführer"?", fragt mich Miriam zitternd. Auch sie darf sich wieder ankleiden. Wahnsinn, denke ich: „Mein" Günther ist Obergruppenführer, er verfügt tatsächlich über den höchsten Rang hier in diesem Haufen. Obergruppenführer! Ich kann es noch nicht ganz erfassen; alle stehen stramm und hören sich gehorsamst eine gehörige Standpauke an.
„Was, du bist ... Ich meine, Sie sind Obergruppenführer?", frage ich staunend meinen Günther, unseren Retter, in eine Gesprächslücke hinein, als ich endlich meine Stimme wiederfinde.
„Sag´ ruhig weiter Günther zu mir, Judith - ich will mich nicht größer aufblasen, als mir gut tut", sagt er versöhnlich zu mir, sympathisch, heute ganz ohne verbale Großkotzigkeit, nicht zu fassen, wie bescheiden er auf einmal vor mir auftritt, der große Bonze! „Ja, ich bin wirklich Obergruppenführer, Judith, aber das kann alles oder nichts bedeuten, in diesem Scheiß-Krieg, der uns eventuell noch lange beschäftigen wird",

deutet er uns fatalistisch voraus. Dann wendet er sich abrupt wieder dienstlich seinen Untergebenen zu: „Was hat dieses geheime Standgericht zu bedeuten? Wer hat das zu verantworten? Was ist hier eigentlich vorgefallen? Was wird den beiden Frauen zur Last gelegt? Und wie können Sie es wagen, mich nicht zu informieren? Oder Doris Waldmann, die Frau Lagerleiterin? Das alles wird Konsequenzen für Sie haben, für Sie alle, das garantiere ich Ihnen!", droht er gefährlich leise, fassungslos mit unterdrückter Wut.

Da wird der proletarische Rüpel von Obersturmführer plötzlich ganz klein mit Hut. „Aber Herr Obergruppenführer, das sind doch Bagatellen, die wir hier verhandeln; auf zwei Jüdinnen mehr oder weniger kommt es doch gar nicht an, dachte ich mir halt … Damit wollte ich Sie in Ihrer hohen Stellung doch nicht extra belasten, das hätte doch keinen Sinn, dachte ich mir…", druckst er ganz unglücklich und zerfahren herum. „Das können wir doch genauso gut unter uns entscheiden, dachte ich mir…"
„Wissen Sie was: Sie denken wirklich sehr viel, aber leider sehr viel Falsches, klar, Sie Nulpe?", sagt Günther nur. „Jawohl, zu Befehl, Herr Obergruppenführer!", jammert der klägliche Mensch ganz unterwürfig, als fürchtete er, gleich selbst in die Schlucht geworfen zu werden.
„Diese beiden tapferen Frauen, Judith und Miriam wollten Sie also umbringen lassen, soso … Darf ich auch fragen, warum?", spricht Günther lässig, äußerst beherrscht, mit unterdrücktem Zorn, eines Generals würdig.
„Nun ja, diese beiden Jüdinnen … Ich meine, die beiden Dolmetscherinnen sind mitten in der Nacht hier draußen einfach so ohne Erlaubnis herumgeschlichen, bestimmt nicht nur so zum Spazieren, um sich ganz harmlos die Beine zu vertreten, wie die beiden Damen behaupten", windet sich der feige Aasfresser von öligem Schmierfink von einem Obersturmführer durch seine klebrige Rechtfertigungssoße, dass mir schlecht wird.
„Und glauben Sie mir bitte, Obergruppenführer: Diese beiden … Frauen führten auf jeden Fall Böses im Schilde, so nah bei der Waffenkammer, wo unsere wackere Patrouille sie aufgegriffen hat…", druckst er weiter herum.

„Und wir müssen doch auch an unsere eigene Sicherheit denken, an den Schutz der Truppe, nicht wahr, Obergruppenführer?", winselt er verzweifelt wie ein geprügelter Hund.

„Schon gut, Kalubke, hauen Sie ab, wegtreten, morgen werden wir über Ihre Bestrafung reden!", schnarrt mein Obergruppenführer kurz angebunden, und Kalubke salutiert und tritt ab.

Dann wendet er sich scharf an mich. Inzwischen sind Miriam und ich wieder angezogen. „Und über deine Unternehmungen heute Nacht hier draußen werden wir morgen auch noch ein paar Takte zu reden haben, klar, mein Engel der Unschuld?", fragt er mich schneidend. Und ich nicke stumm und senke den Kopf.

„Ja, Herr Obergruppenführer!", sage ich ebenso unterwürfig wie Kalubke.

Dann legt er wieder ein friedlicheres, entspannteres Gebaren an den Tag, wird wieder mein fürsorglicher Günther. Er umarmt mich und sagt zu meinem großen Erstaunen: „Ganz ehrlich, Judith, ich bewundere einfach deinen Mut! Hätte ich doch verdammt noch mal nur die Hälfte von deinem Schneid!", trompetet er mir entgegen. „Ausgerechnet du sprichst von Schneid? Gerade du als Obergruppenführer solltest doch reichlich davon besitzen, bei der hohen Stellung, die du innehast", schleudere ich ihm mit leichter Verachtung entgegen. „Schließlich stehen über dir im Rang nur noch der Oberstgruppenführer der SS, und auf der obersten Spitze der Hierarchiepyramide thront nur noch dein oberster Chef, der Reichsführer SS und Chef der deutschen Polizei, Heinrich Himmler", gebe ich Günther vorwurfsvoll zu verstehen. Hastig zündet mein Retter sich eine Zigarette an und seufzt mich mit dem ausgeblasenen Tabakrauch an: „Richtig, du bist gut informiert, mein Schatz, bravo!"

Er umfasst meine Taille und blickt mich wehmütig an. „Als Jüdin muss ich das sein", sage ich abgeklärt, „denn zusammen mit meiner Schwester und meinen drei Töchtern kämpfen hier ständig fünf Frauen ums Überleben", sage ich kleinlaut. „Und genau darum bewundere ich dich so, liebe ich dich so", behauptet er weiterhin leichtfertig. „Aber hier kämpfen noch weitaus mehr Frauen ums Überleben als ihr Fünf", stellt Günther richtig. „Zum Beispiel die vielen armen Seelen da unten im Fegefeuer der kalten Schlucht, hörst du sie klagen?", fragt er mich und ich lausche den aufgewühlten Stimmen, die sich sanft tausendfach

aus tausend Kehlen erheben im Wind des Klagechors. „Was wird mit ihnen geschehen? Vergiss nicht, dass auch ich jetzt unter ihnen sein könnte; es ist nur ein grotesker Zufall, dass ich vor ein paar Stunden bei euren chaotischen Massenerschießungen nicht auch in den Abgrund gepurzelt bin, was leicht hätte passieren können…", sinniere ich versonnen, traurig und zugleich glücksversunken über unsere wunderbare Rettung. Hastig erkläre ich ihm alles.
Günther zuckt verzweifelt die Achseln.
„Was soll ich dazu sagen, Judith? Die Lager und Ghettos werden immer voller, und daher drängen die örtlichen Machthaber immer stärker darauf, das Judenproblem durch Mord zu lösen", sagt Günther mit trauerumflortem Gesichtsausdruck. „Das haben wir ja heute im Überfluss erlebt", sage ich resigniert und schaue Günther ins fein geschnittene Antlitz. Er ist älter als ich dachte, so um die Vierzig … Warum nimmt so ein Mann sich eine ältere Jüdin wie mich zur Geliebten? ... Eine Augenblickslaune, natürlich, denke ich.

„Die örtlichen Machthaber entscheiden, was mit den Juden geschieht? Aber da muss es doch noch eine höchste Stelle geben, die den Massenmord angeordnet hat?", frage ich Günther beunruhigt. „Ja sicher; die oberste Schaltstelle ist natürlich dabei das Reichssicherheitshauptamt in Berlin, das die Mordbefehle gegen die Juden herausgegeben hat und eure Massentötung organisiert hat – von dem Cheforganisator aus dem Reichssicherheitshauptamt, Adolf Eichmann, wurde das Massentöten organisatorisch in Gang gesetzt; er war es, der die Massentötungen im Auftrag seiner Chefs angeleiert hat, Himmler und Heydrich…" Günther schwitzt mächtig, macht hastig die Zigarette aus und tupft sich die schweißnasse Stirn mit einem Taschentuch ab.
„Meine Güte – warum hassen die Nazis uns Juden nur so?", frage ich prosaisch.

„Ach, weißt du: Antisemitismus bildet in unserem Fall hier im Lager und auch in den meisten anderen Fällen oft nur den Vorwand für Verbrechen. Vielfach geht es den untergeordneten Chargen der Haupttäter, und in Wirklichkeit oft auch diesen selber lediglich darum, die Juden auszuplündern, sich ihren kostbaren Besitz anzueignen, wie zum Beispiel Hermann Göring es praktiziert hat, mit seiner dreisten

Kunstraubaktion großen Stiles sondergleichen, indem er sich die Bilder und Gemälde der großen Meister von den toten oder vertriebenen Juden unter den Nagel gerissen hat, und in seinen eigenen Schlössern nun prunkvoll zur Schau stellt", erklärt mir Günther sachkundig. „Das hat doch in Wirklichkeit gar nichts mehr mit Antisemitismus zu tun, was sich der infame Oberklauer Göring da leistet – das ist Kunstfrevel und Diebstahl en gros, weiter nichts, Plünderung und Enteignung auf Kosten der armen Juden!"
Ich staune mit offenem Mund.
„Und auch Himmler bereicherte sich rücksichtslos an den Besitztümern der reichen Juden, indem er zum Beispiel wertvolle Vasen aus ihrem Privatbesitz konfiszieren ließ und nun bei sich zu Hause in München in seinem Gesellschaftssalon ausstellen lässt – zur „erbauenden Volksschau", um die angebliche Rücksichtslosigkeit des ruchlosen Finanzjudentums beim betrügerischen Erschwindeln von deutschem Volkseigentum anzuprangern", setzt Günther noch mit einer Schreckensmeldung einen drauf.
„Aber auch die kleineren Judenhasser, die ganz kleinen Ganoven, etwa ukrainische Polizisten, hier bei uns im gerade erst eroberten Kiew, ziehen jetzt täglich plündernd und mordend durch die Großstadt – „Mit der Pistole einkaufen gehen" nennen sie das – wenn sie Juden ausrauben oder erpressen. So veranstalten sie zum Beispiel regelmäßig Hausdurchsuchungen und befehlen den jüdischen Frauen, sich auszuziehen, weil man sie filzen müsse … Nach der Vergewaltigung werden die Opfer dann meist erschossen", referiert Günther mit lebhaftem Pathos, wie unter einem pathologischen Zwang, plötzlich alles gestehen zu müssen.
„In diesem mörderischen Klima folgt der Massenmord an den Juden oft einer brutalen, ökonomischen Logik: Immer wenn es an Nahrungsmitteln oder Wohnungen fehlt, wird eure Vernichtung forciert", sagt Günther düster, „und alle Instanzen machen willig mit: Arbeitsverwaltung und Landwirtschaftsbehörden, Wirtschaftsbetriebe und die Wehrmacht, natürlich erst recht die SS und die Polizei, die am Ende exekutieren, was gemeinsam vorangetrieben worden war. Und wenn es mal an Personal fehlt, dann greifen die Verwaltungsbeamten auch schon mal selbst zur Waffe…"
Ich bin äußerst schockiert, alles über unseren detaillierten Vernichtungsplan zu erfahren. Aber dennoch bin ich froh darüber, jetzt

endlich die furchtbare Wahrheit zu kennen. Günther macht es mir so leicht wie möglich und tröstet mich.

Wir gehen Arm in Arm in der Dunkelheit spazieren. „Du siehst also: Ist von staatlicher und behördlicher Seite erst einmal der Startschuss freigegeben für die Judenhatz, dann werden alle Bevölkerungsschichten gierig und hemmungslos in ihrer Raffgier. Dann machen sie keinen Unterschied, und es ist ihnen völlig egal, ob sie dänische, russische oder deutsche Juden umbringen", sagt Günter mit trauriger Miene zu mir.
„Es geht ihnen dabei gar nicht mehr um die Juden; diese Verbrecher würden auch Nichtjuden umbringen und ausplündern, wenn es vom Gesetz sanktioniert wäre!"
Ich bleibe entsetzt stehen und sehe ihm starr in die Augen.
„Ich wusste es doch von Anfang an: Bald sind also tatsächlich auch wir deutschen Juden dran! Ich habe es doch immer schon geahnt; doch jetzt habe ich endlich die offizielle Bestätigung von dir bekommen!", rufe ich schockiert aus. „Stimmt, du hast es immer schon gewusst, nicht wahr?", fragt er mich mit belegter Stimme und nötigt mich zum Weitergehen. „Doch ich werde versuchen, euch von hier so schnell wie möglich wegzubringen, irgendwie ins Ausland zu schleusen; du siehst schließlich perfekt germanisch aus, da dürfte es leicht sein, falsche Papiere für dich zu bekommen", sinniert Günther vor sich hin.
„Ach, Günther, das sind alles nur Illusionen, ich weiß genau, wir sind verloren, es gibt keine Rettung für mich und meine Familie", sage ich schluchzend. „Das mit den Papieren und mit der Flucht aus dem Lager ist mir hier schon mehrfach versprochen worden, und nichts ist geschehen", sage ich deprimiert.
Dann fahre ich herum und fasse ihn hart am Arm. „Und wo sind wir eigentlich hier genau, diese Gegend muss doch einen Namen haben?", frage ich wiederholt. „Warum sagt mir keiner, wie dieser Ort heißt?"
„Ich weiß es auch nicht, ehrlich; aber vielleicht ist es auch besser, es nicht so genau zu wissen", weicht mir Günther aus. Wir gehen weiter.
„Aber wenn du mir angeblich zur Flucht verhelfen willst, dann müssen wir doch erst mal wissen, wo genau wir überhaupt sind, bevor wir daran denken können, wohin wir fliehen wollen", dringe ich realistisch in ihn.
„Das ist zwar richtig, ja, ... Aber irgendwie werden wir es schon schaffen, hier herauszukommen, und wenn nicht: Dann verspreche ich dir wenigstens, dich und deine Töchter bis zum Ende des Krieges vor

dem Tode zu bewahren. Lange kann es nicht mehr dauern, bis der Krieg vorbei ist: Russland ist militärisch so gut wie niedergeworfen, bis zum Endsieg kann es also nicht mehr lange dauern – höchstens noch ein paar Monate; du wirst sehen, im Januar oder Februar 1942 kann schon überall wieder Frieden auf der Welt herrschen! Bis dahin werde ich auf Miriam, dich und deine Töchter achtgeben, Liebling", schwört er mir feierlich, doch ich frage mich, was er noch für mich tun kann, wenn er plötzlich abberufen wird, mein so selbstloser Günther, an die Front zum Beispiel? Oder in ein anderes Lager? – Ich stelle ihm diese Frage jetzt auch laut. „Ja, du hast ja wieder recht! Zum Teufel, was machen wir bloß? Was mache ich bloß mit euch?", überlegt er jetzt auch fieberhaft.

Da sind wir am Waldrand angekommen.
„Ein schönes Plätzchen für unser heutiges Programm", sage ich wehmütig zu ihm. „Wo in dem kleinen, lieblichen Wäldchen hier möchtest du mich heute am liebsten flachlegen, Günther? Soll ich mich gleich hier für dich ausziehen, wonach du mich dann in aller Ruhe nach Herzenslust filzen kannst, wie die anderen Jüdinnen, von denen du mir eben erzählt hast, die deine Kameraden im besiegten Kiew erst vergewaltigen und ihre Opfer dann erschießen? Wirst du mich heute nach meiner sanften Vergewaltigung dann auch ganz sanft erschießen, sag, schon, mein kleiner Obergruppenführer?", frage ich schäkernd.
Das aber findet er überhaupt nicht komisch: Er knallt mir eine saftige Ohrfeige und sagt: „Dieses Mordgesindel in Kiew, das sind nicht meine Kameraden! Wie kannst du es wagen, mich so schäbig zu behandeln, nachdem ich dir und deiner Schwester gerade das Leben gerettet habe?", fragt er fassungslos. Ich falle auf dem Waldboden zusammen. Er schimpft auf mich hinunter. „Damit macht man keine Scherze. Judith! Wie kannst du es nur wagen, mich so zu erniedrigen, mich derart zu demütigen, so etwas von mir zu denken, wirklich, ich bin maßlos enttäuscht von dir!", sagt er getroffen und verfällt in wilde Zuckungen. Ich stehe rasch auf und haste zu ihm hin, ich bereue alles von Herzen.
„Bitte verzeih´ mir, es war doch alles nicht ernst gemeint, ich habe es als Witz gemeint, es war ein schäbiger, dreckiger Witz, das stimmt, aber es war wirklich nicht persönlich gemeint, nicht auf deine Person gemünzt, ehrlich, glaube mir doch, Günther!" Ich zerre an seinem Arm, er wehrt mich grob ab, doch ich insistiere. „Natürlich hast du recht,

empört zu sein, es war gemein von mir, dich so aufzuziehen. Natürlich bin ich dir dankbar für unsere Rettung. Bitte, sei mir nicht böse…"
Ich tätschele ihm die Wange, meinem Günther. Er entschuldigt sich linkisch, und wir gehen zurück zu seiner Behausung. Dort verbringen wir noch einen halbwegs gemütlichen Abend.

Am nächsten Tag in der Früh hören wir unbeschreibliches Geknatter von Maschinengewehren. Jetzt geht es tatsächlich allen jüdischen Frauen und Kindern in der Schlucht an den Kragen. Die Kälte der Nacht und der Hunger haben sie geschwächt. Sie werden nun von allen Seiten von oben zusammengeschossen, die MGs zielen oben von den Abhängen und vom Schluchtenrand, und gleichzeitig von unten heimlich aufgestellten Geschützstellungen unaufhörlich auf sie herunter. Eine einzige nackte, zusammengeballte Masse wird von oben durchlöchert, die kaum noch Widerstand leistet oder Ausbruchsversuche macht. Sie fallen alle in einem einzigen, riesigen Haufen zusammen, der sie ja sowieso schon sind, der liegend von oben kaum anders aussieht, als würden sie alle noch lebend eng aneinander stehen. Miriam und ich werfen nur einen kurzen Blick auf das Massaker, als alles fast schon vorbei ist. Wir werden hart im Inneren, verhärten immer mehr gegen die Grausamkeiten, halten immer mehr Scheußlichkeiten aus. In einer Stunde ist alles vorbei. Bald schon kehrt wieder Ruhe ein. Die Berge von Toten werden in der Nacht weggeschafft. Meine Schwester, die Mädchen und ich haben erstmal Ruhe. Wir sind wieder in Sicherheit, denn der Obergruppenführer Günther Steinbacher beschützt uns nach wie vor. Aber wie lange noch, das ist die Frage…

Spät am Abend desselben Tages liege ich bei Günther Steinbacher im Bett, in seinem schmucken Privatquartier. „Ich habe auch diese ganzen verdammten Massaker satt, will hier fort", vertraut er mir an. „Ich will nicht mehr die Verantwortung übernehmen für das viele Blutvergießen, das ich nicht gewollt habe", sagt er ermattet in meinen Armen liegend. „Ich habe sie auch nicht gewollt, die vielen Massaker!", sage ich spitz. „Und trotzdem wurde ich sogar persönlich zum Töten gezwungen, im Gegensatz zu dir; du musstest dir nicht die Hände schmutzig machen, dich nicht persönlich mit Blut besudeln, während ich eine Cellistin

erschossen habe; ja, die Waldmann hat eine Mörderin aus mir gemacht", gestehe ich Günther, der es ja wahrscheinlich ohnehin schon weiß.
„Du hast was?", fragt er jedoch konsterniert. Er sieht mir starr in die Augen. „Getötet, eine Musikerin aus der Ukraine, ein wunderschönes Mädchen mit einer dicken, runden Brille; du hast es doch gehört. Wenn ich es nicht getan hätte, hätte die Lagerleiterin meine Tochter Sarah erschießen lassen, aber was ändert das am Tatbestand? Ich werde demnächst verurteilt werden für meine Tat, ganz gleich, ob ich unter Zwang gehandelt habe, oder aus purer Mordlust, wie manche SS-Leute", berichte ich traurig Günther. „Auf mich wartet der Strick oder das Schafott! – Eine schöne Geliebte hast du dir da ausgesucht!" Günther ist ehrlich tief betroffen, das sieht man ihm an. „Mein Gott, erzähl mir alles; wann war das?", will er präzise wissen. „Vor ein paar Tagen, als die führende, ukrainische Bevölkerungsschicht vor den Erschießungsgraben am Rande der Schlucht getrieben wurde, der Adel, die Popen, und die reichen Juden, wo alle exekutiert wurden. Da war dann auch die junge Cellistin dabei, die ich mit einem Revolver erschießen musste, weil ich mich allzu lange beschützend vor sie gestellt habe, und die Waldmann dadurch in ihrer Autorität brüskiert habe; ich musste schießen, sonst hätten wahrscheinlich alle meine drei Mädchen sterben müssen", sage ich weinend zu Günther und schmiege mich fest an ihn.
„Ich kann das Mädchen einfach nicht vergessen, kann immer noch nicht glauben, dass sie durch meine Kugeln ins Nichts gepurzelt ist! Ihre Schwester, ihr Bruder und die Eltern der Geschwister sind auch alle miterschossen worden, splitternackt mussten sich alle ausziehen, wie die Juden wurden sie gedemütigt; und die Cellistin hat mir vor ihrem Tod ihre Brille als Erinnerung an sie mitgegeben", sage ich heulend. Günther tröstet mich ganz konsterniert. „Warte mal: Eine dicke Brille, sagtest du, hatte sie? Und sie war Cellistin, das ist ja ein Ding! Großer Gott, das muss Tatjana Volkova gewesen sein, hieß sie so?", fragt mich Günther zitternd. „Ja, so hieß sie, kennst du sie etwa?", frage ich zitternd. Ich setze mich erschrocken im Bett auf. „Jeder hier in der Ukraine kennt sie. Sie war ein außergewöhnlich begabtes Mädchen, eine Brahms-Spezialistin, erst 22 Jahre alt", sagt Günther tief betroffen. „Heinrich Himmler persönlich hat sie mir mal in Warschau vorgestellt, in seiner Residenz, einem kleinen Schloss, das er dem polnischen König weggenommen hat, nach dem Sieg über Polen … Himmler war sehr

angetan von der Kunst der Cellistin, hat sich stundenlang von ihr vorspielen lassen, denn der Reichsführer SS ist ja selber ein sehr musischer und musikalischer Mensch, spielt selber ausgezeichnet Klavier", sagt Günther fassungslos.

„Himmler hat sie ins Herz geschlossen, die kleine Cellistin, und sie war ja nicht einmal eine Jüdin ... Nicht auszudenken, was passiert, wenn er erfährt, dass sie erschossen worden ist – und vor allem, wer sie erschossen hat!", überlegt Günther scharf. „Wahnsinn – eine unbekannte jüdische Architektin mit drei Töchtern tötet eine arische, weltberühmte Cellistin!", sagt Günther mit hysterischem Gelächter, „wenn es nicht so tragisch wäre, könnte man fast darüber lachen!" - „Was sagst du da nur, Günther!", schreie ich. „Entschuldige", sagt Günther lakonisch.

„Aber warum hat die Waldmann von dir verlangt, ausgerechnet diese berühmte Cellistin zu töten?", fragt mich Günther verwundert. „Damit bringt sie sich doch selbst in eine höchst prekäre Lage vor Heinrich Himmler, wenn er davon erfährt; war ihr das nicht bewusst?", fragt er mich eindringlich.

„Nein, denn sie hat die Cellistin ja überhaupt nicht gekannt, Doris Waldmann hat ihr nicht mal geglaubt, dass sie Cello spielen kann", sage ich heulend.

„Das ist doch nicht zu glauben, und du kanntest sie auch nicht?", fragt er gespannt. Ich verneine. „So ein Pech aber auch!" Günther ist sprachlos. „Wahnsinn, was das Weib angeordnet hat, sie bringt uns alle in Teufels Küche!", zischt Günther seinen Unmut heraus, wie ein plötzlich ausbrechender Vulkan.

„Und mich vor allem, großer Gott, wenn Himmler davon erfährt, dann bekomme ich eine staatliche Sonderhinrichtung mit vielen prominenten Nazi-Größen unter den Zuschauern!", klage ich heulend. „Ach was!", sagt Günther barsch, „das werde ich zu verhindern wissen! Du musst mit mir fliehen! Aber damit die Flucht gelingt, musst du dich leider von deinen jüdisch aussehenden Mädchen trennen, von Petruschka und Rebecca; leider, mein Kind! Die sind zu auffällig, für die kann ich nichts tun, das musst du einsehen. Und auch Miriam müssen wir zurücklassen, wir können nur Sarah mitnehmen, denn die sieht aus wie du!"

„Nein, wie kannst du das nur von mir verlangen!", brülle ich wie eine Löwin. „Jetzt fängst auch du noch an, meine Töchter zu verfemen, meine dunklen Rabenschwarzen! Als typische Judenhuren! Und

Miriam! Streust mir dieselben, rassistischen Klischees ins Gesicht wie die Rassenfanatiker von der SS um Himmler und Heydrich, du spaltest mit einer unbarmherzigen, zynischen Privat-Selektion meine Familie mittendurch, reißt sie entzwei wie ein Blitz einen Körper in zwei Hälften, du ekliger, großkotziger Opportunist!", schreie ich ihn an, und bearbeite sein fein geschnittenes Gesicht mit den Fäusten, die ihn eben noch wie einen Kuschelbären gestreichelt haben.

Mit einem Satz bin ich aus dem Bett gesprungen, laufe erregt im Kreis auf und ab.
Dann gehe ich dynamisch im Nachthemd zum Bett zurück, bleibe vor Günther stehen und schimpfe zeigefingerdrohend auf ihn herab. „So eine Schande! Einen Teil meiner Familie willst du retten, den anderen vor die Gewehre der Mordschützen treiben! Was soll man von einem solchen Menschen halten? Für so einen wie dich gibt es überhaupt noch keine Bezeichnung – ja! Was bist du eigentlich für ein Mensch, wie nennt man solch einen Menschen wie dich? Bist du nun ein Retter oder ein Mörder? Denn es gilt doch hoffentlich noch nach wie vor der Grundsatz: Wer Menschen rettet, ist ein Held. Wer Menschen tötet, ist ein Mörder. Jedoch: Wer Menschen rettet und andere in den Tod schickt – was ist der?", frage ich empört meinen Günther. Er hat sich im Bett aufgesetzt und schaut betreten zu mir herauf. „Du, also: Was bist du, frage ich dich?", sage ich weinend.
„Ein Verzweifelter, Judith", sagt Günther gerührt zu mir. „Komm wieder zu mir her", sagt er sanft, erhebt sich kurz, und zieht mich an der Hand wieder zu sich ins Bett.
„Du Ungeheuer!", zische ich ihm zu und heule.

„Aber ... Judith, jetzt nimm doch Vernunft an!", schimpft Günther zurück und wickelt und schnürt mich in die Bettdecke ein. „So sind nun einmal die Rassengesetze, die sind auch für mich bindend wie unveränderliche, physikalische Gesetze! Aber für dich und Sarah können wir eine List ersinnen: Ich wende mich dazu einfach an die Dienststelle des von den Nazis eingesetzten „Rassereferenten" Friedrich Ströbele, und bitte um eine „Abstammungsüberprüfung" für deine Töchter. Ströbele ist ein Anwalt aus Münster, er sitzt in Kiew und führt die „Entscheidungsstelle", die darüber befindet, ob jemand „Volljude" ist, oder nur „Mischling", und damit auch darüber, ob jemand überleben darf, oder vor ein Exekutionskommando gestellt wird", erklärt mir Günther hastig, hyperventiliert dabei hochnervös. Während er mich wie ein Paket einschnürt.

„Rassisch, Rasse, alles läuft bei euch auf Rasse hinaus, alles wollt ihr rassisch entscheiden, und der Mensch hinter dieser „Volljüdin" oder „Mischlingsjüdin" wie bei mir oder meinen Töchtern scheint dabei gar nicht mehr zu zählen, du . . Sonderbehandler, Meister des Todes, Nazi-Scherge, Selektierer, Selektionsspezialist, oder Selektionist, oder wie der ganze, verdammte rassistische Schwachsinn bei euch Nazis heißt, ich hasse dich, du brutaler Zerfleischer meiner Töchter, ja, das bist du: Du teilst mein Fleisch und Blut auf wie ein Metzger, in gute und minderwertige Stücke Fleisch", tobe ich, versuche, mich freizumachen, wenigstens, meine Hände freizubekommen, aber … vergebens! Günther hat mich völlig eingewickelt – im übertragenen, wie im wörtlichen Sinne!

„Na schön – ich werde auch versuchen, deinen schwarzhaarigen Anhang, die sogenannte jüdische Komponente deiner Familie zu retten, denn mit Ströbele kann man reden: Er hat oft auch schon „Volljuden" gerettet – ja, ich weiß, es ist ein perfides Wort, aber so läuft der Nazi-Jargon halt nun mal … Aber dieser Anwalt Ströbele ist ein guter Mensch, Judith: Er ist nämlich überhaupt kein Rassenfanatiker, sondern versucht nur, verfolgten Juden zu helfen, so gut er kann; er missbraucht also im gewissen Sinne sogar sein Amt: Auf positive Weise! Wenn die Nazis nämlich das erführen, was er macht, ginge es ihm schlecht! Ich kenne ihn, ich verbürge mich für seinen lauteren Charakter. Ihm geht es gar nicht um Selektion, sondern nur darum, möglichst viele Menschen den geltenden Rassegesetzen zu entreißen!"
„Lügner, Lügner!", durchschreie ich heulend wie ein Wolf seine Beteuerung. „Dir geht es doch nur darum, eine halbwegs nichtjüdisch aussehende Geliebte für deine Wochenendvergnügungen zu haben!", werfe ich ihm vor.
„Die du deinen Bonzenkameraden an rauschenden Offizierskasino-Abenden auch gefahrlos vorzeigen kannst!
Denn: Es hat halt schon was für sich, zu Hause so ein fesches Weibchen wie mich vorrätig zu haben, für alle Fälle! – Gell?", speie ich meine Wut heraus, strample, zappele wie ein Aal. Und wie solch einer bin ich auch eingewickelt.

„Red keinen Unsinn, Judith und höre mir zu", empfiehlt er mir dringend, indem er meinen Einwand wegdiskutiert. „Dieser Ströbele entscheidet mal so, mal so ... Aber dann doch ganz ungewöhnlich oft zugunsten der jüdischen Petenten. Einige Tausend Menschen hat er damit schon vor der Deportation und dem sicheren Tod bewahrt. Er ist ein unauffälliger, stiller Retter, kein willfähriger Helfer eines verbrecherischen Regimes, Judithchen!", klärt mich Günther auf.

„Dieser Mann aus der Besatzungsadministration kann uns helfen. Du musst nämlich Folgendes wissen: In Kiew raunt man sich zurzeit allerorten unter vorgehaltener Hand etwas von einer Ströbele-Liste zu, auf der man stehen müsse ... Als Chef der „Entscheidungsstelle" kümmert er sich um „rassische Zweifelsfälle"; die Grundlage seiner Arbeit ist die Nazi-Ideologie, nach der Jüdischsein keine Frage des Glaubens, sondern eine des Blutes ist, auch des äußerlichen Erscheinungsbildes eines Menschen." Langsam beruhige ich mich wieder, höre auf mit dem Zappeln und höre Günther interessierter zu. „Menschen mit drei oder vier jüdischen Großeltern gelten danach als „Volljuden", bei lediglich zwei Großelternteilen kommt es darauf an: Wer zudem Mitglied einer jüdischen Gemeinde ist, oder einen jüdischen Ehepartner hat, bekommt ebenfalls den Stempel „Volljude", andernfalls bleibt er „Mischling". Über Zweifelsfälle entscheidet Ströbeles Dienststelle nach dem Vorbild des Berliner „Reichssippenamts". Als „Mischlinge" wären deine Familienmitglieder also geschützt", erklärt mir Günther. Fieberhaft lasse ich mir den Informationsstrang von Günther noch einmal durch den Kopf gehen. „Wie steht es nun mit deinen Großeltern?", drängt mich Günther nach Antwort. „Warte mal, nach diesen Abstammungskriterien könnte auch bei mir etwas zu deichseln sein ... In meiner Familie bekannten sich nur meine Großeltern väterlicherseits zum jüdischen Glauben, die Eltern meiner Mutter waren meines Wissens nach Christen", sage ich langsam und kalkuliere unser Überleben.

„Ausgezeichnet, das macht euch zu den rettenden „Mischlingen", und die „Entscheidungsstelle" wird nur noch eine gerichtliche Bestätigung verlangen, dann seid ihr frei", verspricht mir Günther mit viel Zuversicht.

„Wir müssen lediglich einen Brief an den „hochwohlgeborenen Dr. Ströbele" richten, worin wir für deine drei Töchter Meldebestätigungen erbitten, worauf kein Kennzeichen vorkommt, dass diese Kinder als

Personen „volljüdischen Blutes" zu betrachten sind. Ich werde gleich heute Abend noch diesen Brief aufsetzen, denn Ströbele schuldet mir noch was", sagt mir Günther, umarmt mich, küsst mich, wickelt mich wieder aus dem Bettzeug aus. „Meinst du wirklich, das geht?", frage ich mit klopfendem Herzen. „Natürlich geht das, jetzt vertraue mir doch endlich mal", quengelt Günther ungeduldig. „Und Miriam?", frage ich. „Auch für sie kann ich das tun, sie hat doch dieselben christlichen Großeltern mütterlicherseits wie du, nicht wahr?", fragt Günther nervös zurück. „Ja, natürlich", gebe ich genauso nervös zurück.

„Na also!", sagt Günther, springt aus dem Bett, zieht sich rasch was an, geht ins Nebenzimmer, und lässt sich sofort außerplanmäßig seine Sekretärin kommen, der er noch spätabends den Brief diktiert. Ich staune.
Nach einer halben Stunde ist er wieder bei mir im Bett und sagt: „Wir müssen natürlich bei dem Antrag auf Abstammungsüberprüfung an Ströbeles „Entscheidungsstelle" neue Fotos von Miriam, Rebecca und Petruschka beilegen, aber mit ihren jetzigen langen, dunklen „Judenmähnen" ist kein Staat zu machen, das musst du einsehen. Du musst daher den Mädchen unbedingt die Haare heller färben lassen, ausgenommen Sarah natürlich, die ist ganz blond - wie du; und das zu lange Kopfhaar von Rebecca und Petruschka solltest du ihnen lieber beträchtlich stutzen, denn dann geht das Färben leichter und schneller vonstatten, hörst du, Judith?", schärft mir Günther ein. „Und das kurze Haar der Mädchen kann man dann auch bei Bedarf wieder schneller und öfter nachfärben".
Ich erschrecke. „Glaub mir, es geht nicht anders, das kann lebenswichtig für die Mädchen sein", sagt er mir. „Ja, natürlich, dass ich daran nicht schon früher gedacht habe", sage ich jetzt sinnierend. „Eben, sie fallen doch sonst gleich auf als Jüdinnen, mit diesen langen, schwarzen Mähnen!", kritisiert er mich.
„Ich selber finde sie ja absolut herrlich, diese schönen, dichten schwarzen Haare – es ist natürlich schade, dass man ihnen die Mähnen so kurz scheren muss", überlegt Günther seufzend.
„Ja, vielleicht sind ja auch gar keine sogenannten „arischen" Fotos der Mädchen nötig für den positiven Bescheid; ich habe jetzt erst mal den Antrag nach Kiew ohne Fotos abschicken lassen, doch bei Rückfrage

der „Entscheidungsstelle" sollten sie auf jeden Fall schon griffbereit vorliegen", rät mir Günther dringend.

„Ja, sag mal: Könnten wir das mit den Fotos gleich morgen hier erledigen, hier im Lager?", frage ich Günther ganz aufgeregt.

„Natürlich, wir haben ja auch Fotografen hier im Lager, schon wegen der bekannten Spione und Saboteure, von denen wir eine Kartei anlegen müssen", berichtet mir Günther. „Da werden natürlich auch Fotos von denen gemacht", ergänzt er lächelnd.

„Aber falls sich noch das „Amt für Rassenhygiene" querstellt und eine medizinische Untersuchung der Antragstellerinnen fordert, dann solltest du daran denken, deinen Mädchen vorher auch die Schambehaarung heller zu färben, um sie nicht gleich wieder als Jüdinnen auffallen zu lassen, wenn ein SS-Arzt die peinliche Nackt-Untersuchung vornimmt", rät mir Günther noch. „Oder sag ihnen, sie sollen sich lieber gleich die schwarze Wolle da unten wegrasieren, das wird sowieso gerade Mode bei Frauen", behauptet er.

„So machen sich die Mädchen nicht einmal verdächtig, wenn sie sich so kahl da unten vor einem SS-Arzt präsentieren", sagt Günther zufrieden.

„Ich weiß, es ist eine Schande, dass man über den Intimbereich junger Mädchen überhaupt so zynisch reden muss, aber auch das kann lebenswichtig sein, Judith: Denn bestimmt haben Petruschka und Rebecca doch auch verräterische, üppige schwarze Schamdreiecke, oder nicht?", fragt er wirklich mit viel Unbehagen. „Oh ja, und wie sie sie haben!", antworte ich prompt. „Du hast recht, auch daran habe ich ja noch gar nicht gedacht", gebe ich ihm recht.

„Aha. Es tut mir wirklich Leid, dass ich dir auch noch diese peinliche Frage zumuten musste", druckst Günther betroffen herum. „Nein, schon gut, ich bin dir ja so dankbar, dass du daran gedacht hast. Denn du hast recht, das kann wirklich eine Frage von großer Bedeutung werden für die Mädchen", sage ich betroffen.

Ich kuschele mich wieder an ihn. „Immerhin bist wenigstens du Mensch geblieben in einer Zeit, in der schon das eine Leistung ist", sage ich dankbar zu Günther, und kuschele mich an seine breite Brust.

„Danke, das war sehr lieb von dir", sagt er gerührt.

„Meine Güte, da fällt mir noch was ein, Günther", sage ich plötzlich, lasse ihn los und setze mich erschrocken wieder in Hockstellung im Bett auf. „Ja, was ist?", fragt er gespannt. „Wenn sich nun aber auch Miriam das Haar viel kürzer schneiden, und es dann auch noch hell einfärben soll: Dann fürchte ich, wird meine arme Schwester ihren Status als bevorzugte Geliebte von Doris Waldmann ganz schnell verlieren, weil die Lagerleiterin nämlich vor allem einen Narren an Miriams langer, dichter, dunkler Mähne gefressen hat, über die sie schon am ersten Tag ihrer Verliebtheit immer mit Behagen gestrichen hat, bevor sie Miriam dann zum Sex zwang. Ich fürchte also, wenn Miriam plötzlich kurze, helle Haare hat, wird die Lagerleiterin misstrauisch, und ahnt, dass wir fliehen wollen. Oder aber: Sollte sie nichts von unseren Plänen ahnen, dann könnte die Waldmann Miriam wegen der fehlenden Haare ganz schnell verstoßen; nicht nur das: Aus Ärger wird sie Miriam dann vielleicht sogar mit der nächsten Frauengruppe vor dem Erschießungskommando aufstellen, weil die Waldmann bestimmt denkt, Miriam habe sich die Haare abgeschnitten, um nicht mehr sexuell so attraktiv zu wirken; weil sie nicht mehr mit der Lagerleiterin schlafen will, also das erzwungene, lesbische Verhältnis mit ihr beenden will", stürze ich panisch hervor. „Die bringt das glatt fertig", prophezeie ich sinister. „Großer Gott, du hast auch da recht! Siehst du, daran habe ich wiederum nicht gedacht. Wahnsinn, an was für eigentlich lachhafte, nichtssagende, banale Bagatellen man aber auch in jedem Augenblick unseres unsicheren Lebens heutzutage denken muss", ruft Günther verdrossen aus. „Wahnsinn, dass in Zeiten des Krieges die kurze Frisur einer Frau den Tod bedeuten kann – man hält es nicht für möglich", sagt Günther höchst alarmiert und schaut mich an: „Was tun wir also mit Miriam?", fragt er mich mit treuen Hundeaugen.

„Am besten, wir sagen Miriam, sie soll die Waldmann fragen, ob sie was dagegen hat, dass sie sich das Haar kürzer schneiden lässt, dann sehen wir ja, wie die Lagerleiterin darauf reagiert, ob es gleich ein Donnerwetter gibt, oder ob die Sache glimpflich ausgeht. Vielleicht ist die Waldmann ja sogar einverstanden, weil sie Abwechslungen liebt und vielleicht erpicht darauf ist, eine ganz neue Seite an Miriam zu entdecken, wenn sie ihr künftig über das kurze helle Haar streicht", sage ich mit mulmigem Gefühl, und dann lachen wir auch noch über das schreckliche Szenario. Krieg härtet ab! Viel zu sehr …

„Ich hätte da noch einen lebensrettenden Vorschlag", sagt Günther kurz darauf, schon ganz verschlafen, zu mir. „Es wäre bestimmt von Vorteil, du würdest schwanger von mir. Mit einem Kind könnte ich dich nämlich noch weitaus besser beschützen, denn wenn dir die SS plötzlich doch ans Leben will, dann könnte ich für dich immerhin auf alle Fälle noch den Aufschub bekommen, dass du erst mein Kind zur Welt bringen sollst, denn ich werde darauf bestehen, dass es ausgetragen wird, denn ich wäre wirklich gerne Vater", säuselt er mir verträumt ins Ohr. „Was, sag mal: Das meinst du doch nicht im Ernst?", frage ich verdutzt und fahre wieder hoch.

„Ein Kind hier, in diesem Lager, bei all dem Chaos der Massenerschießungen?", frage ich verständnislos.

„Natürlich meine ich es ernst", sagt Günther, wieder ganz im Wachzustand, der mich am Arm fasst. „Miriam hat es da schon schwerer mit ihrer „geliebten" Doris Waldmann, denn lesbischer Sex bringt leider noch keine Kinder", trötet Günther mir schnoddrig entgegen.

„Also sag mal, ich glaube, bei dir sind jetzt wirklich sämtliche Sicherungen durchgebrannt, du Menschenzüchter von der Versuchsstation!", blaffe ich ihn schaurig an. „Du redest von mir, als würdest du Pferde züchten", werfe ich ihm greinend vor und weine.

„Judith – es wäre wirklich sicherer für dich: Wenn ich dich heute zum Beispiel schwängerte, dann wäre das Baby in neun Monaten da, also ungefähr im Mai 1942, und bis dahin haben wir längst den Krieg gewonnen! Dann ist ganz Russland in deutscher Hand, und wir sind in Sicherheit", will mir Günther naiv weismachen!

„Ja, und wenn ihr dann den Endsieg errungen habt, wird Himmler Anweisungen geben, auch noch die letzten jüdischen Geliebten von Wehrmachtsleuten samt ihrer halbjüdischen Bastarde zu töten", schreie ich unbeherrscht. „Und dann werden wir beide, mein Kind und ich, doch noch von der SS erschossen, denn Jude bleibt Jude!", sage ich heulend.

„Aber nein, das werden sie nicht wagen, Frau und Kind eines Obergruppenführers zu erschießen", beteuert Günther eifrig und hält meine Hände so, als ginge es schon auf das Ende zu.

„Außerdem werden die Nazis gar nicht siegen, denn Amerika wird nicht kampflos zusehen, wie ihr ganz Russland verheert und erobert, Amerika wird sich einmischen in den Krieg, du wirst schon sehen … Amerika wird Deutschland den Krieg erklären, und England wird mitziehen, dann ist es aus, mit euch und mit mir: Denn bevor die Nazis untergehen, werden sie noch rasch alle restlichen Juden in ihrer unmittelbaren

Umgebung töten und mich und mein vielleicht noch ungeborenes Kind umbringen", sage ich heulend.

„Aber überhaupt nicht", widerspricht Günther energisch. „Die Amis sind doch insgeheim froh, dass wir Deutschen die russischen Kommunisten Schritt für Schritt erledigen, Stalins Truppen im Handstreich aufreiben!

Denn Amerikas ideologischer Hauptfeind ist immer noch der Russe, nicht der Deutsche! Sie warten doch genüsslich darauf, bis wir auch die letzte Großstadt in Russland erobert haben und ihnen die Drecksarbeit abnehmen, die sie demnächst sowieso machen müssten, die Amis, wenn wir Deutsche nicht den Mumm gehabt hätten, Russland zuerst anzugreifen, vor Amerika, das ja auch ein Erzfeind von Stalin ist. Denn fast jeder Amerikaner würde doch eigentlich zehnmal lieber gegen Stalins Kommunismus kämpfen, wenn er die Wahl hätte, als gegen Deutschland. Nein, nein, meine Liebe Judith: Amerika wird sich hüten, uns Deutschen den Krieg zu erklären: Die Amis warten seelenruhig ab, bis wir den letzen Bolschewiken umgebracht haben, dann werden sie eine Kehrtwende machen und sich mit uns verbünden, du wirst schon sehen", schmettert mir der gute Günther im Brustton der Überzeugung hin.

„Ja, vielleicht hat du ja sogar recht", stimme ich maulend zu. „Aber die Amerikaner werden auch genauso geduldig warten, bis Himmler die letzten europäischen Juden ermordet hat, auch die russischen und die deutschen Juden in der Ukraine, denn dann haben die jüdisch beherrschte amerikanische Wirtschaft und das amerikanische, jüdische Finanzkapital weniger europäisch-jüdische Konkurrenten auf dem künftigen Weltmarkt,

wenn in Europa wieder Frieden eingekehrt ist", sage ich resigniert voraus. „Du siehst, wir Juden sind immer die Verlierer – von allen gehasst und geächtet, von Freund und Feind. Im Krieg oder im Frieden!", schließe ich meine Argumentation.

„Ich muss zugeben, du liegst wohl leider nicht ganz falsch", gesteht er mir zu. „Aber trotzdem werde ich alles unternehmen, euch alle fünf Mädchen zu retten", verspricht er mir sehr glaubwürdig.

Er küsst mich wieder und sagt: „Schlaf jetzt, mein Liebling, morgen früh sehen wir weiter!"

Wir versuchen zu schlafen, und die arme Miriam wird wohl jetzt gerade wieder bei Doris Waldmann pennen müssen, oh, Graus!, denke ich vergrämt. Aber wenigstens ist sie bei ihr sicher. Wahrscheinlich sicherer als bei uns.

Doch am nächsten Morgen schon werden unsere schönen Pläne wieder mal gehörig über den Haufen geworfen: Von wegen „arische" Fotos von Rebecca und Petruschka machen! Es kommt erst gar nicht dazu: Denn gleich in der Früh werden wir von der SS unsanft geweckt, und es wird uns befohlen, dass wir uns rasch anzuziehen hätten, denn das Lager solle geräumt und dann aufgegeben werden. Wir, die verdienten deutschen Juden sollten nach Kiew evakuiert werden, zusammen mit allen militärischen Einheiten – Befehl von Heinrich Himmler persönlich! Denn hier in der Einöde der Schlucht wären wir nicht mehr sicher, weder die Soldaten, die Offiziere mit ihren Familien, die Rotkreuzschwestern noch die treuen deutschen Jüdinnen, wie zum Beispiel meine Schwester und ich, die wir so gute Dolmetscherdienste geleistet hätten. In der letzten Nacht nämlich seien von Spähern Partisanengruppen gesichtet worden, die sich in ungeheurer Überzahl um das Lager herumgetrieben hätten, auch viele geflohene Juden aus ganz Europa seien darunter gewesen, die uns nun alle nach dem Leben trachteten. Auch desertierte russische Soldaten seien in großer Zahl gegen das Lager vorgerückt. „Die wollen uns ausplündern, und die im Lager verbliebenen Frauen vergewaltigen! Sind alle auf schnellen Sex aus und dann – peng!", behauptet Doris Waldmann verwegen. „Bevor die alle was gegen uns aushecken können, uns eventuell monatelang belagern und aushungern, müssen wir einen Ausfall machen", erklärt mir Doris Waldmann, die mich persönlich im Quartier von Günther aufsucht. „Denn das Lager ist ja noch nicht sicher genug befestigt, hat kaum genügend Wachtürme und Stacheldraht zu unserer Verteidigung. Auch fehlen uns vor allem Soldaten zur Verteidigung – die Feinde draußen sind schon in der Überzahl", sagt die Waldmann besorgt. „In Kiew sind wir dann sicher, denn die Kämpfe haben dort aufgehört, und die Stadt ist fest in deutscher Hand", fügt sie hinzu. „Und deine und Miriams Sprachkenntnisse brauche ich dringend in Kiew", erklärt sie mir voller Unruhe. Meine drei Mädchen führt sie zu meiner Überraschung schon völlig angezogen und reisefertig mit Koffern in der Hand mit sich mit. SS-Soldaten mit Knarren flankieren sie freundlich

und scherzen mit ihnen. „Bei dem Ausfall werden wir während unserer Flucht ins sichere, deutsch beherrschte Kiew unterwegs alle Partisanen, Juden und politischen Restkampfverbände der Russen vernichten, wenn sie es wagen sollten, uns anzugreifen, oder aufzuhalten", erklären mir Doris Waldmann und ihre Sturmführer. „Oder heldenhaft untergehen!", schnarrt mir ein junger SS-Mann lachend entgegen, dass ich erbleiche.
„Bitte Beeilung, Judith", sagt sie zu mir, „zieh dich an", fügt sie rasch hinzu und wendet sich an Günther, der im Bademantel vor ihr steht. „Aber das ist doch nicht möglich, Frau Lagerleiterin? ...", fragt Günther Steinbacher verwundert. „Und auch Ihre Autorität und volle Mithilfe brauche ich jetzt dringend, Obergruppenführer", bittet die Waldmann hastig meinen Günther. „Und der Reichsführer SS soll wirklich den Befehl zur Räumung des Lagers gegeben haben, wo wir noch gar nicht alle verräterischen, ausländischen Juden und Agenten verhört haben?", fragt er ungläubig. „Und das mit den draußen umherstreifenden Partisanen und Restkampfverbänden ist doch reiner Humbug!", schimpft Günther. „Wenn Sie mir nicht glauben – hier!", hält sie ihm den Wisch vor die Nase. „Der Räumungsbefehl, gezeichnet H. Himmler persönlich; sehen Sie selbst." Günther überfliegt ihn, und erkennt die Unterschrift schließlich als echt an.
„Und nun beeilen Sie sich bitte! Machen Sie sich rasch reisefertig, Obergruppenführer Steinbacher!", sagt Doris Waldmann. „Aber wieso wurde ich nicht schon früher informiert, das ist ja unerhört, denn ich habe in diesem provisorischen Durchgangslager schließlich immer noch den höchsten Dienstgrad von uns allen", donnert Günther die Waldmann an. „Das ist schon richtig Obergruppenführer, doch als Lagerleiterin bin ich dann doch die Ranghöchste", korrigiert sie forsch den Obergruppenführer und nimmt ihm den Himmler-Befehl wieder aus der Hand. „Also los jetzt, wir müssen in wenigen Minuten weg sein, der Feind ist schon im Anmarsch, und die Konvois der Wehrmacht haben auch schon Befehl zum Ausrücken erhalten – hören Sie?" Und wir lauschen tatsächlich dem dröhnenden Gebrumm der Militärfahrzeuge.
„Von wem haben sie den Befehl erhalten?", fragt Günther zornig. „Von mir nicht!"
„Nein, von mir!", sagt Doris Waldmann gehetzt. „Von Ihnen?", schimpft Günther aufgebracht. Dann aber zieht sich Günther Steinbacher doch rasch an. Ich auch. „Wo ist Miriam?", frage ich

unruhig die Waldmann, „ich sehe meine Schwester gar nicht!", dränge ich ängstlich.

„Draußen beim Konvoi, keine Angst! – Ja, glaubst du denn, ich werde ausgerechnet auf meine kleine Miriam verzichten?", fragt mich die Waldmann frotzelnd.

„Nein – jedenfalls nicht, solange das kleine Sexbiest noch scharf genug ist für Ihre erotischen Anforderungen, Frau Lagerleiterin", brumme ich sie schlechtgelaunt an. Die SS-Männer lachen vergnügt los, doch nach einem giftigen Blick der Lagerleiterin verstummen sie verschreckt.

„Das reicht jetzt, Judith, wehe, du erlaubst dir weitere Frechheiten", droht sie. Ich ignoriere sie.

„Sei unbesorgt, Mama, es stimmt, Tante Miriam ist in Ordnung, wir haben sie vorhin in einem Jeep gesehen", bestätigt mir Rebecca.

„Warum sagst du das nicht gleich?", raunze ich meine älteste Tochter schlecht gelaunt an.

Schon hören wir Schüsse, wie von einzelnen kleinen Gefechten verfeindeter Gruppen. „Es geht schon los, oje, ob wir überhaupt noch nach Kiew kommen?", lamentiert Doris Waldmann.

Nach weiteren zehn Minuten springe ich mit meiner Schwester und den drei Mädchen schon in einen Militärlastwagen. Kaum sind wir auf der Ladefläche, schon geht's los: Die Türen werden geschlossen, aber ob wir wirklich nach Kiew fahren?, frage ich mich und werde wieder von Zweifeln geschüttelt. Aus der offenen Wagenplane sehe ich immerhin, wie andere deutsche Juden, Männer, Frauen und Kinder, die mir flüchtig bekannt sind, auch auf Lastwagen verladen werden. „Ich glaube eher, die karren uns in die dichten Wälder von Kiew, und drinnen im unübersichtlichsten Dickicht, oder vielleicht sogar auf einer Lichtung, wo viel Platz ist für uns Judenmassen, knallen sie uns reihenweise ab!", sagt Miriam mit bangem Gezittere im Flüsterton zu mir. „Glaub ich auch", sagt Rebecca mit Schrecken. „Ruhe da hinten!", bedroht uns ein Soldat mit Gewehr im Anschlag.

Als der Soldat nach vorne geht, sagt Petruschka: „Ja, denn dort in den Wäldern können sie uns noch viel gefahrloser und sicherer umbringen, und keiner hört die Schüsse …"

„Nein, warum sollte sich die SS extra die Mühe machen, unseren schon arg zusammengeschrumpften Judenbestand so aufwändig und gefahrvoll in die unsicheren Wälder zu verfrachten, wo sie unsere routinemäßige

Vernichtung in der Schlucht da unten billiger haben könnten? Wo sich alles schon so schön eingependelt hat bei den Massenerschießungen? Das ergäbe einfach keinen Sinn", sage ich entschieden.

Es ruckelt ganz schön los und wir werden tüchtig durchgeschüttelt. Sarah schreit laut auf und wird gegen Petruschka geschleudert. Es geht über Stock und Stein und draußen hören wir Schüsse und Schreie. „Ob das die Partisanen sind, die uns schon angreifen?", fragt mich Miriam nervös. Und währenddessen geben die Kampfwagen unserer kleinen versprengten Privat-Armee ihr eigenes Feuer an den Feind zurück. Als Antwort auf die Scharmützel da draußen. Erschrocken spähe ich durch die Plane und bemerke tatsächlich rennende Menschen, Soldaten, vielleicht auch Widerstandskämpfer und Freischärler, die unserem Konvoi mit Granaten und Flammenwerfern zusetzen. Noch werden sie von motorisierten SS-Einheiten niedergemäht oder fliehen zuhauf. Es sind auch Frauen dabei, die uns mit Gewehren angreifen, wie ich gerade feststelle; zwei von ihnen werden gerade getroffen. Eine mit Stahlhelm und wippendem Zopf darunter, die gerade im Begriff ist, eine Granate nach unserem Wagen zu schleudern, wird leicht am Arm von einer Salve getroffen, lässt die Handgranate fallen, die dann wohl gleich unter ihren eigenen Kameraden ein Massaker anrichtet. Die andere, eine junge dralle Blonde ohne Helm, den sie wohl im Kampfgetümmel verloren hat, feuert mit grimmiger Miene und bleckenden Zähnen aus vollem Rohr Dauerfeuer aus ihrer Maschinenpistole - direkt auf mich und meine Töchter. „Weg da!", schreit der zum Heck des Wagens zurückkehrende Soldat, der uns bewachen soll, uns zu, zielt, wird von der Blonden getroffen und schnellt wie ein gefällter Baum rollend in den vorderen Teil des Mannschafts-LKWs. „Kommt bloß da weg, Sarah, ... schnell! Nach hinten!", schreie ich aus vollster Herzensangst um meine Töchter. Ich reiße meine Jüngste mit mir fort, Petruschka und Rebecca folgen mit Verzögerung. Die Mädchen schreien vor Entsetzen und weichen von der Plane zurück, laufen in Panik in den vorderen Teil des Wagens. Ein frisch nachgerückter SS-Offizier erschießt aus unserem LKW heraus die dralle, kräftige Blondine mit seinem MG. Ihre Bluse färbt sich geschwind rot, ihr ganzer Oberkörper wird durchlöchert wie ein Sieb, das Maschinengewehr entgleitet ihren Händen, sie bricht zusammen. Der fehlende Helm hätte ihr auch nichts genützt. Meine Güte, wie war das Mädchen mutig! Was für einen Kampfgeist sie an den Tag gelegt hat! Hat sich überhaupt nicht um ihre eigene Sicherheit geschert … Da wird meine lange, hochgewachsene Rebecca von dem Kampfgetümmel da draußen in den Rücken getroffen! Denn sie ist das zuletzt von der offenen Plane fliehende Mädchen von meinen drei Töchtern. Sie schreit kurz abgehackt auf, Blut spritzt auf und verdreht fällt sie – oh, Horror! Sie fällt aus dem offenen Wagen! Über die Plane! Direkt über die Plane gleitet sie nach draußen, es ist aus für meine älteste Tochter! Ich schreie laut und will ihr nachstürzen, aber ein SS-Offizier hält mich zurück. Direkt vor die Füße unserer aufgescheucht rennenden Feinde, die zu Fuß unseren LKW weiterhin unter Dauerfeuer nehmen, purzelt mein armes Mädchen, erst knapp 21 Jahre alt! Ich sehe einige Kämpfer in Uniformen mit grüner Tarnfarbe, die stehen bleiben und meine regungslos auf dem Asphalt liegende Tochter kurz begutachten! Sie rührt sich nicht mehr, mit großer Wahrscheinlichkeit ist sie tot! Tut es ihnen wenigstens Leid? Erkennen sie, was sie angerichtet haben? Aber nein, sie rennen schon weiter, wieder mit dem Gewehr auf unseren Konvoi zielend. Was für ein schrecklicher, sinnloser Tod, ein sinnlos vergeudetes Leben, meine arme Rebecca! „Rebecca – nein!", schreie ich nur und werde von der SS festgehalten und niedergerungen, denn sie wollen offensichtlich wirklich nicht, dass ich aus dem fahrenden LKW meiner toten Tochter nachspringe … „Lasst mich los, ich muss zu Rebecca!" Ich schreie einer Ohnmacht nahe, zitternd und hysterisch, immerzu nur ihren Namen, und das tun auch meine beiden jüngeren Kinder, Sarah, und Petruschka. „Bleiben Sie unten, sonst werden Sie auch noch getroffen! Da ist nichts mehr zu machen, sie ist tot!!! Es tut mir Leid, ehrlich!", brüllt mich der SS-Mann an. „Nein, lassen Sie mich bitte zu ihr, vielleicht ist sie ja noch am Leben, sie braucht mich, … Rebecca!! Meine Kleine braucht meine Hilfe", rufe ich verheult und verquält.

„Ich kann sie doch nicht da draußen … in den Händen unserer Feinde lassen!", rufe ich verdattert, zerstört an Leib und Seele. Ich werde von starken Männern festgehalten, damit mein Tobsuchtsanfall sich legen möge. „Sie werden sie vergewaltigen, und dann umbringen, wenn sie noch am Leben ist!!!", schreie ich in der Zangenumklammerung.
Wir jedoch fahren im rasenden Tempo weiter, Richtung Nirgendwo! Denn wir werden ausgerechnet jetzt plötzlich von allen Seiten stärker als je zuvor beschossen, verfolgt und gehetzt: Von vorne, von hinten,

von der Seite kommen sie auf uns zu! Wer eigentlich? Die Partisanen? Saboteure? Russen? Deserteure? Vielleicht sogar versprengte, verfolgte ukrainische Juden, die sich den Partisanen aus Verzweiflung angeschlossen haben? Nicht auszudenken, sollte ein jüdischer Partisane meine Rebecca erschossen haben! Vielleicht sogar eine jüdische Partisanin, die nicht viel älter ist als Rebecca? Aber was könnte die Frau dann dafür? Sie wusste es einfach nicht besser. Sie denkt ja, sie rächt sich an den verdammten Nazis, die sie mit ihrer Knarre aufs Korn nimmt! Und es stimmt ja auch zum größten Teil; die meisten hier in unserem Konvoi sind unerbittliche Nazis, wie Doris Waldmann, die keine Skrupel kennen, wenn es um die Vernichtung der jüdischen Rasse geht … Aber meine Rebecca! Ohne es zu wollen, haben sie mein jüdisches Mädchen erschossen, einfach so, ohne Plan! Ohne erstmal nachzudenken. Eine ihrer eigenen Rasse haben sie gerichtet, eine Unschuldige, sie haben jemanden ermordet, den sie eigentlich schützen wollten!, denke ich schaudernd.

Es ist aus! Keine Zeit mehr für Trauer! Wir werden systematisch eingekreist von Feinden! Die Fahrer, die Befehlshaber, alle brüllen sinnlose Befehle wie wild durcheinander und verkeilen sich mit den Fahrzeugen, fahren ineinander, oder behindern sich gegenseitig bei der Flucht. Nach vorn oder nach hinten! Nirgends geht es mehr weiter. Wir sitzen fest, kämpfen jetzt im Stellungskrieg; wie in einer amerikanischen Wagenburg von Indianern belagerten Siedlern sind wir eingekeilt und schießen auf unsere angreifenden Feinde. Sogar ich bekomme martialisch streng eine Knarre zugeschanzt und drücke in wilder, kopfloser Panik, ohne zu zögern wie eine Wilde ab, feuere auf Russen und Russinnen, die auf uns schießen. Das Töten kommt mir gerade recht. Voller Wut über Rebeccas Tod knalle ich alles nieder, was mir vor die Flinte kommt. Mähe in grausamer Rachestimmung mindestens sechs Menschen nieder, auch eine junge Frau in Kampfuniform; es sind wohl doch versprengte russische Deserteure, die an unsere Waffen und Vorräte wollen. Bestimmt auch an unsere Frauen, denn das appetitliche Fleisch meiner Mädchen dürfte rachsüchtige, blutgierige Beutegelüste bei den sexuell ausgehungerten Russen geweckt haben! Ja, die meisten Russen haben noch ihre zerschlissenen Uniformen auf ihrem Leib, wie ich augenblicklich zu erkennen glaube … Sie grölen, rufen, rauchen, saufen und schießen, alles gleichzeitig. Hoffentlich treffen sie Doris

Waldmann! Aber soll ich mir das wirklich wünschen? Was soll ich mir überhaupt noch wünschen? ... Ich vergesse alle Gefahren, in meiner entfesselten Schießwut; nehme immer weniger Deckung und feuere immer kühnere Salven auf die Feinde ab. Gerade da scheint mir alles zu gelingen! Ich schieße, schreie und lache dreckig und unbeherrscht. Meine Haare flattern wild aufgelöst im Kampfgeschehen. Ich treffe unentwegt haargenau ungezählte Männer und Frauen, in die Brust und in den Rücken, die alle in Sekundenschnelle im Kampf unter meinen Kugeln fallen. Und ich werde selber nicht getroffen! Gerade darum nicht, weil ich augenblicklich nur noch sterben will! - Weil der Schmerz über Rebeccas Tod zu groß ist - überlebe ich garantiert!

„Zurück, alle Mann zurück ins Lager! Es war einfach Wahnsinn, so unvorbereitet und dilettantisch auszurücken!", brüllt ein Offizier einem Unteroffizier zu. „Gerade, wo wir eine ernste Warnung bekommen haben, dass sich hier reihenweise Marodeure um unser Lager herumtreiben würden! Waren wir blöd!", schreit er. „Wir können nicht zurück, wir sind eingekreist!", brüllt dieser zurück. „Wir können nur noch schießen und beten!" Ein anderer Offizier lacht hysterisch. „Dann lieber schießen!", antwortet er und tut es auch sofort darauf.

„Rückzug, Rückzug um jeden Preis!", schreit einer. „Wenn es sein muss, zu Fuß!" Verwundete schreien, alles nimmt Deckung, und auch ich habe mein Magazin längst geleert und liege kauernd am Wagenboden unseres ausrangierten Wracks von Lastwagen, der nun mit zerdrückter Kühlerhaube traurig in einem havarierten Kampfwagen fest hängt, in den er hineinverwachsen ist. Eine junge Rotkreuzschwester eilt zu einem verletzten SS-Offizier, der am Boden unseres Lastwagenwracks neben mir liegt und stöhnt. Da wird sie von einem Schuss von außerhalb niedergestreckt und fällt tot auf meinen Körper. Ich schreie auf, als ihr Gewicht mich zu erdrücken droht; die offene Heckklappe wurde der Krankenschwester zum Verhängnis.

„Oh, was ist das für eine verfluchte Scheiße, alles war umsonst!", brüllt jemand, der sich rennend vor dem Kugelhagel der Russen wegduckt, in meine Richtung strebt. „Judith, Judith, wo bist du, mein Schatz?", brüllt er. „Falls du am Leben sein solltest, gib mir Antwort!", schreit er sich durch das Maschinengewehrgeknatter. Es ist Obergruppenführer Günther Steinbacher, mein Günther! Ich kann es nicht fassen, dass jemand noch an mich denkt. „Bleibt unten, Sarah und Petruschka!", befehle ich barsch meinen Töchtern, die verdächtig neugierig die Köpfe heben in Richtung des Fragers, zwar nur ganz verstohlen und unendlich vorsichtig, ich gebe es ja zu ... Aber trotzdem! „Unten geblieben – oder wollt ihr getroffen werden wie eure große Schwester?", drohe ich schneidend und drücke Sarah nach unten, zerre Petruschka an ihrer Haarmähne zu Boden. Sie schreit auf.

„Günther, hierher! Ich bin in dieser großen, zusammengequetschten Ziehharmonika hier, bei dem großen Felsen", schreie ich ihm durch das Getöse zu. „Dort, wo unser Lastwagen und dieser Kampfwagen ineinander gefahren sind!" Einige SS-Männer geben ihm Feuerschutz, während er sich an den Lauten meiner Stimme orientiert, um zu mir vorzustoßen. Im Nu ist er bei mir. „Meine Güte, Judy – du lebst?", ruft Günther und duckt sich weg. Er sieht mich noch nicht, denn ich bin tief versteckt auf dem Boden unseres Wracks, er liegt draußen flach auf dem Boden, kann sich aber jetzt durch lautes Rufen problemlos mit mir verständigen.

„Günther, bleib bloß liegen, dort wo du jetzt bist – reck bloß nicht den Kopf hoch!", schreie ich warnend.

Das Geknalle geht draußen unvermindert weiter, auch das Gezisch und Gebrumm der Lastwagen ... Einer von ihnen stürzt auf der wilden Flucht um. Lastwagen?, denke ich plötzlich. Aber wo doch alles still steht? Aber nein, ich erkenne jetzt auch Kampfpanzer am Geräusch. Da muss Verstärkung angerollt sein! Aber woher sollte die kommen?, grüble ich rasch. Sind das etwa die Russen, die sich wieder gegen unsere ersterbende Festung mit ihren Panzern und Stalinorgeln in Bewegung gesetzt haben? Um uns den Rest zu geben in unserer aussichtslosen Lage? Was kann da los sein? Ich wage einen kühnen Blick nach draußen: Aber nein! Es sind deutsche Kampfpanzer im Anmarsch, zu unserer Verteidigung. Die Russen nehmen rasch und wild Reißaus! Natürlich, denn die halbe Ukraine ist doch längst von den Deutschen erobert, voller Panzer und Militärfahrzeuge! Vor allem unsere Gegend hier um Kiew ist doch längst in deutscher Hand. Wie konnten es da die letzten Häuflein versprengter Russen bloß wagen, unseren Konvoi anzugreifen?, denke ich.

Alle jubeln und Günther schwingt sich frohgemut zu mir hoch. Klettert zu mir in das Autowrack. Alle Waffen schweigen. Der Albtraum ist vorbei, endlich! Aber Rebecca! O Gott, sie ist verloren!

„Mein Schatz, du lebst, bin ich froh, Judittchen!", jauchzt Günther entzückt und umarmt mich wild.
„Ja, aber Rebecca ist tot!", schluchze ich in seine Arme.
„Wie denn das, mein Gott?"
„Im Kampfgetümmel ... ist sie erschossen worden!", wimmere ich.
Sofort teilt er wieder meine Trauer, fragt mich voller Mitleid nach dem genauen Standort des Todes meiner Tochter. Ich erkläre ihm das Unglück. Bevor er mich richtig trösten kann, eilen Wehrmachtsoffiziere auf meinen Obergruppenführer zu. Sie drängen darauf, die Kriegslage mit Günther zu besprechen. Ich werde weggeschickt. Denn Frauen verstehen ja offensichtlich nichts von militärischen Dingen.
Weinend ziehe ich mich mit meinen zwei überlebenden Töchtern in einen Militärjeep zurück.
„Wie sieht es so aus da draußen? Wie steht es um unsere Truppen im Felde? Kommen wir gut voran, Leute?", fragt Günther Steinbacher interessiert. „Ausgezeichnet, Obergruppenführer, aber Ihre unverantwortliche Ausbruchsaktion hat uns aufgehalten, aber darüber sprechen wir später!", fährt ein Divisionskommandant meinen Günther an, wie ich noch aus der Ferne mitbekomme. „Was haben Sie überhaupt hier draußen verloren?" Auch ein Panzergeneral ist wütend. „Allerdings kommen wir hier in der Ukraine sehr gut voran mit den letzten Eroberungen", sagt der Panzergeneral mit zufriedenem Gesicht zu Günther Steinbacher. „Von Kleist rückt gegen Melitopol vor, Charkow dürfte locker in zwei Wochen in unserer Hand sein. Und Odessa kann jetzt jeden Tag fallen ..." Er lächelt überlegen.
„Aber das Wichtigste von allem ist natürlich nach wie vor der Angriff auf Moskau, denn wenn Moskau fällt, dann ist Russland erledigt, dann haben wir Deutsche den Krieg in Europa gewonnen. Dann bleibt nur noch England übrig. Und Irland! Dann kann die Besiedelung der Ukraine beginnen, die Ausweitung deutschen Lebensraumes im Osten - bis weit über Moskau hinaus!", spricht der Divisionskommandant mit triumphierender Stimme.

Günther ist begeistert von den guten Nachrichten. „Und was ist im Augenblick Ihr Ziel, General?", fragt Günther mit entschuldigender Miene. „Charkow natürlich. Ich bin mit meiner Panzerdivision gerade von Kiew zur Verstärkung unserer Truppen in Charkow aufgebrochen, wo ein wilder Kampf mit den Russen tobt. Und da pfuschen Sie uns mit

Ihrer unbegreiflichen Ausbruchsaktion ins Handwerk, bringen meinen Feldzug fast zum Erliegen, weil Sie hier draußen irgendwelche Partisanen bekämpfen und ein paar entflohene Juden, wie mir einer von Ihren Sturmführern gesagt hat", empört sich der Panzergeneral und überzieht Günther Steinbacher mit einer Strafpredigt.
„Das ist mitnichten Ihre Aufgabe, denn die restlichen Säuberungen von schädlichen Elementen hier draußen in der Wildnis besorgen schon wir von der Wehrmacht, sofern sie noch nicht der Vernichtung dort im Steinbruch in Ihrem Lager zugeführt werden konnten, verstanden?", fragt der General mit berserkerhaftem Toben. „Was haben Sie sich denn bei diesem Schwachsinn eigentlich gedacht? Wer hat den Befehl zum Ausbruch gegeben? Sie sollten doch in diesem provisorischen Lager bleiben, dem getarnten Durchgangslager, das Sie bei dieser Schlucht in der Nähe von Kiew aufgeschlagen haben, wo Sie alle feindlichen Juden, Saboteure, Partisanen und die versprengten russischen Truppenüberbleibsel vernichten sollten, mitsamt den Zigeunern, der gesamten ukrainischen Oberschicht, und so weiter ... Kurzum: Sie sollten da alle schädlichen Elemente erschießen, die unserer Truppe und unserem Endsieg gefährlich werden könnten!"
„Das haben wir ja bisher pausenlos getan!", verteidigt sich Günther vehement.
„Warum tun Sie es dann nicht weiterhin? Warum haben Sie das Lager überhaupt aufgegeben, zum Teufel? Die deutsche Verwaltung in Kiew schickt Ihnen bestimmt gerade jetzt in diesem Augenblick wieder neue schädliche, asoziale Elemente in das Lager, und dann? Wer soll sie empfangen und beseitigen, wenn keiner mehr da ist?", fragt der General aufgebracht.
„Diese Schlucht ist doch riesig, sehr abgelegen, also gut geschützt vor neugierigen Blicken und daher ideal für Massen-Exekutionen von Reichsfeinden, sowas kann man doch nicht Hals über Kopf aufgeben, der Ort ist beinahe genauso gut geeignet für die Judenvernichtung wie die beinahe benachbarte Schlucht von Babi Jar", sagt der Panzergeneral aufgebracht.
„Babi Jar? Was heißt das? Wo ist das?", fragt Günther verblüfft.
Da sieht der Panzergeneral entrüstet und konsterniert dem armen Günther ins Gesicht.
„Was, das wissen Sie nicht? Das ist eine andere, noch etwas größere Schlucht, dreißig Kilometer von hier, wo wir vor ein paar Tagen die

ersten 33771 Juden erschossen haben, die erste, bisher größte Vernichtungs-Aktion durchgeführt haben, die reibungslos und ohne Verluste unsererseits äußerst gelungen abgelaufen ist. Oberst Paul Blobel hat sich da große Verdienste erworben. Der raffinierte, alte Fuchs hat die vielen Juden mit Erfolg in eine geschickte Falle gelockt, in der dann alle umgekommen sind. Das war übrigens am 29. und 30. September. Wohingegen bei Ihnen ja die Judenerschießungen chaotisch und mit wilden Aufständen und gegenseitigem Gemetzel vonstatten gegangen sein sollen, wie mir gestern einer Ihrer geflüchteten Offiziere gesteckt hat; stimmt das, dass wir unter den Schützen empfindliche Verluste hatten?", fragt er streng.

„Die Juden sollen ja bei Ihnen im Lager einen Aufstand sondergleichen angezettelt haben, Waffen an sich gerissen und viele SS-Männer umgebracht haben; auch Ihre begabte Dolmetscherin soll von einem Juden getötet worden sein, ist das etwa alles wahr?"

Günther Steinbacher senkt betrübt den Kopf und nickt stumm. „Ja, das ist alles wahr, es tut mir so Leid, Herr General!"

„Darüber werden wir noch reden, doch jetzt ist keine Zeit dazu, aber ich werde mir Doris Waldmann gehörig vorknöpfen! Doch wieso haben Sie das provisorische Ghetto an Ihrer Schlucht so miserabel geführt und die Disziplin derart verwahrlosen lassen? Und wie konnten die Juden überhaupt so außer Rand und Band geraten und randalieren und ... so viele unserer Leute töten?", fragt der General noch einmal fassungslos.

„Aber der Befehl zur Räumung des Lagers kam doch vom Reichsführer SS persönlich, war von Himmler höchstselbst unterzeichnet, ich habe ihn selbst gesehen!", lenkt Günther den Zorn des Generals ab. „Die Lagerleiterin Doris Waldmann hat ihn mir auch persönlich überreicht", verteidigt Günther Steinbacher zornig die Aufbruchsmaßnahmen.

„Was sagen Sie da, Mann? Davon ist mir nichts bekannt!", ruft der Panzergeneral zornig aus. „Wo ist Doris Waldmann übrigens jetzt im Augenblick? Ist sie noch am Leben? Zeigen Sie mir den Befehl, Obergruppenführer!", verlangt der General von Günther barsch.

„Doris Waldmann hat ihn, Herr General!", berichtet Günther wahrheitsgemäß. „Und ich weiß im Augenblick nichts von ihrem Verbleib, ihr Schicksal ist für mich genauso ungewiss wie für Sie, Herr General. Ich kann Ihnen unmöglich sagen, ob sie noch am Leben ist oder nicht!"

Der General befiehlt, dass ihm Doris Waldmann sofort zugeführt werde, sollte sie noch am Leben sein.

„Und unsere Primäraufgabe sollte ja auch gar nicht die Vernichtung der Partisanen und des weiteren, umherstreifenden Gesindels hier draußen sein, sondern wir sollten uns ja nach Kiew durchschlagen, zu dem Zwecke, weil wir dort in der Verwaltung dringender gebraucht würden, als in diesem sinnlos gewordenen Lager, lautete der Befehl, Herr General!", weitet Günther seine Verteidigung aus. „Wir haben auch zwei wichtige Dolmetscherinnen dabei, die uns in Kiew von größerem Nutzen sein können als in dem Lager", erklärt Günther.

„Sie reden von ein paar lächerlichen Dolmetscherinnen, wo in Charkow gerade die große Schlacht tobt? Ja, haben Sie denn den Verstand verloren, Obergruppenführer?", donnert der General wieder los mit seinem verbalen Unwetter.

„Und wieso sollte das Lager sinnlos geworden sein; jetzt, wo Sie es gerade erst so gut getarnt aufgebaut haben?

Denn gerade bei Ihnen sollten ja nicht mehr so rüde, für die Juden auf Anhieb erkennbare Erschießungen durchschimmern wie in Babi Jar, wo die Judenvernichtung doch noch relativ ungetarnt und emotional sehr schaurig für die Juden sowie für das Exekutionskommando vonstatten ging", rügt der General.

„Oh, wenn Sie wüssten, was für furchtbare Szenen sich bei der Judenvernichtung erst hier bei uns abgespielt haben, Herr General!", sagt Günther aufgewühlt.

Doch der Panzergeneral bringt Günther mit einer eisernen Handbewegung zum Schweigen, indem er seinen Einwand beiseite wischt.

„Soll das alles umsonst gewesen sein? Ich sagte Ihnen doch eben, dass wir Ihnen auf alle Fälle weitere Juden zur unkomplizierten Erschießung schicken werden, die kommen dann erst mal in das Lager; aber hier gibt es ja so viele Schluchten in der Umgebung, dass man die Juden dann auch ein paar Kilometer außerhalb des Lagers in einer anderen davon umlegen kann … Zur Entlastung. Und zur Tarnung der Erschießungen! Klar? Denn die vielen Leichen sollen ja nicht auffallen. Das wäre doch eine Riesenverschwendung, jetzt das Lager aufzugeben und sich selbst zu überlassen", murrt der General. Er schaut verdrossen auf seine Uhr.

„Ich warte das Erscheinen von dieser dusseligen Waldmann erst gar nicht mehr ab, denn dazu fehlt mir einfach die Zeit – wahrscheinlich ist die Versagerin eh schon längst tot!", giftet der Panzergeneral erneut los. „Sie rücken jetzt mit Ihrem ganzen verdammten Tross sofort wieder in das Lager an der Schlucht ein, verstanden? Und dann bleiben Sie gefälligst dort und vernichten weiterhin Staatsfeinde und Juden, verstanden?", schimpft der General, und Günther atmet schwer. „Aber wehe, Sie tarnen diesmal die Erschießungen nicht besser, verstanden? Führen Sie die Judenmassen erst mal angezogen in die riesigen Schluchtenwindungen hinein, aber diesmal in kleinen Gruppen; und in möglichst viele, verschiedene Schluchtenwindungen! Behaupten Sie, dort stünden Krankenstationen. Bauen Sie auch ruhig einige Schein-Lazarette davor auf, mit als Krankenschwestern verkleideten SS-Frauen zum Beispiel. Sagen Sie den Juden, sie würden dort in den Kranken-Baracken medizinisch untersucht, und wenn sie gesund seien, bekämen sie sofort Pässe für die Weiterreise nach Palästina. Dann sind die Juden erleichterter, schöpfen weniger Verdacht. Und dann erst lassen Sie sie ausziehen – und peng! - Und ich will künftig keinen Mann vom Personal mehr verlieren, keinen SS-Offizier, oder sonst eine Krankenschwester oder Dolmetscherin - sonst sind Sie dran, verstanden?"

„Aber falls Doris Waldmann doch lebend wieder auftaucht, dann wird, fürchte ich, das Chaos wieder perfekt, wenn sie wieder das Kommando übernimmt. Denn die vielen Toten unter unserem SS-Personal sind nämlich zum größten Teil ihren sadistischen Exekutions-Methoden zuzuschreiben, mit denen sie viele Juden und Russen zu ihrer persönlichen Befriedigung genüsslich langsam töten ließ. Dadurch aufgehetzt und zum Widerstand aufgepeitscht, haben viele Juden überhaupt erst angefangen, einen wilden Aufstand zu wagen. Da erst haben sie empört den SS-Wachen die Waffen zu entreißen begonnen und wild auf die Soldaten und Offiziere geschossen. Dabei haben sie allerdings auch Krankenschwestern und die Dolmetscherin getötet. Sollte die Waldmann also noch leben, dann kann ich für nichts garantieren. Sie wird weiter ihre hasserfüllten Mordaktionen durchführen, und dann kann es einen neuen Judenaufstand geben, und viele unserer Leute lassen dabei vermutlich wieder ihr Leben", gibt Günther zu bedenken.

Der General erschrickt.

„So war das also, das ist ja grauenhaft! Glauben Sie mir: Ich würde Ihre Doris Waldmann gleich absetzen, wenn ich die Zeit hätte, sie suchen zu lassen, aber sie ist wahrscheinlich doch tot, denn Sie sehen ja selber: Sie taucht ja gar nicht mehr auf! Das Problem hat sich wahrscheinlich von selbst erledigt. So, jetzt aber befolgen Sie bitte endlich meinen Befehl, und rücken Sie endlich wieder in Ihr verlassenes Lager ein – und ich möchte Ihnen noch einmal dringend raten, die Judenerschießungen besser zu tarnen: Die Juden dürfen bis zum letzten Augenblick ihres Lebens nicht ahnen, dass sie erschossen werden sollen, klar?"

„Aber Herr General, ich habe doch nun einmal Heinrich Himmlers ausdrücklichen Befehl, mich mit allem verfügbaren Militär sofort nach Kiew zu begeben, zwecks Unterstützung unserer Truppen!", widerspricht Günther weiterhin vehement.
„Blödsinn! Gar nicht möglich! Wir haben genug eigene Dolmetscher in Kiew, für alle Sprachen! Da sind Sie total überflüssig mit Ihrer lausigen Truppe! Kiew ist doch längst völlig erobert, das dürfte sogar Ihnen bekannt sein, Sie Null; alles ist still, aber das Lager wird sofort wieder von Ihnen bezogen, klar? Denn Himmler hat doch keine Ahnung von Kriegsplanung, er war nie Soldat, hat nie gedient! Er ist ein Schreibtischtäter par excellence! Und dieser ganze Himmler-Befehl kann ja nur ein Irrtum sein, ich werde das später mit dem Reichsführer klären, wenn wir die Rest-Ukraine erobert haben!", sagt der General unwirsch zu Günther Steinbacher. „Denn dem Herrn Reichsführer kann doch nur daran gelegen sein, dass die planmäßige Massenvernichtung von Reichsfeinden aller Art reibungslos weitergeht. Was liegt da näher, als dort in der undurchdringlichen, menschenleeren Schlucht und Umgebung die Arbeit sofort wieder aufzunehmen?"
Dann wirft der Herr General wieder einen geringschätzigen Blick auf Günther Steinbacher: „Und Sie sollten froh sein, dass meine Angriffstruppen überhaupt angehalten haben, um Ihren verlorenen Sauhaufen vor den Juden und Partisanen zu retten! Sonst wären Sie jetzt alle hin! Wenn Sie nicht einmal mehr selber mit diesem Gesindel fertig werden können, oh, meine Güte!!! …"

„Sie haben völlig recht, Herr General! Ich danke Ihnen natürlich nachdrücklich im Namen aller unserer Leute, besonders auch der vielen Frauen, die wir in unserem Tross mitführen, für Ihre rasche Intervention", sagt Günther zerknirscht. „Ich werde Ihren Befehl befolgen, und mich sofort mit all unseren überlebenden Leuten auf den

Rückweg in das Lager machen!", sagt mein Obergruppenführer mit Nachdruck und salutiert. „Danke noch einmal für unsere Rettung, übrigens auch für die meiner Freundin Judith, die beinahe ums Leben gekommen wäre bei dem Partisanenangriff! – Wir brechen sofort auf, Herr General!"

„Das will ich Ihnen auch dringend geraten haben", schnarrt der hohe Militär. „Ich gebe Ihnen meinen SS-Oberstgruppenführer, Siegfried Breitenfeld mit, er ist nun Ihr direkter Vorgesetzter, und wird fortan das Lager führen, von jetzt an die Befehle geben und das Lager und die Schlucht weiter zur Festung ausbauen lassen, verstanden, Obergruppenführer?", schnarrt der General.

„Jawohl, Herr General!", antwortet Günther militärisch knapp und salutiert vor einem großen, klotzigen Menschen mit breiten Schultern, und brutalem Gesicht: SS-Oberstgruppenführer Siegfried Breitenfeld! Na, das kann ja heiter werden, mit dem da, wird er sich denken. Sein Dienstgrad entspricht dem eines Generalobersten der Wehrmacht oder eines Generaloberst der Polizei. „Machen Sie mir also keine Schande mehr, Obergruppenführer! Wir müssen weiter, aber vorher können Sie mir trotzdem noch schnell Ihre Freundin vorstellen", schlägt der General überraschend vor. „Ich will doch mal kontrollieren, ob diese auch so zerfahren wie Sie ist", sagt er lachend. „Gern", sagt Günther, und mir wird ganz mulmig zumute, als ich zurückgeholt werde und zu dem furchterregenden Haufen dirigiert werde. „Herr General, darf ich vorstellen: Meine Freundin Judith, eine der Chefdolmetscherinnen unseres Lagers", sagt er mit verhaltenem Stolz. Zerzaust und verschmiert sage ich: „Freut mich, Sie kennenzulernen, Herr General, und entschuldigen Sie unsere Unfähigkeit", sage ich unterwürfig. Der General lächelt mir zu. „Ach, Sie sind eine der Dolmetscherinnen? Das ist ja fein, meine Liebe. Was für eine schöne Frau, intelligentes Gesicht, durch und durch arisch, blond, beherrscht und furchtlos! Tadellose Haltung auch in der größten, verlorenen Schlacht! Im schlimmsten Schlamassel! Wunderbares, gutes, unverfälschtes deutsches Blut – besser geht es gar nicht mehr!". Auch der Oberstgruppenführer mit seinem brutalen Quadratschädel ist äußerst angetan von mir und begrüßt mich sogar mit einer schneidigen Verbeugung.

„Gehen Sie nur zurück mit uns ins Lager an der Schlucht! Das dort bald neu eintreffende Judenpack aus ganz Europa wird umso schneller ins Gras beißen, wenn Sie in allen Sprachen auf das Gesindel einschreien

und es zurechtweisen, wie es zu krepieren hat, hahaha! Ich freue mich schon darauf, zu sehen, wie Sie das machen!", raunt mir der sadistische Mensch zu. Ich erschrecke tüchtig, aber nur innerlich: Äußerlich zeige ich tatsächlich keine Regung, nehme mich zusammen und lächle dem ungeschlachten Kerl sogar kaltblütig ins Gesicht. „Gerne, Herr Oberstgruppenführer, immer zu Diensten!"
Er lächelt, verbeugt sich wieder vor mir. Ist hochzufrieden. Mein Gott, wenn der die Wahrheit über mich wüsste!, denke ich verzweifelt!

„Gut, das Lager ist nun mit Oberstgruppenführer Siegfried Breitenfeld in guten Händen!", konstatiert der scheidende General und lächelt befriedigt. „Ich muss nun mit meiner Truppe endgültig weiterziehen, also: Auf nach Charkow, für Führer und Vaterland! Wo ein baldiger, glorreicher Sieg unser harrt! Heil Hitler!", schnarrt er zum Abschied, und auch Günther Steinbacher steht stramm und entbietet den Führergruß. Die Versammlung löst sich auf und wir setzen uns wieder in Bewegung. Zurück ins Lager! Unterwegs sammeln wir unsere Verwundeten und Toten vom Partisanenüberfall ein, und wir suchen auch nach Rebecca, meiner gefallenen Tochter. Ich will wenigstens ihren toten, zerschundenen Leib mit nach Hause führen. Ich habe die Erlaubnis dazu von Günther erhalten, die er mir unter hohler Hand gegeben hat. Auch Breitenfeld weiß jetzt um das Schicksal meiner Ältesten und ist ganz gerührt, bietet mir selbstverständlich seine Hilfe an. Wir aber verschweigen ihm natürlich vorerst, wie Rebecca aussieht, und dass es sich bei uns um Jüdinnen handelt. Meine Güte, was wird der Oberstgruppenführer sagen, sollte er meine tote Tochter auf der Straße erblicken, ihren schwarzen Haarschwall durch seine Hände gleiten lassen? Ich habe es ja von Anfang an gewusst: Wir fünf Frauen sind konstant in Lebensgefahr, was wir auch tun oder lassen, wo wir uns auch gerade befinden.

Wir kommen in unserem zerbeulten LKW an der Stelle vorbei, wo vorhin Rebecca aus dem Wagen gefallen ist!
„Da ist es!", schreie ich panisch. Wir halten an. Ich beginne heftig zu zittern, und das Herz will sich schier aus meiner Brust herausklopfen! … Leichen pflastern die lange, endlose Straße, ich erkenne einige vorhin gefallene Opfer wieder: So sehe ich die dralle, blonde Partisanin oder Widerstandskämpferin von vorhin, die auf meine Töchter gefeuert

hatte. Sie liegt tot und verkrümmt auf der Straße, mit blutig zerschossener Brust und verrenkten Gliedern präsentiert sie sich meinen entsetzen, unendlich müden Augen. Neben ihr die andere, erschossene junge Frau, die ich habe sterben sehen; vorhin vom LKW aus … Überall liegen Leichen von Männern und Frauen … Wir sind an der richtigen Stelle, in der Nähe müsste auch meine Rebecca ruhen, die kurz nach ihr starb, oder irgendwo im Straßengraben liegen. Wir suchen alles nach ihr ab, finden sie aber nicht. „Das ist doch ein gutes Zeichen, das beweist doch, dass sie noch lebt, oder nicht?", frage ich Günther mit Wehmut und Schnappatmung. „Sie war wohl doch nicht so schwer verletzt, ist also aufgestanden und getürmt, oder wurde von den jüdischen Partisanen als eine der Ihren erkannt und fortgetragen, wir müssen sie suchen, unbedingt!", schreie ich Günther an. „Sei nicht albern, Judith, das hat doch nichts zu bedeuten, wir können hier nicht überall herumsuchen; wir müssen zurück ins Lager! Dass Rebecca nicht aufzufinden ist, beweist gar nichts: Sie kann sehr weit weggeschleudert worden sein durch den Aufprall, oder andere, nachfolgende Fahrzeuge der Rebellen und Deserteure können sie durchaus als totes Hindernis von der Fahrbahn genommen haben, sogar aufgeladen haben auf ihr Fahrzeug, wer weiß?", antwortet Günther verzweifelt.

Ich aber suche noch weiter in einem größeren Umkreis, bis wir vom Oberstgruppenführer Breitenfeld zum Aufbruch gemahnt werden. „Es hat keinen Zweck, es wird schon dunkel, wir müssen endlich ins Lager zurück, denn ich will keinen weiteren Partisanenüberfall riskieren!", ruft er ungeduldig. „Kommen Sie, Judith; wenn Ihre Tochter wirklich hier wäre, dann hätten wir sie doch bei den Opfern gefunden", erklärt er mir hastig und zieht mich mit sich fort, zu seinem Mannschaftswagen. Ich finde kurz vor meinem Aufgeben sogar noch eine von mir erschossene Frau tot im Straßengraben vor, und auch einen Mann, den ich mit Kugeln durchsiebt habe. Bald darauf kommen wir im verlassenen Barackenlager an, und zeigen dem neuen Befehlshaber, SS-Oberstgruppenführer Siegfried Breitenfeld die „Todesschlucht". Er nickt beeindruckt. „Da ist noch Platz für viele parasitäre Juden", sagt er genüsslich und reibt sich die klobigen Arbeiterhände. Ich erschaudere.

Wo ist bloß Doris Waldmann abgeblieben? Ob sie wirklich tot ist? Bei dem Partisanenüberfall vor einigen Stunden umgekommen? Vielleicht ist sie aber auch von den Partisanen gefangen genommen und mitgeschleppt worden? In einen ihrer Kampfwagen verfrachtet worden?

Wir sind schon seit zwei Tagen wieder im Lager. Unendlich ist meine Traurigkeit für meine verschwundene Rebecca. Sie ist nicht wieder aufgetaucht, weder tot noch lebendig. Die Späher suchen sie schon seit zwei Tagen auf den zerschundenen Straßen, doch keine Spur von ihr! Aber vielleicht ist sie doch nicht tot, hege ich weiterhin die Hoffnung aller Hoffnungen. Und hoffen will ich auf jeden Fall weiterhin, solange wir keine Leiche finden, die Rebecca auch nur entfernt ähnlich sieht. Wo mag sie jetzt sein? Bei den Engeln? In einer besseren Welt hoffentlich, als es diese hier ist ... Oder doch bei den Partisanen? Ist sie vielleicht gerade jetzt mitten unter ihnen, und kämpft mit ihnen mit, gegen uns? Mit Russen, Juden, Polen, Ukrainern, Prostituierten, Verstoßenen, Verfemten, Deserteuren? ... Für eine bessere, gerechtere Welt? Warum aber kommt sie dann nicht zu mir zurück, zurück ins Lager? Wenn sie lebt? - Ganz einfach, male ich mir lebhaft aus in meiner morbiden, kranken Fantasie: Die Partisanen lassen sie nicht mehr gehen, sie lassen Rebecca nicht zu mir zurückkehren, weil sie sie brauchen, für ihre hehren Ziele einer besseren Welt ...

Die Waldmann ist auch wieder bei uns, sie hat den Partisanenüberfall überlebt. Doch der neue Kommandant des Lagers, Oberstgruppenführer Siegfried Breitenfeld, hat ihre Kompetenzen arg beschnitten. Sie ist wütend und faucht darüber wie eine Wildkatze. Seit zwei Tagen gibt es keine Erschießungen mehr im Lager, denn wir müssen erst wieder einmal Ordnung schaffen. Neue Gefangene sind zwar tatsächlich gerade eingetroffen, denn seit zwei Tagen durchkämmen SS-Stoßtrupps die Umgebung der Schlucht nach untergetauchten Juden und Saboteuren, versprengten Kommunisten; die üblichen Geschichten gehen also wieder los.

Soeben stehen wir zusammen, direkt vor der Schlucht, die Waldmann und ich als Chefdolmetscherin, neben uns der SS-Oberstgruppenführer. Wir fechten heftige Kompetenzstreitigkeiten aus, wer was darf und wer für was zuständig ist. Denn: Das hier ist ja immer noch kein richtiges, organisiertes Lager, sondern hier herrscht nach wie vor das reine Chaos, heute mehr denn je! In meinem eigenen Interesse merke ich vorsichtig an, indem ich mich direkt an Breitenfeld wende: „Aber ich finde wirklich, Herr Kommandant: Der Arbeitseinsatz der Juden ist doch eigentlich wichtiger als ihre Vernichtung; vor allem, weil ihr Bestand schon so radikal dezimiert ist ... Wir könnten die demnächst eintreffenden Juden doch gut gebrauchen für die Wiederinstandsetzung des Lagers und für vielfältige andere Arbeiten, die hier konstant anfallen".

Indigniert schaut mich der rüde Klotz von Kommandant da an: „Blödsinn, zu was für einen Arbeitseinsatz sind denn zum Beispiel diese ganzen, dürren Mädchen fähig, die da gerade ankommen?", fragt er kopfschüttelnd, indem er auf eine gerade herangeführte Gruppe von Jugendlichen deutet, die mit ihren Lehrerinnen zur Schlucht dirigiert werden. Sie ahnen nichts, und sie sehen auch keine Leichen da unten herumliegen, denn die ganze Schlucht wurde wie immer rechtzeitig gesäubert.
Oje, jetzt geht das Gemetzel wieder los, denke ich mit Schrecken, und Miriam stellt sich neben mich, hält aber Abstand zu dem Kommandanten. Denn sie wurde schon mehrfach missbilligend von Breitenfeld angestarrt: Als Andersartige. „Was sind denn das für Mädchen?", frage ich. Man erklärt mir, das seien die Insassinnen einer jüdischen Waisenhausschule aus Kiew, die mit ihren Lehrerinnen vor mir Halt machen. Die Mädchen sehen erschöpft aus, und machen Gesichter, als hofften sie, gleich etwas zu essen zu bekommen. Oder dass sie sich ausruhen dürften. Oje, Jüdinnen, Volljüdinnen, sticht es mir ins Herz! Verdammtes Wort. Warum seid ihr nicht geflohen, ins Innere des Landes?, frage ich mich wehmütig. Nun kann ich nichts mehr für euch tun ... Hastig treten mehrere Rotkreuzschwestern vor die etwa hundert Mädchen aller Altersstufen, bis 21, sie heißen sie willkommen, lächeln. Hinter den Mädchen sehe ich weitere Menschengruppen eintreffen: Ganze Familien mit Kindern kommen auf uns zu. Na, das kann ja heiter werden ...
„Wie bringen wir das den vielen armen Menschen wieder nur bei, dass sie alle gleich erschossen werden?", frage ich Miriam bitter und flüstere, „das ist ja entsetzlich, ihre totale Ahnungslosigkeit, oh, Gott, die Armen!"
„Ja, du hast recht, wo sie doch denken, hier wären sie in Sicherheit", flüstert Miriam zurück. „Mir bricht das auch das Herz!"

„Oh, das sind ja wirklich ganz adrette, artige kleine Mädchen, und was für hübsche Schuluniformen sie anhaben", höre ich Breitenfeld sagen.

Im Moment schöpfe ich wieder Hoffnung, weil er so unerwartet menschlich mitleidig reagiert, doch im nächsten Augenblick wird sie schon zerstört, als er weiter ausführt, und mir zuflüstert: „Aber es sind ja leider alles Juden, Sie haben es ja selbst gehört, liebe Judith – jüdisches Waisenhaus! Also die ganze Ladung umgehend vernichten! ... Aber die Kleidung der Mädchen und Frauen können wir gut gebrauchen für die Winterhilfe und für die Kinder der deutschen Umsiedler in der Ukraine", sagt er eifrig. „Aber Herr Kommandant, vielleicht können die Kinder uns ja noch lebend nützlich sein?", frage ich verzweifelt. „Als was denn?", fragt er verwundert. „Als Näherinnen, oder Küchenhilfen vielleicht?", frage ich zitternd. „Ach was, so was brauchen wir hier nicht", sagt er bestimmt. Dann nimmt er mich und die Waldmann beiseite. „Wie wurde das hier eigentlich gehandhabt? Ich meine: Wie haben Sie denn hier eigentlich bisher Kinder, Mädchen dieser Art erledigt? Und Familien? Einzeln, oder getrennt erschossen, oder in Gruppen, nach getrennten Geschlechtern, oder zusammen, nach Familien, nach Alter, oder alle durcheinander?", fragt Breitenfeld interessiert. „Ganz auf verschiedene Art, wie es sich gerade ergab", antwortet die ehemalige Lagerleiterin vorsichtig. „Wie verfahren wir hier bei denen? Was schlagen Sie vor, Judith?", fragt er ausgerechnet mich direkt.

„Ich ... Ich weiß nicht, Herr Kommandant!", sage ich panisch. Da lässt eine der Lehrerinnen der Mädchen die Klasse ein Lied anstimmen, „Zur Ehre des neuen Kommandanten", wie sie sagt. Zwölf Mädchen treten ganz zutraulich gesondert vor und stimmen „In einem kühlen Grunde, da steht ein Mühlenrad" an, mit hellen, klangreinen, niedlichen Stimmen. Mein Gesicht hellt sich auf. „Hören Sie: Zumindest diese Kleinen können wir doch für Ihre Kasino-Abende als Sängerinnen verwenden, sie können uns sehr nützlich sein beim Bewältigen des rohen Lageralltages, die Mädchen könnten doch die erschöpfte SS mit ihren Zauberstimmen erfreuen. Was meinen Sie, Herr Oberstgruppenführer?", frage ich mit steigender Hoffnung. „Jetzt können Sie die Mädchen doch nicht mehr einfach so erschießen lassen, nicht wahr?", frage ich eindringlich. „Nach all den Freundlichkeiten und Anstrengungen, die auch die Lehrerinnen der Kinder für unser Vergnügen unternommen haben?"

„Sie können ja noch zu Ende singen, aber dann ist Schluss", sagt Breitenfeld abrupt. „Denn wir kriegen ja jetzt bestimmt jeden Tag neuen

Sängernachwuchs, bei den vielen Judenmädchen, die uns hier hereingeschneit kommen ins Lager", knallt er mir doch glatt vor den Latz. Dann ist das Lied zu Ende und wir alle klatschen. „Ganz entzückend!", sagt Miriam zu den zehn Lehrerinnen auf Ukrainisch, doch die antworten überraschenderweise alle auf Deutsch, sodass auch ich alles verstehe. „Doch nun müssen wir Sie alle zuerst einmal auf etwaige Krankheiten hin untersuchen", sagen eine Rotkreuzschwester und eine Ärztin zu der Schar. „Daher bitten Sie die Mädchen doch gleich mal, sie sollen sich alle kurz mal nackt ausziehen, ja?", sagt die Schwester zu Miriam. „Da Sie ja gerade so schön die ukrainische Sprache beherrschen". Miriam übersetzt für die Kinder. Die Lehrerinnen reagieren mit Unverständnis. „Ausziehen? Hier draußen?", fragt eine konsterniert. „Ja, bekommen wir denn dazu nicht erst einmal eine Unterkunft, wo das diskret gemacht werden kann?", fragt eine andere Lehrerin oder Erzieherin verdutzt. „Nein, das geht leider nicht, soviel Platz haben wir hier nicht", sagt die Schwester. „Daher würde ich euch bitten: Zieht euch also alle bitte komplett hier draußen aus, stapelt die Kleidung hier auf einem Haufen, und stellt euch in Zehnergruppen auf, bitte macht schnell, Kinder", bittet die Schwester. „Damit wir euch unverzüglich untersuchen können!" Und die Mädchen gehorchen spontan, und ziehen zuerst ihre Schuhe aus, dann die Strümpfe, die Röcke und die Unterwäsche. „Wir werden schnell machen mit der Untersuchung, liebe Kinder, danke, dass ihr so kooperativ seid; danach könnt ihr sofort ein erfrischendes Bad im kleinen See dort unten in der Schlucht nehmen, wenn ihr wollt, und danach gibt es jede Menge Eis zu essen", verspricht die Schwester und die Ärzte treten vor. Die ersten nackten Mädchen jubilieren schon und jauchzen, klatschen sogar Beifall!

„Aber das geht doch nicht …?", protestiert eine andere Lehrerin. „Bitte, das gilt auch für Sie, die Erwachsenen, bitte legen auch Sie Ihre gesamte Kleidung ab, denn wir müssen auch Sie auf ansteckende Krankheiten untersuchen", sagt eine junge Ärztin zu einer der gleichaltrigen Lehrerinnen.

„Was soll ich? Aber das ist doch unmöglich! Das können Sie doch nicht von uns verlangen! Dann verliere ich doch sofort meine gesamte Autorität vor den Kindern, wenn auch ich als Erzieherin und Respektperson nackt vor ihnen stehen muss!", protestiert die sehr junge Lehrerin und schlägt ihre Hände vor die Brust.

„Unsinn, Sie kriegen ja alles wieder, die gesamte Kleidung, gleich nach der Untersuchung!", sagt die Rotkreuzschwester entnervt.
„Bitte, schnell, ziehen Sie sich alles aus, die gesamte Kleidung", wiederholt die Ärztin, zu der geschockten Lehrerschaft gewandt.
Schon stehen drei Reihen von je zehn nackten Mädchen von 6 bis 21 Jahren gehorsam hintereinander.
Ihnen ist allerdings nicht ganz wohl zumute in ihrem erzwungenen Evakostüm, denn sie kichern verlegen und machen große Augen, aber sie sind nicht misstrauisch. Sie denken sich nichts Böses, und die Aussicht auf das frische Bad da unten im See und das Eis hinterher machen sie gehorsam und lassen sie alle Unannehmlichkeiten vergessen. So kommt ihnen die Möglichkeit eines tödlichen Komplotts gar nicht erst in den Sinn.

„Die Anordnung gilt auch für die nachfolgenden Familien: Bitte ziehen Sie sich alle aus zur ärztlichen Untersuchung und stellen Sie sich hintereinander zu Zehnerreihen auf ", befiehlt die Schwester. „Geschlechtertrennung ist bei Ihnen nicht notwendig, Familien können zusammenbleiben", versichert die Schwester beruhigend.
Die Familien sind tatsächlich beruhigt und gehorchen schweigend. Denn sie sind froh darüber, dass sie jetzt scheinbar so gut versorgt werden.
Als alle nackten Kinderreihen komplett stehen, sind die Lehrerinnen immer noch angezogen. Sie werden wieder nachdrücklich gebeten, sich auszuziehen. „Das ist ... empörend! Und wenn wir uns weigern?", fragt die junge Lehrerin vor mir. „Tut mir Leid, Sie müssen dem Befehl Folge leisten", sagt die Waldmann und bedroht die Lehrerin mit einem Stock. Da schwant ihr wohl was. „Was haben ... Sie mit uns vor?", fragt sie zitternd und fängt rasch an mit der Entkleidung.
Die Kinder werden unruhig und schreien nun doch. „Ruhe!", droht die SS und zückt die Waffen.
Vor Schreck fangen die zwölf inzwischen entkleideten Jüdinnen vom Mädchenchor, die über verschiedene Reihen verteilt sind, wieder zu singen an. Die Lehrerinnen verfallen in Panik und schreien auch; fünf stehen erst jetzt völlig entblößt vor uns, die restlichen fünf sind halbnackt oder noch ganz angezogen. „Nein, nicht die Kinder, bitte!", schreit eine fast noch völlig angezogene Lehrerin und rennt zu ihren nackten Schützlingen. Sie wird von SS-Männern niedergeknüppelt, fällt zu Boden. Bleibt aber bei Bewusstsein und streckt die Hand verkrümmt

nach ihren Schützlingen aus. „Lauft, Kinder, lauft, es geht um euer Leben!", schreit die etwa Vierzigjährige vehement.
Da wird sie von einer SS am Boden liegend erschossen.
„Halt, seid ihr denn vollständig wahnsinnig geworden? Das ist die falsche Taktik!", brüllt Kommandant Breitenfeld aus Leibeskräften, greift voller Panik in das chaotische Geschehen ein und entreißt dem SS-Mann das Gewehr.
Die nackten Waisenmädchen wimmern jetzt zwar leise, werden aber von einer gefassten, sehr mutigen, fast nackten Lehrerin getröstet und beruhigt: „Keine Angst, Kinder, wenn ihr den Erwachsenen weiterhin so brav gehorcht wie bisher, dann passiert euch nichts, denn Kindern tun sie nichts!"; auf diese Weise scheint die Lehrerin die Mädchen direkt zu hypnotisieren. Es gelingt. Die Kinder und Jugendlichen strahlen jetzt tatsächlich in ihren Reihen eine friedliche, anmutige, unschuldige „Erotik des Todes" aus, wie ich mit Schrecken bemerke.
Doch dann zerstört ein grober Klotz wieder die mühsam aufgebaute Harmonie:
„Los, die ersten zehn Gören von euch: Vorwärts!", befiehlt ein skrupelloser SS-Mann mit grimmiger Miene, und er und seine Kameraden treiben die Zehn zum „Erschießungsgraben". An der Schlucht bleiben die Kinder schreiend stehen, blicken sich um nach ihren Lehrerinnen. „Doch nicht so!", schreit da der entsetzte, ratlos um sich blickende Breitenfeld los, doch seine Männer gehorchen ihm unbegreiflicherweise nicht, sie entwickeln eine sadistische Eigendynamik, beziehungsweise Gruppendynamik der Gewalt. Wie einst schon die Waldmann, die sich die vielen Toten aus ihrer SS-Einheit durch ihren Sadismus selbst zuzuschreiben hat. Die SS-Soldaten in ihrer aufgedrehten, ziellosen Männlichkeit schießen unkoordiniert los, höhnisch, „Schön langsam!", auf die jüdischen Mädchen. Die SS-Soldaten grölen, geben sich feixend untereinander Exekutionskommandos: „Nicht so schnell schießen, es soll ja ein bisschen Spaß machen", sagt einer grausam und seine Kameraden lachen. Im Augenblick hat der perplexe Breitenfeld komplett die Kontrolle über die Situation verloren: Er zögert, wird von den Ereignissen überrollt. Die erste Mädchenreihe verschwindet verkrümmt in der Schlucht, die nächste wird rasch vorgetrieben, doch die zu Tode erschrockenen Kinder sprengen panisch die Reihen, und werden daher kreuz und quer durchsiebt, mit Maschinengewehrfeuer erschossen.

Und dabei hat der Panzergeneral vor ein paar Tagen Günther Steinbacher befohlen, dafür zu sorgen, dass die Erschießungen künftig gut getarnt ablaufen sollten! In verschiedenen Nischen. Und die Opfer sollten bis zum letzten Augenblick ihres Lebens nichts von ihrer Erschießung mitkriegen … Von wegen – hier wird offener und sadistischer gemordet denn je!
Die schockierten, seelisch blockierten Lehrerinnen trauen einfach ihren Augen nicht, was da vor ihnen passiert: Ehe sie es in voller Tragweite begreifen, da sind auch sie schon niedergemäht. Ein nackter Frauenhaufen liegt im Nu vor uns, sie wurden hier auf der Wiese erschossen, weil sie sich konstant weigerten, sich vor den Abgrund zu stellen; und die restlichen Überlebenden werden eingefangen und auf den Berg der Toten draufgeschleudert. Dann werden auch die restlichen Jüdinnen einzeln auf dem nackten Fleischhaufen erschossen.

Die entsetzt zuschauenden Familien im Hintergrund brechen in Schreikrämpfe aus. Denn sie haben nun Gewissheit, was ihnen blüht. Eine splitternackte Mutter mit wehendem Haar zieht ihre zwei schon völlig entblößten Töchter von ungefähr 12 und 14 Jahren bei den Händen herbei und führt sie direkt vor Kommandant Breitenfeld. „Halt! … Warten Sie! … Aber der verehrte Herr Reichsführer, Herr Himmler hat uns Juden doch in seiner großen Gnade erst vor Kurzem noch über den Rundfunk versprochen, dass wir bald alle nach Madagaskar auswandern dürften, denn er wolle eine humane Lösung der Judenfrage, die sich mit den christlichen deutschen Werten verträgt!", skandiert sie jammernd. „Denn eine Tötung der Juden wäre extrem unwürdig und ließe sich mit den moralischen Werten eines Kulturvolkes wie den Deutschen auf keinen Fall vereinbaren! Das waren seine Worte, Herr Kommandant!", schreit die Frau wie von Sinnen. „Warum ermorden Sie uns jetzt? Warum halten Sie sich nicht an die Versprechen des Reichsführers SS? Das können Sie doch nicht tun, sollen etwa auch meine beiden Mädchen hier so elendig sterben, abgeknallt wie räudige Hunde im Straßengraben? Warum tun Sie uns das an?", heult sie, lässt die Kinder los und geht heulend vor dem Oberstgruppenführer in die Knie. „Gnade, bitte, für meine Kinder!", fleht die junge Mutter. „Bitte, bitte, warum lassen Sie uns nicht nach Madagaskar auswandern?", fragt sie kreischend.

Da wird der labile Kommandant, der seine Schwäche von vorhin überwunden hat, wieder gefasster, er hat sich wieder in der Gewalt, seine Autorität ist schlagartig zurückgekehrt, und seine Haltung verhärtet sich zusehends, als er feierlich verkündet: „Es tut mir Leid, der Plan mit Madagaskar ist gescheitert, der Reichsführer bedauert das selber sehr", erklärt Breitenfeld betreten, „er hat es versucht, Herr Himmler war persönlich bei den Behörden auf Madagaskar, mit Genehmigung der französischen Kolonialmacht, er war höchstpersönlich mit Heydrich direkt in der Hauptstadt vorstellig geworden, der König hat abgelehnt, er musste es tun, auf Befehl der Franzosen! Denn der unbesetzte Teil Frankreichs weigert sich, dem Deutschen Reich seine Kolonie Madagaskar abzutreten, obwohl der Führer eine hohe Summe geboten hat. Außerdem ließ der König der Insel proklamieren: Eine Aufnahme von so vielen Millionen Juden käme nicht in Frage für sein Land, das bedeute Krieg und Hungersnot, die einheimischen afrikanischen Stämme würden rebellieren und alles verheeren, die Juden würden dann eh wieder von ihnen massakriert werden - es geht also nicht, ich bedaure!", sagt Breitenfeld und schüttelt sie ab.

„Dann schicken Sie uns doch in ein anderes Land, die Welt ist so groß: Kanada, Brasilien, Amerika! Das sind doch riesige Länder, die uns doch alle problemlos aufnehmen könnten!", klagt die arme Frau sich die Seele aus dem Leib. „Bedaure, auch die anderen Länder haben abgelehnt", sagt der Oberstgruppenführer jetzt mit ehrlichem Bedauern. „Sie sehen also: Keiner will euch Juden, ihr werdet in der ganzen Welt gehasst! Wir Nationalsozialisten hatten also doch recht mit unserer Weltanschauung von eurer notwendigen Vernichtung; die finale Endlösung der Judenfrage! Alle Länder begrüßen eure Vernichtung. Keine Umsiedlungsmaßnahme greift da noch wirksam, die Erlösung von der Judenplage auf der Welt kann nur durch weltweite Ausrottung der jüdischen Rasse gewährleistet werden – die ganze Welt erwartet das jetzt geradezu begierig von uns, dass wir euch alle liquidieren!", rechtfertigt Siegfried Breitenfeld auf infame Weise sein unterbrochenes Massaker. „Da Sie und Ihre Töchter nun also schon mal so weit vorgerückt sind, dann stellen Sie sich jetzt doch bitte gleich zu einer neuen Zehnerreihe auf, dann erledigen wir das gleich hier. Ich verspreche Ihnen, es geht ganz schnell und schmerzlos …" Und seine Schergen packen die drei Jüdinnen schon an den langen Haaren und zerren sie zum Abgrund Aus dem nachrückenden Pulk greifen sie sich sieben weitere Juden wahllos heraus und gliedern sie in die erste Zehnerreihe ein, die spontan steht. „Achtung!", schreit Breitenfeld. „Ein MG-Schütze vortreten!"

Die Mutter der Töchter schreit laut auf und ruft immerzu nur: „Nein! Nein! Nein!" Sie bricht als Erste aus der Reihe wieder aus und eilt zurück zum Kommandanten. „Das können Sie doch nicht tun? Was nützt Ihnen denn unser Tod? Wir sind doch auch Menschen wie ihr Nazis, nicht nur Juden! Bedenken Sie doch, Herr Offizier: Hinter jedem Juden steht doch schließlich auch ein Mensch! Ich habe meine zwei Mädchen hier doch nicht extra geboren und dann so mühsam aufgezogen, damit sie jetzt so einfach ohne Grund erschossen werden! In großem Elend haben wir als deutsche Flüchtlinge hier in der Ukraine gelebt, von allen gehasst: Von den Ukrainern, wie von den Russen diffamiert und gedemütigt. Sogar von den einheimischen ukrainischen Juden wurden wir verprügelt und bespuckt. Denken Sie doch an Ihre eigenen Kinder, wenn das hier mit ihnen passieren würde! Die kleine Sharon hier war gerade ein Jahr so krank, sie war schon am Rande des Todes, und nun ist sie endlich genesen, da kann man die Kleine doch jetzt nicht so einfach durchlöchern wie eben die armen Waisenkinder da unten in der Schlucht. Das ist doch grausam, und unter keinen Umständen der Welt zu rechtfertigen", erklärt die verzweifelte Mutter schreiend. „Wenn die Welt hiervon erfährt, dann werden Sie sich dafür zu rechtfertigen haben, für dieses Massaker! Sie werden wegen Massenmordes angeklagt werden!", prophezeit die deutsche Jüdin hellsichtig mit wild glänzenden Augen.
„Unsinn, keiner wird etwas davon erfahren, und wenn doch: Ich sagte Ihnen ja schon vorhin, dass keiner für euch Juden Partei ergreifen wird, denn alle, auch Amerika und Kanada sind insgeheim doch froh darüber, dass wir Deutsche uns schweren Herzens endlich dazu entschlossen haben, die jüdische Rasse zu vernichten, dass eine mutige Nation endlich einmal zum finalen Schlag ausholt gegen das internationale Finanzjudentum und die volkszersetzende Schädlichkeit des alle Kultur zerwühlenden Gewürms des Weltjudentums!", entgegnet der Oberstgruppenführer immer selbstsicherer, immer wüster und zu allem entschlossen.

In diesem Augenblick wird auch er von dem grenzenlosen Hass seiner Mordtruppen angesteckt, die hier schon seit Wochen die Vorarbeit zum größten Zivilisationsbruch aller Zeiten geleistet haben.
Mich beeindruckt allerdings ungemein die Rede der Mutter, die hier ein flammendes Plädoyer für die reine, unverfälschte Menschlichkeit gehalten hat, die es hier in unserem Lager nicht mehr zu geben scheint, und das macht sie auch noch nackt und unter der ständigen Anspannung des nahenden, darauffolgenden Todes. Ich bewundere ihren Mut und es macht mich unendlich traurig, dass sie gleich mit ihren Kindern sterben soll.
Daher beschließe ich, einen weniger mutigen Schritt von meiner relativ sicheren Seite für sie zu wagen, denn ich bin ja wahrscheinlich noch nicht so unmittelbar vom Tod bedroht wie die Kindsmutter: „Herr Kommandant, vielleicht können uns diese drei deutschen Jüdinnen ja doch noch nützlich sein, was meinen Sie? Ist Ihnen denn das eine, heutige Massaker an den jüdischen Waisenmädchen und ihren Lehrerinnen noch nicht genug? Haben Sie für Ihren ersten Tag hier zum Auftakt in dem Lager noch nicht genug Blut vergossen, Herr Kommandant?", schreie ich erregt meine gerechte Empörung hinaus. Er ist offenbar perplex von meiner scharfen Reaktion, denn auch ihm geht dieses unkoordinierte, planlose Erschießen gegen den Strich. Aber eben nur deshalb, weil er Ordnung und Ruhe in die Massenexekutionen bekommen will, nicht etwa, weil er vor lauter Skrupel keine weiteren Juden mehr töten will.
„Ja, Sie haben recht, das alles … ist ja eklig, barbarisch, so können wir nicht weiter verfahren, wir müssen uns eine andere, sauberere Methode der Liquidierung überlegen!", sagt er vehement. Und zu meiner Überraschung höre ich mich hinzufügen: „Es gibt hier eine junge Schneidermeisterin aus Minden im Lager, die braucht noch einige Hilfskräfte beim Garnwickeln und weiteren leichten Arbeiten, wie sie mir vorhin gesagt hat. Denn sie hat gemeinsam mit uns den Überfall der Partisanen überlebt, und fast unverletzt überstanden. Nun hat sie allerhand zu tun, weil all unsere Uniformen und Kleidungsstücke arg unter den Kämpfen gelitten haben, zerrissen sind und manche an vielen Stellen ausgefranst", sage ich energisch. „Kaum eine Uniform ist noch heil, auch unsere Dolmetschergewänder sind arg in Mitleidenschaft gezogen worden; hier, sehen Sie", sage ich zu Siegfried Breitenfeld und zeige ihm meinen zerrissenen Jackenkragen. „So können wir hier doch

fürderhin nicht weiter herumlaufen, ich möchte Sie also darum bitten, dass Sie der Mutter hier und ihren zwei Töchtern gestatten, sich wieder anziehen zu dürfen, damit sich die drei als Hilfskräfte bei unserer tüchtigen Schneidermeisterin verdingen können, Herr Kommandant, denn ich kenne zufällig diese drei Jüdinnen, sie sind sehr geschickt im Umgang mit Nadel und Faden", lüge ich drauflos. „Die Mutter der Kinder hier ist übrigens auch eine gute Schneiderin." „Stimmt das?", fragt Breitenfeld erschöpft und stiert die drei Nackten grimmig an. Sie nicken eifrig. „Also, schön, mir soll's recht sein: Ihr drei könnt euch wieder anziehen, oder lasst euch von dieser Schneidermeisterin lieber gleich was Neues zum Ankleiden geben oder schneidern …", sagt Breitenfeld gleichgültig. Die drei nackten Jüdinnen bedanken sich absolut fassungslos und selig bei mir und Breitenfeld, und werden von den Rotkreuzschwestern sofort beim Arm gefasst und freundlich zu unseren Baracken geleitet. Und auch die anderen, zum Teil schon halb oder ganz entkleideten Familien verschont Breitenfeld zu meiner freudigen Überraschung. „Los, auch die anderen, die ganzen Familien da: Ihr könnt euch wieder anziehen, Schluss für heute! Aber danach verschwindet ihr alle gefälligst aus dem Lager, schnell und unauffällig, ist das klar? Ihr könnt euch in die Büsche schlagen, meinetwegen auf eigene Faust durchschlagen! Seht zu, wie ihr weiterkommt, aber wehe, ihr schließt euch den Partisanen an, dann geht es euch schlecht, verstanden? Wehe, wenn wir euch dann irgendwann in Begleitung dieses Gesindels antreffen sollten! Ab! Die Leute können alle gehen, lassen Sie die Gewehre herunternehmen!", befiehlt der Kommandant seiner SS. Die Verschonten rufen: „Hurra auf den lieben Kommandanten", klatschen und bedanken sich überschwänglich bei dem groben Klotz. Manche treten sogar hastig vor, um ihm die Hand zu schütteln und machen devot einen Bückling dazu. Er wehrt mürrisch ab, murmelt in Intervallen: „Schon gut, schon gut!", dann lässt er die Leute tatsächlich gehen, über den Abgrund der Schlucht abziehen, wo sich endlose Scharen von jüdischen Familien ängstlich davonmachen, in die Berge, in die Weiten der Steppe. Sie staksen holperig über den Abhang, die dreißig nicht sehr abschüssigen Meter hinunter.
Die Koffer werfen oder rollen sie teilweise über das Geröll des Abgrundes, die Untenstehenden fangen sie auf.
Sehen sich ängstlich von Zeit zu Zeit um. Werden am Ende nicht doch noch Schüsse fallen? Auch ich bin genauso skeptisch. Hat der grobe

Quadratschädel etwa doch noch eine Gemeinheit vor? Doch nein. Endlose Scharen von Menschen ziehen fast lautlos den Hügel hinunter. Keiner fragt etwa ängstlich nach, wo er hin solle. Alles ist besser, als hier in der Schlucht zu sterben: Endstation Massengrab.

Miriam und ich starren selig auf die Menschenmassen, freuen uns mit ihnen. Oder warten die Schergen der Nazis etwa doch noch unten, am Ausgang der Schlucht auf ihre Opfer, mit Gewehren in der Hand? Doch auch noch eine Stunde später, als die Menschenmassen schon längst unbehelligt abgezogen sind, hören wir noch keine Schüsse. Auch nicht als fernen Nachhall irgendwo in der Steppe, wo die Mörder lauern könnten. Breitenfeld scheint wirklich jegliches Hinrichtungsprogramm für heute abgeblasen zu haben. Denn ich habe ihm die Freude am Töten für heute gründlich verdorben. Der Schock mit den wild und sadistisch ermordeten Waisenmädchen sitzt wohl auch noch zu tief, selbst bei einem brutalen, gewissenlosen Schlächter wie Siegfried Breitenfeld. Die SS-Soldaten haben längst ihre Lauerstellung aufgegeben, lehnen lässig an den Bäumen, rauchen, besaufen sich, scherzen miteinander. Nur die vielen Leichen in der Schlucht stoßen mir noch übel auf. Die aller Hemmungen beraubten Tiere von SS-Männern schrecken sogar nicht davor zurück, vereinzelt auf die Leichen der nackten Mädchen unten in der Schlucht zu pinkeln. Schauderhaft! Angeekelt wende ich mich ab.
Die anderen Menschen sind ihren Mördern heute glücklich entkommen. Für dieses Mal. Wer weiß: Vielleicht werden die Erschießungen ja erst mal eingestellt für die Zukunft.
Noch viel später krallt sich Doris Waldmann wieder ihre Miriam. Es ist ja auch bald Schlafenszeit. Sie schickt meine Schwester zu Fuß voraus, dann wendet sie sich kurz mir zu. „Das war heute sehr mutig und human von dir, was du dir da geleistet hast, meine liebe Judith", sagt die ehemalige Lagerleiterin spitz, aber auch irgendwie anerkennend zu mir. „Doch sieh dich vor, dass du diesen neuen, grobschlächtigen Kerl von einem Kommandanten eines Tages mal nicht zu sehr reizt, das kann auch ganz leicht nach hinten losgehen, denn dann sind wir alle dran - auch ich!", warnt sie mich. „Ja, da haben Sie völlig recht, Frau Waldmann", sage ich ergeben, „ich werde ihn so vorsichtig wie möglich behandeln, mir künftig keine Freiheiten mehr herausnehmen, das verspreche ich Ihnen; doch wenn ich ehrlich sein soll: Ich mache mir nicht mehr viel Hoffnung für mich und meine Familie, was unsere

Zukunft in diesem Lager betrifft; denn meine Rebecca ist mit größter Wahrscheinlichkeit schon tot, und wir anderen werden bald auch diesem Weg in die Verdammnis folgen, ins Nichts!", sage ich resigniert, heule zu meiner großen Überraschung los und weine mich zu meiner noch größeren Überraschung in den Armen der etwas jüngeren Doris Waldmann aus. Sie nimmt mich gelassen und freundlich darin auf und tröstet mich, zum ersten Mal empfindet sie für mich sogar so etwas wie Freundlichkeit, Sympathie, behandelt mich fast mit Herzlichkeit, ohne Zynismus. Für einen kurzen Moment lässt sie mich sogar spüren, dass ich für sie ein Mensch bin, keine bloße Häftlings-Nummer, keine Jüdin …

„Schon gut, schon gut, ich kann deinen Kummer verstehen, und wenn du mir versprichst, mich eines Tages eventuell zu unterstützen und zu schützen, falls wir doch den Krieg verlieren sollten, und es mir an den Kragen geht; wenn du mir dann hilfst, das alles hier zu vergessen, vor höherer Stelle nichts zu erwähnen, was ich getan habe, ich meine, vor Gericht: Dann verspreche ich auch dir, dass ich von jetzt an alles unternehmen werde, was irgendwie noch in meiner Macht steht, um dich und deine zwei Töchter vor Breitenfeld zu schützen, das gilt natürlich auch für Miriam"; sagt sie seufzend.

Wahnsinn!, denke ich mir und mache mir plötzlich große Vorwürfe. Ich mache doch tatsächlich plötzlich gemeinsame Sache mit Doris Waldmann, einer Nazi-Frau, meiner Erzfeindin! Darf ich mir denn so eine moralische Entgleisung erlauben? Das geht doch einfach nicht … Erst verliere ich meinen Stolz, und meine Würde, und … jetzt auch noch den letzten Rest von Anstand! … Eine Mörderin bin ich sowieso schon … Und zwar allein durch Doris Waldmanns Schuld! … Sie hat mich gezwungen, zu einer Mörderin zu werden; habe ich das schon vergessen? …

Dann löst Doris Waldmann abrupt die Umarmung und dreht meinen Kopf forsch zu sich herum, bis wir uns auf Augenhöhe unterhalten: „Daher darf dieser unberechenbare Breitenfeld auf keinen Fall jemals erfahren, dass du in Wirklichkeit eine Jüdin bist, verstanden? Ich werde alles unternehmen, dass das geheim bleibt, denn sonst ist es aus mit dir. Und auch mit mir und Steinbacher. Und Sarah darf das ebenfalls nie verlauten lassen, klar? Zumindest euch beide kann ich schützen, denn Sarah sieht ja auch unglaublich arisch aus …" Ich verspreche ihr spontan meine Unterstützung, was ihr Wirken hier im Lager angeht, protestiere aber gleich wieder ängstlich und aufgewühlt wegen Petruschka und Miriam. Doch sie wiegelt ab und sagt mit freundlicher Miene: „Ich werde natürlich auch versuchen, Petruschka zu schützen, vielleicht kann ich ihr falsche, arische Papiere besorgen", sagt sie hastig. „Allein schon wegen meiner Miriam werde ich das tun!", gesteht sie jetzt mit großer Besorgnis und sieht sich in der Richtung um, in welcher meine Schwester schon längst verschwunden ist. Und Doris Waldmann erzählt mir, genau wie vor ein paar Tagen schon mein Freund, der Obergruppenführer Günther Steinbacher, von dem Rassereferenten Friedrich Ströbele aus Kiew, der für verfolgte Juden Wunder bewirken könne. Mit falschen Pässen und falschen Stempeln…

„Ach, wenn ich das noch glauben könnte!", versetze ich seufzend. „Wir sind doch alle schon verloren: Juden, Soldaten, wie Nichtjuden, Partisanen, Wehrmachtsoffiziere, meine unschuldigen Kinder …"

„Das kann man nie wissen, du darfst jetzt nicht aufgeben, Judith, vor allem nicht, wo du doch bisher so stark warst!", schärft diese Frau mir ein und schüttelt mich durch. „Das Blatt kann sich ganz schnell wenden, und wir verlieren den Krieg, wenn wir nicht endlich Moskau einnehmen, und dann müssen wir alle rasch von hier verschwinden! Und dann brauchen wir alle Bündnispartner, Menschen, auf die wir uns verlassen können, hörst du!", warnt die Waldmann nachdrücklich. Es ist schon dunkel, und wir stehen immer noch vor der Schlucht, und immer noch fallen keine Schüsse.

Ich nicke stumm, zum Zeichen, dass ich verstanden habe. Doch dann wechsle ich unvermittelt das Thema: „Sie lieben sie also wirklich, ich meine: Miriam, meine Schwester, damit scheint es Ihnen ja tatsächlich ernst zu sein …" Sie sieht mich mit aufgelöster Frisur an. „Oh ja, das tue ich, mit ganzem Herzen …", gesteht sie endlich, nach einer langen Pause. „Und hast du auch gesehen, wie dieser Teufel von Breitenfeld deine Schwester vorhin bei den Exekutionen angestarrt hat? Als sie sich zum Dolmetschen bereithielt? Wie einen Fremdkörper hat er sie dauernd mit scheelen, hasserfüllten Seitenblicken angestarrt! Er ahnt, dass er hier auf jeden Fall eine Jüdin vor seiner Visage hat … Noch ahnt er nicht, dass Miriam deine Schwester ist. Pass bloß auf dieses Ungeheuer von einem Kommandanten auf! Das ist ein ganz wilder Bulle; die heutige, sanfte Tour mit seinen Skrupeln beim zweiten Teil der geplanten Hinrichtungen der Familien wird er nicht lange beibehalten, das sage ich dir, das prophezeie ich dir! Morgen schon kann er wieder losschlagen gegen neue Judengruppen oder Partisanen, oder kommunistische Theoretiker und Intellektuelle, die er hier in der Umgebung zusammentreiben lässt", warnt mich Doris Waldmann ernst und haltlos vor Angst. „Aber in Wirklichkeit geht es Ihnen dabei doch nur um meine Schwester Miriam, um die haben Sie tatsächlich Angst, das sehe ich wirklich; aber die anderen jüdischen Familien sind Ihnen doch in Wirklichkeit herzlich egal, nicht wahr?", werfe ich ihr weinend vor. „Nein, nicht mehr, da tust du mir Unrecht, mit dieser Unterstellung", sagt sie betreten und wendet den Blick von mir ab.

Sollte sich ihre mörderische Einstellung uns Juden gegenüber über Nacht geändert haben?, überlege ich lange in meinem Innersten, oder spricht jetzt nur noch die nackte Angst aus der Waldmann, die Furcht vor nahender, jüdischer Vergeltung? Das wohl eher … „Ich sehe jetzt ein, dass der Mord an den Juden im Grunde genommen gar nichts bringt. Er hat keinen wirtschaftlichen oder politischen Nutzen, in praktischer Hinsicht hat er keinen Sinn oder Zweck. Er macht uns überzeugte Nationalsozialisten im Gegenteil bei der Bevölkerung verhasst und … er ist ein Zivilisationsbruch sondergleichen! Wenn die Alliierten davon erfahren, werden sie den Krieg gegen Deutschland noch forcieren und uns umso wilder verfolgen, und noch größere Heere zu unserer Vernichtung aussenden", sagt Doris Waldmann endlich mal hellsichtig. „Die Partisanen, ja, die müssen wir schon töten, die sind wirklich unsere Feinde und greifen unsere deutschen Truppen feige mit Sprengfallen aus dem Hinterhalt an; auch die russischen Kommunisten, die politischen Kommissare, die das russische Volk gegen uns aufwiegeln, die haben wir wohl ein Recht, zu erschießen, denn sie leisten intellektuelle, unsere Wehrkraft zersetzende Wühlarbeit gegen uns und unsere Ideologie", sagt die Waldmann versonnen und senkt den Kopf.
„Da Sie gerade so schön von Recht sprechen: Und was für ein Recht hatten Sie eigentlich, mich zur Mörderin an dieser mutigen Cellistin zu machen?", traue ich mich nun endlich, der Waldmann vorzuwerfen. „Warum mussten Sie das tun, nur, weil ich angeblich Ihre Autorität untergraben habe? Mein Leben ist dadurch nichts mehr wert, da ich Tatjana Volkova erschossen habe – erschießen musste; selbst wenn ich den Krieg überleben sollte, werde ich nie mehr froh werden können!

Selbst wenn die Tat nie entdeckt wird, und ich nie auf eine Anklagebank komme", greine ich weinerlich zu Doris Waldmann hin. Was ich eigentlich auf keinen Fall tun will ... Sie sieht mich sanftmütig und stumm an, ist wohl tatsächlich schuldbewusst ... Züge, die ich überhaupt nicht an ihr kenne. „Ich weiß es selber nicht, ich verstehe mich selber nicht, dass ich dir das antun konnte, und dass ich Sarah angeschossen habe, es kann nur damit zu tun haben, dass ich eifersüchtig auf deine Eigenständigkeit war ... Dass du moralisch stärker warst als ich, und nicht zum Scheusal werden wolltest wie ich, als es darauf ankam, das habe ich dir wohl übelgenommen", gesteht die Waldmann. „Du hast dich einfach beharrlich geweigert, ein schlechter Mensch zu werden, wie ich schon seit langer Zeit einer bin, und das hat mir einerseits imponiert und mich gleichzeitig rasend gemacht, dass jemand anderer Meinung sein kann als ich ... Ich ... Ich wurde in Versuchung geführt und habe ihr nachgegeben, war auch noch stolz darauf", entwirft sie jetzt schonungslos ein treffendes Charakterbild von sich und breitet es als Selbstanklage vor meiner Gegenwart aus, mit mir als Zeugin und Opfer gleichzeitig.

„Ja, der Krieg ... verändert die Menschen, und in den meisten Fällen bestimmt nicht zum Besseren", zitiere ich gedankenschwer und sinnierend, ganz in mich selbst versunken, und versuche, die Haltung der Waldmann daraus zu erklären, aus ihrem Geständnis, wenn auch nicht gleich zu verstehen. Denn Unrecht verstehen setzt erst mal Verzeihen voraus, vor allem bei einem Unrecht, das einem selber angetan wurde; und ich weiß nicht, ob ich dazu in diesem Augenblick, zur Zeit unserer schwierigen Beziehung zueinander, zwischen mir, der Gefangenen, und ihr, der Sklaventreiberin, schon imstande bin ... Aber ist das eigentlich nicht alles Unsinn, was ich gerade denke? Da ergreift die Waldmann meine Hand und streichelt sie. „Verzeih' mir, Judith, es war ein großes Unrecht, was ich dir angetan habe, ich weiß, es klingt banal, aber anders kann ich es nicht sagen ... Es war ein Unrecht, dich zur Erschießung der Cellistin zu zwingen, denn sie war wirklich unschuldig, genau wie die ganze, ukrainische Oberschicht, die wir Lagerführer in ihrem eigenen Land ermorden ließen. Auch die Kommunisten hätten wir schonen sollen, es war alles Unrecht: Das Unrecht an den Juden, an den politischen Kommissaren, an den Kindern, es war ein einziger wahnsinniger Akt der unsinnigen Menschenvergeudung, es war sinnlose Gewalt im Namen einer

Ideologie, die so viel besser sein wollte als ihre Vorgänger, und die dann doch in die schlechteste aller politischen Ideologien mündete, die die Welt je gesehen hat", fügt sich Doris Waldmann einsichtig in ihre eigene Verurteilung, sie spricht sich ihr eigenes Urteil selbst: Schuldig im Sinne der Anklage. Aber wird sie auch morgen noch gewillt sein, ihr gerechtes Strafmaß zu empfangen? Wird sie jemals ihre Strafe demütig absitzen? Wer weiß schon, was morgen noch Gültigkeit hat in diesem verrückten Krieg …

„Ach, wirklich, es tut Ihnen Leid, alles, was Sie mir und meinen Kindern angetan haben?", schreie ich plötzlich entfesselt und aller einlullenden Schmeichelworte von ihr enthoben, los, und hole mit meiner kräftigen Hand aus, die der reuigen, ehemaligen Lagerleiterin eine scheuert, sie mit einer Ohrfeige sondergleichen beehrt, dass der lieben Doris Hören und Sehen vergeht. Sie kippt fast nach hinten über, doch behält sie in letzter Sekunde noch einmal das Gleichgewicht. Ich vermöble sie nach Strich und Faden, lasse meine Fäuste fliegen, boxe sie auf die Brust, trete sie in den Bauch, alle Schläge sind erlaubt. Sie ist mindestens genauso kräftig wie ich, aber zu meiner Verwunderung wehrt sie sich nicht, lässt alles klaglos über sich ergehen. Die tägliche Brutalität des Lagers hat auch aus mir ein Tier gemacht, ein verwundetes, geschundenes Tier, das dadurch nur noch gefährlicher wird. Bei Doris Waldmann hat das harte Lagerleben den gegenteiligen Effekt bewirkt: Sie hat ihr Übermaß an Brutalität satt bekommen und verwandelt sich von einer reißenden Wölfin zu einem sanften Lamm. Ich räche meine tote Tochter Rebecca, und die vielen anderen unschuldigen Opfer der Waldmann. Endlich fällt Doris Waldmann zu einem Haufen zusammen, aber sie bewahrt sich ihre Würde, trägt die Schläge mit Fassung und rastet nicht aus. Auch sieht sie davon ab, ihre SS-Kollegen zu Hilfe zu rufen, dass sie ihr beistehen mögen. Sie macht es sich diesmal nicht einfach. Giftig blicke ich auf sie hinunter, da steht sie langsam wieder auf. Ich hole erneut zum Schlag aus, doch diesmal blockt sie ihn mit ihrer starken Hand ab und versetzt auch mir eine gewaltige Ohrfeige. Sie ist so stark, dass ich taumele und mehrere Meter nach hinten zurückgeworfen werde, dann auf dem Boden lande.
„Schon gut, ich habe verstanden, aber wenn du dich jetzt endlich ausgetobt hast, dann lass uns jetzt zusammen zu dieser Schneidermeisterin aus Minden gehen; denn so, wie wir ausschauen,

können wir uns nicht mehr lange sehen lassen", sagt sie fast belustigt zu mir. „Meine Uniformjacke ist zerrissen, und du siehst auch nicht viel besser aus mit deiner zerfetzten Bluse!", sagt sie seufzend zu mir, bleibt aber reuig und ganz friedlich. „Kommen Sie, Judith, gehen wir!", schlägt sie vor, siezt mich sogar spontan wieder, befiehlt nicht etwa, sondern greift mich scheu beim Arm. Fast hätte ich darüber gelacht.

In der Baracke mit der Kleiderkammer treffen wir tatsächlich auf die gerettete Schneidermeisterin, die angeblich Angestellte bei einer kommunistischen Abgeordneten war. Sie erkennt mich, läuft erstaunt auf mich zu, als sie meinen unwürdigen Aufzug als Dolmetscherin gewahrt, und auch die ehemalige Lagerleiterin erkennt sie und verdreht ungläubig die Augen. „Nein, sowas, ich glaube, ich träume, sind Sie wirklich …!" Die Schneidermeisterin tritt uns nun natürlich nicht mehr splitternackt entgegen, so wie ich sie noch vor ein paar Tagen bei den Erschießungen der Kommunistinnen als hilfloses Opfer kennengelernt habe, als sie zitternd und durchnässt vom Regen in ihrer Exekutionsgruppe stand und um Gnade bettelte; sondern sie ist mit einem schönen Tweedkostüm angetan, das auf ihren reizenden Kurven nicht ganz hundertprozentig einwandfrei sitzt, aber sie sieht trotzdem schick aus. Das also kann sie sich nicht selber geschneidert haben. Dazu trägt sie braune Lederstiefel, die keinesfalls zur Farbe dieses Kostüms passen, denn ich vermute, dass sie sich hier völlig neu eingekleidet hat, indem sie etwas Passendes unter den Bergen von Kleidungsstücken gefunden hat, die man den ermordeten Jüdinnen, den Frauen der russischen Oberschicht und den Kommunistinnen abgenommen hat. Denn ihre eigene Kleidung, die sie vor ihrer Erschießung, der sie um Haaresbreite entgangen ist, hat ablegen müssen, hat sie hier bestimmt nicht mehr wiederfinden können unter den Tonnen von Textilien, die alle sortiert werden müssen, und der Größe nach geordnet. Strahlend steht die Schneidermeisterin vor mir und ich lächle sie sehr erfreut an. „Ach, was freue ich mich, dass der Irrtum mit der angeblichen Kommunistin in letzter Sekunde aufgeklärt werden konnte, und Sie überlebt haben", sage ich zu ihr und umarme sie.
„Danke, das ist sehr nett von Ihnen", sagt sie betreten, „aber … jetzt erkenne ich Sie: Sie sind die Frau, die bei der Erschießung der Frauen

anwesend war, Sie haben dieselbe Uniform getragen wie jetzt, das erkenne ich nun, aber, was ist denn mit Ihrer Kleidung geschehen? ..."
Sie lügt, ich weiß genau, dass sie mich sofort erkannt hat. Ich unterbreche sie: „Ja, das ist wahr, aber ich habe nichts mit diesem Exekutionsbefehl zu tun gehabt, glauben Sie mir bitte, ich musste nur als Dolmetscherin bei den Erschießungen anwesend sein, falls es Sprachprobleme gegeben hätte, dazu bin ich verpflichtet, und ich war leider völlig machtlos gegen diese elende Schlächterei, ich durfte sie nur verdolmetschen - denn ich bin ja selber Häftling hier in diesem Lager, denn ich bin ..." Da tritt mir Doris Waldmann diskret auf den Fuß, entschuldigt sich nach außen hin bei mir, dreht mein Gesicht zu sich herum und gebietet mir Schweigen, indem sie rasch den Zeigefinger auf ihren Mund legt, Sie hat mich gerade noch rechtzeitig davon abgehalten, auszuplaudern, dass ich selber Jüdin bin, und das ist auch gut so: Denn ich weiß ja noch nicht, ob man dieser Schneidermeisterin wirklich trauen kann ... Ist sie überhaupt eine echte Schneidermeisterin??? Denn plötzlich überkommt mich ein Verdacht, diese Frau könnte vielleicht sogar ein eingeschleuster Spitzel von der Gestapo sein ... Die Nazis schrecken vor nichts zurück, denen ist alles zuzutrauen! Denn dieses langwierige Gezeter mit der Szene im Regen und ihre wunderbare Rettung in letzter Sekunde, weil angeblich der Revolver des Todesschützen versagt hat, das alles kommt mir auf einmal doch sehr verdächtig vor! Denn bei meiner augenblicklichen, geistigen Rück-Vergegenwärtigung des lärmigen Geschehens im Nachhinein wirkt alles in der Tat auf einmal wie gestellt. Die Erwähnung, sie sei keine Kommunistin, lediglich eine arme Schneidermeisterin, die mit einer Kommunistin verwechselt worden sei – es war einfach alles ein bisschen zu theatralisch für meine Begriffe, denke ich mir plötzlich hellsichtig. Doch dann schelte ich mich im nächsten Augenblick innerlich gleich wieder eine Närrin; oh, wahrscheinlich bin ich auch schon ganz durchgedreht und sehe in jedem noch so harmlosen Menschen einen Verräter. Aber dennoch werde ich von nun an wachsam sein und diese angebliche Schneidermeisterin im Auge behalten, denn ich bin überzeugt, dass mit der etwas nicht stimmt ... Oh, entschuldigen Sie bitte, hat es weh getan?", fragt mich die Waldmann. „Nein, kein Problem, es ist alles in Ordnung, ich habe harte Stiefel, die das alles abhalten", sage ich grinsend, und wir lachen beide.

Die Schneidermeisterin lächelt unsicher, ich sehe, dass ihre üppige Pferdeschwanzmähne immer noch von der selben Spange zusammengehalten wird wie vor ein paar Tagen bei ihrer Beinahe-Exekution, und sie sagt fahrig zu mir: „Ja, ich habe Sie damals erkannt als Dolmetscherin, als ich mich kurz zum Exekutionskommando umgewendet habe, um den Todesschützen in die Augen zu sehen, erinnern Sie sich? Wie ich erst mit dem Rücken zu Ihnen allen in der nackten Zehnerreihe gestanden habe, und dann meinen Körper unerlaubterweise herumgedreht habe, da habe ich auch Sie kurz erblickt, und das Dolmetscherabzeichen erkannt – und ich habe sogar die Tränen in Ihren Augen mehr erahnt als gesehen, aber ich erkannte Ihr verquältes Gesicht, das so viel Mitleid mit mir gehabt hat, und ich hatte so gehofft, dass Sie etwas für mich tun würden, sich für meine Rettung einsetzen würden ... oh!!!" Sie bricht emotional zusammen und fällt mir vor die Brust, umklammert meinen Hals. Sie schluchzt sich wie wild bei mir aus. Die furchtbare Erinnerung an die Massenschlächterei kommt wieder bei ihr hoch. Ist das etwa auch das Verhalten einer Simulantin?, denke ich beschämt. Ein Gestapo-Spitzel der besonders durchtriebenen Art?

„Ja, ich erinnere mich natürlich an die schreckliche Szene, denn ich stand ja direkt davor", sage ich mit sanftmütiger Stimme und tröste die Unglückliche. „Und ich schäme mich wirklich für meine Untätigkeit; ja, Sie haben recht: Ich hätte meine Stimme erheben müssen, aber ... Ich war einfach gelähmt vor Angst ...", gestehe ich beschämt.

Im Hintergrund sehe ich junge Mädchen und Frauen agieren, die die Berge von Kleidung bürsten, sortieren und katalogisieren. Drei von ihnen kommen nun mit verwunderter Miene auf uns zu: Ich erkenne die drei Jüdinnen, die ich vor Siegfried Breitenfelds Vernichtungsorgie gerettet habe. Auch sie stehen jetzt nicht mehr nackt vor mir, sondern sind adrett bekleidet. Mechanisch lasse ich die Schneidermeisterin los, und eile zu der Mutter und ihren beiden Töchtern, die mich stürmisch begrüßen. Denn sie haben mich erkannt. „Oh, Sie sind es wirklich, mein rettender Engel, danke im Namen meiner Sharon und Sheila, meiner Töchter", sagt sie und küsst mich überschwänglich ab. Ich aber schiele im Augenblick nur auf die angebliche Schneidermeisterin, denn ich will erst sehen, wie sie selber mit Nadel und Faden umgehen kann, will Augenzeugin werden, wie sie ein Kleid näht! Ob sie es überhaupt kann?

Die drei geretteten Jüdinnen leben ihren Dankesrausch an meiner Person ungehemmt aus, doch dann kommt, was ich tatsächlich schon seit einiger Zeit geahnt habe: Sie werfen mir dann doch vor, dass sie durch meinen spontanen Rettungseinsatz für sie drei nicht mit all den anderen jüdischen Familien abziehen konnten, die unser brutaler Kommandant Breitenfeld danach überraschend alle freigelassen hatte, als er nach meinen harschen Mordvorwürfen an ihn beschlossen hatte, ausnahmsweise die ganzen übrigren Familien-Gruppen von den Erschießungen auszunehmen. „Wissen Sie: So wären wir mit all den anderen jüdischen Familien durch die Schlucht aus dem Lager abgezogen und wären jetzt wahrscheinlich längst schon irgendwo in der Steppe in Sicherheit. Oder im Ausland … Während wir hier als Angestellte in der Kleiderkammer zwar momentan sicher sind. Und auch gut zu essen bekommen – ich gebe es ja zu! Aber wer sagt uns denn, dass wir nicht schon Morgen zum Beispiel einer neuen Selektion zum Opfer fallen? Und diesmal könnte das Urteil der SS für uns tödlich ausfallen: Wenn sie nämlich plötzlich meint, wir wären doch zu nichts mehr zu gebrauchen, andere Frauen aus neu eingetroffenen Judentransporten würden besser arbeiten?", wirft mir die Mutter nun zu Recht vor. Denn ich habe schon die ganze Zeit über das Gleiche gedacht … „Denn hier haben wir bestimmt nur einen kurzen Aufschub, hier haben dieselben SS-Mörder-Soldaten das Sagen wie vor ein paar Stunden draußen am Erschießungsgraben", sagt sie weinerlich zu mir. Natürlich weiß die Mutter, dass ich es gut gemeint habe, als ich sie und ihre Töchter als Gehilfinnen zu der Schneidermeisterin geschickt habe, um sie vor den Erschießungen zu retten, und sie sagt mir das auch. Denn ich konnte ja nicht ahnen, dass Breitenfeld aus einer Laune heraus dann alle anderen jüdischen Familien sogar friedlich abziehen lassen würde … Da hätten die drei Jüdinnen dann auch dabei sein können …

„Aber haben es die anderen Familien jetzt wirklich besser?", gebe ich der Mutter warnend zu bedenken. „Denn vielleicht werden die meisten in der Steppe verhungern, oder Wölfen zum Opfer fallen? Oder von Partisanen erschossen werden? Denn nicht alle Partisanen nehmen automatisch verfolgte Juden bei sich auf, viele ukrainische Partisanen zum Beispiel hassen die Juden noch mehr, als dass sie Stalin hassen, der ihr Land okkupiert hält und die Ukraine einem beispiellosen Terror seiner NKWD aussetzt", argumentiere ich realistisch. „Hier in dem Lager haben Sie und Ihre Töchter meiner Meinung nach doch noch eine größere Überlebenschance als draußen in der ungewissen Steppe, wo inzwischen schon eine große Kälte eingesetzt hat", sage ich mit Überzeugung. „Ja, da haben Sie eigentlich recht", stimmt mir jetzt auch die Mutter von Sharon und Sheila zu. „Denn was sollen denn Sharon und Sheila zum Beispiel eigentlich bei den Partisanen? Das sind längst nicht alles edle, selbstlose Kämpfer für Recht und Freiheit für Ukrainer und Juden. Viele sind auch wilde und rohe Kerle, verwahrlost durch die brutale Mechanik des Krieges und ausgehungert und verzweifelt! Und dann vergewaltigen sie schon ganz gerne mal junge Mädchen und Frauen"; sage ich hart und unerbittlich. „Wenn Sie Pech haben, würden diese betrunkenen Kerle sogar Ihre Töchter Sharon und Sheila vor ihrer Mutter vergewaltigen, die kennen kein Pardon, glauben Sie mir! Und danach töten die vielleicht sogar Ihre Mädchen, oder lassen sie bewusstlos und unbarmherzig nachts im Schnee liegen, wenn sie weiterziehen auf ihrer Tour um Plünderung und Mord", sage ich grausam offen.

„Nein, bloß das nicht, Gnade", schreit da die Mutter der Mädchen auf und nimmt ihre Töchter schützend in ihren Arm. Als stünde das Schreckliche und Gemeine den Töchtern wirklich noch bevor!

Verstohlen beobachte ich meine vernachlässigte Schneidermeisterin nun wieder ganz genau: Genau wie ich es vorausgesehen habe, reagiert sie eingeschnappt und rückt mit einer herzlosen Unmutsäußerung heraus: „Ja, und übrigens: Diese drei Jüdinnen hier, die Sie mir da zur Arbeit zugeschanzt haben, haben sich als die reinsten Nieten entpuppt, was die Schneiderkunst angeht: Sie können rein gar nichts, das habe ich ja auf den ersten Blick geahnt, als ich sie zum ersten Mal gesehen habe; die Mutter kann nicht mal Garn einfädeln. Natürlich habe ich gleich erkannt, dass Sie die Mädchen und ihre Mutter aus humanitären Erwägungen zu mir geschickt haben, um sie vor der Erschießung zu retten, das finde ich sehr nobel und selbstlos, aber trotzdem: Wie ich vorhin vor der SS dagestanden bin! Wie eine Lügnerin bin ich mir vorgekommen, eine schäbige Betrügerin, das also sei der Dank für meine Rettung, warf mir die SS gleich vor, als sie zuschaute um zu begutachten, wie gut die Jüdinnen arbeiten, da ist alles gleich aufgeflogen, denn ich bin schließlich eine echte, ordentliche Schneidermeisterin", klagt mich die Megäre plötzlich an, und ich werde wieder misstrauisch. „Denn man machte mich für den Betrug

verantwortlich, als ob ich die Nichtskönnerinnen selber ausgewählt hätte! ..." Sie seufzt kurz. „Allerdings hat der ganze versuchte und durchschaute Betrug dann am Schluss doch noch ein glimpfliches Ende gefunden, als ich den SS-Frauen vorgeschlagen habe, die Mädchen und ihre Mutter stattdessen zum Sortieren der Kleidung nach Größen einzusetzen ... Da waren die SS-Megären dann doch wieder einigermaßen zufriedengestellt: „Na schön!", haben sie gesagt. Ich hätte noch einmal Glück gehabt ..." Gegen meinen eigentlichen Willen höre ich mich allerdings jetzt sogar noch motzig und trotzig aufbegehren: „Ach wirklich? Sie sind also angeblich wirklich eine echte Schneidermeisterin? Na gut, dann beweisen Sie es. Hier ist Material! Machen Sie sich sofort an die Arbeit und richten Sie unsere zerrissenen Uniformen wieder her!", fordere ich sie scharf auf. „Wenn Sie es überhaupt können, dann erst glauben wir Ihnen, dass Sie die Wahrheit gesagt haben!", sage ich barsch. „Gute Idee!", stimmt mir auch Doris Waldmann lächelnd zu, die die ganze Zeit über, während unserer endlosen Diskussion, geschwiegen hatte. Im Unterbewusstsein ist mir allerdings schon wieder reichlich mulmig zumute: Und wenn die Frau doch eine echte Schneidermeisterin ist? Denn schließlich hat sie gleich richtig erkannt, dass die drei Jüdinnen Nieten sind ... Aber Vorsicht, Judith!, sage ich mir innerlich gleich wieder. Das behauptete sie vorhin vielleicht einfach nur, um mich zu brüskieren. Aber ich will wirklich sehen, ob sie etwas kann. Ich bin gespannt, ob sie sich gleich wirklich fachmännisch um die Wiederherstellung unserer zerrissenen Kleidung kümmert. Denn auch Doris Waldmann scheint in Bezug auf meinen Verdacht meiner Meinung zu sein, denn sie hat mich nicht zurückgepfiffen, was meine Impertinenz gegenüber der angeblichen Schneidermeisterin betrifft. Sie hätte ja sagen können: Jetzt ist es aber gut, Judith: Du hast dich geirrt, gib es doch zu; das ist doch eine echte Schneidermeisterin! Denn sie hat es ja bewiesen, allein dadurch, dass sie die drei Jüdinnen als Nieten entlarvt hat, was die Schneiderkunst betrifft! - Aber nein! Soeben grinst mich Doris Waldmann anerkennend an, als auch sie fordert: „Sie haben gehört, was meine Kollegin gesagt hat: Los, machen Sie schon, flicken Sie unsere Uniformen! Na los, auf was warten Sie noch?", fragt sie schneidend, zieht ihre zerpflückte Uniformjacke aus, und wirft sie ihr vor die Füße.
„Ja, natürlich", sagt sie liebenswürdig, „lassen Sie mir Ihre Uniformen und Blusen ruhig hier, ich kümmere mich dann darum ... Morgen

bekommen Sie alles fertig wieder", verspricht sie unbehaglich und nimmt die Kleidungsstücke an sich. „Nein, nicht morgen, Sie sollen sich sofort ans Flicken machen, in unserem Beisein, während wir zusehen!", sagt Doris Waldmann scharf. „Aber es ist schon spät, ich höre gleich auf, kommen Sie morgen wieder", versucht sie uns abzuwimmeln und gähnt. „Nein, fangen Sie bitte sofort an!", befehle auch ich der Schneidermeisterin keck. Die Schneidermeisterin sieht uns scheel an. „Aber … Das ist doch nicht nötig, das würde jetzt viel zu lange dauern mit der Instandsetzung", sagt sie verdruckst. „Und außerdem brauchen Sie doch sofort saubere, tadellose Uniformen. Sie können sich dazu gerne aus unserem reichlichen Bestand bedienen, dem Fundus dort drüben, den wir hier zusammengetragen haben; bitte, suchen Sie sich doch was aus, das geht schneller", sagt sie unsicher. Doris Waldmann grinst. „Wir wollen keine Kleidung Verstorbener, sondern die Ausbesserung unserer eigenen Kleidung, verstanden? Wenn Sie jetzt nicht sofort anfangen, die Uniformen wenigstens teilweise zu flicken, und uns dadurch beweisen, dass Sie was davon verstehen, dann gibt es ein Donnerwetter!", schreit Doris Waldmann und zieht eine Pistole. „Aber Sie sind ja verrückt, was soll denn das?", fragt die zitternde Frau und weicht zurück. „Wie heißen Sie eigentlich mit Namen?", frage ich nun so ganz nebenbei. „Iris Innert", sagt die Frau verunsichert und ungeduldig. „Wenn das mal nicht eine neue Lüge ist!", donnert die Waldmann. „Ich warte immer noch auf Ihren ersten Einsatz", sagt sie spröde und hält ihre Pistole hoch. Ich erschrecke. Die angebliche Schneidermeisterin zittert und sagt: „In Ordnung, Sie haben gewonnen: Ich bin keine Schneidermeisterin, ich wurde gezwungen, das zu behaupten, aber nehmen Sie doch bitte jetzt diese schreckliche Waffe runter, das macht mich ganz nervös! … Mein Bedarf an Bedrohung ist für heute gedeckt, wie Sie sicherlich verstehen können", jammert Iris Innert nervös.

„Aha, ich habe es doch geahnt", sage ich triumphierend, „das ganze Theater mit der wunderbaren Rettung bei der Exekution war also doch zu schön, um wahr zu sein!", presse ich mit ernüchterter Stimme hervor. Doris Waldmann steckt die Pistole weg. „Wer hat Sie gezwungen, zu behaupten, Sie seien Schneidermeisterin? Und warum?", will sie wissen. „Die Gestapo natürlich!", sagt die Frau ruhig. „Sie hat mir eine Chance gegeben, mich zu retten, denn ich bin in Wirklichkeit eine Jüdin

aus dem damaligen Transport, den Sie ja haben ankommen sehen", sagt die Frau ruhig. „Die ganze Szene mit meiner Rettung war wirklich eine geschickte Inszenierung", gibt sie zu. „Alles war so abgemacht mit der Gestapo, jedes Wort, jedes Zittern um mein Leben war gespielt". - „Gerade als ich mich schon zur Erschießung ausgezogen hatte, hat mir ein Gestapo-Offizier ein Angebot gemacht: Ich würde freikommen und mein Leben retten, wenn ich diese große Schau mit der dringend benötigten Schneidermeisterin abzöge, die dann verschont würde, weil sie ja gar keine Kommunistin wäre", erklärt uns Iris Innert mit monotoner Stimme. „In Wirklichkeit bin ich nur eine einfache jüdische Kellnerin. Doch die Gestapo wollte eine Informantin in der Kleiderkammer haben, die Ihre Gesinnung prüfen sollte, Frau Waldmann! Und auch die der Dolmetscherin, hat man mir befohlen, denn Sie beide seien politisch verdächtig, unzuverlässig und würden vermutlich bald zu Überläufern werden. Darauf sollte ich achten, wenn ich mit Ihnen Umgang hätte. Würde ich mich weigern, den Auftrag anzunehmen, würde man mich sofort wieder vor das nächste Erschießungskommando stellen, und davor hatte ich die größte Angst. So war ich erst mal froh, der unmittelbaren Vernichtung entronnen zu sein", erklärt uns Iris Innert hysterisch lächelnd. „Das können Sie mir wirklich nicht übelnehmen, dass ich meine Chance genutzt habe, das müssen Sie doch einsehen ... Denn an meiner Stelle hätten Sie als Jüdinnen doch dasselbe getan, oder etwa nicht? Denn ich bin sozusagen nur eine Tote auf Urlaub; jetzt, wo meine Tarnung schon aufgeflogen ist, habe ich mein Leben bestimmt bald endgültig verwirkt, was meinen Sie? Werden Sie reden? Mich bei der Gestapo verpfeifen? Ihnen sagen, dass ich Murks gemacht habe?", fragt sie mit brüchiger Stimme. „Sie können jetzt mit mir tun, was Sie wollen, ich bin völlig in Ihrer Hand", sagt sie resigniert.
„Ich bin auf jeden Fall verloren! ..."
„In wessen Auftrag genau sollten Sie uns angeblich bespitzeln?", fragt Doris Waldmann scharf. „SS-Oberstgruppenführer Siegfried Breitenfeld persönlich hat mir den Auftrag gegeben, er war am Tage meiner eigentlichen Erschießung heimlich an diesem Tag schon einmal im Lager, um sich umzusehen. Er ahnte, dass Sie bestimmt bald wegen Unfähigkeit als Lagerleiterin abgesetzt werden würden, Frau Waldmann. Das hat er mir alles rasch auseinandergesetzt, als ich schon unten am Waldrand nackt ausgezogen herumstand", behauptet Iris

Innert mit selbstsicherer Intonation. „Und wenn Sie beide schlau sind, dann arbeiten Sie lieber mit mir zusammen, denn ich sehe es Ihnen doch an, dass auch Sie beide einiges zu verbergen haben", sagt die angebliche jüdische Kellnerin mit Verve. „Denn zu dritt haben wir höheren Chargen eine reelle Chance, aus diesem Lager auszubrechen, denn ich weiß, dass Sie diese verbrecherischen Erschießungen an unserem jüdischen Volk hier auch nicht gutheißen", sagt die Innert vehement zu mir. „Denn ich will nicht weiter mit einem brutalen Massenmörder wie diesem Breitenfeld zusammenarbeiten, mit der Gestapo, die mich ja irgendwann doch als rassisch minderwertige Jüdin liquidieren wird, denn da machen die keine Ausnahme", sagt Iris Innert mit gehetzter Stimme und senkt die Stimme, um nicht von den drei jüdischen Hilfskräften gehört zu werden, die weiterhin geräuschlos im Hintergrund Kleidung sortieren. Sollte es sich bei diesen Dreien etwa auch um eingeschleuste Spitzel handeln?, überlege ich deprimiert. Meine Güte, wem kann man denn heutzutage noch trauen?

Wir zwei Lagerfrauen bleiben skeptisch.
„Wie kommen Sie eigentlich zu der Unverschämtheit, zu behaupten, meine Kollegin und ich hätten die Absicht, aus dem Lager zu fliehen?", frage ich unbeirrt, und klopfe auf den Busch. Denn Doris Waldmann sieht mich die ganze Zeit schon scheel an, als wolle sie mir stumm zu verstehen geben, ich solle bloß nicht auf die neue Komödie der Iris Innert hereinfallen. „Ja eben, eine gute Frage, das würde mich nämlich auch interessieren, zu erfahren, wieso Sie glauben, wir würden hier ausbrechen wollen", sagt Doris Waldmann bärbeißig, „was für einen Grund sollten wir dazu haben? Was erlauben Sie sich da für eine unverschämte Unterstellung? Wir haben hier eine Vorzugsstellung und sind ganz gut versorgt mit allem, besser als im Deutschen Reich, denn hier ist der Krieg für uns vorbei, die Ukraine ist besiegt und es herrscht Ruhe", führt Doris Waldmann aus. „Und Sie wollen uns hier also vorspielen, Sie seien eine echte Jüdin? Kaum möglich! Sie sind auch garantiert keine Jüdin, denn eine echte Jüdin würde es nicht wagen, auf eigene, bloße Vermutungen hin zwei Angehörige der SS zur gemeinsamen Flucht anzustiften, das würde ihren sofortigen Tod bedeuten! Sie aber können sich sicher sein, dass Ihnen nichts passiert, sollte Ihre Provokation bei uns nicht verfangen, denn Sie sterben dann nicht, weil Sie nämlich eine echte Gestapo-Agentin sind, die freiwillig

für die SS als Spitzel arbeitet!", sagt Doris Waldmann scharf. „Es kann gar nicht anders sein; von wegen, Sie wurden gezwungen, für Breitenfeld zu arbeiten, das können Sie mir nicht erzählen! Sie tun es freiwillig, und haben uns nur die ahnungslose, verzweifelte Jüdin vorgespielt, die ihr Leben retten will …" Ich staune mit offenem Mund. „Aber woher wissen Sie, dass sie keine Jüdin ist?", frage ich verunsichert. „Das hat mir Iris Innert bereits indirekt verraten, und zwar ganz am Anfang unseres Gesprächs, erinnern Sie sich? Als sie Ihnen Vorwürfe machte, Johanna …" Aha, die Waldmann nennt mich „Johanna", sehr schlau, denn sie will meinen jüdischen Vornamen „Judith" vermeiden, um mich nicht zu verraten, um mich nicht auch als Jüdin zu enttarnen, aber ich glaube dennoch, dass diese durchtriebene Gestapo-Agentin, die wir auch meiner Überzeugung nach tatsächlich vor uns haben, über mein Judentum bereits ohnehin informiert ist … Die Vorsichtsmaßnahme ist also wahrscheinlich unnütz. Aber man kann ja nie wissen … Die Waldmann argumentiert also gewitzt: „Als Sie meiner Kollegin Johanna also vorhin die Vorwürfe machten, wie sie es wagen könne, Ihnen diese drei unfähigen Jüdinnen zuzuschanzen, da habe ich sofort erkannt: Der Anschnauzer war derart verächtlich von Ihnen vorgetragen worden, dass ich sofort den Eindruck gewann, hier spricht eine echte Nationalsozialistin im Bewusstsein ihrer rassischen Überlegenheit über eine verachtete, minderwertige Rasse. Und dass Sie die drei jüdischen Hilfsarbeiterinnen als Nieten erkannt haben – das war auch ein Fehler, dass Sie uns das sogleich mitgeteilt haben, Sie angebliche Kellnerin!", schnarrt Doris Waldmann der Innert zu. „Das beweist nämlich, dass Sie doch eine echte Schneidermeisterin sind, entgegen Ihrer Behauptung!", argumentiert die Waldmann stolz. Ich bewundere wieder Doris Waldmanns Scharfsinn. „Aber warum hat sie dann zuerst ihren wahren Beruf geleugnet?", frage ich verwirrt. „Das wäre doch eine exzellente Gelegenheit für Iris Innert gewesen, uns zu beweisen, dass sie doch schneidern kann, als Sie von ihr verlangten, sie solle unsere zerrissenen Uniformen flicken?", frage ich Doris Waldmann ratlos. „Wenn sie also tatsächlich eine echte Schneidermeisterin sein sollte, dann hätte sie sich in unseren Augen ja absichtlich verdächtig gemacht als Lügnerin, indem sie behauptete, bloß eine Kellnerin zu sein", sage ich zweifelnd. „Wieso also gibt sie zu, eine Gestapo-Agentin zu sein, nicht aber die Schneidermeisterin?" Da seufzt meine „Kollegin" Doris Waldmann resigniert: „Aber sie gibt doch nur zu, eine gezwungene Gestapo-Agentin zu sein, während sie in Wirklichkeit eine eiskalte, echte aus politischer Überzeugung ist, Johanna! Das war schon ein arger, großer Schritt in die richtige Richtung, zur Wahrheit! Sie mischt geschickt Lüge und Wahrheit, um uns zu verwirren. Ein alter, bewährter Gestapo-Trick, ich kenne das ... Sie gesteht eine Lüge, die in Wirklichkeit wieder eine Lüge ist, weil sie die Wahrheit ist; die nächste Lüge von ihr erscheint uns dann umso glaubwürdiger. Daher sollte es für uns glaubwürdiger klingen, dass sie nur eine Gestapo-Agentin wider Willen sei: Indem sie uns weismachen wollte, wir hätten sie durchschaut: Indem sie nämlich kleinlaut zugab, auch keine Schneidermeisterin zu sein, so sollten wir uns triumphierend in Sicherheit wiegen, weil wir Iris Innert nun in der Hand hätten, oder aber als Komplizin betrachten könnten, wie sie uns zu suggerieren bestrebt war. Als Komplizin, als Weggefährtin gegen die Nazis sollten wir sie betrachten, und uns dadurch verraten: Dass wir nämlich in Wahrheit genau wie sie Gegner der Nazis seien, das wollte sie von uns hören, um uns zu ködern, denn dann hätte in Wirklichkeit sie uns in der Hand gehabt, statt umgekehrt, wie wir glauben sollten! Ein wahrlich raffiniertes doppeltes Spiel hat sich da unsere mit allen Wassern gewaschene Lockspitzelin ausgedacht, natürlich im Verbund mit der Gestapo. Sie ist ein echter Agent Provocateur. Ein Spitzel, der Verdächtige zu strafbaren Handlungen anregt. Wären wir darauf eingegangen, hätten uns mit ihr verbündet, und hätten zu dritt versucht, tatsächlich aus dem Lager zu fliehen, dann hätte Iris Innert gewonnen, und ihr Ziel erreicht: Dann wären wir beide in eine raffinierte Gestapo-Falle gelaufen, und wären beim Ausbruch von der SS erschossen worden, oder zumindest erst einmal gefangengenommen und verhört worden, aber aus wäre es für uns beide auf jeden Fall gewesen, Johanna, kapieren Sie das endlich?", fragt mich die Waldmann entnervt.

Ich verneige mich stumm vor dieser Erkenntnis, und nicke stumm. „Es war ein großes Hasardspiel von dieser Iris Innert, oder wie sie in Wirklichkeit heißt, denn ich glaube auch nicht, dass dieser Name echt ist. Doch wie dem auch sei: Sie wäre nur heil davongekommen, wenn wir auf ihre List mit dem Ausbruch aus dem Lager hereingefallen wären. Da dem nicht so ist, hat sie versagt, ihre Tarnung der Harmlosigkeit, als willenloses Opfer der Gestapo ist aufgeflogen; damit ist sie für die Gestapo nicht mehr von Nutzen. Wir beide sind nun eine

ständige Gefahr für Iris Innert, denn wir wissen alles über sie, und sie ist umgekehrt auch eine Bedrohung für uns, daher bleibt uns nur eins: Sie muss sterben!", sagt Doris Waldmann knallhart, und zieht wieder ihren Revolver. Die angebliche Iris Innert schreit auf. „Nein, Sie irren sich, ich bin wirklich keine Schneidermeisterin, der Beweis ist doch, dass ich mir keine neue, eigene Kleidung genäht habe, als ich nackt begnadigt wurde von der SS. Ich habe mir hier alles bunt zusammengewürfelt, Sie sehen doch: Das Tweedkostüm passt in keinster Weise zu den braunen Lederstiefeln..." Doris Waldmann winkt verächtlich ab. „Eine armselige Entschuldigung, alles abgesprochen mit der Gestapo, um uns geschickt zu täuschen..." Ich bin hellwach, denn jetzt geht es um die Wurst. „Passen auch Sie auf sie auf, Johanna, wir dürfen diese angebliche Iris Innert keinen Moment mehr aus den Augen lassen; wir müssen uns jetzt rasch überlegen, was wir mit ihr anfangen sollen, denn nun geht's ums Überleben", rät mir Doris und ich nicke. Doris Waldmann hält die nervöse, angebliche Gestapo-Agentin mit ihrem Revolver weiterhin in Schach, während sie in ihre Rocktasche greift und eine weitere Pistole zum Vorschein bringt. Sie reicht sie mir, ohne mich anzublicken. Ich nehme die Pistole an mich, und Doris bricht schlauerweise auch keine Sekunde den Blickkontakt zu der Verdächtigen ab. „Sie haben eine letzte Chance zu überleben, wenn Sie tun, was ich Ihnen jetzt sage", sagt Doris Waldmann kaustisch zu der Innert. „Hier!", sagt sie und wirft der angeblichen Schneidermeisterin noch einmal ihre ruinierte Uniform hin. „Sie fangen jetzt sofort an, das hier zu flicken, oder ich schieße, verstanden? Ich will endlich sehen, ob ich recht habe mit meiner Vermutung: Denn ich bin hundertprozentig überzeugt, dass Sie doch eine Schneidermeisterin sind!", wiederholt die ehemalige Lagerleiterin und entsichert die Waffe. „Dann sehen wir weiter und prüfen unsere Theorie, ob Sie auch eine echte Gestapo-Agentin sind", sagte Doris grimmig. Die Verdächtige erschrickt. Sie hebt die Hände ängstlich und zitternd zur Abwehr. Mir befiehlt die Waldmann, die Waffe ja immer präzise auf Iris Innert gerichtet zu halten. „Denn übrigens bin ich auch davon überzeugt, die Agentin ist ebenfalls bewaffnet. Durchsuchen Sie sie also bitte, Johanna, ich gebe Ihnen bei Bedarf Feuerschutz!", bittet sie mich.
Ich bin völlig ihrer Meinung und nehme mir die Innert vor. Suche überall. Suche ihre ganze Kleidung ab, ihren ganzen Körper befühle ich, aber es kommt nichts zutage.

„Nichts", sage ich. „Umso besser, jetzt geht es aber ab mit der Post! Los, flicken Sie!", sagt die Waldmann schreiend, hastet zu der Verdächtigen hin, haut ihr mit dem Revolver mehrmals auf den Hals. Die vermeintliche Schneidermeisterin schreit auf und beginnt mit der Arbeit. Holt unter dem Tisch ihre sämtlichen Schneider-Utensilien hervor. Nach zehn Minuten schon sind wir endgültig überzeugt, dass sie tatsächlich eine geschickte Schneidermeisterin ist. „Donnerwetter, Sie hatten recht, Doris", sage ich anerkennend.

Doch der kurze Moment unserer Unaufmerksamkeit hat schon genügt, uns leichtsinnig werden zu lassen. Schon zieht Iris Innert blitzschnell eine Pistole irgendwo unter der zu bearbeitenden Uniform hervor und ich schreie: „Achtung, Doris, sie hat einen Revolver!" Aber da schießen wir beide fast gleichzeitig schon ohne zu zögern auf unser Opfer ein, noch bevor ich die Warnung zu Ende ausgesprochen habe: In den Kopf, in die Brust, überallhin, worauf wir freies Schussfeld haben, denn wir gehen kein Risiko ein. Allein schon von meinem Kopfschuss sackt die Innert nach hinten weg, gibt aber noch einen unkontrollierten Schuss auf mich ab, aber ich ducke mich geschickt weg, denn meine Reflexe sind besser geworden seit der Lagerhaft. Der Schuss verebbt harmlos für mich und Doris, bleibt irgendwo in der Decke stecken.
Iris Innert bricht unter dem Tisch zusammen. Alle ihre Schneiderutensilien landen krachend auf dem Boden, die Schere, die Stoffe, das Garn, und die Uniform der Doris Waldmann ist nun endgültig zum Teufel.
Wir hasten weiterhin mit gezogenen Waffen zu der verkrümmten Gestalt auf dem Boden hin, bleiben auf höchster Wachsamkeitsstufe, denn Doris warnt: „Achtung, vielleicht trägt sie eine kugelsichere Weste", sagt sie unlogischerweise, und völlig überflüssig, als ich auf das rote Loch in ihrem Kopf deute: „Meine Güte, die würde ihr jetzt auch nichts mehr nützen, schauen Sie!"
Doris Waldmann nickt und wir stecken unsere rauchenden Revolver ein. Die Tote starrt uns mit offenem Mund und schreckgeweiteten Augen an.

„Meine Fresse, was für eine tragische Wendung die Geschichte genommen hat!", sage ich erschüttert. „Das wird uns teuer zu stehen kommen, wenn gleich die SS hier hereinschneit, und Rechenschaft von uns fordert für den Tod ihrer Spezialagentin", murmele ich verzweifelt.

„Ja, Sie haben recht, die werden nicht gerade begeistert sein, zu erfahren, dass sie tot ist", stimmt mir Doris Waldmann schlechtgelaunt zu. „Aber was sollten wir denn machen? Das hat sich halt so ergeben, so ein Mist! Wenn sie überhaupt eine Gestapo-Agentin war", relativiert Doris Waldmann wieder. „Was denn, jetzt glauben Sie das doch wieder nicht?", frage ich verwundert. „Aber wir haben ja noch immer keinen eindeutigen Beweis dafür, dass Iris Innert tatsächlich ein eingeschleuster Spitzel war. Sie konnte ja andere Gründe dafür haben, nicht entdeckt werden zu wollen, was weiß ich", gibt Doris zu bedenken. „Und was ist mit ihrem Revolver? Warum hat sie auf uns geschossen?", frage ich Doris zitternd. „Pah, vielleicht hat sie nur deswegen zur Waffe gegriffen, weil ich angefangen habe, sie mit meinem Revolver zu bedrohen", schränkt sie ein. „Das war sehr töricht von mir, das hätte ich bleiben lassen sollen", ärgert sich jetzt Doris Waldmann. „Nein, eventuell war es doch unsere Rettung, das vorzeitige Ziehen unserer Revolver", verteidige ich Doris. „Denn stellen Sie sich nur mal vor, wir hätten die Schneidermeisterin so harsch verhört, ohne sie mit unseren Waffen in Schach zu halten", sage ich. „Und dann hätte sie am Ende vielleicht auch ihre versteckte Waffe gezogen und uns dann unvermeidlich erschossen, sobald sie gemerkt hätte, dass wir unbewaffnet sind und ihr Komplott durchschaut haben", tröste ich Doris.

Die drei jüdischen Hilfskräfte kommen, durch die Schüsse angelockt, aus dem hinteren Teil der Schneiderei-Baracke schreiend zu uns vorgelaufen, und die Mutter mit ihren zwei Töchtern Sharon und Sheila fragt mich mit großen Augen, was geschehen sei.
Als ich ihr gerade antworten will, hören wir schon vom Gang her heftiges Stiefelgetrappel wir bekommen Besuch von der SS, die Tür wird aufgerissen und Obergruppenführer Günther Steinbacher tritt in Begleitung seiner Schutzstaffel ein. Die Mutter mit ihren beiden Töchtern macht sich schnell wieder ins Hintere der Baracke davon.
Günther macht große Augen, glotzt zuerst auf die Tote, dann auf mich: „Judith, was tust du denn hier? Was ist hier los, wir haben Schüsse gehört, wer hat geschossen? Waren Sie das, Frau Waldmann?", fragt er streng. „Ja", sagt sie tonlos. „Günther, es tut mir Leid, Gott sei Dank, dass du gekommen bist", sage ich erleichtert und hetze zu ihm hin. Seine Begleiter sehen mich streng an. „Wer ist denn diese Frau?", fragt

Günther verblüfft und starrt auf die Tote. Neben ihr liegt ihr rauchender Revolver. Er lässt ihn aufheben und sichern. „Die Schneidermeisterin des Lagers, Iris Innert, Günther! Es war so schrecklich, Liebling, sie hat versucht, Frau Waldmann und mich zu erschießen, ich musste eingreifen, auch ich war an ihrer Erschießung beteiligt!". Günther runzelt die Stirn und staunt. „Was, du auch?" Ich bejahe. „Ich hatte keine Wahl, Frau Waldmann kann es dir bestätigen, Iris Innert hat zuerst geschossen, wir haben uns nur verteidigt! Diese furchtbar misstrauische Person, sie ist plötzlich völlig durchgedreht, und hat den Revolver gezogen, als wir ihr nur ganz vage Vorwürfe gemacht haben, sie sei gar keine Schneidermeisterin, denn sie weigerte sich merkwürdigerweise, unsere Uniformen zu flicken, und da wurden wir stutzig. Wir haben sie also zur Rede gestellt, und Frau Waldmann hatte durch ein geschicktes Verhör herausgefunden, dass diese Person in Wirklichkeit angeblich von dem neuen Lagerkommandanten, SS-Oberstgruppenführer Siegfried Breitenfeld gezwungen worden sei, als Gestapo-Agentin zu arbeiten", sage ich hastig.

„Richtig, und sie sei in Wirklichkeit Jüdin, und habe von dem Herrn Oberstgruppenführer den Auftrag erhalten, meine nationalsozialistische Gesinnung zu überprüfen, und auch die der Dolmetscherin", ergänzt Doris Waldmann apodiktisch und setzt sich furchtlos groß in Szene. „So könnte die Schneidermeisterin angeblich ihr Leben retten, doch dann ist die Situation eskaliert, als wir sie bei diversen Lügen und Widersprüchen in ihrem Lügengewebe ertappt haben", argumentiert die Waldmann konfus.

„Ja, und dann hat diese verdrehte Person uns unvermittelt unterstellt, wir seien Staatsfeinde und würden demnächst aus dem Lager ausbrechen wollen, so ein Quatsch", argumentiere ich empört. „Sie wurde psychisch immer instabiler, und hat uns beschimpft, weil wir uns nicht auf ihre Seite stellen wollten, denn sie wollte angeblich mit uns aus dem Lager türmen, weil sie uns partout einreden wollte, wir seien doch auch Nazi-Gegner, und da haben wir natürlich versucht, sie zu widerlegen, sie zu beschwichtigen, aber weil sie immer verrückteres Zeug von sich gegeben hat, da haben wir schließlich streng auf sie eingeredet und ihr mit ernsten Konsequenzen gedroht", behauptet Doris Waldmann jetzt burlesk. „Denn diese Verleumdungen wollten wir uns nicht länger gefallen lassen und wollten sie zur Anzeige bringen", führt die Waldmann weiter aus.

„Was ist denn das für ein Kauderwelsch, meine Damen?", fragt Günther fassungslos. „Und warum haben Sie uns dann nicht zu Hilfe gerufen, wie Sie es ja angeblich vorhatten? Das ganze Gerede hat doch kein Oben und kein Unten, keinen Sinn und Verstand! Und niemals würde die SS eine unzuverlässige Jüdin zur Bespitzelung anderer SS-Angehöriger einsetzen, das ist doch völliger Quatsch!", schreit Günther Steinbacher, der kein Dummkopf ist. Doch die wahren Zusammenhänge dürften auch ihm nicht aufgegangen sein, vermute ich mal. Genau wie wir im Grunde weiterhin im Dunkeln tappen.
„Wir konnten Sie nicht zu Hilfe rufen, es ging alles so schnell, Obergruppenführer; die ganze Situation geriet vorher außer Kontrolle", behauptet Doris Waldmann und sieht Günther Steinbacher fest in die Augen.

„Also ich weiß überhaupt nichts von dieser angeblichen Agentengeschichte, mit dieser angeblichen Schneidermeisterin", sagt mein Günther schroff zur Waldmann. „Ich kenne diese Person nicht, ich habe sie nie zuvor gesehen…"
Schweigend stehen wir alle für eine Weile herum. Endlich sagt einer von der Schutzstaffel: „Sollten wir nicht endlich dem Oberstgruppenführer Meldung machen, Obergruppenführer? Denn diese ganze schmutzige Geschichte betrifft ihn doch persönlich, wo er doch angeblich der obskuren Toten hier vor unseren Füßen einen Bespitzelungsauftrag gegeben hat", mahnt der junge Bursche streng.
„Ja, Sie haben recht, ich bin gespannt, was er dazu zu sagen hat, der Herr Lagerkommandant", sagt Günther Steinbacher bedeutungsvoll und öffnet schon die Tür unserer Baracke. „Und dass mir keiner hier etwas anrührt, verstanden? Ehe der Oberstgruppenführer hier eintrifft!", mahnt Günther säuerlich. Doch da tritt der Lagerkommandant schon höchstpersönlich in unsere Baracke ein. „Er ist schon hier, der Oberstgruppenführer, was ist hier los?", fragt der Quadratschädel streng, und schüttelt seinen breiten, eckigen Kopf. Günther Steinbacher nimmt Haltung an. „Verzeihung, Oberstgruppenführer, hier ist ein sagenhaftes Malheur passiert …" Der massige Lagerkommandant mustert meinen Günther barsch. „Das sehe ich wohl, wer ist die tote Frau?", fragt er gefährlich leise. Günther stockt. „Sie kennen sie nicht, Herr Kommandant?" Er betrachtet die Tote sehr sorgfältig. Er verneint kategorisch. „Nein, warum sollte ich sie kennen?". Günther erklärt

seinem unmittelbaren Vorgesetzten die Sachlage. Dieser wirft einen prüfenden Blick auf mich und Doris Waldmann. „Wieso sollte eine simple Schneidermeisterin Sie beide erschießen wollen?", fragt er verwundert. „Hat sie etwas gegen Sie in der Hand gehabt? Antworten Sie!" Wir beide tun ganz unschuldig, achten peinlich darauf, jetzt nicht zu viel zu reden, um uns nicht anzuklagen; bloß keine Hauruck-Verteidigung, um sich noch verdächtiger zu machen!

Wir behaupten weiterhin mit ganz ruhiger Stimme, diese nervöse Schneidermeisterin sei ihrer aufgezwungenen Rolle nicht gewachsen gewesen, sie sei aufgrund ihrer Begnadigung, kurz vor ihrer Erschießung, nicht mehr psychisch stabil gewesen, und habe wohl überall Feinde gesehen und Unheil gewittert. „Wenn man so knapp dem Tod von der Schippe gesprungen ist, dann sieht mancher Gespenster", versucht Doris Waldmann die Situation zu deuten. Siegfried Breitenfeld blickt eher gleichgültig drein. Denn er erklärt: „Diese Frau ist eine Lügnerin, wenn sie wirklich behauptet hat, sie wäre Gestapo-Agentin in meinem Auftrag gewesen", sagt der Lagerkommandant ruhig und gelassen. „Was sollte mich denn die politische Gesinnung einer ehemaligen Lagerkommandantin scheren, oder gar die ihrer Dolmetscherin?", fragt er indigniert.

Da erinnert sich einer seiner SS-Soldaten an den regnerischen Tag mit den Erschießungen der Kommunistinnen: „Ja: Diese Frau wurde tatsächlich in letzter Sekunde aus der Todesreihe herausgeholt, Herr Kommandant, ich erinnere mich jetzt. Ein Obersturmführer war auf sie aufmerksam geworden, weil sie lauthals geschrien hatte, sie sei unschuldig, sie sei gar keine Kommunistin, das sei eine Verwechslung. Sie sei lediglich bei einer Kommunistin als Schneidermeisterin angestellt gewesen, ohne dass sie geahnt hätte, dass ihre Arbeitgeberin Kommunistin war … Und da der Obersturmführer dringend eine Schneidermeisterin benötigte … Sie verstehen?"

Der Quadratschädel nickt. „Und da sollte ich ausgerechnet diese Frau, deren wahre Identität keiner kennt, zu einer Agentin machen, zu einer Vertrauensperson? Ohne Ausbildung in Verhörtechnik oder psychologischer Menschenbeobachtung? Die dann auch noch zwei höchst unwichtige Personen beobachten sollte? Das ist einfach absurd, diese Vorstellung, oder: Diese Unterstellung!", schnarrt der Breitkopf indigniert und pfeift durch die Zähne.

„Immerhin hat sich diese angebliche Iris Innert aber fabelhaft in der Waffenkunde ausgekannt", wendet Doris Waldmann kontrovers ein. „Schießen konnte sie, ihre Schießweise war äußerst präzise, und sie hat ihren Revolver blitzschnell gezogen und abgefeuert, denn sie hätte uns beinahe getroffen", wendet Doris Waldmann ein. „Wenn wir nicht so schnell reagiert hätten und uns verteidigt hätten", ergänze ich bestimmt.
„Nun gut, das wird sich alles noch aufklären. Was geht mich im Grunde auch eine dusselige Schneidermeisterin an, wir werden eine neue finden. Bestimmt schon morgen, wenn ein neuer Transport eintrifft", stellt der Kommandant mit kalter, kühler Kalkulation fest und löst die Versammlung auf. Wir erschaudern.
„Sie beide aber sind vorläufig festgenommen"; sagt er hart und zeigt martialisch auf Doris Waldmann und mich. „Abführen, die beiden, und dann zum Verhör! In den Arrestraum!", befiehlt Siegfried Breitenfeld seinen SS-Schergen. Diese führen auch sofort den Befehl aus und uns ab. Gleichzeitig wird die Tote aufgesammelt und abtransportiert.

Am nächsten Morgen werde ich wieder in meiner vertrauten Baracke wach. Sarah und Petruschka sind bei mir. Miriam hat wohl wieder die Nacht mit Doris Waldmann verbracht. Nach einem kurzen, harmlosen Verhör wurden Doris und ich dann gestern überraschenderweise doch gleich wieder freigelassen. Keiner spricht mehr von dieser Schneidermeisterin, weil sie vermutlich doch eine Gestapo-Agentin war, aber versagt hat, da sie sich übertölpeln ließ. Und das zuzugeben wäre der Lagerführung peinlich.
Also übergehen sie die Sache lieber mit Stillschweigen.
Ich gräme mich wieder über Rebeccas Schicksal. Wir sitzen auf unseren sauberen Betten in der Baracke. Sarah fragt mich: „Bekommt Rebecca jetzt nie ein Grab?". Ich weine wieder mal bittere Tränen über meine Älteste, als ich das höre. Dabei drücke ich Petruschka und Sarah ganz fest an mich. „Ich weiß es nicht, mein Spatz", beichte ich tränenfeuchten Auges meiner Jüngsten. „Aber falls wir den Krieg überleben, dann werden wir uns auf die Suche machen nach Rebeccas Grab", verspreche ich trübsinnig. „Vielleicht haben ihr die Partisanen eins am Wegesrand gewährt, oder ihr wenigstens ein schlichtes Gedenkkreuz gewidmet", sage ich hoffnungsfroh. „Denn schließlich war sie beinahe eine von ihnen!"

„Noch besser wäre es natürlich, wir würden nie ein Grab von Rebecca finden", sage ich, in frommes Wunschdenken verträumt. „Denn dann bleibt für uns weiterhin die Hoffnung bestehen, sie eines Tage noch lebend wiederzufinden", ergänze ich wehmütig. Sarah stimmt mir begeistert zu.

„Ich würde jetzt so gerne über Rebeccas langes Haar streichen", sagt Sarah sehnsuchtsvoll, „so wie ich es zu Hause in Berlin immer getan habe", präzisiert sie und sieht mich fragend an. „Vielleicht ist Rebecca ja wirklich noch nicht tot?", fragt sie begeistert. - „Wie könnt ihr das eigentlich so selbstverständlich annehmen und akzeptieren?", fragt mich jetzt Petruschka, leicht gereizt. „Sie hat doch eine Salve mit voller Wucht in den Rücken abbekommen, und ist dann in voller Fahrt aus dem Lastwagen gestürzt", memoriert Petruschka seufzend, „was soll da an ihr noch zu retten gewesen sein?" Da wird Sarah böse und keift: „Wie kannst du es wagen, so über unsere Schwester zu sprechen, du Ungeheuer?", und sie greift ihre ältere Schwester an. Ich aber beende sofort den Tumult, indem ich energisch in den Geschwisterkampf eingreife, und beide Mädchen voneinander trenne. „Jetzt ist aber Schluss mit diesem ungehörigen Zwist! Wir haben schließlich auch so schon genug Probleme", rufe ich zur Ordnung. „Wenn euch Tante Miriam so sehen könnte! Schämt euch! Hier in dieser Todesfabrik sterben fast jeden Tag unschuldige Menschen zu Hunderten wie am Fließband, darunter viele Kinder und Jugendliche in eurem Alter, und ihr fangt jetzt auch noch an mit diesen Animositäten! Verzehrt euch in Hass und Gewalt! Das ist doch der Gipfel!", schreie ich überreizt.

Das sehen die Mädchen dann auch gleich ein, entschuldigen sich zerknirscht und auch ich tue das, denn ich habe nervlich überreagiert, bin auch reichlich mit den Nerven runter. Denn man darf ja nicht vergessen: Schließlich habe ich schon wieder einen Menschen getötet, die Schneidermeisterin! Wenn auch aus Notwehr, aber wer wird mir das auf die Dauer glauben? Bald wird das Ungeheuer von Breitenfeld herausfinden, dass ich Jüdin bin, und dann bin ich meines Lebens nicht mehr sicher, erst recht nicht Miriam und Petruschka ... Wir sind alle schon so gut wie tot, wie Rebecca ... Es sei denn, wir versuchen wieder einmal, aus dem Lager zu fliehen, denke ich mir. Draußen haben wir bestimmt doch noch größere Überlebenschancen; nein, nicht mal das, aber wir sterben dann wenigstens mit Würde – im vereinten Kampf mit den Partisanen und den Kommunisten gegen die Nazibrut, wenn es sein muss! Anstatt hier drinnen elend durch Verrat oder Krankheit zu verrecken! Durch Nichtstun oder ewigem feigem Wegducken vor den Scheußlichkeiten der Erschießungen! Oder bis auch an uns Restjuden die endgültige jüdische Säuberung durchgeführt wird; denn Judentum ist ja keine Frage des Glaubens, sondern eine des Blutes, wie die Nationalsozialisten überzeugt sind …

Am späten Nachmittag kommen dann enttäuschender Weise tatsächlich noch neue Judentransporte mit der Bahn an. Es sind diesmal wirklich alles Juden, denn Sie tragen alle den Davidstern, wie Miriam und ich erschüttert feststellen, das jüdische Glaubenssymbol in Form eines sechszackigen Sterns, der aus zwei gleichseitigen, ineinandergeschobenen Dreiecken besteht. Wir sind wieder als „Dolmetscherinnen des Todes" voll dabei bei dem gleich anlaufenden Vernichtungsritual: Koffer abstellen, Schmuck abgeben, sich völlig nackt ausziehen, und aufstellen vor dem Vernichtungsgraben der unerschöpflichen Schlucht, wo man unendlich viele Leichen verscharren kann … Wir begleiten und belügen die Verurteilten wieder schamlos auf ihrem letzten Gang, dessen Verhängnis sie ahnen, sich aber bis zum letzten, bitteren Augenblick des tödlichen Endes wider besseres Wissen nicht eingestehen wollen. So ist halt der Mensch … Er hofft bis zum letzten Atemzug, es möge noch eine wunderbare Wendung kommen, eine Begnadigung, das unverhoffte Auftauchen der Russen, die das Gemetzel der Erschießungen in letzter Sekunde verhindern und die Nazis gefangen nehmen. Oder ein Erdbeben, das den Verurteilten eine rasche Flucht in die Berge ermöglicht. Deswegen werden auch die meisten jüdischen Todeskandidaten sich erneut hüten, sich diese letzte Hoffnung zu verbauen, indem sie zum Beispiel vorher versuchen, ihre Mörder anzugreifen, zu entwaffnen, oder zu beschimpfen, hat mir Doris Waldmann gesagt. Das hätte nämlich noch einen rascheren Tod zur Folge als die nachfolgende, unsichere Erschießung, denn viele Opfer haben ja auch schon vorher davon gehört, dass der Ausgang solch einer Erschießung oft tatsächlich höchst ungewiss ist: Denn viele Schützen sind ja tatsächlich noch sehr jung und unerfahren in der Ausübung ihres freiwilligen Mordmetiers, weil sie schlecht schießen, oder zielen. Denn viele bekommen im Angesicht der Kolonnen nackter Menschen zum ersten Mal in ihrem Leben von ihren Vorgesetzten eine Waffe in die

Hand gedrückt, und sie sind total überfordert mit ihrer schrecklichen Aufgabe, treffen ungenau und die Juden fallen manchmal nur verletzt in die Gruben. Selbst wenn die Mordschützen dann nachschießen gehen auf die zappelnden Körper: Einige Leichtverletzte erkennen schnell ihre Chance, und nutzen sie, indem sie still liegen bleiben und sich tot stellen. Dann später, wenn die Mörder sich aufgrund der hohen Todesziffer gratulieren, sich besaufen und feiernd abziehen, dann wissen einige Todeskandidaten, dass sie sich eventuell mit geringen Verletzungen heimlich davonmachen können.

Der neue Kommandant Siegfried Breitenfeld steht neben uns und ist beeindruckt und verblüfft: „Es ist doch wirklich erstaunlich: Manchmal sind die Juden ganz friedlich, lassen sich ohne Protest erschießen, als wäre es die natürlichste Sache der Welt – wie heute zum Beispiel! Schauen Sie!" Und er staunt, wie sich gerade eine fast bis ganz nackte Kindergruppe scheinbar ganz ohne Angst in Reih und Glied aufstellt, bei den Händen fasst und auf die Kugeln wartet. „Verstehen Sie das?", fragt mich Breitenfeld mit einem Blick zu mir. Statt meiner antwortet Miriam verhängnisvoll, voll düster verhangener Melancholie, wie im Todesrausch murmelt sie: „Ja, seid willkommen, liebe Kinder, ihr bekommt den Tod gratis, hier bekommt ihr zur feierlichen Begrüßung ein bleiernes Ungewitter in den Rücken und den Nacken, oder in den Kopf – ganz nach individuellem Wunsch!", lallt sie ihr tödliches Gefühlszeremoniell vor sich hin. „Still!", sage ich zu ihr. „Was ist denn in Ihre Kollegin gefahren, die spinnt wohl?", fragt Breitenfeld verdrossen und voller Wut.
Doch die Kinder scheint das nicht zu stören. Und auch die sie begleitenden und sie tröstenden Erwachsenen nicht: Sie bereiten die Kinder unbegreiflicherweise schicksalsergeben auf die letzte Stunde vor. Eine ganz nackte junge Frau, ausgenommen ihr Kopftuch und ein Medaillon um den Hals, bittet den Kommandanten sogar höflich: „Bitte, machen Sie es schnell und gründlich, Herr Kommandant! Die armen Kinder müssen doch hoffentlich nicht zu lange leiden, oder unnötige Schmerzen bei der Vernichtung erdulden?", fragt sie fürsorglich und mütterlich. Da ist selbst der rüde Quadratschädel gerührt. „Aber nein, gnädige Frau, ich versichere Ihnen, es geht ganz schnell und schmerzlos über die Bühne. Meine Männer schießen präzise und effizient, Sie haben mein Wort"; sagt er betreten.

„Oh, vielen Dank, das ist wirklich nett von Ihnen", sagt sie doch tatsächlich fröhlich, ohne Ironie, als wäre sie auf einem zünftigen Picknickausflug hier in dieser malerischen Schlucht, tritt noch weiter vor und küsst dem Kommandanten sogar die Hand. „Kann ich … vielleicht bitte …zuerst?" Er nickt. „Wie muss ich mich hinstellen?", fragt sie zutraulich, die zierliche Brünette mit der gebogenen Schnabelnase, unter deren weißem Kopftuch ein langer, nicht enden wollender Schwall von Haaren hervorquellt, die ihr bis zur Hüfte reichen. „Wie Sie möchten", sagt der Kommandant nüchtern sachlich. „Ach wissen Sie, dann stelle ich mich doch gleich lieber mitten unter die Kinder, neben diese beiden Mädchen da, die ich besonders liebgewonnen habe in meiner Musikschule, denn sie sind jetzt schon mit neun und zehn Jahren die besten Geigerinnen in ganz Russland", sagt sie ohne Wehmut und fügt sich in das Unabänderliche. Sie prescht vor und bleibt vor den Mädchen an der Grube stehen, umarmt sie noch einmal leidenschaftlich stürmisch, hüllt sie schützend mit ihrem Körper ein, und lenkt die Kinder durch ein freundliches Gespräch ab, indem sie ihre einzigartige Musikalität lobt – so als ginge es hier lediglich um die Besprechung einer Theaterprobe! „Weißt du, Tanja, deine unvergleichlich geschmeidige Bogenführung bei deiner Paganini-Etüde ist wirklich einzigartig, sie hat mir und ganz Russland immer besonders gefallen … Erinnerst du dich noch, wie selbst Genosse Stalin vor drei Monaten bei deinem Konzert in Moskau zu Tränen gerührt war?", fragt sie fasziniert. Unbekümmert von der gleich folgenden Erschießung. Wir sind gerührt. Alle, auch Miriam und sogar Breitenfeld. Und die kleine Geigenvirtuosin Tanja strahlt, vergisst völlig die Gefahr, den Tod und schnattert munter in perfektem Deutsch drauflos, denn auch darin ist sie ein Wunderkind, ganz wie die Musiklehrerin: „Ja. Fräulein Sagaschwilova, und erinnern Sie sich, als der liebe Genosse Stalin mich dann nach meinem Solokonzert zu sich in seine Loge bat, und mir schon mit zehn Jahren den Großen Vaterländischen Verdienstorden verliehen hat? Diesen schönen Moment werde ich nie im Leben vergessen!"

Ich bin wie berauscht von der schaurig-schönen Aura des nahen Todes: Wie können das Mädchen und seine Lehrerin so ruhig bleiben? Reden sie sich den Tod einfach so weg, vom Leib, von der Seele? „Oder sind sie einfach nur schlau, versuchen, Zeit zu schinden, wollen Breitenfeld beeindrucken mit ihren Künsten, dass er die Mädchen demütig und ergriffen aus der Reihe nimmt und für heute vom Tod freistellt?", murmelt mir Miriam ganz leise zu, nachdem sie sich vergewissert hat, dass der Kommandant, auch ganz berauscht, nur auf die kleine Violinvirtuosin starrt.

„Ich glaube, du hat recht, sieh dir den Lager-Chef an: Er ist ganz hingerissen von dem Mädchen, er hat alle Worte mitbekommen ... Es wirkt ... Gut, dass sie günstigerweise auch noch so gut Deutsch können ...", sage ich unendlich leise zu meiner Schwester. Auch die SS lauscht ergriffen, und die drei Russinnen plaudern weiterhin scharmant über ihre Musik, beziehen alle Jungen und Mädchen am Grubenrand mit ein in die glücksverlorene Schwärmerei. Alle Kinder, auch Erwachsene, scharen sich jetzt locker um die Musikgruppe. Die SS lässt sie gewähren, es fällt kein böses oder gehässiges Wort, auch nicht von den scharfen Hunden der Mördertruppe ... Ich bin verzückt, selig, dankbar! Vielleicht geschieht hier gleich wieder ein kleines Wunder, am Graben des Todes? Wie bei den drei untalentierten Jüdinnen, die ich der Schneidermeisterin zugeschanzt habe? Ich bin mir sicher, wir stehen kurz vor einer neuen Begnadigung.

Doch mitten in die glückseligen Reminiszenzen der Kinder über ihre Geigen-Erfolge erfolgt unerwartet und urplötzlich der Feuerbefehl von Breitenfeld. Alle Kinder und Erwachsenen fallen in Sekunden durch das Sperrfeuer! Oh, welcher Horror! Ich weiß, der Lagerkommandant hat es diesmal nicht aus Sadismus getan, urplötzlich aus vollen Rohren schießen zu lassen! Er hat es ja vorhergesagt, dass es schmerzlos schnell gehen sollte. Daher hat Breitenfeld bewusst auf die Ankündigung des Todes verzichtet. Aus humanen Erwägungen. Doch keiner protestiert, am wenigsten die überlebenden, nachrückenden Judengruppen. Einige ältere, nackte erwachsene Männer rücken vor den Abgrund des Todes auf und danken dem Kommandanten sogar für seine Rücksichtnahme bei den Kindern, für seine Ablenkungsmaßnahme! Die Erwachsenen starben nackt, die Kinder durften wenigstens die Unterbekleidung anbehalten.

Auch viele nachfolgende, splitternackte Frauen strahlen Dankbarkeit und Zufriedenheit aus, dafür, dass man sie gleich abschießt! Keiner schimpft diesmal auf die Nazis! Männer, Frauen und Kinder stellen sich bereitwillig für einen zweiten Feuersturm des Todes vor dem automatischen Maschinengewehr auf. Manche lassen sich von vorne

erschießen, manche von hinten. „Heute machen es uns die Juden aber leicht, unglaublich, nicht?", fragt ein junger MG-Schütze grinsend, der andere nickt fassungslos und ganz blass. Die Schar älterer Männer schaut gelassen auf die toten Kinder in dem Abgrund hinab und einer sagt wie selbstverständlich: „Sie sind alle himmlisch schnell im Bewusstsein der Seeligkeit ihrer Musik gestorben, sind voll und ganz darin aufgegangen, in ihren schönen Erinnerungen an ihre Erfolge in der Musikschule...". Ein anderer nickt. „Ja, sie haben fast gar nichts von den Schüssen mitbekommen. Danke, Herr Kommandant, das haben Sie großmütig arrangiert" Damit stellen sich alle bereitwillig für die nächste Exekutionswelle auf. Schon rattern die Maschinengewehre wieder los. Es hört gar nicht mehr auf zu knallen. Reihenweise fallen die Menschen wieder in die Grube. Lautlos. Nur Miriam und ich sind darüber noch entsetzt. Miriam schreit laut. „Heute gibt es den Tod für alle gratis! Eure Musik dazu heißt „Der bleierne Todeswalzer im Trommelfeuer der MGs", von Johann Graus! Hahaha!" Und sie lacht wie irre dazu.
„Miriam, Liebling!", schreie ich und knalle ihr eine. „Was ist denn mit der los? Hat die etwa den Verstand verloren, Ihre Kollegin?", fragt Breitenfeld erregt, der sich in seiner Hinrichtungsharmonie gestört fühlt. „Wo heute zum ersten Mal alles so schön reibungslos läuft!", sagt er wütend. „Einer muss doch immer querschießen, und einem die schönsten Exekutionen kaputtmachen, es ist eine Schande!", jammert er und mahnt mich, meine „Kollegin" ruhig zu stellen, aber ich weise ihn darauf hin, dass ich das mit meiner Ohrfeige schon getan habe.
Tatsächlich ist Miriam unterdessen aus ihrem seelischen Wahnsinn ihrer verkrüppelten Sinne erwacht, macht zwar erstaunte Augen, aber immerhin: Sie bleibt still.

Auch die nachfolgende Gruppe von Juden, die zur Erschießung geführt wird, ist unbegreiflicherweise voller Verständnis für diese Maßnahme: „Ich weiß, Herr Offizier, meine Herren, dass Sie nur Ihre Pflicht tun, der Führer hat recht: Wir sind eine schlechte, gierige Rasse, die seit Jahrtausenden zu Recht verfolgt wird; schon seit der Babylonischen Gefangenschaft sind wir zu Recht in Ungnade gefallen! Die ganze Welt verfolgt die Juden schon seit Jahrhunderten, und daher kann sich die ganze Welt also nicht geirrt haben, was unseren schädlichen Status betrifft: Es ist wirklich besser, unser Volk verschwindet von der Erde!", sagt ein alter, jüdischer Gelehrter allen Ernstes. Ich glaube, ich träume wohl! Kein Protest. Kein Geschrei, von keiner einzigen Frau. Alle, jung und alt, stellen sich in Windeseile zur Erschießung auf. Nur ein ängstliches, halbbekleidetes, etwa 14jähriges Mädchen kommt zitternd angelaufen, bleibt vor mir stehen, denn es ist heute draußen schon kalt, wir haben schließlich schon Ende Oktober: „Ach, könnte ich bitte mein Unterhemd anbehalten, mir ist so kalt, das wäre nett, Fräulein!", sagt sie zu mir, die sofort Vertrauen zu mir gefasst hat. Breitenfeld gibt mir einen diskreten positiven Wink – sie darf.

„Aber natürlich", sage ich verheult, und alle Gesichtsmuskeln verkrampfen sich mir.

Doch ich bewahre gerade noch die Haltung.

„Danke sehr!", sagt die Kleine mit einer artigen Verbeugung und stellt sich gehorsam vor den Graben. Als ob man ihr gerade ein schönes Geschenk gemacht hätte, schaut sie drein! Unbegreiflich! Sind denn heute alle Juden verrückt geworden? Oder erfolgt der Kadavergehorsam des willigen Todes einfach nur vor lauter lähmender Angst der Opfer? Und schon schlägt das Bleigewitter auf die Kleine im Unterhemd und ihre Familie ein, die sich artig zu ihr gestellt hat, ohne die geringste Klage. Alle Körper fallen gehorsam in die Tiefe. Die Schlucht füllt sich rasant mit mehreren Schichten von Toten, die sich aufeinanderstapeln. Haben etwa heute alle Juden vor der Erschießung Drogen bekomme? Zur Beruhigung? Vielleicht als Bestandteil einer neuen, sanften Exekutionsmethode?

Oder aber: Alle Juden scheint heute die reine Faszination des Todes befallen zu haben! Aber das kann meiner Meinung nach tatsächlich nur durch Drogen geschehen sein, dass heute alle so folgsam sind! Gerade erlebe ich noch so ein gespenstisches Beispiel: Eine junge, hässliche Jüdin mit entstelltem Gesicht und Klumpfuß humpelt auf mich und Breitenfeld zu. Ein anderes, auch ganz junges Mädchen, offenbar die Freundin der Entstellten, begleitet sie und stützt sie unter dem Arm. Die beiden Nackten lächeln uns an, und bewundern die große Geschützstellung mit dem drehbaren Maschinengewehr, in die sie geradewegs hineinlaufen. „Verzeihung, dürften wir uns das tolle MG kurz noch schnell mal aus der Nähe ansehen, bevor wir in den Abgrund fallen?", fragt die gesunde, bildschöne Jüdin voller Interesse. „Ich bin nämlich selber auch Waffenexpertin". Die Schützen vor dem MG sind

derart verblüfft, dass einer stottert: „Ich denke, ja!" Wir alle kommen aus dem Staunen einfach nicht mehr heraus. Der Schütze erhält von Breitenfeld die Erlaubnis, den beiden jungen Frauen die technischen Details und die Funktionsweise des MGs kurz zu erklären.
Die beiden Frauen bedanken sich kurz darauf regelrecht lachend bei den Schützen für die Vorführung, so als wären hier alle auf einem fröhlichen Volksfest, und die Gesunde sagt ganz ohne Anspannung: „So, jetzt können wir dann … Wir sind bereit!", sagt sie, und packt die Entstellte am Arm: „Komm Schwester, ich liebe dich, es war schön, mit dir aufzuwachsen", sagt sie lächelnd und beide stellen sich direkt vor die Mündung des MGs. Hat man da noch Worte!

„Haben Sie denn gar keine Angst vor dem Tod?", fragt jetzt doch endlich einmal einer der Schützen mitleidig, beschämt und ganz bleich im Gesicht. Selbst er kann diese Bereitwilligkeit zu sterben nicht begreifen. Vor allem bei diesen beiden jungen Frauen nicht.
„Oh nein", sagt da die bildschöne, gut gewachsene Jüdin und keucht schweißüberströmt, trotz der Kälte: „Wissen Sie: Ich habe eh nicht mehr lange zu leben, denn ich bin unheilbar krank, ich leide an einer seltenen Nervenkrankheit, die gerade erst entdeckt worden ist, und für die es noch nicht mal einen Namen gibt; in ungefähr einem Jahr wäre sowieso Schluss mit mir", sagt sie lächelnd. „So erspare ich mir einen langsamen Siechtod". Die beiden Schwestern halten sich bei den Händen. Sie verabschieden sich noch einmal voneinander. „Und ich bin eh so hässlich, und übrigens auch sehr krank, dass ich nie einen Mann kriegen würde", sagt die andere fatalistisch. „Denn meine Medikamente kosten derart viel Geld, dass ich sie schon lange nicht mehr bezahlen kann", sagt die Hinkende schulterzuckend. „Na, umso besser, dann ist der Tod ja für euch beide geradezu eine Erlösung – und dann ist das ja heute so was wie euer Glückstag, Mädels", sagt der andere, brutale MG-Schütze johlend, und statt des Geschützes aktiviert er sein eigenes, umgeschnalltes MG, steht auf, indem er die Geschützstellung kurz verlässt, treibt die Mädchen vor den Abgrund und stellt sie nebeneinander auf. Sie fassen sich wieder bei den Händen und bleiben tapfer und gefasst. Dann schießt er ihnen einen langen Feuerstoß in den Rücken. Beide fallen verrenkt in die Tiefe.

Später, am Schluss der Erschießungen, erfahren wir zu unserer Überraschung den Grund für die stoische Ruhe und den Gleichmut, mit welchem alle Juden heute in den Tod gegangen sind; ein alter Jude, eines der letzten Opfer heute, erklärt ihn uns: „Sie müssän wissän, Herr Offizier", sagt er alte Mann, „wir alle hier gehören einem Stamm des jüdischen Volkes an, der alle Gegebenheiten, aber auch wirklich alles, was uns passiert, als gottgewollt und schicksalhaft hinnimmt, ohne zu klagen, das gehört zu unserer religiösen Überzeugung!" Dann lächelt er und lässt sich mit seiner ganzen Familie erschießen. Jetzt sehen wir endlich klarer. Miriam und ich sehen uns verdattert an.
„Wahnsinn, das hätte ich nicht für möglich gehalten, dass es so etwas gibt, und dabei sind wir doch auch Jüdinnen", sagt Miriam flüsternd zu mir. „Ich wusste doch auch nichts davon, dass ein Teil von unserem Volk so unerbittlich konsequent den Opfertod auf sich nimmt", flüstere ich bestürzt zurück.
Wie üblich, fangen die Mordschützen der SS gleich nach Beendigung des Massakers wieder an, sich zu besaufen, und ausgelassen zu feiern. Der brutale MG-Schütze, der vorhin schon so fröhlich zynisch die beiden kranken Geschwister gesondert mit seiner Maschinenpistole erschossen hat, tut sich jetzt dabei besonders enthemmt und unmenschlich hervor. „Aber das muss man doch wirklich mal sagen, Herr Oberstgruppenführer", sagt er und besäuft sich schon ungeniert und gierig aus einer Cognacflasche, „wenn die Juden sich demnächst weiter so bereitwillig und lächelnd vor die Läufe unserer Gewehre stellen, und sich ohne Protest von uns abknallen lassen … Wo bleibt denn dann der Spaß bei der ganzen Sache? Denn unsereiner kommt sich ja ganz bescheuert vor, man fühlt sich ja regelrecht verarscht, wenn nicht wenigstens ein paar Juden aufmucken, uns zumindest vor der großen Ballerei mal originell beschimpfen oder angreifen? Wo wir doch schon so eine schwere Bürde der Verantwortung für unser Vaterland mit uns herumtragen? Die hier waren ja heute eigentlich alle feige, die Juden, haben sich von uns abknallen lassen wie die Hasen, ohne den geringsten Widerstand zu leisten, ohne um ihr Leben zu kämpfen, das ist doch ungehörig, nicht wahr, Herr Oberstgruppenführer?", grölt der perfide Krawallmacher und schwankt mit der Flasche auf Breitenfeld zu. Der traut seinen Augen nicht und kommt geladen auf ihn zu. „Was fällt Ihnen denn ein! Seien Sie bloß still, Mann, Sie elender Wicht!" Er schüttelt den Schützen am Kragen, ich bemerke die schwarzen Runen

am Kragenspiegel, und schnauzt ihn weiter an, denn diese infame Haltung ist sogar einem Kotzbrocken wie Breitenfeld zu viel. Der MG-Schütze lässt verdruckst die Flasche fallen. „Aber Herr Kommandant: Diese Juden … verdienen es doch gar nicht zu leben, ein Volk, das sich derart klaglos in den Tod fügt, ohne zu kämpfen, das hat jedes Lebensrecht verwirkt", lallt der junge Bursche weiter und alle sehen ihn betroffen an. „Habt ihr denn das alle nicht gesehen, eben?", fragt der Mann und heischt um Verständnis bei seinen Kameraden. „Wo bleibt denn da für uns der Nervenkitzel, wenn nicht ein einziger Jude versucht, uns zu attackieren, oder wenigstens versucht wegzulaufen, das würde die Spannung doch ein wenig steigern, denn so eine Flucht von einer jungen, arschwackelnden, knusprigen, nackten Jüdin zum Beispiel würde doch wenigstens unseren Jagdtrieb mal wieder etwas anfachen …
Und da könnte man doch ein hübsches, kleines Scheibenschießen auf die jüdischen Weiber veranstalten, mal woanders hinballern, als immer nur in den langweiligen Rücken; zum Beispiel in einen wippenden Busen von so einer flüchtenden Judenhure, hahaha, oder man könnte ihr ins Arschloch feuern, das wäre doch mal etwas anderes…" Da rennt der Kommandant erbost wieder auf seinen Untergebenen zu und schnauzt ihn an: „Sind Sie verrückt geworden, Bollmann? Halten Sie endlich Ihre elende Schnauze, Sie Drecksack! Sie angeberischer Aufpeitscher!", droht er und streckt Bollmann mit einem Fausthieb nieder.
„Diese Juden heute sind immerhin alle ehrenvoll und tapfer gestorben, Sie elender Wichser!", schreit Breitenfeld auf den Gestürzten herunter. „Ich würde glatt gerne mal Sie selber in so einer Situation sehen wollen; wenn Sie an der Stelle der erschossenen Juden gewesen wären: Hätten Sie dann auch solch eine tadellose Haltung gezeigt, sich mit Gleichmut und einem Lächeln in den Tod gefügt?", fragt er zweifelnd.
Bollmann erhebt sich sofort wieder völlig unverstanden und blickt schwankend, diesmal ohne Trotz in der bedusselten Miene um sich. Miriam und ich sind wieder äußerst entsetzt. Man erlebt doch jeden Tag etwas Neues!, denke ich verbittert. Was schreckliches Neues!
Währenddessen haben wir alle nicht auf den anderen, mitleidigen, labilen blonden Schützen mit der blassen Miene geachtet, der sich jetzt langsam an seinen sadistischen Kameraden heranpirscht und eine Pistole auf ihn richtet.

Plötzlich registrieren wir alle das neue, unfassbare Szenario. „Was ... soll denn das bedeuten? Was hast du denn, was ist denn mit dir los, Heinz?", schreit der infame Lustmörder plötzlich vor Panik und hebt beschwörend die Hände. „Nimm doch die Pistole runter, wir sind doch Kameraden!", beschwört er ihn.

„Na, na, na: Was hast du denn, mein Guter?", fragt der schmale Blonde spöttisch und leicht sächselnd, „du suchst also Nervenkitzel und Spannung? Gut, kannst du haben, den verschaffe ich dir hiermit gerne, zum Nulltarif!", sagt sein Kamerad Heinz tonlos und zielt ruhig, ohne zu zittern auf Bollmanns Kopf.

„He, Sie, Köster, spinnen Sie jetzt auch? Weg mit der Waffe, aber sofort, klar? Das ist ein Befehl, Sie ... Verrückter!", schreit jetzt Breitenfeld und rennt furchtlos auf den labilen Schützen zu. „Hören Sie? Runter mit der Waffe! Was fällt Ihnen ein, Ihren Kameraden zu bedrohen? Sie kommen sonst vors Kriegsgericht, Mann!"

Ohne sich im Geringsten beeindrucken zu lassen von seinem höchsten Vorgesetzten, und ohne den Blick von

Bollmanns Kopf zu wenden, an den Köster jetzt den Lauf seiner Pistole angelegt hat wie eine Saugglocke, zischt er Breitenfeld zu: „Du hältst jetzt gefälligst mal dein Maul, du feistes, fettes Schwein, klar? Du hast jetzt Sendepause, Breitenfeld, verstanden? Das hier geht dich einen Scheißdreck an!"

Der Kommandant wird ganz bleich. Auf solche Schwierigkeiten war er offenbar nicht gefasst. Dass die Juden mal aufmucken oder verbal ausfällig werden, manchmal auch körperlich, bevor sie erschossen werden – nun gut! Damit musste man ja rechnen, das war ja noch zu verstehen, das kommt ja öfter vor ... Aber dass jetzt ein harter SS-Mann so ausrastet! „Was zum Teufel ... ?" Breitenfeld dreht sich ratlos und schwitzend zu mir hin. Dann läuft er zu mir zurück. „Was sagen Sie dazu, Judith? Wie spricht denn der Mensch mit mir? Der ist auch verrückt geworden, nicht zu fassen!"

„Heinz, bitte, sei doch vernünftig, ich habe doch nur Blödsinn gequatscht, es war nicht so gemeint, aber jetzt nimm doch ... endlich diese verfluchte Pistole von meinem Kopf weg, das kann ... gefährlich werden!", greint der brutale Bollmann plötzlich ganz klein mit Hut.

„Na, na, warum denn plötzlich auf einmal so zimperlich, mein guter Karl? Willst du auf einmal doch keinen spannenden Zwischenfall mehr haben?", fragt Heinz Köster höhnisch seinen Kameraden und setzt ihm

die Pistole fester an die Schläfe. „Dabei warst du doch darauf eben noch so scharf, wie du selber geklagt hast". Dazu lächelt er sardonisch und bleibt stoisch ruhig.
„Ist alles wohl doch ein bisschen zu hoch für meinen lieben Karl…"
„Hören Sie, Köster, lassen Sie sofort Bollmann frei, sonst …", schnauft der große Breitenfeld auf einmal ganz flachbrüstig und seine Stimme verebbt immer mehr. Er ist überfordert und ratlos.
„Was sonst, Fettwanst? Was passiert denn sonst gleich hier? Sprich dich nur aus, Breitenarsch, denn Köster würde liebend gerne erfahren, was Breitenarsch sonst mit Köster macht", sagt Heinz Köster sarkastisch und kostet seine Überlegenheit genüsslich und satirisch aus. Verhaltenes Gelächter und Bewunderung mischen sich von unbekannter Seite ins Geschehen, das dramatischer nicht sein könnte.
„Tun Sie doch was, Judith!", sagt Breitenfeld albern, ausgerechnet von mir fordert er das und macht sich dadurch nur lächerlich und unmöglich bei seinen Untergebenen.
Aber ich weiß jetzt eins ganz genau: Ich darf den Kommandanten auf keinen Fall noch mehr brüskieren, denn sonst wird er sich später an mir oder meinen Kindern rächen, wenn er erst wieder das Heft in der Hand hat … Daher werde ich es mir unbedingt verkneifen, ihn jetzt bloßzustellen, oder zum Affen zu machen. Hoffentlich kapiert das auch Miriam und dreht jetzt nicht durch, hoffe ich verzweifelt. Denn sie kann mir alles kaputtmachen.

Also versuche ich alle erhitzten Gemüter gleichzeitig zu beruhigen: „Bitte, Herr Köster, ich kann Sie ja so gut verstehen, aber jetzt beruhigen Sie sich doch bitte wieder und legen doch bitte die Waffe weg", sage ich mit honigsüßer Stimme. „Es nützt uns doch jetzt gar nichts, das hier eskalieren zu lassen, was soll denn das noch bringen?", frage ich verzweifelt. „Wir sind alle sehr mitgenommen von den Strapazen dieses anstrengenden Tages …", sage ich albern und merke zu spät, dass ich einen peinlichen, verbalen Ausrutscher gemacht habe.
„Mir nützt es schon was", sagt der vormalig labile Heinz Köster und kostet jetzt ebenfalls seine erwachten, sadistischen Triebe an seinem Kameraden Karl Bollmann aus. Meine Güte, wie jung dieser blonde, schöne Junge Köster doch ist!, bemerke ich plötzlich mit Schaudern; kaum über achtzehn Jahre dürfte er sein! Lieber wäre mir natürlich, er würde Breitenfeld erschießen wollen, statt Bollmann, doch das kann ich

ihm unmöglich zurufen; denn dann macht er es am Ende doch nicht, oder schafft es nicht mehr, und dann sitze ich blöd da: Denn dann ist mir Breitenfelds anschließende, tödliche Rache gewiss.
Wenn nur die psychisch schon arg angeschlagene Miriam stillhält, und keinen Blödsinn macht!, denke ich fieberhaft und verschwitzt.
Sie bringt es glatt fertig, Köster zuzurufen, lieber Breitenfeld zu erledigen, wie ich meine Schwester kenne!
„Bitte, Herr Köster, es hat doch keinen Zweck, Ihren Kameraden zu bedrohen, er ist halt auch mit den Nerven runter; er meinte doch gar nicht ernsthaft, was er eben sagte", renne ich verzweifelt gegen die Zeit an.
„Bitte, Heinz", fleht jetzt wieder Karl Bollmann, ganz zahm geworden. „Hör auf die Dolmetscherin, sie hat recht!" Und da passiert es endlich, was ich so gefürchtet habe: Miriam kann ihre psychische und physische Anspannung, die ich ihr schon lange deutlich angemerkt habe, nicht mehr zügeln, lässt tatsächlich ihren Hass vom Stapel: „Los, schießen Sie endlich, Köster, zeigen Sie, dass Sie ein Mann sind – ein Mann der Tat, nicht nur der Worte!", schreit sie unbeherrscht.
Breitenfeld sieht meine Schwester empört an. „He, Sie! Maul halten, seid ihr denn auf einmal alle verrückt geworden?", tobt Breitenfeld und geht auf meine Schwester los. Ich werfe mich dazwischen und empfange an ihrer Stelle den Hieb des Kommandanten, der mich aber glücklicherweise nicht hart trifft, denn ich bin geschickt ausgewichen.
„Das hier ist dein ganz großer Tag, mein lieber Karl, den du nie vergessen wirst, und nun kommt der Höhepunkt der Überraschung", sagt Heinz Köster derweil fanatisch unbeirrt und drückt ab, schießt Bollmann in den Kopf. Noch ehe der brutale Schütze fällt, beendet Köster auch gleich noch sein persönliches Drama und schießt sich blitzschnell in den Mund. Beide fallen daher fast gleichzeitig zu Boden. Ich stürze zu Miriam und schreie sie wütend an, den Mund zu halten.
Alle SS-Kameraden stürzen zu den beiden Toten hin. Es ist wirklich nichts mehr zu machen. Breitenfeld vergisst mich und Miriam und ist auch zu Köster und Bollmann hingestürzt. Doch ich bekomme schnell mit, dass beide hinüber sind.
Breitenfeld gibt wieder ein selbstsicheres, wütendes Geschrei von sich und befiehlt seiner SS-Clique, meine Schwester zu verhaften. Mehrere Männer greifen sich Miriam und ich kann nichts tun. Obergruppenführer Günther Steinbacher stürzt in dem Augenblick zu mir und hält mich

zurück, als ich Miriam zu Hilfe kommen will. „Lass das, Judith, oder willst du auch noch erschossen werden?", fragt er besorgt und zieht mich mit sich fort. Ich rufe heulend Miriams Namen und werde weiter von dem dramatischen Geschehen fortgerissen, in Sicherheit gebracht: In Günthers schmucke Unterkunft gezerrt.
Habe ich jetzt auch meine Schwester für immer verloren? Was wird der grobschlächtige Breitenfeld mit ihr anstellen?

Am nächsten Morgen ist der Teufel los. Ich wurde letzten Abend unter Aufsicht in meine Baracke zurückgeführt, und dort interniert, aber alleine, ohne die Kinder. Ohne meine Petruschka und Sarah. Die Nacht war schrecklich, denn ich habe kein Auge zugetan, weil ich natürlich immer nur an Miriams Nervenzusammenbruch denken musste. Was mochte die SS inzwischen mit ihr in der Nacht angestellt haben? Wahrscheinlich befindet sich Miriam in strenger Einzelhaft, in irgendeiner Arrestzelle. Wenn sie meine Schwester nicht gleich umgebracht haben ... Meine Tür wird geräuschvoll aufgeschlossen. Ich fahre herum. Ich zittere vor Aufregung und mache ein verschlafenes Gesicht. Holen sie mich jetzt auch zu meiner eigenen Exekution? Bin nun ich an der Reihe?
Männliche SS-Wachen treten ein. „Wo sind meine Kinder, und wo ist Miriam?", schreie ich atemlos. „Beruhige dich, deine Kinder sind hier", sagt ein aalglatter, junger SS-Soldat, der mein Sohn sein könnte, und schiebt Sarah und Petruschka in mein Schlafzimmer. „Deine Schwester Miriam ist draußen, bei der Schlucht und vertritt sich ein bisschen die Beine", säuselt der Unmensch ölig und befiehlt mir, aufzustehen. Ängstlich kommen meine Töchter zu mir gelaufen. Sie sind schon voll angezogen. „Mama, komm schnell, Tante Miriam steht schon draußen vor dem Erschießungsgraben, sie ist ganz nackt und halb verrückt vor Angst", ruft mir die kleine Sarah weinend zu. „Was ist sie?", frage ich entsetzt und bin mit einem Satz bei meinen Töchtern. „Ja, Mama, Tante Miriam ist zudem auch noch denunziert worden als Jüdin, von wem, weiß ich nicht, und der Kommandant will sie gleich erschießen lassen, du sollst sofort kommen, sie steht wirklich schon nackt mit vielen anderen Juden vor dem Abgrund, die ganz früh mit dem Zug hier eingetroffen sind, wir haben sie schon gesehen, Mama!", kreischt Petruschka und zerrt mich an meinem Nachthemd hoch. „Oh, mein

Gott!", sage ich keuchend. „Komm schnell, Mama, bevor Tante Miriam stirbt, es sind schon so viele nackte Menschen unten bei der Schlucht, und sie haben sogar schon mit den Erschießungen angefangen, als wir dich holen kamen, hörst du?", raunt mir Sarah zu, zerrt an mir, und tatsächlich vernehmen meine Ohren gerade schwaches Maschinengewehrgeknatter aus der Ferne.
„Oh, Himmel – Miriam! Ich komme!", kreische ich und bin schon zur Tür hinaus. Ich merke nicht einmal, dass ich im Nachthemd bin. „Ja, beeile dich, sonst verpasst du noch das Beste, du Judenhure!", traktiert mich der junge SS-Mann höhnisch und gibt mir einen Schubs. „Wenn du Glück hast, kannst du deiner Schwester noch Lebewohl sagen, bevor sie ein paar blaue Bohnen in ihren Judenarsch gejagt bekommt!", feixt der junge Unmensch und treibt mich mit Kolbenhieben seines Gewehrs hinaus.

Barfuß laufe ich die Strecke bis zum Todesgraben und die spitzen Steine hacken mir die Füße wund. „Lauft, Kinder, lauft!", sporne ich meine Töchter an, „damit ihr vor mir bei Tante Miriam ankommt, hört ihr? Ihr müsst vor mir da sein!", schärfe ich ihnen voller Panik ein.
Doch die Mädchen haben schon verstanden und sind mir weit vorausgeeilt.
Bald schon komme ich an unserem verdammten Schicksalsort an und erkenne Petruschka und Sarah, die schon ängstlich Miriam umringen, die tatsächlich wieder einmal völlig nackt inmitten einer gerade laufenden Exekution steht. Schreiend dreht sich meine arme Schwester nach links und nach rechts im sirrenden und prasselnden Kugelhagel! Entsetzlich! Miriam duckt sich, schlägt mal ihre Hände vor die Augen, will wegrennen von dem Feuersturm, doch wohin? Noch verfehlen die Schützen sie absichtlich, um ihre Angst auszukosten. SS-Soldaten rufen ihr zu: „Bleib ja auf deinem Platz, du Judensau!" SS-Schergen treiben meine Kinder mit Schlägen von ihr weg, ich sehe gerade Männer und Frauen neben Miriam getroffen umfallen. „Miriam, nein!", schreie ich dem Schützen an der Geschützstellung entgegen, und das Geknatter verebbt. Miriam erkennt mich und will auf mich zulaufen, da packt ein Grobian meine nackte Schwester an den aufgelösten und verstaubten Haaren und schlägt sie mit einer Peitsche, treibt Miriam zurück in die Reihe. Links von ihr stehen noch einige nackte Männer und Frauen aufrecht und machen entsetzte Gesichter. Schon setzt das MG-

Sperrfeuer wieder ein, da erkenne ich Doris Waldmann, die mit wallenden, aufgelösten Blondhaaren rennend auf Miriam zuschießt und schreit: „Nein! Seid ihr denn verrückt geworden, nicht meine Miriam, hört sofort auf zu schießen!", schreit sie und kommt bei ihrer Geliebten an, bekommt noch eine verirrte Kugel am Ärmel ab, doch Breitenfeld lässt das Feuer stoppen. Doris Waldmann ist schneller als ich und greift als Erste nach Miriam, obwohl sie am Arm verletzt ist. „Ihr verdammten Schweine, wer hat das zu verantworten?", schreit die Waldmann und zieht Miriam schützend an sich, umhüllt sie mit ihrem Körper. Auch ich bin jetzt da und stelle mich schützend vor Miriam. Doris und ich greifen sie bei den Armen, das heißt: Jede greift sich einen Arm von Miriam. Die Soldaten ziehen einen festen Ring um uns und bedrohen uns mit ihren Waffen. Breitenfeld grinst dreckig. „Lassen Sie sofort meine Schwester in Ruhe!", rufe ich ihm zu, als sich der brutale Koloss vor uns aufbaut. „Das soll also wirklich deine Schwester sein? Diese verlauste Jüdin?", fragt er ungläubig, und zerrt mich an der Hand von Miriam weg. Dann betrachtet er mich von Kopf bis Fuß. Seine Pranke umkrallt mein Kinn und er streicht über meine blonden Haare, sieht in meine hellblauen Augen. „Ja, sie ist meine Schwester", sage ich tonlos. „Unmöglich!", schnarrt der Quadratschädel, starrt kurz auf Miriam, dann taxiert er wieder mich. „Ganz weiße Haut, blonde Haare, blaue Augen – beinahe hundertprozentiges Germanentum auf dieser Seite", kräht Breitenfeld und dann blickt er wieder auf Miriam, die er vor mich zerrt, zum Vergleich! „Und struppiges, pechschwarzes Kraushaar, eine eklige, ölige Judenmähne, oben und unten; sinnliche Judenlippen und dunkler Teint auf der anderen Seite … Diese Miriam kann nie und nimmer deine Schwester sein!", sagt Breitenfeld zornig und stößt Miriam angeekelt von sich weg.

Ich schwitze, denn es ist heute wieder erstaunlich warm geworden für den fortgeschrittenen Herbst, und ein starker Sonnenschein bestrahlt meine nackte Schwester. Allerdings weht ein kühler Wind.
„Und doch ist sie meine leibliche Schwester, wir haben dieselben Eltern!", verteidige ich Miriam mit Stolz in den Augen und Tränen im Gesicht. „Miriams Gene schlagen eben nach dem Erbgut unseres jüdischen Großelternteils zu Buche, während ich das volle germanische Aussehen unserer nichtjüdischen Großeltern abbekommen habe, das ist alles!", schmettere ich Breitenfeld verachtungsvoll entgegen. „Das ist

alles ...", wiederholt der Quadratschädel konsterniert. „Nicht zu fassen!", raunzt er und schnaubt.

„Und diese beiden?", fragt er und deutet auf Sarah und Petruschka, die sich ängstlich vor uns gemogelt haben.

Er greift sich Sarah und zerrt sie brutal näher. „Das ist also deine jüngste Tochter, die kleine blonde Arierin?", fragt er und streicht über ihre Haare. „Ja, ich glaube dir, das sieht man: Blond, blauäugig, weiße Haut – durch und durch arisch!" – „Nein – jüdisch!", schreie ich, „ genau wie Petruschka, meine andere Tochter!", sage ich mit fester Stimme.

Breitenfeld wirkt wie erstarrt und schaut auf Petruschka. „Das ... reinste Ebenbild ... ihrer Tante!", schnarrt Breitenfeld. „Dasselbe Gesicht, dieselben dunklen Haare, nur glatt, in diesem Fall, und halt jünger, das Mädchen!", brummt Breitenfeld. „Bist du sicher, dass Petruschka nicht eher d e i n e Tochter ist, Miriam, du Voll-Jüdin?", fragt der Lagerkommandant ungehalten meine Schwester. „Nein, natürlich nicht, sie ist meine Nichte, genau wie Sarah! Und außerdem: Petruschka und ich sind ja altersmäßig nur 16 Jahre auseinander", sagt ihre Tante Miriam mit quengeliger Stimme. „Pah, bei euch Judengesindel weiß man nie, was Sache ist; ihr kleinen, geilen Judenmädchen schnackselt doch schon ganz gerne mal sehr früh, gell? Da kommt bei so einer rassigen, verhurten kleinen Sechzehnjährigen wie bei dir damals, vor siebzehn Jahren, schon mal öfter gerne ein Kind aus so einer jüdischen Fotze heraus, nicht wahr?", fragt der infame Widerling zynisch.

„Nein, Petruschka ist meine leibliche Tochter, da gibt es keinen Zweifel!", widerspreche ich autoritär.

„Du willst mir wirklich weismachen, dass dein schöner, kräftiger, arischer Körper solch einen jüdischen Balg wie Petruschka, solch eine Judenschlampe ausgeschissen hat? Gib es zu: Sie ist das Ergebnis eines jüdischen Seitensprungs!", pöbelt Breitenfeld.

„Nein, mein Mann ist arischer Deutscher! Und Petruschka ist meine leibliche Tochter!", beharre ich. „Und ich habe trotzdem einen jüdischen Körper!"

„Das werden wir ja sehen! Das lässt sich ja leicht feststellen!", sagt Breitenfeld grimmig. „Zieh dich jetzt auch mal schön aus, Judith, zur Kontrolle - runter mit dem Nachthemd!", befiehlt er mir. „Das gilt auch für deine Töchter! Zieht euch alle aus, ihr drei, und dann stellt ihr euch zum Vergleich neben Miriam! - Los, runter mit den Klamotten", befiehlt er auch Sarah und Petruschka.

„Hier? Vor allen Leuten?", frage ich indigniert.
„Jawohl, jetzt werden wir mal ein bisschen Rassenforschung in Reinkultur betreiben", feixt der Kommandant hämisch und klatscht in die Hände.
Und er reißt mir das Nachthemd vom Leib, reißt alles runter, bis ich nackt dastehe. Dann werden die Mädchen grob angefasst und zum Entkleiden gezwungen. Ich protestiere. Doris Waldmann stürzt zu Miriam und umarmt sie. „Gehen Sie gefälligst weg von ihr, Sie elende Lesbierin!", schimpft Siegfried Breitenfeld und will sie abwehren, doch Doris krallt sich an meiner Schwester fest. „Wir sprechen uns auch noch, über Ihre geschlechtliche Verirrung - aber später!", droht der Kommandant der Waldmann. „Nein, bitte schlagen Sie nicht meine Kinder, sie ziehen sich ja schon aus!", flehe ich die SS-Schergen an, die auf Sarah und Petruschka eindreschen.
Schließlich stehen wir Frauen alle wieder einmal splitterfasernackt da, für alle zum Begaffen, außer meiner armen Rebecca!, denke ich schmerzlich. Was gäbe ich jetzt darum, wenn sie bei dieser entwürdigenden Nacktparade dabei sein dürfte!

Miriam wird zu uns gezerrt. Petruschka und Sarah schmiegen sich eng aneinander, aber sie werden von den SS-Helfern wieder auseinandergezerrt. „Hier gibt es nichts zu verstecken, hier wird alles vorgezeigt, klar?", sagt der Kommandant brutal. „Ihr stellt euch jetzt alle in eine Reihe, ihr Frauen: Miriam neben Petruschka, und Judith neben Sarah, dalli!", schreit Breitenfeld und Doris Waldmann schaut uns unglücklich hinterher. So geschieht es. Die Parade unserer Erniedrigung beginnt. Breitenfeld betrachtet jetzt Miriam und Petruschka ausgiebig, lässt seinen lüsternen Blick ihren ganzen Körper hinauf- und hinunterschweifen. Er vergleicht ungeniert ihre Anatomie. „Was für ein fettiges Schamhaar! Welch speckiges Haardreieck da unten! Scheußlich!", sagt er. Dann schreitet das Rasse-Ungeheuer zu uns und lässt seinen Blick über Sarahs und meinen Körper schweifen. „Ihr beide seid unten genauso blond wie oben, keine Spur von der verräterischen rabenschwarzen jüdischen Haarpracht deiner Schwester und deiner Tochter Petruschka!", konstatiert Breitenfeld befriedigt und sieht mich an. Dann betrachtet er wieder Petruschka und Miriam. Die Mädchen senken gequält die Köpfe.

Ach ja, denke ich bestürzt: Das vermaledeite, verräterische Dreieck bei Miriam und Petruschka; das angebliche, intime Symbol des Judentums der jüdischen Frau, das den beiden nun wahrscheinlich zum Verhängnis wird. Ich hätte wirklich rechtzeitig daran denken sollen, den beiden wenigstens das Schamhaar abzurasieren, oder wenigstens heller zu färben. Und auch ihr rabenschwarzes Kopfhaar hätten sie längst heller tönen müssen ... Und wieder zu Petruschka und Miriam gewandt, sagt Breitenfeld: „Eure Schamdreiecke sehen aus wie ein aufgeklappter, schwarzer Fächer, mit dichten, wuchernden Haarmassen ... Da unten bei euch im haarigen Tal tost ein wilder Strudel der weiblichen, jüdischen Erotik; besondere Sehenswürdigkeit: Blickfang Schamhügel, ein schwarzer Vollbart rauscht dort unten um euren Venushügel, der weibliche Schamberg lädt lüsterne Männer ein zur Erstbesteigung", rezitiert der Kommandant poetisch-schlüpfrig. Die SS-Männer lachen.
Miriam protestiert empört: „Auch sogenannte Arierinnen haben oft wild wuchernde, dichte schwarze Schamdreiecke, das also ist noch lange kein Beweis für die Zugehörigkeit zum Judentum!"
Wieder Gelächter und Applaus für Miriam von der SS.
Ja, es ist wohl wahr: Miriam und Petruschka verfügen zwar über ein beachtliches, erotisches Attribut des weiblichen Selbstwertgefühls und der Selbstbestätigung, denke ich verbittert. Das mag sehr schön sein für geile Männer, aber hier wird die pralle Erotik der stolzen Scham der jüdischen Frau leider leicht zur ihrer Todesfalle!

Jetzt schreitet ein anderer, fanatischer Rassenhygieniker im Arztkittel meinen bedauernswerten Anhang ab.
„Während bei den beiden blonden Jüdinnen der Urwald zwischen den Beinen arg gelichtet ist, besitzen die Tante und ihre schwarzhaarige Nichte unten herum Riesenpelze", feixt der Unmensch und schmunzelt.
„Echtes, feinstes, schwarzes Zobelfell haben die beiden Damen, alle Achtung!"
Hier schwelt ein unaufhaltsames, krankes Zeremoniell des Todes im Raum: Eine morbide, knisternde Erotik des nahen Todes strahlen meine arme Schwester und meine Tochter dazu aus ... Sie wimmern leise.
„Jetzt ist es aber genug!"
Da tritt Günther Steinbacher zu uns und ist empört über unsere Zurschaustellung: „Warum müssen diese Frauen denn schon wieder

nackt im Schaufenster stehen? Das ist doch der Gipfel! Warum quälen Sie Judith so, und die Kinder?", fragt er indigniert.
„Mischen Sie sich bitte nicht in unsere Rassenforschung ein, Obergruppenführer, denn das hier ist ein interessanter Fall", doziert unser Kommandant schleimig. „Ja, doch die beiden eindeutig zu jüdischen Elemente dieser interessanten Familie müssen natürlich so schnell wie möglich ausgemerzt werden, aber den beiden Blonden können wir vorerst durchaus einen Sonderstatus einräumen", bemerkt der Rassenhygieniker nachdenklich und vermisst mit einem obskuren Gerät meine Schädelstruktur, dann Sarahs. Miriam und Petruschka schreien auf. Die Schwestern klammern sich eng aneinander. „Später allerdings müssen die blonde Mutter und ihre Tochter wohl auch vernichtet werden, denn trotz ihres fast hundertprozentigen, germanischen Aussehens sind die beiden ihren eigenen Aussagen nach ja leider dennoch beinahe Volljüdinnen, und als solche sind die beiden Frauen ja schließlich als Keimzelle eines neuen, jüdischen Aufbaus zu betrachten, und das dürfen wir nicht zulassen, wo wir Nationalsozialisten uns die biologische Vernichtung des Judentums zum Ziel gesetzt haben, zum Wohle der Rasseneinheit künftiger Generationen unseres Volkes", erklärt der Arzt betreten.

Ich habe es ja geahnt, dass so etwas jetzt folgen würde. Erschrocken streichle ich meine heulende Sarah, auch um Miriam und Petruschka schließe ich einen Kreis, indem wir aus unserer geordneten Reihe ausbrechen. Drohendes Gewehrfuchtel der SS um uns herum ist die Folge; die Schergen rücken uns auf den Leib. Doch der SS-Arzt pfeift sie zurück.
„Lassen Sie endlich meine Miriam in Ruhe!", donnert Doris Waldmann wieder los. Sie strebt zu ihr hin. Sie wird abgedrängt. „Und wie können Sie es wagen, Judith solch ein grausames Schicksal anzudrohen, nach allem, was sie bisher als Dolmetscherin für das Lager geleistet hat", empört sich mein Günther und sieht mich wehmütig an. „Das war wahrlich nicht leicht für die Mutter dreier Kinder, sich Tag für Tag die nervenzermürbenden Vernichtungsaktionen an Frauen und Kindern mit ansehen zu müssen, die direkt vor ihren Augen abgelaufen sind!", giftet Günther den SS-Arzt an. Auch Günther Steinbacher wird davon abgehalten, zu mir zu stürzen. „Glauben Sie etwa, für mich ist es leicht,

jeden Tag solche Problemfälle, solche rassischen Streitfälle wie diesen hier entscheiden zu müssen? Selektieren und immer wieder selektieren? Dauernd entscheiden zu müssen, wer leben darf, und wer sterben muss?", klagt der SS-Arzt infam. „Das nimmt mich ebenfalls sehr mit und kann ganz schön nervenzerfetzend sein, wenn ich mir dann am Abend, nach getaner Arbeit für Volk und Vaterland, erschöpft meine eigenen Kinder betrachte", sagt der SS-Arzt dann doch sehr mitgenommen, zitternd und düster.

Und mit der allerkleinsten Aufwallung menschlichen Erbarmens und Mitleids, das er sich abringt, schaut der SS-Arzt jetzt betreten und verunsichert in meine blauen Augen. Verachtungsvoll starre ich dagegen in die seinen zurück!

„Ach? Dann führen Sie doch heute Abend am besten gleich mal eine kleine Privat-Selektion in Ihrer eigenen Familie durch, Doktor", schlägt Günther hasserfüllt vor. „Vielleicht sind doch ein paar unentdeckte Juden dabei, unter Ihren Kindern oder Ihren Geschwistern, die Sie dann gleich diskret und unauffällig einer Sonderbehandlung zuführen können", schimpft Günther haltlos und wird immer stärker von der SS-Einheit von dem KZ-Arzt zurückgedrängt. „Wie können Sie es wagen, so eine unverschämte Äußerung von sich zu geben?", braust der Gescholtene auf und rennt zu Günther hin. „Der Krieg ist eh´ verloren für euch alle hier, für uns alle hier, was regt ihr euch also noch groß auf?", plärrt jetzt zu allem Überfluss auch noch Miriam höchst unangebracht dazwischen, in diese chaotische, rassistisch aufgeladene Stimmung hinein. „Miriam, halt doch den Mund!", ruft Doris Waldmann erregt, und versucht, sich loszumachen.

„Sie müssen gerade reden, Sie elende. jüdische Hetzerin!", empört sich der KZ-Arzt, den es plötzlich eilig von Günther Steinbacher wegdrängt, denn jetzt wird Miriam zum Ziel seiner Hasstirade. „Wann der Krieg zu Ende ist, entscheiden wir Nationalsozialisten!", belehrt er Miriam freundlich herablassend. Sie reißt sich los von meiner schützenden Umklammerung, läuft dem SS-Arzt entgegen und trommelt nackt mit ihren Fäusten auf ihn ein. Doris Waldmann gelingt es auch, den SS-Kordon um sich herum zu durchbrechen und rennt zu Miriam hin und reißt sie von dem Ungeheuer eines Rassenhygiene-Fachmanns weg und verhindert damit, dass sie erschossen wird von der SS, die schon bedrohlich die Flintenläufe nach ihr reckt.

Oh, Himmel, denke ich. Wird heute gleich mit Miriam eine weitere meiner Angehörigen sterben?, überlege ich voller Panik.
Im Augenblick bin ich Doris Waldmann so dankbar, dass sie Miriam derart umschlingt, dass sich keiner traut, in die beiden Frauen hineinzuschießen.
„Oberstgruppenführer, ich verlange, dass diese aufsässige, gefährliche Jüdin hier sofort wieder zu den anderen Juden, die schon so lange dort wartend stehen, gestellt wird, damit diese üble Hetzerin endlich erschossen wird", verlangt der SS-Arzt Schnell. „Zwei Gründe gibt es, warum sie sterben muss: Denn sie ist nicht nur eine jüdische Verschmutzerin deutschen Blutes, sondern auch eine Kriminelle: Schließlich hat sie erst gestern den psychisch kranken, überforderten MG-Schützen Heinz Köster zum Mord an seinem Kameraden Karl Bollmann angestiftet, vergessen Sie das nicht, Oberstgruppenführer!", hetzt der desavouierte SS-Arzt gegen meine Miriam. „Ohne diese schmierige, kommunistische Defätistin wäre Bollmann heute noch am Leben!", behauptet der SS-Hygiene-Spezialist allen Ernstes.
„Das ist wahr, lass sofort diese hetzerische Schlampe los, Doris, und dann ab mit ihr zur sofortigen Exekution!", schreit Siegfried Breitenfeld, aufgepeitscht vom Hass des SS-Arztes, und er gibt seiner SS-Phalanx ein Zeichen. „Nein!", schreien Doris und ich gleichzeitig vor Entsetzen los, aber mit Gewalt wird Miriam von der Waldmann gelöst, auch ich werde weggeschubst, und schon steht Miriam wieder vor dem Abgrund und heult. „Das ist doch überhaupt nicht wahr, Herr Kommandant, was dieser verantwortungslose Rassenfanatiker von einem Arzt da behauptet", schreie ich Breitenfeld zu. „Auch wenn Miriam gestern geschwiegen hätte, wäre Bollmann auf jeden Fall von Köster getötet worden, denn Miriam hatte ja gar nichts mit dem Mord zu tun! Köster hatte Bollmann ja bereits lange vor Miriams Äußerung die Pistole an den Kopf gesetzt; er hätte auf jeden Fall abgedrückt", sage ich realistisch. „Genau so ist es, sehen Sie es ein, Oberstgruppenführer!", protestiert jetzt auch Günther Steinbacher lautstark und rennt zu mir hin. „Und Miriam hat ja so recht: Der Krieg ist verloren, kapieren Sie das endlich!", fügt er hinzu. „Defätist, Defätist, Sie elender Defätist!", brüllt ihm der SS-Arzt zu, als Günther abgeführt wird.
Alles geht jetzt drunter und drüber. Ich renne zu Miriam zurück, als Breitenfeld schon wieder den Feuerbefehl für die Judengruppe gibt, in

der Miriam steht. Auch Doris Waldmann bemüht sich kreischend um meine Schwester und rennt sogar mutig in den Kugelhagel hinein, ist vor mir da und zerrt Miriam im letzten Moment von dem Sperrfeuer weg, und beide Frauen ducken sich laufend weg. Miriam und Doris fallen hin und purzeln aufeinander. Ich sprinte zu den beiden und helfe Doris, Miriam wegzuschleppen. Sarah und Petruschka schließen sich uns an, rennen wie wild in unsere Richtung. „Kommt, Kinder, helft uns, eure Tante in Sicherheit zu bringen!", schreie ich ihnen zu. „He, Sie sind wohl verrückt geworden, meine Befehle zu missachten, Sie Schlampe!", schreit Breitenfeld der Waldmann zu. „Mit Ihnen werde ich bei dieser Gelegenheit auch gleich abrechnen, Sie perverse Lesbe! Solche Leute wie Sie sind es überdies, die unsere Volksgesundheit pervertieren, unsere deutsche Rasse gefährden! Der Führer weiß schon, was man mit solchen asozialen Elementen wie dir macht, Doris, jetzt ist Schluss! Deine jüdische Schlampe zerrst du heute nicht mehr in dein Bett, dafür werde ich persönlich sorgen!", sagt Breitenfeld und zieht seine Pistole und zielt auf uns drei Frauen, auf Doris, Miriam und mich, die wir uns eng umschlungen halten. Sarah und Petruschka erkennen die Bedrohung und stieben schreiend auseinander, weg von uns drei Erwachsenen; sie laufen vor uns her, blicken sich aber ständig nach uns um, und fordern uns auf, ihnen schnell zu den sicheren Baracken zu folgen. Wir tun es mit Verzögerung.

„Ihr drei seid längst schon fällig!", schreit Breitenfeld, und er drückt ab, doch da versagt sein Revolver. Währenddessen nutzt die SS-Einsatzgruppe den Tumult und mäht die restlichen Juden am Abgrund nieder, die alle in die Schlucht fallen.
„Scheiße!", ruft Breitenfeld und schmeißt den Revolver weg. „Los, Leute, dann erschießt ihr mir mal rasch die drei Schlampen, ehe sie uns entwischen - diese Judith und ihre Schwester Miriam - mitsamt der perversen Waldmann!", befiehlt er hastig der SS. Da kehrt Günther Steinbacher überraschend mit einer SS-Einheit zurück, die ihm offenbar treu ergeben ist, denn ich sehe, wie viele junge Soldaten auf sein Geheiß auf Siegfried Breitenfeld anlegen. Dieser ist konsterniert. Ich nutze den Zwischenfall, um mich mit Doris und Miriam endgültig davonzumachen. Meinen Töchtern hinterher, die schon einen großen Vorsprung vor uns haben und inzwischen außer Schussweite der SS-Schergen sind.

Breitenfelds Mordschützen vergessen schnell uns drei flüchtende Frauen und reagieren nur noch auf die neue Bedrohung, die sich in Form von einigen ihrer abtrünnigen SS-Kameraden vor ihnen aufbaut. Das Ergebnis: SS bedroht SS! Breitenfeld staunt nicht schlecht über das militärische Patt. Er macht das einzig Richtige: Statt in weitere, wilde Vernichtungswut zu geraten, springt er über seinen Schatten, und entspannt seine Züge und rettet die dramatische Situation, indem er sagt: „Alle Soldaten sofort die Waffen niederlegen! Das gilt für beide Seiten! Los, Leute, seien wir alle vernünftig", sagt der Quadratschädel auch zu seinen treu ergebenen Soldaten. „Wir wollen hier doch keine wilde Schlächterei unter unseresgleichen veranstalten, das wäre doch absurd! Wir sind alle zu weit gegangen in unserem Vernichtungsdrang, also gut: Ich schlage einen allgemeinen Waffenstillstand für uns alle vor: Lassen Sie uns friedlich verhandeln, wie es weitergehen soll; sind Sie einverstanden, Obergruppenführer Steinbacher?", wendet sich Breitenfeld jetzt an seinen Gegenspieler, den Anführer der abtrünnigen SS-Einheit. „Ich gebe Ihnen mein Wort als Offizier, dass bei der Sache kein schmutziger Trick dabei ist!", sagt er resigniert und schwenkt einen weißen Lappen, als Zeichen der Kapitulation.
Günther Steinbacher nickt und alle legen die Waffen nieder.
Dann beginnen rasch die Verhandlungen. Steinbacher und Breitenfeld ziehen sich zu den Verhandlungen in die Baracken zurück. Es ist vorerst tatsächlich Ruhe eingekehrt.

Günther Steinbacher hat verlangt, dass auch meine Schwester und ich in Ruhe gelassen werden, und auch Doris Waldmanns Unversehrtheit hat er am nächsten Tag durchgesetzt!
Es ist Vormittag, und die Juden-Erschießungen sind leider wieder in vollem Gange. Miriam und ich verrichten wieder unsere schmutzige, unmoralische Arbeit als Dolmetscherinnen für die neueingetroffenen, belgischen und ukrainischen Juden. Wenigstens leben wir und auch Doris steht schützend für alle Fälle an Miriams Seite. Meine Töchter Petruschka und Sarah sind wieder sicher in unserer Baracke untergebracht.
Endlos werden wieder ganze jüdische Familien nackt unserem Erschießungskommando zugeführt. Doch diesmal sind es nicht so viele Menschen wie gestern, es geht alles ganz langsam. Einige brutale, junge

SS-Soldaten wollen offenbar wieder mal das Abschießen der Opfer genießen, wie ich ihren zynischen Worten entnehme.
Die Opfer stehen alle wieder splitternackt in einer langen Reihe mit dem Rücken zu uns vor dem Abgrund und werden einzeln abgeknallt. Ein einzelner Mordschütze setzt seinen Revolver jeweils gemächlich an den Nacken der Juden und drückt ab. Dann forscht sein Kollege in dem Abgrund sogleich nach, ob das Opfer auch tot ist, denn man will vermeiden, dass wieder zu viele nur angeschossene Juden nachts türmen.
Jetzt nimmt sich der junge Unhold gerade eine bildschöne junge Jüdin mit geschmeidigem, ausladenden Gesäß vor, auf das er seinen Kameraden genüsslich aufmerksam macht: „Schau mal, Rainer, was sagst du zu diesem schönen Arsch von dieser knackigen Brünetten hier? Der ist doch eigentlich viel zu schade, um mit der kleinen knusprigen Schnepfe umzukommen, nicht wahr? Da müsste unsereiner doch vorher noch einmal schnell seinen Pimmel reinstecken, bevor endgültig Schluss ist, was meinst du?", fragt er mit einer gehörigen Portion Herzlosigkeit.
Rainer lacht. „Du hast an sich schon recht, doch vergiss nicht: Die Kleine hat zwar wirklich einen schönen prallen Arsch, aber letztendlich ist es trotzdem nur ein Judenarsch, aus dem demzufolge auch nur Judenscheiße rauskommt, hahaha!", feixt Rainer unmenschlich und die junge Jüdin heult, als ihr der brutale MG-Schütze die Arschbacken mit den Händen auseinanderreißt. Zwei feixende Kameraden halten dazu die Jüdin an den Armen fest, heben die zappelnde Nackte in die Waagerechte, und der MG-Schütze schiebt den Lauf seiner Pistole in ihre Poritze. Er lacht dreckig. „Ja, das stimmt, also dann: Sonderbehandlung für den schönen Judenarsch!"
Ich bin entsetzt, dass unser Kommandant Breitenfeld, der ungerührt dabeisteht, und tatenlos zusieht, den jungen Sadisten dieses Mal diese ungehemmten Brutalitäten schon bereitwillig durchgehen lässt. Ich spreche ihn darauf an. „Reicht es diesen jungen Lackaffen vom Erschießungskommando denn noch nicht, dass all diese jungen Mädchen gleich sterben müssen? Warum lassen Sie zu, dass diese beiden jungen Sadisten die Jüdin dort vor ihrem Tod noch so quälen?", frage ich indigniert. Da wird Breitenfeld richtig wütend. Inzwischen ist wohl auch er zu einem Sadisten mutiert, der das Töten Wehrloser genießt: „Seien Sie mal ganz ruhig, Sie unkende Elendsgestalt! Eigentlich müssten Sie und Ihre Schwester Miriam jetzt neben den

ganzen anderen Juden stehen, denn Sie haben sich in mein Vertrauen eingeschlichen und mir verschwiegen, dass Sie beide selber Jüdinnen sind, das ist doch die Höhe!", schreit der Quadratschädel und zeigt mit dem Finger auf mich. „Anstatt froh und dankbar zu sein, dass ich euch drei Missgeburten, auch diese miese Lesbe von einer Waldmann, habe weiterleben lassen und weiter an meiner Seite dulde, da wagen Sie es auch noch, mir schon wieder vorzuschreiben, was ich mit meinen Juden zu tun habe!", sagt Siegfried Breitenfeld empört. Miriam weicht ängstlich von ihm zurück, die Waldmann zieht sie schützend am Arm zu sich.

„Was ist schon dabei, wenn sich meine Jungs ein bisschen Spaß mit den Juden gönnen? Ist doch sowieso bloß alles Gesindel, und wird gleich vernichtet! Meine MG-Schützen haben ehe schon eine verdammt harte Arbeit, und da ist es doch verständlich, dass sie sich ein bisschen abreagieren wollen an den Jüdinnen, um ein bisschen Dampf abzulassen … Glauben Sie eigentlich, so eine Judenerschießung sei ein Kindergeburtstag, ein fröhliches Fest, mit Tanz und Musik für alle?", fragt mich Breitenfeld infam.
„Nein, ich glaube, es ist ein einziges, großes Verbrechen, eine Mordtat, die des Großdeutschen Reiches unwürdig ist", sage ich verbittert. „Aber unter Ihrer Regie wird die Orgie der Gewalt noch grausamer und unfassbarer", präzisiere ich kalt. „So etwas hat der Reichsführer bestimmt nicht angeordnet!" Sich jetzt bloß nicht unterkriegen lassen, auf keinen Fall klein beigeben, denn sonst sind auch wir beiden Dolmetscher-Juden verloren!, schärfe ich mir im Unterbewusstsein ein. „Aufhören!", schreit jetzt auch Miriam, die den brutalen MG-Schützen daran hindern will, der Jüdin gerade ins Hinterteil zu schießen. „Gut, Schluss jetzt, Jungs, das reicht; unsere beiden Dolmetscher-Damen sind heute anscheinend besonders zimperlich - also stellt die Jüdin wieder ordentlich in die Reihe!', gebietet plötzlich auch Breitenfeld. Murrend gehorchen die Schützen und fluchen. „Sie können einem aber auch jeglichen Spaß verderben, Chef", ächzt einer von der SS mit miesepetrigem Gesichtsausdruck. Dann stellen sie aber doch wieder gehorsam die Jüdin auf die Beine und wollen sie auf herkömmliche, „altbewährte" Art und Weise erledigen, durch Genickschuss. Zitternd schauen Miriam und ich weg, da brüllt Breitenfeld: „Halt, noch nicht schießen, bringen Sie mir das junge Mädchen doch kurz mal hierher,

sofort!", befiehlt der Kommandant harsch. „Ach, ich verstehe; gerne, Chef! Sie wollen sich selber um die Kleine kümmern, ihr ein paar blaue Bohnen verpassen, bitte hier, Oberstgruppenführer", feixt der junge Schütze grausam und mitleidlos und zerrt die junge Jüdin an den langen Haaren zu Breitenfeld. „Wie heißt du, mein Kind?", fragt der Lagerkommandant das Mädchen stattdessen, überraschend freundlich. Sie versteht nicht. Sie antwortet etwas auf Französisch. Also übersetze ich. „Nadine", antwortet die schlanke Brünette zitternd, und der Kommandant ist plötzlich sehr angetan, aber nur von den sexuellen Reizen, die das arme, degradierte Schauobjekt für seine entfesselte Soldateska bieten könnte, wie ich seinem lüsternen Blick entnehme. Breitenfeld streicht dem Mädchen über die Haare. „Nadine", wiederholt er elektrisiert. „Allein schon der geschmeidige Echoklang dieses Namens verspricht Wollust und kindliche Unschuld", sinniert der Kommandant. „Übersetzen Sie ihr bitte alles, was ich sage, genau ins Französische, Judith", befiehlt mir der gefühlskranke Breitenfeld jetzt ganz sanft. „Ohne etwas wegzulassen!" Als ob ich je aufgehört hätte mit meiner Übersetzungstätigkeit! ... „Sehr schön, meine Jungs sollen heute Abend auch mal was Spezielles zum Genießen haben, also ab ins Lager-Bordell mit der Kleinen, das wir schon so lange eingerichtet haben; heute Abend ist endlich Premiere!", feixt der Boss wild und ungehemmt und seine Soldateska johlt vor unstillbarem Vergnügen im Voraus. Er zerrt Nadine zu den wartenden Rotkreuzschwestern, die sie ungerührt in Empfang nehmen, wie ein zu spät eingetroffenes Gepäckstück ergreifen, denn diese abgebrühten Transusen kann auch schon nichts mehr erschüttern, was die Rohheit in diesem Lager angeht. Geschweige denn, dass sie noch wüssten, was Mitleid und Empathie bedeuten sollten.
Ein anderes Mädchen vor dem Exekutionsgraben schreit auf, als Nadine weggezerrt wird, und blickt sich ängstlich nach ihr um. Dann beginnt die junge Nackte, zögernd auf Breitenfeld und mich zuzulaufen, und stottert was auf Französisch. „Das ist Nadines Schwester Sandrine, Herr Kommandant", übersetze ich. „Sie hat Angst um ihre kleine Schwester". Der Kommandant schaut erfreut, zieht sie ganz nahe vor sich hin. „Die braucht sie nicht zu haben – dasselbe, zarte nymphenhafte Wesen wie ihre Schwester, durch und durch durchsetzt von kindlichem Charme, anmutiger Hilfsbereitschaft und kolossalem Mut: Denkt nicht an sich selber, sondern nur an die Unversehrtheit ihrer Schwester, bravo!", lobt unser Enfant terrible von Kommandant Sandrine. „Auch ab ins SS-

Bordell mit ihr, zu ihrer Schwester; gemeinsam können die beiden Großartiges leisten für meine gestressten Jungs", sagt er überschwänglich beglückt.
Beide Mädchen werden von den Rotkreuzschwestern „betreut", bedanken sich auch noch artig beim Kommmandanten für den sexuellen Frevel, der an ihnen verübt werden soll.

Dann aber schaltet der unberechenbare Breitenfeld sofort wieder auf widerwärtig um, was den „Restbestand" der wartenden Juden angeht: Für eine halbwegs freundliche Geste rächt er sich jetzt gleich wieder mit einer grausamen, die er der nächsten, stumm in der Todesreihe wartenden Jüdin angedeihen lässt, die er brutal hervorzerrt und von oben bis unten anblickt. Dabei mustert er die pummelige, fast nackte Schwarzhaarige mit der Bubikopf-Frisur streng wie eine Zuchtstute. Sie hat fleischige Arme, dicke Beine, einen gewaltigen Busen und ist kräftig gebaut. Ja wirklich, sie ist nicht nur pummelig, sondern fast schon fett, stelle ich fest. Sie hat noch ihre lange, weiße Unterhose an, und wird deshalb streng von Breitenfeld zurechtgewiesen: „Ganz ausziehen, du Judenschlampe, runter mit der Hose, zieh dich ganz aus, du fette Sau!", brüllt er. Die zitternde Frau gehorcht und streift die Hose ab.
„Wie alt bist du, du Fettkloß?", fragt der Kommandant. „24 Jahre", stottert die Gedemütigte, und weint leise, bedeckt mit den Händen ihre Schambehaarung. „Gnade, Herr Kommandant, ich bin aus Trier, komme also aus Deutschland, genau wie Sie", jammert die Frau. „So, so, 24 Jahre bist du also schon alt, und hast dich, wie man unschwer erkennen kann, in unserem guten, großzügigen Deutschland 24 Jahre lang vollgefressen, du Stinkjüdin, hast dich an deutschen Delikatessen fettgeschleckt, dich gütlich getan an deutscher Großzügigkeit, aber damit ist jetzt Schluss, du Schmarotzerin!", tobt Breitenfeld gereizt und zieht seinen Revolver. Hält ihn der Frau an die Stirn. „Oh, bitte, nein! Nicht schießen, Herr Kommandant, ich bin doch eine gute Deutsche wie Sie", bettelt sie weinend, „ich war 24 Jahre lang ein anständiges Mädchen und habe immer hart gearbeitet als Köchin", beteuert die Frau. „Das sieht man, und dabei hast du offenbar selbst auch immer tüchtig zugelangt, du elende Matrone, das Meiste selber aufgefuttert, was du gekocht hast, was? Und dann 24 Jahre lang ohne Bedenken unser deutsches Land voll geschissen, du Miststück – deine Judenscheiße

allein würde bestimmt mehrere Warenlager füllen, aber damit ist es jetzt vorbei!", rüpelt sich der Quadratschädel durch seine verquaste Argumentation und beginnt wild, auf die Speckschichten der Frau einzuschießen. Sie fällt aber sofort in sich zusammen. Bleibt zusammengerollt vor unseren Füßen liegen wie ein Rollmops. Dann aber erkennt der Unhold, dass sie noch leise röchelt und starr von Bodennähe her die Augen voll Todesangst zu ihm hinrollt, die sie noch panikartig offen hat. Also schießt er ihr abschließend noch mal in den Kopf und beendet das Drama.

Miriam weint. Ich schaue dumpf zu Boden. „Bravo, Herr Kommandant! Die wäre nicht so recht passend gewesen für unser Bordell!", johlen seine SS-Schergen daraufhin, und der SS-Mob nimmt das Fanal zum Zeichen, wild und entfesselt weiterzumorden, indem er sich an den restlichen Juden abreagiert. Ohne den Befehl dafür gegeben zu haben, lässt es Breitenfeld geschehen, dass die MG-Schützen einzelne Juden aus der Gruppe hervorzerren und wild begeifern und beschimpfen, dann schlagen.

„Ich aber stehe durchaus auf fette Mädchen, ich meine, eine wenigstens könnten wir uns doch auch von dieser Kategorie aufbewahren – was meinen Sie, Herr Kommandant?", fragt ein anderer, dickerer Mordschütze. „Ich werde sehen, was ich für Sie tun kann", sagt der Kommandant abgeklärt.

„Am liebsten habe ich kürzlich einen Juden und seine Judenschlampe beim Sex erschossen, als die beiden gerade die Postkutsche-nach-Lyon-Stellung ausprobiert haben, wo die Frau sich beim Eindringen gerade auf den Beinen ihres Freundes aufstützte", brüstet sich ein ganz junger SS-Mörderschütze; „das war vor ein paar Tagen in Kiew, in einer schmucken Villa, wo wir gerade eine Juden-Razzia vorgenommen hatten - ich kann dir sagen, die beiden Juden haben so gestöhnt, dass sie meine MG-Salve gar nicht mehr richtig wahrgenommen haben, als ich die beiden beim Ficken abknallte … Die sind lustvoll bei der schönsten Sache der Welt gestorben". Die Kameraden lachen. Während er das sagt, erschießt er einen jüdischen Mann und schubst ihn den Abhang runter. Sein Kamerad wirft zur selben Zeit eine ungefähr 40jährige, halbnackte Jüdin zu Boden und schießt auf sie. „Ah, das hört sich ja knorke an, schade, dass ich da nicht dabei war, bei eurer geilen Razzia", bedauert er feixend. „Aber erzähl doch mal, wie geht denn die eigentlich, diese ... Wie hast du das genannt? „Postkutsche-nach-Lourdes-Stellung?""

Der andere lacht. „Nein, nicht „Lourdes-Stellung", du Kamel! Das Ganze hat nichts Heiliges an sich, dieser Fickvorgang; die „Postkutsche-nach-Lyon-Stellung" heißt das! Kennst du das denn nicht?" Der andere schüttelt hohnlächelnd den Kopf. „Also schön, dann erklär ich es dir einfach mal: Bei der Postkutschenstellung, wie die auch ganz allgemein genannt wird - nur von den Franzosen wird sie halt „Die Postkutsche nach Lyon" genannt -
liegt der Mann auf dem Rücken, wie mein Jude vor ein paar Tagen, und die Frau kniet rittlings auf ihm und wendet ihm den Rücken zu. Dann hat der Jude seinen Schwanz ganz in seine Judenschlampe eingeführt, und sie lehnte sich zurück und stützte sich auf die Hände. Dann schob sie ihre Beine nach hinten, so dass ihre Füße flach neben seinem Oberkörper zum Liegen kamen. Das übt nicht nur Druck auf den G-Punkt der Frau aus; es stimuliert auch den Pimmel des Mannes und gibt ihm einen erregenden Ausblick auf den Körper der Frau. Aus dieser Position heraus kann die Frau sich drehen, so dass ihr Körper zunächst quer über ihm liegt. Dann kann die Frau sich ganz umdrehen, bis sie ihrem Kerl zugewandt ist, und sich nur noch auf ihre Hände und Füße stützen", erklärt der junge SS-Angehörige seinem Kameraden, während er gerade ungerührt ein kleines Mädchen erschießt. „Glaub mir, das ist die beste aller Stellungen, du kannst sie ja gleich mal mit einer Jüdin ausprobieren, wo wir hier gerade so viele nackte Frauen zur Verfügung haben", sagt er schlüpfrig. Der andere lacht. „Jetzt gleich?", fragt er erschrocken. – „Nein, dann doch lieber heute Abend im SS-Bordell, mit den beiden knusprigen jüdischen Schwestern zum Beispiel, die der Chef für uns gerettet hat", schlägt er vor.

„Aber diese Nadine und Sandrine sind doch wohl nur den höheren Dienstgraden vorbehalten, wie ich mal stark vermute", merkt der sexunerfahrene Jüngling traurig an. „Zwischen unsere Schwänze kommen diese beiden jungen Hühner wahrscheinlich nie", flüstert er bedauernd seinem Kameraden zu. Breitenfeld aber hat alles mitbekommen und verspricht grinsend: „Keine Angst, Jungs, ihr habt heute schon so gute Arbeit geleistet, dass ihr es heute Abend mit Nadine und Sandrine treiben könnt", sagt er zuversichtlich. „Ich halte die beiden Mädchen für euch frisch!" - „Hurra, danke, Chef!", rufen beide fast gleichzeitig, während Miriam und ich wieder um eine Nuance bleicher im Gesicht werden.

„Aber erst mal wird der Rest der Arbeit ordentlich zu Ende erledigt, klar, Jungs? Und das „Erledigen" meine ich im wörtlichen Sinne", sagt der Kommandant schmierig, als er auf neue, nackte Judengruppen zeigt, die gerade von SS-Einheiten an den Erschießungsgraben herangeführt werden. Alle sind total verängstigt und sprechen erregt auf Deutsch durcheinander. „Das Versprechen, das uns vor einigen Wochen noch die SS-Leute gegeben haben, sie würden auf keinen Fall uns deutsche Juden töten, haben sie längst gebrochen", sage ich flüsternd zu Miriam. „Fragt sich nur, wann es soweit ist, dass sie auch keine Dolmetscherinnen mehr brauchen. Und dann sind wir endgültig dran!", erinnert mich Miriam mit leiser Stimme. „Wenn sie uns nicht schon früher umbringen", flüstere ich zurück.

Die „Jungs" des Kommandanten nehmen die neuen, ihnen zugeführten Nackten geifernd in Empfang. „Los, Bewegung, die nächsten; macht schon, wir haben nicht den ganzen Tag Zeit", schreit der Sexkundige plärrend und gefühllos eine Mutter mit Kindern an, aber die versteht offenbar doch kein Deutsch und macht ein erschrockenes Gesicht. Obwohl sie noch nicht die vielen Toten in der Schlucht gesehen hat. Als Miriam abgehackte, ukrainische Laute aus ihr herausplärren zu hören glaubt, macht sie einen Schritt vorwärts und bequatscht die nackte Mutter zutraulich und traurig in dieser Sprache, nimmt ihren Lockenkopf in die Hände und streichelt ihn. Doch schon wird meine Schwester von den beiden brutalen MG-Schützen, welche die „Postkutschenstellung" erörtert hatten, zurückgerissen, und fast umgeworfen. Und schon geht das Geratter der MGs der jungen, wilden Mörder wieder los: Die Mutter und ihre Kinder fallen um. Miriam durfte ihnen wenigstens noch einmal einige tröstende Abschiedsworte mit in den Tod geben. Miriam steht vergrämt auf und schlägt sich an die Stirn.

Eine neue, deutsche Judengruppe wird herangeführt. Die beiden entfesselten Mordschützen geleiten die Menschen vor den Erschießungsgraben und treiben ein übles Spiel mit ihnen.

„Sind das hier eigentlich alles miese Juden, oder gibt es auch gute, aufrichtige Juden?", fragt der eine. Sein Kamerad antwortet: „Oh, die meisten sind schon ganz schön ausgebuffte Volksschädlinge, ich habe aber durchaus auch schon mal gute, liebenswerte Juden getroffen".

„Wo denn?", fragt der andere überrascht.
„Och, eigentlich überall hin, weißt du: An der Stirn, in den Kopf und ins Herz", albert sein Kamerad zynisch herum und deutet menschenverachtend und grinsend auf seine Knarre. Die anderen Schützen lachen sich krumm. Die beiden sprechen extra laut, damit die deutschsprachige Judengruppe alles mitbekommt. Einige Frauen senken die Köpfe und heulen. Kleine Mädchen kreischen, als die Gewehre klicken.
Breitenfeld weist die SS-Schützen jetzt an, als er nackte und halbnackte Mütter mit Babys auf dem Arm im Dauerlauf in die Vernichtung antraben sieht: „Noch eine Neuerung, liebe Jungs: Und Sie, Judith und Miriam, erklären den Frauen bitte, sofern sie nicht Deutsch verstehen, sie sollen ihre Babys vor die Brust halten und dann still verharren, denn dann kann man mit einer Kugel direkt durch das Kind und die Brust der Mutter feuern, dann sparen wir eventuell Munition, wenn alles gut geht mit dem Schusswinkel", erklärt er mörderisch. „Das Ganze ist dann aber auch humaner für die Frauen, weil sie dann schneller mit ihren Kleinkindern zusammen erschossen werden", sagt Breitenfeld. Die „Jungs" sind begeistert und gehen auch gleich so zu Werke, während Miriam diese ganzen Schweinereien auf Russisch und Polnisch übersetzen muss. Sie tut es wehmütig, aber mit festem Blick, es ist sowieso nicht zu ändern. Sie legt die Kleinkinder der Frauen liebevoll direkt vor ihren Brüsten zurecht, und die Jüdinnen denken, es wäre eine freundliche Geste, weil sie die Kinder beruhigen und noch mal liebkosen will und fügen sich ängstlich. Dann aber, als meine Schwester rasch von dem Frauenpulk zurückweicht, ahnen sie das Verhängnisvolle nun endgültig und fangen an zu schreien.
Nur bei einer gelingt der Einzelschuss, den der junge Berliner Schütze bei ihr probiert, und beide fallen um, Mutter und Tochter. Die anderen Frauen packen ihre Babys fester an und rennen weg. Sie werden von allen Seiten von SS-Schützen umringt und wieder zu einem Haufen zusammengetrieben.
Breitenfeld schüttelt enttäuscht den Kopf.

„So geht es also auch nicht!", sagt er ernüchtert und gibt neue Anweisungen. „Da fällt mir noch etwas Besseres ein", ruft der erfindungsreiche, oberste Mordgeselle frischen Mutes seiner SS-Eliteeinheit zu: „Miriam und Judith: Übersetzen Sie doch bitte allen

Müttern mit Babys und Kleinkindern in ihrer jeweiligen Sprache, falls erforderlich, sie sollen ihre Kinder lieber doch bei der SS abgeben". Miriam tut es, äußerst schockiert. Und zu seiner SS sagt er: „Und Sie, meine Herren, legen die Kinder dann am Rande des Abhangs ab. Etwa zwei Meter vom Abgrund entfernt legen Sie sie hin. Dann stellen Sie ihre Mütter vor ihnen auf, dass sie nach dem tödlichen Kopfschuss auf ihre Kleinkinder fallen. Das Gewicht der toten, fallenden Mütter dürfte dann die Säuglinge und Kleinkinder unter ihnen erdrücken. So sparen wir wieder Munition", erklärt Breitenfeld schamlos. Einige SS reagiert wieder begeistert. „Wie intelligent doch unser Chef ist, immer wieder fällt ihm was Neues ein", sagt einer der Schützen schwärmerisch feixend. „Los, das probieren wir doch gleich mal!", schlägt ein MG-Schütze voller Spielfreude vor. „Au ja, ich bin gespannt, ob es klappt", lässt ein anderer verspielt verlauten.

„Und nach den Exekutionen schiebt ihr die Leichen der Mütter und Kinder in den Abgrund", erklärt Breitenfeld sachkundig. „Das wird ja immer grauenhafter", stottert Miriam schlotternd vor Kälte und Angst.
Der Lagerkommandant sprengt heute wirklich alle Regeln der Grausamkeit. Ich überlege nur noch, wie ich das Ungeheuer eines Tages vernichten kann. Wann kann ich endlich zuschlagen? Warum kann ich es nicht gleich hier tun?, überlege ich fieberhaft.
Schon stehen etwa zwanzig nackte Mütter in einer Reihe, mit dem Rücken zu ihren auf dem Boden liegenden oder kauernden Kindern aufgestellt, sodass sie sie nicht sehen können, heulend und klagend. Manche singen das jüdische Sterbegebet. So stehen sie alle etwa zwei Meter vom Abgrund entfernt, den sie auch nicht herunterblicken können.
„Also: Probieren wir es gleich mal aus: Schütze Renner, vortreten!", befiehlt der Kommandant eifrig und voller Vorfreude auf das gleich zu genießende Grauen. „Jawohl, Obersgruppenführer!", sagt er und salutiert. Er bleibt vor seinem Chef stehen. „Pistole entsichern und Jüdin Nummer 1 an die Stirn setzen! Direkt frontal schießen! In die Mitte der Stirn", schnarrt er. „Jawohl!" Renner prescht vor und schießt ihr in die Stirn, wie befohlen. Sie fällt lautlos auf ihr Kind, bleibt tatsächlich genau auf dem Baby liegen. Die anderen Jüdinnen weinen und wehklagen, bleiben aber stehen, ohne wegzulaufen, weil auch diese wissen, dass das den sofortigen Tod bedeuten würde. Ängstlich wagen sie nur einen scheuen Seitenblick auf die SS-Schützen. Man sieht es

den jungen Müttern deutlich im Gesicht an, dass sie inständig hoffen, und beten, die Soldaten mögen im letzten Augenblick doch noch den Gehorsam verweigern, Gnade zeigen und den Mordbefehl an den noch lebenden Frauen und ihren Kindern doch nicht mehr weiter ausführen.
„Habt doch Erbarmen mit uns, wenigstens mit den Kindern!", bettelt Jüdin Nummer 5 weinend, bleibt aber stocksteif auf ihrem Exekutionsplatz stehen, traut sich nicht, sich auch nur einen Millimeter wegzurühren.
Einige Kinder krabbeln unter ihren Müttern weg, werden aber sofort wieder an den richtigen Platz gelegt.
„Schütze Schwertfeger, vortreten: Jüdin Nummer 2: Er-schie-ßen!", skandiert Breitenfeld.
Dieser Schütze aber ist ungeschickter und schießt der jüdischen Mutter zu hoch oben in den Kopf, sodass ihre Schädeldecke wegplatzt und dem Täter die Gehirnmasse seines Opfers ins Gesicht und auf die Uniform spritzt.
„So eine Sauerei, sehen Sie nur, wie ich aussehe, igitt, das ist ja ekelhaft!", greint der Schütze indigniert und schlägt um sich, wischt sich angeekelt den makabren Brei vom Gesicht und der Uniform.
Auch fällt die erschossene Frau seitlich weg und nicht auf ihr Kind, das sie knapp verfehlt.
Miriam schaut angeekelt zur Seite, ich auch. „Halt, so doch nicht, nicht so!", schreit Breitenfeld.
Das Baby fängt durch den Schießlärm an zu schreien und wird von einem anderen, herbeieilenden Schützen erschossen. Doch dieser übergibt sich gleich darauf; seine Kotze platscht noch etwas auf die tote Mutter.
Breitenfeld ist indigniert: „Sie Trottel, in die Mitte der Stirn schießen, habe ich gesagt! Sie hätten die Pistole bei der Jüdin direkt auf die Mitte der Stirn ansetzen sollen, ist denn das so schwer?", fragt er und der Schütze reinigt sich verlegen das Gesicht mit einem Taschentuch.
„Schütze Wünsche, vortreten zur Exekution von Jüdin Nummer 3!", plärrt Breitenfeld.
„Ja … wohl!", stammelt dieser, schwankt nach vorne, ist aber schon bleich wie eine Wachsfigur, zittert mit seinem Revolver vor „Nummer 3" wie Espenlaub hin und her, starrt in dem gegenseitigen Panoptikum des Schreckens mit noch entsetzterem Gesichtsausdruck als die rothaarige, sommersprossige Mutter in ihr Gesicht, als sie den Schützen

flehend anblickt und stammelt: „Bitte, bitte, nicht mein Kind …" Der junge, gedrungene Schütze Wünsche lässt den Revolver sinken, senkt den Kopf und weint.

„Na los, MG-Schütze Wünsche, entschließen Sie sich endlich zu schießen?", fragt Breitenfeld zögerlich, sogar er ist etwas schwankend und zweifelnd geworden.

„Nein, ich kann es nicht tun, bitte … Lassen Sie mich abtreten, Kommandant – ich verzichte auch auf sämtlichen Sold, auch auf die Zusatzprämie!", bittet Wünsche, wirft den Revolver mit Schwung weg, und dispensiert sich selbst vom Dienst, indem er fluchtartig vom Tatort wegeilt, mit beiden Händen dabei seinen Stahlhelm festhält.

Siegfried Breitenfeld verzieht keine Miene.

„Also, Schütze Dollinger, wollen Sie das erledigen?", fragt er resigniert. Dieser ist auch nicht gerade hellauf begeistert, doch gehorcht er mit mulmiger Miene, tritt vor, und schießt der panisch schreienden Frau in die Stirn.

Ich schaue erst gar nicht mehr hin, wo sie hinfällt, schließe die Augen.

Als zehn Jüdinnen erschossen auf ihren Kindern ruhen, lässt Breitenfeld die restlichen zehn Frauen von zehn Schützen gleichzeitig erschießen. Alle Frauen fallen diesmal ohne Schwierigkeiten mit dem Rücken auf ihre Kinder und zerquetschen sie mehr oder weniger, wie vorgesehen. So als hätten sie diese Rolle wochenlang fürs Theater eingeübt. Danach macht man sich nicht viel Mühe, um festzustellen, ob einige Kinder eventuell doch noch am Leben sind: Trotz vereinzeltem Wimmern lässt man sie zusammen mit ihren toten Müttern in den Abgrund der Schlucht versenken, um sie dann leicht mit Sand zuzuscharren. Dann fallen bald schon neue Schichten von nachfolgenden Leichen auf die erschossenen Mütter, denn heute gibt es viel zu tun.

Am nächsten Morgen sind Miriam und ich wieder dabei, als man nackte, jüdische Ehepaare zur Erschießung aufstellt: Die Frauen stehen dabei hinter dem Rücken ihrer Männer, und umschlingen diese mit den Armen, wie ihnen befohlen wird, während Breitenfeld durch den Rücken der Paare hindurchfeuern lässt, wobei das Gewehr an den Hals der kleineren Frauen angesetzt wird: Der Schuss geht dann durch beide hindurch und tötet günstigenfalls beide mit nur einer Kugel. Das gelingt aber nur in jedem zweiten Fall, denn manchmal treffen die Schützen ungenau und töten aufgrund starken Zitterns nur den Mann oder die Frau. Diese SS-Mordschützen bekommen dann einen Rüffel von Breitenfeld, weil er wieder nachschießen lassen muss.
Dennoch gefällt unserem diabolischen Kommandanten diese Technik, sodass er sie endlos mit immer neuen Paarungen wiederholen lässt. Schließlich lässt er Paare zusammenstellen, die gar keine Ehepartner sind, sich gar nicht kennen, sondern willkürlich ausgewählt werden, indem eine unbekannte Frau einen ihr fremden Mann aufs Geratewohl umschlingen muss. Maßlose Verlegenheit der Paare macht sich breit, worüber die MG-Schützen wieder ins Feixen geraten. Für viele von ihnen ist das hier einfach nur ein großer Vergnügungspark mit immer spannenderen, unaufhörlich neu ausgetüftelten Erschießungs-Variationen, von denen sie einfach hingerissen sind. Über die Hälfte aller Schützen sind jedoch vor Entsetzen längst geflohen, wie ich gerade feststelle; trotz der immer höher aufgestockten „Sonder-Abschussprämien", mit denen sie von Breitenfeld gelockt und umworben werden. Auch auf den versprochenen Sonderurlaub in der Heimat verzichten gerne immer mehr Soldaten, obwohl die Zahl der versprochenen Urlaubstage ständig in die Höhe schnellt, wenn die Soldaten ihre „schwierige Pflicht für Volk und Vaterland" gewissenhaft erfüllen. Jetzt betätigt sich der Breitenfeld auch noch als „Marktschreier des Todes"; einfach widerlich!
Zur Gaudi lässt ein SS-Sturmführer gerade „zur Abwechslung" zwei ganz junge Jüdinnen hintereinander aufstellen, die sich umschlingen müssen.
Miriam und ich finden einfach keine Worte mehr für diese sukzessive Steigerung der Barbarei und stumpfen immer mehr ab.
Miriam will weglaufen, doch leider muss ich sie zurückzerren.
„Na los, ihr zwei Lesben, habt euch nicht so", ruft ein Sturmführer den beiden bildschönen Mädchen zu, die sehr langhaarig und sexy sind, weil

die hintere Nackte sich trotzig weigert, das andere Mädchen zu umklammern. Sie leisten Widerstand und stellen sich mutig wieder nebeneinander auf und fassen sich bei den Händen, blicken zu uns und zeigen uns sogar grinsend ihre begehrenswerte Vorderansicht. „Na, so was, wird´s jetzt bald?", schreit Breitenfeld erregt den Mädchen zu, „tut gefälligst, was euch gesagt wird!", schreit er.
„Na gut, dann erschießt die beiden halt so, wie sie gerade stehen!", befiehlt Breitenfeld. „Auch gut!"
An diesem Punkt der Tragödie lassen weitere Todesschützen mutlos und entschlossen die Waffen fallen und laufen weg, verlassen diesen Ort der endlosen Schrecken. Im Geiste umarme ich diese unbekannten Jungs, die doch noch nicht ganz ihr Herz und ihre längst verdammte Seele an den namenlosesten aller Schrecken verkauft haben. Selbst höchste Belohnungen schlagen sie aus, und einer übergibt sich im Laufen. Die zerstörerische Verfahrenheit dieser ganzen Situation wird den meisten nur allzu klar: Hier gibt es klingende Münze für das Hochschrauben der Spirale des lustvollen Todesreigens, aber längst nicht alle sind bereit, mitzutanzen, wie ich befriedigt feststelle. Viele tanzen aus der Reihe und zeigen Breitenfeld die kalte Schulter. Ein getürmter Schütze kehrt zurück, schnappt sich wieder das weggeworfene Sturmgewehr und will Breitenfeld erschießen, wird aber leider rechtzeitig daran gehindert und abgeführt. Ich werde dein Werk eines Tages vollenden!, schreie ich stumm im Geiste dem Manne zu. Wann kommt endlich meine Zeit?

Die beiden Mädchen sind jedoch nicht nur trotzig, sondern auch sehr tapfer, als sie sich jetzt sogar albern und verspielt geben, und uns furchtlos und keck die Zunge herausstrecken und Grimassen schneiden. Den jungen SS-Schützen scheint das Gehabe zu imponieren, denn sie lachen und applaudieren über den Ungehorsam der Mädchen, die vielleicht 16 Jahre alt sind. Vielleicht sind die Jüdinnen auch nur schlau und machen die Faxen nur, weil sie hoffen, dadurch nicht gleich erschossen zu werden. Ich bin sprachlos. „He, Chef, diese beiden würden doch auch gut in unser Bordell passen, was meinen Sie?", fragt der eine MG-Schütze vorlaut. Breitenfeld ist der gleichen Meinung. Die Taktik der Mädchen scheint zu wirken. „Mutig und bildschön, das gefällt mir", schwärmt der Quadratschädel offen und ehrlich und winkt die Mädchen zu sich hin.

Begeistert folgen die beiden dem Aufruf und zuckeln mit kleinen, lustig wippenden Brüsten vor uns her.
Dann macht die eine leider den Fehler, sich vor lauter Aufregung unbeabsichtigt auf dem Stiefel von Breitenfeld zu erleichtern, indem sie stehend einen engen Bogen an sein Hosenbein pisst. Der Urin läuft dem Kommandanten dann in das Innere des Stiefels. „Oh, Verzeihung, das wollte ich nicht, ehrlich, tut mich Leid", wispert das Mädchen in fast korrektem Deutsch, und schlägt die Hände vors Gesicht. Die SS-Soldaten lachen sich schief über das ungeschickte Malheur des Mädchens und johlen und klatschen. „Du Judenhure, das hast du doch absichtlich getan, dir werde ich helfen!", schreit Breitenfeld. Das Malheur kostet das Mädchen den Kopf, als der Kommandant seinen Revolver zieht und zwischen ihre vor Schreck erstarrten Augen abdrückt. Ein dumpfer Knall rumort durch das Tal.
Sie fällt sofort tot zusammen. Die andere schreit etwas auf Russisch und wird ohnmächtig.
Direkt vor mir bleibt sie auf dem Rücken liegen. Ihre dichten Haarmassen bedecken ihren halben Oberkörper.
Sofort tritt ein MG-Schütze vor sie und den Kommandanten. „Auch erschießen?", fragt er herzlos knapp mit militärischem Unterton und wedelt schon freudig und erwartungsvoll mit seiner umgegürteten Maschinenpistole.
„Auf keinen Fall!", sagt Breitenfeld zu meiner großen Erleichterung. „Wäre doch schade um das schöne, mutige Mädchen! Haben Sie sich mal das bildschöne Madonnengesicht angesehen? Wie eine Madonna von Raffael! Nein, die kommt auch in unser SS-Bordell! Und sie hat wirklich auch so typisch italienische Gesichtszüge; ich glaube nicht einmal, dass das eine hundertprozentig echte Jüdin ist, das muss auch noch untersucht werden von Professor Schnell, unserem SS-Rassenspezialisten", sagt der Kommandant begeistert.
„Jawohl, Kommandant!", salutiert der junge SS-Angehörige und lässt das Mädchen wegtragen.
Miriam und ich sehen uns wieder mal erleichtert an.

Danach sind nur noch wenige Juden zu erschießen. Gerade wird die letzte Reihe von Opfern vor den Abgrund geführt. Manche sind noch halb angezogen, doch unser Quadratschädel ist zu müde, um sie alle zum völligen Auskleiden zu ermahnen. Gerade wird ein altes Ehepaar erschossen. Danach wartet ein pummeliges Mädchen auf seinen Tod. Sie hat noch die gesamte Unterwäsche an. Sie hat langes, schönes, dichtes Haar, ein Doppelkinn, ist aber sehr hübsch im Gesicht. Da tritt der eine dicke MG-Schütze bittend vor Breitenfeld und fordert die Freigabe der Frau. „Bitte, Herr Kommandant: Könnten Sie die Frau eventuell für mich freistellen, für heute Abend ... Sie verstehen?", druckst der Dicke ängstlich herum, dass seine Kameraden schon ein heiteres Gelächter anstimmen. Siegfried Breitenfeld versteht. Daher verfinstert sich seine Miene auch nicht, als er jetzt forsch losschnarrt: „Also schön, Schütze Lehmann, Sie können sie haben – jedenfalls erst mal für heute Abend!" Die Kameraden schmunzeln und stoßen sich schäkernd in die Rippen, weil sie den Mut ihres Kameraden bewundern, sich derart eigennützig mit einer Bitte beim martialischen Breitenfeld hervorzutun. „Ist sie schließlich gut im Bett – kriegt sie keine Kugeln in ihr Fett!", reimt Breitenfeld anzüglich und alle SS-Angehörigen haben wieder reichlich zu lachen.

„Danke, Herr Kommandant!", stottert Lehmann, doch Breitenfeld sagt, er wolle „die Ware allerdings erst mal ohne die Verpackung sehen", und er befiehlt der Frau, sich völlig auszuziehen. Zitternd und voller Hoffnung auf Rettung gehorcht sie umgehend, und entledigt sich der Unterwäsche. Dann präsentiert sie sich nackt mit riesigen, bebenden Brüsten. „Und wie alt bist du eigentlich?", fragt Breitenfeld. „Neunzehn Jahre", sagt die Frau. Etwas zweifelnd sagt der Boss: „Wehe, das stimmt nicht, du ...! Aber der Schütze Lehmann ist ein guter Junge, und wenn er dich ausdrücklich angefordert hat, dann wird er schon seine Gründe haben", brummt der Obernazi-Unhold zerstreut. Die SS lacht wieder leise. „Also, genehmigt, ich glaube, du bist doch ein gutes Mädchen; wegtreten, und erst mal abführen, das ... vollschlanke Fräulein!", befiehlt er seiner SS. „Jawohl, Herr Kommandant", schnarrt einer grinsend und lässt um die Nackte erst einmal seinen Mantel legen, denn es ist sehr kalt heute. „Und bleibt das Mädchen so adrett, dann steig auch ich mal auf ihr Fett!", dichtet der Kommandant wieder ungelenk, lacht feist und wüst, und seine SS lacht sich kaputt. Dann wird sie unter fröhlichem Geplauder fortgeführt. Die letzten acht Juden haben nicht so viel Glück und werden ohne große Beachtung erschossen, denn diese scheinen nicht von großem Interesse zu sein.

Zwei unansehnliche, zwar ganz junge Mädchen sind unter der Gruppe, aber mit dicken O-Beinen und X-Beinen, typischen, pechschwarzen, fettigen „Judenmähnen", und ganz hässlichen Gesichtern mit Hakennasen; und dann sind sie auch noch sehr fett; machen sich also erst gar keine Illusionen auf Rettung, unternehmen nicht den geringsten Versuch, einen Mann auf sich aufmerksam zu machen: Sie fügen sich traurig ins Sterben, indem sie sich, wahrscheinlich Schwestern oder Freundinnen, Hand in Hand von vorne von einem Kugelhagel durchsieben lassen. Die Splitternackten umarmen sich noch schnell im Fallen und ihre massigen Körper verschwinden mit wogendem Busen und wabbelnden Fettmassen verdreht im Abgrund.

Miriams Stimme vibriert und ihr Gesicht verfällt in heftige Zuckungen. Sie weint leise und wimmert wie ein sterbender Hund. Mir ist klar: Der Zeitpunkt ist gekommen, sie hält die Teufelei nicht mehr aus. Ihre gespenstisch bleiche Hand greift nach mir und zerrt mich ganz nahe an den Abgrund, wo ich wohl oder übel den unkoordinierten Haufen des Todes betrachten muss. Die beiden fetten Schwestern liegen noch im Tode zusammen umarmt da, haben die Münder weit offen und die Augen geschlossen. Überall sind ihre Leiber angeschossen, aufgerissen und bluten aus vielen Wunden. Mir wird schlecht vor Ekel.
Während die mörderische SS längst ihre erfolgreichen Abschüsse mit Alkohol und allerlei Remmidemmi feiert, sich längst entspannt hat, bleibt meine Schwester todernst und steigert sich in einen morbiden Erregungszustand sondergleichen hinein:
„Da unten, Judith, dort unten in dieser Grube ist heute Gott gestorben, er ist mitgestorben mit all diesen toten Menschen, den unschuldigen Kindern, die er nicht beschützt hat, dieser Feigling von einem Gott, der von uns Menschen Jahrhunderte lang unreflektiert und zu Unrecht angebetet worden ist ".. sagt Miriam tränenstarr und abgehackt zu mir, und zerrt unbarmherzig an meiner Kleidung, dass es mir wehtut. „Was sagst du da, Miriam?", frage ich entsetzt, denn einen Moment lang fürchte ich, meine Schwester sei nun auch noch verrückt geworden vor Schmerz, doch dann erkenne ich nur ihren unbändigen Drang, sich von jeglicher Religion zu lösen.
„Gott ist ein elender Feigling, ein zahnloser Ritter von der Traurigen Gestalt, der keine Macht mehr hat. Gott hat versagt in seiner Mission, uns Menschen vor allem Übel zu bewahren. Den Beweis siehst du dort unten. Tote Frauen, tote Kinder, tote Greise – massenweise!", schnarrt Miriam mit furchtbar akzentuierter Anklagestimme, in Form von

Sprechgesang gehüllt, in den Abgrund hinein. „Gott, dieser Stümper, der angeblich allmächtige Weltenherrscher ist heute untätig und mutlos als Total-Versager verreckt, zusammen mit all diesen Menschen dort unten, meine liebe Judith!", schnarrt Miriam böse und sieht mir zum letzten Mal strafend ins Gesicht. Es sieht so schauderhaft entstellt aus, dass ich es kaum mehr als Miriams Gesicht wiederzuerkennen vermag.
„Gott ist tot!, hat Nietzsche einst gesagt, und er hatte recht: Aber er ist erst heute gestorben, der himmlische Versager, der Gaukler, der Vorspiegler falscher Tatsachen; Gottes Geist und sein Körper verfaulen mit dem heutigen Tage stinkend da unten in der Hölle, zusammen mit den toten Judenkörpern, im letzten Höllenkreis geht Gott heute zugrunde und wird sich bald mit der Asche der Toten vermischen, bis sie nicht mehr voneinander unterschieden werden können!!!", schreit Miriam wie eine Priesterin des Todes ihren allmächtigen Hass auf Gott in die Grube hinunter … Zum Glück macht das Exekutionskommando mit seiner Singerei und lauter Feier-Musik, die von flirrenden Akkordeons begleitet wird, solchen Lärm, dass kaum einer auf Miriam achtet. Und ich kann mit Fug und Recht sagen: Niemand auf der ganzen Welt, kein Mensch auf Erden hat mehr Anrecht als meine Schwester Miriam darauf, hier und heute diese Anklagerede zu halten! … Als Laien-Priesterin in eigener Sache.

„Gott ist heute gestorben, er ist aufgegangen in dem Pesthauch seiner eigenen Schwächen und Unzulänglichkeiten, in den Schwefeldämpfen seiner erbärmlichen Lügen und Unfähigkeit, uns Menschen richtig zu führen, und er ist bei lebendigem Leib verbrannt in seiner Aufgabe, alles Übel von uns Menschen abzuhalten … Daher schwärt Gott ab heute dort unten ewiglich wie eine niemals heilende Wunde seiner eigenen Überheblichkeit und Hoffart", rezitiert Miriam mit tränenerstickter Stimme.
„Es ist gut, Miriam, bravo, du hast ja recht, doch für heute ist es genug, komm jetzt bitte weg von dort!", bettle ich und bemühe mich nach Kräften, Miriam vom Schlund des Todes wegzuzerren, doch sie bestreicht mein Gesicht mit einer schallenden Ohrfeige, dass ich aufschreie: „Miriam! Du … hast ja recht, mit allem, was du sagst!", greine ich heulend. „Du … bist eine exzellente Rednerin, das gestehe ich dir zu!", sage ich, doch sie packt mich wieder am Arm und zerrt

mich hasserfüllt zum offenen Massengrab zurück und zwingt meinen Blick wieder in die traurige Tiefe des schwelenden Massentodes.
„Hörst du ihn?", fragt sie mich mit geisterhafter Stimme in Trance.
„Wen denn?", frage ich ängstlich.
„Wen? Gott natürlich!", erwidert Miriam mit schaurigem Gelächter und zwingt mit ihrer zarten Hand meinen mächtigen Kopf wieder zum Blick nach unten.
„Hörst du das feige, gleichgültige, unendliche Schweigen Gottes? Sein unbeteiligtes Schweigen über die vielen Toten? Die vielen Opfer? Oh, welch ein gewaltiger Massentod, welch sinnloser Opfertod, ein … Holocaust sondergleichen!!! Gottes Schweigen ist das Zeichen seiner Ohnmacht, seiner Gleichgültigkeit, oder vielleicht sogar seiner … Billigung des Bösen?", fragt mich Miriam mit irrem Blick.
„Holo … caust? Was ist das?", frage ich zitternd und angstdurchschüttelt. „Was meinst du mit diesem Wort, Miriam? Das kenne ich nicht, erklär´ dich bitte, sag nicht solch furchtbare Sachen!", bettle ich.
„Was meinst du, meine große Schwester? Ist … War Gott vielleicht auch gleichzeitig der Teufel? Beide in einer Person vereint, im großen Narrenspiel des göttlichen und teuflischen Blendwerks? Hahaha, ja, das kann die Lösung des ewigen Welträtsels sein", spricht Miriam mit verklärter Stimme und schaut abgestumpft zu Boden.
Entsetzt mache ich mich von ihr los und schreie: „Jetzt ist es aber genug, Miriam, du bist ja vollkommen wahnsinnig geworden", brülle ich sie an und schlage ihr ins Gesicht.
Da erwacht sie aus ihrer Stumpfheit der tierischen Verrohung und fällt mir weinend in die Arme. Ich tröste sie, entferne mich dann etwas später vom Abgrund, doch sie bleibt hartnäckig davor stehen.
„Was für eine irre Vorstellung!", ruft ein SS-Mann ergriffen aus. „Deine Schwester hätte zur Bühne gehen sollen, sie ist hochbegabt!", ruft mir ein hoher SS-Offizier lachend zu.
„Sie ist schon mitten drauf", sage ich leise. „Häh?", fragt der Offizier zurück.
„Ah ja, ich verstehe, was du meinst", sagt er und lacht.

Das war der traurige, heutige Abschluss der sogenannten „Exekutionen". Alle SS-Führer treten ab, auch die Soldaten verlassen ihre Plätze. Ich mache mich ebenso bereit, und trete den Rückzug an, doch auf einmal merke ich, dass Miriam mir nicht folgt: Ich drehe mich nach ihr um, doch da sehe ich sie selber so nahe wie nie zuvor am Abgrund stehen und mit unbewegtem Gesicht leise Lieder in das dunkle Massengrab hinab lallen. „Miriam, was machst du denn noch da? Komm, es ist vorbei, wir können gehen!", rufe ich ihr zu. „He, kleine Judenmaus! Die Juden-Revue ist für heute vorbei, du kannst die Bühne verlassen; keine Angst, mein kleiner Schatz: Du selber kommst noch früh genug da unten hin, glaube mir, hähähä", raunt ihr ein betrunkener, junger SS-Angehöriger zu und patscht ihr auf die Schulter. Miriam reagiert nicht. Sie reagiert überhaupt nicht auf meine Stimme. Da eile ich schnellen Schrittes alarmiert zu ihr hin. „Pass doch auf, du fällst sonst noch auf die Toten", raune ich ihr zu und blicke ihr ins Gesicht. Es ist starr wie eine Maske. Erschrocken weiche ich erst zurück, dann komme ich wieder näher und zerre an ihren Haaren. „Macht nichts, dann falle ich schön weich … Richtung Unendlichkeit!", lallt mir Miriam zu, offenbar ohne mich zu erkennen. Sie blickt mich nicht an und singt weiter: „Alle Juden sind schon tot, alle Juden alle …", singt sie zur Melodie von „Alle Vögel sind schon da" und lacht dann geisterhaft. „Miriam, was ist mit dir?", frage ich besorgt und zerre sie vom Abgrund weg. Da murmelt sie unverständliche Verse auf Russisch. Ich schüttele sie. Ich mache mir wirklich ernste Sorgen um meine Schwester. Ihr Blick wird starr und sie lässt sich willenlos von mir führen. Sie scheint mich augenblicklich nicht mehr zu erkennen. „Miriam, weißt du eigentlich, wer mit dir spricht? Weißt du, wer ich bin?", dringe ich in sie und sie trapst weiter, summt russische Weisen. Ich glaube, jetzt ist es soweit: Ich fürchte, meine Schwester fängt wirklich an, den Verstand zu verlieren.

Am nächsten Morgen wird Miriam immer seltsamer. Sie erkennt ihre Nichten nicht mehr. Diese sitzen mit mir in unserer Wohnbaracke auf dem Bett um ihre Tante herum. „Tante Miriam, was ist mit dir?", fragt Petruschka und streichelt Miriams Haare. Doch sie bleibt völlig abwesend, starrt stumpfsinnig ins Leere und summt Unverständliches. Auch Sarah versucht ihr Bestes, in Miriams verschlossenen Geist einzudringen, aber vergebens. „Ich fürchte, eure Tante, meine Schwester ist in geistige Umnachtung gefallen", sage ich ernst. „Die vielen Toten und die ungezügelte Gewalt der letzten Wochen waren zuviel für sie", sage ich und streichle Miriams Wange. Mechanisch nimmt sie meine Hand und streichelt sie auch. „Sie erkennt keinen von uns mehr wieder, Mama!", sagt Petruschka besorgt und zittert. „Ja, sie reagiert auf nichts mehr", meint Sarah traurig. Miriam stützt sich traumverloren mit den Armen auf dem Bett auf und wiegt sich langsam im Takt ihres verschwommenen Liedes hin und her. „Mein Gott, sie ist schon in einer anderen Welt, nimmt nichts mehr wahr", sage ich betroffen. „Ob sie wieder normal wird?", fragt Sarah unglücklich. „Das will ich doch hoffen, denn wenn die Nazis merken, dass Miriam zu nichts mehr zu gebrauchen ist, dann fürchte ich, dass sie bald mit ihr Schluss machen werden", sage ich verzweifelt. Mit beiden Händen greife ich mir ihren Kopf und schließe meine kräftigen Hände um ihr ovales, hübsches Gesicht. Ziehe es sanft zu mir hin, aber Miriam schaut mich nicht an, blickt durch mich hindurch wie durch einen Geist. Sie fängt wieder an, zu singen: Auf Russisch. Ich lasse sie erst mal los. „Wieso ist Tante Miriam auf einmal so geistig weggetreten?", fragt Petruschka verwundert. „Gestern war sie doch noch völlig normal?", fragt meine Tochter ratlos. „Tja, einmal ist halt der Knackpunkt bei jedem Menschen erreicht, der zuviel Schreckliches durchgemacht hat", sage ich hellsichtig. „Und Miriams Seele ist offenbar im tiefsten Inneren wundgescheuert worden, nicht nur von den grässlichen Ereignissen, die wir gestern durchleben mussten", doziere ich panikartig, „aber davon kann ich euch einfach noch nichts berichten", erkläre ich meinen Töchtern.
„War es diesmal so schlimm?", fragt mich Sarah und sieht mich mit horrorhaft verzerrten Augen an. „Oh, viel schlimmer, als ihr euch je vorstellen könnt", sage ich weinend und stürze wieder zu Miriam hin, die sich plötzlich erschrocken und besorgt von der Bettkante erhebt, die Augen öffnet, und mich erwartungsvoll anblickt. „Miriam, erkennst du

mich jetzt? Was hast du denn, kann ich dir helfen?", frage ich schon hoffnungsvoll, weil ich glaube, sie sei wieder normal geworden, doch da sagt sie fahrig zu mir: „Mama, ich muss kurz nach draußen gehen, ich muss in den Wald gehen, ich habe dort zu tun ...", sagt sie verlegen und hält die Augen halb geschlossen. „Sie sagt „Mama" zu dir?", fragt Sarah verwundert. Auch Petruschka macht ein verlegenes Gesicht und starrt ihrer Tante nach, die sich energisch erhebt und zur Tür eilt.

„Miriam, du kannst nicht nach draußen in den Wald gehen, das hier ist ein Todeslager, weißt du das nicht mehr?", rufe ich ihr nach, eile zu ihr und halte sie fest. „Weißt du nicht mehr, wo du hier bist?", frage ich sie mit aufgewühlter Stimme. Da schlägt sie verschlafen ganz kurz wieder die Augen auf, blickt mich an und lallt: „Ja, natürlich, in Berlin, ich bin bei uns zu Hause, am Grunewald", säuselt sie mir entgegen und ich schüttle energisch den Kopf. „Lass mich los, Mama, ich muss Holz holen fürs Feuer, es ist kalt in unserer Stube, der Krieg ist noch nicht vorbei, hörst du die Kanonen, hörst du die Soldaten, wie sie sich Befehle zuschreien und kämpfen, hörst du sie, Mama?", fragt Miriam mit angstvoller Sorge in den Augen, und umklammert meinen Arm.

„Die Truppen des Kaisers treten überall den Rückzug an!", schreit Miriam, lässt mich abrupt los, und hält sich die Hände vor die Ohren. „Mach das Fenster zu, Mama; ich kann es nicht mehr hören", schreit Miriam berserkerhaft. „Ja! Sie denkt, ich sei ihre Mutter", sage ich erstaunt zu meinen Töchtern, „eure Tante lebt weit zurück in der Vergangenheit, im Jahre 1918 vermutlich, als der Herbst schon so streng wie ein Winter war, und wir in den Wald gingen, um Holz zu sammeln zum Heizen, kurz vor Kriegsende – ich erinnere mich daran, an diese rigorose Zeit", sage ich beklommen, „ich war schon erwachsen, aber meine Schwester Miri war ein Kind von zehn Jahren", erinnere ich mich genau. „Miriams gestörtes Gedächtnis hat einen Sprung zurück in ihre Kindheit gemacht, wir müssen sie da wieder herausholen!", sage ich energisch zu meinen Töchtern.

Da tritt Doris Waldmann in unsere Baracke ein. Mit wenigen Sätzen erkläre ich ihr die Bescherung. Sie ist ebenso bestürzt wie wir. „Das hat uns gerade noch gefehlt. Wenn sie in diesem Zustand verharrt, dann wird Miriam das nächste Opfer der nachfolgenden Selektionen. Das darf einfach nicht passieren. Sonst verlieren Sie noch ein Mitglied Ihrer Familie", sagt die Waldmann zu mir. „Meine Güte, es ist aus. Ich wusste

es ja von Anfang an, dass wir keine Chance mehr haben zu überleben, sobald wir erst einmal deportiert werden", sage ich weinerlich. „Abwarten", sagt Doris und hält Miriam davon ab, die Baracke zu verlassen, indem sie sie aufs Bett dirigiert und ihre zitternden Hände hält. Dann gibt sie ihr mehrere kräftige Schläge ins Gesicht. Sarah und Petruschka schreien zeternd. „Sie hat einen schweren Schock abbekommen". Miriam keucht und schnauft, schlägt zitternd die Augen auf und blickt zu mir hin. „Judith, warum hast du das getan?", fragt sie ratlos. „Warum hast du mich geschlagen?". Sarah ist plötzlich wieder quietschvergnügt. „Mama, es hat gewirkt, Tante Miriam erkennt dich wieder!", kreischt sie durch die Baracke. Petruschka eilt zu Miriam und streicht ihr über die Haare, die ein einziger, nass geschwitzter Pelz sind. „Was soll denn das ganze Getue, ist irgendetwas los?", fragt Miriam verwirrt und sieht sich nach allen Seiten um. Wir geben ihr eine kurze Erklärung ab, die sie noch verwirrter zurücklässt.
Aber fürs erste sind wir alle mit dieser Verbesserung zufrieden.

Wieder zwei Tage später haben wir einmal mehr einen hohen Nazibonzen bei uns zu Gast im Lager, der einen speziellen Wunsch äußert: Er möchte sich die ersten, militärisch durchorganisierten Massenerschießungen von Juden und anderen Staatsfeinden gerne mal ansehen. Wie wir das so machen … Natürlich wird ihm der Wunsch nicht verweigert, denn wir wollen den Stellvertreter des ehrenwerten Reichsführers SS auf keinen Fall verärgern. Günstigerweise für unser hohes Tier treffen mit seiner Ankunft hier im Lager zufälligerweise punktgenau auch die ersten Judentransporte ein, so dass er alles von Anfang an genau beobachten kann, wie die Abwicklung der Vernichtung von Staatsfeinden vor sich geht. Dank der frischen Judentransporte aus dem Ausland nimmt man wenigstens nicht mich und meine Kinder als Versuchskaninchen für die Schießübungen, denke ich vermessen. Breitenfeld und Steinbacher stellen dem hohen Herrn Miriam und mich als Dolmetscherinnen vor, worauf er uns herzlich begrüßt. Miriam scheint zwar seit gestern glücklicherweise geistig wieder völlig gesund zu sein, und topfit, doch jetzt bemerke ich zu meinem Leidwesen, dass sie wieder auf nichts reagiert. Sie ist erneut in ihre tiefe Depression oder Apathie hinabgesunken, wie ein Stein auf den Grund des Meeres, stelle ich mit panikartiger Verlegenheit fest. Was

wird sie heute anstellen, wenn sie erst die neuen Exekutionen verdolmetschen soll?, denke ich panisch. Wird sie das überhaupt durchhalten? Was soll nun werden, wenn sie jetzt schon so abweisend und abwesend auf den neuen Besuch reagiert?, denke ich schockiert. Man hätte Miriam heute gar nicht herführen dürfen! Man hätte eine Krankheit vorschützen müssen, um sie zu verschonen, und die hat sie ja auch wirklich ... Zwar hat ihr der stellvertretende Reichsführer nur kurz die Hand geschüttelt, und sich dann sofort mir zugewandt mit der wohl humorvoll gemeinten Frage: „Nanu, wenn Sie Juden und Kommunisten oder Partisanen erschießen, wozu brauchen Sie dazu eigentlich noch Dolmetscherinnen? Um dem Gesindel einzureden, wie schön es nach dem Tod im Paradies ist? Hahaha!", lacht der Nazibonze heiter und infam los.
Miriam summt schon wieder eine leise Weise vor sich hin. Woher kann sie eigentlich so gut Russisch?, wundere ich mich plötzlich. Ist das vielleicht doch nicht meine Schwester? Aber warum hat unser Besuch, der Judenexperte, eigentlich überhaupt nicht auf Miriams jüdisches Aussehen reagiert, frage ich mich ebenso verwundert. Es ist doch immer das Gleiche!, beantworte ich mir seufzend selber meine Frage. Fast kein Nazi, auch nicht der fanatischste unter ihnen, erkennt Juden auf Anhieb, wenn ihm nicht vorher gesagt wird, der und der ist ein Jude ... Würde ich jetzt als unbekanntes Opfer in einer Todesgruppe, als Todeskandidatin mit anderen Juden vor dem Abgrund zusammenstehen, und hätte ich nicht vorher die Bekanntschaft mit dem Nazi-Inspektor gemacht, dann würde er mich bestimmt als „Judenschlampe" beschimpfen, wenn ich irgendwelche Schwierigkeiten machte; zum Beispiel beim Auskleiden ... So sind halt die Nazis ...
Ich renne zu Miriam und gebe ihr einen leichten Schlag ins Gesicht, als keiner hinsieht. Sofort ist sie wieder bei Besinnung, ich sehe mich fahrig um, dann tätschele ich ihr die Wange und tröste sie, ermahne sie aber auch, möglichst einen abgeklärten Eindruck zu machen. Aber sie seufzt auch tief und tiefgründig bemerkt sie: „Es hat doch alles keinen Zweck mehr, liebe Judith: Ich spüre instinktiv, meine Zeit ist abgelaufen, ich bin das nächste Opfer der Nazis, das fühle ich wirklich in allen Poren, liebe Judy ... Löse dich rechtzeitig von mir, denn ich bin eine ständige Gefahr für dich", sagt sie prophetisch und fasst mich eindringlich am Arm. „Nein, was redest du nur, Miriam, du darfst dich jetzt nicht aufgeben", tadle ich sie ärgerlich und umarme sie. Das sieht gerade der

stellvertretende Reichsführer, und da treffen auch schon die ersten Gruppen mit nackten Opfern ein, die zur Erschießung aufgestellt werden. „Ah, jetzt also geht es los, sehr schön", sagt der Gast zerstreut, und blickt auf mich und Miriam: „Aber sagen Sie mal, Oberstgruppenführer: Ist das nicht für die beiden Frauen da ein bisschen zu viel, was ihnen hier zugemutet wird, weil sie ja die Erschießungen mit ansehen müssen? Frauen sollten bei diesem unerfreulichen, aber notwendigen Spektakel eigentlich nicht anwesend sein", befindet der im Augenblick ranghöchste Offizier immerhin. „Waren die beiden Frauen denn wirklich bei allen Exekutionen anwesend?", fragt er erstaunt. „Ja, bei fast allen, Herr Reichsführer", bestätigt Breitenfeld. „Und wie haben sie es … verarbeitet, psychisch und physisch verkraftet?", fragt er neugierig. „Oh, erstaunlich gut, Reichsführer, die beiden Frauen sind robust", lobt Breitenfeld mit Stolz, „wenn Sie wüssten, was die beiden schon alles durchgemacht haben …"

Da tritt unvermutet eine junge Frau mit blonden Locken und weitem Rock zum Reichsführer. „Oh, da sind Sie ja, Fräulein Suter", sagt der hohe Gast erfreut. Sie blickt unerschrocken und ohne Erstaunen auf die ersten nackten Juden, die an der Grube aufgestellt werden. Diese abgeklärte Haltung verwundert mich und Miriam. Die uns unbekannte Frau muss also über die bevorstehenden Exekutionen Bescheid wissen! „Oh, ich sehe, es geht gleich los! Habe ich schon was verpasst?", fragt die Frau neugierig und lächelt sogar ein wenig. „Nein, Sie sehen ja, die ersten Gefangenen werden gerade aufgestellt zur Exekution", wird sie von dem hohen SS-Offizier beruhigt. Und zu uns allen gewandt, sagt er: „Oh, wollen Sie bitte meine Unhöflichkeit entschuldigen: Das hier ist Fräulein Gudrun Suter aus der Schweiz; sie ist als politische Journalistin seit einigen Monaten in der Ukraine, in Kiew akkreditiert und begleitet unsere ethnischen Säuberungen, seit unserem glorreichen Sieg ist sie ständig in der Ukraine unterwegs und dokumentiert unsere Fortschritte bei der Eindeutschung des Landes … Und heute ist sie hier bei uns, um sich endlich mal persönlich ein Bild von der Effektivität der Einsatzkommandos zu machen, die aus deutschen und ukrainischen Hilfstruppen bestehen", sagt der SS-Offizier erfreut. Die Journalistin gibt uns allen reihum die Hand, als wir ihr nacheinander vorgestellt werden. „Sehr erfreut, Sie kennenzulernen, meine Damen", sagt sie auch zu mir und Miriam. Die Schweizerin hat eine tragbare, hochmoderne Kamera dabei und zeigt uns ihren Presseausweis. Wir sind wieder mal völlig verblüfft. Auch Lagerkommandant Breitenfeld. Doch dieser ist sogar hochnervös und beunruhigt. Auch der Rassentheoretiker, Dr. Schnell steht bei uns und macht ein bedröppeltes Gesicht. „Was, aber das geht doch einfach nicht, … Oberstgruppenführer?", fragt er unsicher und zweifelnd. „Ja, das finde ich auch … Verzeihung, wenn ich das so drastisch sage, Reichsführer", meldet Breitenfeld seine Bedenken bei dem SS-Offizier an. „Finden Sie das angebracht, hierher eine Journalistin mitzuschleppen, und dann auch noch ausgerechnet eine aus der Schweiz, einem neutralen Land zwar, gut und schön, aber doch aus dem feindlichen Ausland?", fragt Breitenfeld entsetzt. „Soll die Frau das hier etwa alles sehen?", fragt er unzufrieden und gereizt. „Was haben Sie dagegen einzuwenden? Fräulein Suter ist auf unserer Seite, sie vertritt eine Zeitung, die deutschnational und deutschfreundlich gesinnt ist, den „Nationalen Zürcher Volksboten", und der billigt unsere deutschen Rassengesetze voll und ganz", versichert uns der Gast. „Genauso, wie das bereits ein großer Prozentsatz der Schweizer Bevölkerung tut", behauptet der Gast. „Und Fräulein Suter ist selber treues Mitglied in einer Partei, die wie eine Art „Schweizer NSDAP" aufgebaut ist", versucht er unsere Bedenken zu zerstreuen. „Aber die Frau … hat eine Kamera dabei … Die will doch hoffentlich nicht etwa auch noch Aufnahmen von den Erschießungen hier machen? Sollte sie überhaupt bei alledem hier als Augenzeugin dabei sein?", fragt Siegfried Breitenfeld ungläubig. „Ja, das kann uns doch den Kopf kosten, wenn die Schweiz und die ganze Welt erfährt, was wir hier veranstalten!", protestiert auch Dr. Schnell entgeistert. „Natürlich wird Fräulein Suter unter anderem auch ein paar Filmaufnahmen von der heutigen Aktion hier machen, die ganze Schweiz soll wissen und erfahren, dass wir verantwortungsbewussten deutschen Nationalsozialisten ganz in ihrem Sinne handeln, wenn wir die Zahl der jüdischen Flüchtlinge in ihr kleines, geplagtes Land von nun an drastisch zu verringern bestrebt sind. Indem wir Juden, Kommunisten und andere Volksfeinde hier in der befriedeten Ukraine der Vernichtung zuführen", erklärt unser Besucher, der ranghöchste Offizier mit Stolz. Auch mein Freund Günther Steinbacher guckt den hohen Gast fassungslos an. „Aber, euer Exzellenz, das geht doch zu weit, ich meine … Die Bilder gehen doch eventuell auch nach Amerika, und wenn die Amis das erfahren …" Da lacht der hohe Gast trocken auf und sieht meinen Freund Günther scheel an: „Ach wissen Sie, Obergruppenführer, die Nachrichten von den Massenerschießungen von Juden und Co. sind sowieso nicht mehr geheim zu halten; es ist alles sowieso schon durchgesickert in die ganze Welt, wie mir der verehrte Reichsführer SS mit Bedauern versichert hat", erklärt uns der Gast. „Irgendein paar Juden entkommen immer, auch nach den sorgfältigsten Erschießungen stehen ein paar wieder auf, oder laufen vorher davor weg, oder umstehende, gaffende Zivilisten tragen die Kunde unserer Geheimaktionen in alle Welt hinaus, und diese Mundpropaganda ist einfach nicht zu verhindern, da können Sie alles noch so sehr bemänteln und verdecken: Da hilft auch kein noch so gut abgesperrtes Lager mehr", erschöpft sich der augenblickliche Kommandant in langatmigen Erklärungen. „Ja, Sie haben eigentlich recht, außerdem werden wir ja mit der baldig absehbaren, völligen Unterwerfung von Russland ehe den Endsieg erreicht haben, und dann kann uns keiner mehr was am Zeug flicken", bemerkt jetzt Dr. Schnell erschöpft, selbst noch nicht ganz überzeugt von seinen Worten.

„Moskau wird also bald fallen? Freut mich, das zu hören", sagt die Journalistin mit freudigem Überschwang in der Stimme. Die junge Dame aus der Schweiz macht mir Angst. Ihre rechte Gesinnung wird jetzt offenbar. Sie sieht interessiert zu den Juden hinüber. „Ach, das sind also die Juden?", fragt sie unbedarft, als sie die Kolonnen nackter Menschen sieht, die in geordneten Zehnerreihen zusammengetrieben werden und hintereinander aufgestellt werden. „So ist es!", sagt Breitenfeld mit mulmigem Gefühl zu der Schweizerin. „Na, ich möchte mal sehen, ob dieses großkotzige Luder am Ende das große Abschlachten aushält!", flüstere ich Miriam zu. „Ich frage mich, ob ich selber es überhaupt noch mal aushalte", antwortet sie zu meiner großen Beunruhigung. „Miriam, jetzt reiß dich bitte noch einmal zusammen", schärfe ich ihr ein.
„Ach ... Sind die alle eigentlich immer nackt, die Juden, wenn sie erschossen werden?", fragt die Journalistin
interessiert. „Ja, meistens, aber einige schaffen es dennoch immer wieder, meistens Frauen, immer noch einige Kleidungsstücke anzubehalten, meist die Unterwäsche, trotz der Drohungen und Prügel, die sie erhalten, wenn sie sich nicht sofort ganz splitternackt ausziehen, da, sehen Sie!", erklärt Breitenfeld und zeigt auf zwei Frauen mittleren Alters, und auf ein ganz junges Mädchen, die alle drei noch ihre

Nylonstrümpfe und die Unterwäsche anhaben, als sie in der ungefähr zehnten Reihe zum Warten aufgestellt werden. Ihre Oberkörper sind nackt und die Brüste der Frauen wackeln hin und her. „Ah, ja, ich sehe, faszinierend", lässt die resolute Schweizerin verlauten und stenografiert auf ihrem Block das Gesagte eifrig mit. „Bewundernswert, was für einen starken Charakter die drei Frauen haben, und das im Angesicht des Todes, einfach fabelhaft!", lobt sie die Jüdinnen freimütig.
„Kann ich jetzt schon einige Aufnahmen von den Gefangenen machen?", fragt die Journalistin begierig. „Oh, ja. Gewiss", erlaubt ihr Breitenfeld, der den SS-Gast ansieht, und auch der nickt. Gudrun Suter aktiviert ihre tragbare Handkamera, und filmt flugs geschickt die nackten Reihen von Juden ab. Sie geht ganz nahe an sie heran, schwenkt die Kamera hin und her, und wechselt oft die Perspektive. „Also ich weiß trotzdem nicht, ob das gut ist …", äußert Dr. Schnell weiterhin Bedenken. Günther Steinbacher stimmt ihm zu.

„Ach, wann geht es denn übrigens los mit der Exekution?", fragt die Suter mitleidlos. „Gleich, da vorn treten schon die Schützen vor, sehen Sie?", sagt Doris Waldmann zu der Schweizerin. „Ah ja, das sind also die Schützen, alles Deutsche?", fragt die Journalistin und filmt den Aufmarsch des Erschießungskommandos. „Nein, da stoßen gerade auch einige Russen und Ukrainer als Freiwillige zu unseren Jungs, Sie erkennen sie dadurch, dass sie deutsche Uniformen mit der weißen Armbinde der Hilfswilligen tragen, sogenannte „Hiwis"", erklärt Günther der Journalistin. „Ah, „Hiwis" heißt das also? Klingt spaßig!", bemerkt die Schweizerin frivol und schamlos und lacht. Sie filmt und notiert eifrig alles mit. Als ich das höre, möchte ich der rechten Rassistin am liebsten zurufen: Mal sehen, du Megäre, ob du das Ganze auch noch so spaßig finden wirst, wenn erst mal die Maschinengewehre losrattern und die Frauen und Kinder niedermähen! Und wenn alle blutend und stöhnend im Graben landen! - Doch beherzt reiße ich mich am Riemen, denn unsereins hat als Jüdin hier natürlich nichts zu vermelden.
Gerade bemerkt da die Journalistin, wie eine Gruppe weinender, nackter Kinder gesondert von den Erwachsenen am Erschießungsgraben aufgestellt wird. „Ach, Kinder werden also auch … erschossen?", fragt sie nun doch etwas betreten und wird ganz blass. Sie schwankt, versucht, das Gleichgewicht zu behalten. SS-Soldaten blicken besorgt

drein und kommen ihr zu Hilfe, halten sie fest. „Selbstverständlich", erwidert der hohe SS-Gast, „denn aus jüdischen Kindern werden nun mal erwachsene Juden und verbreiten das Übel und die Merkmale ihrer schädlichen Rasse weiter, da können wir leider keine Ausnahme machen, das müssen Sie verstehen, so leid es mir tut, so schwer es selbst mir fällt", sagt selbst der unheimliche Gast etwas mitgenommen.
„Ach, ja, natürlich, das verstehe ich", sagt die Journalistin jetzt wieder völlig gefasst, und filmt sofort wieder mit vollem Einsatz, als gerade die ersten Erschießungen einsetzen. Zehn jüdische Männer und Frauen verschwinden durch eine ratternde MG-Salve zum ersten Mal vor den Augen der Schweizerin im Abgrund. Mal, sehen, wie sie das verkraftet. Alle werden von hinten in den Rücken geschossen. „Meine Güte, wie still die Gefangenen sind!", staunt die Journalistin, schwitzt und stöhnt, und filmt wie gebannt die nächsten zehn Opfer aus der Nähe, die zum Abgrund vortreten, um sich gleich, bis jetzt gehorsam ohne Protest oder Klagen, niedermähen zu lassen: Ein bildschöner Jüngling, eine zarte Zwanzigjährige, ein altes Ehepaar, eine Mutter mit erwachsenen Töchtern … Alle stehen wieder mit dem Rücken zu uns, da bittet die Journalistin schnaufend: „Halt, könnte ich die zweite Exekution jetzt bitte mal von vorne filmen?", fragt sie allen Ernstes. „Denn ich würde ganz gerne mal in die Augen der Gefangenen blicken, zu ergründen suchen, und ich möchte sie auch befragen, was sie so kurz vor ihrem Tod empfinden", sagt die Suter aufgewühlt. „Natürlich, gerne, bitte alle Gefangenen mal umdrehen", befiehlt Doris Waldmann mit Nachdruck. Genauso gehorsam drehen sie sich alle zehn auch tatsächlich um, mit den Gesichtern zu uns stehen sie nun in ihrer schutzlosen Nacktheit da und senken die Köpfe; die ungefähr Zwanzigjährige zeigt uns in fatalistischer Ergebenheit in ihr Schicksal alles, ihren bildschönen, schlanken Körper, und lässt mit verklärtem, resigniertem Gesicht die Arme baumeln, lässt den Kopf hängen, während die Mutter und ihre etwa dreißigjährigen Töchter schamhaft ihre Blößen mit den Händen verdecken. Sie schauen ungläubig und entsetzt drein, haben eine anklagende Miene, so als wollten sie ausdrücken, sie könnten es einfach nicht begreifen, wie Menschen anderen unschuldigen, untadeligen, schutzlosen Mitmenschen so etwas Gemeines antun könnten. Stumm heischen die Blicke der drei Frauen um Gnade. Doch die SS geht ungerührt weiter ihrem Geschäft des Todes nach und beachtet die drei Frauen kaum. Am Ende der Reihe stehen zwei ganz junge, langmähnige

Männer stolz und gefasst und lassen ebenfalls die Arme seitlich an den Hüften herabhängen, gewähren uns großzügig einen Blick auf ihre ausladenden Genitalien und ihre üppige schwarze Schambehaarung. Die Schweizerin blickt verblüfft und ratlos verklemmt auf die beiden Jungen, die ihren Blick mit kalter, stolzer Verachtung erwidern.
Auf einmal umarmen und küssen sich die beiden Jungen leidenschaftlich. „Auch noch ... zwei homosexuelle Juden! Na, da haben wir ja gerade die Richtigen erwischt!", kräht die Suter. „Um die ist es wirklich nicht schade!"

Die Journalistin prescht vor und staunt über dieses Bild der Harmonie. Dann filmt sie ungeniert die kollektive Nacktheit mit ihrer Kamera ab. „Unglaublich, wie gelassen alle zehn das aufnehmen, was gleich mit ihnen geschieht, und was ihnen ja allen im vollen Bewusstsein ihrer unabdingbaren Verlorenheit geschieht, im Angesicht ihrer leider notwendigen Vernichtung, die ihnen ja auf keinen Fall verborgen bleiben kann", sagt sie erstaunt und fragt die zweite in der Reihe, die zarte, beinahe blonde Zwanzigjährige mit kleinen, zarten Brüsten: „Sind Sie wirklich auch eine Jüdin?", fragt Gudrun Suter zweifelnd. Das Mädchen nickt. „Woher kommen Sie?" – „Aus Mannheim!", sagt sie tonlos. „Ihr Beruf?", fragt die Journalistin. „Ich habe gerade Abitur gemacht mit der Note 1,2 und wollte Medizin studieren, aber man hat mich nicht gelassen", sagt sie niedergeschlagen. Gudrun Suter filmt alles mit, auch die Worte des Mädchens nimmt sie auf, in Bild und Ton.
„Na ja, damit wird es dann aber auch seine Richtigkeit haben, dass man Ihnen den Zugang zu einem Medizinstudium verwehrt hat", sagt die Journalistin, „denn wer weiß, ob Sie überhaupt geeignet sind für diesen verantwortungsvollen Beruf? ... Und ob Sie dann später als Ärztin nicht jede Menge von Fehldiagnosen gestellt hätten, was sich verhängnisvoll für Ihre Patienten ausgewirkt hätte, wenn Sie durch Ihre jüdische Schlamperei und Pfuscharbeit das Leben unschuldiger arischer Frauen und Mädchen gefährdet hätten, das alles wage ich mir gar nicht auszumalen, was Sie alles angestellt haben könnten", sagt Gudrun Suter niederträchtig und schamlos und zeigt wieder mal ihr wahres Gesicht.
„Und mit Ihrem pseudo-arischen Aussehen hätten Sie sich dann als Jüdin wahrscheinlich hinterhältig in das Vertrauen Ihrer ahnungslosen Patienten eingeschlichen ..."
„Haben Sie darüber mal nachgedacht?", schnarrt sie das Mädchen an.

„Nein, das hätte ich nicht getan, und ich darf nur nicht studieren, weil gerade die Nazis an die Macht gekommen sind und ich Jüdin bin, und als Person minderwertiger Rasse eingestuft worden bin", entgegnet das Mädchen stolz und etwas hochnäsig. „Ich weiß genau, dass ich eine gute und gewissenhafte Ärztin geworden wäre". Dazu grinst sie der Schweizerin jetzt sogar hochmütig ins Gesicht.

„Aber das wissen Sie doch schon, dass Sie gleich sterben werden, und dass höchstwahrscheinlich nichts auf der Welt Sie mehr retten kann?", fragt die Suter albern und mit unsicheren Gefühlen. – Das Mädchen nickt. „Haben Sie Angst?" Das Mädchen zuckt die Schultern. „Ein bisschen", sagt sie leise. „ Aber Sie sind wirklich sehr tapfer, ich bewundere wirklich Ihre heldenhafte Haltung, ich weiß nicht, ob ich an Ihrer Stelle so ruhig wäre", gibt die Schweizerin beklommen zu. „Oh, Sie können gerne meinen Platz einnehmen, und sich an meiner Stelle vor die Gewehrläufe der Soldaten stellen, wenn Sie wollen – ich tausche liebend gern sofort mit Ihnen", sagt die junge Mannheimerin schnippisch. Einige SS-Soldaten lachen. Gudrun Suter geht nicht auf die Schmähung des wunderbaren, tapferen Mädchens ein. Himmel, warum kann ich sie nicht retten!, denke ich verzweifelt und will am liebsten eingreifen. Das wunderbare Mädchen hätte noch sein ganzes Leben vor sich, wenn diese furchtbaren Rassengesetze nicht existierten. „Meine Güte, wollen Sie denn wirklich weiterhin so passiv bleiben und gleichmütig auf den Tod warten?", fragt jetzt sogar die unbarmherzige Nazi-Journalistin verzweifelt. „Wollen Sie nicht wenigstens doch noch versuchen, uns noch schnell einen triftigen Grund anzuführen, warum es für uns von Interesse sein könnte, Sie am Leben zu lassen?", fragt die Schweizerin ungeduldig und scharrt mit den Füßen. Auf einmal bekommt sie es wieder mit der Angst zu tun. „Sie ist ja doch noch ein klein wenig menschlich geblieben", flüstert Miriam mir zu. „Das würde doch nichts nützen, ich werde auf jeden Fall erschossen", sagt die Medizinstudentin resigniert. „Warum sind Sie nicht rechtzeitig ausgewandert? Nach Amerika, oder Palästina zum Beispiel?", fragt die Suter erregt. „Kein Geld, ich habe alles versucht, um aus Deutschland herauszukommen. Aber ich habe kein Visum bekommen, niemand wollte mich aufnehmen", sagt die Abiturientin stoisch, klaglos, ohne zu weinen. Immer noch lässt Gudrun Suter ihre Kamera laufen, nimmt alles auf, was das Mädchen sagt. Es scheint nichts dagegen zu haben.

Seltsamerweise macht die Passivität des Mädchens die Journalistin rasend und trägt wieder zur Steigerung ihrer Grausamkeit bei, auch zu ihrer emotionellen Verhärtung:

„Tja, das ist wirklich bedauerlich, aber so ist nun mal das Leben …In Amerika würde man Sie jetzt garantiert bedenkenlos Medizin studieren lassen, aber ich weiß nicht, ob das so gut wäre für die Menschheit, wenn Sie zur Genesung und dadurch zum rasanten Anstieg der jüdischen Rasse in Amerika beitragen würden", schnattert die dumme Pute von Journalistin wieder gedankenlos los, als sie von Breitenfeld unterbrochen wird: „So, das ist nun aber genug, das reicht jetzt! Wenn Sie jetzt bitte zurücktreten würden, Fräulein Suter, ich muss endlich den Feuerbefehl geben", sagt er streng.

„Oh ja, natürlich, entschuldigen Sie, das muss ich übrigens unbedingt auch aufnehmen, die Erschießung will ich unbedingt auch aufs Bild bannen!", sagt sie plötzlich wieder ganz herzlos, tritt kurz ein paar Schritte zurück, stoppt die Kamera und aktiviert sie sofort wieder, als Breitenfeld dem vortretenden MG-Schützen befiehlt: „Achtung – Feuer frei!" Ohne ein Wort der Klage oder einen Zwischenfall fallen alle zehn Opfer in den Abgrund.

Die junge, verhinderte Medizinstudentin fällt stolz mit trotzigem Gesichtsausdruck und zurückgeworfenem Kopf in die Tiefe.

„Wahnsinn – das ist ja furchtbar aufregend, wie schnell das geht", sagt Gudrun Suter und fuchtelt geschäftig mit ihren Utensilien rum. Die nächsten Exekutionen nimmt sie ungeniert von vorne, dann von der Seite auf, als wäre sie auf einer unterhaltsamen Automobil-Messe! Mal bittet sie, nur Männer aufzustellen, mal nur Frauen, deren Erschießung sie filmen möchte; jede Bitte wird ihr gewährt.

„Einfach unglaublich, wie willenlos die Juden sich umbringen lassen, ohne zu klagen", sagt die Journalistin zu uns, nachdem schon Hunderte von Menschen tot sind. „Ja, ich kann mir das nur so erklären", sagt die infame Schweizerin tonlos und mit abgeklärter Nüchternheit und scheinbar völliger Unbeteiligtheit am Massenmord: „Die Juden sind so still und folgsam, weil sie um die Schande ihrer Schuld wissen; sie wissen genau, dass sie was auf dem Kerbholz haben, dass sie nicht grundlos sterben, dass sie bisher auf Kosten anständiger Deutscher ihr Dasein gefristet haben! Denn sonst würden sie sich ja empören, wenn sie sich ungerecht behandelt fühlten, den Mund aufmachen, und

protestieren gegen ihre ungerechte Behandlung. Das Schweigen der Juden ist in meinen Augen ganz klar ein Schuldeingeständnis, dass sie genau wissen, warum ihre schädliche Rasse nun endlich vernichtet werden muss", spricht die Journalistin jetzt fanatisch in die laufende Kamera hinein, mit der sie sich bei ihrem rassistischen und verhöhnenden Wortbeitrag jetzt auch selber aufnimmt. „Und schließlich können die Juden sich über ihr jetziges, angeblich trauriges Los nicht beklagen: Denn man hat den Juden ja jahrelang großzügige Angebote gemacht, Deutschland rechtzeitig zu verlassen, sich nach einer anderen Bleibe umzusehen, bevor es zu spät ist. Sie haben sie nicht genutzt, alle Warnungen haben sie in den Wind geschlagen. Die Nationalsozialisten haben den Juden sogar großzügig erlaubt, vor der Auswanderung ihren Besitz zu verkaufen, auch das haben viele nicht wahrgenommen. Weil sie ihr schändliches Geldverleiher- und Wuchergewerbe egoistisch in ihrem Gastland Deutschland und ganz Europa weiterverfolgen wollten! Und damit haben die Juden ihr Gastrecht schändlich missbraucht und verwirkt. Wir sollten also kein falsches Mitleid mit dieser hinterlistigen jüdischen Rasse haben meine Damen und Herren da draußen in der Welt. Dass die nicht ausgewanderten Juden jetzt ratlos hier vor ihrer Vernichtung stehen, haben sie sich letztendlich ganz alleine selbst zuzuschreiben! Gudrun Suter berichtete für die Schweiz, live aus der Nähe von Kiew, 16. 10. 1941!"
Damit schaltet sie die Kamera aus und tritt lächelnd vor Breitenfeld und den hohen Gast.
„Fabelhaft, besser hätte ich es selber nicht ausdrücken können! Sie haben die Stimmung punktgenau getroffen, Fräulein Suter, ich gratuliere Ihnen!", sagt der Stellvertreter von Heinrich Himmler, prescht vor und umarmt die Schweizerin.
Sie strahlt ihn dankbar an. Es ist für mich einfach nicht zu fassen, emotional nicht nachvollziehbar, welchen Gipfel der grausamen Abartigkeit die junge Journalistin aus der Schweiz erreicht hat: Hatte ich zuerst befürchtet, dieses zarte, ängstliche Persönchen würde emotional zusammenbrechen, und hysterisch loskreischen, wenn sie diese perversen Ermordungen von unschuldigen, nackten Menschen miterleben müsste, und Zeugin der fanatischen Rassenideologie der Nazis werden würde, so hat sich die Sache genau in ihr Gegenteil verkehrt: Gudrun Suter war es schließlich, die sich durch ihr niederträchtiges Interview mit der jüdischen Medizinstudentin als viel

grausamer und furchtbarer als jeder Nazi entpuppte! Wer hätte das je geglaubt?
Danach interviewt sie noch ungerührt einige erwachsene „Restjuden" vor deren Erschießung. Diesmal bekommt die herzlose Schweizerin es aber doch endlich einmal mit renitenten, wütenden Menschen zu tun, die ihr fassungslos ihr perfides Verhalten vorwerfen. „Dass Sie sich gar nicht schämen, junges Fräulein!", wirft ihr eine alte nackte Jüdin vor, die mit ihren Leidensgenossen vor der Schlucht ihrer Ermordung harrt. Ratlos geht die Schweizerin zu einer jungen Halbnackten, fragt sie nach ihrem Befinden: „Sie elende Schlampe! Statt uns zu verhöhnen, sollten Sie uns lieber helfen, damit wir gerettet werden, unternehmen Sie was! Hier sterben gleich unsere Kinder, und Sie sehen ungerührt zu und filmen das auch noch ab! Fahr zur Hölle, du Hure!", schreit ihr die etwa Dreißigjährige ins Gesicht und spuckt sie an. Gudrun Suter fährt erschrocken zurück und klagt: „Was fällt Ihnen ein, so mit mir zu sprechen?" Dann prescht ein kräftiger Jude mit Bart hervor und ohrfeigt die infame Schweizerin. „Ja, scher dich fort in deine sichere Schweiz, du Stück Scheiße". Und dann geht alles drunter und drüber. Die Juden schreien und toben und greifen die Journalistin an, umringen sie und überschütten sie mit Flüchen. Eine nackte, junge Frau packt sie am Collier und würgt sie damit. „Du solltest hier an unserer Stelle erschossen werden, du Miststück, du hast es voll verdient!". Sofort greift die SS ein und drängt alle aufsässigen Juden zurück, erschießt alle mit unendlicher Vorsicht um die Schweizerin herum, sobald feststeht, dass die Journalistin von den Kugeln nicht mitgetroffen werden kann.

Unser hoher Gast blickt reichlich konsterniert um sich. Der stellvertretende Reichsführer SS schnauft und staunt in das Chaos hinein, das die Journalistin angerichtet hat. „Meine Güte, Oberstgruppenführer, die letzten Exekutionen sind ja reichlich außer Kontrolle geraten, das hätte ja tödlich für unsere kleine kesse Schweizerin ausgehen können, wenn Ihre Elite-Soldaten nicht so kompetent eingegriffen hätten", klagt er Breitenfeld an. „Wie wäre ich denn dann dagestanden, wenn unsere neutrale Beobachterin aus der Schweiz nicht mehr lebend von ihrer Reportage heimgekehrt wäre nach Zürich? Das hätte ein äußerst schlechtes Licht auf unser deutsches Volk und auf den Führer geworfen! Das wäre ja eine Blamage sondergleichen

für die SS geworden, wenn die Schweizer Zeitungen morgen geschrieben hätten, dass das mächtigste Land von Europa nicht mal mehr in der Lage wäre, eine einzige Frau vor jüdischen Übergriffen zu schützen! Mann oh Mann, mein lieber Breitenfeld! Entarten solche Judenerschießungen bei Ihnen eigentlich öfters zu solchen wilden Gewaltorgien, wo all unsere Befehlsgewalt in einem beispiellosen Chaos versinkt? Ich will es wenigstens nicht hoffen".
Da blickt ihm unser Lagerkommandant ungerührt ins Gesicht.
„Sie wollten sich doch mal ein getreues Bild von den Exekutionen machen, jetzt haben Sie eins! Und mussten dadurch leider auch erfahren, dass eben manchmal auch etwas schiefgeht bei so vielen Massen von Juden. Denn wer kann schon von ihnen verlangen, dass sie sich auch noch freuen über unsere Einsatzgruppen und auch noch mit großer Begeisterung sterben? Und dann müssen Sie das Chaos ja auch der totalen Unfähigkeit Ihrer Journalistin zuschreiben, denn ohne ihre dummfrechen Interviews wäre es nicht zu dem Massenaufstand gekommen. Gudrun Suter hätte den Exekutionen ja auch still beiwohnen können, sie hätte ja durchaus auch ruhig ihre Filmaufnahmen über den Ablauf der Liquidierung der Juden machen können, allerdings ohne ihren Mund aufzumachen, und sich so dreist mit ihrer großen Klappe in das Geschehen einzumischen. Sie hätte die Gefangenen nicht so reizen sollen durch ihre vorlauten, perversen Fragen. Ich habe Ihnen ja gleich am Anfang gesagt, und nicht nur ich, auch meine Kollegen waren meiner Meinung, dass es keine gute Idee wäre, diese Frau hierher zu bringen", klagt Breitenfeld gereizt.
„Ja, ich sehe ein, Sie haben wohl doch recht gehabt mit Ihrem Pessimismus, meine Herren", entschuldigt sich Himmlers Stellvertreter zerknirscht und bedauert, uns so viele Unannehmlichkeiten gemacht zu haben. „Na, wenigstens ist dann alles doch noch halbwegs gut ausgegangen", sagt er wieder guten Mutes, „denn ich sehe, dass unsere tapfere Schweizerin nicht viel mehr abbekommen hat, als ein paar blaue Flecken", sagt er und grinst. „Ja, das wird der Guten eine heilsame Lehre sein, war vielleicht doch gar nicht so schlecht, dass ihr das mal widerfahren ist", bestätigt Breitenfeld nun lachend und beide schauen amüsiert auf die zerrissene Kleidung der Journalistin. „Wie können Sie es wagen …?", fragt diese wütend.

Danach wird Gudrun Suter allerdings doch noch fürsorglich von Breitenfeld und dem Himmler-Stellvertreter bemuttert; sie helfen der bedripsten Schweizerin, sich sauber zu machen, die aufgelösten Haare zu richten, aber Doris Waldmann sehe ich keinen Finger für das Schweizer Dreckstück rühren! Das freut mich ungemein, das kann ich ihr gar nicht hoch genug anrechnen!
Dennoch muss ich die ehemalige Lagerleiterin eines Tages töten. Ich werde es tun, denn ich kann ihr nicht verzeihen, dass sie mich zur Mörderin gemacht hat und überdies auf Sarah geschossen hat.
Ich dachte, jetzt wären die Nehmerqualitäten der Journalistin erschöpft, doch das Luder hat offenbar noch nicht genug Ungemach abgekriegt und hat doch tatsächlich die Stirn, auch noch zu äußern: „Jetzt möchte ich aber auch noch die Reaktion der Kinder testen und aufnehmen, wie sie auf ihre Erschießung reagieren, denn man muss wohl tatsächlich Härte zeigen können in diesen schweren Zeiten; man darf es sich nicht zu leicht machen im Leben!", sagt die Megäre wieder völlig selbstsicher. „Wollen Sie sich das wirklich auch noch antun?", fragt selbst Breitenfeld erschrocken. Sie nickt. „Na schön, ich bewundere einfach Ihren Mut, Lady, das macht Ihnen so leicht keiner nach … Aber Sie haben ja recht: Man soll es sich im Leben nicht zu leicht machen! – Also los, her mit den Kindern!", befiehlt der Quadratschädel roh und mitleidlos und lässt die wimmernde, entblößte Kindergruppe heranzerren an den Erschießungsgraben.
Gudrun Suter macht fix wieder ihre Kamera bereit, zerrt sie in die richtige Position und notiert sich eifrig die Reaktionen der Kinder. Alles im Dienste der Wissenschaft: Für ihre furchtbare Milieustudie, die bis zum bitteren Ende durchgeführt werden muss …

Doris Waldmann bemerkt voller Unruhe mit einem scheelen Seitenblick auf ihre Geliebte Miriam, dass diese gerade wieder beunruhigende Zeichen von Verwirrtheit von sich gibt, die sich in Zittern, Wimmern und Absingen von russischen Liedern äußern. Alles das deutet darauf hin, dass meine Schwester doch krank im Kopf ist. Es geht wieder los und muss unterbunden werden, denkt sich wohl auch Doris, und darum begibt sie sich diskret an ihre Seite und redet beruhigend auf sie ein. Doch die Herren Judenausrotter sind derart vertieft in ihre Fachgespräche, dass sie zum Glück gar nicht bemerken, wie Doris Waldmann sich mit Miriam heimlich davonmacht, das einzig Richtige

tut, indem sie meine Schwester vermutlich in unsere Baracke zurückbringt.
Denn die Ermordung der Kinder würde meine Miriam sichtlich nicht überleben, weil sie dabei unwillkürlich immer an die Tötung ihrer Nichte Rebecca denken müsste.
Die Kinder der Toten gehen größtenteils gefügig und gefasst dem Tod entgegen: Willig folgen sie ihren Eltern in den Abgrund. Ihre Erschießung ist nur noch eine Formsache, und Gudrun Suter hält alle Phasen ihres Todes mit ihrer Kamera fest. Bloß ein kleines Mädchen kehrt heulend zu der Journalistin zurück, und bekundet, dass es Angst vor dem tiefen Loch da unten habe. Kaltschnäuzig stellt es da die Suter mit einer Bonbon-Bestechung ruhig, den sie aus der Tasche zieht. Das Mädchen lacht schon wieder, lutscht dankbar den Bonbon und die Schweizerin säuselt ihm sanft entgegen: „Und nun geh wieder zurück zu den anderen Kindern, du wirst sehen, der Tod ist gar nicht so schlimm, wie man immer meint", sagt sie ganz ohne Zynismus und streichelt dem Kind über das brünette Haar, das in einen dicken Zopf geflochten ist. Da wird mir blitzartig klar: Diese Frau ist zudem auch noch krank im Kopf! Genau wie die oberen Nazis, die Judenausrotter! Das Mädchen bedankt sich artig und macht schon kehrt zum Abgrund.
Da sagt es noch einmal zum Abschied: „Tante, du sprichst so komisch".
Gudrun Suter lächelt. „Kein Wunder, das ist Schweizer Mundart, ich bin Schweizerin, wir sprechen alle so in der Schweiz!". Dann winkt die Journalistin dem Mädchen zum Abschied noch einmal zu. „Nun geh´, mach´ s gut!"
„Ich würde gerne einmal die Schweiz kennenlernen", sagt das Mädchen.
„Man kann halt nicht alles haben", trötet die Journalistin. „Und so toll ist die Schweiz auch wieder nicht", tröstet Gudrun Suter noch einmal.
Wenige Augenblicke später ist alles vorbei.

Da wird noch ein junges, jüdisches Paar eilig an den Graben herangezerrt, das sich nach der Auskleidung die ganze Zeit über, während der Erschießungen, im Gebüsch versteckt hatte, und jetzt kommt es nackt und wimmernd vor Breitenfeld, der Journalistin und mir zum Stillstand.
Erstaunt blickt die junge Frau mit den langen, braunen Haaren auf die Kamera der Journalistin, dreht dann hastig ihren Kopf zu Breitenfeld herum und fleht: „Bitte Herr Kommandant, das geht doch nicht, dass

wir jetzt erschossen werden sollen: Ich werde morgen zwanzig, und da wollte ich mit meinem Freund so gerne zur Feier meines Geburtstages ins Kino; in Kiew wollten wir uns den neuesten Film der Marx-Brothers ansehen, bitte, warten Sie doch noch einen Tag mit unserer Erschießung, Herr Kommandant und lassen Sie uns morgen ins Kino gehen, und meinen Geburtstag feiern, ich bitte Sie! – Wir kommen dann übermorgen freiwillig hierher zurück", jammert die junge Frau und schluchzt.

„Das könnte euch so passen, ins Kino!", höhnt Breitenfeld hochmütig und stößt die Frau von sich weg. „Und auch noch diese jüdischen Bastarde von Marx-Brothers wollt ihr euch ansehen, schämt euch: Das ist doch die Höhe, diese schmierigen Juden mit ihrer aggressiven Komik gegen alles Saubere und Arische!", tobt der Kommandant. Der junge Mann umklammert wieder seine Freundin. „Hier habt ihr heute schon genug Kino, sogar einen ganz reellen Film, der sich zudem in der Wirklichkeit abspielt! Das, was ihr beiden heute hier erlebt, ist spannendes Kino pur, der Film heißt: „Die letzten Stunden der jüdischen Rasse", und ihr beiden dürft sogar selber mitspielen in dem Film, habt sogar eine bedeutende Nebenrolle darin, also los, nehmt jetzt endlich Aufstellung vor dem Graben, dann habt ihr den Nervenkitzel pur, besser als ihr ihn je im Kino bekommen könntet! – Ihr könnt euren persönlichen Abschieds-Film mehr genießen als mit den blöden Marx-Brothers", sagt Breitenfeld höhnisch und treibt das Paar vor den Abgrund.

SS-Soldaten pieksen ihm ihre Gewehre in den Rücken.

Die junge Frau schreit und macht sich los. Rennt zurück und erblickt eine Rotkreuzschwester, auf die sie zueilt. „Haben Sie Erbarmen, Sie als Schwester haben doch die Pflicht, Leben zu schützen, statt es zu vernichten, nicht wahr?", fragt die junge Jüdin weinend. Sie umfasst die Schwester zitternd mit beiden Armen und klammert sich an ihr fest. „Bitte, retten Sie uns, machen Sie dem Kommandanten doch bitte klar, dass wir keine Gefahr für das Deutsche Reich sind! Sie haben doch jetzt überall die Macht in Europa, die Deutsche Wehrmacht hat fast alle Länder in Europa erobert, wie könnten wir paar Juden Ihnen da noch gefährlich werden? Bitte, wir wollen so gerne noch weiterleben, bitte, erschießen Sie uns nicht", fleht die Jüdin weiter. Da verliert die Rotkreuzschwester die Geduld und schleudert die Jüdin mit einer Ohrfeige von sich. „Wir schützen nur deutsches Leben, kein elendes,

winselndes jüdisches!", zischt die Schwester brutal heraus. Der Freund der Jüdin eilt vom Graben zu ihr hin, doch er wird von einem SS-Soldaten erschossen, bevor er seiner Freundin aufhelfen kann. Die junge Frau schreit wieder los, rappelt sich auf, rennt zu ihrem toten Geliebten und wirft sich auf ihn.
„Warum, warum haben Sie das getan?", fragt sie verzweifelt. „Achtung, die Gelegenheit ist günstig!", ruft Dr. Schnell Breitenfeld zu. „Sie liegt gerade richtig, haargenau – lassen Sie schießen", rät der SS-Arzt luchsig und fanatisch. Breitenfeld stimmt ihm zu, und er weist einen SS-Jüngling an, die auf dem Toten kauernde Frau zu erledigen. Dieser nickt und feuert aus seiner MP auch sofort eine tödliche Salve auf sie ab.
Die Schweizerin duckt sich weg.

Die Journalistin bleibt noch bis zum Abend, am nächsten Morgen reist sie ab. Himmlers Stellvertreter und Breitenfeld verabschieden sich von ihr. Ein Militärjeep bringt sie nach Kiew zurück. „Bleiben Sie erst mal in Kiew?", fragt Breitenfeld zum Abschied. „Nein, von dort fliege ich sofort zurück nach Zürich, die zuständigen Stellen sollen sofort meine Reportage auswerten", sagt Gudrun Suter eifrig. Der hohe SS-Gast nickt betreten. „Danke, dass Sie soviel Verständnis für unsere schwere, unangenehme Arbeit hatten, Fräulein Suter". Die Nazifrau aus der Schweiz zeigt sich dankbar und steigt in den Jeep. Der Wagen nimmt eine Kurve und in einer Staubwolke verschwindet die furchtbare „Reporterin des Todes". Hoffentlich sehen wir sie nie wieder. Und ich hoffe auch, dass sie eines Tages ihre gerechte Strafe für ihr Tun bekommt.
Falls nicht, dann werde ich sie nach dem Krieg in der Schweiz aufsuchen und sie mir vornehmen.

Das Lager wird immer befestigter, Miriam dagegen immer labiler. Sie starrt aus stumpfen Augen ins Leere, bewegt sich immer langsamer und reagiert immer dumpfer, wenn man sie anspricht. Sie müsste eigentlich in ärztliche Behandlung, in die Krankenbaracke, aber ob wir da einen gescheiten Psychiater für sie haben, ist zweifelhaft. Und wenn, dann vertritt er ja doch nur die rassistische NS-Ideologie der Nazis, wie Dr. Schnell. Und dieser würde als einzige Heilmaßnahme für meine Schwester auf sofortige Erschießung von Miriam plädieren! Wie lange wird meine Schwester das noch überleben? Der Herbst ist weit fortgeschritten, es ist November, draußen ist es schon bitter kalt, der erste Schnee ist auch schon gefallen, die Nazis und ihre Wachen werden unruhig, denn es geht das Gerücht, das Lager solle nun doch endgültig aufgegeben und dann geschleift werden. Lohnt es sich für mich noch, rechtzeitig auszubrechen? Denn draußen wartet jetzt auch noch zusätzlich der Kältetod auf uns.
Mein Freund Günther will trotzdem einen Ausbruch für uns alle organisieren, auch für Miriam und meine Töchter. Auch der Kommandant Breitenfeld ist unruhig und voller Sorge. Das Kriegsglück wendet sich offenbar, von der Front kommen reihenweise schlechte Nachrichten. Die deutschen Heere kommen nicht mehr voran, erleiden dauernd militärische Rückschläge. Die Eroberung von Stalingrad gelingt einfach nicht, geschweige denn die Niederwerfung Moskaus. Der Endsieg ist weiter entfernt denn je.
Am Abend schlurfe ich durch das Lager, denn ich bin im Offizierskasino eingeladen. Auf dem Weg dahin komme ich an den wachhabenden Soldaten vorbei, die Gewehr bei Fuß ihre Runde durch das Lager machen. Die Lage ist ernst, vor allem meine. Denn ein Soldat grinst mich im Vorübergehen an und sagt sardonisch lachend: „Pass nur auf, du jüdische Schlampe, bald verschwindet auch dein stinkender Kadaver in der Schlucht, dann retten dich auch dein arisches Aussehen oder deine Sprachkenntnisse nicht mehr, du Hure!", schnarrt er mir drohend zu. Ich weiche ängstlich von ihm zurück. „Und deine jüdischen Töchter benutzen wir dann als Zielscheiben beim Schießtraining!" Günther Steinbacher eilt mir zur Hilfe und schnauzt den Fanatiker an, straft ihn ab, verdonnert ihn zum Extradienst.

Wieder einen Tag später stehen die neuen Judentransporte schon vernichtungsbereit draußen im Schnee. Obwohl die Sonne heiß hernieder brennt, ist es bitter kalt draußen. Die nackten Gefangenen brüllen vor Kälte. Heute haben wir schon wieder einen Journalisten zu Gast, der die Judenvernichtung kommentieren soll, diesmal aus einem befreundeten Land: Der Mann kommt aus Italien, ist direkt aus Rom zu uns gereist, hat auch einen Fotoapparat dabei, aber keine Kamera.

Ich bin als Dolmetscherin wieder mit dabei, aber Doris Waldmann hat dafür gesorgt, dass Miriam heute diese Fron erspart bleibt. Sie ruht sich in ihrer Baracke aus und starrt an die Decke. Immerhin hat Breitenfeld kurz vor dem Eintreffen des italienischen Gastes die MG-Schützen noch scharf angewiesen, bei der heutigen Judenvernichtung schlüpfrige Bemerkungen zu unterlassen und keine sadistischen Schüsse auf die nackten Frauen abzugeben, das könnten sie später dann wieder nachholen, sobald kein Außenstehender mehr dabei wäre. Aber heute müssten die Aktionen der Einsatzgruppen „sauber und äußerst korrekt ablaufen". Jede Anweisung an die Juden zum Beispiel, wie sie sich bei der Exekution aufzustellen haben, müsse leger und mit Freundlichkeit über die Bühne gehen. Denn Mussolinis Italien solle einen möglichst korrekten Eindruck von der Ausrottungspolitik der Deutschen bekommen. Der Journalist ist in einen dichten Mantel gehüllt, trotzdem friert er. Er heißt Alberto Bianchi und spricht perfekt Deutsch. Immerhin ist er der erste, der Breitenfeld und Schnell fragt: „Aber muss man denn die Juden eigentlich unbedingt nackt erschießen? Können sie denn nicht ihre Kleidung anbehalten, wenigstens heute, gerade heute bei der Kälte? Denn bedenken Sie, meine Herren: Es ist heute unter Null Grad, das ist unbarmherzig kalt", fragt der Italiener etwas pikiert.

„Und der Tod ist doch weiß Gott schon Strafe genug für die armen, unschuldigen Menschen…"

Darauf antwortet ihm Breitenfeld abgeklärt und energisch: „Nein, Herr Bianchi, und die Nacktheit der Gefangenen hat mehrere Gründe: Erstens können wir die Kleidung der Juden gut für unsere Soldaten gebrauchen, für die „Aktion Winterhilfe", vor allem die dick gefütterten, weiten Mäntel der Frauen, und auch für unser Personal hier. Denn wozu brauchen die Juden noch ihre Klamotten, wo sie doch sowieso gleich sterben, das wäre dann doch eine sinnlose, große Verschwendung. Zweitens würden die vielen Kleiderschichten, wenn wir die Juden sie anbehalten ließen, den Tod vieler Menschen unnötig in die Länge ziehen, wenn wir auf sie feuern lassen. Denn oft verhindert ein dichtes Mantelfutter allein schon ein schnelles, effektives, tödliches Eindringen der Kugeln in den Körper eines Juden, das heißt: Die feste Kleidung bremst die Wucht des Einschlags der Geschosse in den Körper beträchtlich ab und verhindert oft ein sofortiges, tödliches Durchdringen der Kugeln in die lebenswichtigen Organe, wie Herz, Lunge, Nieren. Bei den ersten Probeerschießungen von Juden in voller Kleidung haben wir festgestellt, dass die Geschosse dann oft am Randes des Herzens steckenblieben, wenn die Kleidung zu dicht war, und man dann dauernd in die stöhnend am Boden liegenden Körper immer wieder nachschießen lassen musste, das belastete die MG-Schützen zusätzlich, außerdem verschwenden wir dann zuviel Munition", erklärt Breitenfeld. „Und dann muss man immer wieder umständlich in die glitschigen Massengräber hinabsteigen, um sich anhand der stöhnenden Laute der Halbtoten zu orientieren, wem man wohin nachschießen muss, das kann ganz schön schlauchend sein, glauben Sie mir".

Der Journalist nickt ernst und schreibt eifrig die Erklärung des Kommandanten mit.

„Drittens werden die Massengräber einfach zu schnell voll aufgefüllt mit toten Juden, würden wir ihnen erlauben, die Kleidung anzubehalten. Denn bekleidete Juden nehmen nun einmal mehr Platz weg als nackte..."
„Viertens verfaulen und verwesen nackte Leichen, besonders in feuchten Böden, schneller als angezogene, wodurch sie durch die Kleidung länger konserviert würden und mumifizierten. Man kann in ein Massengrab viel mehr Schichten nackter Leichen aufeinandertürmen als angezogene."
„Fünftens ermöglichen nackte Juden und Jüdinnen vor ihrer Erschießung noch einmal einen schnellen Blick der anwesenden SS-Rassespezialisten auf ihre Genitalien, und auf die Vulva der Frauen, um auf unkomplizierte Weise festzustellen, ob auch wirklich alle Verdächtigen reinblütige Juden sind. So kann man rasch noch einmal jede nackte Gruppe inspizieren, ob die Männer wirklich alle beschnitten sind, und bei den Frauen sieht der Rassespezialist der SS dann auch gleich, ob ihr Schamberg dicht mit typisch jüdischem, schwarzem

Kraushaar bedeckt ist, denn ein dichter, ölig verfilzter Belag ist oft ein eindeutiger Beleg dafür, dass diese Frau eine Jüdin sein muss.
Ihre Nacktheit wird in diesem Fall für die Gefangenen zu ihrem eigenen Vorteil, denn oft schon sind dadurch einige echte Arier von einem SS-Arzt entdeckt und in letzter Minute vor der Erschießung gerettet worden.
Wie lange würde es nun dauern, wenn sich die Juden vor dieser Untersuchung ihres Intimbereichs erst langatmig ausziehen müssten, und dann vor der Erschießung wieder anziehen?"

„Oh, ja, besonders diese Maßnahme leuchtet mir ein", bestätigt der italienische Journalist zitternd und macht sich seine Notizen. Während Alberto Bianchi alle fünf Regeln minutiös in seinem Notizbuch festhält, nimmt SS-Rassenspezialist Dr. Harald Schnell diskret den Kommandanten beiseite und setzt ihm auseinander: „Ich finde es wirklich unangebracht, schon wieder so schnell einen Journalisten hier im Lager zu haben, der gleich wieder zum Zeugen all dieser Exekutionen wird. Das sollte doch ursprünglich eine Geheimaktion bleiben, oder nicht? Und jetzt hängen wir alles immer mehr sogar freiwillig an die große Glocke. Soll das etwa auch alles wieder in alle italienischen Zeitungen kommen?" Breitenfeld bleibt stehen und schaut auf den kleineren, drahtigen Dr. Schnell hinab. „Aber Italien ist doch ein befreundetes Land, Mussolini ist ein treuer Bündnispartner des Führers. Und die meisten mit Deutschland verbündeten und befreundeten Mächte unterstützen doch sowieso durch antisemitische Gesetzgebung die Ausrottung der Juden. Zum Beispiel die Niederlande, Belgien, Jugoslawien, und Griechenland, auch Polen und Ungarn. Widerstand leisten bisher noch Finnland, Italien, Bulgarien und Dänemark. Aber diese werden wir auch noch überzeugen. Auch unser Verbündeter, General Franco in Spanien ist leider noch nicht dazu zu bewegen, uns seine Juden auszuliefern. Im Gegenteil: Häufig lässt er geflüchtete europäische Juden sogar an der spanischen Grenze einreisen und gewährt ihnen Unterschlupf tief irgendwo drinnen im Inneren seines Landes. Da werden wir noch jede Menge Überzeugungsarbeit leisten müssen", erläutert Breitenfeld und fügt hinzu: „Kommen Sie: Gehen wir wieder zu unserem italienischen Gast, gerade darüber will ich mit ihm reden, was die Zögerlichkeit seines Duce betrifft, eine rigorosere

Judenpolitik zu betreiben". Schnell nickt und sie gesellen sich wieder Alberto Bianchi zu.

Die Judenscharen warten schon alle nackt auf ihre Erschießung. Bianchi macht Fotos von einzelnen Verurteilten.
Dichtgedrängt stehen die Opfer zusammen, weil die beißende Kälte sie schlottern lässt.
Freundlich geleiten die Rotkreuzschwestern, Ärzte und MG-Schützen die Opfer für den Journalisten zum Abgrund, helfen ihnen, die weinenden Kinder zu beruhigen. „Beginnen jetzt die Exekutionen, Oberstgruppenführer?", fragt Bianchi gespannt. „Wenn Sie wollen, kann ich sofort den Feuerbefehl geben lassen", sagt Breitenfeld entspannt und gelassen. „Gut, machen wir doch gleich mal eine Probeerschießung für unseren Gast", schlägt Dr. Schnell vor und schreitet die nackte Reihe noch kurz schnell ab, um fachkundig festzustellen, ob alle auch Juden sind.
„Sind alle von Ihnen Juden?", fragt er vorsichtshalber noch einmal nach. Alle nicken bedrückt. „Wirklich bedauerlich!", sagt Dr. Schnell. „Na, da kann man nichts machen, die Pflicht ruft".
Dann rattern die Maschinengewehre los und die erste Reihe Juden fällt gehorsam ohne Protest. „Unsere heutige Aktion sollte möglichst auch dazu dienen, Ihren widerstrebenden Duce dazu zu inspirieren, sich doch endlich zu entschließen, entsprechende Rassengesetze wie bei uns in Deutschland auch in Italien einzuführen. Das würde es ihm und uns erleichtern, uns seine Juden endlich auszuliefern, damit wir sie in unsere Massenexekutionen mit einbeziehen können, denn hier in der Ukraine ist der ideale Platz dafür. Könnten Sie nicht Ihren Benito Mussolini dazu überreden, von seiner laschen Judenpolitik abzulassen und ihn stattdessen von den Vorteilen der deutschen Ausrottungspolitik überzeugen?", dringt jetzt der Quadratschädel Breitenfeld bittend in Signore Bianchi, der sich überlegend mit seinem Stift am Kopf kratzt.
„Der Duce hätte dann mehr Platz für seine echten Italiener, könnte die Besitztümer der Schmarotzer-Juden gerecht unter der italienischen Bevölkerung verteilen, und unser beider Kriegswirtschaft wäre von den permanent Sabotage betreibenden Juden entlastet, die doch nur heimlich die alliierten Streitkräfte und die europäischen Partisanenbewegungen unterstützen", doziert Siegfried Breitenfeld mit Verve.

Der Italiener überlegt angestrengt und schaut dabei auf die Schichten erschossener Juden in der Schlucht, macht sich weiter Notizen. „Die Idee klingt an sich nicht schlecht, doch ich glaube, bei uns in Italien funktioniert das nicht so einfach, wie Sie sich das vorstellen, Herr Kommandant. Denn unser Duce ist der Meinung, dass die Juden bei uns in Italien bereits seit Langem derart gut in das Gesellschafts- und Wirtschaftsleben integriert sind, dass ihre plötzliche Ächtung und Entfernung daraus eher schädlich als nützlich für die Volkswirtschaft wären. Und bei der nichtjüdischen Bevölkerung in Italien würden diese rigiden Maßnahmen gegen die Juden, die Sie hier zum Beispiel in dieser Schlucht praktizieren, auf Unverständnis und extremen Widerwillen stoßen. Sodass das deutsch-italienische Verhältnis keineswegs verbessert würde, sondern im Gegenteil eher einer Zerreißprobe ausgesetzt würde", sagt der Italiener, schwankt, wird ganz fahl im Gesicht und übergibt sich. Die Rotkreuzschwestern kümmern sich hilfreich um ihn. „Lassen Sie, danke, es geht schon wieder", sagt er dankbar.

„Ja, ich weiß, unser schwankender, spanischer Verbündeter Franco denkt darüber ähnlich wie ihr Italiener", gibt Dr. Schnell niedergeschlagen zu. „Aber auch er wird eines Tages einsehen, dass die Juden nun mal Staatsfeinde sind, und die gerade unter dem extremen Druck der sich täglich überstürzenden Kriegsereignisse in Russland immer mehr uns, die Achsenmächte, gefährden. Denn täglich schüren die überlebenden europäischen Juden von Neuem den Hass gegen Nationalsozialisten und Faschisten, und wiegeln die Bevölkerung unserer verbündeten Länder zum Widerstand gegen den Führer und den Duce auf", sagt der Rassenhygieniker der SS verzweifelt. „Das alles ist zweifellos richtig, aber dennoch sage ich Ihnen, wie der Durchschnitts-Italiener denkt: Er sagt sich, dass wir in diesen modernen Zeiten des totalen Kriegseinsatzes aller gesellschaftlichen Kräfte, auch der Hilfe der Juden bedürfen, die im Gegensatz zu Deutschland in Italien das Wohlwollen und das Vertrauen des Duce genießen, denn unser Staatschef Mussolini sagt sich nun mal: Auch Juden sind treue Staatsdiener, treue Italiener, die zu unserer Verfassung halten. Auch Juden sind gute Kämpfer gegen die drohende und dräuende Gefahr des Weltkommunismus, wie ihn Stalin verkörpert, aber sehr viele Italiener würden dennoch viel lieber gegen Hitler als gegen Stalin kämpfen.

Gerade weil sich Hitlers brutale Ausrottungspolitik gegen die Juden, die viel Abscheu in Italien erzeugt hat, inzwischen bis in die hintersten Winkel unseres Landes herumgesprochen hat", berichtet Alberto Bianchi wahrheitsgemäß.

„Ihr Italiener müsstet endlich lernen, genau wie die Spanier und die Engländer, dass sich falsches Mitleid mit diesem Judengesindel nicht lohnt", sagt Dr. Schnell resigniert zu Alberto Bianchi.

„Aber ich weiß nicht, ob es wirklich notwendig und moralisch vertretbar ist, auch all die Frauen und Kinder zu töten", äußert der Journalist nun ernsthafte Bedenken. „Ich jedenfalls kann das keinesfalls billigen, können Sie die Frauen und Kinder nicht verschonen?", fragt er eindringlich den Kommandanten.

Mein Freund Günther Steinbacher mischt sich in die Debatte ein. „Ich finde, Herr Bianchi hat recht. Woher stammt eigentlich der Befehl zur sofortigen Judenvernichtung? Welche Behörde schreibt uns zwingend vor, alle angelieferten Gefangenen, ob Juden oder Nichtjuden, umgehend zu töten? Der Führerbefehl lautete doch immer nur, alle Juden sollten umgesiedelt und interniert werden, an entlegene Orte gebracht werden, wo sie friedlich leben können, und bis zum Kriegsende versorgt werden. Es gab nie einen ausdrücklichen Befehl zur Vernichtung", sagt Günther erregt. „Doch, den gibt es schon, den Befehl zur Vernichtung", widerspricht Breitenfeld, „von Himmler!". „Aber wahrscheinlich ohne das Wissen und die Billigung des Führers", entgegnet Günther Steinbacher. „Sie glauben doch nicht, dass der pedantische Reichsführer SS solch einen drastischen Befehl ohne die Billigung seines geliebten Führers zur unerbittlichen Durchsetzung ausgeben würde?", fragt Breitenfeld und sieht meinen Freund Günther streng an.

„Meine Herren, bitte!", versucht der Rassenspezialist Dr. Schnell die erhitzten Gemüter zu beruhigen.

„Wir müssen uns jetzt endlich weiter um die Juden kümmern, schauen Sie, wie zahlreich der Platz schon überquillt", mahnt der SS-Arzt. Breitenfeld stimmt ihm zu und weiter gehen die Exekutionen. Da bemerkt Dr. Schnell höchst verblüfft, wie zwei junge, gedrungene Negerinnen zur Erschießung herangeführt werden. Auch Günther, Breitenfeld und ich machen große Augen. Der Kommandant lässt kurz die Erschießungen unterbrechen. Die Negerinnen schauen sich verwundert und von panischer Angst infiltriert in dem Getümmel des

Todes um. Die eine ist klein und rundlich, und bereits völlig splitternackt ausgezogen, während die Großgewachsene ihren langen, bunten Rock samt Unterwäsche und Schuhen noch anhat, und sich erfolgreich gegen die weitere Entkleidung wehrt. Nur ihr Oberkörper ist völlig frei, und sie verdeckt ihre enormen Brüste mit ihren Händen. „Nanu, was haben wir denn da für Kunden? Ich träume wohl? Wie kommen Sie beide denn hierher?", fragt der SS-Arzt Schnell verwundert. „Besuch aus Afrika? Ihr wolltet wohl spähen, was, hahaha?" Die beiden schwarzen Mädchen mit dem enormen, schwarzen Kraushaar und ihrer endlosen, pilzförmig abstehenden Afro-Frisur erklären ihre Anwesenheit in fabelhaftem Deutsch, denn sie stellen sich als amerikanische Studentinnen vor: „Wir kommen aus Amerika, und studieren schon seit fünf Jahren Germanistik in Berlin, und dann hat man uns abgeholt, SS-Einheiten haben uns verhaftet und mit Zügen bis hierher gebracht nach Kiew", sagt die Große. „Dabei sind wir gar keine Juden, das garantiere ich Ihnen", sagt die Kleine. Alle umstehenden SS-Einheiten lachen und johlen. „Das glaube ich Ihnen gerne", sagt Breitenfeld, ohne eine Miene zu verziehen. „Wir haben nichts gegen Deutschland, es gibt doch keinen Krieg oder sonst irgendwelche Feindschaft zwischen den USA und dem deutschen Reich", sagt die Kleine. „Ja, wir sind doch befreundete Staaten", sagt die Größere zitternd. „Warum sollen also auch wir Amerikanerinnen auf einmal hier sterben? Denn wenn ich das richtig deute, was ich hier sehe, dann wollen diese Soldaten uns beide hier doch wohl umbringen? Und all die anderen Menschen auch? Wir haben nämlich vorhin schon von weitem Schüsse gehört: Es stimmt also wirklich, dass Sie massenhaft Juden töten? Wir haben davon schon in amerikanischen Zeitungen gelesen… Und die Zeitungen über dieses Thema stecken auch in unseren Koffern, die man uns abgenommen hat – wir können es beweisen, wenn Sie nachschauen … Was sind denn das da alles für nackte Menschen?" Da fasst sich Dr. Schnell entgeistert an den Kopf. „Hört ihr? Es ist also auch schon bis nach Amerika durchgesickert, was wir hier für Aktionen durchführen!" Breitenfeld schreitet ein: „Aber nein, meine Damen, das sind zwar alles Juden, aber doch nur jüdische Kommunisten, die uns verleumden, und Partisanen, die uns schaden, und hinterrücks unsere Truppen ermorden, und jüdische Saboteure, die nachts heimlich unsere Kanonen und Panzer unbrauchbar machen wollten, wir haben sie alle auf frischer Tat ertappt, und nun werden sie für ihre Missetaten

erschossen, so ist nun mal das Leben im Krieg", gibt unserer Kommandant den großen Zerknirschten.
Die Mädchen aber haken nach und bohren weiter, lassen sich nicht überzeugen. Die Große zeigt auf eine Gruppe von verängstigten Frauen und Kindern, die sich aneinanderklammern. „Da vorn sehe ich aber lauter Frauen und Kinder", protestiert sie. „Sind das etwa auch alles Partisanen und Saboteure, die Panzer zerstören?", fragt sie zweifelnd. „Nein, natürlich nicht, aber das sind halt die Angehörigen der jüdischen Verbrecher und Weltverschwörer. Wenn wir die leben lassen, dann erzählen sie alles weiter, hetzen andere Partisanen und Kommunisten gegen unsere Truppen auf und mobilisieren diese gegen unsere Wehrmacht. - Das ist Wehrkraftzersetzung, das ist ein schweres Kriegsverbrechen und wird in allen Ländern mit dem Tode bestraft, übrigens auch bei Ihnen in Amerika!", sagt Breitenfeld barsch. Die Studentinnen sehen sich mit Grausen an. „Aber was sollen wir denn hier? Wir haben niemals etwas Unrechtes getan, nie ein deutsches Gesetz gebrochen", greint die kleinere Schwarze. Breitenfeld gibt den Befehl, die jungen Frauen loszulassen. „Meine Güte, ihr beide habt vielleicht Humor, euch Ende 1941 noch in Berlin herumzutreiben, und dann auch noch als Negerinnen! Wieso sind Sie beide nicht längst wieder nach Amerika zurückgekehrt? Deutschland ist doch schon seit zwei Jahren im Krieg mit halb Europa", sagt der Kommandant tadelnd. „Ja, aber es herrscht doch kein Krieg zwischen Amerika und Deutschland, unsere beiden Länder sind doch freundschaftlich miteinander verbunden!", protestiert die kleine, pummelige, völlig nackte Amerikanerin nervös und weinend. „Man hat uns ja auch schon seit zwei Jahren in Berlin geraten, lieber wieder in die USA zurückzukehren. Aber wir haben immer gesagt, dass wir Deutschland und die deutsche Sprache und Kultur lieben. Und Ihr Staatschef, Herr Adolf Hitler hat doch immer wieder versichert, keiner hätte etwas von dem Großdeutschen Reich zu befürchten, Deutschland sei ein weltoffenes Land, und Ausländer seien jederzeit als Studenten willkommen". Sie blickt völlig verständnislos und fahrig auf Breitenfeld, auf uns alle, auf die nackten Reihen der Juden. „Ja, schon auf der Olympiade in Berlin im Jahre 1936 hat Ihr Führer das immer wieder beteuert", sagt ihre großgewachsene Freundin, „genau in dem Jahr, als wir beide unser Studium in Berlin aufgenommen haben".

Breitenfeld ringt die Hände und seufzt. „Aber das alles galt doch nur für Friedenszeiten, diese Aussage hat der Führer lange vor dem Krieg gemacht, den wir ja nicht vorausgesehen haben, den wir nicht gewollt haben", sagt er und schüttelt den Kopf. „Ihr beide seid ja zwei ganz Hartnäckige, dass ihr unser Land trotzdem noch so liebt", sagt er zweifelnd. „Ja, und unser Studium haben wir ja sowieso fast beendet, und wir wären ohnehin in sechs Monaten freiwillig wieder in unsere Heimat zurückgekehrt", sagt die kleine Pummelige demütig.

Die hohen Nazi-Führer tuscheln miteinander. Dr. Schnell zieht die Stirn kraus. „Aber Sie beide müssen als intelligente Frauen der Oberschicht, als Intellektuelle doch auch wissen, dass unser Führer auch nicht gerade Begeisterung für die Neger im Allgemeinen hegt. Ihr beiden gehört wahrlich auch nicht gerade zu unserer bevorzugten Rasse. Auch Neger werden von unserem Rassenhygienischen Institut in Berlin als minderwertige, nicht entwicklungsfähige Rasse eingestuft", mahnt Dr. Schnell die Amerikanerinnen. „Sie wissen doch bestimmt, wie negativ wir Nationalsozialisten, und insbesondere der Führer zu Farbigen eingestellt sind?"

„Ja, das wissen wir natürlich, doch nie haben Sie von der Notwendigkeit der Vernichtung unserer schwarzen Rasse gesprochen, es war immer nur die Rede von Juden und Zigeunern; aber mit uns beiden haben Sie doch den lebenden Beweis der Widerlegung Ihrer Rassenideologie vor Augen", sagt die kleinere Schwarze vehement. „Wir sind human und entwicklungsfähig, sprechen mehrere Sprachen und versuchen trotz unserer inneren Furcht vor Ihrem rigiden Regime, Ihren Rassestandpunkt zu verstehen, werben für Vertrauen und Nachsicht für alle Völker der Erde, für ein baldiges Kriegsende ... Wir Soziologinnen und Germanistinnen fliehen nicht vor unserer Verantwortung und weichen keinem Streitgespräch aus, wie Sie sehen können", argumentiert die Große.

„Aber dass man Sie beide mit Gewalt bis hierher deportiert hat, das wundert mich dann doch", sagt Breitenfeld zu den Studentinnen. „Haben Sie von der SS nicht eine letzte Warnung erhalten, Deutschland doch lieber endgültig zu verlassen?". Die kleine Pummelige antwortet gequält: „Doch, natürlich, aber wir haben sie immer wieder ignoriert". Dr. Schnell atmet tief durch. „Mit Ihrem Hiersein bringen Sie uns aber in eine recht verzwickte Lage", sagt er dramatisch. „Jetzt können wir Sie eigentlich nicht mehr gehen lassen, weil Sie schon zu viel gesehen haben". Die Amerikanerinnen zucken erregt zusammen. „Ja, jetzt müssen wir auch Sie beide erschießen, zusammen mit den anderen Juden, so leid es uns tut", meint auch Breitenfeld. Die Frauen erschrecken noch einmal zusätzlich. „Nein, das können wir nicht tun, Kommandant, denn dann kriegen wir gewaltigen Ärger mit Amerika, wenn das bis dorthin durchsickert. Und dann gibt es vielleicht doch Krieg mit den USA – bedenken Sie das, Oberstgruppenführer", mahnt Günther Steinbacher vehement. „Denn solch ein kleiner diplomatischer Zwischenfall kann ganz schnell zu einer Kriegserklärung führen! Sie wissen doch, wie unlogisch und emotional die Amerikaner oft handeln! … Präsident Roosevelt droht uns sowieso schon seit Monaten mit ernsten Konsequenzen, wenn wir nicht endlich aufhören, die Juden in Europa zu massakrieren!"

„Ach was, die Amis sind doch auch Rassisten, und werden sich nicht darüber aufregen, wenn wir zwei ihrer Negerinnen erschießen, die werden den beiden keine Träne nachweinen", meint der Kommandant gelassen. „Die freuen sich sogar noch, wenn sie zwei Neger weniger haben, die sie nicht mehr ernähren müssen", feixt er.

„Nein, ich glaube auch, dass die Erschießung dieser beiden entzückenden Damen hier Ihrer politischen Führung teuer zu stehen kommen kann", mahnt auch der italienische Journalist und die Amerikanerinnen sehen ihn dankbar und hoffnungsvoll an.

Doch Dr. Schnell argumentiert wieder dagegen: „Gut, es mag auch schon bis ins ferne Amerika durchgesickert sein, dass wir rebellische und verbrecherische Juden erschießen, aber bisher war auch in der amerikanischen Presse immer nur von erwachsenen männlichen Juden als Missetätern die Rede, wie mir Himmler versichert hat, und mir auch entsprechende Zeitungsberichte aus amerikanischen Zeitungen davon vorgelegt hat … Wohingegen aber die beiden Studentinnen jetzt mit eigenen Augen gesehen haben, und das dann auch in ihrer Heimat Amerika jederzeit bezeugen können, dass wir auch Frauen und Kinder von Partisanenfamilien und Kommunisten erschießen. Deswegen können wir die beiden nicht mehr gehen lassen, wir müssen die Frauen unbedingt erschießen", mahnt der SS-Arzt dringlich, „denn wenn das die amerikanische Bevölkerung erfährt, dann werden die Amis uns noch mehr hassen, und uns endgültig den Krieg erklären! Und dann sitzen wir gehörig in der Patsche. Denn mit Amerika können wir nicht noch eine

dritte Front gegen uns schaffen!", sagt Dr. Schnell entsetzt. „Dann ist der Krieg für Deutschland endgültig verloren!"
Die Amerikanerinnen heulen und zittern vor Kälte. „Bitte, können wir uns wenigstens wieder anziehen, wir erfrieren ja vor Kälte, haben Sie doch Mitleid!", fleht die kleine Pummelige.
Doch die Herren sind alle zu sehr mit ihrer Rassendiskussionserörterung beschäftigt, um die Bitte zu beachten. „Nein, kein Amerikaner wird den Mädchen glauben, dass wir auch Kinder töten, selbst wenn sie es wieder und wieder erzählen; hören Sie auf meinen Rat, lassen Sie die Frauen gehen, oder internieren Sie sie wenigstens solange, bis der Krieg vorbei ist, und wir ihn gewonnen haben", fordert jetzt mein Freund Günther Steinbacher vehement und scharf.

Breitenfeld überlegt. „Na schön, Sie beide können sich wieder anziehen und friedlich nach Amerika abziehen", sagt er nach einer Weile. „Wir lassen Sie sogar mit einem Privatflugzeug zusammen mit anderen unerwünschten amerikanischen Ausländern in die USA ausfliegen, das ist dann ein Abwasch. Sie müssen mir aber trotzdem Ihr Wort geben, dass Sie nichts von dem, was Sie hier gesehen haben, in Amerika verlauten lassen, sonst hetze ich Ihnen meine Gestapo-Agenten auf den Hals, die Sie bis in Ihren Wohnort in Amerika verfolgen werden, und Sie beide liquidieren!", droht er. „Und wir werden Sie immer finden, denn ich notiere mir Ihre Namen samt Anschrift aus Ihren Pässen, Sie haben doch welche? Her damit!", fordert Breitenfeld. Die Frauen nicken begeistert und sagen, die hätte man ihnen bei der Entkleidung abgenommen. Breitenfeld fordert sie an, und nach wenigen Minuten bringt ein SS-Mann sie ihm. Die Mädchen strahlen vor Freude und kleiden sich überstürzt wieder an: Mit anderen, aufs Geratewohl aufgelesenen Klamotten, die ihnen aus den herumliegenden Kleiderbergen der Juden gereicht werden, denn ihre eigene Kleidung ist keinesfalls wieder auffindbar. Doch sie sind zufrieden damit, überhaupt überlebt zu haben; die größere Studentin braucht ja ohnehin nur noch neue Oberbekleidung und ist schneller angezogen als ihre Freundin. Dann nehmen beide ihre Pässe wieder in Empfang, sind bunter zusammengewürfelt bekleidet als vorher und geben uns allen die Hand zum Abschied, auch mir und Dr. Schnell, schwören feierlich, Stillschweigen über die Massentötungen der jüdischen Frauen und Kinder zu bewahren, und dann bekommen die Amerikanerinnen sogar noch eine Eskorte von der SS gestellt, die sie begleitet und ihnen die wiedergefundenen Koffer trägt.

Die kleinere Amerikanerin hat viel zu große Schuhe abbekommen und einen viel zu engen Rock an. Sie prustet und schnauft, wirft zum Abschied noch einen wehmütigen Blick auf nackte, schreiende, jüdische Mütter mit Babys auf dem Arm. „Aber man kann doch nicht zulassen, dass diese armen Frauen mit den Kindern auf dem Arm erschossen werden, und sieh mal, Emmylou, da ist auch noch eine Schwangere! Auch ganz nackt! Und wie die Arme weint", sagt die Amerikanerin entsetzt zu ihrer Freundin. „Denk doch mal an unsere Verantwortung als Soziologinnen!", mahnt sie. Die Große stößt sie vorwärts: „Still, halt bloß deinen Mund! Sei froh, wenn wir hier gerade noch mal heil wegkommen; wir können nichts für die Jüdinnen tun, das weißt du doch genauso gut wie ich!", sagt sie gehetzt im breiten, amerikanischen Englisch, das ich gerade so mit Mühe verstehe.

Günther Steinbacher tritt zu dem italienischen Zeitungsmenschen und trichtert ihm ein: „Wenn Sie schon so wissbegierig hier herumstehen, dann notieren Sie gefälligst: „Hohe deutsche Kampf-Offiziere zeigen sich großzügig im Umgang mit durch Versehen verschleppten, jungen amerikanischen Neger-Studentinnen, die zur standrechtlichen Erschießung eingeteilt waren, weil sie sich in Kriegsgebiet eingeschlichen haben, um deutsche Militärgeheimnisse auszuspionieren, und lassen sie wohlbehalten in die Vereinigten Staaten von Amerika zurückkehren", diktiert er ihm in den Block, und Alberto Bianchi verspricht: „Jawohl, genauso wie Sie es mir gerade diktiert haben, werde ich den Wortlaut auf Italienisch in meinen Bericht übernehmen". Breitenfeld hat es mitgekriegt, geht zu seinem Untergebenen, patscht seinem Gegner auf die Schulter und sagt anerkennend: „Danke, Obergruppenführer, eine sehr gute Idee von Ihnen! Diese Geste trägt uns hoffentlich gebührende Anerkennung bei den Amis ein", meint er nur halb ironisch.

Ich atme tief durch und bin erleichtert. Das wäre ja noch einmal gut gegangen. Die Negerinnen sind schon außer Sichtweite, da höre ich verräterische Schüsse vom Wald her durch die kühle Luft peitschen. Haben die perfiden Nazis etwa ihr Wort gebrochen? Sie werden doch nicht etwa die beiden doch noch hinterrücks ermordet haben? Ich schreie empört auf, schlage auf den SS-Arzt ein, schimpfe auf Breitenfeld, leere ihnen mein wüstestes Fäkalvokabular in ihre verdutzen Gesichter, stürme weinend los zum Wald, und nach einer Weile sehe ich … Den rauchenden Revolver eines SS-Schergen! Am Boden liegen … Zwei tote, angezogene, offenbar jüdische Männer, die einen Sturmführer angegriffen hätten, versichert mir der Schütze lächelnd. „Und wo sind die beiden amerikanischen Studentinnen?", frage ich schneidend und mit anklagender Stimme. „Oh, die? Sie glaubten also … Also wirklich!", sagt der Schütze feixend und tadelnd, und ergänzt fingerzeigend: „Dort vorne, am Ende der Lichtung, da, sehen Sie selber, die Negerinnen sind beide unversehrt. Keiner hat auf sie geschossen". Angestrengt beuge ich meinen Kopf in die angezeigte Richtung, und mein Atem geht stoßweise und wird durch ausgestoßene Dampfschwaden in der klirrenden Kälte sichtbar, und ich sehe tatsächlich: Die beiden Negerinnen, die sich ängstlich wegducken und gerade in ein großes Militärfahrzeug einsteigen, zusammen mit vielen nazistischen Uniformträgern, die ihnen die Koffer nachreichen und mit ihnen einsteigen. Dann setzt sich der Konvoi in Bewegung. Der Soldat reicht mir sogar seinen Feldstecher, und ich spähe hindurch, um das Geschehen gestochen scharf mitverfolgen zu können.

„Na, meine Dame, jetzt überzeugt?", fragt der Mordschütze. Ich nicke verdattert und gehe zurück zum Erschießungsgraben, wo die Exekutionen schon wieder in vollem Gange sind. Alberto Bianchi notiert sich alles mit angeekeltem Gesicht. Kinder schreien und Mütter weinen.

Breitenfeld gibt den Befehl, die schon ausgezogenen, nackten Juden noch schnell zu exekutieren, dann kündigt er per Lautsprecher an, dass er danach die Erschießungen stoppen lassen wird. Denn es wird immer kälter, eiskalt weht der Wind heute durch die Steppe. Die neu hinzugekommenen, angezogenen Judengruppen, die schon am Waldrand auf ihre Abfertigung warten, dürfen für heute tatsächlich erst mal ihre Baracken beziehen, denn wir haben jetzt reichlich davon konstruiert bekommen in den letzten Wochen. Und da fast alle eintreffenden Judentransporte bisher immer sofort vernichtet worden sind, stehen die Baracken seit Wochen leer, können nun erst einmal großzügig wieder prall gefüllt werden mit Menschen. Während die frierenden Nackten eifersüchtig auf die nachdrängenden, angezogenen Menschenscharen starren, die schon einen anderen Weg als sie einschlagen, nämlich den zu den Behausungen, gehen die letzten Erschießungen erst einmal weiter.

Zwei sehr blonde, noch ziemlich junge, weißhäutige Frauen fallen uns auf, die jetzt vor uns erscheinen, und Arm in Arm mit ihren jüdisch aussehenden Ehepartnern und ihren Kindern alle splitternackt und vor Kälte schlotternd am Abgrund zum Stehen kommen. „He, diese beiden Frauen sind doch garantiert keine Jüdinnen", schlägt jetzt der italienische Journalist Alarm.

Auch Breitenfeld starrt konsterniert und lässt die Ballerei wieder kurz einstellen, und eilt zu den Frauen. Er lässt sie hervortreten, doch sie wollen sich nicht von ihren Männern lösen. Man muss sie mit Gewalt von ihnen trennen. Dr. Schnell ist noch eher zu ihnen hingestürzt und begutachtet die Nackten von oben bis unten. „Wahnsinn, was für blaue Augen, einwandfrei nordisch!", ruft er bestürzt. „Erst zwei Negerinnen, nun zwei perfekte Arierinnen, die erschossen werden sollen - was für ein verrückter Tag! Was tun Sie denn hier inmitten der ganzen Juden?", fragt er neugierig. „Sie sind doch auf jeden Fall arisch, oder?". Die stämmigere Blonde nickt und sagt zitternd: „Ich bin nichtjüdische Holländerin und meine Freundin ist arische Deutsche aus Heidelberg. Und das sind unsere Ehemänner, beide jüdisch. Und hier vor uns stehen meine drei Kinder, zwei Mädchen und ein Junge, und die Kinder meiner Freundin, zwei Jungen. Wir zwei nichtjüdischen Frauen hätten freikommen können, die SS hat uns beim Ausziehen angeboten, uns sofort gehen zu lassen, aber dann hätten wir nicht unsere Familie mitnehmen können. So haben wir beschlossen, lieber zusammen mit unserer jüdischen Familie zu sterben", erklärt die Frau. „Was für ein Wahnsinn, seien Sie keine Närrinnen und nehmen Sie das Angebot der SS an, das rate ich Ihnen dringend. Da Sie keine Jüdinnen sind, kann ich für Sie beide sofort eine Entlassung erwirken". Die jüdischen Männer und halbjüdischen Kinder der Frauen schreien ihnen auch sofort auf Deutsch zu: „Ja, geht mit ihnen mit. Rettet euer Leben! Mama, wir wollen nicht, dass du mit uns stirbst", flehen auch selbstlos die Kinder der kräftigen Holländerin. Auch die zwei Buben der Deutschen äußern sich ähnlich.

„Nein!", schreien da die Frauen los und laufen wieder zu ihren Männern, umklammern sie und ihre Kinder. „Außerdem sind doch alle unsere fünf Kinder nach den Nürnberger Rassegesetzen von 1935 nur als Halbjuden einzustufen und damit von Verfolgung und Vernichtung

ausgenommen, nur unsere Ehemänner sind ja völlig jüdisch", klagt die stämmige Holländerin. „Dann können Sie uns Frauen doch wenigstens zusammen mit unseren Kindern freilassen!", bettelt die dreifache Mutter den SS-Arzt. Die beiden jüdischen Ehemänner stimmen vehement zu. „Ja, bitte lassen Sie doch unsere Frauen und unsere Kinder gehen, dann sterben wir sofort freiwillig und mit gutem Gewissen", schlägt der Mann der Deutschen tapfer und selbstlos vor. Da begutachtet der SS-Arzt kurz nacheinander die fünf nackten Kinder, die er von ihren Eltern lösen und vor sich aufstellen lässt. Nach einigen Minuten stellt er bedauernd fest: „An sich haben Sie recht, dass Halbjuden im Allgemeinen von der Vernichtung ausgenommen sind, aber nur, wenn sie einigermaßen arisch geraten sind. Doch fast alle Ihre fünf Kinder haben leider das sehr dunkle Kraushaar ihrer Väter und abstehende, jüdische Ohren, jüdische Lippen, stechenden Blick und dunkle Augen, wie ich zu meinem Leidwesen feststellen muss; das jüdische Erbteil ist damit bedauerlicherweise zu eindeutig durchgeschlagen, als dass ich Ihre Kinder von der Vernichtung dispensieren könnte. Tut mir Leid!", sagt der „Rassenspezialist" bedauernd. Die beiden Frauen schreien und heulen los und springen wieder zu ihren Kindern. Da sagt der Arzt überraschend: „Warten Sie!". Und er sieht sich noch einmal genauer die etwa 12jährige, ältere Tochter der Holländerin an, stellt dann doch fest: „Halt, diese eine Ihrer Töchter hat tatsächlich graublaue Augen, und die Haare sind nicht sehr kraus, sondern brünett ... Und ... Ja, ihren Körperbau kann ich ohne Weiteres gerade noch als arisch einstufen, kommen Sie doch noch mal mit Ihrer Tochter vor", sagt Dr. Schnell eifrig und zieht Mutter und Tochter zu sich hin. „Bringen Sie mir auch noch einmal die Deutsche hierher, die Heidelbergerin!", befiehlt er einem MG-Schützen. „Jawohl, Herr Doktor!", gehorcht dieser blind und zerrt die schlanke Deutsche aus der Gruppe heraus und stellt beide Frauen und das Kind der Holländerin vor dem Rassenspezialisten auf. „Die Männer bleiben dort, wo sie sind, und die beiden anderen Kinder der Holländerin, und die zwei Buben der deutschen Frau: Ihr geht sofort zurück zu euren Vätern, und dann – umgehend alle sechs erschießen!", schreit er. Doch die Kinder gehorchen nicht und bleiben bei ihren Müttern stehen.
Ich zucke zusammen, bin aber schon froh, dass wenigstens die Frauen und das Mädchen überleben sollen.

„Nein!!!", schreien da wieder die Frauen auf und laufen mit allen ihren Kindern an der Hand selber wieder zu ihren Männern zurück, bilden alle neun zusammen wieder eine eng zusammengeschmiedete Menschenkette.

„Ich ziehe weiterhin vor, mit meinem Ehemann und allen meinen Kindern zu sterben!", plärrt die Holländerin zitternd. „Machen Sie schon, es ist eiskalt!", zischt sie den Nazis zu. „Ich denke ebenso! Nun lassen Sie schon losballern, sonst erfrieren wir alle hier noch schneller, als dass wir erschossen werden!", schimpft die Deutsche auf die Nazibrut herab. „Ist das wirklich Ihr letztes Wort?", fragt Dr. Schnell enttäuscht. „Ja!", schimpfen die Frauen und Kinder, aber die Männer drängen ihre Frauen und die erlöste Tochter der Holländerin wieder, das Angebot anzunehmen, um freizukommen und das Überleben zu wählen. „Nur so könnt ihr drei der Welt berichten, was mit uns Juden hier geschieht!", brüllt der jüdische Mann der Heidelbergerin seine deutsche Frau an, die sich aber konstant weigert, wieder als freie Frau zu den Nazis herunterzugehen. „Ich verlasse euch niemals, meine Lieben!", sagt die tapfere Deutsche mit einem heftigen Weinkrampf, und umklammert wieder ihre beiden halbjüdischen Buben, und ihren Ehemann. „Entweder dürfen wenigstens wir Frauen mit a l l e n unseren fünf Kindern gehen, oder wir bleiben gleich ganz bei unseren Ehemännern!", sagt die Heidelbergerin bestimmt, sieht zu ihrer holländischen Freundin hinüber, die ihr weiterhin zustimmt: „Das Gleiche gilt für mich!".

„Na schön, wenn Sie es so wollen! Wirklich schade!", sagt Dr. Schnell und schüttelt bedauernd den Kopf.

„Ich habe wirklich alles versucht, um Ihnen zu helfen".

Er gibt den MG-Schützen, die sich schon zu dritt drohend um die zwei Familien herum gruppieren, letzte Anweisungen: „Also, dann: Schützen Müller, Klein und Hildebrand: Bitte Extrafeuer auf die neun Personen abgeben, auf meinen Befehl! Alle Neune!", sagt er trist und keineswegs belustigt über seinen geistesblitzhaften, zufälligen, ungewollten Gag: Achtung: Eins ..." Alle neun Personen umarmen sich nun noch einmal solidarisch und todesmutig. „Ich bin stolz auf dich für dein Durchhalten, Mareijke", sagt die Deutsche und greift aus dem solidarischen Umklammerungspulk mit ihrer Hand nach ihrer niederländischen Freundin. „Wir sterben alle neun gemeinsam als Protest gegen die Rassenpolitik der Nazis!", sagt die Heidelbergerin. „Zwei..."

Doch plötzlich heult die stämmige Niederländerin los. Sie reißt sich von der Freundin los und schreit den Nazis zu: „Warten Sie! Ich komme runter! Ich habe es mir anders überlegt! Ich bin überzeugt!" Dr. Schnell brüllt: „Stopp! Schützen: Gewehre runter! Sofort!". Es klickt und die SS steht Gewehr bei Fuß. Mareijke schnappt sich ihre Zwölfjährige und schreit: „Komm, Petra!" Und sie reißt das Kind mit sich fort. Ihr Ehemann jauchzt hoch erfreut: „Ja, Liebling, tu es, bleib am Leben, du machst das einzig Richtige - ich liebe dich!", brüllt er ihr zu. Und winkt der Holländerin zu. Dr. Schnell empfängt die kräftige, große Niederländerin und hüllt sie und ihre Tochter in seinen Mantel ein. „Nein, was tust du da!!! ... Bleib hier, das kannst du doch nicht tun, Mareijke, du ... Verräterin!", brüllt ihr die Deutsche enttäuscht zu, und ihr Karpfenmund schnappt entsetzt auf. „Du Miststück, du Feigling - du verrätst deine Familie und mich, deine beste Freundin!", tobt die blonde Heidelbergerin fanatisch zitternd, und droht mit der Faust. „Im Gegenteil, Martina, ich rette sie, wenigstens einen Teil von ihr, Petra und mich; komm auch du, Martina, bitte komm zurück zu uns! Auch du kannst dich noch retten, noch ist es nicht zu spät, du hast kein Recht, dein Leben einfach so wegzuwerfen!", fleht Mareijke ihre Freundin an. „Niemals, ich bleibe hier bei meinem Mann und meinen Kindern, du Nazihure, du Verräterin!", schimpft Martina unablässig. „Du wolltest doch stark bleiben, wie kannst du mich nur so enttäuschen, Mareijke? Und uns alle so schnöde im Stich lassen? Das werde ich dir nie verzeihen!", brüllt sie weinend durch die Kälte und hustet. Doch ihr Mann versucht ebenso hartnäckig, seine Martina zur Umkehr zu bewegen: „Nein, du hast kein Recht, dich meinetwegen zu opfern, geh wieder zurück zu Mareijke und Petra. Und zusammen könnt ihr eine neue, nichtjüdische Familie gründen! Ich bitte dich, tu es!", brüllt ihr jüdischer Mann. „Ja, Mama, geh wieder runter zu Mareijke und Petra, stirb nicht sinnlos, hör auf Papa!", betteln wieder Martinas Knaben von 10 und 12 Jahren und versuchen, ihre Mutter hinunterzuschubsen.
„Ja, kommen Sie wieder runter – letzte Warnung: Das ist jetzt wirklich Ihre letzte Chance!", lockt auch Dr. Schnell die widerspenstige Deutsche mit einem Lautsprecher, die sich aber jetzt so fest in ihre Kinder verklammert, dass der SS-Arzt aufgibt und den Feuerbefehl erteilt. „Na schön, Sie haben es so gewollt!" Die drei MGs rattern los, und die blonde Heidelbergerin wird als erste von den Kugeln

aufgeschlitzt, fällt auf ihre Kinder, die vom zweiten MG-Schützen durchsiebt werden. Der dritte fällt ihren jüdischen Mann hinter ihr. Und dann eröffnen alle drei das Feuer auf die zweite Restfamilie: Mareijkes Ehemann wird getroffen und danach auch ihre Tochter und ihr Sohn.
„Nein, nein, nein! Martina, warum hast du das getan?", schreit Mareijke entsetzt. „Meine Kinder! Warum nur, warum?" Der SS-Rassespezialist tröstet sie, streicht über ihre blonden Haare. Mareijke umschlingt ihre weinende Tochter Petra. Dann werden sie von der SS weggeführt, in Sicherheit, Richtung Baracken. „Kommen Sie, Mareijke, Sie haben das Richtige getan", tröstet sie ein ganz junger SS-Mann.
Die blonde Martina aus Heidelberg liegt auf dem Bauch, über ihre toten Knaben gebeugt, ihre blonde Mähne ist blutbesudelt. Sie stöhnt noch leise und öffnet ein zitterndes Auge, wie die drei MG-Schützen feststellen. Zaghaft streckt sie mit letzter Kraft eine zittrige Hand aus und röchelt: „Alles Gute, meine ... liebe Mareijke! Ich verzeihe dir!" Dr. Schnell bemerkt es und zieht seine Pistole, erlöst die tapfere, unbeugsame Deutsche mit einem Gnadenschuss in die Schläfe.

Den Rest der nackten Juden lässt Breitenfeld noch schnell erschießen, dann ist das Pensum für heute zu Ende und alle eilen vor der großen Kälte hurtig in ihre Unterkünfte. Auch der Journalist Alberto Bianchi, der noch bis zum nächsten Tag bleibt und dann nach Italien abreist. Bis zuletzt hat er eifrig alle dramatischen Ereignisse und die Dialoge aller Personen bis ins kleinste Detail mitgeschrieben.

Seit drei Tagen sind alle Erschießungen eingestellt. Die neu fertig gestellten Baracken füllen sich unablässig mit jüdischen Neuankömmlingen. Alle dürfen vorerst leben und werden mit Nahrung eingedeckt.
Miriam hat keine eigenen Gedanken mehr, sie tut rein mechanisch nur noch das, was man ihr sagt, wozu man sie mit Gewalt zwingt. Ihr Kopf ist leer, ihr Blick starr. Sie summt wieder vor sich hin, diesmal sogar ganz unverständliches Zeug. Gestern wurde sie von Breitenfeld noch als Dolmetscherin angefordert, um die jüdischen Neuankömmlinge nach Berufsgruppen zu befragen, doch sie ist zu nichts mehr zu gebrauchen: Miriams Verstand ist tot, ihre Seele endgültig abgestorben, seit drei Tagen ist Sense. Sie ist eine lebende Tote. Seit drei Tagen liegt sie fast

nur noch abgeschlafft den ganzen Tag auf dem Bett und fantasiert im Fieberwahn. Der einzige vernünftige Satz, der letzte, den meine Schwester vor drei Tagen überhaupt noch gesagt hat, war dieser:

„Falls sich ein hohes Nazi-Tier einmal irgendwann an dir für den Tod von Tatjana Volkova oder den von der Schneidermeisterin Innert würde rächen wollen, dann behaupte, Doris Waldmann und ich seien für beide Tote verantwortlich gewesen, dann bist du vielleicht gerettet, Judith, wenn Breitenfeld schweigt und zustimmt … Rette dich, meine Schwester, denn ich sterbe sowieso bald, das fühle ich, mein Geist erlischt, mein Verstand ist schon fast völlig umnachtet, das erkenne ich jetzt wenigstens zum Glück noch mal gerade rechtzeitig, bitte, tu es, rette den Rest von unserer Familie, rette dich und Petruschka, Sarah, deine Kinder; rette meine Nichten, sie verdienen es …" „Nein, nein, nein!", brüllte ich da vor drei Tagen ganz aufgelöst und schüttelte Miriam, doch sie sagte: „Doch, für euch ist es noch nicht zu spät, für euch drei gibt es noch Rettung, ihr seid stärker als ich, während ich an dem psychischen Druck der vielen bestialischen Morde in diesem Lager zerbreche! Und meine Körperkraft lässt mich auch im Stich, ich verblöde, vertiere, sterbe geistig und körperlich ab, ich bin ein seelischer Krüppel, Judith! … Finde Mama und unsere Männer, such nach ihnen - haltet durch, überlebt, ja? Versprecht mir vor allem, den Krieg zu überleben! … Brecht aus diesem Todeslager aus, zusammen mit Doris und Günther! Und sucht Rebecca! Ich spüre, meine Nichte ist nicht tot, sie lebt … irgendwo bei den Partisanen … Der Geist Rebeccas schwebt unsichtbar hier irgendwo über uns … Bitte, meine gute Schwester, ich spüre, bald mache ich die Augen nicht mehr auf, Ju …dy; bring mir noch mal deine Kinder her, bitte!", flehte Miriam vor 72 Stunden plötzlich herzzerreißend im heißen Fieberwahn, und ihre Stirn glühte. „Miriam!", schrie ich in höchster Furcht. „Ich möchte sie noch einmal sehen, meine Nichten, solange ich noch nicht völlig wahnsinnig geworden bin …" Petruschka und Sarah eilten herbei und hielten ihre Hand. Sprachen stundenlang mit ihrer Tante Miriam über vergangene, gemeinsam erlebte, schöne Stunden. Als der Weltkrieg noch nicht tobte, als wir alle noch rein und unschuldig waren …
Das tun sie auch jetzt gerade, aber zudem ist auch Doris Waldmann dabei, und weint gerade über Miriams desolaten Zustand. Denn sie atmet flach, ist fast nicht mehr bei Bewusstsein. Ärzte kümmern sich

zwar um sie, aber sie können meiner Schwester ohne echte Spezialisten hier in diesem Lager nicht helfen, ohne wissenschaftlich ausgebildete Psychiater und Psychotherapeuten.

„Nein stirb nicht, Miriam, meine Kleine, ich liebe dich", sagt Doris Waldmann gerade bewegt, beugt sich über Miriam und küsst sie gerade noch rechtzeitig auf die Stirn, statt auf den Mund, aus Rücksichtnahme auf meine Töchter ... „Stirb nicht, Tante Miriam, bitte!", fleht auch Sarah.
„Miriam! Hörst du mich? Ich liebe dich auch, meine kleine Schwester", sage ich weinend, und streichle ihre heiße Stirn. Es geht unaufhaltsam zu Ende mit ihr. Vorsorglich nehme ich schon mal Abschied von meiner Schwester. „Für mich bist du keine Jüdin, nein, du bist nicht einfach nur eine Jüdin - du bist mehr als nur meine Schwester, kleine Miri ...", klage ich. „Verstehst du das?" Miriam aber reißt nur die Augen weit auf und starrt und starrt und glotzt verständnislos an die Decke. Aus ihren Augen glotzt der Wahnsinn der Verzehrung und des dahindämmernden Vergessens ...

Mit uns bei Miriam sitzen auch die bedauernswerte Niederländerin Mareijke und ihre arisierte Tochter Petra, die beiden Geretteten, die aber ihre Geschwister und Verwandte verloren haben. Ich habe mich ihnen als Jüdin zu erkennen gegeben, und ihnen auch erklärt, wer Miriam ist, dass wir die beiden Chef-Dolmetscherinnen hier in diesem Todeslager sind. Und Mareijke trauert noch um ihren toten, jüdischen Ehemann. Und natürlich um ihre Freundin Martina. Als Frau eines Juden fasst sie natürlich sofort Sympathie zu mir und Miriam. Vor allem, als ich ihr unsere prekäre Situation hier im Lager erklärt habe, nebst unserem spektakulären Schicksal, und ihr erzähle, dass wir Schwestern mehrere Male schon beinahe zu Tode selektiert worden sind von Breitenfeld und seinen Spießgesellen von der SS, inklusive Dr. Schnell; Spitzname: Dr. Frankenstein.
Auch Mareijke kühlt Miriams Stirn und weint immer wieder in Intervallen um ihre toten, nicht geretteten Kinder, ihre Tochter und ihren Sohn. Petruschka und Sarah trösten sie, so gut sie können. Wir drei Frauen bieten uns der Niederländerin und ihrer überlebenden, „arisierten" Tochter Petra als Ersatzfamilie an, obwohl wir das eigentlich lieber unterlassen sollten, denn die gerade erst „begnadigte"

Mareijke sollte besser nicht zu nahe mit uns Jüdinnen in Kontakt treten, überlege ich gerade. Wir sind eine verlorene, düstere Gemeinschaft. Da öffnet sich die Tür unserer Baracke, und Dr. Schnell tritt ein. Der kleine Rassenfanatiker mit dem blonden, krausen Lockenhaar sieht sich in unserer „Totenwache" um und nimmt spitz Mareijke und ihre Tochter ins Visier. „Hab ich es mir doch gleich gedacht, dass ich Sie hier finde! Was tun Sie denn schon wieder bei diesen Juden?", tadelt der SS-Arzt ungehalten die Niederländerin. Sie sieht erschrocken zu ihm auf. „Ist das etwas die Dankbarkeit, die Sie mir bezeigen, dafür, dass ich Ihre halbjüdische Tochter vor der Vernichtung bewahrt habe?", fragt er streng und wirft auch einen verächtlichen Seitenblick auf die delirierende Miriam. „Aber meine anderen beiden Kinder haben Sie brutal erschießen lassen, Sie Ungeheuer! Und diese waren auch nur halbjüdisch!", schreit die Niederländerin plötzlich laut und hysterisch auf. Sie hat schlottrige Ersatzkleidung von getöteten Juden am Leib. Sie dürfte sich uns Jüdinnen dadurch innerlich noch enger verbunden fühlen … „Sie elender Dreckskerl!", schimpft sie, erhebt sich von Miriams Bett und geht auf den Doktor los. „Mareijke, nicht!", bitte ich sie, springe auch auf und halte die Tobende zurück. „Aber, aber, das alles können Sie mir doch wahrhaftig nicht vorwerfen, denn ursprünglich waren Sie doch sogar bereit, mit Ihrer gesamten Familie zu sterben! Anstatt jetzt froh zu sein, dass ich wenigstens einen Ihrer Judenbälger verschont habe", gibt sich der kleinwüchsige Dr. Schnell empört. „Sie hätten ja alle neune gerne in der Schusslinie bleiben können, es war doch Ihre Entscheidung, in letzter Sekunde aus Ihrem jüdischen Dilemma hinauszuspringen, und sich und Petra zu retten, und ich tadle Sie ja auch keinesfalls dafür, Ihre Entscheidung war ja völlig richtig!", sagt der Arzt vehement und die tobende Mareijke lässt sich tatsächlich von mir wieder beruhigen und setzt sich zurück zu Miriam und streichelt die Stirn meiner Schwester.
Als Dr. Schnell das sieht, ist er wieder total verstimmt, und frotzelt über unsere Fürsorge. „Was für eine groteske Verschwendung Sie da alle betreiben; für eine herzerische, durchgeknallte Jüdin, die sowieso schon längst tot sein sollte! Diese Hexe hätte schon längst sterben sollen, sie ist eh zu nichts mehr zu gebrauchen!", faucht er wie ein Tiger und ich springe wieder auf und fauche wie eine Tigermutter zurück: „Auch Miriam ist eines Ihrer vielen, bedauernswerten Opfer, Dr. Frankenstein! Dass sie jetzt derart todesähnlich da ruht, hat meine Schwester zu einem

großen Teil Ihnen zu verdanken, Sie Monster!", zetere ich. „Eines Tages werde ich Sie für Ihre vielen Verbrechen zur Verantwortung ziehen!", drohe ich ihm nun unverblümt. „Das ist doch die Höhe! Gerade Sie drei sollten auch froh sein, dass Sie überhaupt noch leben! Denn Ihr Weiterleben haben Sie nur mir zu verdanken, Sie drei undankbaren Geschöpfe, Judith, Miriam und Petruschka", watscht der SS-Rassenspezialist uns drei nacheinander verbal ab. Auch Doris Waldmann entkommt nicht der Hetztirade des Doktors: Denn dieser schaut auf sie herab wie auf einen alten, zahnlosen Hund: „Und Sie lesbische Schlampe wären ja auch längst fällig für eine Sonderbehandlung: Sich in eine intrigante Jüdin zu verlieben, und das auch noch als Frau; - ekelhaft", doziert er selbstherrlich. „Halten Sie ja Ihren Mund, Sie Giftzwerg, mal sehen, ob Sie noch so große Töne spucken, wenn bald die Amerikaner hier Einzug halten!", motzt die Waldmann den Doktor an. „Sie alle sind ja eine richtige, elende Verschwörerbande, aber damit ist es bald vorbei!", tobt der Rassenfanatiker wild. „Ich gehe jetzt zum Kommandanten, erstatte ihm Bericht, und dann werden wir zusammen euch allen hier das Handwerk legen! Das, was Sie hier betreiben, erfüllt den Tatbestand des Hochverrats – und der Sabotage! Darauf steht in Kriegszeiten der Tod!", schreit der Doktor und schreitet zur Tür. Kurz darauf ist er unseren Blicken entschwunden. Wir jedoch sind alle längst so abgestumpft, dass wir ihn jetzt schon nicht mehr für voll nehmen.

Ein paar Stunden später sitze ich mit meinem Freund Günther und Kommandant Breitenfeld überraschend im Besprechungsraum. Die beiden Gruppenführer und Kontrahenten sehen sich feindselig ins Gesicht. Aber sie können sich nicht völlig ignorieren, sie brauchen einander. Dann starrt Breitenfeld mich ausdruckslos an. „So kann es nicht weitergehen, Obersturmgruppenführer", bricht schließlich Günther das Schweigen. „Das Lager füllt sich schon seit drei Tagen wieder einmal völlig unkontrolliert mit Menschen, das gibt wieder eine Katastrophe", prophezeit er wütend. „Denn wir haben nicht genügend Nahrung und Verpflegung für die ganzen Menschen, und sobald sie zu hungern anfangen, werden sie gefährlich. Denn zu viele Menschen auf zu engem Raum bedeuten langfristig immer, dass es zu einem neuen, blutigen Aufstand kommen kann wie neulich bei den Judenmassen, die endlos

draußen erschossen wurden. Als noch Doris Waldmann Kommandantin war: Mehr als dreißig Soldaten, MG-Schützen und Rotkreuzschwestern sind dabei umgekommen", donnert Günther zur Erinnerung. „Und auch unsere fähige, arische Dolmetscherin! Wollen Sie noch einmal eine so blutige Bilanz haben? Eventuell eine viel blutigere sogar?". Breitenfeld verzieht verärgert das Gesicht. „Was sollen wir denn machen bei diesem Scheißwetter, bei den anhaltenden Schneestürmen und der beißenden Kälte? Wir können ja nicht wie bisher gemütlich mit den Exekutionen fortfahren, um das Lager wieder leerer und überschaubarer zu machen! Und dadurch sicherer. Denn bei diesem Sauwetter und der beißenden Kälte lassen sich die Juden doch nicht mehr so ohne Weiteres nach draußen locken, damit wir sie dann überraschend in eine Falle locken und schnell abknallen können, wie bisher … Und schon gar nicht könnten wir den Frauen und Kindern plausibel machen, warum sie sich bei der Saukälte auch noch splitternackt ausziehen sollen! Natürlich müssten wir längst schon wieder mit den Erschießungen fortfahren …", sinniert der Kommandant.
„Wir könnten sie aber auch ganz einstellen, unsere Judenpolitik radikal ändern", schlägt Günther vor. „Wie stellen Sie sich das vor? Das können wir nicht so ohne Weiteres tun, ohne Befehl von oben!", protestiert Breitenfeld. „Bedenken Sie, wie schlecht wir jetzt schon vor dem Ausland dastehen", gibt Günther zu bedenken. „Als rohe, unzivilisierte Massenmörder, die kein Tabu mehr kennen, die in die Judentötungen jetzt auch immer massiver Frauen und Kinder mit einbeziehen; in die größte Barbarei der Menschengeschichte, und die damit den unfassbarsten und unverzeihlichsten Zivilisationsbruch aller Zeiten begangen haben", deklamiert Günther. „Doch wenn wir jetzt zurückrudern und die Judenvernichtung umgehend einstellen, dann können wir uns vielleicht noch retten, wenn wir mit den Alliierten Kontakt aufnehmen und sie davon überzeugen, dass wir mit der Massenschlächterei der Juden auch wirklich aufgehört haben, und dann zugeben, dass die Judenvernichtung ein großer Fehler war …" Alle Anwesenden im Raum werden unruhig und reden wild durcheinander.

„So einfach ist das nicht, wir sind so oder so verloren", gibt plötzlich sogar Breitenfeld zu. „Vor allem, wenn wir jetzt nachgeben und unsere Schuld eingestehen, dann sind wir am Ende, werden angeklagt und verurteilt", sagt Breitenfeld hastig, und alle seine Subalternen im Raum stimmen zu.

„Nein, dann ist es schon besser, wir nehmen die Erschießungen wieder auf, zum Beispiel gleich bei der Ankunft der neuen Züge mit Judentransporten", sagt Breitenfeld entschlossen. „Dann erschießen wir eben von jetzt an alle Juden vollständig angezogen hurtig schon im Wald, ohne sie erst umständlich vor die Erschießungsschlucht zu treiben, und verzichten eben auf ihre Klamotten und Wertsachen", sagt er.

„Nein, Kommandant, da machen dann die MG-Schützen nicht mit, weil sie sich um ihre Belohnung geprellt fühlen, denn die gieren doch nach den Koffern und Wertsachen und dem Schmuck der jüdischen Frauen!", gibt ein Sturmführer zu bedenken. „Und wohin sollten wir dann übrigens mit den vielen Leichen, würden wir uns entschließen, die Juden gleich am Bahndamm und im Wald zu erschießen. Die liegen dann offen herum, und verfaulen rasch und verseuchen das Grundwasser, den Waldboden…", ergänzt er. „Auch das ist wieder wahr", sagt Breitenfeld seufzend. „Und dann wollen wir ja noch weiterhin frische, junge, knackige Jüdinnen für unser SS-Bordell rekrutieren; wie soll das funktionieren, wenn wir die Frauen nur in Klamotten, weiten Wintermänteln kennenlernen, die alle Reize verdecken? Und dann bei heulendem Wind und Schneetreiben? Wie sollen wir da die passenden Mädchen herausgreifen?", fragt ein anderer, hoher SS-Funktionär schelmisch und schlüpfrig, und viele Anwesende stimmen ihm lachend zu und klopfen roh und ungeniert auf die Tische.

„Ach ja, das alles will beachtet sein", gibt Breitenfeld mit Unbehagen zu.

„Ohne mich, ich möchte aussteigen, will nicht mehr verantwortlich sein für die sinnlosen, willkürlichen Massentötungen der Juden!", sagt mein Freund Günther entschlossen, schlägt auf den Tisch und springt auf. „Ich werde versuchen, mich mit Judith aus dem Lager abzusetzen, und zusammen werden wir uns irgendwohin ins Ausland durchschlagen: Zum Beispiel nach Persien oder in die Türkei, neutrale Länder, die nicht mit uns im Krieg sind und demzufolge nicht unter unseren Kriegsverbrechen leiden!", sagt er gefährlich offen und ehrlich in den Raum hinein.

„Das ist Verrat, das können Sie nicht tun, Obergruppenführer!", ruft Breitenfeld aus. „Außerdem können Sie Ihre Freundin Judith nicht mitnehmen, denn Sie ist Volljüdin, trotz ihres arischen Aussehens, wie sie ja selbst zugegeben hat", mahnt er Günther. „Und wenn wir die Judenvernichtung wieder aufnehmen, können wir diese jüdische Bazillenträgerin nicht entwischen lassen, denn sie ist mit ihren 44 Jahren noch jung genug, um neuen, jüdischen Nachwuchs zu zeugen. „Nein, nur halbjüdischen, falls ich schon schwanger sein sollte von Günther", sage ich neckisch und provokant, zittere aber wieder mächtig im Inneren über meinen Wahnsinnssatz, der mich jetzt sofort das Leben kosten kann, wenn ich Pech habe. Aber das ist mir im Augenblick herzlich egal. Alle murmeln ganz aufgeregt und fahrig. Und Günther lacht, doch dann stockt ihm der Atem. „Was, du willst doch nicht etwa andeuten ..." Doch ich beruhige ihn sofort wieder. „Nein, keine Angst, das war nur ein Scherz, nicht, dass ich wüsste – wirklich, es liegen keine Anzeichen für eine Beunruhigung vor", glätte ich sofort wieder die aufgeschäumten Wogen.

Aber zu meiner rassischen Verteidigung zeige ich jetzt doch meinen Schutzbrief von Arnold Deichmann vor, den er mir und Miriam ausgestellt hat, und den ich in die heutige Versammlung mitgebracht habe. Alle betrachten ihn und murmeln. „Was hat das schon zu bedeuten? Auch wenn der Schutzbrief von Deichmann persönlich ausgestellt worden ist: Eine Jüdin bleiben Sie und Ihre Schwester dennoch", lästert Breitenfeld.
„Wir brauchen ja die Juden nicht vollständig auszurotten", nimmt Günther den Faden wieder auf. „Auch der Führer hat doch gesagt, es würde schon ausreichen, die Judenmassen in Europa gewaltig zu reduzieren, auf einem überschaubaren Maß zu halten, damit sie nicht mehr unsere deutsche Lebensgrundlage zerstören ... Er hat nicht von unbedingter, sofortiger Totalausrottung gesprochen", argumentiert mein Freund vorsichtig, und schaut sich betroffen in den Gesichtern seiner Kameraden um.
„Ja, das ist wahr, wir könnten ja weiterhin versuchen, wieder mit möglichen Auswanderungsländern für die Juden Kontakt aufzunehmen", meint ein Obersturmführer, der auch schon einen ideologischen Rückzieher macht. „Denn wenn wir unsere rigorose Judenpolitik mildern, dann stehen wir vielleicht doch wieder besser in der Welt da, und unser beschädigtes deutsches Image könnten wir auch etwas positiver aufpolieren", meint er verdruckst. „Was interessiert

mich Ihr blödes Image?", sage ich auf einmal indigniert. „Meine Schwester stirbt ganz langsam ab, sie braucht Hilfe! Ohne Miriam kann ich sowieso nicht von hier mit dir türmen, Günther!", sage ich wieder ernst und ich weine plötzlich verzweifelt. „Tun Sie lieber was für Miriam! Sie hat es verdient, dass man sich um sie kümmert. Denn schließlich hat sie Ihnen doch so gute Dolmetscherdienste geleistet bei der Beruhigung und Belügung der Judenscharen! Ohne Miriams Geschicklichkeit hätten Sie die ganzen Menschen nicht so leicht vernichten können!", brülle ich. „Was geht uns Ihre verdammte, jüdische Schwester an, wo wir doch gerade hier besprechen wollen, wie wir das Judenproblem demnächst leichter lösen können, endlich aus der Welt schaffen können!", schimpft Breitenfeld. „Was kümmert mich da eine einzelne Jüdin? Sie war nur Mittel zum Zweck, hat ihre Schuldigkeit getan, dafür, dass ich sie trotz allem überleben ließ, und sie hat ihre Brauchbarkeit längst überlebt, jetzt soll sie endlich krepieren!" Ich schreie auf. „Eben! Eigentlich dürfte auch diese aufsässige Jüdin hier gar nicht unter uns sitzen in dieser Versammlung!", bellt ein anderer Sturmführer oder Sturmoberst, oder wie die Dienstgrade alle heißen …

„Eben, wozu brauchen wir denn hier überhaupt eine Dolmetscherin? Wozu? Gibt es auch nur einen von uns allen hier drinnen, der nicht Deutsch spricht?", fragt der Sturmführer vorwitzig und alle lachen.

„Genau, und diese Jüdin darf ja eigentlich gar nicht mitbekommen, was wir hier drinnen am Ende der Versammlung endgültig beschließen", tobt ein anderer Offizier. „Also raus mit ihr, aber schnell!"

Ich werde förmlich aus der Versammlung hinausgeworfen. Ohne viel Aufhebens.

Aber das kratzt mich nicht mehr, es ist alles längst verloren: Miriam ist verloren, dem Tode so nah wie nie zuvor. Verloren ist Rebecca, wie ich mit meiner jüdischen Abstammung. Und Dr. Schnell wird jetzt wirklich ganz schnell für mein Ableben sorgen, nach dem kolossalen, emotionalen Ausbruch, den ich mir vorhin geleistet habe. Er wird nie zulassen, dass ich mit Günther türme, mich ins Ausland absetze. Auch Breitenfeld nicht. Doris Waldmann kann mir auch nicht helfen, sie hat nichts mehr zu sagen, ist zusätzlich diskreditiert und verfemt durch ihre lesbische Liebe zu Miriam. Dadurch schadet sie mir eher und erst recht

Miriam. Ich gehe zurück zu Miriam, die wie tot daliegt. Ich werde ganz bleich und weine leise.

Am nächsten Tag steht meine Schwester gar nicht mehr auf, aber sie wird wenigstens noch ernährt; die Nahrung verweigert sie noch nicht, auch wenn sie immer weniger isst.

Wieder einen Tag später sehe ich, dass Miriams Haar leicht ergraut ist. Und das Lager füllt sich weiter mit Juden, unablässig, und das Wetter bleibt schlecht. Noch einen Tag später bessert sich das Wetter dann doch schlagartig, die Sonne scheint, aber es ist trotzdem noch sehr kalt. Miriam wird immer schwächer, nimmt gar nichts mehr wahr, spricht nicht mehr, verstumpft auf grausame Weise, erkennt weder mich noch ihre Nichten, die stundenlang auf sie einsprechen und sie trösten. Jetzt summt sie nicht einmal mehr ihre russischen Weisen. Starrt nur noch von ihrer Bettstatt an die Decke. Und die tote, von mir erschossene Cellistin wird mir auch eines Tages zum Verhängnis werden, wenn ich nicht vorher dran glauben muss. Oder die Schneidermeisterin, die doch wahrscheinlich eine bedeutende SS-Agentin war, die ich auch umgebracht habe, zusammen mit Doris Waldmann … Die wird doch bestimmt von ihren Verwandten vermisst werden? Was ist, wenn diese nachforschen, über ihren gewaltsamen Tod Aufklärung verlangen? Dann bin ich nochmals dran. Diesen Tod kann ich nicht einfach auf Miriam schieben. So einfach kann ich es mir nicht machen, und wird es mir keiner machen.

Meine arme Schwester. Ich kann sie doch nicht so einfach sterben lassen! … Sie verfällt täglich mehr und mehr. Aber ich kann nichts tun, denn ich habe keine medizinischen Kenntnisse, die ihr helfen könnten. Mareijke und Petra kümmern sich weiter aufopferungsvoll um sie, doch sie können auch nicht mehr tun als ich. Doris Waldmann verlangt unablässig nach besserer Betreuung für ihre Geliebte, doch die könnte sie nur in Kiew bekommen, hat man ihr gesagt. Und für eine nutzlose Jüdin will niemand etwas tun. Miriam muss unbedingt von hier weg, mit mir, sofort! Wie konnte es nur zu diesem exzessiven Mordgeschehen hier in dem Lager kommen! Aber ich habe es ja immer geahnt, von Anfang an. Dass es, wenn die Juden erst einmal umgesiedelt würden, zu Massenerschießungen kommen würde. Umsiedeln heißt also wirklich töten. Vielleicht wäre es doch besser gewesen, man hätte uns alle Fünf gleich am ersten Tag erschossen, unmittelbar nach unserer Ankunft hier in diesem Unglückslager, wie es die SS ja wahrscheinlich ehe mit uns Juden vorgehabt hatte. Bei der vorgetäuschten, medizinischen Untersuchung, dann wären vor allem meinen Kindern die ganzen anderen Erschießungen mitsamt ihren Erniedrigungen und Grausamkeiten erspart geblieben. Wir wären dann gar nicht erst Zeuginnen dieser unendlichen, nachfolgenden Qualen geworden, die ungezählte Juden und Kommunisten und Partisanen erdulden mussten, bevor man sie liquidierte. Wir lägen schon alle fünf Frauen längst in einer der untersten Leichenschichten am Grunde der Schlucht vergraben, unsere Leiber wären inzwischen tief verschneit, steif gefroren, aber zumindest friedlich würde ich mit meinen Kindern und Miriam zusammen liegen in der tröstlichen Kühle des Massengrabes, zusammen auch mit meinen jüdischen Landsleuten und Leidensgenossen aus aller Welt; und unberührt von allem weiteren Frevel und der Bosheit der Menschen, die noch folgen sollten … Ja! … Wir lägen jetzt friedlich und tot im vereinten Familiengrab, müssten uns keine Sorgen über unsere Zukunft mehr machen!, überlege ich jetzt gerade ernsthaft.

Keine Angst hätten wir mehr vor der entsetzlichen, täglichen Mutmaßung, wer von uns fünf Frauen das nächste Opfer sein wird, die nächste Tote … Im Augenblick aber flüstert mir der unparteiische, lächelnde Tod, der große Gleichmacher, ständig leise ins Ohr, wer das nächste Opfer von uns sein wird: Miriam, Miriam, Miriam …
Und meiner Schwester wäre der mentale Wahnsinn erspart geblieben, der immer mehr von ihr Besitz ergreift, dem sie nun durch die Bezeugung all des mörderischen Irrsinns verfallen ist, den die Nazis hier angerichtet haben: Im Namen einer verblendeten Nazi-Ideologie, die dem Rassenwahn in allen seinen unbegreiflichsten Nuancen verfallen ist … Miriam ist verloren, hör auf zu kämpfen, kleine Judith, du kleiner anmaßender, jüdischer Untermensch!, ruft mir der Tod nun mit schallendem Lachen zu: Ich kann ihn hören, kann ihn riechen, in seiner Schwefelwolke: „Du kannst deine Schwester nicht retten!", fistelt mir der Teufel überlegen mit bedauerndem Antlitz zu … Ist der Tod, oder der Teufel … sind sie etwa auch Antisemiten?

Was aber tut der große, allmächtige Gott in dem ganzen verpfuschten Weltenplan? Was ist seine Rolle in unserer ganz persönlichen Apokalypse? Warum sind wir Juden so verlassen von allen Göttern, warum hilft uns keiner?, bete ich verzweifelt. Denn die größte Not macht auch den atheistischsten Menschen der Welt gläubig, macht auch mich groß, rein und stark ... stelle ich fest ... Daher gebe ich doch noch nicht ganz auf und versuche weiterhin, dem Tod sein nächstes Opfer zu entreißen, Miriam! Sie muss also nach Kiew, wenn es überhaupt noch eine Rettung für sie geben sollte ... Aber wer wird sie dort behandeln? Kiew ist schließlich ein Hort des Judenhasses, deswegen sind wir ja von dort geflohen. Nicht nur wegen der Nazis. Die Deutschen hassen uns dort, die Ukrainer hassen uns dort. Sie würden Miriam sofort umbringen, denn die Nazis sind ja so stolz darauf, dass die ganze Ukraine und Weißrussland inzwischen judenfrei sind. Wenn es Miriam überhaupt bis dahin schafft, was sehr zweifelhaft ist bei ihrem desolaten Zustand.

Nein, das ist auch keine Lösung, ich gebe auf, das ist wirklich besser. Alles, was ich jetzt noch tun kann ist Folgendes: Ich besorge mir eine Pistole und erlöse Miriam von ihrer geistigen Umnachtung und von ihrem geistigen Verfall. Und dann erschieße ich Petruschka und erst zuletzt meine kleine Sarah ... Bevor es ein anderer tut, ein Nazi, ein SS-Mann, ein Bonze, der kein Recht hat, sich an meinen Kindern zu vergreifen, das darf nur ich!!! Ich, ich allein! Ja, flüstert mir der Tod zu: Wenn du mir mein Opfer rauben willst, kleine, verlorene Judith, vor mir da sein willst zum Zeitpunkt der Abberufung deiner Lieben in die Ewigkeit, durch mich: Dann spute dich, besorg dir geschwind ein Schießeisen und vollende dein Werk von eigener Hand, ich gebe dir diese einmalige Chance, vor mir da zu sein, ich bedaure zwar mein entgangenes Opfer, aber du bist so rein und stark, kleine, nicht mehr ganz junge Judith, dass ich bei dir eine Ausnahme machen will – gegen meinen Willen, denn ich bewundere dich, deine Willensstärke, deine Aufopferungsbereitschaft für andere ... Denn du denkst immer nur an andere, während der Tod immer nur an sich selbst denkt ... Und darüber nachdenkt, was er an nächsten Opfern zusammenraffen kann ... Also, beeile dich, Judith, tu es! ... Du allein hast die Chance, dass deine Töchter Engel werden, zu Gott aufsteigen, meinem ewigen Erzrivalen, in der Reinheit ihres jungfräulichen Todes, der das ungelebte Leben deiner Kinder vergöttlichen, verherrlichen wird ... Der Apotheose in ihrer reinsten Form können Sarah und Petruschka teilhaftig werden ... Wenn du nur den Mut hast, ihnen zu helfen ...

Für uns Juden scheint es überhaupt nur ein einziges Gesetz zu geben, das Gesetz zu sterben, und das müssen wir unter allen Umständen befolgen. Zu allen Zeiten war das so. Wir werden nur geboren, damit man uns umbringen kann, als abschreckendes Beispiel schlechter Menschen, angeblich schon hinterlistig geborener Menschen ... Als verfluchtes Volk. Soll das denn ewig so weitergehen? Nein, ich muss den Ursprung des weltweiten Judenhasses finden, ihn offenlegen, hier in diesem Lager! An unserem Beispiel! Ich fühle nun, dass ich dafür in dieses Lager hier verschlagen wurde. Denn der jüdische Weltgott hat mir diese Aufgabe gegeben, ich muss sie erfüllen, dazu wurde ich geboren. Doch zuerst muss ich mich um Miriam kümmern.
Ich schreie, ich wanke, werde festgehalten.
Miriam atmet nicht mehr, sie muss tot sein!, schreie ich, als ich mich über sie beuge. „Aber nein, sie schläft nur!", beruhigt mich Mareijke, „hörst du, Judith: Seit wann können Tote schnarchen?", fragt sie sanft und Sarah und Petruschka halten mich fest. Denn ich stelle fest, ich habe plötzlich ein Messer in meiner Hand und will mein erstes Werk der Erlösung vollenden. „Mama, du bist wahnsinnig geworden!", schreit einer, wohl Petruschka, aber ich erkenne, dass es auf jeden Fall Doris Waldmann ist, die den Dolch meinen zittrigen Fingern entwindet.
Mein Freund Günther ist auch irgendwie da und verabreicht mir eine saftige Maulschelle, dass ich wieder normal werde. Die Trauer um Miriam hat auch mich wahnsinnig gemacht und mich mit peripherer geistiger Umnachtung umschlungen. Wer ist als nächste dran? Sarah? Petruschka?
„Mama!" – „Sie ist wieder normal, ja, sie erwacht aus ihrem geistigen Amoklauf! Es scheint überstanden!", sagt wohl Günther. „Aber was sie für ein Zeug geredet hat, vom Tod und von Gott, vom Wettlauf von Teufel und Gott um Miriams Seele – habt ihr das gehört?", fragt Petruschka. „Das war ja überaus ... wahnsinnig und beängstigend". – „Seid still, eure Mutter braucht Ruhe!", sagt Günther. „Wo hat sie nur das Messer her?", fragt Doris. „Oh, meine arme, kleine Miriam!"

Am nächsten Morgen wird es noch etwas wärmer und Miriam noch schwächer und verfallener. Ich habe keine Hoffnung mehr. Meine Familie lässt mich nicht mehr allein an sie heran.

Kurz darauf gibt es noch eine große Aufregung an diesem Tag; es ist gekommen, was ich befürchtet habe: Ein hoher SS-Offizier ist zu uns ins Lager gekommen, in der Absicht, den Tod seiner Tochter aufzuklären, erklärt mir Doris Waldmann überhastet, als sie zu mir eilt und mich schnurstracks in ihr Privatzimmer schleust. Dann schließt sie sorgfältig die Tür. Mit angstverzerrtem Gesicht wendet sie sich an mich. „Jetzt sind wir beide dran, Judith!", sagt sie ernst. „Wieso wir beide?", frage ich verständnislos. „Weil es sich um unsere tote Schneidermeisterin handelt", sagt Doris bestürzt. „Iris Innert?", frage ich und erbleiche. „Genau, unser Opfer. Und sie war wirklich mehr als nur Schneidermeisterin – sie war tatsächlich eine Gestapo-Agentin, die von ganz oben hier bei uns eingeschleust worden ist", bestätigt mir Doris Waldmann verzweifelt. „Ihr Vater ist hier im Lager eingetroffen", sagt Doris mit belegter Stimme. „Also doch, und nun will der Vater wohl die Schuldigen aufspüren und zur Rechenschaft ziehen, mit anderen Worten - uns! Oh, Gott!", sage ich aufgeregt und laufe hin und her in unserer Baracke. „Und das Schlimmste ist, dass der Vater der Innert schon gesagt bekommen hat, wer die Schuldigen sind, beziehungsweise sein sollen: Ich und – Miriam!", sagt Doris mit niedergeschlagenem Haupt. „Was? Wieso Miriam? Sie und ich, wir beide, haben doch Iris Innert aus purer Notwehr erschossen!", sage ich wimmernd. „Was hat Miriam damit zu tun?" Breitenfeld hätte das vor dem Vater der Innert behauptet, denn er wolle Miriam auf diese Weise endlich loswerden, weil sie einfach nicht freiwillig stirbt, erklärt mir Doris. „Sie sind dann sicher, von Ihnen war nicht die Rede; Sie können davonkommen, verderben Sie sich das also nicht, liebe Judith!", rät mir Doris Waldmann traurig und streicht mir übers Haar. „Denn: Als ich eben sagte, jetzt wären wir beide dran, Judith, da meinte ich nicht Sie und mich, sondern Miriam und mich", erläutert sie. „Also halten Sie bloß den Mund, mit der Wahrheit herauszurücken, dass in Wirklichkeit wir beide Iris erschossen haben! Breitenfeld baut Ihnen eine goldene Brücke, nutzen Sie die Gelegenheit, heil aus der Sache herauszukommen!", trichtert mir die ehemalige Lagerleiterin ein. „Nein!", schreie ich, „das kann ich Miriam nicht antun!" Doris schüttelt mich. „Seien Sie nicht blöd, Miriam ist eh nicht mehr zu retten, genauso wenig wie ich! Sie ist abgemagert, sie ist nicht bei Besinnung, sie dämmert dahin, ist dem Tode geweiht, keiner wird ihr mehr helfen, selbst wenn es ein Mittel gegen ihre Katatonie gäbe, gegen ihren Wahnsinn!", donnert Doris los. „Und Sie selbst wollten Miriam ja gestern noch mit dem Messer erlösen!" Ich heule heftig und mache mich von ihr los, verkrieche mich in eine Zimmerecke und senke den Kopf.

„So glauben Sie mir doch: Keine von uns beiden ist mehr zu retten, weder Miriam noch ich! Glauben Sie denn, es macht mir Spaß zu sterben? Aber es gibt keinen Ausweg für uns. Draußen warten schon unsere Vollstrecker; wir zwei Frauen sollen uns bereitmachen, zusammen mit den anderen Juden, die sich hier die letzten Tage angesammelt haben, draußen vor der Schlucht zu sterben: Exekution durch Erschießung heißt das Urteil für die arme Miriam und die arme Doris, ja, so sieht die Sache aus, meine Kleine!", sagt die schöne blonde Doris zitternd, hechtet zu mir hin und sagt eindringlich: „Nutze deine Chance, Judith, ich habe dir soviel Leid angetan, habe dich zur Mörderin gemacht, jetzt kann ich etwas davon wieder gutmachen, indem ich über deine Rolle bei der Erschießung der Iris Innert schweige … Denn du musst an deine Kinder denken, an Sarah und Petruschka!!! Was haben die Mädchen davon, wenn du auch noch stirbst?", fragt sie mich barsch und fasst mich von hinten grob am Hals, dass ich aufschreie. „Nein, nein, nein, Sie müssen die Wahrheit sagen, Doris, dass ich für den Tod der Iris Innert mitverantwortlich bin, und nicht Miriam, bitte, bitte, klären Sie das auf!", sage ich, fahre herum und umarme Doris weinend. „Dann … sind auch deine Töchter verloren, wenn sowohl Miriam als auch du aus dem Leben scheidest. Dieser grobe Klotz Stefan Innert, der ist unversöhnlich, ich habe ihn vorhin gesehen, der will Rache, Judith!", krächzt sie heiser. „Er ist sauwütend und will unserer Erschießung unbedingt beiwohnen, wenn er uns nicht vorher noch selber totschlägt, der barbarische Herrenmensch! Bitte, Judith!"
„Nein, nein, nein!", kreische ich weiter und Doris verstärkt ihren Griff.
„Judith, wenn du deine Mitwirkung am Tod der Innert zugibst, dann rettest du damit deine Miriam noch lange nicht! Miriam hat dir ja selber vorgeschlagen, aus lauter Güte und Barmherzigkeit deinen Töchtern gegenüber, die Schuld auf sie zu schieben … Jeder will sie sowieso

loswerden, und sie ist verloren, wenn sie nicht gar jetzt schon tot ist, gestorben auf ihrem Totenbett!". Ich weine wieder und klage heftig, will sofort nachsehen gehen, wie es Miriam geht, doch Doris hält mich zurück. „Sei keine Närrin, Judith, wir müssen jetzt voneinander Abschied nehmen", sagt sie leise und dreht sanft ihren Kopf zu mir, „nutzen wir die kurze Zeit, die uns dazu noch bleibt", schlägt sie sanftmütig vor und streichelt mein Haar. „Nein, nein", klage ich nur noch leise. Ich bin wieder voll in Doris verklammert. „Wir beide haben viel durchgemacht in letzter Zeit, und ich habe dir viel angetan, liebe Judith ... Aber ich würde es so gerne sehen, dass du mich in meiner letzten Stunde nicht mehr nur als unbedingte Feindin betrachtest!", sagt sie herzzerreißend, was ich nie für möglich gehalten hätte. „Oh, Doris, warum ist das Leben so grausam, was hat das Leben nur aus uns gemacht?", frage ich wieder mit einem heftigen Weinkrampf und gebärde mich hysterisch.

„Und dass Miriam angeblich auf jeden Fall stirbt, ist ja noch gar nicht sicher, verdammt noch mal, wie kannst du das so einfach behaupten, Doris?", werfe ich ihr klagend vor. „Gib es doch zu, du verdammte Opportunistin: Du willst bloß nicht alleine sterben, und da fällt dir der Tod doch erheblich leichter, wenn du ihn mit deiner Geliebten zusammen erleiden kannst, meiner Schwester!", bricht es aus mir heraus. „Du willst meine Miriam nur als Trostgefährtin für dein verendendes und verdämmerndes Leben missbrauchen!", schreie ich und haue auf Doris ein. „Nicht so laut, bitte, Judith", flüstert sie mir zu und wehrt mich ab. Ich lasse von ihr ab und stiere sie mit lauerndem Blick an. „Ich kann gut verstehen, dass du mich hasst, für alles, was ich dir angetan habe, und daher bin ich ja auch bereit, zu sterben, gleich bist du mich also los, denn du wolltest doch sowieso eines Tages mit mir abrechnen, nicht wahr, Judith? Du willst auf jeden Fall meinen Tod, ich weiß es ... Du kannst es ruhig zugeben, ich habe dich neulich im Schlaf sprechen hören: „Eines Tages erwische ich dich, Doris!", referiert Doris traurig. „Also gleich hast du deine Rache, dann ist es erfüllt, kämpf nicht dagegen an, es ist sinnlos, Judith", sagt sie mit matter Stimme. „Du willst doch meinen Tod, und ich verstehe das sehr gut, sag es mir auf den Kopf zu", bittet Doris sanft und fasst mich am Kinn. „Ja, aber nicht Miriams Tod", sage ich weinerlich. „Nein ... auch deinen will ich nicht mehr; ja, es stimmt: Anfangs wollte ich nur noch Rache, dich unter allen Umständen töten, aber das alles ... hat sich längst relativiert", sage

ich weinend. „Nun will ich, dass ihr beide überlebt, Miriam und du, ich will auch, dass wir alle überleben, Sarah, Petruschka und ich, aber ich weiß, dass ich nicht überleben darf, weil ich die Mörderin der Iris Innert bin, und nicht Miriam, nicht Miriam, bitte! Und eines Tages kommt das sowieso heraus, dass ich die Schützin war, dann ist es aus mit mir … Ehe ich Miriam da draußen bei ihrer Exekution sterben sehe, da möchte ich doch lieber vorher selber sterben, vor ihr", sage ich weinerlich.
„Denn ich vermute doch, ihr sollt dann beide, Miriam und du, wohl gleich da draußen nackt im Schnee sterben, wie alle Juden, einen Tod, wie Miriam und ich ihn schon mehrere Male um Haaresbreite gerade noch vermeiden konnten, aber diesmal soll ich doch wohl dabei auch noch zuschauen, nicht wahr?", frage ich bedröppelt. Doris nickt trist.
„Jetzt soll es also doch endgültig geschehen", sage ich.

„Oh, ich kann nicht zulassen, dass Miriam da hinausgeführt wird in die Kälte; nicht schon wieder …" Ich fahre zu Doris herum. „Greifen wir uns doch lieber einige Maschinengewehre, oder Gasbomben oder Granaten und vernichten wir damit dieses ganze Pack um den Innert", schlage ich hektisch, hysterisch und planlos vor. „Jetzt, wo wir die ganze SS-Mörderbande auf einem Haufen haben, die Gelegenheit ist günstig wie nie, Doris!", hetze ich meine Kampfgefährtin panisch auf.
„Gegen die kommen wir doch nie an, sei vernünftig, Judith", mahnt Doris wütend und ruft mich zur Besinnung. „Wir würden vielleicht ein paar von ihnen erwischen, ja; eventuell sogar Iris Innerts Vater und Breitenfeld, vielleicht sogar Dr. Schnell und einige SS-Soldaten, aber dann ist doch auch Feierabend für dich und deine Töchter, und auch deine neuen Freunde würden dabei draufgehen; ja, auch Mareijke und Petra würden eventuell als Sühneopfer für unseren Frevel erschossen werden, willst du das? Dann wirst du deinen Ehemann nie mehr wiedersehen, und er nicht mehr seine Familie, mach also keinen Unsinn, Judith", schimpft Doris mich aus. „Auch Günther Steinbacher könnte als dein Freund dann den Repressalien der harten Nazi-Elite ausgesetzt sein und exekutiert werden, wenn weitere hohe Nazis hier ins Lager nachrücken …"
„Ich muss sofort zu Miriam, und sie retten, lass mich durch, Doris!", fordere ich schneidend und schiebe Doris Waldmann zur Seite. „Du kannst nicht mehr zu ihr, sie bereiten Miriam schon zur Exekution vor, obwohl sie gar nichts mehr davon mitbekommt, Gott sei Dank, … Denn

das bewusste Wahrnehmen ihres scheußlichen Endes bleibt ihr wenigstens erspart", sagt sie mitleidig.
„Wir müssen also alle drei sofort fliehen: Ich, du und Miriam", sage ich stattdessen entschlossen albern zu Doris. „Dann, und nur dann bleiben wir alle drei am Leben, und Günther Steinbacher muss uns helfen, er muss mit uns zusammen fliehen, und dann müssen natürlich auch noch Marejke und Petra mit uns mitkommen, zusammen können wir es aus dem Lager schaffen, und Sarah und Petruschka können uns auch dabei helfen, hier auszubrechen, hurra – wir werden immer mehr, komm Doris!", befehle ich in größenwahnsinniger Manier und zerre Doris Waldmann am Ärmel. „Sei nicht kindisch, Judith, das Spiel ist aus, aber du hast das immer noch nicht in deinen Schädel reingekriegt, mein Schatz!", kräht sie verdrossen, macht sich los und gibt mir eine Ohrfeige. „Wo bleibt plötzlich dein Kämpferherz und dein großer Mut, Doris?", frage ich verwundert und mache ein verwegenes Gesicht. „Ich kann es gar nicht glauben, dass du auf einmal so kleinmütig einknickst, und dich ohne Widerstand aufgibst, jetzt, wo es um dein Leben geht, wo man dich hinrichten will! Das kann doch einfach nicht möglich sein, dass du jetzt gleich freiwillig zu deiner eigenen Exekution schlurfen willst, dich willenlos abschießen lassen willst, ohne zu kämpfen, das sieht nicht nach Doris Waldmann aus!", schreie ich ihr ins Gesicht. „Aber eins ist mir jetzt klar: Das Einzige, was du kannst, ist wirklich nur, wehrlose Juden zu erschießen, du Feigling, du Memme, und so eine will der überlegenen Herrenrasse angehören, bah, schäm dich, du ... hinterhältige Schlange!", höhne ich heiser. „Was soll ich für Widerstand leisten? Wir können keinen Widerstand leisten, wir haben kaum Waffen, wir können nur ein oder zwei Nazis erschießen, damit hat sich's! Danach sind wir alle tot, du und deine Familie, kann ich nur noch mal wiederholen. Begreifst du nicht, dass ich mich für euch alle opfern will, damit ihr leben könnt?", fragt mich Doris zum wiederholten Male. „Aber du willst Miriam mit in deinen Tod nehmen, nimm stattdessen mich, die Nazis werden mit meinem Tod genauso zufrieden sein wie mit Miriams und meine Töchter danach freilassen", behaupte ich unsinnig und töricht – ich sehe es ja ein!

Miriam ist verloren. Doris hat recht. Weiterleben dürfen hier bei uns im Lager wird nach dem Brauchbarkeitsfaktor des jeweiligen Juden eingestuft: Und Miriam ist tatsächlich völlig unbrauchbar für alle

Tätigkeiten geworden! Und als Aufwieglerin und Mörderin verfemt! Elend sacke ich wieder völlig auf dem Boden zusammen.
Da wird die schicksalhafte Tür aufgerissen: Breitenfeld und Innert stürmen in vereinter Mordlust mit gewaltbereiten, abgestumpften Gesichtern zu uns herein. Ich liege am Boden und spähe ebenso am Boden zerstört zu Stefan Innert hoch, dem ich zum ersten Mal gegenüberstehe: Doris hastet zu mir hin und hilft mir auf. Zusammen starren wir Stefan Innert in seiner schmucken Wehrmachtsuniform an. Er ist sehr groß, kräftig gebaut und hat blonde, gescheitelte Haare und einen verkniffenen Mund, den er noch nicht zum Sprechen geöffnet hat. Seine Augen sind kalt und unbarmherzig. Die Ähnlichkeit mit seiner Tochter Iris ist tatsächlich verblüffend und unverkennbar. Die kalten Augen und die brutale Stirn haben beide.
„Sie beide haben genug Zeit gehabt, um sich zu verabschieden, nun ist Schluss: Mitkommen!", sagt er streng und bohrt seinen Blick in meine Augen. Seine Männer ergreifen Doris und mich und führen uns hinaus in die Kälte. Vor der Schlucht angekommen, stelle ich fest, dass die Sonne scheint, aber das ist nur ein Täuschungsmanöver der Natur; es ist schneidend kalt.

Und dann entdecke ich Miriam, die von zwei jungen SS-Schergen herangeführt wird, unter den Armen gestützt. Sie hat die dunklen Augen geöffnet, blickt aber stumpf ins Leere, an mir vorbei. Sie erkennt mich auch nicht, als sie direkt vor mir steht. Sie summt leise irgendein Lied, von dem ich nicht mal mehr die Sprache erfasse, als ich sie unter das Kinn fasse. „Oh, Miriam, mein Schatz, was hat man aus dir gemacht?", frage ich weinend. Weitere SS wehrt mich rüde ab und ich falle zu Boden. Günther Steinbacher eilt zu mir und hilft mir auf. „Günther, tu was, hilf Miriam, bitte, sie wollen sie erschießen, und auch Doris!", bettle ich. „Ich weiß, Judy, aber ich kann nichts für die beiden tun, meine Autorität ist zu schwach", sagt er bedauernd und mit matter Stimme.
Auch Doris wird ergriffen und festgehalten. Stefan Innert schreitet forsch zu ihr hin und gibt ihr einen Schlag mit der flachen Hand ins Gesicht. Dann gibt er Miriam eine Ohrfeige. Ich schreie Protest.
„Ihr beide habt meine Tochter kaltblütig umgelegt, dafür bekommt ihr jetzt die Quittung!", geifert Stefan Innert wild und unbeherrscht. „Nein, ich war es, ich ganz allein, Miriam und Doris haben nichts damit zu tun,

bitte glauben Sie mir, Herr Innert!", schlage ich Alarm und stürme zu ihm hin. „Bitte, tun Sie Miriam nichts, sie ist völlig unschuldig!", schreie ich. „Eine Jüdin ist niemals unschuldig", schnarrt Innert. „Und die da schon gar nicht!" Er zeigt auf die starre Miriam. „Sie wollte einen Aufstand gegen die gesamte SS anzetteln, und fast wäre ihr das gelungen. Und Doris Waldmann war mit im Komplott. Und auch Sie!", schreit der Generaloberst der Wehrmacht in meine Richtung. „Mit Ihnen werde ich mich später gesondert beschäftigen, zuerst wollen wir aber die beiden anderen Weiber liquidieren, los, machen Sie schon, Oberstgruppenführer: Lassen Sie vortreten zur Exekution!", befiehlt er harsch und die SS tritt vor. Doris wird von ihr geschlagen, und ebenso Miriam. „Aber vorher lassen Sie die beiden noch ausziehen, ganz nackt, denn sie haben ihre Uniformen entehrt, sie sterben ehrlos, diese Saboteurinnen!", befiehlt der Unhold, und die lethargische Miriam wird bereits entkleidet wie eine Schaufensterpuppe. Willenlos und ohne zu begreifen, was mit ihr geschieht, lässt meine Schwester alles mit sich machen. Vor der Schlucht stehen schon wieder endlose Warteschlangen von Juden und Jüdinnen für ihre Erschießung an, fast alle sind nackt und bedrückt.
„Nein, nicht Miriam!" schreie ich wieder und werde halb bewusstlos geschlagen.
„Ich soll mich auch entkleiden? Das mache ich nicht, kommt nicht in Frage!", sagt Doris Waldmann empört. „Ich werde nicht zulassen, dass man mir im Tode die letzte Würde nimmt!", ruft sie heiser aus und kreuzt die Arme über der Brust. „Schließlich bin ich keine Jüdin!" Da wird Doris von allen Seiten mit Knüppeln zusammengeschlagen und gewaltsam ausgezogen. „Ihre Würde haben Sie schon lange verloren, wenn Sie sie überhaupt je gehabt haben!", schreit Stefan Innert wieder los und tritt die am Boden liegende, schon halb ausgezogene Doris mit Füßen.
Ich renne zu ihr hin und greife die SS an. Da werde auch ich wieder zusammengeschlagen.

Meine zwei Töchter werden von der SS zu uns geführt, denn sie sollen der exemplarischen Bestrafung der zwei Volksverräterinnen beiwohnen, um etwas zu lernen. Sie wollen mir helfen, als sie sehen, dass ich zu Boden geschlagen werde, werden aber zurückgehalten. Schließlich ist Miriam wieder einmal nackt und wird zum Erschießungsgraben geschleift. Ihre Nichten brüllen: „Nein, Tante Miriam, du darfst nicht sterben!" Doris Waldmann wird gerade das letzte Kleidungsstück ausgezogen, jetzt ist auch sie ganz nackt und gebärdet sich wie verrückt, schlägt um sich. Ihre Hochfrisur hat sich im Tumult gelöst und die blonden Haare wehen ihr locker um die Schultern. Die SS feixt wieder dreckigst. „So, jetzt stirb mit deiner Judenfreundin, du Verräterin!", plärrt ein junger MG-Schütze. „Loslassen, ihr Dreckspack, lasst mich sofort los, ihr Gesindel!", brüllt Doris und wird zu Miriam geschleift, die nackt auf der Erde liegt, sich jetzt aber leicht bewegt, indem sie sich aufzurichten versucht, nachdem man ihr einen Eimer mit Wasser auf das Gesicht gekippt hat. „Los, du sollst auch ein bisschen Spaß an deiner Party haben, du Judenhure!", sagt ein SS-Mann feixend und Doris klammert sich an ihre geliebte Miriam, und hilft ihr, sich zu ihrer vollen Größe aufzurichten. Beide zittern in der Kälte. Ich erhebe mich zerbläut vom Boden und renne zu Miriam und Doris. „Nein, nicht Miriam, das könnt ihr doch nicht tun, sie braucht Hilfe", klage ich närrisch und werde zurückgedrängt. Ebenso Petruschka und Sarah, die auch Prügel beziehen. Miriam besteht nur noch aus Haut und Knochen, ist bleich wie der Tod, die graue Haarmähne wirbelt ihr wirr über die mageren Schultern. Sie sieht jetzt älter aus als ich.

Breitenfeld tritt zu den zwei Todeskandidatinnen, zieht eine Schrift hervor und murmelt hastig eine Exekutionsrede: „Wegen Sabotage, Fluchtversuchs, Aufwiegelung zum Aufstand, versuchter Gefangenenbefreiung, Verschwörung und heimtückischen Mordes an Iris Innert werden Sie beide, Doris Waldmann und Miriam Dreifuß, zum Tod durch Erschießen verurteilt. Das Urteil wird sofort vollstreckt", schließt er prosaisch.
Er lässt das Papier sinken.
Ich laufe kreuz und quer durch die Versammlung und schreie alles zusammen. „Günther, tu doch endlich was! Haltet doch den Wahnsinn hier auf! Warum tut keiner was gegen die Exekution? Miriam ist unschuldig. Ich bin schuld am Tod von Iris Innert!", schreie ich immer wieder, doch keiner hört auf mich.
„Judith, sei endlich vernünftig, keiner kann Miriam mehr helfen, bleib zurück, sonst erschießen sie dich auch noch!", mahnt Günther und hält mich zurück, bewahrt mich vor weiteren Prügeln durch die SS, oder Schlimmerem. „Nein, nein, lass mich los, Günther – ich muss zu

Miriam, bitte, lass mich zu Miriam und Doris!", klage ich laut und herzzerreißend. Aber Günther hält mich fest.
Bleich wie der Tod ist Miriam, und sie hängt zwischen zwei Frauen durch, eingeklemmt zwischen Doris und einer anderen jüdischen Frau, die sich ihrer erbarmt und sich neben sie stellt, sie durch Abstützen vorm Zusammenbrechen bewahrt.

„Erbarmen! Lasst mich wenigstens noch einmal zu Miriam, ich möchte mich von ihr verabschieden! Lass mich los, Günther, bitte!", weine ich und Breitenfeld richtet seine unbestechlichen Adleraugen auf mich. „Also schön, gehen Sie nur hin zu der Elendsgestalt, viel wird es ja nicht bringen, denn die ist geistig schon in der Schattenwelt", sagt er abgeklärt und gibt Günther einen Wink. Er lässt mich endlich los. Ich renne zu Miriam und Doris. „Oh, meine kleine Miriam, erkennst du mich noch? Ich bin's, deine große Schwester", klage ich heulend. Streichle ihre Haare, doch sie öffnet nicht mal die Augen, und summt leise. Ich drehe mich zu dem Kommandanten um. „Und meine Töchter?", frage ich erwartungsvoll. „Bitte lassen Sie sie doch auch kurz vortreten zu Miriam, bitte?", flehe ich und zittere vor Kälte, trotz der warmen Sonne.
„Gut, auch die Mädchen dürfen sich kurz noch von ihr verabschieden, aber schnell!", sagt Breitenfeld ungerührt.
Petruschka und Sarah reagieren sofort und preschen vor. „Tante Miriam, wir haben dich lieb", sagt meine Jüngste und ergreift die Hände meines nackten Todesengels. „Mama, sie sagt gar nichts, sie erkennt uns endgültig nicht mehr", klagt auch Petruschka und streicht ihrer Tante übers Haar.
„Tante Miriam, Tante Miriam, du sollst gleich erschossen werden, begreifst du das?", fragt Sarah alarmiert und rüttelt an Miriam. Durch das Geruckel sperrt Miriam zwar die Augen einen kleinen Schlitz auf, aber sie starrt durch ihre Nichten hindurch, guckt treu und lieb, plötzlich rinnen zwei dicke Tränen ihre Wangen hinab. „Sie reagiert, sie weint, wie die heilige Madonna!", ruft Petruschka erregt aus. Ich streichle ihre Wangen und sage gedehnt, voller Wehmut: „Oh, Miriam, meine Liebe, du darfst einfach nicht sterben, nicht nach allem, was wir bisher so glücklich an Schicksalhaftem gemeistert haben", sage ich weinend.
„Erkennst du mich? Oh, bitte, wach doch nur für einen Moment noch einmal auf, damit du wenigstens begreifst, was das hier bedeutet, dass

das dein Ende ist, wenn nicht noch ein Wunder geschieht", sage ich weinend, „du musst dich doch wenigstens noch von deiner Familie verabschieden, bevor du uns für immer verlässt, begreifst du das?", frage ich schreiend vor Panik und versetze Miriam ein paar kräftige Ohrfeigen. „Miriam, wach auf, wach auf!", schreie ich immerzu, doch sie reagiert nicht mit wachem Verstehen, ihr Mund und ihre Augen nehmen lediglich einen entsetzten Ausdruck an; ist das schon Verstehen, gehört das schon zum Begreifen?, frage ich mich angstvoll und besorgt.

„Oh, mein Gott!"
„Tante Miriam, wach doch bitte auf!", schreit Sarah.
„Ja, Tante Miriam, wir wollen uns doch von dir verabschieden, bitte, sag doch wenigstens etwas: Dass du uns lieb hast, dass du uns erkennst!", bettelt Petruschka.

Miriam wird weiterhin von Doris und der anderen kräftigen Frau aufrecht gehalten, die nun sagt: „Ich glaube, sie ist tot", sagt sie traurig. „Nein, das kann nicht sein, das darf nicht sein!", brülle ich und ein mitleidiger SS-Soldat kommt mit einem Kübel Wasser daher, sagt: „Warten Sie, ich spritze ihr etwas Wasser ins Gesicht, vielleicht wird sie davon munter", sagt er und tut es. Da gibt Miriam doch noch einmal einen Seufzer von sich, reißt die Augen weit auf, starrt verständnislos: „Mama? Mama, bist ... bist du das?", fragt sie mich erschrocken und starrt mich an. „Nein, ich bin Judith, deine Schwester, aber das ist ohne Bedeutung, Hauptsache, du lebst noch, oh, meine kleine Miriam!", sage ich zärtlich und drücke sie an mich.
„Oh, Miriam, Miriam!", sagt auch Doris wehmütig verklärt und küsst sie auf die Stirn. Petruschka und Sarah weinen bitterlich, scharen sich auch um Miriam, versuchen, Doris von ihr zurückzudrängen, aber diese schmiegt sich wie wahnsinnig an Miriam und küsst sie leidenschaftlich auf den Mund. Will sie gar nicht mehr loslassen ... Da bekommt Miriam einen Schreianfall und löst sich durch heftige Schläge von Doris und stürzt zu Boden. Auf der Wiese kriecht sie umher und lamentiert zu mir hin, indem sie ihre Handfläche zu mir ausstreckt: „Mama, ich bin hingefallen, ich habe mich verletzt, bitte ... hilf mir! Ich ... ich brauche ein Pflaster!" Doris und die andere Frau helfen Miriam wieder hoch, richten sie auf, umklammern sie wieder.

„Komm, Blondie, ich liebe dich!", sagt Doris weinend und streichelt Miriams Haar. „Mama, warum bin ich so schwach?", fragt mich Miriam. Ich streichle ihre Wange und heule leise. „Und mir ist so schlecht, Mama, nimm mich ... bitte in deine Arme", bettelt Miriam schwach und wehrt Doris schwach ab.
„Schon gut, das geht gleich vorbei, mein kleines Schätzchen", sage ich weinend zu meiner Schwester. „Jetzt ist es aber genug mit der Trösterei, lassen Sie die beiden Delinquentinnen endlich erschießen!", befiehlt Stefan Innert hasserfüllt. Vorher marschiert er aber noch einmal stramm zu Doris Waldmann und schlägt sie ins Gesicht. „Warum haben Sie meine Iris erschossen, warum nur?" Und er weint. „Sie hat zuerst geschossen, sie war es, die uns zuerst erschießen wollte!", greint Doris erschöpft.
„Und Sie haben kein Recht, mich dafür zu erschießen, und erst recht nicht meine Miriam, sie ist unschuldig, ich habe Iris ganz alleine erschossen!", bellt Doris wütend, bäumt sich auf wie ein wütendes Pferd, hält aber Miriam fest in ihren starken Armen. Ihr mächtiger Busen zittert gewaltig.
„Mama, wo bist du denn? Ich hab Durst!", weint jetzt auch Miriam schwach los.
„Und du: Lass ... mich los", sagt sie ganz leise und unendlich schwach zu Doris. Sie will hin zu mir.

„Tante Miriam! Judith ist nicht deine Mama, sie ist deine Schwester", versucht Sarah sie weiter zu überzeugen, und greift nach ihrer Hand. Doch da werden wir von der SS alle weggescheucht von Miriam und Doris. Grob rammt sie uns ihre Gewehre in die Rippen, mir und meinen Töchtern, dass wir aufschreien. Günther bringt mich sanft von Miriam weg. „Komm, Judith, es ist nichts mehr zu machen", sagt er leise. „Nein, ich will zurück zu Miriam, sie braucht mich!", rufe ich abgehackt und fahrig, völlig von der Rolle. Breitenfeld lässt meine Töchter jeweils von einer SS-Wache festhalten. Sie schreien weiter nach Miriam und weinen.
„Mama, hilf mir doch, ich hab Angst!", sind beinahe Miriams letzte Worte, die sie schreckhaft äußert, ganz schwach, ohne dass sie mich wiedererkannt hätte. „Oh Gott, lasst mich zu ihr!", schreie ich so laut, wie ich nur kann, aber es hat keinen Sinn, weil ich von Günther festgehalten werde wie mit eisernen Zangen.

„Auf Wiedersehen, Tante Miriam, wir lieben dich!", ruft Petruschka ihr noch einmal zu.

„Wir werden dich niemals vergessen!", ruft Sarah weinend. Meine Kinder haben ihre Tante schon aufgegeben! Oh, wie sehr mich das schmerzt ...

Doris klammert sich wie wild an Miriam. Sie darf das, aber ich muss abseits stehen, ich, ihre eigene Schwester, muss ohnmächtig ihrem Leid zuschauen, ohne dicht bei ihr sein zu dürfen, so eine Ungerechtigkeit!, denke ich mir verzweifelt. „Ich bin nicht bei ihr, ich darf nicht bei ihr sein, so hautnah wie Doris das darf, um Miriam im letzten, tristen Augenblick ihres Lebens zu trösten; ich darf sie nicht umarmen, nicht mal ihre Hand halten - das ist nicht fair!", schreie ich zu Breitenfeld, der das Hinrichtungskommando vortreten lässt, und schon visieren die MG-Schützen die fremde Jüdin, Miriam in der Mitte, und Doris an, die ihren Arm um den Hals der weinenden Miriam hält, sie zum Abschied noch einmal küsst. „Schützen: Anlegen, und ...", ertönt derweil das Kommando. Und mir ruft Doris emotional noch einmal zu: „Auf Wiedersehen, Judith, mach es gut, und versprich mir, später dafür zu sorgen, dass diese beiden Dreckskerle von Breitenfeld und Innert zur Rechenschaft gezogen werden, knall sie ab, wenn du die Gelegenheit dazu kriegst!", schreit sie mir zu. „Mama, Mama, hilf mir, bitte, was ist denn hier los? Was wollen all die Leute hier von mir, ich hab solche Angst", schreit Miriam noch einmal ganz laut, im hohen, schneidenden Diskant, mit schriller Kinderstimme, ohne mich zu erkennen, und das sind wirklich ihre letzen Worte, denn die Gewehre bellen los: Und schon fallen die drei Frauen unter den Waffen ihrer Henker: Die hilfsbereite Jüdin, die Miriam links stützt, lässt sie los, klappt nach vorn, fällt dann durch die Wucht der Kugeln mit dem Rücken allein zuerst in den Abgrund, Miriam und Doris fallen zusammen um, denn beide bleiben auch im Sinkflug zum Tod heftig ineinander verklammert wie ein einziges, kompaktes Wesen. Sie fallen verrenkt in die Schlucht hinunter, wobei die stämmige, kräftige Doris Miriam mit sich reißt, indem sie den Hals meiner Schwester mit ihrem Arm weiterhin eisern umklammert hält. Doris´ blonde Haarmähne flattert aufgelöst im Wind, wirbelt um ihren Körper. Ich sehe mit Entsetzten Miriam als zartes Bündel ganz in Doris´ gediegener Umschnürung verschwinden, als die Waldmann im Fallen Miriam unter sich begräbt.

„Miriam, nein!", schreie ich wie wahnsinnig und schlage um mich. Die drei Mordschützen setzen den Toten nach, rennen zum Abgrund, schauen hinunter und feuern noch einmal auf die drei Frauen. Hier wollen sie offenbar ganze Arbeit leisten.

Furchtbar!

Jetzt ist meine arme, geschundene Schwester letzten Endes also doch noch ein Bestandteil dieses riesigen Massengrabes geworden, dem sie nun für immer angehört, im ewigen Schlaf vereint mit ungezählten anderen Toten, unschuldigen Frauen und Kindern! Tapferen Männern!

Sie ist im Reich der Toten ... Unfassbar ... Warum sie, meine tapfere, aufrechte Schwester? Nicht ich?

Was ich unter allen Umständen vermeiden wollte, ist nun auf schreckliche Weise doch geschehen!, denke ich mit offenem Mund und halte meine zitternden Hände an meinem Kopf fest, piepse, schreie und tapse unsicher umher.

Miriam ist ihrem Schicksal also doch nicht entkommen - dabei habe ich bis zuletzt so auf ihre Rettung gehofft!!!

Aber wir haben es ja schon immer geahnt: Von hier gibt es kein Entkommen, von hier gibt es kein Überleben ...

Oh, Gott! Wir werden wohl doch alle hier sterben, oder? Etwa auch Petruschka und Sarah?

Heftig ringe ich meine Hände wie eine Schicksalsgöttin und weine.

Jetzt sind von uns nur noch drei Frauen übrig ... Was heißt „Frauen"? ... Drei Elendsgestalten ... Oh, Gott, hilf uns, den Albtraum zu beenden, und lass uns endlich auch ins erlösende Grab zu Miriam steigen ... Oder ins unsichtbare, ungewisse Grab von Rebecca sinken, irgendwo auf der einsamen Landstraße, in der Ukraine!, bete ich klagend im jüdischen Singsang.

Günther stürmt zu mir und tröstet mich. Ich wehre ihn ab und marschiere klagend und betend weiter.
Ich fühle mich wie erschlagen, mehr als tot. Ja, ich bin toter als Miriam da unten im Reich der Toten.
„Oh, Miriam, leb wohl!", rezitiere ich feierlich. „Und auch du, Rebecca, meine Große, meine Langhaarige, leb wohl, wo immer du auch gerade sein magst ..."
„Vereint mit der ewigen Unendlichkeit!", rezitiere ich und hebe zitternd die Hände gen Himmel.

Die SS marschiert ungerührt zum Abgrund und betrachtet ihr Werk.

Ich darf auch schauen und entdecke Miriam und Doris inmitten anderer Leichen ineinander verknäult liegen. Miriam hat die Augen und den Mund im Todesschrecken weit geöffnet, Doris liegt halb auf ihr und ihr linker Arm umklammert noch immer Miriams Hals. Beide sind mit Blut besudelt, ihre angewinkelten Beine haben überall rote Flecken. Doris´ Kopf und Hals mitsamt ihrem übrigen Körper liegt im Profil auf Miriams Bauch und hat die Augen geschlossen, ihre blonde Haarmähne ist mit roten Strähnen gesprenkelt; wie ein seltsames Tier sieht sie aus. Ihre sichtbare Brust ist zerfetzt, aufgeplatzt wie eine reife Frucht. Miriam hat neben vielen anderen, tödlichen Verletzungen ein schrecklich großes, rotes Loch in der Stirn. Ich kann es einfach nicht glauben, dass sie jetzt wirklich tot ist.

Meine Mädchen nähern sich klagend und starren in die Tiefe.

Dann kreischen sie los, überwältigt vom Schmerz des Todes, des Mitgefühls und umarmen sich.

„Seht, dort unten liegt eure Tante, ihre gequälte Seele hat endlich ihren Frieden gefunden – glaubt mir, es ist eigentlich doch besser so für Miriam, meine kleine Schwester ... Niemand kann ihr jetzt je wieder etwas zu Leide tun! – Im Gegensatz zu uns drei Überlebenden! Wir haben es nicht so gut wie Miriam", sage ich heulend. Ich weine. „Und wie Rebecca".

„Oh, Mama, oh Mama, warum, warum nur?", fragt Petruschka, breitet die Hände aus und klagt die Welt der Soldateska an. Sarah und Petruschka kommen zu mir und umringen mich mit ihrer tröstlichen Umarmung, ich nehme sie dankbar in meine Beschützerrolle auf. Gemeinsam beweinen wir die tote Miriam, im ewigen Schmerz vereint. Immer für einander da, bis ans Ende unseres elenden Lebens.
Dann lösen wir uns wieder voneinander und jede weint ihren eigenen Schmerz, betet ihr eigenes Sprüchlein des Trostes.

Doris ist auch ohne jeden Zweifel von uns gegangen. Mein Gott: Jetzt kann ich ja gar nicht mehr mit ihr abrechnen!, denke ich unangebracht und albern. Soll ich mich nun darüber freuen oder ärgern, dass sie tot ist?, schießt mir die Frage durch den Kopf. Auch sie hat es hinter sich – ich beneide Doris Waldmann so sehr!

„Gehen Sie weg da, es ist vorbei!", faucht mich Breitenfeld mit seinem brutalen Gesicht an, doch ich sage: „Aber Sie können Miriam doch nicht einfach so da liegen lassen, da unten in der feuchten Erde, das geht doch nicht!", rufe ich verzweifelt aus. „Sie braucht ein richtiges Grab!", fordere ich mit ersterbender Stimme und gehe weinend zu Boden, krieche auf dem Rasen umher, passe nicht auf!!! - Da falle ich mit einem Schrei in den Abgrund und lande auf Miriam, die mich mit ihren irren, wahnsinnigen Augen anstarrt. „Mama, pass auf!", schreit mir Petruschka noch zu, doch da liege ich schon unten und verliere dann offensichtlich das Bewusstsein.

Denn als ich erwache, bin ich zu meiner großen Verwunderung in einem fahrenden Zug, nicht mehr im Massengrab … Meine Hände sind fest in Handschellen verschlossen, stelle ich fest. Ich fahre hoch. „Sitzenbleiben!", befiehlt eine Stimme. Auf der Sitzbank mir gegenüber sitzen Sarah und Petruschka, auch in Handschellen. Sie sind unversehrt und lachen mir sogar zu. Seltsam! „Mama, bist du in Ordnung?", fragt die kleine Sarah aufgeregt.
Ich bin zumindest erst mal wieder etwas glücklich, denn meine Töchter leben noch!
Aber wohin geht die Reise?
Und wie kommen wir hier in diesen Zug?
Was ist hier inzwischen alles passiert?

Literaturverzeichnis:

Unter Verwendung der folgenden, äußerst lesenswerten Romane:

Fénelon, Fania, „Das Mädchenorchester in Auschwitz", Roman; 9. Auflage, Februar, 1991; Deutsch von Sigi Loritz, Copyright 1980 der deutschsprachigen Ausgabe, Röderberg-Verlag, Frankfurt/Main

Green, Gerald: „Holocaust – Die Endlösung", Roman, deutsche Übersetzung von Helmut Kossodo, 3. Auflage, 1979 by Hestia Verlag GmbH, Bayreuth.

Littell, Jonathan: „Die Wohlgesinnten", Roman; Aus dem Französischen von Hainer Kober, Berliner Taschenbuch Verlag, 2009, besonders das Kapitel: Allemande I und II, Seite 41 – 473.

Keneally, Thomas, „Schindlers Liste", Roman, Aus dem Englischen von Günther Danehl, Goldmann Verlag, Copyright der deutschen Ausgabe 1983, 1994, by C. Bertelsmann Verlag GmbH, München

Spiegel-Artikel: „Der verzweifelte Retter", von Hans-Ulrich Stoldt, aus: Der Spiegel 15/2015, Seite 52-54.